DE LELIEVALLEI

Ook verschenen van Tracy Rees bij Xander Uitgevers

Het geheim van Silvermoor (2021)
Het familiegeheim van Florence Grace (2021)
De rozentuin (2022)
Het brievenspoor (2022)

TRACY REES

De lelievallei

XANDER

Uitgegeven door Xander Uitgevers
www.xanderuitgevers.nl

Oorspronkelijke titel: *The Elopement*
Oorspronkelijke uitgever: Pan an imprint of Pan Macmillan, division of Macmillan Publishers International Limited
Vertaling: Rosalyn van Moorselaar
Omslagontwerp: Studio Marlies Visser
Omslagbeeld: © Yolande de Kort | Trevillion Images
Belettering omslag: Image Select
Auteursfoto: Ludwig Esser
Zetwerk: Mat-Zet b.v., Huizen

Eerste druk 2023

ISBN 978 94 0161 926 4 | NUR 302

Voor Kat, Patsy en Becky

1

PANSY

Highgate, Londen, 1897

Donderdag, half februari. Het was een erg sombere dag. De wind en de regen sloegen tegen het zolderdak en het was koud en donker. Maar donderdagen waren heilig voor Pansy. Zelfs tijdens de koude januarimaand had ze zich op haar vrije dag door een dikke laag pas gevallen sneeuw geworsteld, want op donderdag ging Pansy altijd naar huis.

Bij het licht van een kaars bekeek ze zichzelf in de kleine, afgebladderde spiegel die Maisie, een van de andere dienstmeisjes, naar boven had gebracht. Het glas was donker en vlekkerig en het licht flakkerde, maar ze kon zien dat haar nieuwe blauwe hoed goed paste bij haar golvende kastanjebruine haar, dat ze gewoonlijk opstak onder een dienstmeisjesmuts, en dat haar groene ogen er voor een keer hoopvol uitzagen. Ze keek weg van de bittere lijnen die zich aan weerszijden van haar mond begonnen af te tekenen en haastte zich de trap af, twee, drie, vier trappen en nog een naar de kelder. In een oogwenk zou ze door de keukendeur naar buiten stappen, de nieuwe ochtend in. Haar hart maakte een sprongetje. Het mocht dan nat en donker zijn, maar er zou meer dan een natuurkracht voor nodig zijn om Pansy ervan te weerhouden om op donderdag naar Elstree te gaan. In Garrowgate Hall was er echter iets wat sterker was dan de kracht van de natuur: de wil van haar meesteres, Maude Blythe.

Mevrouw Clarendon, de huishoudster die de leiding had, lag op de loer in de schaduw van de tochtige keldergang. 'Charlotte is ziek. We hebben je hier nodig,' zei ze toen ze Pansy zag.

Met die vier woorden zag Pansy haar prachtige donderdag, evenals de glimlach van haar moeder, de omhelzingen van haar zus, het huisgemaakte eten en alle andere geneugten van een dag in Elstree, in rook opgaan. 'Het is mijn vrije dag!' riep Pansy angstig uit. 'Mevrouw Clarendon,' voegde ze er haastig aan toe.

'Dat weet ik. Maar denk je dat mevrouw dat iets uitmaakt?'

'Geen sikkepit,' zei Pansy met enige rancune, even haar manieren vergetend.

'Gedraag je. Terug naar boven met jou en trek je uniform aan. We hebben geen moment te verliezen, het huishouden draait niet vanzelf.'

Had Pansy het niet gedacht. De dagelijkse taken waren eindeloos en de eentonigheid was meedogenloos. Het was onvermijdelijk dat ze zou gehoorzamen. Toch kon ze zich niet verroeren, ze was lamgeslagen door de teleurstelling. 'Maar mijn moeder verwacht me. Ze zal zich zorgen maken. Ik kan haar niet teleurstellen.'

'Je kunt er beter voor zorgen dat je mevrouw Blythe niet teleurstelt, de vrouw die je loon betaalt, aan wie je je loyaliteit verschuldigd bent.'

Het kon Pansy niet schelen of ze mevrouw Blythe teleurstelde, maar ze bond in. 'Ja, mevrouw Clarendon, maar wanneer kan ik dan vrij krijgen? Kan ik in het weekend ruilen met een van de andere meisjes?'

De huishoudster snoof en rolde met haar ogen. 'Hoe zou dat geregeld moeten worden? In hemelsnaam, meid, het is maar een week. Je kunt volgende week donderdag gaan.'

'Maar het staat in mijn contract, mevrouw Clarendon! Het spijt me, maar het is zo. Ik zou elke week een vrije dag krijgen. Het hoort bij mijn voorwaarden, mevrouw!' Pansy was zich ervan bewust dat ze met uitroeptekens sprak, maar ze was ziedend van verontwaardiging.

'Een dienst draaien in geval van nood hoort daar ook bij. Ik ga hier niet over discussiëren, Tilney. Kleed je om of zoek een andere baan.' Clarendon draaide zich om en verdween in de keuken.

Pansy bewoog zich nog steeds moeizaam. Het was maar een week. Clarendon zei het alsof een week slechts zeven luttele dagen besloeg, terwijl het voor Pansy wel een jaar leek. Maar dat was niet het enige. De donderdag was voor haar belangrijker om te overleven dan voedsel en water, daar was ze vast van overtuigd. Door die ene dag kwam ze de volgende week weer door. Haar dagen thuis waren het meest waardevolle deel van haar bestaan, het enige moment in de week dat ze zich echt zichzelf voelde. De rest van de tijd wist ze niet echt wie Pansy Tilney was geworden.

Ze werkte nu al zeven jaar als dienstmeisje voor de rijke familie Blythe en in die tijd was haar persoonlijkheid afgestompt, haar gevoel van hoop uitgehold en waren al haar betere eigenschappen methodisch, een voor een, vervangen door minder goede karaktertrekken. Ze was gewoon Tilney, een wezen dat dienstdeed. Alleen op donderdag zag ze weer iets van het meisje dat ze vroeger was, voordat ze op haar zestiende het huis verliet voor haar grote avontuur.

Uiteindelijk draaide ze zich om en sleepte zichzelf weer naar boven. Omdat de hoofdtrap dichterbij was, nam ze die. Ze had al lang genoeg rondgehangen en mevrouw Clarendon zou wel boos zijn. Er zouden op dit moment vast geen familieleden in de buurt zijn. Maar alsof haar dag nog erger moest worden, kwam ze op de overloop van de tweede verdieping niemand minder dan haar meesteres tegen.

'Neem me niet kwalijk, mevrouw,' mompelde ze, terwijl ze haar blik neersloeg en aan de kant ging. Bedienden werden verondersteld stil en onzichtbaar te zijn, als goede feeën die al het werk deden en alles op rolletjes lieten lopen, zodat het gezin kon genieten van zijn plezierige tijd in de illusie dat alles in het leven vanzelf ging.

Nergens was dit meer het geval dan in het huis van de Blythes. Sommige werkgevers vroegen om ijver, eerlijkheid en de bereidheid om hard te werken als ze huishoudelijk personeel in dienst namen. De

Blythes eisten daarnaast nog meer: een aangenaam uiterlijk, een deftige stem, aanzienlijke lengte, een sierlijke bouw, een licht loopje, het vermogen om uit het zicht te blijven. Bovendien moest je vlekkeloos schoon blijven, zelfs bij het schoonmaken van kolenkachels of het legen van de emmers met etensresten, en moest je aanvoelen wanneer je op het punt stond het pad van een Blythe te kruisen, zodat je in het interieur kon opgaan. Pansy blonk uit in al deze vereisten, maar vandaag was eigenlijk geen werkdag voor haar. Haar zintuigen hadden haar even in de steek gelaten. En wanneer gebeurde het dat Maude Blythe om zeven uur 's ochtends uit bed kwam en al helemaal aangekleed was?

Ze sloop voorbij, in de hoop dat als ze niet naar haar meesteres keek, mevrouw haar op de een of andere manier niet zou opmerken. Helaas ging dat niet op.

'Wacht!'

De stem was zo heerszuchtig dat glas ervan zou barsten. Pansy stopte. 'Draai je om!

Pansy draaide zich om en sloeg met tegenzin haar ogen op. Maude Blythe droeg een paarse jurk en haar lichtblauwe ogen stonden ontsteld. 'Wie ben je en wat doe je in mijn huis?'

'Ik ben Tilney, mevrouw, uw dienstmeisje. Het zou mijn vrije dag zijn, maar een van de andere meisjes is ziek. Mevrouw Clarendon hield me op weg naar buiten tegen en stuurde me naar boven om me om te kleden. Ik val in.'

Het was even stil. Wie wist welke gedachten er door mevrouw Blythes hoofd gingen? 'Juist,' zei ze toen en ze liep weg.

Pansy zag haar verdwijnen en voelde hoe haar gezicht vertrok van ongeloof. Haar meesteres had geen woord van medeleven of dank voor haar overgehad. Ze herkende haar eigen personeel niet eens als ze hen zonder uniform zag. Al was dat logisch, want ze keek nooit naar hen. De laatste keer dat mevrouw Blythe Pansy in de ogen had gekeken, was toen ze aan elkaar werden voorgesteld, zeven jaar geleden, toen Pansy de baan had gekregen. Ze was toen blij en trots geweest, al was dat nu nog maar moeilijk te geloven.

Ze beklom de laatste trap naar de zolder en zonk op haar bed. Ze deelde haar kamer met twee andere meisjes, Lou en Maisie, maar zij waren al twee uur hard aan het werk. Het uittrekken van haar jas en lijfje was veel zwaarder dan het dragen van wateremmers of brandhout. Ze kon nog steeds niet helemaal geloven dat haar donderdag, haar mooie donderdag, van haar was afgepakt.

'Dat duurde een eeuwigheid,' zei mevrouw Clarendon toen Pansy eindelijk in de keuken verscheen, gekleed in haar lichtblauwe ochtenduniform met wit schort en mutsje. 's Middags kleedden ze zich om in een zwarte jurk, wit schort en witte muts met linten. Het voelde vreemd om weer haar uniform aan te hebben, terwijl ze twintig minuten geleden in haar hoed en jas had klaargestaan om het huis te verlaten. 'Maak de salon gereed. Plaats verse bloemen, leg het vuur aan, o, en donderdag is het tapijtendag. Breng ze buiten en klop ze uit. Juffrouw Blythe verwacht juffrouw Crawford. O, ik zou haar nu de jonge mevrouw Blythe moeten noemen. Dat blijf ik maar vergeten. Schiet op, nu.'

'Domme pech, lieve Pansy,' mompelde Lou, terwijl ze zich naar buiten haastte met een emmer vol etensresten.

Pansy maakte eerst het vuur aan en bracht daarna de Indiase tapijten een voor een naar buiten. Er lagen er zes in de salon, allemaal in de kleuren turkoois, zachtblauw en goud. Ze waren enorm en zwaar. Ze droeg de eerste het erf op en worstelde om hem over de lijn te hijsen. Toen klopte ze het tapijt uit alsof haar leven ervan afhing.

Het regende nog steeds, maar niet meer zo hard. Bij elke slag haalde ze zich het perfecte gezicht van Rowena Blythe voor ogen en mepte daarop los. Ze stelde zich voor dat ze haar parelwitte tanden uit haar sierlijk gevormde mond sloeg en dat haar satijnen huid gekneusd werd en de paarse kleur van druiven kreeg. Daarna dacht ze voor de afwisseling aan de moeder van Rowena, Maude Blythe, en vervolgens aan haar vader. Toen ze het tweede kleed begon uit te kloppen, stelde ze zich voor dat ze de oude Clarendon een mep gaf en daarna de jonge mevrouw Blythe, zoals Verity Crawford, die met Kerstmis met de oudste zoon van de Blythes was getrouwd, nu werd genoemd. Toen ze er zeker van was dat ze haar gevoelens jegens Verity Blythe voldoende had geuit, dacht ze opnieuw aan Rowena. Aan Rowena had ze de grootste hekel.

Wanneer ben ik deze persoon geworden, vroeg ze zich af, terwijl ze het laatste kleed terugbracht naar de salon en het uitspreidde voor de gouden damasten divan. Waar kwam al die haat vandaan?

Toen ze de kamer verliet om bloemen te zoeken voor in de kristallen vazen en glanzende kruiken, botste ze tegen John Hobbs op, eerste bediende, en de liefde van Pansy's leven.

'Goedemorgen, Pansy!' riep hij uit met zijn gewoonlijke stralende, goedaardige glimlach. 'Wat doe je hier op donderdag?'

'Morgen, John. Charlotte is ziek geworden. De oude Clarendon hield me tegen toen ik weg wilde gaan. Ik mocht niet weg.'

'Wat verschrikkelijk.' John wist als geen ander wat de donderdag voor Pansy betekende. Ze waren vrienden, ze praatten en lachten met elkaar en namen elkaar in vertrouwen. Het had meteen geklikt tussen hen. Ze werkten nu zeven jaar samen en ze woonden in hetzelfde huis, samen met al het andere personeel. John zei vaak dat Pansy als een zus voor hem was, wat haar gek maakte. En gek maakte het haar beslist, want, zo hulpeloos verliefd als Pansy op John was, zo verliefd was John op iemand anders. Die liefde was echter gedoemd en dat wist hij. Pansy wachtte met pijn in haar hart in de coulissen af tot hij tot het besluit zou komen om zichzelf een kans op geluk te gunnen. Ze zou het niet erg vinden zijn tweede keuze te zijn als dat betekende dat ze bij John Hobbs kon zijn, de aardigste en beste man die ze ooit had ontmoet.

Maar hij was standvastig in zijn liefde, hoewel het voorwerp van zijn genegenheid waarschijnlijk niet eens wist hoe hij heette. Ze zou nooit beseffen wat een goed, nobel hart hij had, simpelweg omdat hij geen hertog of heer of zelfs een koning was. En dus zaten ze hier allebei vast. Pansy was voor altijd gedoemd om achter John aan te gaan, en John om op gepaste afstand in het kielzog van Rowena Blythe te blijven.

2

ROWENA

'Ik heb een hekel aan februari. Wat een ellendige maand. Echt zo'n periode waarin je het gevoel krijgt dat er nooit meer iets leuks zal gebeuren.'

Dat waren de woorden van Verity Crawford, mijn beste vriendin, of Verity Blythe, zoals ik haar in gedachten ook moet noemen, want ze is onlangs getrouwd met mijn oudere broer Felix. Dat maakt ons nu waarschijnlijk zussen.

'Rowena! Hoorde je me wel? Je lijkt mijlenver weg met je gedachten, schat.'

'Ja, februari. Inderdaad vreselijk.' Ik zucht en reik naar de bel om de bediende te roepen die het vuur wat komt opporren.

Ik schuif heen en weer op de groenzijden divan en voel me eigenlijk niet zo op mijn gemak. Bij het ontbijt heb ik te veel gegeten en dan is er nog de verveling... Ik weet niet wat er de laatste tijd met me aan de hand is. Het afgelopen decennium heeft Verity waarschijnlijk elk jaar in februari iets in deze trant gezegd en meestal ben ik het met haar eens. Maar dit jaar, hoe verveeld en ontevreden ik ook ben, denk ik niet dat het nieuwe balseizoen in de lente de zaken zal verbeteren. Sterker nog, ik word al moe door het vooruitzicht. Dat is zorgwekkend, want als de gedachte aan een bal me al niet meer opfleurt, wat dan wel?

'Eindeloos veel feesten met Kerstmis en Nieuwjaar, en daarna... niets,' gaat Verity verder, terwijl ze haar nek naar links en dan naar rechts strekt. 'Helemaal niets op sociaal gebied.' Ze trekt haar mondhoeken naar beneden van ontevredenheid. Ik weet best dat ze nu verwacht dat ik haar bijval. We zijn al vriendinnen sinds we vijf jaar oud zijn, dus ik kan onze gesprekken helemaal uittekenen. Maar eigenlijk weet ik niet of ik mijn klachten wel onder woorden kan brengen. Ik denk niet dat het die typische lusteloosheid is die bij februari hoort of dat het door de lege pagina's in mijn agenda komt. Waar komt het dan wel door? Ik kan er de vinger niet op leggen. Het zweeft om me heen als een geest en verduistert mijn hart als de schaduw van een overvliegende vogel.

'Natuurlijk kan ik me als getrouwde vrouw in elk geval vermaken met de gemakken van het huwelijk,' zegt Verity, haar ogen plotseling fonkelend. 'Die afleiding mis jij, lieverd. Ik moet zeggen dat je broer een zeer... attente echtgenoot is. Tussen ons gezegd, de fysieke kant van het huwelijk bewijst...'

Dan klinkt er een klop op de deur en komt er een meid binnen om het vuur op te porren, dus kan Verity haar gedachten over de fysieke kant van het huwelijk gelukkig nog even niet uitspreken. In het bijzijn van bedienden wordt er niet gesproken. Lijdzaam kijk ik naar de meid. Ze is best knap, met kastanjebruin haar en grote groene ogen, maar ze heeft een brutale uitstraling. Ze steekt de pook in de dovende vlammen alsof het vuur het hart van haar ergste vijand is. Ik vraag me af aan wie ze denkt terwijl ze in de vlammen pookt. Ongemakkelijk kijk ik weg. Het voelt alsof haar felle bewegingen een boodschap overbrengen. Kun je niet in je eigen vuur porren, lijken ze te eisen. Het is anderhalve meter van waar je zit.

Opeens vraag ik me af hoe ze over ons denken, de bedienden bedoel ik, en wat ze de hele dag doen als ze niet voor ons bezig zijn en soep serveren of ons haar krullen. Daar is het weer, die verandering in mij. Ik heb me zulke dingen nooit eerder afgevraagd. Ik ken niemand die dat doet. Maar de laatste tijd voelt het alsof het leven vol vraagtekens zit.

Zou het door de jaarwisseling veroorzaakt zijn? Later dit jaar, in juni, zal er een diamanten jubileum zijn, aangezien de koningin dan al zestig jaar regeert. Dat betekent feestelijkheden in overvloed om Verity in verrukking te brengen. Misschien ben ik me daardoor gaan bezinnen. Of zou het de verrassing, of beter gezegd de schok, zijn dat mijn beste vriendin met mijn broer trouwde, zonder dat ik het aan zag komen? Ik vermoed echter dat het nog verder teruggaat.

Afgelopen augustus werd er een groot liefdadigheidsbal gehouden ter ere van de oprichting van de Westallen Foundation, een goed doel om de minderbedeelden te helpen, blablabla. Olive Westallen, de oprichtster van de stichting, is iemand die ik zelden zie, maar als onze paden elkaar kruisen, heeft dat een verontrustend effect op mij. Net als ik is ze fabelachtig rijk. Net als ik is ze bevoorrecht, verwend en gaat ze voor haar eigen pleziertjes. Alleen laat Olive mijn leven heel anders lijken dan het hare. Vergeleken met Olives leven lijkt mijn leven ineens onbeduidend en kleurloos. Misschien zelfs zinloos. In welke wereld zou ik in hemelsnaam ooit een liefdadigheidsstichting oprichten?

De meid ramt de pook terug in de houder en loopt de kamer uit. Ze heeft een mooi figuur, zie ik als ze het vertrek verlaat.

'Lieve hemel!' zegt Verity als ze weg is. 'Wat was er met haar aan de hand? Heb je ooit iemand zo'n gezicht zien trekken? Ze heeft geluk dat moeder er niet bij was, anders was ze nu werkloos.'

Verity heeft sinds haar huwelijk de verontrustende gewoonte aangenomen om mijn ouders vader en moeder te noemen. Ze noemt haar eigen ouders papa en mama, maar toch raak ik er soms door in de war. Maar inderdaad heeft moeder (de mijne, niet de hare) in het verleden bedienden voor minder ontslagen, daar heeft ze gelijk in.

'Rowena!' zegt ze geërgerd. 'Hoorde je me wel?'

'Jaja. Hoe zou ik moeten weten wat er met haar aan de hand was? Waarschijnlijk heeft ze gewoon problemen met haar liefje.'

'Of misschien is haar periode pijnlijk. Dat hoop ik. Het zou haar verdiende loon zijn, omdat ze zich zo gedraagt terwijl wij proberen een gezellige ochtend met elkaar te hebben.'

Ik kijk naar Verity. Soms kan ze verrassend gemeen zijn. Bovendien zegt ze soms dingen die helemaal niet damesachtig zijn. Stel je voor, over periodes praten en dat ook nog vóór elf uur. Ik vraag me af of bedienden wel periodes hebben. Waarschijnlijk wel. Nu laat ze me erover nadenken. Op die momenten zou ik niet graag de hele dag op de been willen zijn, maar misschien hebben dat soort mensen niet zo veel pijn. Ik ben er zeker van dat ze veel sterker zijn dan ik. Ik loop naar het raam voor wat afleiding, maar het uitzicht helpt dit keer niet echt. Het weer is beestachtig.

De deur gaat weer open en dit keer komt mijn vader binnen. Hij is geen grote man, maar hij heeft een sterke uitstraling, met zijn dikke snor, doordringende ogen en gezaghebbend voorkomen. 'Ah, Rowena, daar ben je. Ik moet je spreken. Goedemorgen, Verity. Ben je weer bij ons?'

'Goedemorgen, vader,' zegt Verity. 'Ja, ik wilde even mijn hart uitstorten bij Rowena.'

'Het wereldnieuws doornemen?' Mijn vader grinnikt. 'Alle belangrijke zaken, feestjes en bals.'

'Precies!' roept Verity. 'En dat de bedienden minder correct zijn dan vroeger. Vanmorgen...'

'Waarmee kan ik je helpen, vader?' onderbreek ik haar. Verity zou niet aarzelen om het meisje in de problemen te brengen en het is waar dat ze erg brutaal was, maar ik ben er niet van overtuigd dat te hard in het vuur porren al die ophef waard is.

'We hebben besloten je portret te laten schilderen.'

'Alweer?'

'De laatste keer was bijna vijf jaar geleden. Je moeder wil iets wat meer bij deze tijd past, waarbij je bijvoorbeeld op de grote trap staat in een avondjurk of iets dergelijks. Dat kan zij je beter vertellen. Ik ben hier alleen om je te laten weten dat je er vanaf maandag tijd voor moet vrijmaken, bij voorkeur de hele week. Ik heb Lethbridge ervoor gevraagd.'

De moed zinkt me in de schoenen. Verity gilt van opwinding.

'Ja,' vervolgt mijn vader. 'Hij is dé kunstenaar van dit moment, na Joshua Reynolds natuurlijk, maar tegenwoordig heeft iedereen al een Reynolds. We willen iets wat meer onderscheidend is. Lethbridge heeft jou toch ook geschilderd, Verity? Het heeft wat tijd gekost om een afspraak met hem te kunnen maken, maar Maude wil graag de beste.'

'Ja, inderdaad,' merkt Verity op. 'Prachtig, daarmee kunnen we ons weer een week vermaken. Weet je, vader, we zeiden net...'

Maar mijn vader is al weg, hij heeft in het algemeen weinig geduld als het gaat om vrouwengeklets. Ik kreun.

'Wat is er aan de hand?' vraagt Verity. 'Je bent echt verschrikkelijk vandaag, Ro. Je zou blij moeten zijn. De reputatie van Lethbridge wordt elke maand beter. Hij schildert ook leden van het koningshuis, weet je. Hij is echt getalenteerd. En hij is een boef. Heb ik je dat verteld? Toen hij me schilderde, probeerde hij mijn haarversieringen te verplaatsen en daarbij streek hij met zijn hand over mijn boezem. Je begrijpt wel dat hij mijn haardracht nog een paar keer veranderde, steeds op dezelfde manier. Ik wist niet of ik me moest schamen of me gevleid moest voelen.' Ze barst in lachen uit, haar gezicht kleurt roze bij de herinnering.

Ja, ik wist het. Ja, Verity had het me verteld. En dat is juist de reden van mijn afkeer. Ik begrijp niet hoe Verity zoiets grappig kan vinden. Ik zou het vreselijk vinden als een oude bok van vijftig met lang warrig haar mijn borst streelde in naam van de kunst. Ik zou over zijn schoenen spugen. Maar dit soort dingen zijn onbespreekbaar bij vader en moeder. Als ze eenmaal een besluit hebben genomen, is dat een vaststaand gegeven. Ik zwijg en Verity zucht.

'Ik verveel me,' zegt ze, terwijl ze opstaat en naar de open haard loopt. Tot mijn verbazing pakt ze de pook en gooit een kooltje op het vloerkleed. Het rolt een eindje weg en laat zwarte vlekken achter.

'Waarom deed je dat?' vraag ik verbijsterd.

Verity luidt de bel. 'Ik zal die meid zeggen dat het haar schuld is en haar berispen voor slordig werk. Dan zeg ik dat ze het op moet ruimen. Dat zal haar leren.'

Ik weet niet wat ik moet zeggen. Verity is mijn vriendin. Er is geen gelegenheid die ik me kan herinneren dat ze niet aan mijn zijde stond. De banden van vertrouwdheid en genegenheid zijn diep. Maar de laatste tijd vraag ik me soms af of ik haar wel aardig vind.

3

PANSY

Op zondagochtend ging iedereen van het Blythe-huishouden, zowel de familieleden als het personeel, naar St. Michael's Church op Highgate Hill. Dat was verplicht. Vanaf Garrowgate Hall was het tien minuten lopen de heuvel op naar de kerk. Natuurlijk liep de familie niet, ze reden in de koets.

De bedienden verlieten het huis om kwart voor tien en liepen met z'n drieën naast elkaar de Highgate West Hill op. Ze vormden een indrukwekkende rij, aangezien ze in totaal met drieëntwintig personen waren: meneer Benham, de butler, mevrouw Clarendon, de huishoudster, een onderbutler en een onderhuishoudster, de kokkin, drie huisbedienden, vijf keukenmeisjes, vier werkmeiden, twee kamermeisjes, drie dienstmeisjes en een manusje-van-alles. Ze liepen altijd in dezelfde volgorde.

Pansy liep halverwege de stoet aan de linkerkant, aan de kant van de huizen, met Lou naast haar en een van de Sarahs – er waren er drie – aan Lou's andere kant, de straatkant. Pansy zag Johns lange gestalte een paar rijen voor haar. Alle huisbedienden waren lang, maar Pansy herkende John uit duizenden, zelfs als ze alleen zijn achterhoofd zag. Mevrouw Clarendon liep voorop en meneer Benham voerde de achterhoede aan. 'Je kijkt alsof je de lente al in je bol hebt,' merkte Lou mompelend op, aangezien ze niet mochten praten.

'Sst,' zei Sarah, die van het betweterige soort was, in tegenstelling tot de andere Sarahs die zowel grappig als flirterig waren als ze de kans kregen. Lou rolde met haar ogen.

‘Welke lente?’ brieste Pansy, starend naar de staalgrijze lucht. Het regende in elk geval niet. Er was maar één ding erger dan een uur naar een van dominee Astleys saaie preken luisteren en dat was als je dat natgeregend moest doen.

‘Echt mooi is het niet,’ beaamde Lou. Ze was de enige bediende in Garrowgate Hall die met een cockneyaccent sprak, hoewel het zachter was geworden in de drie jaar dat ze hier in dienst was en ze algemeen beschaafd Engels sprak als dat nodig was. Pansy begreep nog steeds niet hoe ze mevrouw Clarendon had overgehaald om haar de baan te geven, aangezien de Blythes erop stonden dat hun personeel een lust voor oog en oor was, maar Lou had blijkbaar toen al geen nee geaccepteerd als antwoord. Ze had een dikke huid, zoals Pansy die nooit zou hebben. De minachting en vernederingen die bij het huiselijk leven in Garrowgate Hall hoorden, gleden zo van haar af. Toen Pansy Lou vertelde hoezeer ze haar bewonderde, haalde ze alleen maar haar schouders op. ‘Het is beter dan wat ik eerder had, toch?’

Misschien was dat het hele punt wel, dacht Pansy. Misschien was werken voor de Blythes niet het ergste wat je kon overkomen, maar vergeleken met haar leven ervoor was het vreselijk. Haar jeugd was zo gelukkig geweest. Had dat haar geluk gebracht? Of juist niet? Pansy zou het nooit weten. Voor de Blythes was het wellicht het toppunt van harmonie om zichzelf te omringen met deftige bedienden, maar Pansy vond het alleen maar wreed. Al die mensen werkten alleen in het grote huis omdat ze pech hadden. De Blythes waren als aasgieren, die loerend rondvlogen en de kwetsbaren te pakken namen. Als ze niet langer hun doel dienden, werden ze uitgespuugd. Voordat Lou en Pansy hun kamer met Maisie deelden, hadden ze die gedeeld met Patricia, een meisje met weelderige vormen dat werd ontslagen toen ze iets te zwaar was geworden.

‘Sinds donderdag kijk je als een boer met kiespijn,’ vervolgde Lou. ‘Het is echt zonde. Die lieve moeder van je, in dat gezellige huisje. Je had die dag thuis nodig.’ Pansy knikte. Het was van kwaad tot erger gegaan die dag. Rowena en Verity hadden haar teruggeroepen en haar verweten dat ze een kooltje op het tapijt had laten vallen, iets wat ze beslist niet had gedaan. Wie van hen was op dat idee gekomen? Ze waren er beiden toe in staat. Wat had Felix Blythe in hemelsnaam ooit in die verachtelijke Verity gezien? Ze was mooi genoeg en haar bruine lokken glansden indrukwekkend, maar dat was eigenlijk alles wat er over haar gezegd kon worden. 'Ik wil er niet over blijven zeuren, maar ik moet er een keer per week even tussenuit. Het saaie werk, die zinloze regels en dan nog die vreselijke mensen en die stomme mutsen!' Gefrustreerd trok ze eraan. Het was het meest oncomfortabele ding dat ze ooit had gedragen. Als haar moeder haar nu kon zien, zou ze dan lachen of huilen?

De bedienden mochten geen hoed dragen naar de kerk, anders zou iemand nog denken dat ze gewone mensen waren. In plaats daarvan kregen ze dunne mutsen zonder herkenbare vorm of mode die er belachelijk uitzagen en jeukten als de neten. En dan moesten ze die ook nog van hun eigen loon betalen. De mannen gingen blootshoofds. Voor Pansy, die nooit ijdel was geweest, maar wel altijd netjes en gepast gekleed was, waren de mutsen een manier om haar van haar laatste waardigheid te ontdoen.

'Ik vroeg Clarendon of ik een briefje naar mijn moeder mocht sturen om het uit te leggen. Ik wilde even naar de winkel rennen, zodat meneer Ollander het voor me mee kon nemen. Maar ze weigerde me daar tien minuten vrij voor te geven. Mijn moeder had wel kunnen denken dat ik dood in een greppel lag, maar dat kon Clarendon niets schelen. Het is alsof die verduivelde Blythes de enige mensen in de hele wereld zijn die ertoe doen.'

'Wat ik nooit zal begrijpen,' mompelde Lou, 'is waarom je geen andere baan zoekt. Dit werk is bepaald niet leuk, maar je hebt er een grotere hekel aan dan de rest. Je bent een slimme meid, je kunt zelfs lezen. Je moet toch ook wel ergens anders terechtkunnen?'

'Sst!' siste Sarah luid.

'Niet praten!' De gezaghebbende stem van meneer Benham klonk boven hun hoofden.

Lou zweeg en Pansy kon haar vraag niet beantwoorden. Als Lou eens wist dat de reden, van bijna twee meter lang, een eindje voor hen liep. Lou had natuurlijk gelijk en er ging geen week voorbij dat Pansy er niet aan dacht ontslag te nemen. Ook haar moeder drong vaak bij haar aan om iets te veranderen.

'Je bent drieëntwintig, lieverd,' zuchtte ze. 'Je zou een leuk leven moeten hebben en aardige jonge mannen ontmoeten, in plaats van in dat huis te zwoegen. Hoe kun je ooit iemand ontmoeten als je maar één vrije dag per week hebt en je die altijd bij mij doorbrengt? Ik wil liever dat je gaat trouwen, Pansy, en dat je een gezin sticht.'

Dat zou Pansy ook wel willen, maar alleen met John. Telkens als ze er serieus over nadacht om bij de Blythes weg te gaan, stelde ze zich voor hoe het zou zijn om elke ochtend wakker te worden zonder het vooruitzicht John te zien. Het veroorzaakte een pijn die ze diep in haar maag voelde. Hoewel het haar woedend maakte dat hij juist op Rowena Blythe verliefd was geworden, had ze ook echt medelijden met hem als hij voor haar half zo veel voelde als Pansy voor hem. Dus zaten ze allebei vast in dit theater van hartzeer. Voor nu. Er zou namelijk zeker een einde aan komen als Rowena zou trouwen. Het was algemeen bekend dat, hoewel de Blythes niet wilden dat hun dochter zichzelf in een ondoordacht huwelijk wierp, ze zo veel voorstellen had afgewezen dat ze nu ongeduldig werden. Rowena was toch bijna drieëntwintig. Een oneerlijke speling van het lot had ervoor gezorgd dat Rowena en Pansy even oud waren, alsof de aandacht op de ongelijkheid in hun leven gevestigd had moeten worden. De Blythes zetten Rowena onder druk om een keuze te maken. Elke week waren er nog genoeg hertogen, lords en wat dies meer zij, die voor haar perfecte neus liepen te paraderen. Als ze trouwde, zou Johns hoop op een heel andere manier de grond in geboord worden. Bovendien zou Rowena Garrowgate Hall verlaten.

John zou een gebroken hart hebben en Pansy wilde dat niet voor hem. Maar aan de andere kant zou hij dan op zoek kunnen gaan naar een andere baan bij vriendelijkere werkgevers. En Pansy ook. Ze konden allebei op zoek gaan naar een prettiger werkomgeving. Ze zouden contact houden en op een dag zou zijn gebroken hart genezen zijn. En dat was het moment waarop hij zich misschien tot zijn dierbare vriendin Pansy zou wenden...

Een deel van Pansy wist dat het niet verstandig was om zo te leven. Ze joeg een droom na die misschien nooit uit zou komen. Een deel van haar schreeuwde om met dit leven te breken, haar eigen geluk na te jagen en John op te geven. Maar ze was gewoon niet sterk genoeg om zich los te maken.

Ze kwamen bij de kerk aan en liepen zwijgend naar binnen. Het gebouw was zo hoog als een berg, maar ook erg smal, zo schriel en knokig dat Pansy het niet kon helpen dat ze altijd weer dacht dat zelfs het gebouw met tegenzin dienstdeed. Pansy keek altijd uit naar de zondagsdienst in Elstree. De kerk waar ze met hun gezin naartoe gingen, was niet zo mooi als St. Michael's Church, maar ook niet zo smal en sober. Nu was de kerkdienst weer een uur van Pansy's week dat moeilijk te verdragen was, waarin de fouten en tekortkomingen van de mensheid tot in detail werden opgesomd en veroordeeld.

Het personeel van Garrowgate Hall moest altijd op dezelfde plaatsen zitten. Vanaf Pansy's plaats, in het midden van de bank, kon ze John zien als ze naar links keek. Rowena zat vooraan, aan de rechterkant. Als Pansy naar John keek, staarde hij vaak betoverd naar haar. Dan keek Pansy ook naar Rowena en het liefste zou ze op zo'n moment in haar schoenen willen staan, niet vanwege haar rijkdom of schoonheid, maar omdat John in de ban was van haar gezicht en zijn hart uitging naar het hare.

Pansy kon maar een klein stukje van Rowena's gezicht zien onder haar stijlvolle hoed en de weelderige krullen van haar goudblonde haar, maar het was genoeg om haar perzikkleurige huid te zien en het puntje van haar smetteloze neus. Pansy zuchtte, wat haar een por in de rug opleverde van de oude mevrouw Clarendon, die achter haar zat. Er was één ding nodig om alles goed te maken waar Pansy voor geleden had en het was alles waar ze op hoopte. Rowena Blythe moest een echtgenoot kiezen en het liefst een beetje snel.

'Hoe komt het toch, John?' vroeg Pansy later die middag. Ze was zilver aan het poetsen in de bijkeuken en John, die op zondag vaak vrij had, was haar komen helpen. Pansy was hem dankbaar, want het was een enorme klus. Elke bestekset bestond uit driehonderdzestig delen en de Blythes hadden tien verschillende sets. Daarnaast waren er de kandelaars, de ornamenten, de peper- en zoutvaatjes in de vorm van jachthonden en de mosterdpotten in de vorm van beren.

'Hoe bedoel je?' vroeg John, grijnzend terwijl hij de billen van een van de beren polijstte.

'Wat zie je in haar? Je weet wie ik bedoel. Ik weet dat ze mooi is, ik heb nog nooit een mooiere vrouw gezien. Maar waarom ben jij... Wat zorgt ervoor dat jij...'

Hij keek zo verdrietig dat Pansy er spijt van had dat ze het had gevraagd. 'Sorry, ik had het niet moeten vragen,' zei ze, terwijl ze opstond om het raam van de bijkeuken te openen. Het was nog steeds koud buiten, maar de bijkeuken was klein en de geur van zilverpoets verstikte haar.

'Nee, het is al goed,' zei hij langzaam. 'Alleen weet ik niet of ik een antwoord heb, Pansy. Ze is inderdaad mooi, ik zou wel blind moeten zijn om dat niet te zien, maar het is meer dan dat.'

'Maar wat dan?' hield Pansy aan. Haar oppervlakkige persoonlijkheid? Haar pathetische onverschilligheid jegens anderen? Haar uitgebreide kennis van Parijse mode? Pansy begreep eerlijk gezegd helemaal niet hoe Rowena Blythe aantrekkingskracht kon uitoefenen op een verstandige man als John.

'Het komt waarschijnlijk doordat ze er zo droevig uitziet.'

'Zij triest? Ik ben degene die triest is, John! Als dat de werkelijke reden was, dan zou je eerder voor mij vallen. En dat is toch beslist niet het geval?'

'Natuurlijk niet. Je bent als een zus voor me. Het is niet zo dat het verdriet op zich aantrekkelijk is. Maar ze is triest en ze weet het niet eens. Niemand weet het. Ze doffen haar op, bewonderen haar, dansen met haar en bedelven haar onder de diamanten...'

'Arme vrouw.' Pansy's toon was enigszins gekrenkt.

'... maar niemand vraagt haar ooit wat ze wil. Rowena Blythe is diepzinniger dan je in eerste instantie zou denken en dat intrigeert me.'

'Maar waarom denk je dat?' Pansy had vaak te horen gekregen dat ze te veel vragen stelde, maar ze wilde de dingen graag begrijpen. Zo'n gesprek kon je ook niet met iedere man voeren, maar John was zachtaardig en attent. Het volledige personeel was gefascineerd door de familie en in het bijzonder door Rowena, maar Pansy was de enige die wist hoe John zich echt voelde.

John zette de glimmende beer opzij en pakte een bonbonmand. Daar was Pansy blij om, want dat was altijd een gepriegel. 'Gewoon een gevoel. Soms zie ik een blik op haar gezicht en denk ik bij mezelf dat haar leven perfect zou moeten zijn, maar dat is het niet.'

Pansy was er absoluut niet van overtuigd dat Rowena diepe gronden had, maar ze was niet van plan om daar ruzie over te gaan maken met een man die verliefd was. 'Stel dat je gelijk hebt, John. Stel dat ze verlangt naar een ander leven. Naar welk leven verlangt ze dan? Naar een leven met jou? Begrijp me niet verkeerd, ieder meisje zou haar handen mogen dichtknijpen met jou. Maar in haar geval? Het verschil tussen jullie is te groot. Zelfs als zij die grens over zou gaan, dan zouden ze het haar niet toestaan. Je zou uit dit huis gezet worden en je naam zou in heel Londen zo zwart gemaakt worden dat je nergens meer terecht zou kunnen. Je zou niemand iets te bieden hebben, laat staan Hare Majesteit.'

‘Dat weet ik wel, Pansy. Ik weet dat het nooit zal gebeuren. Ik hou mezelf niet voor de gek door te denken dat er iets tussen ons speelt en dat het slechts een kwestie van tijd is.’

‘Dan moet je verdergaan, John. Geef jezelf de kans om haar te vergeten. Dat zal je nooit lukken als je haar elke dag tegenkomt. Je verdient een goed leven, John.’

‘Dat zijn lieve woorden, Pansy. Hetty zegt precies hetzelfde.’

‘Je zus is een slimme meid.’

‘Maar ik kan het niet, Pansy. Je weet hoe moeilijk mannelijke bedienden tegenwoordig aan werk komen. En ik weet niet wat ik anders moet doen.’

Pansy begreep het wel. Er was steeds minder vraag naar huisbedienden. Steeds minder huishoudens hadden huisbedienden in dienst en dienstmeisjes namen de taken over die vroeger door mannen werden uitgevoerd. Een huisbediende had tegenwoordig eigenlijk alleen nog een decoratieve functie en de baan werd als onmannelijk gezien. John was zestien jaar geleden op twaalfjarige leeftijd als loopjongen in Garrowgate Hall begonnen. Op zijn vijftiende was hij gepromoveerd tot deurjongen, daarna was hij huisbediende geworden en vervolgens eerste bediende. Hij was in alle opzichten een bediende.

Pansy maakte zich boven alles zorgen om John. Hoewel hij haar het meest dierbaar was, was hij niet de enige man die haar aandacht had getrokken in de afgelopen zeven jaar. Ze had vaak gedacht dat Felix, de oudste zoon van de Blythes, even knap was als zijn zus mooi mocht worden genoemd. Hij was ook hoffelijk, meer dan anderen. Het zou niet moeilijk zijn om voor zo’n man te vallen. Maar Pansy had zichzelf nooit toegestaan om aan deze gedachten toe te geven, om alle redenen die ze zojuist tegen John had opgenoemd. Hij was te ver boven haar stand verheven en ze had een aangeboren gevoel om zichzelf te beschermen. Ze wenste alleen dat John dat ook had gehad.

4

ROWENA

De gevreesde maandag is eindelijk aangebroken. Omdat de middag gereserveerd is voor sociale verplichtingen, heeft moeder Lethbridge overgehaald om 's ochtends te komen. Hij heeft echter de reputatie altijd te laat te komen, dus is moeder verdwenen om andere dingen te regelen. Ik blijf alleen achter in de salon, bibberend in een champagnekleurige avondjurk van zijde en satijn, getooid met diamanten, terwijl het pas tien uur is.

Ik ben zo dicht bij het vuur gaan zitten als ik durf. De jurk laat mijn schouders en decolleté volledig bloot, op een randje delicaat kant na. Ik heb mama gesmeekt om te mogen wachten met een sjaal om, maar ze stond erop dat, wanneer de grote kunstenaar arriveert, hij me meteen 'in volle glorie' zou zien. Ik denk aan Verity's verhalen over het wellustige genie en voel me volkomen ellendig. Normaal gesproken zou ik op dit uur heerlijk in bed liggen, giechelend om het tijdschrift *Punch* en klaar om te bellen voor het ontbijt.

Ik hoor de voordeur. Hij zal toch zeker niet te vroeg zijn? Ik kan hem niet in mijn eentje ontvangen. Een van de dienstmeisjes komt binnen, het meisje dat bijna niet in dienst werd genomen door moeder omdat haar haar nogal rood is, en kondigt aan: 'De heer van de kunstenaar.' Het lijkt een vreemde manier om het te verwoorden en ondanks mijn kippenvel voel ik een sprankje hoop.

'Bedoelt u meneer Lethbridge?'

'Nee, juffrouw Blythe, hij niet. Er is een heer namens hem gekomen.'

Hier zal moeder niet blij mee zijn, maar dan had ze me maar niet in de steek moeten laten. 'Wat is zijn naam?' vraag ik. Wat zijn dit soort mensen soms toch onhandig.

Het gezicht van de meid loopt rood aan. 'Ik... Dat weet ik niet, juffrouw Blythe. Ik heb het gevraagd, echt waar. Alleen kan ik het niet uitspreken.'

Ik zucht en rol met mijn ogen. 'O, in hemelsnaam! Waar moet het naartoe met de wereld als een dienstmeisje al geen normaal Engels kan spreken? Goed, laat hem maar binnen.'

'Goed, juffrouw.' Ze maakt een buiging en haast zich weg.

Ik ga staan om de vervanger van meneer Lethbridge met de onuitspreekbare naam te begroeten. Eigenlijk weet ik niet veel over kunstenaars, maar ik neem aan dat ze allemaal op elkaar lijken. Mijn verbazing is dan ook groot wanneer er een jonge man met een ongelooflijke uitstraling en zo knap dat hij Adonis zou kunnen zijn verschijnt in plaats van een vijftigjarige man met lang, onverzorgd haar en een geur van eau de cologne om hem heen om de dranklucht te verhullen. Ik voel mijn wenkbrauwen omhoogschieten.

Hij stapt de kamer binnen, zelfverzekerd en beleefd tegelijk, en maakt een lage, hoofse buiging voor me. 'Juffrouw Rowena Blythe, neem ik aan,' zegt hij met een accent dat ik niet kan plaatsen. Dat ik dat niet kan, is vanzelfsprekend. In Garrowgate Hall en in de rest van mijn sociale wereld wordt volkomen accentloos gesproken. Zelfs het arbeidersaccent wordt door mama uit ons huis geweerd, daarom hebben al onze bedienden een min of meer respectabele achtergrond.

Hij gaat rechtop staan en kijkt me met een uitdrukking van verrukking aan. Lieve hemel, ik kan mijn ogen niet van hem afhouden. Ik kom vrijwel dagelijks in contact met mannen. Bijna elke dag. Mijn ouders willen me al jaren uithuwelijken. Ik ben het hof gemaakt door hertogen, graven en rijke mannen van elk niveau. Verity vraagt vaak waar ik in hemelsnaam op wacht en ik heb het haar nooit helemaal kunnen vertellen, maar...

'Juffrouw Blythe?' vraagt hij nogmaals en ik herpak mezelf.

'Ja!' roep ik uit. Waarschijnlijk is dit de eerste keer in mijn leven dat ik zenuwachtig ben. 'Inderdaad. Pardon, meneer. U bent niet... meneer Lethbridge. U bent niet... de persoon die ik verwachtte.'

Hij buigt zijn hoofd met een kleine glimlach. 'Sta me toe het uit te leggen. Juffrouw Blythe, ik ben...'

Hij noemt zijn naam, maar het klinkt als een niesbui. Ik verontschuldig me in gedachten bij de meid met het rode haar. Ik frons mijn voorhoofd, realiseer me dan wat ik doe en stop. Mama wil niet dat ik frons voor het geval ik daardoor ouder zou lijken. 'Pardon?'

Hij grijnst en toont gelijkmatige witte tanden in een goudbruin gezicht. Hoewel het februari is, ziet zijn huid eruit alsof een zweem van de zomerzon nog op zijn gezicht aanwezig is. 'Ik ben Bartolej Stanislawski Woźniak, juffrouw Blythe, maar noem me alstublieft Bartek. U hoeft mij niet formeel aan te spreken gezien mijn positie. En veel Engelsen vinden de uitspraak van Woźniak te ingewikkeld.'

Ik glimlach, opgelucht dat ik me minder dom voel. 'Dank u. En waar komt u vandaan, meneer... Bartek?'

'Ik kom uit Polen, juffrouw Blythe. Polen bestaat momenteel officieel niet, het hoort bij Rusland. Polen is alleen hier te vinden.' Hij legt zijn handpalm op zijn hart en glimlacht. 'Zoals Bohemen.' Ik knik vaag. Ik neem aan dat Bohemen de regio is waar hij vandaan komt. 'Maar nu ben ik een trotse inwoner van Londen,' besluit hij. 'Ik woon hier nu een jaar, maar ik heb nog steeds een accent en een moeilijk uitspreekbare naam.'

'Uw accent is... charmant. En u bent hier in plaats van meneer Lethbridge, omdat...'

'Ah, ja, ik zal het meteen uitleggen. Ik ben de assistent van meneer Lethbridge. Hij is ziek, maar hij heeft het bovendien erg druk. Hij had twee weken gereserveerd om naar Garrowgate Hall te komen om de beroemde schoonheid Rowena Blythe op het doek vast te leggen. Waarschijnlijk is hij echter het grootste deel van de week ziek en hij heeft geen tijd om zo veel dagen te missen, dus kom ik het voorbereidend werk doen, schetsen maken, verschillende decors naast elkaar leggen, et cetera. Op die manier kan hij, als hij weer beter is... er meteen in duiken. Zeg ik dat goed?'

'Ja, ik begrijp het. Nou, meneer Bartek, bedankt voor uw tussenkomst. Mijn moeder zal u willen ontmoeten, maar ze is momenteel elders bezig. Volgens mij dacht ze dat meneer Lethbridge waarschijnlijk niet zo vroeg zou zijn.'

'Lethbridge komt inderdaad altijd te laat!' Hij lacht. 'Uw moeder is een verstandige vrouw.'

Hij beschikt over het talent om ongemakkelijke momenten weg te wuiven en daar ben ik hem dankbaar voor, want ik ben niet gewend om me ongemakkelijk te voelen. Mijn leven verloopt altijd soepel en voorspelbaar. Ik ben de koningin van de etiquette, maar met zo iemand als hij heb ik nog nooit te maken gehad. Omdat hij buitenlands is, kan ik hem niet beoordelen. Zijn Engels is niet perfect, maar het is ook niet zijn taal. Als assistent van een kunstenaar heeft hij een bescheiden rol, maar toch gedraagt hij zich erg zelfverzekerd. Zijn goudblonde haar is langer dan je zou verwachten van een heer, maar misschien is dat in zijn land wel de mode. Voor een kunstenaar is hij heel goed gekleed en zelfs vanaf gepaste afstand ruik ik zijn schone, gezonde geur, geen vleugje zweet of whisky te bespeuren.

Opnieuw herinner ik me mijn manieren. 'Meneer Bartek, vergeef me, het is wat vroeger dan ik gewend ben en ik vergeet mijn manieren. Neem plaats en vertel me iets over uzelf terwijl we op mijn moeder wachten.' Als ik bel om de dienstmeid, zal ze moeder in een mum van tijd gehaald hebben, maar ik zou best een paar minuten alleen willen zijn met de raadselachtige meneer... wie dan ook. Ik realiseer me dat Bartek een variatie is op zijn voornaam, maar ik blijf hem meneer Bartek noemen, omdat het niet gepast zou zijn elkaar zo snel al bij de voornaam te noemen, laat staan een soort bijnaam.

'Wat wilt u weten, juffrouw Blythe?'

Alles! Even sta ik met mijn mond vol tanden. Dan komt er een waterval van vragen over mijn lippen. 'Bent u zelf kunstenaar, meneer Bartek? Hoe zou u uw land omschrijven? Wat bracht u hier? Hebt u een gezin?' O, wat vernederend! Waarom stel ik die laatste vraag?

Hij lacht weer. 'Mijn levensverhaal dus. Mijn land heeft een lange geschiedenis, juffrouw Blythe, te ingewikkeld voor een gesprek over koetjes en kalfjes. Voor dat verhaal is kaarslicht nodig en veel rode wijn.'

'O, ik snap het.'

'Ja, we hopen elke dag dat Polen opnieuw onafhankelijk zal worden. Dan wordt de titel van mijn vader in ere hersteld en...'

'Heeft uw vader een titel?'

'Hij was een graaf. Ik wilde graag kunstenaar worden. Mijn vader keurde dat niet goed, maar ik ben eenentwintig. Dus ben ik naar het land van meesters als Constable en Turner gereisd en bij Lethbridge in de leer gegaan. Tussen u en mij gezegd, juffrouw Blythe, in mijn hart heb ik niet zo veel respect voor de man zelf. Maar hij heeft talent en ik kan leren en ik kan... hoe noemt men mensen die invloed hebben ook alweer?'

'De aristocratie,' zeg ik zwakjes. Ik heb nog nooit zo'n interessant gesprek gevoerd.

'Ja, ik kan kennismaken met de aristocratie. Ik werk hard en op een dag zal ik naar mooie huizen worden geroepen om de pijlaren van de samenleving te schilderen.'

'Pijlers,' mompel ik. 'Of pilaren.'

'Bedankt, mijn Engels is niet zo goed.'

'Uw Engels is uitstekend. Ik zou me echt niet zo goed kunnen redden in... uw taal. Ik spreek alleen Italiaans en Frans. En dan nog alleen de basis, vrees ik. Ik wens u succes met uw ambities, meneer Bartek. Ik weet zeker dat u een goede kunstenaar bent.'

'Wat aardig van u.'

Op dat moment stormt moeder binnen. Ze is geschokt om me alleen aan te treffen met een jonge, knappe man. 'Ah, moeder, daar ben je eindelijk. Dit is meneer Bartek. Hij is hier namens meneer Lethbridge, die vandaag helaas onwel is.'

Moeder kijkt Bartek met iets van afgrijzen aan. 'Meneer… Bartek, was het?' vraagt ze, met een stem waar de afkeuring vanaf druipt.

Hij begroet haar vriendelijk, maakt opnieuw die hoofse buiging en legt uit waarom hij hier is. Hoewel moeder er niet echt blij mee is, kan ik zien dat het haar enigszins verzacht. Ze begint al snel gedetailleerd haar visie op het portret uit te leggen. Ze heeft het allemaal gepland. Ik moet worden geschilderd terwijl ik onderaan de grote trap sta, in dit champagnekleurige gewaad van zijde en satijn. Mijn haar opgestoken, getooid met diamanten en een hand losjes op de trapleuning…

Bartek luistert aandachtig en zegt dat haar ideeën uitstekend zijn en dat ze een verstandige vrouw is met een verfijnde smaak. Maar meneer Lethbridge neemt de beslissingen, legt hij met spijt in zijn stem uit. Als het op compositie aankomt, zal hij erop staan het laatste woord te hebben. Daarom moet Bartek me in verschillende kamers en posities schetsen. Hij let op het licht, het decor, enzovoort. Natuurlijk zal hij me ook bij de grote trap schetsen. Hij is zo standvastig, maar toch zo charmant dat moeder zich laat ompraten.

'Ik snap het,' zegt ze, een beetje gekwetst. 'Meneer Lethbridge klinkt erg veeleisend. Kunstenaars staan bekend als lastige mensen.'

'Hij is erg gepassioneerd als het op kunst aankomt. Ik verontschuldig me bij voorbaat voor mijn werkgever. Hij is zeer succesvol. Soms vergeet hij daardoor zijn goede manieren een beetje. Vertel hem alstublieft nooit dat ik zoiets heb gezegd, mevrouw. Hij is in elk geval geniaal. En hij zal u het mooiste portret van uw dochter geven dat u zich maar kunt wensen.'

'Zult u uw best doen voor een portret bij de trap, meneer?'

'Ik zal het ten zeerste aanbevelen.'

'Hij zal het toch zeker wel eens zijn met de keuze voor de jurk?'

'Ah.'

'O, in vredesnaam!' roept moeder. 'Moeten we zo'n hoog bedrag aan meneer Lethbridge betalen voor iets waar we niets over te zeggen hebben? Dat is eigenlijk absurd! Ging dat ook al zo toen meneer Lethbridge Verity schilderde, Rowena?'

'Ik… Ik denk het wel.' Sterker nog, ik heb geen idee. Alles wat Verity me ooit heeft verteld, ging over zijn onaangename gewoonten en hoe mooi ze eruitzag op het voltooide portret. 'Het is erg flatteus.'

'Ja, ik heb het gezien.'

'Als je het prettiger vindt om meneer Lethbridge af te zeggen, begrijp ik dat, moeder.' Hoewel Bartek vandaag hier is, zal Lethbridge over een paar dagen toch zelf komen.

Ze fronst haar wenkbrauwen en ik weersta de neiging te zeggen dat ze er zo oud uitziet. 'Nee, daar komt niets van in. Als het eenmaal af is, wil ik mensen kunnen vertellen dat het een Lethbridge is.' Ze richt zich tot Bartek. 'Vertel me wat ik over de jurk moet weten.'

'Mevrouw, de keuzes die in het echte leven perfect lijken, zoals de jurk die u hebt gekozen…' Hij maakt een wuivende beweging met zijn hand in mijn richting. '… zijn niet altijd de juiste voor een ultiem effect op een schilderij.'

Hij gaat uitgebreid in op olieverf, pigmentatie en het droogproces. Ik weet zeker dat moeder er niets van begrijpt, net als ik. 'Zeer geachte dame,' besluit hij. 'Meneer Lethbridge zal vijf of zes verschillende japonnen willen overwegen. Hij zal jurken vergelijken, achtergronden bekijken en hij zal de combinatie kiezen die ervoor zorgt dat uw dochter perfect uitkomt op het schilderij. Begrijp alstublieft dat het niet alleen om kunst gaat, maar ook om wetenschap.'

Ik moet er niet aan denken om in zes verschillende jurken voor Lethbridge te paraderen. 'Kunt u die keuze niet voor hem maken?' vraag ik abrupt.

'Rowena!' roept moeder uit. 'Wat zeg je nu? Mijn excuses voor mijn dochter, meneer…'

'Nee, moeder, alsjeblieft. Ik dacht er alleen aan dat meneer Lethbridge anders eerst een eindeloze modeparade mee moet maken wanneer hij na een paar dagen ziekbed hier verschijnt. Dan duurt het een eeuwigheid voordat hij echt kan beginnen.'

Moeder houdt haar hoofd schuin en geeft toe. 'Hoe ziek is meneer Lethbridge, meneer?'

Ik haak er meteen in. 'Erg ziek, zei u, meneer Bartek, nietwaar?'

'Erg ziek, ja. Heel onaangenaam.' Bartek trekt een gezicht.

'Hm. Ik wil zeker niet dat hij hier komt voordat hij volledig hersteld is. Ik wil niet dat hij ziektekiemen meebrengt naar dit huis.'

'Erg vervelende ziektekiem,' beaamt Bartek.

'Zou u die keuze in zijn plaats mogen maken? Bent u gekwalificeerd? Weet u genoeg over het drogen van kleuren enzovoort?'

'Ja, dat weet ik. Hij zal de definitieve beslissing nemen, maar ik kan morgen verf brengen en voorlopige kleurenschetsen maken om hem voor te leggen. Als u dat goed vindt, wil ik zo veel mogelijk helpen.'

'Breng dan verf mee en laten we proberen te doen wat we kunnen in de afwezigheid van de maestro.'

Bartek werpt moeder een oogverblindende glimlach toe. 'Een maestro is hij zeker. Ik neem verf mee. Wie van u wil zo vriendelijk zijn om me het huis en de tuin te laten zien, zodat ik aantekeningen kan maken voor de maestro?'

'Ik heb geen tijd,' zegt moeder geërgerd. 'Rowena, dat kan niet zonder begeleiding. Ik zal bellen voor een meid. Bovendien zou je je om moeten kleden. In die jurk kun je niet door het huis dwalen.'

Ik verlaat de kamer om iets warmers aan te trekken en kan een glimlach niet bedwingen. Onverwacht uitstel! In plaats van de beproeving die ik had verwacht, belooft dit inderdaad een aangename week te worden.

5

OLIVE

Mannen zijn vreemde wezens. Ik kijk stiekem naar de andere kant van mijn kantoor, waar meneer Harper, een vertrouwenspersoon van mijn liefdadigheidsinstelling, de Westallen Foundation, overlegt met meneer Gladstone, de manager. Meneer Harper heeft een aandachtige uitdrukking op zijn gezicht, maar werpt zo nu en dan blikken in mijn richting, wat me amuseert. Mannen! Ze doen hun uiterste best om de wereld te regeren, hebben ijzersterke meningen over de rol en kwaliteiten van vrouwen en zijn er rotsvast van overtuigd dat de wereld om hen draait. Een van de grootste genoegens in mijn leven is ze te verwarren wanneer ik maar kan. Ik vang zijn blik niet. Ik heb belangrijker zaken om over na te denken.

Het weer hoort daar niet bij. Het is februari en de regen striemt tegen de ruiten alsof die een persoonlijke wrok koestert jegens ons allemaal. De lucht is donker en inmiddels betrekt het steeds meer. De wind komt door elke spleet en elk gaatje dat maar te vinden is, om lekker onverwachte griezelige geluiden voort te brengen.

Maar door het weer laat ik me niet kleinkrijgen. Momenteel ben ik erg tevreden over mijn leven. De laatste tijd heb ik Grote Dingen bereikt, iedereen zegt het. Als je kijkt naar alles wat ik wil bereiken, is dit pas het eerste deel van de klim. Toch vind ik het gepast om na die zware inspanning even stil te staan en van het uitzicht te genieten. Een beetje zelfgenoegzaamheid kan zo nu en dan heel plezierig zijn.

Zestien maanden geleden legde ik me neer bij het feit dat liefde en een huwelijk niet voor mij bestemd waren. Ik ben rijk, slim en het enige kind van kapitein Westallen, een man die door iedereen bewonderd wordt. Ik ben echter ook eigenzinnig, onconventioneel en openhartig, en dat is niet echt wat mannen in vrouwen zoeken. Toen ik daarmee in het reine was gekomen, besloot ik dat ik me er niet van zou laten weerhouden om mijn doelen in het leven te bereiken, inclusief het moederschap. Daarom ging ik naar een plaatselijk weeshuis en adopteerde een dochter, Clover, een lief kind dat nu bijna zes jaar is.

Enige tijd later nam ik een vriendinnetje voor Clover in huis. Angeline is het zusje van Mabs, een van mijn vriendinnen, die uit een vreselijk arm gezin komt. Zoals ik destijds tegen Mabs zei, beschouw ik Angeline niet als mijn eigen dochter, want ze heeft haar eigen gezin. Ze heeft nog een liefhebbende vader en de herinnering aan haar dierbare moeder, die helaas overleden is, om nog maar te zwijgen van de vele broers en zussen. Maar toen haar broers en zussen een voor een de wijde wereld in gingen, bleef Angeline alleen achter. Ze is nog erg jong en kan nog niet werken of voor zichzelf zorgen. Door haar bij ons in Polaris House te laten wonen kan ik ervoor zorgen dat ze wordt verzorgd, een goede opleiding krijgt, en beschermd en geliefd is alsof ze mijn dochter is. Wij hebben ook baat bij deze regeling, want ze is een heerlijk kind en van onschatbare waarde voor Clover, die vanwege haar dubieuze afkomst vaak niet welkom is in de buurt. Mensen kunnen ongelooflijk dom en wreed zijn. Daarom ga ik graag mijn eigen gang en maak ik me om niemand druk.

Vorig jaar heb ik werk gevonden voor verschillende broers en zussen van Mabs, want ik hou ervan om de zaken van anderen te regelen. Toen ik daarmee bezig was en eerdere observaties in ogenschouw nam, kwam ik tot de conclusie dat we niet genoeg doen om de arme mensen van Londen te helpen. Daarom heb ik zes maanden geleden de Westallen Foundation opgericht om daarvoor te zorgen. Ik ben er enorm trots op. We leveren noodvoorraden, zorgen voor educatieve ondersteuning, brengen mensen met elkaar in contact en inspireren anderen. Ik geloof dat die combinatie uniek is onder liefdadigheidsinstellingen.

De oprichting ervan werd vorig jaar augustus gevierd met een feestelijk bal. Terwijl ik een onheilspellende blik naar buiten werp, zucht ik, terugverlangend naar die zwoele zomeravond die gekenmerkt werd door een geur van jasmijn, glinsterende juwelen en bedwelmende champagne. Het doet er niet toe. De lente komt er weer aan.

Ik geef toe dat het al een geweldige prestatie is. Daarom ben ik er stiekem ook wel trots op. Het betekent echter niet dat ik op mijn lauweren zal rusten. Mensen zeggen regelmatig tegen me dat ik bijzonder en inspirerend ben. Het klinkt alsof ik een moedige ridder uit een middeleeuws verhaal ben: Olive, de dappere. Maar is dat wel echt zo? Het is toch gewoon de consequentie van rijk zijn? Wat moet ik anders doen in mijn positie? Zoetigheid eten en roddelen? De meeste mensen met mijn achtergrond doen dat inderdaad, maar ik kan me er niets bij voorstellen. Zelfs nu we echt wat doen en een groot aantal mensen helpen hun situatie te verbeteren, blijf ik me pijnlijk bewust van alles wat nog niet gebeurd is, het onrecht dat nog moet worden rechtgezet.

Ik kijk rond. Mijn kantoor bevindt zich op de eerste verdieping van een oud pakhuis in Euston. Het is groot en tochtig, maar ik ben er dol op, want er wordt hier zo veel waardevol werk verricht en we hebben al zo veel mooie resultaten geboekt. Op deze donkere en vreselijke dag hebben we veel lampen aangestoken om voor licht in de duisternis te zorgen. Lange schaduwen strekken zich uit over de houten vloerplanken. Als het pakhuis niet gevuld was met goede mensen en bedoelingen, zou het griezelig zijn geweest, maar nu voelt het als een thuis. Het gebouw is van meneer Harper. Hij is zo vriendelijk geweest het aan de stichting te schenken voor onbeperkte duur. Hij was de allereerste vertrouwensman van de liefdadigheidsinstelling en ik zal altijd dankbaar zijn voor de hulp die hij ons heeft geboden. Die dankbaarheid wordt echter ietwat gecompliceerd door een kleine persoonlijke kwestie.

Hij komt nu naar me toe en weer valt het me op hoe lang en aantrekkelijk hij is. De gemeenschap ziet mij als de oude vrijster, maar ik weet een knappe man te waarderen wanneer ik er eentje zie. Vanaf onze eerste ontmoeting heb ik genoten van zijn kalme groene ogen, zijn nette bruine baard en zijn overduidelijke intelligentie. Hij is netjes en een adequaat zakenman. Tijdens onze eerste gesprekken leek het alsof hij mij op dezelfde manier zag, maar toen kwam hij achter het bestaan van Clover. Adoptie ziet men over het algemeen niet echt als respectabel en een ongehuwde moeder is een marginale figuur in de samenleving, ongeacht de omstandigheden. Vrouwen die een kinderwens hebben, moeten wegkwijnen en bidden totdat ze een man vinden om hun een kind te geven. Als ze dat niet doen, zijn ze gedoemd de rest van hun leven te treuren. Dat is niet mijn stijl, dus regelde ik een dochter voor mezelf. Meneer Harper was erg geschokt toen hij het ontdekte. Hij is een intelligente man, dat staat buiten kijf, maar hij is niet zo ruimdenkend als ik zou willen. Maar misschien heeft hij die scrupules nu overwonnen.

'Juffrouw Westallen, ik heb met meneer Gladstone gesproken. We zijn overeengekomen dat ik de jonge Will Brown een maand lang als mijn leerling zal aannemen. Hij kan beginnen wanneer hij wil. Zoals u al zei, is hij een veelbelovende jongen. Maar u hebt natuurlijk altijd gelijk.'

Hij knipoogt naar me en ik neem het compliment glimlachend in ontvangst. 'Dank u, meneer Harper, daar ben ik erg blij om. Will zal de kans met beide handen aangrijpen. Vertelt u het hem zelf? Hij zal vanmiddag langskomen om te horen of er nieuws is.'

'Nee, ik moet gaan. Er is een nieuwe lading robijnen binnengekomen en ik ben van plan ze stuk voor stuk zelf te controleren voordat ik naar huis ga. Het zou u verbazen als u wist hoe vaak leveranciers er namaakrobijnen of granaten tussen stoppen om het aantal in orde te krijgen.'

'Dat is schokkend,' mompel ik, op een plezierige manier uit mijn concentratie gehaald door het beeld van meneer Harper die bij lamplicht tot diep in de nacht tussen de robijnen zit. Het is een schilderachtig beeld. Hij runt een succesvol bedrijf en importeert edelstenen die hij doorverkoopt aan kleinere juweliers. Onlangs heeft hij zijn bedrijf uitgebreid en een kleine juwelierszaak geopend. Hij beweert dat de wens om te groeien is aangewakkerd door mijn prestaties. Meneer Harper kan heel charmant zijn als hij dat wil.

Ik geniet van zijn lof, maar vergeet ook niet dat hij vorig jaar, net toen hij in het reine was gekomen met het feit dat Clover bestond, korte tijd verliefd was op Rowena Blythe, een beroemde schoonheid uit de society die aan de andere kant van de heide in Highgate woont. Het gebeurde zelfs tijdens het bal van de stichting. We waren in gesprek toen Rowena binnenkwam en zijn ogen oplichtten als van een kind dat vuurwerk ziet. Daarna heb ik een paar maanden niets meer van hem gezien of gehoord.

Nu toont hij weer enige interesse in mij. Dus of hij vond Rowena toch niet bijster geschikt als partner, of ze heeft hem afgewezen. Dat laatste is het meest waarschijnlijk. Hoewel hij een rijke koopman is en uit een uitstekende familie komt, is hij niet belangrijk genoeg voor de Blythes om hem als echtgenoot te kiezen voor hun enige dochter. De Blythes staan bekend om hun trots. Ik weet alleen dat meneer Harper veel goede eigenschappen heeft en over het algemeen bewonder ik hem. Hij is echter een man van zijn tijd en als ik ooit zou trouwen, wat ik nog steeds twijfelachtig vind, zou dat met iemand moeten zijn die over een visionaire blik beschikt. Hij is wispelturig als hij oog in oog komt te staan met een schoonheid en hoewel de meeste mannen dat zijn, heeft mijn ijdelheid toch een knauw gekregen.

Over het algemeen beschouw ik mezelf als verstandig en empathisch. Ik geloof er heilig in dat we iemand pas kunnen beoordelen als we in zijn schoenen hebben gestaan. Ik probeer te onthouden dat er in iedereen iets goeds zit. Iedereen is echter ergens kwetsbaar. Op dat punt kan simpelweg niemand aan zijn eigen principes voldoen, dat maakt ons menselijk. Iedereen heeft een zwakke plek, zoals Rowena Blythe dat is bij mij. Als je me ooit hoort roddelen of oordelen, zal het over haar gaan. Als ik ooit een onaardige gedachte heb, zal die over haar gaan. Ik vind het zelf niet leuk, maar zo is het nu eenmaal. Kortom, ze is mijn aartsvijand. Ik zie op tegen haar huwelijksdag, wanneer de bladen vol zullen staan met lange beschrijvingen van haar grote schoonheid en ik zal het niet kunnen laten om het allemaal te lezen. De feesten zullen misselijkmakend extravagant zijn, ongetwijfeld begeleid door engelengezang.

Ik zou meneer Harper kunnen toestaan om mij te bezoeken, ik zou met hem kunnen flirten en zijn fouten over het hoofd kunnen zien, mijn best kunnen doen hem beter te leren kennen. Maar ik zou nooit vergeten dat hij mijn bestaan vergat toen hij werd geconfronteerd met deze oogverblindende blonde schoonheid.

Hij werpt nog een blik over zijn schouder als hij weggaat. Ik ben hartstikke blij voor Will. Hij kwam een maand geleden naar ons toe in de meest erbarmelijke omstandigheden. Hij is de oudste van vier kinderen. Zijn vader was in de schuldgevangenis gegooid, zijn moeder poetste alsof haar leven ervan afhing, want het was het enige werk dat ze kon krijgen. Hij hoorde over ons via een van zijn vrienden. Dat is op zich goed nieuws, want het betekent dat de mensen voor wie de stichting opgericht is ons weten te vinden. Will was van school gegaan om op een bouwplaats te werken, maar ze betaalden hem slechts een schijntje en het gezin leed honger. We boden praktische hulp aan. Na zijn werk kwam Will een uur naar ons toe om zijn studie voort te zetten. Hij sprak met een aantal van onze sponsoren over verschillende banen en wilde meer weten over de internationale handel van meneer Harper. De volgende stap zal zijn om een pak voor hem te kopen. Hij is pas dertien, maar heeft een lovenswaardige toekomst voor zich. Hij is eigenlijk de belichaming van de stichting en de reden dat ik die ik die heb opgericht.

Ik hoor gelach en joviale stemmen in de gang. De stem van mijn vriendin Mabs, die nu medebestuurster van de stichting is, komt erbovenuit. Ze heeft haar arm om niemand minder dan Will geslagen. Zijn smalle witte gezicht straalt. Achter hen staat meneer Harper, die tegen zijn hoed tikt als hij mij aankijkt. 'Ik kwam meneer Brown tegen en ik kon het niet laten om hem het nieuws te vertellen,' roept hij.

'Uitstekend,' zeg ik. 'Ik ben zo blij dat u het zelf verteld hebt.'

Will schiet de kamer in en blijft bij mijn bureau staan, brandend van trots en opwinding. 'Ik ga stage lopen, juffrouw Westallen! Eerst maar een maand, kijken of ik het allemaal leuk vind, en ik moet zorgen dat meneer Harper niet gek van me wordt. Maar het is een kans! O, maar ik moet het wel melden bij de bouwer. Wat als ik het niet red bij meneer Harper, juffrouw? Wat als ik het verpruts en er geen geld meer binnenkomt?' Zijn gezicht staat ineens somber bij het plotselinge besef van de mogelijke gevolgen in de echte wereld als hij deze gok neemt. Het is het zwaard dat bijna iedere arme boven het hoofd hangt, waardoor zijn kans op een beter leven aan hem voorbijgaat.

'Will, je zou nu moeten weten dat wij je niet zullen laten vallen, ook niet als het ergste waar wordt. De stichting is er voor jou. Maar zover zal het niet komen. Ik geloof dat dit het begin is van iets goeds voor jou en je verdient het.'

De opluchting brengt weer wat kleur op zijn vale wangen. 'Ja, juffrouw Westallen, dank u wel, juffrouw. Ik wil dit zo graag.'

'En nu krijg je het, Will.' Ik voel me net de goede fee van Assepoester. Ik ben hier dol op, want ik hou ervan om dingen mogelijk te maken. Stralend kijk ik op, maar meneer Harper is weg. Mabs zwaait naar me terwijl ze haar marineblauwe winterjas uittrekt en aan haar bureau gaat zitten. Will haast zich lichtvoetig naar huis, en ik denk nog eens aan meneer Harper.

Het kan geen kwaad om hem wat extra aandacht te geven. Niet iedere zakenman zou een gokje wagen met een jongen als Will. En ondanks al hun tekortkomingen kunnen mannen een goede afleiding zijn. Er is geen reden waarom ik niet zou genieten van een beetje mannelijk gezelschap, op voorwaarde dat ik het niet al te serieus neem. Ik ben momenteel erg tevreden over mijn leven. En ik heb me vast voorgenomen dat het alleen maar beter zal worden.

6

PANSY

Net als je denkt dat de dingen niet erger kunnen worden, dacht Pansy, worden ze dat wel. En daarna wordt het nog veel erger.

Het was al erg genoeg dat ze haar vrije dag niet had gehad. Ze miste haar moeder en Elstree zo erg dat het pijn deed. Daar kwam nog bij dat Charlotte nog steeds ziek was, wat betekende dat de andere meisjes haar taken moesten vervullen. Charlotte was een van de dienstmeisjes en had taken bij juffrouw Blythe. Vandaag zou Pansy die moeten uitvoeren, net op de dag dat ze alleen de gedachte aan Rowena Blythe al niet kon verdragen.

Bovendien was vandaag geen gewone dag en dat was de wreedste ironie. Het hele huishouden wist dat Rowena zich liet portretteren. Vandaag zou die kunstenaarkerel haar blijkbaar in verschillende jurken komen bekijken, en raad eens wie haar aan en uit moest kleden? Niet alleen zou Pansy de hele ochtend in dezelfde ruimte zijn als Rowena, maar ze moest ook haar haar doen en steeds weer haar ketting vastmaken en haar van dichtbij zien in de prachtigste jurken, die mooier zouden worden met het verstrijken van de dag. Alsof dat nog niet zwaar genoeg was, onderging Rowena alle aandacht met weinig kalmte. Ze fronste, wipte van de ene voet op de andere en zuchtte. Ze werd onrustig als Pansy met haar haar bezig was en liep halverwege weg, zodat alle zorgvuldig gerangschikte krullen naar beneden dwarrelden en Pansy opnieuw moest beginnen. Ze noemde Pansy 'meisje' en kneep haar als ze te weinig lucht kreeg. En op een zeker moment gaf ze haar zelfs een klap.

Pansy stapte geschrokken achteruit. Tranen sprongen in haar ogen. Niet door de pijn, want het was geen harde klap, maar uit vernedering en woede. Ze kon het zich in haar positie echter niet veroorloven om boos te worden.

'Ga door, Tilney,' zei mevrouw Blythe. 'En vlug een beetje!'

De kunstenaar was een jonge buitenlandse kerel, niet de grote man die ze allemaal hadden verwacht. Blijkbaar was ook hij ziek. In februari ging er altijd wel een ziekte rond. De assistent had plaats mogen nemen in de salon met een schetsboek op zijn schoot en een dienblad met bakjes verf naast hem. Als Rowena in een andere jurk verscheen, besteedde hij ongeveer een half uur aan het mengen van kleuren met water en dan maakte hij kleine schilderijtjes van haar. Hij krabbelde er veel aantekeningen naast.

De aanwezigheid van Maude Blythe maakte de hele beproeving nog erger. Zelfs op haar beste dagen was ze niet makkelijk en ze was uit haar humeur, omdat ze haar zin niet had gekregen over de jurk die ze wilde dat Rowena zou dragen op het portret. Ze probeerde haar gram te halen door elk detail naar haar hand te zetten.

'Tilney, niet op die manier! De saffieren moeten ter hoogte van het sleutelbeen komen.'

'Nee, Tilney, laat wat lokken over het gezicht hangen.'

'Tilney, wat denk je wel? Die speld zit veel te laag.'

Waarom doe je het niet gewoon zelf, stomme oude koe, dacht Pansy. Ze klemde echter haar tanden op elkaar en volgde elke instructie op, volkomen ontmoedigd door de aanblik van Rowena in haar ondergoed, zo slank, rank en smetteloos als een man zich maar wensen kon. Pansy moest onwillekeurig aan John denken. Rowena's huid en haar figuur waren perfect en ze was dagelijks gekleed in kant en zijde, niet te vergelijken met het katoenen hemd dat Pansy elke dag droeg onder haar saaie uniform.

'Tilney, trek het korset nog wat verder aan!' beval Maude en Rowena's middel werd nog smaller, haar decolleté bolde op. Pansy sloot haar ogen en voelde een doffe hoofdpijn opkomen. Dit was gewoon te veel Rowena Blythe.

Eerst schilderde de blonde kunstenaar haar in de champagnekleurige jurk van zijde en satijn die haar moeder had gekozen. Toen haastten Rowena, Maude en Pansy zich naar boven en trokken haar een abrikooskleurig gewaad van chiffon aan. Daarna volgde nog een hemelsblauw model, een robe in eau-de-nil, een japon met zilveren kant en ten slotte een donkergroene jurk.

Uiteindelijk pakte de kunstenaar zijn spullen en vertrok. Pansy volgde de dames Blythe nog een laatste keer de trap op om Rowena uit de donkergroene jurk en in een citroengele dagjurk te helpen. 'Prijs de hemel!' hijgde Rowena toen haar korset los werd gemaakt. 'Ik had het geen moment langer uitgehouden. Ik heb vreselijke hoofdpijn, moeder. Ik ga even op de sofa liggen met een tijdschrift en ik wil een glas water. Breng me een koel washandje voor mijn voorhoofd, meid. En ruim daarna dit allemaal op.' Ze wuifde met haar hand naar de berg zijde, kousen en juwelen die op haar bed waren gesmeten.

'Ik ga naar mijn vertrekken,' zei Maude. 'Rowena denkt dat ze moe is, maar niemand beseft hoeveel spanning het nemen van beslissingen met zich meebrengt. Breng me een pot assamthee, Tilney, en daarna wens ik niet meer gestoord te worden.'

Toen ze allebei weg waren, haalde Pansy diep adem. Natuurlijk was er geen woord van dank of erkenning dat zij eigenlijk het zware werk had gedaan. Maar het ergste was in elk geval voorbij. Eigenlijk was het geen echt zware ochtend geweest, fysiek niet tenminste. Het was de mentale marteling die het Pansy zo moeilijk had gemaakt. Ze haalde een koude doek en zorgde vervolgens voor de assamthee. Toen ging ze terug naar Rowena's kamer om alles op te ruimen. Ze borg de juwelen op in de fluwelen kistjes, schudde de jurken uit en hing ze op. De schoenen gingen terug in hun dozen en het korset ging in de la. Ze trok de sprei recht en opende het raam op een kier om wat frisse lucht binnen te laten, hoewel ze niet moest vergeten het snel weer dicht te doen, want als Rowena haar kamer te koud zou vinden, zou ze moeten boeten.

Pansy zou nog maanden achtervolgd worden door de aanblik van Rowena's smetteloze schouders, haar slanke benen in de parelwitte kousen, haar roze lippen die uit elkaar weken voor de lippenstift. Ze vroeg zich af of ze het aan John moest vertellen, maar dat zou ze in geen miljoen jaar doen. Misschien kon ze hem vertellen dat Rowena onder de zweren en huidschilfers zat. Nee, zelfs dat zou hem niet afschrikken, zo toegewijd was hij. Ze slaakte een zucht toen ze besefte dat ze de beproeving van vanmorgen voor zichzelf zou houden en zou wachten tot de herinnering na verloop van tijd zou vervagen.

Er was echter nog iets anders wat Pansy aan Rowena was opgevallen. Het was de manier waarop ze naar de kunstenaar had gekeken, met meer glans in haar mooie blauwe ogen dan anders. Pansy stond even stil tijdens het stoffen van Rowena's kamer. Rowena was een flirt, dat wist iedereen. En de kunstenaar was een knappe kerel met een air van nonchalance en zelfverzekerdheid. Pansy begreep waarom Rowena van zijn gezelschap genoot. Maar in zijn aanwezigheid was ze een beetje ademloos en sprankelend geweest, nu Pansy erover nadacht. Ze fronste. Rowena kon toch geen gevoelens voor hem hebben? Ze mikte zo hoog dat het personeel grappen maakte dat ze reikte naar de bergen. Het zou niemand verbazen als Rowena met een prins zou trouwen.

Pansy sloot met een harde klap het slaapkamerraam. Ze was helemaal in de war. Als Rowena voor zo'n onbeduidend iemand zou vallen, zou het drama niet te overzien zijn. De Blythes zouden niet weten wat hun overkwam. Pansy genoot van het vooruitzicht dat Rowena van haar voetstuk zou vallen. Tegelijkertijd zou elke dwaze fantasie Rowena in de weg kunnen staan bij het kiezen van een echtgenoot, terwijl Pansy niet wilde dat dat nog langer zou duren. Ze had al lang genoeg gewacht. Doe niet zo stom, Rowena, dacht ze terwijl ze langs haar kleine salon liep. Hij is niet voor jou bedoeld. Trouw met iemand van adel en wees er tevreden mee.

7

ROWENA

Ik had niet gedacht dat ik Verity nog vaker zou zien dan vroeger, maar sinds ze tot onze familie behoort, is ze altijd hier. Op het moment dat ze hoorde dat niet Lethbridge, maar een exotische en knappe assistent aan mijn portret werkte, stormde ze ons huis binnen met de snelheid van een prijswinnend renpaard en zo tactisch als een olifant in een porseleinkast. Ze bleef de hele ochtend om met Bartek en mij te kletsen terwijl hij me tekende, en ze is hier nog steeds, uren nadat hij vertrokken is. We hebben ons in het gezellige hoekje in mijn knusse salon genesteld. Onze schoenen hebben we uitgetrapt en we zitten met onze voeten opgetrokken, zoals je alleen kunt zitten met je meest vertrouwde vrienden. Het is weer een donkergrijze middag en de olielampen branden. We genieten van verse scones.

Als ik terugdenk aan alle jaren die ik al met Verity omga, komen er talloze grappige herinneringen boven. We hebben elkaar ontmoet toen we vijf jaar oud waren en zijn sindsdien onafscheidelijk. We speelden samen tijdens theekransjes, we woonden samen ons eerste bal bij. We hebben gefluisterd en gegiecheld en vertrouwden elk dwaas geheim aan elkaar toe. Toen ze ging trouwen, huurde Felix een uitzonderlijk mooi herenhuis voor hen in het dorp. Ik veronderstelde dat ze veel tijd zou besteden aan haar eigen huis en vroeg me af of ze saai zou worden en alleen nog maar over het huishouden zou praten. Daar had ik me geen zorgen over hoeven maken.

Als Verity niet bazig doet, omdat zij getrouwd is en ik niet, is ze het liefst aan het roddelen. Ze babbelt maar door over bekenden en zelfs over mensen die we niet of nauwelijks kennen. Haar favoriete onderwerp in de laatste categorie is Olive Westallen. Verity praat graag over haar.

'Weet je,' zegt ze nu, terwijl ze de room van haar vingers likt. 'Ze heeft niet eens een kindermeisje in dienst! Ze heeft twee kleine kinderen in huis, maar geen kindermeisje. Waarom zou dat zijn? Zou ze lak hebben aan de conventies en een punt willen maken? Maar wat voor punt zou ze dan willen maken en wat maakt het voor verschil?' Verity schudt spijtig haar hoofd. 'Ze moet minstens veertig- of vijfenveertigduizend pond per jaar waard zijn. Ze zou iedere man kunnen krijgen, maar aan haar is dat echt verspild.'

Olive Westallen was mij ooit een doorn in het oog. Ze is de dochter van James Westallen, een zeekapitein die koopman is geworden en hij was vroeger de beste vriend van mijn vader. Er is iets naars voorgevallen tussen hen en sindsdien zijn ze van elkaar vervreemd. Niemand weet precies waarom. Ze houden de reden nu al twintig jaar geheim en hebben de kaken tot nu toe beiden grimmig op elkaar geklemd, dus waarschijnlijk zal niemand er ooit nog achter komen. Het punt is dat ze van de ene op de andere dag van bijna-broers in aartsvijanden veranderden. Wat er ook is gebeurd, ik zal nooit begrijpen hoe ze zomaar al die jaren van genegenheid en gedeeld avontuur konden vergeten. Ik hoop dat hetzelfde mij en Verity nooit zal overkomen. Maar vrouwen zijn vast verstandiger dan mannen.

Olive en ik zijn allebei de enige dochters in ons gezin. Ik denk dat zij mijn tegenpool is, in die andere bekende familie aan de andere kant van de heide. Op zulke momenten denk ik altijd dat ik slecht ben in vergelijken. Ze is geen echte schoonheid, dus ik heb een streepje op haar voor, wat schoonheid dan ook waard is. Toch is ze niet onaantrekkelijk, zoals Verity vindt. In sommige opzichten is ze zelfs knap. Maar haar sterkste punt is dat ze intelligent is. Heel intelligent. Bij elk gesprek dat ik ooit met haar heb gehad, stond ik met mijn mond vol tanden, dus ik ben blij dat we elkaar niet vaak tegenkomen. Ze heeft op een goede school gezeten, is enorm onafhankelijk en lijkt volledig te leven volgens haar eigen regels. Verity en ik hebben altijd van een afstandje toegekeken en haar veroordeeld, want Olives levensstijl druist in tegen alle regels waar wij naar leven. Maar de laatste tijd begin ik daarin een verandering bij mezelf te bespeuren. Soms denk ik zelfs dat ik haar bewonder.

'Denk je dat ze de kinderen zelf in bad doet?' Verity keert terug naar de kwestie van Olives pupillen, terwijl ze haar onderlip naar binnen zuigt en fronst als ze erover nadenkt. 'Zij zal hun maaltijden toch zeker niet klaarmaken? Hun kleren kan ze ook niet wassen, dus waarom zou ze niet gewoon een kindermeisje in dienst nemen? Beseft ze niet dat conventies juist goed zijn? Die zijn er voor onze bestwil. Zodra ik een kind heb, neem ik een kindermeisje van Norland in dienst. Zij zijn de allerbeste, weet je.'

'Een kindermeisje van Norland?' vraag ik vaag, terwijl ik met mijn vingertop wat frambozenjam terugduw in de scone. Moederschap is slechts een heel ver en wazig vooruitzicht.

'Ja, een meisje dat is opgeleid aan het Norland Institute. Je kent het wel, het is een paar jaar geleden opgericht. De meisjes zijn niet per se intelligent, maar erg vriendelijk, en ze weten alles over de nieuwe Duitse manier van opvoeden.'

'Spreken ze Duits?'

'Nee, ze hebben het Duitse denken overgenomen. Ze functioneren als een... morele mentor en opvoeder.' Verity slaat haar ogen ten hemel. Het is duidelijk dat ze een zin uit een pamflet citeert.

'Dat klinkt heel indrukwekkend. Maar hoezo, Verity, je bent toch niet in verwachting?'

'Lieve help, nee! Als ik dat was, zou ik echt niet zo opgewekt zijn, dat kan ik je verzekeren! Misschien moet ik dat niet tegen je zeggen, aangezien je ongehuwd bent en de zus van Felix, maar er zijn bepaalde stappen die je kunt nemen om te voorkomen dat... O nee, ik zou de kennis van getrouwde vrouwen niet moeten delen buiten het zusterschap.' Ze giechelt, misschien een beetje zelfvoldaan. 'Hoe dan ook, het punt is dat Olive Westallen het zich heel goed kan veroorloven een kindermeisje van het Norland in dienst te nemen, maar ze houdt koppig vast aan haar eigen ideeën over het ouderschap...'

Ik was natuurlijk het bruidsmeisje van Verity. Moeder schrok van de haast die er achter het voorgenomen huwelijk zat. Het ene moment wisten we niet eens dat Felix overwoog om met Verity te trouwen en het volgende moment waren ze verloofd. Die haast zou enigszins verdacht kunnen zijn, ware het niet dat Verity veel te verstandig zou zijn om zich zo te laten vangen, zoals ze me altijd vertelt. Ze ontleedt elk schandaal dat ons ter ore komt en sluit haar verhalen meestal af met een goede reden waarom zij die fout nooit zou hebben gemaakt. Verity is zo overtuigd van haar eigen gelijk dat ze altijd wat brutaler is geweest dan ik. In elk geval kondigden Felix en Verity hun huwelijk in september aan en slenterde ik in december door het gangpad van St. Michael's Church in meters blauw satijn.

Ik hoop dat ze gelukkig zijn. Verity praat niet veel over Felix. Soms denk ik dat ze met hem getrouwd is om een Blythe te kunnen zijn, maar dat is vast onzin. Ik hou van mijn broers. Felix is mijn speciale broer, want alleen voor hem ben ik zijn kleine zusje. Voor Crispin en Ignatius ben ik de grote zus, een heel andere rol. Mijn broers zijn allemaal nogal aanhankelijk, maken graag flauwe grappen en doen interessant. Ik heb geen idee van wie ze dat hebben. Onze ouders zijn zeer traditionele mensen, stijf en onbuigzaam, en in staat om voor altijd wrok te koesteren. We zijn heel streng opgevoed, maar de jongens zijn erg open en bewegen zich met een gemak dat ik bewonder. Eerlijk gezegd lijk ik waarschijnlijk meer op vader dan op moeder: stijf en afstandelijk. Misschien komt het doordat ik een meisje ben en me is bijgebracht altijd volgzaam te zijn. Ik kan me geen enkele misstap veroorloven, anders zou mijn vlekkeloze reputatie, waardoor ik waarde heb, voor altijd verloren kunnen gaan. De wereld is een verraderlijke plaats voor vrouwen.

Ik weet dat ik snel zal moeten trouwen, mensen beginnen al te speculeren. Waar wacht ik op? De waarheid is dat ik het nauwelijks weet. Men zegt dat ik op een koning wacht, maar ik heb zelf geld en aanzien genoeg. Ik wil nog niet dat mijn kindertijd voorbij is. Dat klinkt misschien lachwekkend, aangezien ik bijna drieëntwintig ben, maar ik hou van dit huis, mijn positie en de zekerheid die bij het vaste dagritme hoort. Ik heb drie broers die me aan het lachen kunnen maken en mijn beste vriendin is er altijd voor mij. Om dit in te wisselen voor het onbekende heb ik veel aansporing nodig. Of misschien wacht ik alleen maar op een gevoel.

Het komt weleens bij me op dat ik, aangezien ik rijk en geliefd ben, geen echtgenoot nodig heb. Ik zou hier gewoon voor altijd kunnen blijven. Moeder zegt dat dat onmogelijk is, maar Olive is ook niet getrouwd en ze is een jaar of zeven ouder dan ik.

Moeder hoopt dat ik me rond mijn verjaardag zal verloven. Maar van alle mannen die ik heb ontmoet, acht ik er niet één hoger dan de anderen. Verity stelde voor dat ik een lijst zou maken met hun vooren nadelen. Ze zegt dat, aangezien mijn hart niet voor me kiest, ik net zo goed een keuze kan maken met mijn verstand. Maar iets in mij deinst terug voor een lijst.

Verity heeft het nog steeds over Olive. 'Maar ze neemt ook allerlei in de steek gelaten kinderen en zwervers op, dus misschien heeft Norland haar niet eens in overweging genomen,' mijmert ze, alsof de huiselijke omstandigheden van iemand die we nauwelijks kennen echt belangrijk voor ons zijn.

'Twee,' onderbreek ik. 'Ze heeft maar twee zwervertjes opgenomen.'

Olive gaat in haar eentje wandelen. Ze is ongehuwd, maar heeft toch een klein meisje geadopteerd als haar dochter en heeft bovendien een kleine metgezel voor haar in huis genomen. Ze is bevriend met mensen uit de lagere klasse. Zou ik in haar schoenen willen staan? Natuurlijk niet, ik word al bang van het idee. Alleen roept haar manier van leven vragen op. Misschien zit ik door haar zo vol sluimerende vragen als ik alleen ben. Door die vervloekte vrouw ben ik in elk geval niet meer zo tevreden als vroeger.

'Verity, schat,' zeg ik ten slotte. 'Kunnen we het nu alsjeblieft over iets anders hebben dan Olive Westallen?' Ik knijp verzoenend in haar hand.

Verity krijgt kuiltjes in haar wangen. 'Ik draaf weer door, nietwaar? Felix zegt altijd dat ik kwetter als een ekster. Laten we het over Bartek hebben! Is hij niet geweldig? Ik verzeker je dat ik veel liever had gehad dat hij zich aan mij had vergrepen dan die lelijke oude Lethbridge.'

'Bartek vergrijpt zich niet aan mij.'

'Natuurlijk niet, want ik was erbij! Zou je je een betere chaperonne kunnen wensen?'

'Je was geweldig, lieverd, maar zelfs als je er niet bij bent, is hij een echte heer.'

'Dat vind ik nogal overdreven. Ik denk niet dat je een verarmde kunstenaar met te lang haar en verf op zijn manchetten een heer kunt noemen. Maar hij is elegant, dat geef ik toe. Je bent nog niet getrouwd, dus je zou wat met hem kunnen flirten. Maar je moet wel oppassen. Alle kunstenaars zijn schurken met een lage moraal.'

'Verity! Natuurlijk zou ik dat niet doen! Afgezien van al het andere zou moeder me vermoorden. Ik verzeker je dat we ons allebei gedragen. Waar hij vandaan komt, droeg zijn vader de titel van graaf. Hij is dus een heer van geboorte. Toch lijkt hij er geen moeite mee te hebben om zijn talent in te zetten om vooruit te komen. Hoe zou het zijn om een doel in het leven te hebben?'

'Wij hebben geen doel nodig, Rowena, wij hebben echtgenoten! Althans, ik heb er een en jij binnenkort ook. Laat me je er toch mee helpen, lieverd. Ik heb tenslotte een uitstekende keuze gemaakt. Als je echt geen lijst wilt maken, bedenk dan wie we als gezellige vierde persoon kunnen uitnodigen als je bij Felix en mij komt dineren. Niet lachen, in zo'n alledaagse situatie leer je iemand juist kennen. Sluit je ogen, schat, doe me een lol.'

Ik gehoorzaam en luister naar Verity terwijl ze begint te praten met een rustgevende, hypnotiserende stem. 'Je verlaat je huis,' zegt ze. 'Je draagt je mooie blauwe mantel en je Caroline Reboux-hoed met de veren. Je loopt door het dorp richting Theodore Place met je man aan je zijde.'

'Waarom hebben we de koets niet genomen?' vraag ik.

Ze sust me. 'Omdat dat niet nodig is. Je bent verliefd en wandelen is romantisch. Het is een mooie zomeravond.'

'Waarom dan die blauwe mantel?'

'Rowena!'

'Sorry.'

'Het is warmer dan je had gedacht, dus je trekt je mantel uit en drapeert hem over je arm. Onmiddellijk neemt je man die van je over, want hij wil al je lasten verlichten. Je geniet van de zomeravond en het gezang van de vogels. Je arriveert bij ons huis, bij Felix en mij, met een aangenaam gevoel van verwachting. Als twee koppels genieten we regelmatig van zo'n gelegenheid en jullie zijn erg blij. Jullie hebben cadeautjes en bloemen meegebracht. Jullie blijven met z'n tweeën op de stoep staan, en voordat je man de klopper vastpakt, draaien jullie je naar elkaar toe en glimlachen jullie. Wie is hij? Wie zie je voor je?'

Ik open mijn ogen. Verity leunt naar voren en staart naar mijn gezicht alsof ze daarop misschien kan ontdekken wat ik net heb gezien. Ik ben blij dat ze dat niet kan.

'Heb je iemand gezien?' vraagt ze gespannen. 'Was het Algernon Delauncey? Ik vind hem altijd erg grappig. Was het Sir William? Hij is zo verfijnd. Of Whitford Sedley, of Lord Merrihew? Vertel het me, Rowena!'

'Het spijt me, V,' zeg ik en haar gezicht betrekt. 'Ik zag niemand.

Maar het was een goed idee. Kunnen we het morgen opnieuw proberen?'

Ik vertel haar niet de waarheid. Ik zag iemand levendig voor me. Het was Bartek. In plaats van de mannen die Verity heeft genoemd, allemaal keuzes die moeder enorm gelukkig zouden maken, allemaal rijke mannen met titels en connecties, zag ik een man die ik nooit kan krijgen. Een man die zo ver buiten respectabele kringen staat dat hij net zo goed bij de zigeuners zou kunnen wonen. Een man met verf op zijn manchetten en een achternaam die klinkt als een niesbui.

8

PANSY

De dagen waren voorbijgekropen, maar eindelijk brak de donderdagochtend aan. Hoewel Lou en Maisie erg zachtjes deden, werd Pansy om vijf uur wakker. Ze kon niet meer in slaap komen. Toen de meisjes de kamer verlieten, blies ze hen kusjes toe en ging rechtop zitten. Ze kon zich niet ontspannen. De herinnering aan afgelopen donderdag was te scherp. Ze zou het niet riskeren dat die oude Clarendon haar vandaag stond op te wachten op het tijdstip waarop Pansy elke week vertrok. Ze waste, kleedde zich aan en haastte zich toen naar beneden.

Het was te vroeg voor het gezin en te laat voor het personeel om nog over de trappen te dwalen. Pansy liep door het huis zonder iemand tegen te komen, daarna waagde ze zich met gebogen hoofd in de drukke keuken. Zonder iemand aan te kijken snelde ze naar de achterdeur. Pansy ontbeet op donderdag nooit met het andere personeel. Alles smaakte honderd keer beter in de keuken van haar moeder, ook al hadden de Blythes de beste kokkin van heel Londen in dienst.

Pansy haastte zich door stille straten naar The Garden of Eden Fine Foods and Wines, de kruidenierswinkel in het dorp Highgate, waar ze een lift zou krijgen van de bestelwagen naar Elstree. Meneer Ollander, de eigenaar van de winkel, was opgegroeid in Elstree en had daar een tweede, kleinere winkel. Het was nog steeds februari en donker en koud. Maar Pansy meende in de verte de lente al te bespeuren, terwijl ze haastig de trap op liep naar de straat. En was dat niet het geluid van een merel?

Pansy tuurde door het raam van The Garden of Eden en zag dat meneer Ollander op de toonbank blikken luxe thee sorteerde. Ze klopte op de ruit om zijn aandacht te trekken.

'Goedemorgen, Pansy, wat ben jij vroeg!' riep hij uit toen hij de deur opendeed en haar binnenliet.

'Ik wilde na vorige week niet het risico nemen om langer te blijven. Terwijl ik wacht, kan ik u wel helpen. Hoe gaat het met u, meneer Ollander?'

Het ging goed met hem en hij zette Pansy aan het werk om blikken thee op de planken te zetten. Dat deed ze met behulp van een kleine trapladder, terwijl meneer Ollander kratten met zwaardere goederen uitpakte, zoals flessen port en glimmende potten met in rum gedrenkte abrikozen. Toen Pansy klaar was, hielp ze Hipólito, de bezorger van meneer Ollander en zijn onzichtbare assistent, met het laden van de kar. De ene keer deed meneer Ollander de bezorging en de andere keer Hipólito, zodat ze geen van beiden verveeld raakten door dezelfde vertrouwde routine.

Hipólito kwam uit Dominica. Hij had een olijfkleurige huid en donkere ogen die vaak waakzaam en nors stonden, maar die voor een enkeling overliepen van warmte en vrolijkheid. Meneer Ollander en Pansy hoorden bij de gelukkigen. Meneer Ollander was Hipólito een paar jaar geleden tegengekomen toen hij in moeilijkheden zat. Hij was in elkaar geslagen en beroofd. Meneer Ollander had hem een plek geboden om te herstellen en had hem meteen een baan gegeven. De mensen in de omgeving waren niet zo ruimdenkend dat Hipólito aan de toonbank kon werken, althans niet als meneer Ollander zijn klanten wilde behouden, dus werkte hij in het magazijn en in het kantoor boven om de rekeningen bij te houden. In Highgate stikte het van families zoals de Blythes. Iedereen had er een mening over wie er tot het juiste soort mensen behoorde en deze meningen beschouwde men als de waarheid. Hipólito voldeed beslist niet aan hun normen.

In Elstree waren ze er echter aan gewend om hem op donderdag te zien en Hipólito, die eigenlijk heel gezellig was als hij zichzelf mocht zijn, genoot van de dagen dat hij mocht bezorgen. Met de hulp van Pansy vertrokken ze iets eerder dan normaal.

'Dat is een mooie hoed, Pansy,' merkte Hipólito op. Hij knipoogde naar haar terwijl ze rammelend vertrokken. Het paard van meneer Ollander was een mooie witte ruin die Steed heette.

'Bedankt, het is een nieuwe. Een poging om mezelf op te vrolijken.' Ze had haar geld eigenlijk niet aan hoeden moeten verspillen, maar Pansy geloofde dat het juiste hoofddeksel ieder meisje in een dame kon veranderen. Er waren maar weinig dingen in haar leven die haar echt opvrolijkten en hoeden behoorden daartoe. Bovendien was het een reactie op die verdraaide zondagse muts. De hoed was zachtblauw en had een heel eenvoudige vorm, die niets afdeed aan de klassieke uitstraling ervan. Als ze de hoed schuin op haar zachte kastanjebruine krullen zette, paste die prachtig en op de een of andere manier leken haar ogen nog groener.

'Waarom zoek je geen andere baan?' vroeg Hipólito, zoals hij de meeste donderdagen deed.

Pansy kreunde. 'Begin jij daar nu alweer over? John, Lou, meneer Ollander en mijn moeder hebben dat ook al gevraagd.'

Vanwege John. Het antwoord was altijd duidelijk en eenvoudig in Pansy's hoofd, maar ze sprak het nooit uit. Ze had het gevoel dat het zwak zou klinken als ze het uitsprak.

'Heb je er ooit over nagedacht dat er misschien een reden is waarom iedereen dat aan je vraagt?'

Pansy hield zich van de domme en draaide zich om. De ochtendschaduwen vielen weg en onthulden het landschap. Het was een opluchting om Highgate achter zich te laten. Het was altijd een verademing om te zien hoe Londen langzaam uit het zicht verdween. Dan genoot ze weer van haar wekelijkse vrije dag en voelde ze zich herenigd met het meisje dat ze eigenlijk was. Hipólito zette haar af aan het einde van de laan die naar het huisje van haar moeder leidde en reed toen door naar de plaatselijke winkel van meneer Ollander, The Tree of Life. Zijn kostbare en heerlijke vracht rammelde terwijl Steed en hij over de landweg hobbelden. Pansy haastte zich tussen de kale heggen door. Nu ze bijna thuis was, kon ze geen minuut langer wachten. Het was vijf minuten lopen naar het huisje in het bos en ze merkte dat ze begon te rennen.

'Mams!' riep ze, terwijl ze door de voordeur vloog. Ze gebruikte het koosnaampje voor haar moeder dat haar altijd nog aan haar kindertijd deed denken.

Laura Tilney kwam uit de keuken en veegde haar handen af aan haar schort, de heerlijke geur van het traditionele ontbijt van de familie Tilney volgde haar naar buiten. 'Pansy! Daar ben je, lieverd. Ik ben zo blij je te zien!'

Pansy ging helemaal op in de warmte van haar moeders omhelzing. Was er een veiliger of beter gevoel in de wereld? 'Het spijt me zo van vorige week. Charlotte was ziek en ik moest werken. Clarendon gaf me niet eens tien minuten vrij om het meneer Ollander te vertellen, zodat hij het kon laten weten! Was je erg bezorgd?'

'Vooral teleurgesteld. Ik vroeg me af of je misschien ziek was, maar ik vermoedde al dat het zoiets zou zijn. Zolang je daar werkt, is je leven niet van jou, Pansy. Je zou echt...'

'Mams! Hipólito heeft me dat al gezegd. Mag ik ontbijten voor je begint te preken?'

Laura lachte. 'Ik onthou het wel voor straks,' beloofde ze.

Pansy hield meer van het ontbijt thuis dan van enig ander deel van de dag. De hele dag lag nog voor haar. Garrowgate Hall was niet meer dan een onheilspellende vlek aan de horizon en haar moeder kon koken als geen ander. Haar jongere zus Eveline was nog nergens te bekennen. Eveline was zestien en zou binnenkort klaar zijn met school. Inmiddels was ze dol op haar bed geworden en ze kwam pas op het allerlaatste moment tevoorschijn.

De Tilneys waren tot zeven jaar geleden herenboeren geweest. Ze hadden een bescheiden, maar comfortabel leven geleid. Maar enkele weken voor zijn veertigste verjaardag had Tom Tilneys hart het zonder waarschuwing begeven. De landbouw zorgde niet voor een stabiel inkomen en de boerderij had schulden. Zonder Tom konden ze het op geen enkele manier volhouden.

Laura en haar drie kinderen waren al snel naar dit huisje verhuisd, met een tuin die groot genoeg was om voedsel te verbouwen en kippen te houden. Ze hadden zelfs een schaap genaamd Eustacia, dat het gras in toom hield. Pansy's broer Matthew, destijds negentien, was op een andere boerderij gaan werken en Pansy was op zestienjarige leeftijd bij Garrowgate Hall in dienst getreden. Laura had zich volledig op de opvoeding van Eveline gericht en hield het gezin voor hen allemaal draaiend.

Hoewel ze Tom elke dag misten, waren ze er op de een of andere manier in geslaagd een nieuwe plek te creëren die als thuis voelde. Pansy bewonderde haar moeder meer dan wie dan ook die ze kende. Overal om hen heen waren nog tekenen te zien van hun boerenverleden, zoals de drogende kruiden die aan de keukenbalken hingen, het geblaat van Eustacia buiten en vooral in het stevige boerenontbijt waar Pansy zo dol op was. Spek en eieren, versgebakken brood met een flinke laag boter en glazen koude, romige melk. Pansy hoefde een week lang niet te eten als ze bij Laura ontbeten had, hoewel ze erin slaagde om ook nog van de lunch en afternoontea in Primrose Cottage te genieten.

Toen ze haar buik vol had en achteroverleunde, terwijl ze waarderend haar mond afveegde met haar servet, sprong Laura op.

'Pansy, ik maak me zorgen om je, liefje. Je kijkt nooit blij als je hier aan het eind van de dag weggaat. Het is normaal om je huis en familie te missen, want wij missen jou ook, maar je ziet eruit alsof je de zes dagen erna niets hebt om naar uit te kijken. Je kijkt altijd alsof je naar het schavot moet!'

Pansy keek naar de tafel en depte broodkruimels met een vingertop van de tafel. Ze had haar moeder of Eveline nooit echt verteld wat ze van haar werk vond, want ze wilde niet dat ze daar ongelukkig door werden, maar ze was duidelijk niet zo goed in het verbergen van haar gevoelens als ze dacht.

'Ik heb het je al eerder gevraagd, en ik weet dat je vrienden dat ook hebben gedaan, waarom blijf je toch daar? Je zou heel ander werk kunnen doen. Het is tijd om het me te vertellen, Pansy.'

Vanwege John. Het antwoord spookte opnieuw stilletjes door Pansy's hoofd. Pansy had haar alles verteld over John, Lou, Maisie en de rest, maar hoe vertrouwd ze ook met haar moeder was, ze had altijd volgehouden dat John gewoon een vriend was, zoals de anderen, toen Laura haar met hem had geplaagd. Maar deze keer kon ze haar moeder niet afschepen.

Waardoor was Pansy's verdraagzaamheid nu echt opgeraakt? Kwam het door de vernedering van het verkleden van Rowena Blythe de voorgaande dinsdag, zodat ze mooier was dan ooit voor haar portret? Kwam het doordat ze afgelopen donderdag haar vrije dag was misgelopen? Of kwam het gewoon doordat ze geen hoop meer had? Wat de reden ook was, ze wilde het niet meer verzwijgen voor haar moeder, dus zei ze het hardop.

'Vanwege John. Ik hou van hem, en hij houdt van Rowena en het is allemaal onmogelijk. Maar ik hou van hem en ik blijf hopen dat zij zal trouwen en dat hij haar zal vergeten en dan...' Ze had gelijk gehad. Het klonk zwak toen ze het hardop zei.

'En er dan genoegen mee nemen dat je zijn lankmoedige, beste vriendin bent als hij zich tot jou wendt als zijn tweede keuze?'

Pansy kromp ineen en knikte ellendig.

'Ik snap het. Nou ja, het verklaart tenminste je vastberadenheid om op een plek te blijven waar je je duidelijk ellendig voelt.'

Laura was even stil en krabde zachtjes met haar vingernagels over het houten tafelblad, zoals ze altijd deed als ze nadacht. Toen sprak ze, terwijl ze Pansy recht in de ogen keek. 'Luister nu naar me, Pansy Tilney, en denk er goed over na,' zei ze.

Pansy slikte en knikte. Haar moeder was wijs, dat wist ze. Nu ze het haar had verteld, was er geen weg meer terug.

'Ik begrijp dat liefde een sterke kracht is. John klinkt als een aardige man en als hij ook van jou hield, zouden jullie een geweldig stel zijn. Maar dat doet hij niet. Denk alsjeblieft niet dat ik hard ben. Ik weet dat liefde niet gemakkelijk opzij te zetten is. Maar zo kun je niet leven. Liefde zou iets goeds moeten zijn, terwijl jouw liefde je gevangenhoudt. Je haat die plek! We zien het allemaal. Vóór de zomer moet er wat veranderen in je leven, Pansy, anders krijgen we ruzie.'

'Ja, mams,' kraste Pansy, terwijl de angst haar keel dichtkneep.

'Geen "Ja, mams"! Praat me niet na als je het niet meent, Pansy, ik wil dat je gelukkig bent. Ik wil dat je een leven leidt dat je voldoening geeft. John is een goede man, maar hij is een dwaas en jij bent te slim om met een dwaas te trouwen. Hij is niets voor jou. Rowena Blythe, lieve help! Je bent een mooie jonge vrouw, Pansy, en ik kan er niet tegen dat je nog meer tijd van je kostbare leven verspilt. Het is niet genoeg om slechts één dag per week gelukkig te zijn. Sla komende donderdag maar over.'

'Mam!' riep Pansy verontwaardigd.

'Ik meen het. Het kan me niet schelen waar je heen gaat of wat je doet, maar doe iets waardoor je kunt nadenken over hoe je je leven kunt verbeteren.'

'Hier kan ik nadenken!'

'Nee. Er zijn verschillende soorten geluk, Pansy. Denk aan het geluk van een gezin. Dat geluk ken je, je weet hoe dat voelt. Dan is er het geluk van de liefde. Ik verloor mijn grote liefde, maar ik heb hem wel gehad en het was een zegening. Jij klampt je wanhopig vast aan de hoop dat met John te hebben, maar dat lukt niet, Pansy. Je moet nu voor het derde type geluk gaan, het geluk dat helemaal van jou alleen is. Dat is het geluk om te weten wie je bent en waarom je op deze wereld bent, wat je blij maakt, wat je drijfveren zijn.'

Pansy fronste haar wenkbrauwen. 'Ik kan niets bedenken waardoor ik me zo voel.'

'Natuurlijk niet! Omdat je al jaren niets anders hebt dan lege sleur en onvervulde dromen over John. Dus ga aanstaande donderdag iets doen wat niet om mij en Eveline draait, en niet om John. Iets voor jezelf, Pansy. Zie het als een zoektocht!'

9

ROWENA

Naarmate de week vordert, valt het me op dat ik me vreemd voel, heel anders dan anders. Ik voel me licht in mijn hart, scherpzinnig van geest en heb een levenslust die me tot nu toe onbekend was. Ik word opgewekter wakker dan gewoonlijk en ik hoor mezelf zelfs af en toe neuriën. Ik ben gelukkig, denk ik dan, terwijl ik eerder ook dacht dat ik dat was.

Hoewel we elke dag onder begeleiding samen zijn, hebben Bartek en ik al over veel dingen gepraat. Hij heeft me de geschiedenis van zijn land verteld. Ik begreep er niet veel van en vergat de helft weer, maar toch hoorde ik het graag. Hij sprak over kunst en de idealen die hem boeien. Hij beschreef de verschillende landen waar hij doorheen is gereisd. Daar kon ik over meepraten. We spraken een tijdje over Frankrijk en Italië. Bartek maakt elke ruimte helderder, niet alleen omdat hij knap is, maar omdat hij een energie en een visie heeft die niet te vinden zijn in mijn eigen kring. Hij is arm en ver van huis, maar ik heb volgens mij nog nooit iemand ontmoet die zo opgewekt was. Als hij weggaat, denk ik de rest van de dag aan onze gesprekken.

Op vrijdag komt hij met het nieuws dat meneer Lethbridge aan de beterende hand is en maandag zal komen. Vandaag is dan ook de laatste keer dat ik Bartek ooit zal zien. Het lot is vriendelijk en die ochtend zijn we alleen. Verity heeft een andere afspraak en hoewel ik bel voor een dienstmeisje, komt er niemand opdagen. Ze hebben het vast allemaal druk. Als ik nog eens zou bellen, zou er vast iemand komen, maar ik bel niet.

Vanmorgen wil hij me schilderen in de zilveren jurk, in een zittende pose. Hij heeft al genoeg schetsen met verschillende achtergronden, dus blijven we in de salon. 'Zo, meneer Bartek,' zeg ik als hij aankomt. 'Vandaag is dus uw laatste bezoek aan Garrowgate Hall. Ik wil u hartelijk bedanken voor uw beleefdheid en uitstekende werk voor de heer Lethbridge.'

Het zijn lege woorden vergeleken met alles wat ik voel. Zoals de meeste jongedames ben ik bekend met de taal van bloemen, hoewel ik geloof dat er maar weinig zo veel van bloemen houden als ik. Vandaag heb ik anjers uit onze kas in de vaas naast me gezet. Ze zeggen alles wat ik niet kan zeggen. De roze anjers geven aan dat ik hem nooit zal vergeten, de rode dat mijn hart breekt en de magenta en witgestreepte anjers herinneren mezelf eraan dat ik niet bij hem kan zijn. Ik betwijfel of hij er iets van zal begrijpen, maar dit is de enige taal die ik kan spreken.

Hij stopt even. De natte verf loopt samen op zijn penseel en dreigt op het blad te vallen, totdat hij het voorzichtig opzijlegt. Ik heb de kleur van zijn ogen nooit eerder goed gezien, alleen zijn vergulde huid en haar. Zijn ogen zijn groen, kristalgroen als meren in de zomer. Het leidt me af van al mijn andere gedachten.

Hij schraapt zijn keel en fronst. 'Het was me een genoegen, juffrouw Blythe. Het was een erg aangename werkweek voor mij. Dat ik het werk verder aan de maestro moet overlaten, is me echter geen genoegen. En u niet meer te zien... is me ook geen genoegen.'

Ik voel mijn gezicht scharlakenrood kleuren, maar ik ben blij dat hij het zegt. 'Voor mij ook niet,' fluister ik terwijl ik mijn hoofd laat hangen en met elke vezel van mijn wezen dankbaar ben dat Verity er niet is. Want dan zou ik niet in de gelegenheid zijn om de waarheid te spreken.

'Laat uw hoofd alstublieft niet hangen.'

'Neem me niet kwalijk, ik zal uw aquarelschets nog verpesten.'

'Niet vanwege de schets. Het is heel moeilijk voor mij om een dame als u te zien lijden. Het valt me zwaar om u niet trots en gelukkig te zien.'

Het ontbreekt me aan woorden, maar ik kijk hem aan. Wat zou er mogelijk zijn? Bartek en ik kunnen niet samen zijn en ik ben niet zo stoutmoedig om verwachtingen te wekken. Ik ken hem nauwelijks. Ik weet alleen dat hij een vreugde en opwinding in mijn dagen brengt die ik niet meer zou kunnen missen. Maar ik blijf binnen de grenzen van Garrowgate Hall.

'Ik heb iets voor u meegebracht,' zegt hij tot mijn verbazing. 'Alstublieft.' Hij reikt in zijn kunstenaarstas en rommelt wat. Dan haalt hij er een gehavend boek uit. Het ziet er erg beduimeld uit en ligt een beetje uit de band. Hij houdt het me aarzelend voor en ik pak het aan alsof ik mijn handen eraan kan branden.

'*Scènes de la vie de bohème*,' lees ik. 'Door Henri Murger.' Ik kijk hem vragend aan.

'Uw Franse uitspraak is voortreffelijk.'

Ik rimpel mijn neus. 'Dank u, maar ik vrees dat mijn uitspraak het enige is wat perfect is aan mijn Frans. Ik spreek hedendaags Frans zoals het een dame betaamt en waarmee ik me kan redden als ik in Frankrijk verblijf. Ik weet niet zeker of het… Is dit een roman?'

'Ja, eigenlijk wel, hoewel het gebaseerd is op het leven van een schrijver. Ik verwacht niet dat u het leest, maar misschien kunt u me er een beetje beter door begrijpen. Het is al een oud boek, zo'n veertig, vijftig jaar oud, maar misschien kent u de opera?'

'Is er een opera van?'

'*La bohème*, van Puccini.'

'Lieve hemel! Ik had geen idee dat die gebaseerd is op een boek. Nu voel ik me wel erg onwetend. Hebt u de opera gezien?'

Hij schudt zijn hoofd. 'Nee, ik kan een operabezoek niet betalen, maar ik heb het boek al heel lang. Ik geef het u te leen, want ik wil het graag terug hebben.'

'Ja, dat begrijp ik. Bedankt, Bartek, wat ik ervan kan begrijpen, zal ik met interesse lezen. Hoe moet ik het boek echter aan u teruggeven? Zal ik het aan meneer Lethbridge meegeven volgende week?'

'Nee, niet aan hem. Ik vertrouw hem mijn schatten niet toe. Daarom heb ik moeite met volgende week.'

Ik bloos weer. 'Ik heb gehoord... Laten we zeggen dat ik er niet naar uitkijk. Vooral nadat u zo... ridderlijk bent geweest.'

'Wees duidelijk tegen hem, juffrouw Blythe. Hij is geen monster, maar hij grijpt een kans zodra hij die ziet.'

'Ik snap het. Bedankt.'

'Het boek zou u per post naar de studio kunnen sturen. Ik vraag me af of u een keer een wandeling met mij wilt maken. Alleen een wandeling, ik verwacht niets van u. Ik weet... hoe het hoort. Maar ik blijf er maar aan denken hoe mooi het zou zijn om met u te wandelen. Mooi genoeg om de herinneringen eraan mijn leven lang te koesteren.'

Het heeft geen zin om over een chaperonne te beginnen, want zelfs als ik een volledig leger mee zou nemen, zouden mijn ouders het niet eens zijn met een zinloze ontmoeting met Bartek. Het dient ook geen doel om in te stemmen met een wandeling die ons vrijwel zeker alleen naar meer zou doen verlangen. Het dient geen enkel doel. Toch merk ik dat het me wel wat lijkt. 'Het zou alleen wel...' Ik kijk hem verontschuldigend aan, want het is niet gemakkelijk om tegen een man te zeggen dat hij niet goed genoeg is.

'... geheim moeten blijven. Ik weet het,' zegt hij nuchter.

'We kunnen het beste heel vroeg in de ochtend gaan. Mijn familie staat laat op. Zou dat mogelijk zijn?'

'Voor u sta ik voor dag en dauw op. U maakt mij hiermee erg gelukkig, juffrouw Blythe.'

We spreken af om elkaar morgen over een week te ontmoeten op een rustig stuk van Hampstead Heath. Ik heb nog nooit zo'n groot risico genomen. Stel je voor dat ik gezien word. De rest van de sessie zwijgen we, terwijl mijn hoofd tolt. Ik maak me zorgen, maar ik maak ook plannen. Ik ben hoopvol, maar ik voel ook wroeging. Bartek kan niet stoppen met glimlachen. Zijn blijdschap ligt er duimendik bovenop. Zo is hij nog knapper dan wanneer hij professioneel en fatsoenlijk is en waarschijnlijk is het door mijn toedoen. Het valt me plotseling op dat ik nog nooit iemand zo gelukkig heb gemaakt, terwijl ik mijn hele leven lang alleen maar mijn best heb gedaan om anderen te plezieren. Een pijnlijke constatering.

10

OLIVE

De daaropvolgende maandag ben ik blij als ik thuiskom van kantoor. Het was een productieve dag, maar lang en vermoeiend. Het weer is niet meer zo slecht, maar echt lekker is het niet. Ik stap opgewekt naar binnen, trek mijn natte jas uit en schud mijn haar uit, dat koud aanvoelt en in mijn nek blijft kleven. Clover komt de gang in rennen als ze me hoort. 'Mama!' Ze vliegt door de lange gang met mozaïekvloer en stort zich in mijn armen. Ik vang haar op en zwaai haar rond, terwijl ik net doe alsof ze veel te zwaar voor me is.

'Lieve hemel, wat ben jij gegroeid!' roep ik uit. 'Begin jij telkens te groeien als ik naar buiten stap?'

Ze lacht en spartelt met haar voeten in de lucht. Hoewel ze groter wordt, kan ik haar gelukkig nog steeds makkelijk optillen. Toen ik besloot een kind te adopteren, was ik eerst van plan om een ouder kind te nemen, maar dat lukte niet. Het eerste meisje, Gert, wilde niet bij me wonen. Het lijkt erop dat ze te beschadigd was door wat er gebeurd was in haar leven om zichzelf open te stellen voor het feit dat er ook vriendelijke mensen bestaan. Hoewel mijn hart nog steeds bloedt voor die arme Gert, ben ik er toch blij om dat het zo gelopen is, want elke dag met Clover is kostbaar. Nu ze bijna zes jaar is, merk ik pas hoe snel de tijd gaat. Ik wil haar voor altijd bij me houden. Haar lach is klaterend, haar lange honingkleurige haar valt in krullen over haar rug, bijeengehouden door een paars lint. Clover is even knap als ik gewoon ben. 'Het is echt zo!' Ze is er trots op. 'Elke keer dat je weggaat, eet ik een Eet Mij-koekje en word ik groter.' We hebben samen *Alice in Wonderland* gelezen.

'Nou, dat verklaart een boel. Waar is Angeline? Wat hebben jullie gedaan vandaag?'

Al pratend troont ze me mee naar de salon, waar ik zowel mijn ouders als Clovers vriendinnetje Angeline aantref, knus weggedoken in hun stoelen met mokken warme chocolademelk. Zoals alle broers en zussen van Mabs heeft ze te lang honger gehad om onverschillig te blijven over eten. Nu eet en drinkt ze altijd alsof ze de verloren tijd inhaalt. We hebben dokter Stickland laten onderzoeken of ze soms een lintworm had, maar daar had ze geen last van. Nu zijn noch mama, noch ik, noch een van de dienstmeisjes in staat haar een snack of iets lekkers te weigeren als ze daar zin in heeft. Toen ze bij ons kwam was ze zo mager als een lat, een feeëriek kind dat een beetje ondervoed was. Nu is ze duidelijk voldaan, maar daar maak ik me pas zorgen over als ze er ongezond uit begint te zien. Nu ziet ze er prachtig uit met haar ronde buikje, volle roze wangen en haar donkere, glanzende haar, dat ze altijd in krullen wil dragen. Ze lijkt precies op een pop die ik had toen ik klein was.

Mijn beide ouders kijken liefdevol naar haar. Hoewel ze er eigenlijk tegen waren dat ik een kind zou adopteren, duurde het niet lang voordat ze verliefd werden op Clover toen ze er eenmaal was. Een paar maanden later ging het met Angeline precies hetzelfde. Ik zeg niet graag dat ik dat wel voorspeld had, maar soms doe ik dat wel.

Ik geef Angeline een knuffel en kus mijn ouders. Mijn moeder veegt een veeg chocolademelk van mijn wang. 'Hoe was je dag, lieverd?' vraagt ze. Mijn beide ouders zijn buitengewoon trots op mijn werk bij de stichting. Vooral mijn moeder staat me vaak bij met ideeën en raad.

'Heel goed,' zeg ik, en ik zak dankbaar weg in een gemakkelijke stoel bij de open haard. Clover klautert op mijn schoot met een boek dat ze hoopvol onder mijn neus rondzwaait. 'Straks, lieverd. Laat me eerst met opa en oma praten. We kregen een kleine donatie van Adrian Gibbs. Weten jullie nog wie dat is?'

'Lieve hemel, ja,' zegt papa. 'Die man was ooit mijn bankier. Hoe gaat het met hem?'

'Volgens zijn brief maakt hij het goed. Hij heeft zich teruggetrokken op het platteland en woont nu in Brighton. Zijn dochter vertelde hem over de laatste bijzonderheden van de familie Westallen. Hij vroeg of ik u de groeten wilde doen.'

'Geweldige kerel,' mompelt papa. Mijn vader kent veel vooraanstaande mensen, wat wel getuigt van zijn voortreffelijke karakter en de achting die hij algemeen geniet. Geen wonder dat ik ongehuwd ben. Geen man zou zich ooit kunnen meten met mijn vader.

'En die straatdief die zich voordoet als een ongelukkige kwam weer. Ik begrijp niet waarom hij nog moeite doet. Hij moet toch beseffen dat we hem herkennen.' Ons beleid ten aanzien van criminelen is om hun steun en opleiding te bieden om hen te helpen een nieuwe start te maken, maar we geven geen geld aan mensen met dubieuze doelen. Hij is niet geïnteresseerd in een nieuwe start, maar lijkt te opereren vanuit de overtuiging dat we geld geven aan iedereen die erom vraagt. We hebben hem dus weer weggestuurd.

'Daarna heeft meneer Gladstone de rekeningen van de maand doorgenomen met Mabs en mij. Niet de meest interessante bezigheid, maar het is wel belangrijk, en het is natuurlijk fijn om te zien dat alles op rolletjes loopt en dat onze stichting een goede toekomst lijkt te hebben.'

Meneer Gladstone is de manager van de stichting. Hij zorgt ervoor dat ik me niet druk maak over niet-inspirerende zaken als financiën en administratie, en Mabs leert alle kneepjes van het vak van hem. Hij heeft de pensioengerechtigde leeftijd bereikt en heeft gezegd dat hij maar een jaar zou blijven, maar Mabs en ik hopen dat hij niet meer weg zal gaan.

Ons dienstmeisje Anne brengt me een kop thee en een scone, waar Angeline begerig naar kijkt. 'Ik breng je er zo een, popje,' zegt Anne, als was in haar handen. 'Kan ik nog iets anders voor u halen, juffrouw Olive?'

'Nee, lieverd. Dit is heerlijk na een lange, koude dag. Dank je wel.' Ik sla mijn handen om mijn theekopje en slaak een voldane zucht.

Wat ben ik dol op mijn huis. Hier zijn de mensen van wie ik hou en mama heeft het zo stijlvol ingericht. Overal waar ik kijk, is iets moois te zien: een olieverfschilderij, felgekleurd behang, een sierlijke drapering in een of andere glanzende stof. Ze heeft de gave om een huis zo in te richten dat het modieus en tijdloos, mooi en comfortabel tegelijk is. Er is nergens ter wereld een huis als Polaris House, genoemd naar de ster die mijn vader als zeekapitein de weg wees en hem keer op keer veilig bij ons terugbracht.

Een klop op de deur onderbreekt mijn vredige gemijmer over ons gezin. Een van onze andere dienstmeisjes, Jenny, ook een zus van Mabs, kondigt meneer Harper aan.

'Laat hem maar binnen, Jenny,' zegt mama. 'Is dat goed, Olive? Zou hij het erg vinden om met de hele familie geconfronteerd te worden?'

Ik haal mijn schouders op. 'Ik ben te moe om me te bewegen. De kou in dat kantoor kruipt tot in je botten. Het geeft me een beeld van hoe het is om ergens te wonen waar geen vuur of warm water is. Laat meneer Harper maar binnenkomen.'

Jenny knikt, knipoogt naar de meisjes en komt even later terug met meneer Harper, die zijn kalmte bewaart wanneer hij wordt geconfronteerd met een koor van begroetingen. 'En wie van hen is jouw kleine meid?' vraagt hij, terwijl hij de kinderen speels begroet.

'Dit is Clover,' zeg ik tegen hem terwijl ik de schat op mijn schoot omhels. 'Vergeef me alstublieft dat ik blijf zitten, meneer Harper, maar ik word belemmerd door iets zwaars en warms. En dat is juffrouw Angeline Daley, het vriendinnetje van Clover.' Angeline springt overeind en maakt een schattige kleine buiging, waarbij ze op haar tenen gaat staan met balletachtige gratie. In de sloppenwijken van Saffron Hill liep ze vaak zonder schoenen. Nu zijn haar zwarte lakschoenen haar enige bezit dat ze mee zou nemen uit een brandend gebouw. Ze laat geen kans voorbijgaan om ermee te pronken. 'Goedenavond, meneer Harper,' zegt ze statig. Ik glimlach naar haar. Goed zo, meisje.

Hij maakt een buiging. 'Goedenavond, juffrouw Daley. O, Daley? Familie van...'

'Ze is haar zusje.'

'Ah.' Opnieuw is hij in de war. Laat het maar aan mij over om onconventionele huishoudens samen te stellen. Naast de zus van Mabs, Jenny, die als dienstmeisje hier in Polaris House werkt, is haar broer Jem bij mijn goede vriendin Julia Morrow in dienst als loopjongen en manusje-van-alles, hoewel hij meer een zoon voor haar is dan een werknemer. Als mensen gelukkig kunnen zijn door samen te leven en als aan al hun behoeften wordt voldaan, wat maakt het dan uit of ze wel of niet verwant zijn en of ze volgens de samenleving wel of niet bij elkaar kunnen zijn?

Mijn ouders heten meneer Harper welkom. Hij neemt plaats, maar weigert thee en cake. 'Ik ben onaangekondigd gekomen en ik blijf niet lang. Ik wilde alleen vertellen over Will Browns eerste dag bij mij. Ik dacht dat u daar wel nieuwsgierig naar zou zijn.'

'U hebt gelijk, meneer Harper. Vertel me alstublieft alles.'

'Hij is een veelbelovende jongen. Hij vond het geweldig om daar te zijn, dat kunt u zich wel voorstellen. Ik gaf hem een paar simpele taken, zoals papierwerk ordenen op onderwerp en brieven verzegelen. Terwijl hij daarmee bezig was, legde ik uit waarom die taken belangrijk waren, zodat hij ervan kon leren. Verschillende mensen kwamen langs voor besprekingen, onder andere een leverancier, de vertegenwoordiger van een bedrijf aan wie ik verkoop en een collega die een nieuw contract wilde bespreken. Ik heb Will alle besprekingen bij laten wonen. Hij luisterde aandachtig, juffrouw Westallen, en stelde mij daarna heel veel vragen. Zijn interesse was lonend, dat moet ik toegeven. Ik ben van plan hem morgen de juwelierswerkplaats te laten zien, en woensdag dacht ik dat hij met mijn compagnon, meneer Branden, mee zou kunnen gaan als hij een andere juwelier bezoekt. Hij moet zich natuurlijk nuttig maken, maar hij krijgt geen begrip van de zaak door een maand in mijn kantoor met papieren te rommelen.'

'Het klinkt geweldig,' zeg ik tegen hem. 'Beter dan ik had mogen verwachten.'

'Precies wat we hoopten toen we voor het eerst dit idee kregen,' komt mama tussenbeide. 'Het is heel aardig van u, meneer Harper.'

'Nou,' zegt hij ontwijkend. 'Dat weet ik niet. Als eh... vertrouwenspersoon... Het punt is...'

'U vond het leuk om hem bij u te hebben,' merkt papa op. Hij begrijpt mannen altijd uitstekend. 'Het strekt u tot eer, meneer Harper. Niets schenkt meer voldoening dan het koesteren van de volgende generatie.' Hij glimlacht liefdevol naar zijn twee kleine meisjes, die naar hem toe zijn geslopen en hun haarlinten om zijn sokken proberen te knopen. Hij doet net alsof hij het niet opmerkt. 'Blijft u eten?'

'Helaas dineer ik vanavond bij mijn tante, maar bedankt voor het aanbod, meneer.' Meneer Harper staat op en maakt een buiging.

'Een andere keer.' Papa staat op, schudt hem de hand en doet dan alsof hij erg verbaasd is over zijn versierde enkels, waardoor de meisjes in schaterlachen uitbarsten.

'Laat meneer Harper uit, Olive,' instrueert mama me met een veelbetekenende blik.

Ik trek hooghartig mijn wenkbrauwen op en sta fier op. 'Ik stond juist op het punt dat te doen, mama. Meneer Harper, bedankt voor het langskomen en de informatie. Het wordt zeer gewaardeerd.'

Ik laat hem voorgaan en hij kijkt naar de hal met de felgekleurde geometrische tegels en de gouden takken van forsythia die de hoeken opfleuren. 'Erg verwelkomend,' merkt hij op.

'Nou, mijn familie heet u altijd welkom. Goedenavond, meneer Harper.'

'Juffrouw Westallen, we kennen elkaar nu al een paar maanden. Zou u willen overwegen me Lionel te noemen?'

'Natuurlijk, als u mij dan Olive noemt.'

'Olive. Ik vroeg me af... Zou je me een zaterdagavond willen vergezellen voor een diner in het West End? Ik weet een heel smaakvol restaurant en je zou er vast van genieten.'

Ik zwijg even. Geef ik hem de verkeerde indruk als ik hiermee instem? Wat is de juiste indruk eigenlijk? Een diner in het West End lijkt me geweldig. Mijn leven bestaat de laatste tijd uit kleine kinderen en grote ideeën. Sommige van de meer gebruikelijke genoegens zijn er volkomen bij ingeschoten. En een diner is geen huwelijkscontract. Ik ben alleen bang dat hij er meer achter zal zoeken en ik zou hem niet graag om de tuin leiden. Maar een diner zou ons voldoende tijd geven om openhartiger te praten.

'Dank je, Lionel. Dat klinkt leuk.' Hij lacht en tikt zijn hoed aan, en verdwijnt dan in de koude, grauwe avond.

11

PANSY

Toen Pansy de daaropvolgende donderdag wakker werd, voelde ze zich helemaal verloren. Als ze zich niet naar meneer Ollander mocht haasten om op de wagen naar Elstree te springen, wat moest ze dan in vredesnaam doen? Ze had een onrustig gevoel in haar buik. Haar moeder had haar verboden om langs te komen, niet voor altijd, maar voor een paar weken. Pansy had een zoektocht voor zich, maar ze wist niet waar ze moest beginnen.

Een week eerder was Eveline naar beneden gekomen in haar schooljurk, net toen ze hun gesprek beëindigden. Ze had de slaap uit haar ogen gewreven en haar blonde krullen hadden alle kanten opgestoken. Ze had zichzelf slechts tijd gelaten voor een snee dik beboterd brood en een slok melk. 'Wat is er aan de hand?' had ze gevraagd, de sfeer aanvoelend.

'Pansy komt volgende week niet bij ons op bezoek,' had Laura kalm gezegd, terwijl ze hun borden afruimde en een schoon bord neerzette voor haar jongste dochter. 'Ze gaat weg bij de Blythes en moet iets vinden wat haar gelukkig maakt.'

'De hemel zij dank!' had Eveline plechtig gezegd. 'Je moet me er alles over vertellen als ik uit school kom.' Ze had haar zus omhelsd. Pansy had de slaperige warmte van haar lichaam gevoeld en de bekende geur van haar huid geroken. Het had heerlijke herinneringen aan haar jeugd naar boven gehaald, maar haar moeder had gelijk. Ze kon niet terug naar huis komen. Ze kon in Garrowgate Hall blijven of ze kon het onbekende tegemoet gaan, dat waren haar enige twee keuzes.

'Ik heb ook nieuws, Pansy. Ik heb gesolliciteerd!' Eveline was ineens helemaal wakker geweest, bruisend van opwinding. 'Als ik in juni klaar ben met school, ga ik pianoles geven aan jonge kinderen op een muziekschool in Camden. Ik krijg kost en inwoning en ik ga 's avonds muziek studeren, zodat ik steeds beter word en op een dag een nog betere baan kan krijgen. We hebben het er later nog wel over.'

Pansy dacht terug aan haar heerlijke vrije dag vorige week en zuchtte. Haar moeder en haar zus deden het allebei beter dan zij. Ze kon haar dagen niet meer doorbrengen in sleur en wrok. Ze moest een vreselijke keuze maken. Goed, dacht ze, vanuit de warmte van haar bed, als ze geen open haarden hoefde schoon te maken en niet naar huis zou gaan, wat moest ze dan doen? Ze had geen idee.

Ze liep de trap af en zou het niet eens erg gevonden hebben als ze werd opgewacht, want dan zou haar beslissing tenminste voor haar worden genomen. Ze miste het ontbijt van haar moeder. Het was te vroeg voor een koffiehuis. Ze wilde niet meer tijd in Garrowgate Hall doorbrengen dan nodig was, dus vroeg ze mevrouw Andrews, de kokkin, of ze wat voor het ontbijt mee mocht nemen. Mevrouw Andrews mopperde wat, maar pakte toch wat in en deed het voor haar in een juten boodschappentas. Toen stapte Pansy naar buiten, de stille en opklarende maartse dag tegemoet. Wat nu?

Pansy besloot dat een wandeling op de heide goed zou zijn om na te denken, terwijl alles nog gesloten was en ze nergens anders heen kon. Het was droog en ze was warm aangekleed, dus ze zou buiten kunnen ontbijten en ondertussen een plan maken. De lucht was fris en vol verwachting, de bomen zaten vol met groene scheuten. Pansy moest wel erkennen dat het een goed moment was voor een nieuw begin. Zou ze het kunnen? Zou ze zich echt los kunnen maken van alles wat vertrouwd was en opnieuw beginnen, op een plaats ver van John? Maar hoe lief hij ook was, mama had gelijk. Het was niet genoeg om één dag per week gelukkig te zijn.

Pansy liep over de struikachtige, open heide helemaal naar Parliament Hill en besloot dat ze lang genoeg op haar ontbijt had gewacht. Ze ging op het gras zitten op de top van de heuvel en keek wat er in de juten tas zat. Brood, kaas, koude ham, appels, een fles appelsap met een stop erop, een stuk vleespastei en een beschuitbol met een dikke laag abrikozenjam erop. Die goede mevrouw Andrews. Dit was niet alleen ontbijt, maar ook genoeg voor de lunch. Onder haar mopperende voorkomen ging een vriendelijk hart schuil.

Pansy smulde van de beschuitbol en nam daarna nog brood met ham, terwijl ze nadacht. Wat zou een vrouw kunnen doen? Ze kon gaan werken in de bediening, in een winkel of in een fabriek. Die antwoorden kwamen gemakkelijk en waren niet aantrekkelijk. De verpleging dan misschien? Pansy had geen zin in bloed en ergere dingen. Lesgeven, zoals Eveline, of gouvernante worden? Er waren eigenlijk niet veel mogelijkheden als je niet getrouwd was.

Ze had onlangs iets gehoord over kantoorwerk. Er waren vrouwen die het werk van klerken begonnen te doen. Ze wist er niet veel van, maar ze had gehoord dat mannen het niet leuk vonden als vrouwen hun baan overnamen. Hoe kon ze weten of ze het leuk zou vinden om in een winkel te werken of een typemachine te gebruiken? Het beste zou zijn om dingen uit te proberen, dacht ze, maar Pansy was al drieentwintig. Het was een beetje laat om te experimenteren. De meeste mensen zochten gewoon een baan en behielden die zolang die een dak boven hun hoofd bood. Daar stond tegenover dat niet iedereen Laura Tilney als moeder had.

Ze stond op en begon te lopen. Ze hoorde in de verte kerkklokken beieren vanuit Hampstead in het westen en Highgate iets ten oosten van haar. Gek genoeg was het al negen uur. Wanneer had Pansy ooit zo lang de tijd genomen om te mijmeren? Ze voelde zich nu al anders. Ze miste haar moeder, broer en zus heel erg, maar de woede die al zo lang in haar gloeide nam iets af. Misschien was alleen de gedachte om weg te gaan bij de Blythes al genoeg om haar meer lucht te geven. Ze stelde zichzelf vragen die ze waarschijnlijk jaren geleden al had moeten stellen.

Wat maakte haar gelukkig, behalve thuis? John, maar aan hem mocht ze niet denken. Hoeden. Ze lachte. Hoeden hielpen niet. Ze kon niet leven van hoeden. Tenzij ze bij een hoedenmaker ging werken. Zou je daar veel geld kunnen verdienen? Misschien kon ze dat proberen uit te vinden.

Waardoor had ze het zo naar haar zin in Elstree? Dat kwam natuurlijk door haar familie, het lekkere eten en het gevoel gewoon zichzelf te zijn. Elke donderdag voerde Pansy de kippen met mams, aaide Eustacia, bezocht haar oude schoolvriendin Elsie. Na de lunch ging ze naar de nabijgelegen boerderij om haar broer te zien en hem lekkernijen te brengen die Laura klaargemaakt had. Weer vertrekken was altijd het zwaarste deel van de dag.

Pansy's gedachten schoten alle kanten op, als zwevende libellen. Het ging om een prettige omgeving. Ze wilde graag zichzelf kunnen zijn en niet lastiggevallen worden door mensen die zich helemaal niet bekommerden om haar welzijn. Waar zou dat mogelijk zijn? Of was het gewoon een kwestie van werk vinden dat niet zo erg was als haar huidige baan? Ze fronste haar wenkbrauwen. Als ze wilde leren typen, hoeveel zou dat dan kosten? Zou ze het kunnen leren? Ze had het best naar haar zin gehad op school, maar een echt goede leerling was ze niet geweest. Ze had ook nooit echt haar best gedaan. Wellicht was ze wat zelfgenoegzaam geweest. Waar was ze toe in staat? O, waarom had ze zo veel jaren naar John gesmacht? Als ze al getrouwd was, had ze hier niet over hoeven nadenken!

Rowena bofte maar dat ze zich geen zorgen hoefde te maken. Als ze er klaar voor was, hoefde ze alleen maar met haar vingers te knippen en er zou een echtgenoot verschijnen om alles voor haar te regelen. Een rijpe vrucht die ze alleen nog hoefde te plukken.

12

ROWENA

Lethbridge zit achter zijn enorme schildersezel, een teleurstellend contrast met Bartek, met zijn schetsboek balancerend op zijn knie, maar dankzij Bartek kom ik de week wel door.

Lethbridge probeerde de eerste dag zijn oude truc met het haarsieraad uit, maar ik was voorbereid en hield me verre van elke ongewenste aanraking. Toen ik de teleurstelling op zijn gezicht zag, hield ik zijn blik uitdagend vast. Tenminste, dat dacht ik. Ik was nog nooit eerder uitdagend geweest, dus misschien bereikte ik niet helemaal het juiste effect. Hij probeerde het namelijk nog eens.

'Meneer Lethbridge,' zei ik resoluut. 'Dat vind ik nogal onnodig, vindt u ook niet?' En daarmee kwam er een einde aan die onaangenaamheden. Tijdens de sessies praten we weinig en ik sta erop dat er altijd een chaperonne bij is. Verity komt maar zelden. Meneer Lethbridge boeit haar niet echt, omdat hij niet knap is en voor haar niet nieuw is. Elke dag vervult een andere meid dus die taak. De ene keer de timide meid met het blonde haar, de andere de stoere meid die ik met een schokkend accent heb horen praten als ze denkt dat niemand van de familie het hoort en nu de nukkige meid met het kastanjebruine haar... Ze zit in mijn blikveld, maar kijkt me niet aan. Ik vraag me af of ze ongelukkig is. Mijn hart zinkt me in de schoenen als ik haar zie. Soms vraag ik me af of ze een hekel aan me heeft.

De uren zijn verrassend snel voorbijgegaan. Ondertussen heb ik in gedachten mijlenver gereisd en was ik in het Parijs van 1840 met Mimi en Rodolfo. 's Avonds ga ik vroeg naar bed. Dan zeg ik tegen moeder dat ik er op mijn best uit moet zien voor de sessies. In werkelijkheid is het om te lezen wat ik maar kan begrijpen van het boek dat Bartek me geleend heeft. Ik lees de ene zin na de andere. Mijn Frans is niet zo goed dat ik alles kan volgen, maar toch begrijp ik meer dan ik dacht. Het helpt dat het verhaal me enigszins bekend voorkomt. Ik heb *La bohème* nog maar een paar maanden geleden gezien in het Royal Opera House. Een gloednieuwe opera moeten we beslist bijwonen in onze kringen, ook al houden we niet van muziek of theater. Zelfs als we ons de hele avond dood vervelen, moeten we kunnen zeggen dat we het hebben gezien, we moeten er een mening over hebben tijdens de sociale bijeenkomsten die we bezoeken. Alles wat ik erover gezegd heb, was dat de opera erg krachtig was en behoorlijk tragisch. Dat waren niet echt baanbrekende inzichten, maar niemand verwachtte meer van mij.

Nu ik Barteks boek aan het lezen ben, merk ik dat ik gefascineerd ben om een glimp van deze mensen op te vangen die uit vrije wil buiten de society getreden zijn. Ze kozen voor kunst in plaats van fatsoen en volgden hun eigen gevoel in plaats van de regels. Eigenlijk vind ik het nogal schandalig, bijna alarmerend.

> Als hen slechts een deel van een fortuin in handen valt, leven zij zich meteen uit in de meest rampzalige fantasieën... ze zullen nooit genoeg balken vinden om hun geld overheen te smijten. Pas wanneer hun laatste kroon uitgegeven en verdwenen is... jagen zij van 's ochtends vroeg tot 's avonds laat op dat wilde beest dat ook wel vijf francs wordt genoemd.

En dat is dan maar het voorwoord. Ik zou nooit op die manier kunnen leven. Ik zou zo'n armzalig bestaan nooit kunnen verdragen. Ik tril. Hoe redden arme mensen zich eigenlijk? De frase 'rampzalige fantasieën' achtervolgt me.

Al snel is het zaterdagochtend en word ik wakker. Het is een donker, grijze dag begin maart. Eigenlijk was ik bang dat ik me zou verslapen, maar ik heb geen oog dichtgedaan de afgelopen nacht. Ik heb geen tijd meer om me te verontschuldigen met een briefje. Ik moet me nu aan de afspraak houden. Het is vreemd om mezelf aan te kleden, maar het lukt me aardig. Als ik in de spiegel kijk, zie ik een Rowena die ik niet ken, voor deze ene keer gekleed in de eenvoudigste kleding die ik bezit, want ik wil geen aandacht op mezelf vestigen. Mijn gezicht straalt echter, hoewel ik de oorzaak daarvan niet wil noemen.

Zoals ik had verwacht, kom ik niemand van mijn familie tegen als ik naar buiten ga. Ik zie wel drie of vier dienstmeisjes. Ik had nooit gedacht dat ze zo vroeg op zouden zijn en ze zijn ook al hard aan het werk. Ze zijn zo verbaasd om me te zien dat ze niet eens een goedemorgen mompelen. Ik probeer te doen alsof dit heel gewoon gedrag voor mij is.

Mevrouw Clarendon, de huishoudster, is in de hal, dus ik schiet de balzaal in en ga via de terrasdeuren naar buiten. De dienstmeisjes zullen niets tegen moeder zeggen, maar mevrouw Clarendon wel. Tot mijn verbazing zijn de deuren van het slot en als ik stilletjes naar buiten stap, zie ik een van de huisbedienden vreemde oefeningen doen op het terras.

Hij is gekleed in een broek en een wijd hemd en gooit zijn benen in de lucht terwijl hij op zijn handen steunt, dan staat hij weer op en reikt naar de lucht voordat hij het allemaal herhaalt. Hij zweet en snakt naar adem, zich totaal niet bewust van mijn aanwezigheid. Ik heb nog nooit een man zoiets zien doen en ik sta even aan de grond genageld door zijn pure kracht en door de manier waarop zijn spieren werken. Dan realiseer ik me dat het niet gepast is om stiekem naar iemand te kijken.

'Goedemorgen, Henry,' zeg ik, want ik kan niet weggaan zonder vlak langs hem heen te lopen. Ik weet zijn echte naam niet. We noemen alle huisbedienden Henry, dat maakt het makkelijker voor moeder om bij te houden. Het is de jonge, knappe huisbediende, die bruin haar, blauwe ogen en een lieve glimlach heeft. Hij springt in de lucht van schrik, wankelt even op zijn benen en verliest bijna zijn evenwicht. Hij staart me aan met iets van afgrijzen.

'Juffrouw Blythe! Lieve hemel! Ik bedoel, neem me niet kwalijk. Goedemorgen. Ik had geen idee dat u hierlangs zou komen, anders had ik het niet gedaan...'

In een mum van tijd verandert hij van een sterke man die zich concentreert op zijn eigen fysieke kracht in een huisbediende die alleen aandacht voor mij heeft. Hoewel er zweet vanuit zijn haar in zijn ogen druppelt en hij geen livrei draagt, is zijn hele manier van doen en zijn houding plotseling eerbiedig en waardig. Ik had nooit gedacht dat een huisbediende zich in zijn vrije tijd heel anders zou gedragen. Ik vraag me af of dat vanzelf gaat.

'Verontschuldig je alsjeblieft niet, Henry. Ik moet me verontschuldigen dat ik je heb laten schrikken. Ik ben zelden buiten op dit uur.'

'Is alles in orde, juffrouw Blythe? Kan ik u ergens mee helpen?'

'Nee, bedankt. Ik zal een vriendin ontmoeten voor een vroege wandeling. Ik heb vaak gehoord dat dit de beste uren van de dag zijn.'

'Dat is zeker zo, juffrouw Blythe.'

'Henry, wat... ben je aan het doen, als ik vragen mag?'

'Mijn ochtendgymnastiek, juffrouw Blythe. Uw moeder eist van ons dat we... in zekere vorm blijven.' Hij wordt vuurrood en ik glimlach. Ik ben blij dat ik niet de enige ben die mijn schaamte niet kan verhullen.

'Mijn moeder? Dus dit is een vereiste voor uw werk?'

'Ja, juffrouw Blythe.'

'En dat doet u elke ochtend?'

'Om de ochtend, juffrouw Blythe.'

'Nou, dat is erg goed van u. Het ziet er... inspannend uit.'

'Dank u, juffrouw Blythe.'

'Nou, ik moet gaan. Als ik mijn vriendin laat wachten, zal ze de dag in een slecht humeur beginnen.'

Hij glimlacht weer zo vriendelijk dat ik terug wil glimlachen.

'Dat zou jammer zijn, juffrouw. Fijne dag.'

'Bedankt. En o, Henry? Zeg niet tegen mevrouw Clarendon dat je me hebt gezien. Mijn ouders maken zich zorgen als ik zelfs maar de kortste afstand alleen afleg.'

'Natuurlijk, juffrouw Blythe. Moet u ver? Zal ik u begeleiden?'

Ik denk dat gezien worden met een schaars geklede, zwetende man die in zekere vorm moet blijven mijn reputatie meer zou schaden dan alleen gezien worden, of met Bartek. Dus ik sla zijn aanbod af en vervolg mijn weg. Ik voel zijn ogen op mijn rug branden. Ik ben nog nooit zo vroeg de deur uit geweest en heb nog nooit zonder chaperonne door Highgate gelopen. Het is erg stil in de straten en er is geen mens te zien. Ik ben bang dat er van achter de ramen naar me gegluurd wordt. Ik voel me kwetsbaar en nerveus, maar zeg tegen mezelf dat ik niet gek moet doen. Dit is een deftig gebied en veel mensen genieten van een vroege ochtendwandeling. Als ik de heide nader, kan ik alleen nog maar hopen dat hij er is.

Zijn gezicht klaart meteen op als hij mij ziet. Ik voel me opeens verlegen, maar wat ben ik blij dat ik gekomen ben. De lucht is verkwikkend en zoet, de heide groots en verlaten. Bartek schudt mijn hand, volkomen formeel en gepast, en het maakt me opgewonden.

'Bedankt voor uw komst, juffrouw Blythe. Ik ben erg blij u te zien. Is het schilderij al klaar?'

'Al het werk is gedaan gelukkig. Toen u er was, vond ik het leuk. Ik kwam meer te weten over het artistieke proces, enzovoort, maar meneer Lethbridge is niet zo onderhoudend. Twee weken is lang om de hele ochtend stil te zitten.'

'Ja, dat is erg lang. Voor mij en meneer Lethbridge is het een plezier om naar een schoonheid te staren, maar voor de schoonheid zelf is het waarschijnlijk niet zo leuk.'

Ik buig mijn hoofd en voel mijn gezicht kleuren. Hij zegt dat ik mooi ben. Eigenlijk zegt iedereen dat, maar als Bartek het zegt, maakt dat me echt blij.

We wandelen een stukje en hij wijst me op dingen die ik nog nooit heb gezien tijdens mijn vele wandelingen in de zomer met Verity, zoals een inheemse krabappelboom en daarna een wildling. Hij vertelt me dat dat een boom is die in het wild groeit, maar gezaaid is uit de pit van een gewone appel. Het woord 'wildling' bevalt me, ik heb er nog nooit van gehoord. Het doet me denken aan Bartek. Hij wijst op een vogelnest hoog in de takken van een boom en enkele frisse geelgroene uitlopers die tussen het dofbruine gebladerte op de grond uitschieten. Narcissen staan voor een nieuw begin.

'U kent deze plek goed, Bartek. Beter dan ik, en dat terwijl u hier pas bent.'

'Als ik op een nieuwe plek aankom, vind ik het leuk om de omgeving te verkennen, om alles te zien, tot in de kleinste details. Dat is de schilder in mij, denk ik, maar ook de ontdekkingsreiziger. Als je kennismaakt met een nieuwe plaats, begin je er eigenlijk een soort... relatie mee, zeg ik dat goed?'

'Ja, zo kunt u het zeggen.' Ik denk aan alle keren dat ik nieuwe plaatsen heb bezocht zonder die te verkennen. Als we 's zomers in Frankrijk zijn, leven we daar net als in Highgate, alleen is het beter weer. Misschien zal ik de omgeving de volgende keer een beetje verkennen.

Bartek vraagt me wat ik van het boek vond en ik ben blij dat ik er genoeg van begrepen heb om te reageren. 'Ik vond het fascinerend,' zeg ik naar waarheid. 'Een wereld die totaal anders is dan de mijne, waarden en karakters die ik in het dagelijkse leven nooit tegenkom. Het lijkt me fantastisch, maar ik meen dat je zei dat het ook een beetje autobiografisch is.'

'Ja, en ik denk hetzelfde over sommige dingen en bewonder de pogingen om beter en vrijer te leven.'

'Maar, Bartek, sommige personages nemen zeer extreme standpunten in. Denkt u dat het beter is om te verhongeren dan deel uit te maken van de samenleving?'

Hij lacht diep vanuit zijn buik. 'Ik zou mijn ziel niet verkopen om daar deel van uit te maken. Maar ik hoop niet altijd arm te zijn. Ik wil succes hebben in de kunst, net als de maestro. Ik hoop dat er een manier is om zowel trouw te zijn aan jezelf als comfort te genieten. Ik wil niet sterven op een eenzame zolder.'

Ik lach. 'Ik ben blij dat te horen.'

Onwillekeurig denk ik aan Olive Westallen. Ze zou zeker niet verhongeren op een zolderkamer, maar toch schudt ze de conventies van zich af wanneer het haar uitkomt. Ze lijkt steeds weer iets nieuws te verzinnen, zodat haar leven altijd is zoals zij dat wil in plaats van hoe anderen het zouden willen hebben. Toen ze dat kleine zwervertje adopteerde, wist ze toch zeker dat ze daardoor nooit zou trouwen? Ik vraag me af of het haar gewoon niets kon schelen, of dat het haar wel iets kon schelen, maar dat ze het hoe dan ook doorzette. Bartek, de nukkige meid, Henry, Olive... Ik heb me nog nooit zo veel over zo veel mensen afgevraagd.

We lopen en praten tot het voor mij tijd is om terug te gaan, voordat mijn afwezigheid wordt opgemerkt. Pas als we afscheid nemen, realiseer ik me dat ik het boek ben vergeten, het hele doel van de ontmoeting. We spreken af om volgende week zaterdag hetzelfde te doen en ik beloof dat ik het niet nog een keer zal vergeten.

13

OLIVE

De volgende maandag besluiten Mabs en ik om de tijd te nemen om samen te lunchen. Het komt niet vaak voor dat we dit kunnen doen. Het is druk op kantoor en er lopen de hele dag behoeftige mensen in en uit. Het is niet fijn dat er zo veel mensen in nood zijn, maar het is wel goed dat ze ons weten te vinden wanneer ze dat zijn.

We hebben het liefst dat een van ons er is of dat we er beiden zijn. Meneer Gladstone is een goede man, maar hij is erg oud en kan een beetje streng overkomen. Vaak hebben de mensen die bij ons komen aardig wat aanmoediging nodig. Ze twijfelen of ze deze ongebruikelijke stap wel moeten zetten, omdat ze het idee dat iemand of iets zou kunnen helpen eigenlijk niet eens durven koesteren. Mabs en ik heten hen op een zachtere, meer geruststellende manier welkom. Mabs kan dat zelfs nog beter dan ik, omdat zij jonger en eenvoudiger is. Ik ontmoette Mabs voor het eerst toen ze net was ontsnapt aan haar moeilijke thuissituatie en bij een plaatselijk gezin in dienst trad. Daar bracht ze veel tijd door met de jongste dochter, Ottilie. Ik raakte bevriend met Ottilie toen ze Clover uit een boom redde, en Mabs leerde ik kort daarna goed kennen. Ik haal veel meer voldoening uit mijn leven sinds ik hen ken. De uitspraak van Mabs is honderd keer beter dan op het moment dat we elkaar ontmoetten, maar het accent van haar jeugd in de sloppenwijken van Saffron Hill is blijven hangen en ze kan erin vervallen wanneer ze dat wil. Dat stelt de mensen die we helpen gerust.

Maar nu is het maart en hoewel het nog steeds bitter koud voelt, is de lucht zo helder als diamant en is het vanochtend rustig gebleven. De verleiding om uit te gaan is groot. De lente lokt ons. Mijn vriendin Julia en Jem komen langs, een ongewoon genoegen aangezien Julia niet vaak de deur uit gaat. Ze is gescheiden en veel van de zelfingenomen mensen van Hampstead moeten niets van haar hebben, dus leeft ze teruggetrokken. Jem, de jongere broer van Mabs, is een slimme jongen van tien. Julia is gefascineerd door het werk van de stichting en wilde het met eigen ogen zien. Jem was vastbesloten om haar te vergezellen, zodat hij zijn zus aan het werk kan zien.

'Ik had het nooit gedacht, hoor, Mabsy,' zegt hij terwijl hij een stap achteruit doet en bekijkt hoe ze achter haar bureau zit met de air van een museumbezoeker die een indrukwekkend schilderij inspecteert. 'Kijk naar jezelf. Je bent zo'n chique dame. Wie had dat vroeger nu kunnen denken?'

'Inderdaad, Jeremiah.' Ik ben het met hem eens. 'Je zus heeft het goed gedaan en jij zult ook nog heel wat bereiken!'

Terwijl we praten, besluiten we dat ze nog even zullen blijven, zodat Mabs en ik kunnen lunchen. Meneer Gladstone vindt het fijn als er iemand is die mensen kan ontvangen, terwijl hij verder kan met zijn papierwerk en ik vertrouw Julia en Jem alsof ze mijn eigen familie zijn. Al snel lopen we de drukte van Euston tegemoet. Het is fijn om een koffiehuis binnen te stappen. We bestellen sandwiches en zitten een half uurtje gezellig te kletsen. Het is lang geleden dat we dit hebben gedaan.

Het eerste onderwerp van gesprek ben ik zelf. Mabs wil precies weten wat er met meneer Harper aan de hand is.

'Aan de hand? Er is niets aan de hand, juffrouw Mabel.'

Ze lacht en neemt een hap van haar sandwich met ham. 'Je kunt me niet voor de gek houden, Olive. Ik heb gezien hoe hij naar je kijkt. En jij hebt ook zo'n blik, hoewel jij er voorzichtiger mee bent dan hij.'

Ik neem de tijd voordat ik antwoord geef door een hap van mijn eigen sandwich met kaas te nemen. In gedachten ga ik na wat ik tegen haar wil zeggen. 'Je kent mijn bedenkingen, Mabs,' zeg ik als ik de hap heb doorgeslikt. 'Hij was zo afkeurend over Clover. En dan dat gedoe met Rowena Blythe.'

'Maar je vindt hem toch geschikt?'

'Natuurlijk vind ik hem geschikt. Niet als huwelijkskandidaat, dat gaat niet meer na alles wat er gebeurd is. Toch heb ik toegezegd om met hem te gaan dineren.' Ik frons mijn wenkbrauwen. Op deze manier klinkt het alleen maar tegenstrijdig en dat past helemaal niet bij mij.

Ze grijnst. 'Dus je gaat met hem dineren? Dat klinkt leuk!'

'Ik hoop en vertrouw erop dat het zo zal zijn. Maar doe ik er wel goed aan, Mabs? Er zal geen chaperonne bij zijn. We zijn gewoon twee bevriende collega's die zaken willen bespreken waar we anders geen tijd voor hebben. Maar hoe zal het opgenomen worden?'

'Heb je daar ooit iets om gegeven, Olive? Hij kent jou. Hij zal niets van je verwachten omdat jullie samen uit eten gaan. Ik weet zeker dat het geen probleem is. Ik mag meneer Harper wel. Ik weet dat hij niet... perfect is, maar wie is dat wel?'

'Nou, ik.' We lachen. Ze weet dat ik een grapje maak. Ik heb veel zwakke punten. Zo ben ik koppig, ambitieus en bemoeizuchtig en kan ik weinig respect opbrengen voor mensen die niet op eigen benen staan, zoals Rowena Blythe...

'Inderdaad, jij natuurlijk. Maar jullie zouden goede vrienden kunnen zijn. Ik weet dat hij geschrokken is van Clover, maar hij heeft er immers over nagedacht en toegegeven dat hij ongelijk had. Dat is positief.' Ik knik en speel met mijn koffielepeltje, mijn lippen op elkaar geperst. 'Het is Rowena Blythe, nietwaar?' zegt Mabs, die mij goed kent. 'Daar zit je nog steeds over in. Ik begrijp het wel. Dat was niet zijn beste moment. Ik kan nog steeds niet geloven dat een intelligente man als meneer Harper zich door haar in laat pakken.' Ze tuit haar lippen. 'Alleen maar omdat ze mooi is!'

'Ze is meer dan mooi. Ze is een sirene, een godin. Ze is als nectar voor de bijen, de maan voor het getij, de leidende ster voor elke zwervende ziel...'

'Ze is menselijk, Olive. Ze is een vrouw, een heel mooie vrouw. Praat hij ooit over haar? Er speelt nu toch niets tussen hen?'

'Ik weet niet wat er is gebeurd en het maakt me ook niets uit. Maar nee, ik geloof niet dat Rowena Blythe nu een rol speelt in het leven of de gedachten van meneer Harper.'

'Binnenkort is ze jarig, zei Lou.' Mabs' vriendin Lou werkt als dienstmeisje in Garrowgate Hall, het huis van de Blythes,.

Ik zucht. 'Ja, over een paar weken. Dan zullen de kranten weer een week vol staan met artikelen over haar schoonheid, gratie en bevalligheid.'

'Lou zegt dat haar moeder haar achter haar vodden zit om een echtgenoot te kiezen. In het huis roddelt men erover dat ze binnenkort haar verloving zal aankondigen.'

'Nou, ze is op de juiste leeftijd en er zullen genoeg gewillige kandidaten zijn.'

'Ik vraag me af hoe het zou zijn om in haar schoenen te staan,' mijmert Mabs. 'Hoe maakt ze haar keuze voor iemand? Gaat ze gewoon voor de rijkste? Of maakt dat niet zo veel uit als ze zelf zo rijk is? Ze is zo volmaakt dat het moeilijk voor te stellen is dat ze eens lekker lacht of iemand omhelst.'

'Ik heb geen idee hoe Rowena Blythe denkt, en zelfs niet of ze überhaupt wel denkt,' snauw ik. Ik heb er meteen spijt van. We hebben afgelopen zomer een kort gesprek gevoerd tijdens het bal en het was minder ongemakkelijk dan onze eerdere ontmoetingen. Ze vroeg of ze Clover en Angeline mocht zien en een paar minuten lang zag ik een zachtere, glimlachende Rowena die ik bijna aardig vond. Toen eiste Verity Crawford haar op en was ze weg.

14

ROWENA

Mijn verjaardag nadert met rasse schreden en ik heb geen zin in een groot feest. Maar moeder dringt erop aan. Het zal thuis gehouden moeten worden, want dan zal het nieuwe portret er zijn en ze wil er graag mee pronken. Meneer Lethbridge heeft uiteindelijk voor de zilveren jurk gekozen en moeder heeft met tegenzin toegegeven dat die prachtig afsteekt tegen de donkere achtergrond van de grote trap.

Ze stelt een indrukwekkende gastenlijst samen en laat me die meer uit beleefdheid dan ter goedkeuring zien. Ik stel voor om meneer Lethbridge en Bartek uit te nodigen, aangezien zij het portret hebben gemaakt, maar moeder zegt dat het niet gepast zou zijn. Ze zou het niet kunnen verdragen om 'dat soort mensen' in haar huis te hebben. Verity, die op dat moment bij ons is en chocolaatjes eet, is het roerend met haar eens. 'Wat denk je wel, Ro, lieverd?' kwettert ze, alsof het gewoon een domme opmerking van me was. Dan wordt ze afgeleid doordat er een dienstmeid met blond haar verschijnt. 'O, meid,' brabbelt ze. 'Ik heb een beetje geknoeid, veeg dat alsjeblieft op.' Ze heeft absoluut niet geknoeid. Verity zou nooit een stukje chocolade laten vallen, hoe klein het ook is, maar ze vindt het heerlijk om te zien dat het personeel zich haast om haar bevelen op te volgen. Ik wend me opnieuw tot moeder.

'Maar, moeder, de afgelopen twee weken was een van hen steeds hier.'

'Ja, Rowena, maar daar hebben we hen ook voor betaald.'

Op de ochtend van mijn tweede vroege heidewandeling met Bartek is de terrasdeur nog vergrendeld. Henry is nergens te bekennen. Kersenbloesems bloeien in grote roze wolken door heel Highgate. Deze bloesem staat symbool voor vergankelijkheid. De lucht is nu echt lenteachtig. Hoewel het nog wel koud aanvoelt, is het licht zo helder dat alles wel van goud lijkt. Ik weet niet zeker of het door de maartse zon komt of door Bartek. Het is geweldig om hem weer te zien en dit keer ben ik zijn boek niet vergeten. Ik voelde me de hele week opgelaten dat ik het was vergeten. Ik herinner me nog dat mijn oudtante Althea ooit tegen me zei dat niets toevallig gebeurt en ik schrik van de gedachte. Ik heb haar niet meer gezien sinds mijn kindertijd, tot mijn opluchting en de hare. Snel geef ik het boek aan Bartek terug en hij stopt het in zijn tas.

'Dank u, juffrouw Blythe. Ik ben blij dat ik het met u heb kunnen delen.' Maar hij kijkt ernstig vandaag en na een tijdje vraag ik hem wat er aan de hand is. Hij zucht.

'Juffrouw Blythe.' Hij kijkt me aan met oneindige aanbidding in zijn ogen. 'We hebben altijd geweten dat we dit niet konden blijven doen. Ik had het u niet moeten vragen. Het risico is groot voor u, denk ik. Toch doet het me pijn om afscheid te nemen. Over een maand verlaat ik Londen. Ik zal u niet meer zien en dat maakt me verdrietig.'

'Ik word er ook verdrietig van,' zeg ik, niet in staat om terughoudend te zijn of me gepast te gedragen.

Ik kijk hem aan. 'Gaat u ver weg, Bartek?'

'Ik ga naar Cumbria. Mijn werk bij Lethbridge zit erop. Ik heb gesolliciteerd naar een stageplaats bij een zeer groot kunstenaar uit Noord-Engeland en ik ben aangenomen. Ik zal bergen en meren schilderen. Dat is volkomen nieuw voor mij en een prachtige kans.'

Ik slik. Cumbria is zo ontzettend ver weg. Om ons heen ontluiken de narcissen. Ze knikken met hun kopjes en lijken te wuiven. Ik heb het gevoel dat er iets in mij uitgerekt wordt tot het knapt. 'Dat klinkt geweldig,' zeg ik nadat ik diep ademgehaald heb. Ik kan hem niet vragen deze kans voorbij te laten gaan en voor mij hier te blijven als ik hem niets kan bieden. Ik mag niet egoïstisch zijn. Dit is iets wat nieuw is voor mij, vrees ik. 'Wat zult u veel leren als u prachtige landschappen gaat schilderen.'

'Ja, ik kijk er erg naar uit. Er ontbreekt maar één ding, juffrouw Blythe. Maar misschien mag ik dat niet zeggen.'

'Nee, maar toch ben ik blij dat u dat gedaan hebt. We zijn een noodlottig paar, maar het is in elk geval een troost om te weten dat u... zich voelt zoals ik me voel.' Zou ik dat hebben gezegd als hij niet wegging? Ik vind zijn vertrek vreselijk, maar het voelt ook als een bevrijding.

Zijn groene ogen kijken me vurig aan. Hij pakt mijn gehandschoende hand en kust die. 'Mooie Rowena, je hebt me zo veel gegeven. Prachtige herinneringen en nu deze vriendelijke woorden.' Hij maakt weer een buiging, dezelfde hoofse buiging die me zo trof toen we elkaar voor het eerst ontmoetten. Ik voel me echt beroerd. Deze nieuwe deur die in mijn leven is geopend en waardoor licht en frisse lucht binnenkomt, gaat veel te snel dicht. Maar misschien is het zo beter. Mijn toekomst ligt tenslotte al vast.

'Juffrouw Blythe, ik heb eigenlijk nog een heel persoonlijk verzoek. Dat wil ik u graag voorleggen. U zei ooit dat de sering uw favoriete bloem is. Toen u het me vertelde, kende ik dit woord niet, dus thuis heb ik het opgezocht. Ik weet een speciale plek, een plek waar u dol op zou zijn. Ik zou u willen smeken om me nog één middag te geven. Dan zal ik u die pracht laten zien. Ik begrijp het als u weigert, want ik zou deze vraag niet eens mogen stellen.'

Inderdaad zou hij dat niet mogen doen. Toch kan ik het niet laten om erop in te gaan, dwaze vrouw die ik ben. Een aanbod om iets 'moois' te gaan bekijken met Bartek, iets waar hij van gedroomd heeft, terwijl hij niet eens bij me was, kan ik echt niet afslaan.

Voor seringen moet het april zijn. De Grieken noemen deze bloemen *Paschalia*, vanwege Pasen, een mooie naam. We stellen een datum vast en gaan dan allebei terug naar ons echte leven. Ik ga naar huis en dek mezelf vast in voor mijn middag met Bartek. Ik vertel iedereen dat ik een ontmoeting zal hebben met Susanna Heatherton, een oude schoolvriendin van me. Susanna verhuisde twee jaar geleden naar Derbyshire. Volgens mijn verhaal is ze slechts twee dagen in Londen en smeekte ze me een middagje met haar weg te gaan. Ik weet niet waar we heen gaan, het zou een verrassing moeten blijven, een mooie plaats waar ik echt van zal genieten. Ik schrijf een brief naar Susanna en ontvang een antwoord zodat ik waarheidsgetrouw nieuws over mijn oude vriendin kan vertellen als iemand me naar haar vraagt en de afspraak echt lijkt. Wie had gedacht dat ik zo goed zou zijn in bedrog?

De dag van mijn verjaardag breekt aan en daarmee moeders grootse feest. Het is uitbundig, formeel en vermoeiend. Het portret wordt door velen bewonderd. Verity is enthousiaster over het feest dan ik en begint elke zin met: 'Toen Lethbridge mij schilderde...'

Ik kan niet zeggen dat ik echt geniet van de avond, niet zoals ik geniet van een gesprek met Bartek of zelfs maar van de paar woorden die ik die ochtend met Henry wisselde. Die beste jongen, telkens als ik hem nu zie, begint hij te blozen. Ik vraag me af of hij een beetje verliefd op me is.

Ik probeer andere gesprekken of situaties te bedenken waarvan ik net zo heb genoten en ik ben geschokt als ik ontdek dat het er maar een paar zijn. Een van die momenten was tijdens het bal van de Westallen Foundation afgelopen augustus. Ik was in een gesprek verwikkeld met een bijzonder saaie bewonderaar en kon geen kant op, tot Olive Westallen me kwam redden. Toen voelde ik me opnieuw ongemakkelijk, want onze vorige gesprekken waren altijd nogal stroef verlopen. Maar die keer vroeg ik naar haar geadopteerde dochter, die met haar vriendinnetje op het bal was. Olive nam me mee naar de kinderen. Ze speelden op het terras onder een jasmijnboom en ze maakten een bloemenkroon voor me. Het was erg charmant en ik was even jaloers op Olive. Ik zei er niets over tegen Verity, maar ik moest in de daaropvolgende weken vaak aan dat vreemde tafereel denken en telkens ontlokte het me een glimlach.

Op mijn verjaardagsfeest draag ik een kobaltblauwe japon met een opvallende scharlakenrode rand en krijg ik mijn negende huwelijksaanzoek, dit keer van Sir Charles Herrangrove. Verity noemt hem Sir Charles Herringbone, omdat hij nogal spichtig is. Ik weet niet zeker of ik Rowena Herringbone wil zijn, maar ik moet toegeven dat Charles erg aardig is.

Hij is geschikt en vriendelijk. Aan zijn zijde zou ik een heel goed leven hebben, een leven waar ik al vertrouwd mee ben, waarin ik uitblink en waarin ik een lot uit de loterij ben. Hij heeft alle eigenschappen die belangrijk voor me zouden moeten zijn en heeft geen verontrustende maniertjes. Hij zou een prima keuze zijn en ik kan niet lang meer wachten met het maken van een keuze.

Dus in plaats van mijn gebruikelijke waarderende, maar botte weigering, waar ik waarschijnlijk om bekendsta, vraag ik of ik er een week of twee over mag nadenken. Hij ziet er zo opgetogen uit dat het net lijkt of ik ter plekke ja heb gezegd.

Ik zit de laatste tijd zo vol vragen over mijn leven. Elke keer als ik even tijd voor mezelf neem, word ik er weer door overvallen en raak ik erdoor van streek. Ik heb de regels al twee keer overtreden en ben van plan dit nogmaals te doen. Het is roekeloos en misleidend, terwijl ik dat geen van beide ben. Toch wil ik mijn middag met Bartek niet missen. Ik zal het aanzoek van Charles pas accepteren als dat achter de rug is, want ik kan mezelf niet aan de ene man beloven en me dan een afspraak met de andere veroorloven. Dat is niet te veel om voor mezelf te vragen. Ik ga drie of vier uur met Bartek wandelen, ergens waar het mooi is. Dan zal hij voor altijd uit mijn leven zijn en zal ik met Charles trouwen. De herinnering aan Bartek zal ik voor altijd verbergen, als een rozenblaadje in een boek.

15

PANSY

Pansy bracht de volgende donderdagen door in The Garden of Eden. Ze wist dat het niet was wat haar moeder in gedachten had, maar ze kon niets anders bedenken om te doen. Toen ze Hipólito en meneer Ollander voor het eerst met enige verontwaardiging vertelde dat haar moeder had gezegd dat het tijd was voor een zoektocht naar zichzelf, reageerden ze begrijpend.

'Dat is waarom vrouwen trouwen!' had ze aan het eind van haar treurige verhaal geconcludeerd. 'Het is moeilijk om een doel te vinden.'

Meneer Ollander vond ook dat het leven voor vrouwen zonder echtgenoot erg moeilijk was. Hipólito zei dat hij zelf wel met haar zou willen trouwen, alleen zou het voor hen beiden meer problemen dan goeds opleveren.

Het was een prettig tijdverdrijf om in de winkel te werken, maar alleen omdat ze meneer Ollander kende en omdat het allemaal nieuw voor haar was. Ze wikkelde potten felgekleurde perziken of flessen zeldzame likeur in fijne vellen mousseline, controleerde elke aankoop in de kassa en noteerde de verkoop in het grootboek van meneer Ollander, maar ondertussen had ze niet de illusie dat ze dit werk elke dag fascinerend zou vinden. Ze zou het aan haar moeder kunnen vertellen als ze haar zag, maar ze zou binnenkort iets anders moeten bedenken om te proberen.

Die donderdag, toen meneer Ollander tijdens de lunch het bordje op de deur omdraaide, deed ze haar schort af en vroeg hem of hij haar die middag kon missen. 'Het is te leuk om hier met u samen te werken,' legde ze uit. 'Het is te leuk en te makkelijk. Ik heb veel geleerd, maar...'

'Maar veel meer leer je hier niet,' maakte hij haar zin af. 'En een carrière in kruidenierswaren is niet waar je hart ligt. Je kunt hier werken wanneer je maar wilt, Pansy, maar er moet iets anders zijn wat je met je tijd kunt doen. Zullen we samen lunchen voordat je gaat?'

Pansy nam dat aanbod graag aan. Het eten in The Garden of Eden was heerlijk: flinterdunne ham en zoute Caerphilly-kaas, rode druiven zo groot en zoet als abrikozen, met een satijnen schil die onder je tanden barstte, en dat alles kon ze wegspoelen met een sprankelend vlierbloesemdrankje. Ze zaten in het kleine kamertje achter in de winkel.

'Geen teken van Hipólito,' zei meneer Ollander met gefronste wenkbrauwen toen ze klaar waren met eten. 'Meestal is hij nu al terug. Ik kan me niet herinneren dat hij vandaag nog extra boodschappen moest doen. Maar misschien blijft hij lunchen bij The Tree of Life.'

'Hipólito houdt wel van een goed gesprek,' beaamde Pansy, waarna ze met enige tegenzin vertrok. Ze nam een omslachtige route door het dorp op zoek naar inspiratie. Als ze geen andere ingeving kreeg, dan zou ze een krant kopen en in het koffiehuis gaan zitten om te kijken welke vacatures er openstonden.

Maar toen Pansy langs het politiebureau kwam, zag ze iets geks buiten. Daar stond de kar van The Garden of Eden, met Steed stampend ervoor. Pansy fronste haar wenkbrauwen. Wat deed Hipólito op het politiebureau? Ze aarzelde en durfde eigenlijk niet goed naar binnen te gaan. Het was heel goed mogelijk dat Hipólito daar legitiem zaken deed en ze wilde geen inbreuk maken op zijn privacy. Maar ze had er een slecht gevoel over.

Met tegenzin liep ze naar de openstaande deur en gluurde naar binnen.

Het gebouw waarin het politiebureau was gevestigd zag er vanbuiten groot en streng uit, met een imposante schoorsteen op het dak die boven de andere daken uittorende. Binnen rook het naar bakstenen, azijn en angst. Er ontstond commotie. Pansy bleef op de drempel staan, op haar hoede om niet in een ruzie tussen geharde criminelen terecht te komen, maar in plaats daarvan zag ze twee agenten die een worstelende man in handboeien vasthielden en een kleine jongen die erbij stond te schreeuwen. Zijn stem was zo hoog en angstig dat ze zijn woorden nauwelijks kon verstaan. De man in de handboeien was Hipólito, zag ze geschrokken.

'Hipólito!' riep Pansy zonder erbij na te denken. 'Wat is er gebeurd?'

Het geroezemoes verstomde en iedereen staarde naar Pansy. Zelfs de jongen stopte met schreeuwen en staarde haar met grote ogen aan, zijn donkere haar bleef rechtop staan.

'Pansy?' De opluchting en hoop in Hipólito's stem knaagden aan haar.

'Kent u de dader, juffrouw?' vroeg een agent minachtend met een nasale stem.

Plotseling herinnerde Pansy zich iets wat nooit een greintje verschil maakte als ze bij The Garden of Eden waren: Hipólito was zwart. Veel mensen, misschien wel de meesten, zouden alleen daarom al een hekel aan hem hebben. En van haar zouden ze ook niet veel moeten hebben, als ze dachten dat ze een vriendin van hem was. Even had ze geen idee wat ze moest doen, maar ze wist dat Hipólito er niets aan zou hebben als ze haar angst de overhand zou laten krijgen. Vreemd genoeg dacht ze aan Rowena Blythe en ze maakte gebruik van alles wat ze over haar wist. Ze stapte naar voren met haar hoofd geheven.

'Ik eis opheldering,' zei ze met heldere stem. 'Ik ken deze heer en ik kan u verzekeren dat hij geen gewone crimineel is die gearresteerd moet worden. Er moet een vergissing zijn gemaakt.' Dat was beslist vriendelijk gesteld. Ik klink zelfs een beetje zoals haar, dacht ze, terwijl ze zichzelf even complimenteerde. Het kwam niet vaak voor dat Pansy op Rowena wilde lijken.

'Ik zie nergens een heer, juffrouw. Dit uitschot werd betrapt op het beroven en slaan van dit kind.' De andere politieman, die molliger was dan zijn collega, transpireerde van de worsteling.

De jongen begon weer te jammeren. 'Dat was hij niet, juffrouw, hij beroofde me niet, het was een andere kerel. Ik zeg dat de hele tijd al, maar ze willen niet luisteren!'

'Dit kan niet,' zei Pansy. 'Ik ken hem en ik kan instaan voor zijn karakter. Hij zou een jong kind net zomin aanvallen als ik!'

'Hoe zou een keurige jongedame als u in contact komen met zo'n onaangenaam heerschap?' vroeg de magere agent met de toegeknepen, smalle neus. 'Bent u een van de meisjes van mevrouw Foggarty?'

Pansy hapte naar adem. Mevrouw Foggarty was een beruchte naam in het noorden van Londen. Ze runde een bordeel op nog geen vijf kilometer van Highgate, vlak bij de grachten. Pansy had er alleen over gehoord via het geroddel van de bedienden. Je hoorde weleens dat dienstmeisjes bij Garrowgate Hall werden ontslagen wegens een kleine overtreding en uiteindelijk bij mevrouw Foggarty gingen werken, omdat ze zonder referentie de keuze hadden tussen dat werk of verhongeren. De implicatie dat ze misschien een... dat de enige manier waarop ze iemand als Hipólito zou kunnen kennen, was omdat hij naar... Het maakte haar woest.

Maar ze dacht weer aan Rowena en sprak zo zelfverzekerd als ze durfde. 'Hoe durft u? Sinds wanneer beledigt de politie dames? We moeten dit rechtzetten. Ik vertelde u al dat ik kan instaan voor meneer Cruz. En het lijkt erop dat de jongen hetzelfde zegt. Klopt dat, kind?'

'Ja, juffrouw. Ik heet Jem, juffrouw. Ik werd beroofd, dat hadden ze goed gezien, alleen was het niet deze kerel, maar een andere. Maar hij rende weg en toen kwam deze man langs en hij stopte om te kijken of het wel goed met me ging. Toen kwamen de smerissen en zij dachten dat hij het had gedaan, terwijl hij me juist hielp!' besloot hij zijn relaas, zich weer tot de agenten wendend.

'Ik begrijp het niet,' zei Pansy. 'Als het slachtoffer van het misdrijf u heeft verteld dat deze man niet verantwoordelijk is, waarom blijft u dan zeggen dat hij het gedaan heeft?' Ze sprak niet langer de woorden die Rowena zou gebruiken en ook haar manieren lieten haar in de steek. Het was gewoon te frustrerend en beangstigend. Ze had het gevoel alsof de wereld op zijn kop stond.

'Heren, u moet mij niet hebben,' zei Hipólito met respectvolle stem. 'Dit houdt geen stand in de rechtbank. Ik heb niets verkeerds gedaan en ik word niet beschuldigd.'

'Zeker niet!' gilde de jongen. 'Hij wordt niet beschuldigd!'

'Maar we kunnen je wel een lesje leren,' zei de tweede agent, die met de dikke buik. 'Een nacht in een cel zal je leren om te rijden met een dure kar die je waarschijnlijk hebt gestolen, in een nette buurt waar ze geen lui zoals jij willen zien.'

'Dat is belachelijk!' riep Pansy. 'Het is zijn taak om die kar te besturen. Hij werkt voor meneer Ollander van The Garden of Eden. Ik weet zeker dat u hem wel kent,' zei ze tegen de rondste van de twee. 'Zal ik erheen gaan en hem halen? Hij heeft een advocaat.'

De agenten wisselden een blik. Ze lieten Hipólito's armen los en keken naar Pansy.

'Waarom zou een heer als meneer Ollander zo'n type voor hem laten werken?'

'Dat zijn niet mijn zaken. Wilt u dat alstublieft aan hemzelf vragen?' De agenten aarzelden. 'Ik verzeker u dat meneer Cruz zijn assistent is. Maar als u het personeel van de Blythes niet kunt geloven, neem ik aan dat u...' Die naam loste in één klap alles op.

'Oké, oké,' zei de agent met de nasale stem. 'U tekent wel een verklaring, neem ik aan? Dat hij voor Ollander werkt en dat u voor de Blythes werkt?'

'Natuurlijk!' riep Pansy. 'Laat hem gaan.'

Tien minuten later was het papierwerk gedaan. Pansy, Hipólito en de kleine Jem stonden op de stoep buiten het politiebureau in de druilerige regen.

'Dank je, Pansy,' zei Hipólito zacht.

'Graag gedaan,' antwoordde ze afwezig. Het was moeilijk te bevatten dat ze zojuist een gevecht met de politie was aangegaan en had gewonnen, wat best bevredigend was geweest. Maar wat ze had meegemaakt, was helemaal niet iets om blij om te zijn. 'Waarom, Hipólito?'

'Je weet waarom.'

'Ja, dat denk ik wel. Het is alleen...'

'Ik begrijp niet waarom,' zei Jem. 'Ze probeerden niet eens de schurk op te sporen die me echt heeft beroofd. Er klopt niets van.' Hij veegde woedend zijn natte haar uit zijn ogen, waardoor zijn kuif recht overeind stond.

'Nee, jongeman, dat is waar,' zei Hipólito. 'Bedankt dat je een goed woordje voor mij gedaan hebt.'

'Dat was alleen maar eerlijk! Waarom behandelden ze u zo, meneer, als u het niet erg vindt dat ik u dat vraag?'

Hipólito en Pansy wisselden een blik. 'Om hoe ik eruitzie,' zei Hipólito eenvoudig, 'Omdat ik anders ben.'

Jem knikte wijs en trok toen zijn smalle neus op. 'Wacht, dat kan niet alles zijn. Ik bedoel, ik weet dat sommige mensen, of eigenlijk de meeste mensen, niet van mensen houden die anders zijn. Maar dit was echt erg! Zo veel verschil zou het niet mogen maken.'

'Je hebt gelijk. Toch denken veel mensen van wel, en als genoeg mensen iets denken, dan wil dat niet zeggen dat het de waarheid is, maar wordt het wel als dusdanig beschouwd.'

Jem dacht daarover na terwijl hij een trap gaf tegen een lantaarnpaal. 'Dat vind ik niet leuk,' zei hij. 'Ik ben blij dat u binnenkwam, juffrouw. Ze luisterden helemaal niet naar ons.'

Pansy probeerde haar gedachten op een rijtje te krijgen. De jongen was beroofd, hadden ze gezegd. Hij was te jong om na zoiets alleen op pad te gaan. Hij praatte erg plat, maar hij was goed gekleed en schoon. Er was duidelijk iemand die om hem gaf. Bovendien regende het erg.

'Waar woon je, Jem? Ik zal je naar huis brengen. Ben je gewond? Hebben ze veel gestolen? Je moet wel erg geschrokken zijn.'

'Het gaat goed, juffrouw. Ik woon in Hampstead, u hoeft voor mij geen omweg te maken. Eerlijk gezegd had ik niet veel bij me, maar een paar centen. Die heeft hij gepakt en verder nam hij de hoed van mijn meesteres mee. Ze had me naar de winkel gestuurd om die voor haar op te halen. Ze zal wel teleurgesteld zijn.'

'Zal ze erg boos op je zijn?' vroeg Pansy, denkend aan de Blythes, die geen goed woord overhadden voor mislukte opdrachten, ongeacht wiens schuld dat was. Ook al was de hoed gestolen, dan nog zouden ze je straffen. 'Je komt toch niet in de problemen, hoop ik?'

'Wie, ik? Lieve help, nee, juffrouw, ze zal zich alleen zorgen om mij maken, dat is alles. Ik voel me gewoon dom dat ik hem niet vastgehouden heb, ze kan zich vast geen andere veroorloven.'

Pansy dacht na. 'Misschien kunnen we er nog iets aan doen. Wil je dat ik met je meega naar de hoedenwinkel om te kijken of ze kunnen helpen? En ik sta erop om je daarna naar huis te brengen. Je bent te jong om in je eentje op pad te gaan na zoiets afschuwelijks.'

'Zou u dat willen doen, juffrouw? Ik zou u erg dankbaar zijn. Als u meegaat naar de winkel, bedoel ik. Ik wilde eigenlijk al met ze gaan praten, maar ik wist niet of ze me zouden geloven.'

'Kom naar de winkel als je klaar bent,' zei Hipólito, 'dan breng ik jullie allebei naar Hampstead en breng jou dan naar huis, Pansy. Het is te ver om te lopen.'

'Ik denk dat je genoeg op pad bent geweest voor vandaag,' zei Pansy. 'Maar we zullen naar de winkel komen, om te zien of het goed met je gaat.'

Hipólito klom op de kar en zwaaide naar Jem, die naar hem salueerde. Toen vertrok hij. Hij liet de teugels wat vieren en het paard draafde stevig door. 'Arme Hipólito,' mompelde Pansy. Ze wist waarom hij niet achter de kassa stond, maar nu begreep ze pas een beetje hoe het was om als Hipólito in deze wereld te leven. Omdat hij maar met weinig mensen om kon gaan, had ze hem alleen gezien in de buurt van mensen die hem aardig vonden en hem vertrouwden. Dit was iets heel anders. Toen herpakte ze zichzelf. Ze moest voor dit kind zorgen.

Een uur later bracht meneer Ollander hen naar Hampstead. Hun reis naar de uitstekende hoedenmakerij van Esther Gray was succesvol geweest. Doordat Pansy hem steunde, geloofden ze het verhaal van Jem en de vrouw achter de toonbank zei dat de hoedenmaakster net aan een soortgelijke hoed werkte. Ze zou die voor de halve prijs aan Jem verkopen als zijn mevrouw dat wilde. Ze had urenlang naar de etalage van diezelfde winkel gestaard, besefte Pansy, en ze had er ook een bescheiden bedrag uitgegeven. Misschien zou de sympathieke eigenaresse haar hier een middag of twee laten werken, zoals ze ook voor meneer Ollander had gedaan. Jem zag er bleek en moe uit, dus had ze het nu niet gevraagd. Maar ze zou volgende week nog een keer teruggaan.

Bij The Garden of Eden had Hipólito de gebeurtenissen van die dag al aan zijn werkgever verteld. Meneer Ollander sloot de winkel om Jem naar huis te brengen. Hij beval Hipólito te rusten, wat te eten en bij te komen van die zeer onaangename dag.

Het was leuk om over de bochtige weg langs de heide te rijden en tussen de bomen door te kijken om een glimp van Parliament Hill op te vangen. Steed was erg levendig en schudde met zijn manen alsof hij de frustraties van de dag van zich afschudde. Jem vertelde hun dat hij in de Vale of Health woonde, een plaats waar Pansy nog nooit van had gehoord. De vallei van gezondheid was wel een erg vreemde naam, dacht ze, maar meneer Ollander wist waar het was en al snel kwamen ze tot stilstand in een rustige open plek aan de uiterste rand van de heide. Jem sprong van de wagen terwijl ze nog aan het dalen waren en rende de trappen van een groot wit huis op. Hij stormde naar binnen en riep: ‘Mevrouw M! Mevrouw M! Kom snel, er zijn mensen die u willen ontmoeten. Wat een dag, wat een dag!’

Tegen de tijd dat Pansy en meneer Ollander de drempel bereikten, was er een slanke blonde vrouw verschenen. Haar gezicht was erg getekend en haar ogen stonden droevig. 'Gaat het wel, Jem? Gaat het wel goed met je?' vroeg ze hem.

'Zo goed als het maar kan, mevrouw M! Er is niets ergs gebeurd, althans, dat is allemaal alweer goedgekomen. Maar dat is te danken aan deze mensen.' Hij zwaaide met zijn arm naar zijn nieuwe kennissen en ratelend volgde er in hoog tempo een samenvatting van de gebeurtenissen van die middag. Toen hij het gedeelte bereikte waar hij was beroofd, hapte de vrouw naar adem en trok hem dicht tegen zich aan. Toen hij vertelde hoe Pansy, zoals hij het vertelde als een engel der wrake, was verschenen, sloeg ze haar ogen op naar de bezoekers alsof ze hen voor het eerst opmerkte.

'Dank u,' zei ze. Pansy vond dat haar stem een diepe klank had, resonerend en verdrietig tegelijk. 'Waar zijn mijn manieren? U hebt mijn Jem geholpen en ik laat u zomaar op de stoep staan. Maar ik was zo bezorgd naarmate de uren verstreken. Jem is me erg dierbaar. Kom alstublieft binnen en laat me u op een passende manier bedanken.'

Maar meneer Ollander wilde graag terug naar Hipólito en Pansy was uitgeput. Toen dit werd uitgelegd, nam mevrouw M – ze stelde zich voor als mevrouw Morrow – haar handen in de hare en bedankte haar nogmaals. 'Kom dan zo snel mogelijk bij ons langs en sta me toe u te verwennen met wat zelfgemaakt gebak. Het is de beste manier die ik ken om dankbaarheid te tonen.'

'Dat is beslist zo,' viel Jem haar bij. 'Kom alsjeblieft snel langs, Pansy. De kersenbroodjes zijn zo lekker dat je er bijna van moet huilen. Als u haar echt wilt bedanken, maakt u kersenbroodjes, mevrouw M.'

Mevrouw Morrow glimlachte. 'Dat zal ik inderdaad doen, en niet alleen dat. Ook u bent altijd welkom, meneer Ollander. En geef de uitnodiging ook door aan uw vriend, meneer Cruz, nietwaar? Want hij heeft Jem ook geholpen.'

Dat zou iets zijn om tegen haar moeder te zeggen, dacht Pansy terwijl ze schommelend wegreden. Een nieuwe kennis, een goed opgeleide dame. Mevrouw Morrow intrigeerde haar. Om te beginnen was ze Jems werkgeefster, maar als je hen samen zag, leken ze eerder moeder en kind. Verder was er een vreemd, diep verdriet op haar gezicht te lezen, maar toch leek ze warm en zorgzaam. Pansy keek er al naar uit om bij hen langs te gaan.

16

ROWENA

De dag van mijn uitje met Bartek breekt aan. Mijn hart klopt onregelmatig. Omdat ik zogenaamd met Susanna uitga, kan ik me best een beetje optutten. Ik draag mijn favoriete doordeweekse jurk die abrikoos- en crèmekleurig is. Ik pluk wat takjes lelietjes-van-dalen uit de vochtige, schaduwrijke hoeken van de tuin en stop ze in mijn haar en lijfje. Ik wil bloemen dragen die liefde en passie uitdrukken, zoals tulpen, rode rozen en mirte, maar daar is het niet het seizoen voor en het zou er belachelijk uitzien. Ik stel mezelf tevreden met lelietjes-van-dalen, die voor een terugkeer van geluk staan. Waar hoop ik op? Dat Bartek op de een of andere manier bij mij zal terugkeren of dat ik een manier kan vinden om gelukkig te zijn nadat hij weg is?

Er doet zich een klein probleempje voor als moeder beseft dat ik van plan ben naar de heide te lopen om Susanna te ontmoeten. 'Je kunt niet alleen gaan,' zegt ze meteen.

'Moeder, het is maar zo'n vijf minuten lopen, hoogstens zeven en het is klaarlichte dag.'

'Jij neemt de koets en Crispin gaat met je mee.'

'Met mij mee? Maar Crispin heeft er echt geen zin in de hele middag naar ons geklets te luisteren.'

'Niet op je uitje, maar naar je ontmoetingspunt. Hij kan je veilig met de koets brengen. Ik snap niet waarom je niet hebt geregeld dat Susanna hier langskomt. Het zou haar niet misstaan om na al die tijd een beleefd woord met je vader en mij te wisselen.'

'Ik zei toch dat ze iets gepland heeft, moeder. Misschien komt ze nog even binnen als ze me thuisbrengt.' Ik voel mijn wangen branden, dus ik draai me om.

Als mijn broertje en ik bij de poort aankomen, klim ik meteen uit de koets. 'Je moet in het rijtuig wachten, Ro,' zegt hij. 'Er is geen teken van Susanna.'

'Maar het is een prachtige lentedag! Kom eruit, lieverd, om hier met mij te wachten.' Ik wil dat Crispin duidelijk zichtbaar is als Bartek arriveert, zodat hij ziet wat het probleem is. Hoe kom ik van mijn broertje af? We wachten een paar minuten, dan verschijnt er een chique koets die een eindje verderop in de straat tot stilstand komt.

'Daar zul je haar hebben!' merkt Crispin op.

Ik kan me niet voorstellen dat Bartek in zo'n groots vervoermiddel op komt dagen. Wat moet ik doen? 'Laten we afwachten of ze eruit komt,' zeg ik. Dat doet ze natuurlijk niet. Ik bijt even op mijn lip en zeg dan tegen Crispin dat hij moet wachten terwijl ik bij het rijtuig ga kijken.

'Ik ga met je mee,' fronst hij. 'Dan kan ik haar ook even begroeten.'

'Nee, ze heeft vast erg veel haast!' Ik haast me weg voordat hij me kan tegenhouden en ga op mijn tenen staan. In het rijtuig wacht Bartek, met een verbijsterde uitdrukking op zijn gezicht. 'Het is Susanna!' roep ik over mijn schouder naar Crispin, die achter me aan is gekomen. 'We moeten gaan, tot straks!' Ik klauter onfatsoenlijk in de koets en Bartek reikt over me heen om de deur dicht te doen. Zelfs in zo'n moeilijk parket is zijn nabijheid opwindend en ik adem onwillekeurig zijn warmte en schone, frisse geur in. Het duizelt me. Hij geeft een harde klop op het dak van het rijtuig en we komen met een ruk in beweging. Hij lacht en leunt achterover.

'Excuses. Wat een haast. Wie was die jongeman?'

'Mijn jongere broer. Hij moest mee om me veilig naar het rijtuig van mijn vriendin Susanna te brengen.'

'Ah. Nu begrijp ik het. Denkt u dat hij een vermoeden heeft?'

'Nee, ik weet zeker dat hij geen idee heeft.' Het is waar. Die goeie Crispin zou nooit denken dat ik zou liegen om een man te kunnen ontmoeten die niet geschikt is als huwelijkspartner. Mijn gedrag is altijd onberispelijk geweest en ergens maakt het me verdrietig dat dat is veranderd.

We zeggen geen woord meer gedurende de reis, die ongeveer vijfentwintig minuten duurt. De koets stopt aan de rand van een mooi bos. Bartek springt uit het rijtuig en loopt naar de andere kant om mijn deur te openen. Hij helpt me eruit, bedankt de koetsier en het rijtuig rijdt weg. 'Nu gaan we lopen,' zegt hij en omdat we helemaal alleen zijn, pakt hij mijn hand. Ik voel me gelukkiger dan ooit. We lopen over de beboste paden in het diepe groene licht. Hier hebben we het allemaal voor gedaan.

We dwalen langzaam door het bos en de geur van de bladeren is fris. 'Het rijtuig komt over drie uur terug,' zegt Bartek.

'Hoe bent u eraan gekomen?'

'Via een vriend die me nog gunst verschuldigd was.'

'Ah, dat zijn de beste vrienden die een mens kan hebben,' zeg ik met een glimlach.

'Ik wilde dat u een aangename reis zou hebben.'

'Het was erg comfortabel, Bartek, bedankt. En dit bos is prachtig.'

'Ja, maar we zijn nog niet bij de speciale plek.'

Een paar minuten later pauzeert hij. Er hangt een sterke geur in de lucht, een geur die ik meteen herken. Seringen. Mijn favoriete bloem. Alweer een bloem die symbool staat voor de liefde. Bartek draait zich om en glimlacht naar me. 'Dit is de speciale plek.' Hij leidt me nog een paar stappen naar voren en dan bevind ik me plotseling in een cirkel van zeven of acht seringenbomen.

Ik ben nog nooit omringd geweest door zo veel seringen. Ze staan in volle bloei, weelderige paarse trossen van kleine, delicate sterren. De geur is zoet en bedwelmend, alsof we in een sprookje zijn beland. Ik draai me om en om. Overal waar ik kijk, zie ik de wondermooie seringen. 'O, Bartek!' zucht ik. 'Wat mooi. Bedankt dat u me dit hebt laten zien.'

Hij kijkt naar me. 'U vindt het mooi. Dat wist ik wel.'

'Ik ben er dol op. Vanaf vandaag zal ik me bij de hemel altijd een seringenbos voorstellen.'

Bartek reikt in zijn tas en spreidt een deken uit over het zachte, smaragdgroene gras. We gaan er schouder aan schouder op zitten. Dan haalt hij wat brood en in doeken gewikkelde kaas tevoorschijn, een paar perfecte, piepkleine tomaatjes en twee flesjes. 'Water. Cider,' zegt hij, terwijl hij de betreffende flesjes een voor een in de lucht houdt. 'Voor onze picknick.'

Ik lach verrukt. 'Wat charmant!' De picknicks uit mijn herinneringen waren nooit zo. Die gingen altijd vergezeld van manden, bestek, champagne en piepkleine komkommersandwiches zonder korst. Cider heb ik nog nooit geproefd.

Omringd door de weelderig bloeiende seringen praten we over van alles en nog wat. De zachte aprilzon streelt onze huid en ik heb me nog nooit zo mooi gevoeld. Geleidelijk aan vertraagt ons enthousiaste gesprek en valt het stil. Dan kunnen we niets anders doen dan elkaar in de ogen kijken. Als Bartek me kust, lijkt de hele wereld stil te staan. Het gevoel is bijna tastbaar en doet me denken aan sprankelende zonnestralen die op het wateroppervlak spelen. Mijn hele lichaam begint te trillen. Ik ben de beroemdste schoonheid in Londen, ik ben drieëntwintig jaar oud en ik ben negen keer ten huwelijk gevraagd. Maar ik ben nog nooit gekust. Dat zou niemand durven. En dit is geen suffe hoofse kus, maar een begin van iets, een zoektocht, een vraag en een antwoord ineen. Zonder het te willen zweeft mijn hand omhoog naar zijn gezicht en zijn haar.

Met een zucht deinst hij terug. Hij kijkt me weemoedig, aanbiddend aan. Ik probeer zijn blik te weerstaan. 'Ik zou willen dat het anders was,' zeg ik. 'Met heel mijn hart.'

'Is het echt onmogelijk?'

'Wat bedoel je?'

'Rowena, mijn liefje. Nooit heb ik een vrouw als jij gekend. Je maakt mij compleet. Ik wil graag met je vader praten en als hij geen toestemming geeft, zouden we weg kunnen lopen...'

'Toestemming?'

'Ik heb niet het recht het te vragen. Ik heb je nu niets te bieden. Maar ik vraag het je toch, Rowena. Nu ik jou heb ontmoet, kan ik met geen andere vrouw trouwen. Ik ga over tien dagen naar Cumbria, liefje. Het eerste deel van de reis reis ik per kanaalboot. Soms droom ik ervan dat jij naast me zit, op het dek in de late middagzon, terwijl de wind door je haren waait, het water glinstert en je dichtbij genoeg bent om je te kussen... We kunnen eerst naar Gretna Green gaan om daar te trouwen en daarna verder reizen naar Cumbria. Ik werk als assistent, jij bent mijn vrouw. Binnenkort ben ik een beroemde kunstenaar en dan kan ik alle roem delen met mijn mooie vrouw.'

Hij heeft het over trouwen met mij. Over praten met mijn vader en trouwen met mij. Terwijl ik het me nog steeds niet kan voorstellen. Ik kan me wel de boot voorstellen en het water en de zon, een volmaakt leven als een bohemien. Daarnaast kan ik me ook geen leven meer zonder hem voorstellen. Maar wat zou het ons kosten? We zouden moeten vluchten, want mijn vader zou hier nooit, maar dan ook nooit mee instemmen. Ik zou de banden met iedereen van wie ik hou moeten verbreken en afstand moeten doen van mijn rijkdom en mijn positie. Het zou een schandaal veroorzaken dat zo groot is dat zelfs Verity nog nooit zoiets heeft gehoord. Het zou betekenen dat ik een leven moet leiden dat voor mij onvoorstelbaar is. Een romantisch, maar arm leven, ver weg van de wereld zoals ik die ken, een leven dat mij net zo vreemd is als een leven in een woestijn. Ik kan het niet. Ik ben niet avontuurlijk, roekeloos of onstuimig. Ik ben geen heldin in een romantische roman. Ik ben Rowena Blythe. Opeens, hoe knap Bartek ook is en hoe betoverend het seringenbos dan ook mag zijn, wil ik niets liever dan naar huis gaan en in allerijl een briefje schrijven aan

Charles Herrangrove waarin staat dat ik zijn aanzoek accepteer. Maar net zo snel als dat gevoel opkwam, is het ook weer verdwenen. Daarmee zou ik kiezen voor een grijs bestaan, terwijl hier alles lila, groen en goud is. Niet in staat instemmend te antwoorden of te weigeren staar ik Bartek zwijgend aan. Hij kust me opnieuw en ik voel elk conflict in mijn lichaam verdwijnen. Onze kus verdiept zich. Op de een of andere manier belanden we liggend op het kleed. Zijn handen woelen door mijn haar en onze lichamen buigen zich naar elkaar toe.

Verlangen en nieuwsgierigheid winnen het van mijn rationele geest. Het is allemaal verkeerd en toch heb ik nog nooit zo'n sensueel genot gekend. Alles om ons heen is vol kleur en geur, zijn mond ligt warm op de mijne, zijn handen glijden over mijn lichaam en lijken op zoek te zijn naar de knoopjes van mijn lijfje. Verwonderd onderzoek ik de contouren van zijn borst met mijn handen. Het voelt zo sterk, warm en lieflijk. Ik droom en de wil om te stoppen ebt weg. Wat voor kwaad kan mij overkomen in een droom?

Ik heb het gevoel alsof we in de lucht zweven, omringd door licht. Een scherpe pijn onder mijn rokken ontnuchtert me echter in één klap en mijn ogen vliegen open. Hoe zijn we op dit punt beland? Hoe heb ik dit laten gebeuren? Toch is de pijn verdwenen en drijf ik op warme golven. Ik klamp me vast aan Bartek, want ik hou van hem en hij houdt van mij en deze middag is alles wat we ooit kunnen hebben… Ik wilde iets voelen en nu heeft Bartek me laten voelen. Hij houdt me koesterend in zijn armen. Een tijdlang is zijn warme liefkozing het enige wat ertoe doet en lijkt alles op zijn plaats te vallen.

Uiteindelijk gaat hij rechtop zitten en ik doe hetzelfde, terwijl ik mijn kleding weer rechttrek en mijn haar weer opsteek. Het alledaagse daarvan brengt me weer tot mezelf en ik word geraakt door de enorme omvang van wat ik heb gedaan. Mijn hoopvolle lelietjes-van-dalen zijn volkomen verpletterd. Mijn hart begint te kloppen als een razende, golven van angst overvallen me. 'O, hemel,' fluister ik, snel ademhalend. 'O, hemel, dat had ik niet moeten doen. Wat heb ik gedaan?'

Hij wiegt me heen en weer. 'Wees niet bang, mijn lief. Ik verleid je niet om je in de steek te laten. We zullen samen weggaan. Nu zijn we dat wel verplicht, het is het enige juiste om te doen. We zullen man en vrouw zijn. We zullen een mooi leven krijgen, ik zal je gelukkig maken.'

Gelukkig. Ja, hij heeft me gelukkig gemaakt, maar ik voel me nu niet gelukkig. Mijn blik vertroebelt door de tranen. Hoe heb ik zo stom kunnen zijn? Hoe kan er zoiets enorms zijn gebeurd, bijna zonder dat ik het merkte? Ik heb mijn hele leven in een oogwenk vergooid. Ik ben geruïneerd.

17

PANSY

Voor de verandering gingen de dagen in Garrowgate Hall snel voorbij. Pansy stofte de kamers en maakte schoon met nieuwe energie. Haar gedachten waren de hele tijd elders. Ze waren weer op het politiebureau bij Hipólito, of ze bleven hangen in de Vale of Health. Soms dwaalden ze zelfs af naar de hoedenwinkel. Dit keer was ze blij dat haar werk een sleur was, daardoor kon ze goed nadenken. Inmiddels kon Pansy Garrowgate Hall ook slapend schoonmaken en dat deed ze dan ook vaak in haar dromen.

Ze werd zo in beslag genomen door haar nieuwe gedachten en ervaringen dat ze nauwelijks merkte dat Rowena Blythe stil en verstrooid was, dat mevrouw Blythe nog ongeduldiger was dan anders omdat er nog steeds geen verloving aangekondigd was, en dat John zich zorgen maakte. Zijn geliefde stond onder druk en hij stortte zijn hart uit bij Pansy. Onder normale omstandigheden zou het haar tot wanhoop hebben gedreven. Nu was ze echter zo bezig met haar nieuwe ervaringen dat ze zich niet druk maakte over de vervelende, verwarrende emoties in Garrowgate Hall.

Ze dankte de hemel elke dag dat ze op het juiste moment het politiebureau was gepasseerd. Ze had zichzelf nooit als het heldhaftige type beschouwd. Ze was een gewoon meisje geweest, dat niet bijzonder haar best deed op school en geen grote dromen koesterde. Toen werd ze dienstmeisje. Gedurende lange tijd had ze zelden het gevoel dat ze iets waard was. Maar toen ze haar zegje deed tegen de smerissen, zoals Jem ze had genoemd, een woord waar Pansy om moest giechelen, keek ze heel anders naar zichzelf.

Op woensdagochtend kreeg Pansy al vroeg de opdracht om de balzaal te vegen en te stoffen. Daar zou ze haar tijd voor nemen terwijl John buiten zijn oefeningen deed. Hun onbeantwoorde liefde, zowel die van haar als die van hem, en het drama waarin ze gevangenzaten leek eindeloos. Maar nu zou het dankzij haar op een gegeven moment eindigen. Daar was ze trots op. Ze vond de bezem en de stoffer en haastte zich naar de balzaal, maar stopte toen ze Rowena Blythe voor haar naar binnen zag glippen.

Pansy fronste haar wenkbrauwen. Wat deed zij hier zo vroeg? Plotseling herinnerde ze zich dat ze Rowena een paar weken geleden omstreeks dezelfde tijd boven had gezien. Had de luie jongedame des huizes het in haar bol gekregen om vroeg op te staan? Pansy zou erom durven wedden dat dat niet zo was. Maar Rowena was niet het type voor geheimen. Ze was niet alleen ontzettend mooi, maar ook erg deugdzaam. Daarom ergerde Pansy zich er zo aan dat John haar aanbad. Rowena was eigenlijk gewoon een pop, nauwelijks een echte vrouw.

Toen kwam er een vreselijke gedachte in haar op. Had Rowena ontdekt dat John rond dit tijdstip zijn ochtendgymnastiek deed? Hij was tenslotte een knappe man. Was ze eindelijk bij zinnen gekomen en had ze ingezien hoe geweldig hij was? Even kon Pansy zich niet bewegen. De gedachte aan een soort van... vriendschap die zich tussen John en Rowena ontwikkelde, vervulde haar met een angst die ze zich nauwelijks had kunnen voorstellen. Hoewel ze haar horizon verbreedde en ze in een beter humeur was, besefte ze plotseling dat ze nog steeds van John hield. Naast haar hoop om verder te gaan bleef het oude verhaal een zeurend probleem. John hield van Rowena, Pansy hield van John. Op een dag zou John beseffen dat hij van Pansy hield...

Ze duwde de deur van de balzaal open en zette zich schrap voor wat ze zou zien. Zouden Rowena en John in gesprek zijn? Zouden Rowena en John elkaar een kus geven? Maar toen ze bij de deur kwam, haastte Rowena zich al over het terrein. John stond haar na te kijken en de uitdrukking in zijn vriendelijke blauwe ogen deed pijn in haar hart.

'John,' zei ze zachtjes en hij schrok op.

'Morgen, Pansy. Hebben ze je weer aan het vegen gezet?'

'Ja. Waar gaat zij nu naartoe?' Pansy knikte Rowena na, die achter een paar lariksen was verdwenen.

John zuchtte. 'Een vroege ochtendwandeling met een vriendin, zegt ze. Ze heeft dat al een paar keer eerder gedaan.'

'Welke vriendin? Verity Blythe?' Pansy snoof bij het idee dat Verity zou genieten van een vroege ochtendwandeling.

'Hoe moet ik dat weten? Vertel het alsjeblieft aan niemand, Pansy. Ik wil niet dat ze in de problemen komt.'

'Dat doe ik niet. Heeft ze wel goedemorgen tegen je gezegd?'

'Ja. Elke keer dat ze me ziet, zegt ze: "Goedemorgen, Henry." Dan glimlacht ze allerliefst naar me.'

Pansy snoof nogmaals. Van alle waanzin en vernederingen van het leven bij de Blythes was het meest absurd misschien wel dat ze alle huisbedienden met dezelfde naam aanspraken, omdat ze niet de moeite namen hun echte naam te onthouden. Of zou het toch het feit zijn dat ze, als ze huisbedienden in dienst namen, de omtrek van hun kuiten maten met een meetlint om er zeker van te zijn dat ze een welgevormd been in kousen zouden zien. 'Maar ze zag er vanmorgen ongelukkig uit,' mijmerde John.

Pansy rolde met haar ogen. 'Volgens jou is ze altijd ongelukkig.'

'Maar de laatste tijd glimlacht ze, ze is sprankelend. Ze zag vanmorgen zo bleek, Pansy, en ze had donkere kringen rond haar ogen, alsof ze zich zorgen maakt.'

'Nou, het werd hoog tijd dat ze ook eens kennismaakte met het echte leven,' zei Pansy, die geen mededogen voor Rowena kon opbrengen. 'Ik kan maar beter aan het werk gaan. En jij ook, John Hobbs. Stop met smachten.'

Ze begon te vegen en dacht erover na hoe Rowena een hard trekje in Pansy naar voren bracht dat ze niet leuk vond. Ze had zichzelf altijd als een goed mens gezien. Geen heilige, maar goed genoeg. Maar alleen al de gedachte aan Rowena leek haar in een hardvochtige tang te veranderen. Hoe sneller ze hier weg was, hoe beter. Ze veegde snel, alsof ze zichzelf een beter leven in veegde, en duwde het stof vaker naar de terrasdeuren dan nodig was. John was begonnen met zijn gymnastiekoefeningen en de aanblik van zijn gespierde lichaam, zwetend in niets anders dan een lichte broek en een hemd dat aan zijn lichaam kleefde, was een prima manier voor een vrouw om de dag te beginnen.

18

ROWENA

Na de gedenkwaardige dag in het seringenbos moesten Bartek en ik elkaar nog een keer ontmoeten om te bespreken wat er was gebeurd en wat we er eventueel aan zouden doen. Ik ben meer opgelucht dan ik kan zeggen dat hij me niet zomaar liet vallen. Toch ben ik sindsdien duizelig van verwarring. Ik heb niet geslapen, eet maar weinig en kan niet echt geloven wat we hebben gedaan. Mijn hoofd bonst onophoudelijk en mijn gedachten gaan vruchteloos rond. Iedereen vraagt wat er met me aan de hand is, vooral Verity, maar ik kan er alleen met Bartek over praten. Dit is dus de reden waarom chaperonnes noodzakelijk zijn.

Hij is onvermurwbaar over het feit dat ik met hem moet vertrekken en ik kan nu echt geen andere optie bedenken. Hij is mijn eerste liefde. Hij is toch zeker mijn ware liefde? Anders had ik niet gedaan wat ik deed. Hoe zou ik nu met een andere man kunnen trouwen? Ik weet niet of een man het merkt als een vrouw zich al eerder aan een ander heeft gegeven of niet, maar als dat zo zou zijn, dan zou hij me al verstoten voordat mijn huwelijksnacht voorbij zou zijn. Maar het is niet alleen de angst voor ontdekking. Het is de gedachte dat ik op een oneerlijke manier aan een nieuw leven zou beginnen.

Hoewel ik niet veel weet van dergelijke zaken, is er één ding dat ik wel weet. Ik zou nu zwanger kunnen zijn. Ik weet niet precies hoe het werkt en misschien kun je ook wel van zulke intimiteit genieten zonder dat er een kind bij komt kijken. Ik vermoed van wel, want anders zouden er veel meer kinderen op de wereld zijn. Maar ik heb geen idee wat er precies voor nodig is om een specifiek resultaat te bereiken. Ik zou het natuurlijk aan Verity kunnen vragen, gezien haar superieure kennis van dergelijke zaken. Ik zou het Verity, mijn beste vriendin, moeten kunnen vragen... en toch kan ik het niet. Ik wil me niet indenken wat ze zou kunnen zeggen. Dus wat kan ik anders doen dan met Bartek meegaan om mijn eigen huid te redden?

Ik hou van hem. Hoe zou ik niet van zo'n knappe, lichthartige man kunnen houden, die me volledig aanbidt? Als hij een idioot was, die was weggelopen zodra hij had wat hij van me wilde, zou ik me in een veel ongemakkelijker parket bevinden. Dan zou ik hier zitten met mijn eigen vragen en angsten en me afvragen hoe en wanneer mijn beschamende geheim zou worden onthuld. Maar hij heeft me niet in de steek gelaten. Er was nooit enige aarzeling op zijn gezicht over de toekomst. En we waren in een bos met seringen, die symbool staan voor de liefde. Daar probeer ik troost uit te putten. Het is zoals het hoort: twee mensen worden verliefd op elkaar en verenigen zich met elkaar. Als het in ons geval maar geen ballingschap zou betekenen.

Verlangen is iets wreeds. Ik heb gehoord dat sommige insecten hun slachtoffers verdoven om zich te voeden. Verlangen is precies zo. Een persoon wordt verdoofd en verliest elk besef van realiteit. Het is zo bedwelmend dat je pas nadat alles in een waas voorbij is geraasd opmerkt hoe enorm alles is veranderd. Ik moet denken aan die zin uit zijn boek: rampzalige fantasieën. Bartek is van mij.

Ik stuur hem dan ook een briefje waarin ik hem meld dat ik met hem mee zal gaan. Op een boot naar Gretna Green en dan naar Cumbria. Hoe kan ik daar plannen voor maken? Wat neem ik mee op zo'n reis? Ik moet spullen meenemen voor een nieuw leven dat in alle opzichten anders is dan mijn huidige leven en het moet op de boot passen. Mijn gedachten dwalen rond en ik kan geen manier vinden om ze te stoppen. De zomer komt eraan. Heb ik luchtige kleding nodig voor het seizoen of is het koud op een boot? Ik zal niet veel kunnen meenemen. Hoelang duurt de reis? Hoelang duurt het voordat ik mevrouw Woźniak word en de angst voor een buitenechtelijk kind van mijn schouders valt? Wat voor soort gebied is Cumbria? Hoelang zal Barteks leerperiode duren? Waar kunnen we daarna heen gaan? Hoelang duurt het voordat we ons daar thuis voelen? Ik heb ontelbaar veel vragen en ik realiseer me hoe weinig ik weet van de rest van de wereld.

Het heeft geen zin dat Bartek met mijn vader gaat praten om om mijn hand te vragen. Vader zal dat weigeren en ze zullen mij als haviken in de gaten houden. De enige manier waarop ik kan vertrekken is door weg te lopen. Omwille van een middag tussen de seringen met Bartek zal ik de harten breken van iedereen van wie ik hou. Ik haat mezelf.

19

PANSY

De volgende donderdag ging Pansy naar The Garden of Eden om een bezoekje aan meneer Ollander en Hipólito te brengen. Hun kleine wereldje was weer tot rust gekomen en Hipólito was weer de oude. Gerustgesteld liep ze naar de hoedenwinkel. De vrouw die vorige week met Jem en Pansy had gesproken, Esther Gray zelf, zo bleek, wilde Pansy graag een paar uur in de winkel laten werken om te zien of ze het leuk vond. Ze had een drukke dag voor de boeg en zou een helpende hand erg waarderen. Dat ging dus van een leien dakje.

Aanvankelijk genoot Pansy met volle teugen. Hoedenwinkels hadden Pansy altijd het beloofde land geleken. Ze was omringd door hoeden en mutsen in alle soorten en maten. Overal was kleur, vorm en elegantie. Elke ronding van het gesteven materiaal, elke krullende veer, elke sierroos was puur genot voor Pansy.

Als er geen klanten waren, legde Esther zo veel mogelijk uit. Naast de hoeden verkochten ze handschoenen, linten, schorten, mutsen, zakdoeken, moffen en knopen. Ze was in een schatkamer beland. Als ze in een hoedenwinkel zou gaan werken, zou Pansy ook wat naaiwerk moeten doen, bijvoorbeeld de zakdoeken zomen voordat ze te koop werden aangeboden, of handschoenen verkleinen. Ze rolde linten en vouwde schorten op.

In het begin was het allemaal nieuw en Pansy vroeg zich af of dit misschien de sleutel was tot het vinden van het persoonlijke geluk waarover haar moeder had gesproken. Naarmate de ochtend vorderde, ebde haar enthousiasme echter weg. Het waren niet de hoeden die teleurstelden, maar de mensen die ze kochten. Sommige klanten waren aangenaam, maar de meesten waren hooghartig en neerbuigend. Op een gegeven moment kwamen er twee kennissen van de Blythes binnen. Ze herkenden Pansy niet. Dat was op zich een zegen, want ze realiseerde zich plotseling dat de Blythes het niet prettig zouden vinden dat hun personeel in hun vrije tijd ergens anders werkte.

Stel je voor dat Verity Blythe-Crawford binnenkwam. Zij zou Pansy onmiddellijk herkennen. Zij had haar hele leven al een buitensporige interesse getoond in alles wat met de Blythes te maken had. Pansy haatte het om Verity's scherpe ogen op haar rug te voelen branden. Ze vond het verschrikkelijk dat er een beklemmende stilte viel als ze een kamer binnenliep en Verity en Rowena hun gesprek onderbraken alsof Pansy er alleen maar was om af te luisteren en te spioneren. Hoezeer Pansy ook een hekel aan Rowena had, Verity was mogelijk nog erger. Ze mocht pas lucht krijgen van haar plannen om te vertrekken als Pansy alles voor elkaar had.

Mevrouw Sedley deed er ongeveer twee uur over om een keuze te maken tussen twee mutsen. Pansy verloor haar geduld na ongeveer twintig minuten, maar Esther had haar duidelijk gemaakt hoe belangrijk het was om respect voor de klant te hebben, ongeacht de omstandigheden. Mevrouw Alderton was ronduit onbeschoft en maakte denigrerende opmerkingen over de artikelen die te koop waren. Ze reageerde ongeduldig als Esther of Pansy iets uit de voorraadkamer haalde. Uiteindelijk strompelde ze naar buiten en riep ze uit dat ze amateurs waren. Ze verklaarde dat ze al haar vriendinnen zou vertellen dat ze voortaan bij Willets in Bayswater moesten gaan winkelen en liet een wirwar van afgedankte accessoires achter. Pansy ruimde op, bracht langzaam de winkel op orde en richtte de etalage opnieuw in.

'Al na een paar uur weet je precies waar alles hoort,' merkte Esther op. 'Dat is indrukwekkend. Je hebt er oog voor.'

Pansy glimlachte en zei niet dat de hoeden zelf het makkelijkste gedeelte waren. Ze wilde haar dagen niet doorbrengen met het dansen naar de pijpen van de rijke en invloedrijke mensen van Highgate. Als ze dat wilde doen, kon ze net zo goed in Garrowgate Hall blijven. Al met al was Pansy blij toen het twee uur was en ze kon vertrekken.

'Dank u, juffrouw Gray, dat u mij deze kans hebt gegeven,' zei ze toen ze afscheid namen. 'Ik waardeer uw vertrouwen en aanmoediging.'

'Je was een geweldige hulp,' zei Esther. 'Als je wilt, kun je hier elke donderdag komen.'

'Dank u, dat vind ik erg fijn om te horen. Maar ik weet niet zeker of werken in een winkel iets voor me is. Ik vind de hoeden leuker dan de klanten en zo hoort het niet, toch?'

Ester haalde haar schouders op. 'Zolang je het net zo goed kunt verbergen als vandaag, komt het goed.'

Maar Pansy wilde haar verdere leven niet doorbrengen met doen alsof. Ze had genoeg van haar uren en jaren besteed aan het wegslikken van wrok, waarbij ze ogenschijnlijk sereen was, maar vanbinnen kolkte van woede. Ze mocht de persoon die ze daardoor werd niet.

'Je zou hoedenmaakster kunnen worden,' opperde Esther. 'Het is een van de weinige beroepen die voor ons vrouwen tot de mogelijkheden behoren. Niet iedereen vindt het respectabel, want vorige week stond er nog een artikel over in de *Highgate Courier*. "De vijf nieuwe vormen van het oudste beroep," heette het. Hoedenmakerij was er een van, stel je voor! Maar afgezien daarvan, je hebt er echt kijk op, dus het zou iets voor je kunnen zijn.'

Was er werk wat een vrouw kon doen zonder ervan beschuldigd te worden een prostituee te zijn? Pansy begon er gek van te worden. Toch klonk de hoedenmakerij veelbelovend. 'Hoe zou ik dat kunnen aanpakken? Waar moet ik dan beginnen?'

'Je zou eerst in de leer moeten gaan. Dat is tegenwoordig vrij informeel, maar biedt je wel de kans om kennis te maken met het werk.'

Pansy beet op haar lip. Zelfs als ze in een winkel zou werken om geld te sparen voor een leerperiode voordat ze ontslag nam, zou het moeilijk zijn. Esther had gezegd dat de lonen voor winkelpersoneel laag waren, lager zelfs dan wanneer je in de bediening werkte en daar was kost en inwoning meestal inbegrepen. Pansy zuchtte. 'Ik zal erover nadenken,' zei ze. 'Nogmaals bedankt.'

Pansy liep over de heide. Het was een grijze dag voor de maand april, maar het was niet koud en hoewel het dreigde te gaan regenen, viel er geen druppel. Haar buik knorde en ze hoopte dat die kersenbroodjes echt zo goed waren als Jem had beloofd. Even na drieën kwam ze aan bij de Vale of Health. Ze beklom de witte treden naar de donkergroene deur. Jem deed open en grijnsde toen hij haar zag. 'Je bent gekomen! En je bent precies op tijd, ze bakt net zandkoekjes. En de kippenpastei is bijna klaar. Kom binnen!'

Pansy volgde hem door een gang met een hoog plafond en vandaar naar een salon met gele gordijnen aan weerszijden van openslaande deuren die uitkeken op een lange, door bomen omgeven tuin. Was die zilveren glans die je vaag door de bomen zag een beek of een vijver? Alles in de kamer was gedateerd, maar mooi.

Even later verscheen mevrouw Morrow. Ze glimlachte terwijl ze haar handen afdroogde aan een handdoek. 'Welkom, Pansy. We hoopten al dat je het zou komen. Ik heb uit voorzorg alles gebakken waarvan Jem zegt dat je het zou moeten proeven, dus ik hoop dat je trek hebt.'

Pansy glimlachte. 'Om eerlijk te zijn wel. Dank u, mevrouw Morrow.'

'Noem me maar Julia. En als we toch alle ceremonieel laten vallen, zou je het goed vinden om samen met ons in de keuken te eten? Jem en ik gebruiken de eetkamer eigenlijk alleen voor hoog bezoek, maar ik dek graag de tafel als je dat prettiger vindt.'

'Ik voel me altijd meer op mijn gemak in een keuken. Mijn moeders keuken is mijn favoriet.'

Het was een geweldige middag. Pansy had zich voorgenomen om ongeveer een uur te blijven, maar de tijd vloog voorbij. Ze aten op hun gemak aan de schoongeboende tafel en praatten over van alles en nog wat. Toen gingen ze de tuin in en zetten ze hun gesprek voort onder het genot van een kopje thee. Een oude eik en een paar kastanjebomen leken ruisend met hun bladeren een eigen gesprek te voeren. Toen de wolken zich samenpakten en er echt regen leek te komen, trokken ze zich terug in de salon en praatten ze binnen nog wat, met nog meer thee en de zelfgemaakte kersenbroodjes. Ze waren net zo lekker als Jem had beweerd. Het voelde alsof ze bij goede vrienden was. Ze raakten niet uitgepraat.

Pansy kwam erachter dat Julia gescheiden was. Ze vermoedde dat het niet iets was wat ze gewoonlijk met nieuwe kennissen deelde, maar Jem vertelde het op zijn opgewekte manier toen Pansy naar de echtgenoot van mevrouw Morrow vroeg, achteraf gezien niet de meest tactvolle vraag. Julia zag er vreselijk ongemakkelijk uit en Pansy wilde net een ander onderwerp aansnijden toen Jem, die met zijn benen wiebelde in een fauteuil die veel te groot voor hem was, het eruit flapte. 'Ze is gescheiden. Dat betekent dat ze vroeger getrouwd was, maar nu niet meer. Sommige mensen vinden dat slecht voor een dame, maar ik niet.' Hij keek Pansy een beetje uitdagend aan.

Dat zou de droevige blik in haar ogen verklaren die Pansy eerder dacht te bespeuren. Ze lachte. Hij mocht dan klein zijn, hij verdedigde Julia's eer dapper. 'Ik ook niet, Jem. Mensen hebben veel te veel meningen over vrouwen als je het mij vraagt. We zouden allemaal veel beter af zijn als we gewoon met rust gelaten zouden worden en ons eigen leven konden leiden.'

Jem knikte tevreden en nam een enorme hap van zijn kersenbroodje. 'Het spijt me dat te horen,' zei Pansy tegen Julia.

'Dat is niet nodig. Het is het beste, ondanks de vele moeilijkheden die het met zich meebrengt. Het spijt me dat Jem je heeft lastiggevallen met zoiets persoonlijks tijdens onze eerste echte ontmoeting. Ik heb geleerd terughoudend te zijn over de kwestie, maar Jem is nogal recht voor zijn raap, nietwaar, Jem?'

Jem knikte. 'Ik dacht al wel dat ze goed volk was,' legde hij met zijn mond vol uit, terwijl hij in Pansy's richting knikte.

'Dat begrijp ik. Hoe dan ook, zou je het voortaan niet tegen nieuwe kennissen willen zeggen, lieverd?'

'Oké, mevrouw M.'

Pansy glimlachte. Ze hield van de vanzelfsprekende manier waarop ze met elkaar omgingen. Dit was een heerlijk huis. Het zorgde ervoor dat Pansy bleef hangen en meer lekkernijen accepteerde dan goed voor haar was. Ze zag ertegen op om terug te keren naar Garrowgate Hall. Toen de zon weer tevoorschijn kwam, dachten ze erover nog even in de tuin te gaan zitten, maar de gouden gloed in de lucht begon al in paars te veranderen. Het was een van die wisselvallige lentedagen.

Julia vroeg Pansy naar haar leven in Garrowgate Hall en Pansy merkte dat ze haar in vertrouwen wilde nemen over wat haar moeder had gezegd. Ze sloeg de reden waarom ze zo lang bij de Blythes was gebleven over, want ze had geen zin om op zo'n heerlijke dag over John te praten. Trouwens, Jem was nog een beetje jong voor verhalen over romantische perikelen. In plaats daarvan bekende ze dat ze haar werkende leven echt was gaan haten, maar toch bang was om te vertrekken.

'Het voelt alsof ik al te laat ben om zo'n grote stap te zetten. Ik ben altijd maar een gewoon meisje geweest. Niet mooi of lelijk, niet slim of dom, niet avontuurlijk of saai. Ik was heel gewoon. Toch lijkt mijn moeder te denken dat er heel wat voor me weggelegd is. Ik ben bang dat ze me overschat.'

Julia schudde haar hoofd. 'Weet je wat je naam betekent?'

Pansy fronste haar wenkbrauwen. 'In het Engels is het gewoon de naam van een bloem.'

'Dat ook, maar de naam komt van het Franse woord *pensée*. Het betekent gedachte. Dus misschien ben je voorbestemd om diep over dingen na te denken. Wie kent jou immers beter dan je moeder?'

'En je geeft er niets om dat mevrouw M gescheiden is,' voegde Jem er tussen twee happen door aan toe. 'Vorige week heb je meneer Cruz fel verdedigd, terwijl niet iedereen dat zou doen.'

'Jem heeft een goed punt,' beaamde Julia. 'Ik geloof dat je meer te bieden hebt dan je denkt, juffertje.'

Pas toen de klok in de salon zes uur sloeg, herinnerde Pansy zich dat ze hier niet thuis was en dat ze de volgende dag moest werken.

'Kom gerust nog eens!' nodigde Julia haar uit. 'Je bent op donderdag altijd welkom.' Pansy bedankte haar gretig en beloofde te komen wanneer ze kon. 'Misschien moet ik je voorstellen aan een vriendin van mij,' vervolgde Julia. 'Ze heet Olive Westallen. Eigenlijk heb ik aan haar te danken dat Jem hier bij me is. Ze runt een liefdadigheidsstichting om de armen te helpen. Ik weet dat je niet bepaald in die categorie valt, maar ze helpt mensen wel om werk te vinden waarmee ze anders nooit in aanraking zouden komen en dat is precies wat je probeert te doen. Als je met haar wilt praten, regel ik dat graag.'

Pansy bedankte haar uitbundig. Ze had van Olive Westallen gehoord, iedereen had van haar gehoord. Ze was slim en invloedrijk. Ze was zo rijk als de Blythes, maar veel aardiger. Maar het allerbeste van alles was dat Rowena en Verity haar zagen als hun aartsvijand. Pansy kon haar geluk nauwelijks op. Toen ze terugliep naar Highgate, begon het eindelijk te regenen, waardoor iedereen die buiten was tot op het bot doorweekt raakte, maar Pansy vond het niet erg. Ze zou Olive Westallen ontmoeten en Julia geloofde dat ze meer in zich had dan ze dacht.

20

OLIVE

Op vrijdagavond ga ik uit eten met Lionel. Het voelt vreemd om mijn kleintjes in te stoppen en dan formelere kleding aan te trekken en op zijn rijtuig te wachten in plaats van beneden in mijn dagelijkse jurk bij vader en moeder te zitten. Het is niet dat ik nooit uitga, maar het is lang geleden dat ik me iets wat voor hofmakerij zou kunnen doorgaan heb laten welgevallen. Is dat wat dit is of toch niet? Ik weet niet waar ik op moet hopen.

Hij arriveert op tijd, dat spreekt in elk geval voor hem. Ik kan geen begrip opbrengen voor mensen die de tijd niet in de gaten houden. Zijn koets is elegant en ruim. 'Een hele avond om te genieten van je gezelschap, Olive,' straalt Lionel terwijl hij de deur achter me dichttrekt. 'Bedankt voor je komst.'

'Mijn gezelschap is inderdaad niet te versmaden.' Ik glimlach. 'Ik probeer het eerlijk en billijk te verdelen.' Ik maak mezelf belachelijk en hij lacht waarderend. 'Dat is natuurlijk een grapje. Het genoegen is geheel aan mijn kant. Vertel me over de eetgelegenheid waar we naartoe gaan.'

Ik ken vrijwel geen restaurants. Soms ga ik lunchen in een koffiehuis met Mabs. Als ik Clover en Angeline wil trakteren, neem ik hen 's middags weleens mee naar een theesalon. Hun favoriet is Astrid's in Hampstead vanwege de mooie erkers en de roze bitterkoekjes. Dit wordt een prettig avontuur.

'Eigenlijk is het meer een eetzaal.'

'Een eetzaal? Is dat niet waar...'

Ik weet niet wat ik me had voorgesteld. Wellicht een rustige en discrete omgeving, eventueel bij kaarslicht. Lionel en ik verwikkeld in een vertrouwelijk gesprek. Terwijl een eetzaal, als ik me niet vergis...

'Waar iedereen aan een gemeenschappelijke tafel zit, ja. Ik verzeker je dat het eten er uitstekend is. Het is een plek die populair is bij de werkende mensen uit de omgeving en het is gevestigd in een wijk waar heel veel juweliers zitten.'

'Ik begrijp het!' Meteen snap ik het. Hij wil dat ik een aantal zakenrelaties van hem ontmoet, mensen die Will ontmoeten en zullen bijdragen aan zijn opleiding. 'Het klinkt fascinerend, Lionel. Ik neem aan dat ik wat zakelijke kennissen over wie je me hebt verteld zal ontmoeten?'

'Inderdaad, ja.' Vervolgens somt hij enkele namen op die ik hem eerder heb horen noemen. Hij noemt de functie van deze mensen, zodat ik straks weet wie wat doet. Ik moet bekennen dat ik er niet helemaal bij ben met mijn gedachten. Ik moet nog wennen aan dit nieuwe vooruitzicht dat voor me ligt. Het lijkt er dus op dat zijn bedoelingen niet romantisch zijn. Deze avond lijkt hij te benutten om onze zakelijke relatie te verbreden, want hij weet hoeveel belangstelling ik heb voor alles wat met het werk van de stichting te maken heeft. Ik ben niet teleurgesteld, maar ik moet me wel voorbereiden op iets anders dan wat ik had verwacht.

Micklethwaite's Chop House maakt een wat ruwe, eenvoudige indruk en is gevestigd op de begane grond van een van die oude tudorgebouwen die je her en der in Londen nog aantreft. De vloer is gemaakt van ongelijke houten planken en loopt hellend af naar voren. De lange houten tafels en banken lijken hun best te doen om niet de deur uit te glijden. Aan de spanten hangen lantaarns die slingeren door een onverklaarbare tochtstroom. Grappig genoeg lijkt het net alsof ik op een schip zit.

Het gebouw waarin de eetzaal is gehuisvest, is gevestigd op een kruispunt van een groot aantal straten in de buurt van Covent Garden.

De klanten zijn allemaal mannen, en ik aarzel om naar binnen te gaan en me bij een zaal vol vreemde mannen aan te sluiten, hoe stoutmoedig ik mezelf ook mag vinden. De lucht is bedompt en vol van sigarenrook. De enige andere vrouwen in deze gelegenheid zijn de serveersters, die zich langs de lange rijen tafels haasten met volgeladen borden en kannen vol rode wijn. Ze wuiven de aandacht van de gasten met gemak of ergernis weg en ik ben blij dat ik niet in hun schoenen sta. Ik hou van het gezelschap van mannen en ik ken een aantal goede mannen, maar in dit geval zijn het er zo veel dat de haren in mijn nek ervan overeind gaan staan.

Maar ik ben in het gezelschap van Lionel en hij pakt mijn arm. Hij leidt me naar een tafel met collega's en stelt me aan iedereen voor. Van dichtbij zien ze er allemaal heel respectabel uit. Het zijn vakmensen die na een drukke dag een goede maaltijd gebruiken, geen nietsnutten die uit zijn op problemen.

We zitten tegenover elkaar aan het eind van een lange tafel. Naast me zit meneer Kemp, die een juwelierszaak heeft in Highmarsh Street. Hij heeft Will gisteren ontmoet.

'Een veelbelovende jongen, de jonge meneer Brown,' zegt hij, terwijl zijn bakkebaarden zich verbreden door zijn glimlach. 'Hij heeft wat klanten geholpen, ik dacht dat ze dat leuk zouden vinden. Hij heeft goede manieren en toont oprechte interesse in sieraden, dat is duidelijk.'

'Ik ben heel blij om dat te horen,' zeg ik terwijl ik mijn karbonade snijd. 'Bedankt voor uw steun aan onze stichting, meneer Kemp.'

'Interessant initiatief, heel ondernemend. Al met al een uitstekend idee, juffrouw Westallen. Petje af.'

Tegenover meneer Kemp zit meneer Sloane, een concurrent van Lionel, want ook hij is handelaar in edelstenen. Het is dan ook niet zo gek dat hij minder uitbundig reageert dan de heer Kemp, hoewel hij steeds erg beleefd is. Naarmate de avond vordert, kom ik veel te weten over Lionels zaken en ik kan zien dat mensen hem mogen en respecteren. Dat is goed om te weten over een man. Het eten is, zoals Lionel al zei, eenvoudig, maar goed. De karbonades zijn mals, de jus is smaakvol en de gebakken aardappelen hebben goudbruine randen. De wijn is wat steviger dan ik gewend ben en ik vraag al snel om water, maar al met al is het een interessante avond. Mijn scherpzinnigheid wordt op de proef gesteld en een betere tijdsbesteding kan ik mij eigenlijk niet voorstellen.

'Juffrouw Westallen heeft opmerkelijk veel kennis van de economie,' merkt meneer Sloane op een gegeven moment op en ik mopper inwendig. Moeten mannen echt altijd verrast zijn als ze merken dat vrouwen meer begrijpen dan alleen hun borduurwerk? Ik zou hem graag op zijn plaats zetten. De waarheid is dat mijn ouders mijn nieuwsgierige vragen altijd beantwoord hebben en me een opvoeding hebben gegeven die voor een meisje zeer onconventioneel is. Ik ben ervan overtuigd dat ik slimmer ben dan de meeste mensen hier en minstens evenveel kennis heb op allerlei terreinen. Maar ik ben hier met Lionel en ik mag het hem niet lastig maken. Bovendien is het niet goed om op te scheppen over wat je bereikt hebt. Mijn opleiding mag voor zichzelf spreken en misschien zullen sommige mannen hier eens wat langer nadenken over de capaciteiten van vrouwen.

Vijf minuten later vergeet ik echter dat ik me in zou houden vanwege Lionel en spreek ik toch, niet namens mezelf, maar ter verdediging van een van de serveersters.

'Vul mijn glas, Molly!'

'Hier, schoonheid, breng me nog een karbonade!'

'Niet beknibbelen op de jus, Molly!'

De kreten klinken overal om me heen. Ik geloof niet dat zo veel vrouwen en meisjes in één etablissement Molly heten. Het blijkt een soort koosnaampje te zijn. Terwijl ze zich over de tafels buigen om borden af te ruimen of wijn in te schenken, strelen de mannen hen liefdevol over de arm, knijpen ze in hun wangen en slaan ze op hun achterwerk. Het gebeurt allemaal met een hartelijke opgewektheid alsof het de normaalste zaak van de wereld is. Misschien is het een soort traditie die er ooit in is geslopen. Ik heb er geen idee van, want ik ben nog nooit op zo'n plek geweest. Door hun zelfverzekerde gedrag vraag ik me af of ik moeilijk doe, maar ik probeer me voor te stellen of ik het prettig zou vinden. Ik zou het beslist niet leuk vinden. Natuurlijk zouden ze me niet zo durven behandelen, omdat ze weten dat ik rijk ben en aanzien heb. Iedereen kent mijn vaders naam.

Naarmate de avond vordert, vloeit de wijn rijkelijk. Een eindje van ons vandaan heeft een van de mannen zijn arm stevig om het middel van een jonge serveerster geslagen, die weg wil lopen. 'Alstublieft, meneer, ik moet weer aan het werk!' zegt ze. Ze kan nauwelijks ouder zijn dan zestien, net als Clover over een kleine tien jaar. Haar gezicht is betraand en staat geschrokken.

'Kom op mijn schoot zitten, mijn schoonheid! Wees nu niet verlegen, Molly, wat dacht je van een kusje?' Hij trekt haar stevig op zijn knie zonder op haar antwoord te wachten. De walging op haar gezicht doet me overeind schieten.

'Meneer, laat dat jonge meisje alstublieft onmiddellijk los!' beveel ik. Ik voel mijn gezicht gloeien van woede en ik steek mijn kin in de lucht. De man kijkt me verbaasd aan.

'Wie? Ik?' vraagt hij verbaasd. 'Ik doe haar geen kwaad, mevrouw. Molly weet dat. Het is gewoon leuk.'

'Hoe heet je, meisje?' vraag ik.

'Edie, mevrouw.' Ze maakt van de onderbreking gebruik om struikelend overeind te komen.

'Uitstekend. Nou, meneer, ze heet helemaal geen Molly, zoals u haar noemt. Als u bedoelt dat het leuk voor u is, geef ik toe dat u gelijk hebt. Als u echter wilt weten of het leuk voor haar is, kunt u de simpele stap nemen door naar haar gezicht te kijken. Ziet u die gekwelde uitdrukking en die betraande ogen? Daardoor lijkt het net alsof het helemaal niet leuk voor haar is. Tenzij het u niet uitmaakt hoe zij zich voelt, wat ook wel zo zal zijn. Maar in dat geval betwist ik uw oorspronkelijke verklaring dat u haar geen kwaad doet. Uw eigen plezier boven de gevoelens van een ander plaatsen zou namelijk wel schadelijk zijn.' Ik haal diep adem. Ik realiseer me dat ik volkomen ongewone meningen uit en waarschijnlijk overkom als een dwaze vrouw. Maar mijn bloed stroomt als een razende door mijn aderen. Dit is wat ik voel. Dit is wat vermoedelijk iedere vrouw voelt, alleen is ons aangeleerd ons niet uit te spreken.

Hij gaapt me aan, net als verschillende andere mannen. Geen enkele man vindt het fijn als een vrouw hem zegt wat hij moet doen. Maar ik ben hier met Lionel. En wat nog belangrijker is, ik ben de dochter van kapitein Westallen. Er is geen man in Londen die mijn vader zou dwarsbomen. Mijn identiteit beschermt mij. De meeste vrouwen hebben dat niet. Ik heb me bij niemand populair gemaakt, behalve bij de arme Edie, die met een dankbare blik in haar ogen een buiging voor me maakt en zich weg haast. 'Dank u, meneer. Een beetje respect voor de medemens, zowel man als vrouw, kan nooit kwaad, vind ik.' Ik ga zitten en eet verder. Meneer Kemp, meneer Sloane en Lionel kijken me allemaal waakzaam aan, alsof ik een leeuw ben die tussen hen in zit. Ik verontschuldig me niet. Even later heb ik mijn bord leeg. Ik leg mes en vork netjes erop en glimlach. 'Heerlijk, heren. Krijgen we nog een toetje?'

Na een bord strooppudding nemen Lionel en ik afscheid. Over mijn uitbarsting wordt niet gesproken. Verschillende mannen schudden elkaar de hand en zeggen donaties toe voor de stichting. Bij de deur voel ik nog een rukje aan mijn arm. Het is Edie, de serveerster.

'Dank u, juffrouw Westallen,' zegt ze. 'Ze hebben me verteld wie u bent. Ik ben u zo dankbaar.'

'Het waren niet echt mijn zaken, maar je zag er zo ongelukkig uit. Doe je dit werk al lang?'

'Pas twee weken. Ik vind het niet leuk, maar het helpt mijn ma.'

Ik geef haar mijn kaartje met het adres van de stichting erop. 'Bel me als je ooit over alternatieven wilt praten, Edie. Er zijn veel manieren waarop ik kan helpen. Ik hoop dat je moeder erg trots op je is.'

We stappen de frisse avond in en lopen een stukje zonder te praten. Ik kan niet zeggen of de stilte prettig of verwijtend is. Lionel is ruimdenkend en conservatief tegelijk.

'Vind je het fijn om een stukje te lopen, Olive?' vraagt hij me ten slotte. 'Of ga je liever meteen naar huis?' Ik vertel hem dat ik graag een wandelingetje maak. 'Ik dacht dat we misschien naar de rivier zouden kunnen gaan en vanaf daar een rijtuig nemen,' stelt hij voor. Het lijkt mij ook prachtig om de rivier te zien.

Al snel slenteren we over de kade langs het inktzwarte water en tellen de bruggen. De uitgebreide geschiedenis van Londen is voor altijd vastgelegd in de bruggen langs dit stuk van de rivier. We blijven even staan en staren naar het nachtelijke uitzicht. Het voelt toch een beetje romantisch aan.

Ik kan beter iets zeggen. 'Ik hoop dat ik je niet in verlegenheid heb gebracht in de eetzaal. Ik wil niet dat je collega's denken dat je omgaat met onvoorspelbare vrouwen die elk moment kunnen ontploffen. Maar ik zag het gezicht van dat meisje en... toen moest ik wel.'

'Nee, je hebt me niet in verlegenheid gebracht. Je hebt me wel aan het denken gezet. Je zet me altijd aan het denken, Olive. Het was niet verkeerd om tussenbeide te komen, maar eigenlijk had ik het moeten zeggen, of een van de andere mannen. Maar dat deden we niet, omdat we er zo aan gewend zijn. Old Norden, de kerel die je uitfoeterde, is geen slechte man. Hij zou het meisje niets hebben aangedaan. Hij wordt gewoon overmoedig als hij drinkt. We accepteren allemaal gewoon dat sommige kerels zo tegen de meisjes praten. We weten dat ze niet bang hoeven te zijn, maar dat weten de meisjes niet.'

'Nee, dat doen ze niet. Een meisje iets aandoen kan op vele manieren, Lionel, ook door haar te vernederen of haar in een ongemakkelijke situatie te brengen. Stel je voor dat iemand zo tegen mij had gesproken of me bij mijn middel had gegrepen.'

'Dan had ik mijn pistool moeten trekken,' zegt hij met een knipoog.

Ik betwijfel ten zeerste of Lionel een pistool bezit.

Ik haal mijn schouders op. 'Er is geen verschil tussen mij en haar, behalve dat ik rijk ben en mijn vader een vooraanstaand man is.'

'Ik kan me echt niet voorstellen dat iemand dat bij jou zou durven,' grijnst hij. 'Molly.'

Plaagt hij me? Hij heeft me nog nooit eerder geplaagd. Hij is altijd zo doelgericht en serieus. Ik trek mijn wenkbrauwen op om hem te laten zien dat ik niet snel op 'Molly' zal reageren. Ik wil meer zeggen, maar ik weet dat ik nogal onbeleefd kan zijn als ik verontwaardigd ben, dus begin ik over iets anders. 'Het was in elk geval een prachtige avond. Het was erg inspirerend, zoals je ongetwijfeld gepland had.'

'Dat hoopte ik ook. Ik wist dat je van de gesprekken zou genieten en dat je met veel ideeën voor de stichting zou komen. En...'

'En?'

'Het was een manier om wat tijd met je door te brengen zonder dat het... ongepast leek. Ik geniet van je gezelschap, Olive, maar we zijn collega's en ik wil jouw grenzen niet overschrijden. Maar nu we toch even alleen zijn, wil ik je zeggen dat ik je erg bewonder, mocht je daarover twijfelen. Je bent een opmerkelijke vrouw. Dat is niet wat ik wilde zeggen, want ik weet dat je dat al zo vaak hoort. Eigenlijk wilde ik zeggen dat je intrigerend, inspirerend, goedhartig en... mooi bent.'

'Mooi, Lionel?' lach ik. Ik zou niet moeten lachen terwijl die arme man zich voor me uitslooft. Waarschijnlijk is het pure onhandigheid. Hij heeft gelijk, ik hoor veel vaker dat ik 'opmerkelijk' ben. Soms noemt iemand me 'aantrekkelijk of 'opvallend', maar 'mooi' heeft nog nooit iemand me genoemd.

'Ja, je bent mooi,' houdt hij aan. 'Innerlijke en uiterlijke schoonheid gaan gelijk op en dat is een zeldzame combinatie. Ik hoop dat je het niet erg vindt dat ik het zeg.'

'Hoe zou ik dat nu erg kunnen vinden?'

'Dat ik me zo voel, naast onze gewaardeerde werkrelatie. Voel je je daar ongemakkelijk bij?'

Er zijn zo veel vragen die ik hem al langer wil stellen. Over Rowena en over zijn reactie op Clover. Dat ik hem blijkbaar inspireer om een beter mens te worden is natuurlijk vleiend, maar in hoeverre kan een man echt veranderen? En wat verwacht hij van mij? De donkere rivier kronkelt zuchtend langs ons en de gaslampen worden in het water weerspiegeld als gouden bollen uit een onderwaterkoninkrijk. Lionel heeft me zojuist een zachtere kant van zichzelf laten zien dan ik tot nu toe heb gezien en hij geeft me complimenten alsof het betoveringen zijn. 'Nee, Lionel, het intrigeert me nogal,' zijn dan ook de enige woorden die ik over mijn lippen krijg.

Hij brengt mijn hand naar zijn lippen en kust mijn handschoen, terwijl hij mijn blik vasthoudt met zijn ernstige groene ogen. Dan laat hij mijn hand los en glimlacht. 'Laten we een rijtuig aanhouden,' zegt hij.

21

ROWENA

Opnieuw sluip ik door het huis terwijl mijn familie slaapt. Maar dit is geen verboden uitstapje in de vroege ochtend, een prettig moment van gestolen vrijheid voordat je weer naar huis terugkeert. Het is donderdag 22 april 1897, drie uur 's nachts en ik sta op het punt om te vertrekken. In de komende jaren zal die datum niet gemarkeerd worden in de geschiedenisboeken, maar voor mij is deze dag vanaf nu net zo belangrijk en bepalend als het uitbreken van een oorlog.

Het huis is in duisternis gehuld. Ik sluip door de gangen en loop op mijn tenen de trappen af als een meisje in een sprookje, op de vlucht om haar prins te ontmoeten. Alleen is hij geen prins, maar een man die ik nauwelijks ken. Een man uit een andere wereld. Ik zeg tegen mezelf dat het romantisch is. De afgelopen dagen zijn voorbijgevlogen en waren gevuld met talloze dierbare momenten. Hoe ontevreden ik ook ben met mijn leven de laatste tijd, ik heb de afgelopen dagen doorgebracht door met een pijnlijk hoofd van kamer naar kamer te dwalen, treurend om elk klein detail van het leven dat binnenkort tot het verleden behoort. De glimmende kroonluchters die die een patroon van licht over de muren verspreiden, de fijne zijde waar mijn kast van uitpuilt, de dreunende voetstappen van Ignatius terwijl hij zich de trap op en af haast om allerhande klusjes te doen. Mijn ouders, hoe gereserveerd en veeleisend ze ook zijn, mijn broers, levendig en hartelijk, de bedienden als stille schaduwen die vegen en poetsen en van alles doen om het huis te houden zoals we het graag hebben. Zal ik zonder dit alles kunnen? Zelfs mijn portretten, die zijn geschilderd toen ik elf, achttien en bijna drieëntwintig was en die ik altijd haatte, lijken me nu dierbaar. Ze herinneren me aan meer onschuldige tijden, toen ik de dochter was die ze dachten dat ik was, toen ik veilig was in dit bevoorrechte leven. Als iemand de jonge Rowena had verteld dat ze in deze lastige positie terecht zou komen, zou ze het niet hebben geloofd. Ze had het niet voor mogelijk gehouden.

Ik heb twee brieven op mijn bed achtergelaten, een voor vader en moeder en een voor Verity. Ik heb er gisteravond meer moeite en aandacht aan besteed dan aan een opdracht voor school in mijn jongere jaren. Schrijven vond ik nooit zo belangrijk, maar ik wilde dat ze het zouden begrijpen, als dat al mogelijk is. Ik probeer niet te denken aan de woorden die ik heb geschreven, anders zak ik hier op de trap neer en kom ik niet meer van mijn plaats. Het is zoals het is. Ik moet gaan.

Ik glip weer de balzaal binnen en schrijd voor de laatste keer over de vloer, een eenzame weg die zo anders is dan de wervelende cirkels die ik door de jaren heen heb gedanst in de armen van talloze partners. In het holst van de nacht is er geen Henry die op het terras bezig is met zijn oefeningen en de deur staat niet op een kier om de lentelucht binnen te laten. Ik worstel om het slot los te maken en moet zelfs op een stoel klimmen om bij de bovenste grendel te kunnen. Daarna zet ik de stoel voorzichtig terug op zijn plaats, want dit, een stoel die op een plaats staat waar hij niet hoort, is een klein ongemak dat ik mijn familie kan besparen. Hoewel, wanneer heeft iemand van ons ooit een stoel verplaatst? Alleen een bediende zou merken dat de stoel niet op zijn plaats stond en zich afvragen waarom. Ik doe de deur open en stap naar buiten. Binnen is de duisternis rustgevend, warm en slaapverwekkend. Hierbuiten, in de wereld, hult het duister zich angstwekkend om me heen als een monster uit de diepte. Ik zit vol dwaze, instinctieve angsten. Ik sluit de deur achter mij. De klik is nauwelijks hoorbaar en ik voel de zachte zucht van een nachtelijk briesje. Dan ruk ik mezelf los uit mijn oude leven.

22

PANSY

Pansy opende één oog. Ze ontwaarde de donkere contouren van de zolderkamer en begon te stralen. Eindelijk was het zover: ze ging naar huis.

Nieuwe ervaringen waren nuttig, maar die konden wel even wachten.

Al snel hobbelde ze met meneer Ollander over de wegen, terwijl de lucht geel werd en daarna perzikkleurig. De mussen begonnen kwetterend aan hun dag. De afgelopen vier weken had ze zich bij elk nieuw ding dat ze had gedaan afgevraagd: wat zou mama ervan vinden? Nu ging ze dat uitzoeken.

Thuis scheen haar nog dierbaarder dan ooit. Boshyacinten en sleutelbloemen bloeiden overal langs de lanen, lijsters schoten heen en weer en nestelden, en het huisje werd overspoeld door het bleekgouden zonlicht. Pansy stormde naar binnen en sloeg haar armen om haar moeder heen. Ze omhelsden elkaar lang.

Het zou het makkelijkste zijn om ontslag te nemen en naar huis te gaan, dacht Pansy, terwijl ze aan de keukentafel zat te wachten op haar ontbijt. Ze zouden volkomen gelukkig zijn. Pansy zou een baan in het dorp kunnen krijgen, misschien bij The Tree of Life. Meneer Ollander zou haar zeker aanbevelen. Bovendien kon ze zo veel tijd met Matthew doorbrengen als ze wilde, en ook met Eveline als ze vanuit Camden op bezoek kwam. Het zou heerlijk zijn. Maar doelloos. Ze zuchtte. Mam zou dat niet zo'n goed idee vinden.

Toen ze een vol bord voor hun neus hadden, vertelde Pansy haar moeder over het werken in de winkel van meneer Ollander en de hoedenwinkel, over het redden van Hipólito, de ontmoeting met Julia en de kans om juffrouw Westallen te ontmoeten. Laura stelde haar goede vragen over wat ze leuk vond en wat niet, en Pansy deed haar best om het uit te leggen.

'Je neemt het wel serieus,' merkte Laura op, met haar handen rond een glas romige melk. 'En de manier waarop je Hipólito verdedigde en Jem hielp... Ik ben erg trots op je. Ik hoop dat je anders over jezelf en je leven begint te denken.' Dat was het geval en toen Laura haar aan het eind van de dag uitzwaaide, wist ze dat ze de komende weken kon teren op de trots die ze op haar moeders gezicht had gezien.

Toen ze terugkeerde bij de bediendeningang van Garrowgate Hall, bleef ze een tijdje staan kijken naar het grote witte gebouw. Ze hoopte dat ze snel haar geluk zou vinden. Ze was het beu om hier na elke vrije dag, na elke boodschap die ze gedaan had, terug te komen in de wetenschap dat Rowena daarbinnen mooi liep te zijn en van kamer naar kamer zweefde terwijl haar vader geld uit de lucht toverde. In dit huis was mevrouw Clarendon die de touwtjes strak in handen had, Verity Blythe-Crawford liep in en uit, terwijl ze altijd tijd nam voor haar boosaardige gevit, en Maude Blythe regeerde over hen allemaal. Ze hadden een perfecte, onaantastbare wereld gecreëerd waar Pansy niet in paste.

Op het moment dat ze de keukendeur opendeed, wist ze dat er iets mis was. De keuken was leeg en er hing een sfeer in huis die ze niet kon benoemen. Pansy was meteen gespannen. Garrowgate Hall was altijd hetzelfde. Wat was er in hemelsnaam gebeurd?

Ze haastte zich van de keuken naar de grote hal. Het was er stil en leeg. Toen liep ze naar de trap. Op de eerste verdieping hoorde ze een deur dichtslaan. Ze zweeg, luisterde en hoorde stemmen die zich verhieven. Het waren de stemmen van de familie, maar ze kon niet verstaan wat er werd gezegd. Een gevoel van onbehagen bekroop haar. Was er iemand overleden?

Ze tuurde in een paar kamers, in de verwachting ergens iemand te vinden die aan het werk was. Het werk stopte nooit in Garrowgate Hall. Maar alle kamers waren leeg, alsof het voltallige personeel was weggevoerd door een orkaanwind. Pansy rende naar de zolder. Daarnet was ze nog bekaf geweest, maar ze wist niet zeker of ze nu wel kon slapen. Deze spookachtige plek leek precies op het huis van de Blythes, maar het voelde ineens heel anders aan.

Ze duwde de zolderdeur open en voelde zich enorm opgelucht toen ze Lou en Maisie op hun bed zag zitten. 'Gelukkig!' riep Pansy. 'Ik begon te denken dat het huis betoverd was. Waar is iedereen?'

'Heb je het dan nog niet gehoord?' vroeg Maisie met een vreemde stem.

'Natuurlijk niet,' antwoordde Lou, terugvallend in haar dialect. 'Pansy, liefje, ga zitten. Je zult nooit geloven wat er is gebeurd.'

Gehoorzaam ging Pansy naast Maisie zitten, met haar gezicht naar Lou. Ze nam haar hoed af. 'Wat is er dan? Vertel het me, meiden.'

Maisie slaakte een diepe zucht. 'Ik kan het niet geloven. Ik kan het gewoon niet geloven.'

'Rowena is weg,' zei Lou.

'Waarnaartoe?'

'Weggelopen. Voorgoed. Ik dacht echt dat mevrouw B een hartaanval zou krijgen toen ze erachter kwam.'

'Wat? Voorgoed? Hoe kun je dat nu weten?'

'O, Pansy, het was verschrikkelijk,' hijgde Maisie en het verhaal tuimelde over haar lippen. 'Mevrouw Blythe, de nieuwe mevrouw Blythe, de vroegere juffrouw Crawford, kwam langs en Rowena was er niet om haar te begroeten. Mevrouw Blythe, de oude, onze mevrouw Blythe, barstte uit in woede. Ze was geïrriteerd dat Rowena te laat was en alles verstoorde. Ze beval Sarah, de magere Sarah, om haar meteen te gaan halen en om haar wakker te maken als ze sliep. Sarah wilde niet, want je weet hoe Rowena is als je haar probeert op te jagen, maar mevrouw Blythe was op oorlogspad, dus het moest en zou gebeuren.

Toen ze op de deur klopte, reageerde Rowena niet, dus na een tijdje ging ze naar binnen. Rowena was er niet! Er lagen twee brieven op het bed en Sarah zei dat ze meteen wist dat er iets niet klopte. Ze was te bang om ze zelfs maar aan te raken. Ze ging naar beneden en vertelde het de twee vrouwen. Blijkbaar werd mevrouw Blythe krijtwit, de kleur vloeide zo uit haar weg, voor Sarahs ogen.'

'Lieve hemel!' zei Pansy. 'En toen?'

'Oude Maude haastte zich in hoogsteigen persoon naar Rowena's kamer.' Lou vervolgde het verhaal. 'Het was net of ze door de politie achternagezeten werd. Tegen die tijd hadden we er natuurlijk allemaal lucht van gekregen. Een paar van ons gingen achter mevrouw Blythe aan, druk aan het stoffen of poetsen, terwijl zij naar binnen ging. Je reinste waanzin op zo'n moment als je erover nadenkt, maar het was alsof we allemaal aanvoelden dat er iets groots was gebeurd. Vijf minuten later schreeuwde ze alles bij elkaar.'

'Malvern! Verity! Crispin! Ignatius!' Maisie deed haar bazin na. 'Ze riep hen allemaal. En haar stem... O, Pansy, de rillingen liepen over mijn rug.'

Lou knikte. 'Het was verschrikkelijk, Pans, ik heb nog nooit zoiets gehoord. Zo erg, ze kwamen allemaal aanrennen. Ze kwamen roffelend de trap op en ik dacht dat we ervan langs zouden krijgen, omdat we onze nieuwsgierige neus erin hadden gestoken, maar nee, ze gingen naar binnen en merkten ons niet eens op. Ik kon het niet helpen, Pans, ik gluurde door de deuropening. De tranen liepen Maude Blythe over haar wangen en ze zei: "Ze is weg, Malvern, onze kostbare diamant is weg. Ervandoor met die artiest als een ordinair danseresje."'

Pansy hapte naar adem. Echt waar? Ze had het zich afgevraagd, maar ze had er nooit echt over nagedacht...

'Ze gaf hem de brief en hij begon hem te lezen, maar toen viel Maude flauw. Hij liet de brief vallen, ving zijn vrouw op en droeg haar zelf de kamer uit. Hij keek niemand aan, maar liep gewoon de gang door naar haar kamer, terwijl ze als een lappenpop in zijn armen hing, en hij gooide de deur achter hen dicht. Ondertussen klampte Crispin zich vast aan de deurpost alsof hij zelf zou flauwvallen. “Lieve hemel, niet Rowena,” mompelde hij. Verity scheurde haar eigen brief open en las die zo gretig alsof de grootste geheimen van de wereld erin stonden…' Lou haalde diep adem. 'Toen trok die blik over haar gezicht… Pure minachting. Ze stopte de brief in haar zak en marcheerde naar buiten zonder een enkel woord te zeggen.'

'O, mijn hemel,' fluisterde Pansy. 'Ik kan het niet geloven. Ik geloof het gewoonweg niet!' Ze zag die uitdrukking op het gezicht van Verity voor zich. Wat zou haar man in vredesnaam zeggen als hij het nieuws hoorde? De drie Blythe-zonen waren dol op hun zus, Felix misschien wel het meest. 'O, wat zou ik graag willen weten wat er in die brieven stond,' zuchtte Maisie. 'Maar dat zal niemand van ons ooit te weten komen.'

Lou zag er sluw uit. 'Niet via Verity's brief, inderdaad. Zij heeft haar brief meegenomen en dat is dat. Maar de andere….'

Pansy fronste haar wenkbrauwen. 'Lou, wat heb je gedaan?'

'Ik ben daar natuurlijk naar binnen gegaan. Crispin en Ignatius zweefden als geesten de kamer uit en ik ging naar binnen. De brief lag precies op de vloer waar die oude Blythe hem had laten vallen, dus ik pakte hem op. Ik weet dat het stom was, maar jullie weten hoe ik ben. Ik kon het gewoonweg niet laten! Het was behoorlijk spannend en Clarendon probeerde ons weer aan het werk te zetten, maar tegen het einde van de middag hadden we het allemaal opgegeven. Het was volkomen zinloos. Dus stuurde Clarendon ons allemaal naar onze kamers en zei dat ze morgen onze gezichten pas weer wilde zien.'

'Heb je de brief meegenomen?' Lou was altijd de brutaalste van hen allemaal geweest. Toch kon Pansy haar oren niet geloven. 'Waar is die nu?'

'Hier.' Lou haalde een vel papier uit haar zak. Maisie piepte. Ze keken elkaar lang aan.

'Ik ben er niet trots op dat ik hem heb gepakt,' zei Lou uiteindelijk.

'En ik kan hiervoor ontslagen worden. Ik kan hem beter meteen terugbrengen. We zouden hem niet moeten lezen. Het is veel te privé.'

'Natuurlijk,' beaamde Pansy. 'Leg die brief maar terug, Lou, nu er niemand is. We zouden hem zeker niet moeten lezen.'

'Dat zou heel verkeerd zijn,' fluisterde Maisie.

Gedrieën keken ze naar het opgevouwen papier op Lou's schoot. Daarin stonden Rowena Blythes laatste woorden aan haar ouders voordat ze weg was gelopen met de assistent van de kunstenaar. Pansy wilde het soort meisje zijn dat eerbaar was en altijd het juiste deed. Maar de waarheid was dat ze geen lor om de familie Blythe gaf en dat de verleiding voor haar gewoon te groot was. Ze pakte de brief en begon te lezen.

23

ROWENA

De boot draagt de naam *Supreme Monarch*. Dat lijkt me een tautologie én misleidend. Het is maar een bootje!

Vanaf de kade leek het nog wat: lang, smal en vrij gracieus, ondanks de flinke romp. Maar als je erop probeert te leven, is het allemaal veel te klein. De hut die Bartek en ik delen, is niet meer dan twee bij drie meter. Ik woon in een ruimte die maar zo breed is als mijn broer Felix lang is en in de lengte kan hij er anderhalve keer in.

De boot is haveloos en heeft barsten aan de buitenkant, de zwarte verf is dof, de ooit opzichtige rozen en kastelen die erop zijn geschilderd, zijn bekrast en vervaagd. De tweede e van de naam is helemaal weggesleten, waardoor het 'Suprem Monarch' is geworden. Aan boord is alles vies: er is niet geveegd en overal ligt rommel. Het dek en de schaarse meubels zijn bedekt met een laag opgedroogde modder.

En toch, deze eerste ochtend, terwijl de zon opkomt en de boot door het groene kanaal glijdt, zie ik een glimp van het poëtische leven dat ik me voorstelde toen Bartek voor het eerst zijn plannen met me besprak. Het is een manier van leven die helemaal nieuw voor mij is, bevrijd van alles wat ik ooit belangrijk vond. Guy Flack, de eigenaar van de boot, loopt over het pad langs het kanaal en leidt het paard. Langzaam glijden we verder. Het was best een schok toen ik besefte dat deze reis niet de romantische idylle zou worden die ik had verwacht. Een norse, bebaarde man die de middelbare leeftijd al gepasseerd was en een accent had dat zo zwaar was dat ik er niets van verstond, had ik me er echt niet bij voorgesteld. Ik weet niet eens waar zijn accent vandaan komt. Bartek ligt in de hut te slapen. Ik ben aan dek gegaan, zodat mijn gewoel hem niet stoort. Het kalmeert me om te zien hoe de ochtend aanbreekt en om alleen te zijn in mijn vreemde nieuwe omgeving. En boven alles heb ik rust nodig.

Mijn nachtelijke wandeling naar de heide om Bartek te ontmoeten was angstaanjagend. Ik meende overal vreemde dravende wezens te zien met gloeiende ogen en hoorde vreselijke geluiden, ruwe kreten die heel goed op een misdaad hadden kunnen wijzen. Ik hou niet van de nacht, tenzij ik terugkom van een bal in het rijtuig, duizelig van het dansen en tipsy door de champagne, terwijl Verity onophoudelijk naast me zit te kletsen. Misschien was de nacht van mijn vlucht gewoon vervloekt. Misschien schreeuwde de hele wereld wel vanwege het feit dat Rowena Blythe haar rechtmatige plek verliet.

Stijfjes en zwetend van angst bewoog ik me voort. Het kwam heel even bij me op dat ik me om kon draaien en terug kon rennen om mezelf binnen te laten en weer naar boven kon sluipen voordat er iemand op was. Ik kon terugkeren naar mijn kamer, mijn tas uitpakken en het zou zijn alsof ik nooit was weggelopen. Maar dat leven was verdwenen op het moment dat ik Bartek toestond de liefde met me te bedrijven.

Ik was echt opgelucht toen ik zag dat hij op me stond te wachten. Snikkend viel ik in zijn armen. 'Ik hou van je en ik wil met heel mijn hart bij je zijn, maar ik kan dit niet, ik denk niet dat ik dit kan. Het is te moeilijk,' brabbelde ik. Ik weet niet eens precies waarom ik het zei. Ik wil niet met heel mijn hart bij hem zijn. Mijn hart weet niet wat het wil. Het liefste wil ik eigenlijk gewoon weer Rowena Blythe te zijn.

Bartek klopte op mijn arm en leek niet erg verontrust dat zijn geliefde volkomen van streek was bij het vooruitzicht haar leven met het zijne te verbinden. 'Dat is maar een gevoel, dat gaat voorbij,' zei hij. Hoe kon hij dat weten?

Hij pakte mijn hand en we begonnen te lopen. We liepen bijna een uur naar het kanaal en spraken maar weinig. Toen we de boot bereikten, die aangemeerd lag in de haven of het dok of hoe je dat ook noemt bij kanaalboten, maakte Bartek een wijds gebaar. 'Hier ligt hij,' zei hij stralend. Zijn tanden lichten wit op in het duister. 'De *Supreme Monarch*, een perfecte boot voor mijn koningin. Hier begint ons leven samen, mijn mooie Rowena.' Plechtig hielp hij me aan boord. Ik keek verdwaasd om me heen. Alles was schimmig en in schaduwen gehuld. Toen er een man uit de duisternis tevoorschijn kwam, slaakte ik een gil. Ze maanden me tot zwijgen en Bartek lachte zachtjes. 'Stil, mijn liefste, straks denken ze dat ik je heb ontvoerd in plaats van dat je vrijwillig meegaat,' berispte hij me.

Bartek bracht me naar de hut. 'We gaan slapen,' zei hij. 'Het is laat. Guy leidt als eerste het paard, we vertrekken vroeg. Op naar het noorden!' Hij kuste me hartstochtelijk, kleedde zich uit en dook in het kleine bed. Ik stond daar als verlamd. 'Kom, Rowena,' fluisterde hij. 'Je hebt slaap nodig.'

'Maar ik kan niet slapen!' riep ik uit. 'Bartek, waar moet ik me wassen? We passen vast niet allebei in dat bed. En is er geen thee? Ik weet dat het laat is, maar ik denk niet dat ik meteen kan slapen nu ik net weggelopen ben. Niet meteen!'

Hij sprong weer uit bed en ik knipperde met mijn ogen. Er was een lamp aan en ik voelde me opgelaten bij de aanblik van zijn naakte lichaam. We waren natuurlijk al samen geweest, maar eerlijk gezegd hadden we daarbij de meeste van onze kleren aangehouden. Ik had nog nooit een man naakt gezien. 'Ah, mijn Rowena,' zei hij, zijn armen naar me uitstrekkend in onbevangenheid. Ik pakte zijn handen vast alsof ik in trance was. 'Ik ben vergeten hoe anders dit is dan je gewone leven. Je moet weten hoe het leven aan boord gaat en gerustgesteld worden. Ik ben een beest! Vergeef me, ik ben gewoon zo blij. We moeten nu slapen, liefste, maar wees niet bang, we praten morgenochtend. Hier is een po voor als je dat nodig hebt.' Hij reikte onder het bed en liet de po zien. Lieve hemel!

Ik schudde dom mijn hoofd en hij zette het ding weer onder het bed. ‘Het bed is groot genoeg voor twee, als je van elkaar houdt. Kom, mijn engel, kom naar bed.’ Terwijl hij sprak, begon hij mijn kleding al los te knopen. Zelfs mijn dienstmeisjes waren niet zo efficiënt. Hij leidde me naar het bed in alleen mijn hemd. Vreemd genoeg was ik blij dat ik niet ook naakt was. Die dunne laag mousseline was alle bescherming tegen de realiteit. Hij dook na mij in bed en drukte zijn lichaam dicht tegen me aan zodat ik klem kwam te zitten tussen hem en de wand. ‘Slaap zacht, mijn Rowena. We worden wakker in een nieuwe wereld!’

En dat is ook wat er gebeurde. De lucht is koel, maar niet ijzig koud. De wereld is helemaal groen met goud. Er is water, er zijn bomen en de zon schijnt volop. Het enige wat je hoort, is het gekwaak van eenden, het aanzwellende vogelgezang in de lucht, het gebonk van de hoeven van het paard op de harde aarde, het gekraak van het tuig en het lage gemurmel van Guy die tegen het dier praat. Het paard begrijpt hem waarschijnlijk net zo goed als ik. Zijn zachte stem geeft me echter hoop dat hij ook een vriendelijkere kant heeft dan die waarvan ik getuige was toen we aan boord kwamen. Hij was niet onbeleefd tegen mij, alleen onverschillig. Zo ben ik nog nooit behandeld. Ik wilde vragen of hij niet wist wie ik ben, maar het is natuurlijk beter dat hij dat niet weet.

Ik kan niet toegeven aan zelfverwijt. Daar zal ik in de toekomst ongetwijfeld nog vaak genoeg mee te maken krijgen, maar voor nu heb ik al mijn kracht nodig om me aan te passen. Toen ik ontdekte dat er geen toilet was, voelde ik alleen maar afschuw. Bartek werd vanmorgen even wakker toen ik over hem heen klauterde en ik maakte meteen van de gelegenheid gebruik om hem wat vragen te stellen. We moeten zelf de kamerpot legen in het kanaal. Bartek lachte om mijn ontzetting, maar ik zie niet in wat daar grappig aan is. Ik heb de pot vanmorgen gebruikt toen hij weer ging slapen. Ik zat gehurkt en hield voortdurend in de gaten dat hij niet weer wakker zou worden en me zou zien. Maar ik kon ook niet naar het dek gaan om de pot in het licht van de ochtend te gebruiken. Meneer Flack sliep maar een paar meter verderop op de houten planken. Ik koos het minste van twee kwaden, maar toch was het een vernedering. Deze gedwongen intimiteit voelt onaangenaam. Wat een begin van mijn leven met Bartek. Ik kan me niet voorstellen wat Verity zou zeggen.

Als ik aan mijn beste vriendin denk, springen de tranen me in de ogen. De afgelopen maanden vond ik haar veel te scherp, soms onaardig en vreselijk verstikkend. Maar nu is onze langdurige vriendschap hoogstwaarschijnlijk ten einde gekomen. Ik zal haar natuurlijk schrijven en erop vertrouwen dat ze me terugschrijft om mijn optimisme in mijn nieuwe leven niet te verliezen. Maar dat is niet hetzelfde als iemand elke dag zien. Ik zal onze eindeloze kleine vertrouwelijkheden, haar levendigheid, haar vertrouwen en constante aanwezigheid missen. Nu is zij een Blythe en ik niet meer. Zij zal hun dochter worden in mijn plaats. Ze zal het waarschijnlijk beter doen.

In de brief die ik voor haar achterliet, heb ik haar mijn innerlijke onrust een beetje toevertrouwd. In de brief aan mijn ouders kon ik dat niet. Naar hen toe moest ik achter mijn keuze staan. Ik gaf de enige verklaring die hier enige betekenis aan kon geven: ware liefde. Aan Verity schreef ik:

Beste V,

Het spijt me heel erg dat ik zo veel problemen heb veroorzaakt. Ik hoop en bid dat je niet al te slecht over me zult denken.
Herinner je je die dag in de salon nog, lieverd, toen je me vroeg me voor te stellen dat ik bij jou en Felix zou komen eten met een echtgenoot aan mijn zijde? Ik zei tegen je dat ik niemand voor me zag, maar de waarheid is dat ik geschokt was door wie ik zag. Bartek. Ik wilde het niet, maar toch dacht ik aan hem. Ik hoop dat jij er begrip voor kunt opbrengen. Je hebt hem ontmoet, je hebt gezien hoe knap en slim hij is en tevens een echte heer. De waarheid is dat

ik geen enkele andere man kon overwegen sinds ik hem ontmoet heb, want ze leken allemaal saai en grijs in vergelijking met hem. En toch verscheurt het me, lieve vriendin. Hoezeer ik ook van hem hou en hem bewonder, ik zal jullie allemaal vreselijk missen. Ik zou willen dat het niet zover was gekomen, ik zou willen dat onze wereld anders was, dat het geen keuze tussen Bartek en mijn huidige leven en familie hoefde te zijn. De keuze valt me niet licht, maar toch kan ik niet blijven. Jij bent mijn beste vriendin. Ik zal altijd met veel genegenheid aan je denken en ik hoop dat je net zo aan mij kunt denken. Ik zal je schrijven als we gesetteld zijn. Schrijf alsjeblieft terug. Dat zou veel voor me betekenen.

Liefs, Ro

Ik kan me niet voorstellen hoe Verity zal reageren. Zal ze beledigd zijn dat ik haar niet in vertrouwen heb genomen? Boos? Bezorgd? Verdrietig? Schandalen hebben haar altijd geboeid. Ze stond snel klaar met haar oordeel en was gretig om dit soort verhalen te vertellen. Toch houdt ze van me, daar twijfel ik niet aan.

Ik sluit mijn ogen en de zon verwarmt mijn gezicht. Ik zit op een ruwe bank. Dat mijn zijden rokken achter splinters blijven haken, behoort wel tot de minste van mijn zorgen. Hoe is het zover gekomen?

Ik weet niet waar we zijn en ik weet weinig over de wereld buiten Londen. Ik weet dat we een stuk moeten over het ene kanaal en dan over een ander kanaal verder moeten reizen dat ons naar het noorden zal brengen, omdat Bartek me dat heeft verteld, maar ik kan me de details niet herinneren. Het enige wat ik zie is een lange, rechte waterweg. Aan weerszijden groeien bomen met een vol bladerdek, over het water zijn stenen bruggen gebouwd en her en der zie ik de daken van smalle huisjes op de kade. Ik heb altijd een leven geleid dat tot de minuut was gepland. Er stonden altijd afspraken in mijn agenda en de normen en waarden schreven voor waar ik heen zou gaan en wanneer.

Voorheen was er geen moment dat talloze anderen niet precies wisten waar ik was. Nu weet ik zelf niet eens waar ik ben. Ik ben op drift, in elke zin van het woord.

24

PANSY

Beneden was het nog steeds een chaos. Mevrouw Clarendon riep de bedienden bij elkaar om te beginnen met het standaard schoonmaakwerk, maar niemand belde voor het ontbijt of vroeg om hulp bij het aankleden. Nu de gebruikelijke vaste routine verbroken was, kon men onmogelijk zeggen wat de Blythes nodig zouden kunnen hebben. Water werd voortdurend aan de kook gehouden en er stond een eenvoudig ontbijt klaar, zodat het in een oogwenk kon worden geserveerd. Maar zelfs mevrouw Clarendon, die al twintig jaar trouw in dienst was en dezelfde meningen was toegedaan als Maude Blythe, aarzelde om te gaan informeren. De deuren van de kamers van de familie bleven stevig gesloten.

Pansy deed op inefficiënte wijze wat klusjes, maar half zo snel als anders, en dwaalde toen door het huis om John te zoeken. Waarschijnlijk zou niemand haar tegenhouden. Wist hij het? Dat moest wel. Het kon niet zijn dat er nog mensen op Garrowgate Hall waren die niet wisten wat er was gebeurd. Hoe had hij het nieuws opgevat?

Ze vond hem in de hal, waar hij wachtte voor geval dat er aangebeld zou worden. Het was onwaarschijnlijk dat er op dit tijdstip van de ochtend iemand zou langskomen, maar wat er ook gebeurde, John zou trouw Rowena's familie dienen. Hij zag er onberispelijk uit met zijn pruik, witte kousen en zwarte livrei, een lange, sterke gestalte die opviel in de enorme hal met witte zuilen, fraaie lentebloemen en enorme, smetteloze vloeren. Toch keek John als een hond die bij het graf van zijn baasje waakte.

'Je hebt het dus gehoord?' vroeg ze.

Hij keek haar ellendig aan. 'O, Pansy. Wat heeft ze gedaan? Is ze in orde, denk je?'

Deze ene keer had Pansy het hart niet om een wrange opmerking te maken. Ze haalde haar schouders op. 'Ik weet het niet. Ik hoop het. Het spijt me, John.'

'Het had niet zo moeten gaan. Lieve hemel, ik weet best dat ze niet was voorbestemd om met mij samen te zijn. Maar het was de bedoeling dat ze met iemand zou trouwen die het waard was en dat ze een goed leven zou hebben. Iedereen zegt dat haar familie nooit meer met haar zal praten, zelfs niet als ze terugkomt. Hoewel ze dat nu waarschijnlijk nooit zal doen.'

Pansy knikte. Rowena Blythe zouden ze nooit meer zien. 'Ze heeft de banden verbroken met alles en iedereen. Het moet wel een heel grote liefde zijn als het al die moeite waard is...' Ze zweeg toen ze de uitdrukking op Johns gezicht zag. Zijn uiterlijke kalmte kon niet verhullen dat hij vanbinnen brak.

'Ik hoop het,' zei hij met verstikte stem. 'Dat is het enige wat je nu kunt wensen.' Pansy wilde hem omhelzen vanwege zijn onbaatzuchtigheid. Het zorgde er alleen maar voor dat ze meer van hem ging houden. De emoties raasden als een storm door haar heen. Rowena's vlucht zou nog lang gevolgen hebben, besefte ze, niet alleen voor het gezin, maar ook voor haarzelf en John. Plots kreeg ze het afschuwelijke gevoel dat die gevolgen nog niet te overzien waren.

'Ze zeggen dat het die Poolse kerel was,' zei John met een doffe stem van onvergoten tranen. 'Denk je dat het waar is?'

'Ik weet het zeker.' Pansy wierp een snelle blik om zich heen in de witmarmeren hal, maar er was niemand te zien. Ze deed een stap naar hem toe en fluisterde. 'Lou heeft de brief opgeraapt die ze heeft achtergelaten. Ik heb hem gelezen, John.'

Zijn blauwe ogen werden groot. 'Wat zei ze? Klonk ze blij?'

Pansy wist het niet zeker. Ze had de brief gelezen uit nieuwsgierigheid, niet uit bezorgdheid. De brief had haar volkomen verbaasd.

Beste vader en moeder,

Het spijt me erg dat ik jullie zo veel pijn en moeite bezorg. Weet alsjeblieft dat ik met heel mijn hart van jullie hou. Ik hou van mijn leven hier in Garrowgate Hall. Ik ben vol dankbaarheid voor alles wat jullie me hebben gegeven. Maar ik heb geen keus. Ik ben verliefd geworden op Bartek Woźniak, de kunstenaar die een tijdje de plaats innam van meneer Lethbridge. Hij heeft me ten huwelijk gevraagd en ik heb zijn aanzoek geaccepteerd. Mijn gevoelens voor hem hebben elk ander huwelijk vrijwel onmogelijk gemaakt. Ik wilde jullie toestemming vragen, ik wilde het jullie vertellen. Maar ik geloofde niet dat jullie het zouden accepteren. Jullie konden het niet eens verdragen dat hij mijn verjaardagsfeestje zou bijwonen. Als ik ook maar een moment had gedacht dat jullie ons jullie zegen zouden geven, dan had ik deze stap niet gezet. Het spijt me zo, maar ik heb geen keus. Als ik jullie verkeerd heb ingeschat, zoals ik hoop en bid, spijt me dat ook. Ik wens niets liever dan dat mijn aanstaande echtgenoot wordt verwelkomd in de familie en dat ons leven blijft zoals het was. Als we getrouwd zijn en een woning gevonden hebben, zal ik jullie schrijven en ik hoop dat jullie zo goed willen zijn om terug te schrijven. Hij is tenslotte een heer, in zijn eigen land behoort hij tot de aristocratie. Zo'n slechte partij is hij niet. Veel liefs aan Felix, Crispin en Ignatius. Ik hou ontzettend veel van jullie allemaal.

Voor altijd jullie dochter,
Rowena

Nu deed Pansy haar best om zich er zo veel mogelijk van te herinneren om het aan John te kunnen vertellen. Ze hadden de brief maar één keer gelezen, toen was Lou weggeschoten om hem terug te leggen op de vloer van Rowena's kamer, waar de brief was gevallen. Gelukkig was ze niet betrapt.

'Dat is het dan,' zei John toen ze klaar was. 'Hij trouwt tenminste met haar, zijn bedoelingen zijn tenminste eervol.'

'Zover is het nog niet... Sorry, John, dat had ik niet moeten zeggen. Maak je alsjeblieft geen zorgen. Hij leek me een aardige man toen hij hier kwam, ik weet zeker dat hij oprecht is.' Dat was ze niet, maar ze wilde niet dat John zich nog beroerder voelde.

Dus hij had haar verteld dat hij van adel was? Pansy vroeg zich af of het waar was. Ik heb geen keus, had ze geschreven, twee keer zelfs, dat herinnerde Pansy zich goed. Ze kon wel raden wat dat betekende en Lou en Maisie dachten gisteravond hetzelfde. Maar dat zou ze ook niet tegen John zeggen.

'Wat ze ook voor hem voelt, hoe kan ze gelukkig zijn met het leven dat hij haar kan geven?' vroeg John. 'Ze is voor altijd afgesneden van haar familie. Tenzij ze haar vergeven en we weten allebei dat ze dat nooit zullen doen.'

'Dat beseft ze wel. Het komt goed met haar, John. Ze is bij de man van wie ze houdt.'

Hij schudde zijn hoofd. 'O, Pansy, ik voel me er verantwoordelijk voor. Ze moet hem hebben ontmoet op die zaterdagochtenden dat ze zo vroeg wegsloop. Ik wens nu dat ik haar tegen had gehouden.'

'Ze zou nooit naar je geluisterd hebben, lieverd. Je had niets kunnen doen. Waag het niet om dat tegen iemand anders te zeggen. Het zal geen gemakkelijke tijd worden...' De familie Blythe was uit elkaar gevallen en het was vruchteloos om te hopen dat de bedienden daar niet onder zouden lijden.

'Ik had met haar kunnen praten. Ik had meer interesse moeten tonen. Ik ben geen vriend voor haar geweest, omdat ik te druk was om me als huisbediende te gedragen.'

'Maar je was haar vriend niet. En dat zou je ook nooit worden. Geef jezelf niet de schuld. Ze heeft dit helemaal alleen gedaan. Althans, samen met hem.'

Maar zijn ogen stonden vol tranen. 'Waarom had ze niet voor mij kunnen kiezen?' fluisterde hij. 'Als ze met een hoge pief of edelman was getrouwd, had ik het wel kunnen verdragen, maar nu heeft ze haar leven vergooid. Dan had ze net zo goed met mij kunnen weglopen. Waarom hield hij niet genoeg van haar om haar in haar eigen wereld achter te laten, waar ze thuishoorde?'

'Ik weet het niet, John. Niet iedereen is zo goed als jij.'

Vanuit haar ooghoeken ving Pansy een glimp op van een naderende Blythe. Het was niet meer dan een schaduw, maar ze had een zesde zintuig ontwikkeld om hun nabijheid op te merken. Ze had net genoeg tijd om weg te schieten bij John en een lap uit haar zak te halen. Ze begon de vazen en bustes af te stoffen die overal in de gang stonden.

Het was meneer Blythe. 'Henry. Kom alsjeblieft mee. We ondervragen het personeel een voor een om te zien of iemand licht kan werpen op de recente gebeurtenissen in huis.'

'Ja, meneer.' John volgde zijn meester en, niet in staat weerstand te bieden, volgde Pansy hen zwijgend. Meneer Blythe merkte het niet. Pansy zag zijn hoge, stijve schouders. Hij liep snel. Hij leidde John naar de bibliotheek, waar hij de deur achter hen dichtsloeg. Pansy schrok. Dit was geen huis van dichtslaande deuren. Hij gebruikte zo veel kracht dat de deur weer opensprong en op een kiertje bleef staan. Het was duidelijk dat meneer Blythe buiten zichzelf van woede was. Pansy kwam zijdelings dichterbij, een doek in de aanslag om te kunnen doen alsof ze de vensterbanken aan het afstoffen was. Een zwakke zonnestraal viel op de overloop.

'Mijn dochter is vermist,' begon Malvern Blythe. De opening in de deur was te smal om iets door te ontwaren, dus luisterde Pansy aandachtig.

'Ja, meneer. Het spijt me, meneer.'

'Wist jij er iets van? Helemaal niets?'

'Nee, meneer.'

'Dus je hebt haar niet geholpen, suggesties gedaan of haar proviand gegeven voor haar vlucht?'

'Geen sprake van, meneer, dat zou ik nooit doen. Ik heb juffrouw Blythe en de rest van de familie hoog staan.'

'We geloven je, Henry.' Het was de stem van mevrouw Blythe. 'Is er iets wat je ons kunt vertellen dat ons kan helpen erachter te komen waar ze naartoe is?'

'Bent u van plan haar te zoeken, mevrouw?' De hoop in Johns stem was onmiskenbaar. Pansy kromp ineen.

'Nee.' De stem van Malvern Blythe was zo scherp als een mes. 'Voor ons bestaat ze niet meer vanwege de schande die ze over onze familie heeft gebracht. We willen alleen maar begrijpen wat er is gebeurd. Als we ontdekken dat iemand hier iets te maken heeft gehad met haar ondoordachte handelwijze, zal diegene op passende wijze worden gestraft.'

Het bleef stil. Pansy stelde zich voor hoe John zijn ogen neersloeg en bad dat hij, hoe goed en eerlijk hij ook was, verstandig genoeg zou zijn om Rowena's vroege uitstapjes tijdens de ochtend niet te noemen. Hij zou al buiten staan voordat hij zijn pruik af had kunnen doen vanwege het feit dat hij haar ouders er nooit over had verteld. De stilte duurde langer. Pansy ontspande. Hij zou het hun niet vertellen. Toen hoorde ze dat hij weer begon te praten.

'Alstublieft, meneer, gaat u alstublieft achter haar aan.'

Pansy liet haar lap vallen. Ze bukte zich haastig om die op te rapen. O nee.

'Wat krijgen we nou?' Hemeltjelief. De stem van meneer Blythe klonk scherp en ijzig.

'Breng haar alstublieft weer thuis. Ze zal hier spijt van krijgen, dat weet ik zeker.'

'Hoe durf je? Hoe durf je me de les te lezen? Bemoei je niet met de zaken van deze familie! Denk je dat je mijn dochter kent? Wat voor verhouding heb je met haar?'

'Geen enkele, meneer. Ze is gewoon de jonge juffrouw Blythe. Alleen geef ik om haar, zoals ik om u allemaal geef. Het bedroeft me dat ze nu alleen en bang is.' Pansy sloot haar ogen. Elk woord van hem verraadde zijn liefde. Het klonk onmiskenbaar in zijn stem door. Dit was echt niet goed.

'Ik heb nog nooit zo'n dom smoesje gehoord. Je koestert een soort misplaatste liefde voor mijn dochter!'

'Meneer, ik wil gewoon niet dat haar iets overkomt.'

'Mijn huis uit. Ik wil je hier nooit meer zien. Je dienstverband is voorbij, begrepen? Haal je spullen en vertrek binnen tien minuten. Je krijgt geen referentie en als je ook maar één woord tegen iemand zegt over wat mijn dochter heeft gedaan, dan maak ik je naam zwart in de hele stad. Dan zul je nooit meer werk kunnen vinden, is dat duidelijk?'

Pansy wist dat ze zich uit de voeten moest maken, maar ze stond aan de grond genageld.

'Meneer, ik smeek u, ik werk hier al zestien jaar. Dit gezin is mijn leven. Ik zou nooit...'

Toen dwong Pansy zichzelf om zich weg te haasten. Ze zou niet blijven staan om naar het gesmeek van John te luisteren. Ze wist precies wat zijn inspanningen op zouden leveren. In de keuken kwam ze mevrouw Clarendon tegen, die nog steeds worstelde om iedereen weer in het gareel te krijgen. 'Waar heb jij uitgehangen, meid?' vroeg ze terwijl ze Pansy bij de arm greep. 'We hebben hier wat orde nodig. Waar was je al die tijd?'

'Het spijt me, mevrouw Clarendon, maar meneer Blythe heeft John net ontslagen.'

'John Hobbs? Dat is onmogelijk. Waarom?'

Pansy zuchtte. 'Hij nam het op voor juffrouw Rowena. Ik heb het gehoord, mevrouw Clarendon, dat is alles wat hij deed.'

De huishoudster liet haar los en schudde haar hoofd. 'Waar moet het heen met deze wereld? Die man is hier het langst van iedereen op mij na en een betere bediende heb ik nog nooit gezien. Wat denkt hij wel, om zo ongepast te praten? Ga de kamer van meester Crispin schoonmaken, Tilney. Hoe eerder alles weer normaal is, hoe beter het is voor ons allemaal.'

'Ja, mevrouw Clarendon.'

Op weg naar boven zag Pansy John, zijn tred slepend als die van een dronken man. 'John, ik heb alles gehoord! Wat bezielde je?'

Hij keek haar aan en haalde zijn schouders op. 'Ik weet het niet, Pansy. Ik kon er niets aan doen. Ze heeft niemand om haar te verdedigen en ze zijn zo meedogenloos...'

'Haar verloofde zal haar nu wellicht verdedigen! Je bent een dwaas, John. Al die jaren in dienst en geen referentie? Terwijl je hen altijd zo trouw hebt gediend. Wat ga je nu doen?'

'Ik ga voorlopig naar mijn zus Hetty in Hampstead. Dat is alles wat ik kan bedenken. Ik moet vertrekken, Pansy. Hij zei dat hij me zou slaan als ik niet meteen ging.'

Pansy snoof. 'John, je bent bijna twee meter lang en half zo oud als hij.'

'Ja, maar ik kan niet tegen Malvern Blythe vechten. Hij zou meteen naar de politie gaan. Mijn reputatie is al geruïneerd, maar ik kan het me niet veroorloven dat ik ook nog als gewelddadig wordt beschouwd.'

Pansy zuchtte nogmaals. De rijken en machtigen hadden hun eigen wetten, of iets nu goed of slecht was. 'Ga maar, John. Ga naar Hetty. Ik kom je donderdag opzoeken.'

Pansy begaf zich naar Crispins kamer, tot inkeer gekomen en diep in gedachten. Na al die jaren van stilstand was eindelijk alles veranderd. Rowena had haar keuze gemaakt. John was vrij van Garrowgate Hall. En door zijn vertrek had Pansy geen reden meer om te blijven.

De volgorde was precies zoals ze die zich zo vaak had voorgesteld, maar de details waren zó anders. Als iemand haar twee maanden geleden had verteld dat dit zou gebeuren, dan had ze het nooit geloofd. Waarschijnlijk zou ze zelfs opgetogen zijn geweest bij het idee van Rowena's ondergang. Maar ideeën en de werkelijkheid waren twee heel verschillende dingen, besefte ze nu. Die domme, mooie vrouw! Wat zou er in vredesnaam van haar moeten worden in de echte wereld?

25

ROWENA

We hebben niet altijd de wind in de zeilen. (Ha, ik maak zelfs grapjes in dit nieuwe leven! Het enige wat Rowena Blythe deed was mooi zijn, grapjes maakte ze nooit.) De fysieke ontberingen vallen me nog steeds zwaar, en Bartek en ik hebben angstaanjagende ruzies gehad. Ik huil 's nachts nog steeds om alles wat ik heb verloren en ik mis mijn dierbaren. Maar ik voel me een beetje beter dan een week geleden en dat geeft me een grenzeloos gevoel van opluchting. Ik begon te vrezen dat ik nooit aan dit nieuwe leven zou wennen.

Het weer helpt ongetwijfeld mee. Het is ongebruikelijk mooi weer voor eind april. Op onze reis worden we begeleid door blauwe luchten, lindegroene bomen en vogelgezang. Het voelt heerlijk om aan dek te zitten, het kabbelende ritme van de boot te voelen en de zachte bries op mijn gezicht.

Ik begin de *Supreme Monarch* steeds leuker te vinden. Onder de stoelen en in de wanden zijn ingenieuze kasten verborgen om ruimte te besparen. De kastdeuren hebben geen handgrepen, maar gaan open wanneer je precies op de juiste plek drukt. Ik heb mijn tas in een ervan opgeborgen, omdat ik het zo'n leuk nieuwigheidje vind. Er is geen stromend water in ons drijvende huis. We moeten grote blikken vullen bij waterpompen langs de weg. Als we er een passeren, gaat Bartek of meneer Flack aan land en pompt als een bezetene. Vervolgens komen ze met pijnlijke spieren terug en worden de blikken op het dak van de boot gezet. In het begin vond ik dit erg lastig. Het was onvoorstelbaar om geen onbeperkte voorraad water te hebben. Toch heb ik 's nachts een paar keer wakker gelegen, terwijl ik luisterde naar de cadans van de regen en tot mijn verbazing was het een heerlijk geluid.

Onze kleine hut is in een crèmekleur geverfd, hoewel er een vreemde bruine textuur op het lakwerk zit. De kasten zijn versierd met veel franje en kant. Ik kan me moeders ontzetting alleen maar voorstellen. 'Heidens!' zou ze verklaren. Maar in combinatie met het messing op de wanden en de felgekleurde kastdeuren geven ze me een zigeunerachtig en zelfs een bohemien gevoel. Ik ben hier een andere Rowena.

Ik hou van Bartek en ook dat zorgt voor een enorm opgelucht gevoel. In die laatste dagen voordat ik wegliep twijfelde ik daaraan, omdat ik dacht dat ik me gelukkiger zou moeten voelen als ik echt van hem hield. Nu realiseer ik me pas dat het moeilijk is om iets duidelijk te zien als iemand onder te veel spanning staat en uitgeput en verward is. Alles wordt ingewikkeld en vaag. Nu de zaak achter de rug is en mijn keuze onherroepelijk is, zie ik hem zoals ik hem zag toen we elkaar net leerden kennen. Hij is knap, vitaal en heeft een oneindige aantrekkingskracht op me. Hij is mijn romantische held en geen enkel meisje zou hem kunnen weerstaan. En ik klamp me aan hem vast, want hij is de enige reden dat ik hier ben. Hij is nu mijn enige familie in deze wereld van water en sterren.

Soms lijkt hij echter een vreemde. Dan kijkt hij me met lege ogen aan en begint te schreeuwen over mijn vele fouten en tekortkomingen. Dan voel ik me boos en teleurgesteld, want wat had hij dan verwacht? Hij weet precies uit welke kas hij deze bloem geplukt heeft en begreep de grond waarin ik groeide. Twee of drie dagen geleden bijvoorbeeld, toen meneer Flack in zijn baard mompelde en gromde en Bartek voor mij vertaalde. Het is ergens grappig dat dat nodig is, gezien het feit dat meneer Flack mijn moedertaal spreekt en niet die van Bartek. Waar het op neerkwam was dat meneer Flack zei dat ik ook het paard moest leiden. Ik zei in niet mis te verstane bewoordingen dat ik dat niet zou doen.

Bartek zat op de grond, terwijl hij achteroverleunde op zijn ellebogen en zijn benen languit had uitgestrekt, en hij sloeg met zijn hand op het dek. Hij begon tegen me te schreeuwen. 'Jij klaagt altijd maar. Altijd is er een probleem. Dan dit en dan dat. Wat is er mis met jou? Je bent nu hier en hebt een nieuw leven. Daar moet je aan deelnemen. Je bent geen koningin.'

Meteen begonnen mijn ogen te prikken. 'Daar is het dan verkeerd gegaan,' snoof ik. 'Ik dacht dat ik jouw koningin was. Ga je me niet vragen waarom ik het paard niet kan leiden? Mijn redenen interesseren je geen zier, want je staat meteen klaar met je oordeel.'

'Welke reden zou je kunnen hebben? Je bent de koningin van mijn hart, maar in deze echte wereld ben je gewoon een vrouw. Je bent zo gezond als een vis en handen zijn er om te gebruiken.'

'Nou, jij lijkt anders niet veel te doen behalve luieren, roken en drinken,' merkte ik op, en ik overdreef niet. Onze dagen zijn lang en saai. Het is typisch dat Bartek nooit naar tabak of bedwelmende drank rook toen hij naar Garrowgate Hall kwam. Nu, als ik later wakker word dan hij, ruik ik meteen rook en als ik naar bed ga, vult de geur van rode wijn mijn neusgaten. Hij lijkt zo veel plezier en voldoening te halen uit deze twee activiteiten. Als hij geniet van de flonkerende wijn of kringelende rook, ziet hij er zo hedonistisch en mooi uit met zijn ogen half geloken, dat hij de belichaming lijkt van zijn bohemien helden. En ik ben het blootsvoetse, mooie meisje met warrig haar met wie hij zijn leven wil delen. Hij moedigde me namelijk aan om mijn schoenen uit te doen als ik op de boot ben en na een paar splinters in het begin en de tranen die daarbij hoorden, ben ik het inmiddels gaan waarderen. Ik vind het heerlijk om 's ochtends het koele dek onder mijn voeten te voelen en vervolgens te ervaren hoe warm het wordt naarmate de dag vordert. Als mijn moeder me nu zou zien, zonder schoenen en zonder korset, in het gezelschap van twee mannen, zou ze erin blijven. Ik voel me ook niet altijd op mijn gemak, maar ik ben blij dit te ervaren. Ik wist niet dat het leven zo gevarieerd kon zijn.

Hoe dan ook, Bartek sloeg nogmaals op het dek en stond vol walging op, omdat ik hem beschuldigde van luiheid. Ik moet toegeven dat hij elke dag een tijdje het paard heeft geleid en hij heeft een paar keer water gehaald. En als we door een tunnel gaan, liggen hij en meneer Flack op hun rug op het dak van de boot, ingeklemd tussen blikken, om de boot in beweging te krijgen met de kracht in hun benen. Maar dat is dan ook alles. Meneer Flack dweilt het dek, al is hij er niet echt goed in, dus ik verlang naar de bedienden van Garrowgate Hall. Zelfs die humeurige meid met haar kastanjebruine haar mis ik. Verder bereidt hij eenvoudige maaltijden en ruimt hij op als de spullen in de weg beginnen te liggen. Hij leidt het paard, buigt zich naar het dier toe en streelt zijn manen. Zo leven bootmensen. Ik had het nooit gedacht, geen moment.

Bartek heeft niet gevraagd waarom ik het paard niet wilde leiden. Hij gaat er ongetwijfeld gewoon van uit dat ik verwend en lui ben. Misschien is dat ook wel zo, maar het kwam door mijn angst voor paarden. De Blythes zijn nooit echte ruiters geweest. Mijn vader werkte eerst in het bankwezen, in de voetsporen van zijn eigen vader, daarna vluchtte hij een tijd naar zee. Toen hij weer in het bankwezen stapte, kon hij zich bijna niet meer herinneren ooit zeeman geweest te zijn. Hij ziet eruit en klinkt als iemand die geboren is om in koele marmeren zalen te zitten en zijn geld te tellen.

Het punt is dus dat hij niet reed en mijn moeder ook niet. De enige paarden die we hadden, waren de paarden die het rijtuig trokken en daar ben ik nooit bij in de buurt geweest. Mijn broers kregen paardrijlessen aangeboden, maar wezen die af. Aan mij werd niets gevraagd. Ik vond het zelfs eng om in en uit de koets te klimmen. Zelfs als onze koetsier hen in het gareel hield… Hoe heette hij ook alweer? Johnson? Jennings? Zelfs dan vertrouwde ik die grote, stampende wezens met hun wilde, gloeiende ogen niet. Alleen al de gedachte om alleen met dit harige dier op het pad te lopen, vervulde me met een diepe angst. Het paard is minstens zo hoog als onze paarden thuis en veel breder.

Ik zal het aan Bartek vertellen als hij in een beter humeur is. Meestal is dat 's nachts, als we alleen in onze kleine hut zijn. We hebben de noodlottige daad nu verschillende keren herhaald en ik moet toegeven dat er een ongekende passie tussen ons is. Op die momenten, als hij zich gelukkig voelt, zweert hij dat hij echt van me houdt. Mijn enige angst is dat hij zijn geduld zal verliezen voordat ik sterker ben geworden en alle lessen heb geleerd die ik moet leren. Want ik kan de verandering niet versnellen. Ik hoop dat Bartek dat begrijpt. Mijn lichaam en geest zijn nog steeds verbaasd.

Vandaag zijn we lief voor elkaar. We zitten zij aan zij op de ruwe bank en onze vuile voeten rusten op een oude kist die Bartek vanaf de andere kant van de boot heeft meegetrokken. Bartek drinkt wijn, zijn arm is om mijn schouders geslagen. Ik heb geprobeerd met hem mee te drinken, maar de wijn is niet zo verfijnd als tijdens de diners in Londen en zelfs die vond ik al nooit echt lekker. Ik heb zelfs geprobeerd te roken toen hij me dat aanbood, maar ik hoestte zo hevig dat ik er misselijk van werd. Ik was doodsbang en begrijp er niets van hoe hij me daarna nog aantrekkelijk kon vinden. Hij rolde met zijn ogen en merkte op dat ik ook daarmee weer overdreven moest reageren, zoals met alles, maar kort daarna grinnikte hij en kuste mijn wang en die avond was alles goed tussen ons.

'Hopelijk begrijp je dat ik mijn best doe, Bartek,' zeg ik nu, profiterend van zijn opgewekte stemming en het feit dat we alleen zijn. 'Ik hou van je. Als je denkt dat ik klaag, dan komt dat niet doordat ik uit mijn humeur ben over onze omstandigheden. Het is alleen allemaal zo nieuw voor me en ik heb zo veel opgegeven om hier te zijn. Soms weet ik niet welke kant boven is en welke kant onder. Heb alsjeblieft geduld met me, liefste. Ik wil niet dom zijn en je irriteren.'

Hij grijnst, een flits van witte tanden tegen een gouden huid en knipperende groene ogen onder zijn blonde kuif. Groen en goud, de kleuren van het kanaal, de kleuren van mijn liefde. Misschien kunnen we die tinten kiezen als themakleuren voor onze bruiloft. Dan realiseer ik me weer dat onze bruiloft niet zal zijn als de feesten die ik gewend ben. Hij bukt zich om me te kussen en ik leun tegen hem aan.

'Dat weet ik. Voor mij is het ook een nieuwe wereld. Om een vrouw aan mijn zijde te hebben!' Hij trekt een gezicht van overdreven afschuw en ik lach. 'Ik ben dit niet gewend. Ik had nooit gedacht dat ik verliefd zou worden. In elk geval niet langer dan een paar weken. Ik ben jong en onbesuisd. Ik heb veel vrouwen gehad, maar nooit voor lang. Ik ben niet zo goed in zachte woorden en vriendelijk zijn zodat je je thuis voelt. Daar bied ik mijn excuses voor aan. We moeten geduld hebben met elkaar.'

Er flitst een verraderlijke gedachte door mijn hoofd. Toen hij me weglokte van huis was hij goed genoeg in zachte woorden en vriendelijkheid. Ik verdring die gedachte snel. Iemand van een afstandje aanbidden is één ding, maar elke dag samen leven is iets anders. Hij doet zijn best en dat waardeer ik. Ik geef hem een kus op zijn wang.

'Bartek?' Ik wil hem uitleggen waarom ik het paard niet kan leiden, maar hij laat zijn hoofd al achteroverleunen, zijn gezicht naar de zon gericht en zijn ogen gesloten. Eigenlijk doet hij niets liever dan zo zitten. Geen wonder dat zijn huid zo'n gouden gloed heeft. Ik wilde dat we nog wat meer konden praten, aangezien ik het enige boek dat ik bij me heb al twee keer heb gelezen, maar ik wil niet zeuren.

'Mmm.'

Hij ziet er zo ontspannen uit dat ik niet graag over mijn angsten begin, dus ik kies een nieuw onderwerp. 'Ga je nog schilderen terwijl wij op de boot zijn, denk je?'

'Nee. Ik ga in Cumbria pas schilderen. Dan heb ik een hele reis om inspiratie op te doen. Op de boot geniet ik van het leven en bereid ik mezelf voor. En natuurlijk heb ik mijn muze bij me!' Hij glimlacht vrolijk en knijpt in mijn schouders. Ik glimlach en nestel me tegen hem aan. Ik ben een muze, een reiziger, een gedurfde avonturier! Hoe zou Olive Westallen nu over mij denken? Ik betreur het eigenlijk dat ze hier nooit iets van zal weten.

26

OLIVE

Het is al bijna mei en ik geniet van een warme zaterdagmiddag in de tuin. Clover en Angeline spelen tussen de lavendel. Ik heb volop de tijd om rustig te slapen en te dagdromen, want ze zijn lekker bezig, in de vaste overtuiging dat daar feeën wonen. En wie zou zeggen dat ze ongelijk hebben? Ik heb mijn rust hard nodig, want ik heb het tegenwoordig drukker dan ooit. Naast mijn werk voor de stichting hebben de voormalige campagnevoerders voor het behoud van Hampstead Heath hun activiteiten weer nieuw leven in geblazen. Deze keer noemen ze zichzelf de Hampstead Heath Protection Society. Het werd hoog tijd. De London County Council heeft een aantal vervelende pogingen gedaan om de heide te verfijnen. Ze waren van plan om er een gewoon park van te maken. Ze hebben de gaspeldoorn en heggen gesnoeid, daarbij allerlei soorten leven uitroeiend, en vervingen de natuurlijke paden door aangelegde wegen. Natuurlijk was ik uitgenodigd voor de oprichtingsbijeenkomst van de stichting voor het behoud en het spreekt ook voor zich dat ik ernaartoe ging. Onze heide is een schat en die mag niet worden geplunderd.

Ik mijmer over de bijeenkomst en wat ik zou kunnen doen om te helpen als Jenny me komt vertellen dat ik bezoek heb. Als ik hoor dat het Charlotte Bradcott is, ben ik hoogst teleurgesteld. Charlotte is iemand die zichzelf altijd mijn vriendin noemde, hoewel ik haar altijd meer als een kennis heb beschouwd, een van de velen die me met de nek aankeken toen ik Clover adopteerde. Charlotte en haar vriendinnen wilden niet dat een kind van onbekende afkomst met hun eigen kleine lieverds zou spelen en ze vonden mijn gedrag te excentriek om door de vingers te zien. Daar heb ik geen tranen aan verspild, maar waar heb ik dit onverwachte bezoek aan te danken?

Een kwartier later weet ik het. Het was de enige kracht die machtig genoeg was om iemand als Charlotte voor mijn deur te laten verschijnen: de laatste roddels. Ik ben natuurlijk beleefd geweest, bood haar een verfrissing aan en voerde een gereserveerd gesprek. Ik toonde interesse, maar niet te veel, want ik mag haar ware aard niet vergeten. Zodra de beleefdheid het toestaat, laat ik haar uit. Dan vraag ik Jenny om op de meisjes te passen en haast ik me naar de Vale of Health om Julia te bezoeken. Ondanks de milde interesse die ik voor het verhaal van Charlotte toonde, is het inderdaad een bijzonder verhaal, een verhaal dat je het beste met een echte vriendin kunt bespreken.

Jem doet de deur open nadat ik hard heb geklopt en schreeuwt naar boven. 'Het is juffrouw Westallen, mevrouw M.'

Julia haast zich naar beneden, gekleed in een mooie roze jurk en met een geschrokken uitdrukking op haar gezicht. 'Is alles goed, Olive? Ik dacht dat de cavalerie aan de deur stond vanwege een zaak van nationaal belang.'

'Dank je, het gaat goed met me. Ik heb alleen de sappigste roddel ooit gehoord. Daarvoor heb ik jouw luisterend oor nodig, en gebak als dat er nog is.'

'Wat intrigerend. Jem, zijn er nog citroenkoekjes over of heb je alles opgegeten?'

'Ik, mevrouw M?' Jem ziet er gekwetst uit. 'Er zijn er nog zes!'

'Ik heb er veertig gemaakt,' mompelt Julia tegen mij. 'Zou je ze alsjeblieft naar de tuin willen brengen, en ook wat van de gembercake?'

'Ik zal theezetten en alles brengen, dan laat ik jullie alleen. Jullie willen als dames onderling praten, dat weet ik best.' Die goeie Jem.

In de tuin zitten we onder een mooi groen bladerdak. De lucht ruikt fris en helder. Ik zucht van plezier en voel me nu al rustiger. Julia kijkt me met samengeknepen ogen aan.

'Vertel het me, Olive. Je moet wel echt groot nieuws hebben. Ik heb je nog nooit zo zien friemelen!'

'Nee, nee,' dring ik aan. 'We moeten wachten op Jem en de thee, Julia, want als ik eenmaal begin te vertellen, wil je echt niet gestoord worden.'

'Lieve hemel!' mompelt ze.

Als Jem de thee heeft gebracht en is vertrokken, zucht ik van opluchting. 'Ik heb een enorme roddel gehoord, Julia. Ik neem aan dat je het al hebt gehoord?'

'Ik? Ik ga nooit ergens heen. Ik vertrouw erop dat ik alles van jou hoor. Wat is er gebeurd, Olive?'

'Ik heb zulk raar nieuws gehoord. Rowena Blythe zou in ongenade zijn gevallen. Ze zou weggelopen zijn en geen cent meer hebben. En bovendien zou ze zwanger zijn!'

Julia lacht alleen maar en dat neem ik haar niet kwalijk. De gedachte alleen al is belachelijk. Julia heeft Rowena afgelopen zomer maar één keer ontmoet op het bal van de stichting, maar één ontmoeting is voldoende om alles te weten te komen over Rowena. 'Olive, plaaggeest. Wie heeft er in hemelsnaam zo'n roddel de wereld in geholpen? Als Rowena uit de gratie is geraakt, dan kan ik me maar beter schrap zetten.'

'Hou je dan maar goed vast, lieverd. Ik weet niet precies wat ervan waar is, maar het gaat als een lopend vuurtje door Highgate, over de heide, en nu horen de gretige oren in Hampstead het ook. Ze is een gevallen vrouw.'

Haastig vertel ik haar wat er gebeurd is, dat Charlotte Bradcott me kwam opzoeken, mij nota bene, omdat ze zo van streek was door het nieuws. 'Het lijkt erop dat Rowena mijn rol als avontuurlijke vrouw heeft overgenomen. Ze is ervandoor gegaan met een man, niemand weet wie, maar iedereen lijkt het erover eens te zijn dat hij geen geschikte partij is. Blijkbaar zeggen de Blythes dat Rowena plotseling naar het buitenland is gegaan om Italiaans te studeren, maar niemand gelooft het. Er wordt gefluisterd dat er sprake is van een zwangerschap, maar dat zijn maar roddels, want hoe kan iemand dat weten? Ze is pas een paar dagen weg! Zelfs Charlotte gaf toe dat dat deel van het verhaal niet echt onderbouwd kon worden. Hoe dan ook, ik heb me meteen naar jou gehaast, maar op weg naar buiten hoorde ik twee van onze dienstmeisjes al tegen elkaar mompelen en ik hoorde beslist de naam Rowena Blythe vallen. Julia, als het gerucht in Highgate en Hampstead gaat, bij de rijken en bij het personeel, dan moet er een kern van waarheid in zitten. Ik zal mensen als Charlotte Bradcott niet naar de mond praten door mee te roddelen, maar je bent een van mijn dierbaarste vriendinnen. Wat vind jij ervan?'

Julia schudt haar hoofd alsof ze het allemaal niet goed gehoord heeft. 'Dat kan niet waar zijn. We hebben het wel over Rowena Blythe! Van alle mensen is juist zij degene van wie je zou verwachten dat ze het voor haar uitgestippelde leven tot haar sterfdag zou volgen!'

'Dat heb ik ook altijd gezegd. Maar nu is dit gebeurd.'

Julia brengt een stuk gembercake naar haar mond, pauzeert even en houdt het omhoog. 'Je had me net zo goed kunnen vertellen dat Mabs vleugels heeft gekregen of dat je vader een piraat is geworden, Olive. Hopelijk komt Pansy me snel opzoeken. Ik heb je toch over haar verteld? Zij is de jonge vrouw die Jem onlangs heeft geholpen. Ze is dienstmeid in Garrowgate Hall en ze beloofde nog eens langs te komen. Zij weet er vast meer van.'

'Als je met haar praat, smeek ik je om me alles te vertellen. Onmiddellijk.' Ik frons mijn wenkbrauwen naar haar boven mijn theekopje. 'Ik heb altijd een hekel gehad aan Rowena, zoals je weet. We hebben elkaar maar een paar keer ontmoet toen we volwassen waren en bij elke gelegenheid vond ik haar flauw, simpel, kattig en ijdel. Maar als dit waar is, zelfs maar een deel ervan, dan zou ik haar meteen meer mogen. Ben ik erg tegendraads?'

Julia glimlacht. 'De menselijke natuur is grillig. Het maakt haar zeker interessanter, dat moet ik toegeven. Maar hoe zal het haar in vredesnaam vergaan in de echte wereld, Olive? Wie is die man? Zal hij goed voor haar zijn? Waar kunnen ze gebleven zijn?' Eindelijk neemt ze een grote hap cake.

Ik schud mijn hoofd en voel een steek van bezorgdheid om het meisje. 'Ik heb geen idee. Ik heb echt geen idee.'

27

ROWENA

Ik begin mezelf een beetje nuttig te maken. Terwijl we steeds verder varen, leert Guy Flack me vanaf de achtersteven op paling te vissen. Mijn benen bungelen boven het water en daar geniet ik meer van dan van het vissen. Ik vind het eigenlijk niet leuk om paling te vangen. Het zijn slijmerige, kronkelende, onaangename wezens voordat ze in stukken worden gesneden en in de gelei worden gedaan. Vroeger had ik ze alleen daarin gezien. Ik gooi ze op het dek en laat Guy of Bartek de rest afhandelen. Jakkes. Ik kan het niet verdragen ze aan te raken.

Soms klauter ik het pad op en verzamel groenten die aan de randen van velden groeien en fruit dat aan de heggen hangt waar we langs komen. Ik heb lentekool en rabarber uit de aarde getrokken om aan onze maaltijden toe te voegen. Ik heb rijpe, sappige kersen geplukt om van te genieten terwijl ik zomaar zit te dromen. Op een gegeven moment had ik ook wat fruit en bessen geplukt die Guy met een gebaar van afschuw weer op het pad smeet. Hij keek me giftig aan (ha, alweer een geestige opmerking). Inmiddels weet ik dat ik hem giftige bessen had voorgeschoteld. Hoe had ik dat moeten weten?

Ik leer zelfs hoe ik water kan verwarmen in een oude theepot, een afzichtelijk bruin ding. 'Measham-aardewerk,' stond op de onderkant geschreven. Ik heb er nog nooit van gehoord. Door dat alles heb ik wel respect voor mezelf. Ik kan bijna niet geloven dat ik dit soort vaardigheden kan toevoegen aan het lijstje van alles wat ik al kon: pianospelen, borduren, bloemschikken, dansen en meer van dat soort dingen.

In welke salon zou ik ooit kunnen praten over palingvissen? Guy zegt heel weinig, en als hij praat, versta ik hem niet, dus ik kan nog steeds geen hoogte van hem krijgen, behalve dat zijn hardwerkende, stugge figuur vertrouwd is geworden en daarom is zijn aanwezigheid geruststellend voor mij. Hij draagt een bruine broek van een dikke wollen stof die ik nog nooit eerder heb gezien. Bartek zegt dat het moleskin is en dat het goed bestand is tegen de elementen. Hij draagt ook een canvas overhemd, een regenboogkleurig vest en een opzichtige halsdoek, en dat geheel wordt bekroond met een witte vilten hoed.

Hij is een botenmens in hart en nieren. Deze reis brengt hij balen ruwe katoen naar de fabrieken in het noorden. Terwijl we reizen, verandert het landschap. De akkers en boomgaarden van het zuiden maken steeds meer plaats voor enorme bakstenen gebouwen die somber lijken uit te kijken over het water, met hoge zwarte schoorstenen en rook. Op sommige dagen, bij slecht weer, is het gemakkelijk om me voor te stellen dat we naar de hel reizen, maar Bartek verzekert me dat Cumbria ondanks dit alles zo mooi is als een land uit een sprookje.

Bartek is begonnen me te schetsen. Dat voelt geruststellend, als een terugkeer naar de tijd dat we elkaar net leerden kennen en alles zo boeiend was tussen ons. Ik ben er blij om, want het grootste deel van de tijd is hij nors tegen me en stoort hij zich aan mijn vele tekortkomingen. Ik begrijp best dat ik niet de meest voor de hand liggende partner ben voor een man van de wereld zoals hij, maar ik heb er nooit een geheim van gemaakt wie ik was. Hij is pas de afgelopen dagen met het schetsen begonnen en ik heb voorgesteld om samen het boek *Scènes de la vie de bohème* te lezen. Dat geeft ons de kans om iets te delen waar hij van houdt en mijn Frans verbetert erdoor. Voor het eerst in mijn leven voel ik me echt intelligent. Ik hoop stilletjes dat alles toch nog goed komt en dat Bartek en ik toch het prachtige leven kunnen leiden dat hij me beloofde toen hij me smeekte om met hem mee te gaan.

Totdat Guy me vertelt dat het mijn beurt is om het paard te leiden.

Ik protesteer en leg uit dat ik bang ben voor paarden. Ik smeek om bevrijd te worden van deze angstaanjagende plicht. Ik zou liever hun kamerpotten legen dan dat ik me dichter bij dat vreselijke wezen zou wagen. Bartek heeft echter net urenlang het paard geleid en Guy heeft het druk met andere dingen. Wat voor dingen kan ik niet uit zijn gemompel opmaken. Dus is het mijn beurt.

'Kan hij niet alleen lopen?' smeek ik. 'Andere paarden doen dat ook. Waarom deze dan niet?' Ik heb ze voorbij zien komen, en dat is zo.

'Dat is geen optie met Prince,' gromt Guy met onbewogen gezicht en borstelige baard.

Verward kijk ik Bartek aan. 'Hij bedoelt dat het paard dat niet kan,' zegt Bartek ongeduldig. 'Daar is een speciale training voor nodig die Prince niet heeft gehad. Als niemand hem begeleidt, stopt hij. Rowena, alsjeblieft, breng me niet in verlegenheid.'

Nog nooit heeft iemand gezegd dat ik hem in verlegenheid bracht. In mijn oude gemeenschap was er maar een handjevol meisjes wier opvoeding, gedrag en schoonheid zo onberispelijk waren dat ze onaantastbaar leken in onze wereld, een wereld die fouten van vrouwen niet accepteert. Een van hen was Verity, verder waren er nog Cassandra Carmichael en Sophia Parsons. Ik was het meest perfect van hen allemaal. Mijn moeder zou niet met minder genoegen nemen. Ik was er trots op. Ik begreep de regels, ik wist wat er van me verwacht werd en ik kon het waarmaken. Iedereen wilde me leren kennen, ik was het grote voorbeeld voor andere meisjes. En nu breng ik hem in verlegenheid. Tranen prikken achter mijn ogen.

Vreemd genoeg doet deze opmerking van Bartek me meer pijn dan alle andere harde woorden die hij me heeft toegebeten sinds we samen zijn weggelopen. Dat zegt zeker iets over de waarden die me zijn bijgebracht. Maar het wekt ook een diepe woede in me op. Ik been naar de rand van de boot en klim over de rand, waarbij ik in mijn haast mijn scheenbeen stoot. Woede is voor mij een onbekende emotie. Jongedames zoals ik mogen niet boos zijn. Ik weet nauwelijks wat ik doe als ik naar Prince toe marcheer en naast hem ga staan. Hij staat onbeweeglijk stil.

Ik zie zijn lange, wilde manen en grote stampende hoeven en bekijk zijn bruine en witte vlekken. Ik heb nog nooit een paard gezien dat tweekleurig was. De haren aan zijn enorme kaak zijn als stalactieten, zijn massieve nek zit vol stof en vuil. Ook zijn lange manen zitten vol vuil. Dan stel ik me voor dat hij over me heen stampt, me aanvalt, zijn lange gele tanden in mijn schouder zet en het bot verbrijzelt. Hij jaagt me zo veel angst aan dat het me niet zou verbazen als hij zich zou omdraaien en vuur begon te spuwen. Mijn benen beginnen te trillen. Ik wil dat de woede het wint van de angst. Ik wil zijn tuig vasthouden zoals ik de mannen heb zien doen en hem aanmoedigen om door te lopen. Maar de angst wint het. De hele wereld begint te draaien en dan wordt alles zwart.

Als ik wakker word, ben ik weer aan dek. Guy leidt Prince. Bartek zit bij me te waken. Hij kijkt eerder geërgerd dan teder. 'O, hemel,' zeg ik, terwijl mijn stem nauwelijks meer dan een zucht is. 'Ik viel flauw. Hoelang ben ik bewusteloos geweest? Het spijt me, Bartek.'

'Maar twee minuten,' zegt Bartek en hij biedt me een glas water aan. Hij steekt zijn hand uit, zodat ik mezelf kan optrekken om te gaan zitten. Dankbaar drink ik van het water. Ik wrijf over mijn hoofd en voel een kleine bult.

'Voel je je nu beter?' vraagt hij. Ik knik, hoewel ik er niet zeker van ben. 'Blijf zitten,' instrueert hij. 'Zorg dat je je eerst beter voelt.' Ik knik en drink het water op. Hij staat op en kijkt naar het water dat voorbijglijdt. Dan brengt hij me een stuk brood en een pot jam om het in te dippen. Bestek gebruiken we hier niet als het niet nodig is. De vriendelijkheid en beleefdheid in zijn aanbod zorgen ervoor dat ik mezelf weer herpak.

'Het spijt me,' zeg ik nog een keer.

'Ik wist niet dat het zo erg voor je was. Het spijt mij ook.' Hij ijsbeert wat en komt dan bij me terug. 'Voel je je beter? Kun je staan?' Ik krabbel overeind en hou me even vast aan de zijkant van de boot. De wereld draait niet langer voor mijn ogen. Het dek blijft onder mijn voeten en de lucht boven mij. Ik sta sterker op mijn benen.

'Het gaat weer goed,' kondig ik opgelucht aan. 'Alsjeblieft, Bartek. Ik wil alles doen, behalve het paard leiden. Laat me het alsjeblieft niet nog een keer proberen.'

'Nee, je mag het niet eens nog een keer proberen. Niet als je zo bang bent. Kom hier, schat.' Hij slaat zijn armen om me heen en ik smelt van opluchting. Eindelijk begrijpt hij het. Eindelijk voelt hij weer als mijn beschermer.

'Is meneer Flack erg boos?' vraag ik als hij me loslaat. 'Hij moet nu Prince weer leiden terwijl hij andere dingen te doen had.'

Bartek haalt minachtend zijn schouders op terwijl hij er daarnet nog op stond dat ik mijn deel op me moest nemen. 'Hij zou boodschappen gaan doen in een dorp verderop,' zei hij. 'Voorraden aanleggen van wat nu bijna op is. Er is weinig brood meer. Ik dacht aan wat chocolade of wellicht een mooie cake, als traktatie voor jou. Wijn voor mij. Wat extra dingen, misschien ham en boter. Nu ga ik wel. Of... zou jij willen gaan? Dan kun je je benen strekken en even weg van de boot en van Prince.'

'Samen met jou?' Een wandeling over vaste grond met Bartek aan mijn zijde, hand in hand, is een prettig vooruitzicht.

'De kamerpotten moeten ook geleegd worden. Als je dat liever doet, ga ik wel boodschappen doen.'

Ik overweeg mijn opties. Ik heb er niet veel zin in om in deze kleding in mijn eentje een vreemd dorp in te lopen en me onder beschaafde mensen te wagen. Op de boot, met alleen Bartek en Guy als gezelschap, vergeet ik soms bijna dat er nog meer mensen op de wereld zijn. Ik zou willen dat hij mee zou gaan. Als hij mijn hand vasthield, zou ik elke minachtende blik kunnen trotseren. Tegelijkertijd wil ik ook laten zien dat ik niet onwillig ben na het gebeuren met het paard. Ik moet iets nuttigs doen en de po's legen is niet echt mijn favoriete taak. De gedachte aan chocolade staat me meer aan.

'Ik ga wel. Waar is het dorp?'

Bartek wijst en ja hoor, ik zie een pad dat van de kanaaloever vandaan voert en verderop zijn wat daken zichtbaar. 'Het is zo'n vijf minuten lopen volgens Guy. Ik vraag hem om de boot te stoppen als je gaat, dan kunnen wij wat klusjes doen. Zorg dat je snel terug bent, mijn liefste.'

'Dat zal ik doen.' Ik duw wat verborgen kasten open om naar mijn schoenen te zoeken. Ik ga niet op blote voeten boodschappen doen. Dan realiseer ik me dat ik kousen nodig heb en ren naar de hut om die aan te trekken. Als ik mijn schoenen eenmaal aanheb, zoek ik snel de tas op die ik gebruikt heb op de avond dat ik wegliep.

'Waarom pak je die tas? Ga je me verlaten?' vraagt Bartek bezorgd.

'Ik zoek een hoed. Ik kan niet blootshoofds gaan.'

'Ah, mijn prinses. Altijd een dame. Hier, geef die tas maar, ik heb geld voor je.'

Hij pakt mijn grote tas van me aan en vist de kleine reticule eruit voor het muntgeld. Hij haalt een paar munten uit zijn zak en doet die erin. 'Nu zie je er fatsoenlijk uit, met je schoenen, hoed en tas. Maar word straks alsjeblieft weer mijn muze op blote voeten.'

'Dat zal ik doen.' Ik geef hem een kus en hij klimt met me van boord. Hij vraagt Guy om even te stoppen en kijkt dan toe hoe ik langzaam uit het zicht verdwijn.

Terwijl ik loop, realiseer ik me dat ik enigszins opgesloten heb gezeten op de boot. Ik waagde me hoogstens aan land om wat eten te zoeken, maar bleef altijd vlak bij de boot, terwijl Guy en Bartek aanwezen waar ik moest zoeken. Dit is de eerste keer dat ik echt alleen op pad ga sinds die vreselijke, noodlottige vlucht in het holst van de nacht. Het pad buigt en als ik achteromkijk, is de boot uit het zicht. Het maakt me bang, maar ik spreek mezelf streng toe. Als Bartek en ik samen ergens gaan wonen, is dit precies wat er van mij als zijn vrouw wordt verwacht. Hij zal schilderen en ik moet het huishouden doen. Ik heb er geen idee van hoe ik dat moet doen, maar ik hoop vrienden te maken en van hen te leren. Ik zal naar de winkel in het dorp moeten gaan en zelf de gekochte waren naar huis dragen. Vandaag zal een goede oefening zijn. In ons nieuwe huis zal ik deel gaan uitmaken van de gemeenschap. Mensen zullen me begroeten als ze me zien, en het zal niet met de eerbied zijn die Rowena Blythe altijd ten deel viel. Het zal gewoon de begroeting zijn van de ene dorpsbewoner naar de andere. Misschien vind ik dat wel leuk en zal ik hun ook vragen naar hun kinderen, echtgenoten en de rozen in de tuin.

De wandeling duurt aanzienlijk langer dan de vijf minuten waar Bartek het over had, maar al snel kom ik aan bij de dorpswinkel. Samen met Verity heb ik natuurlijk genoeg winkels bezocht, maar dat waren alleen eersteklas etablissementen waar we stoelen en sorbets aangeboden kregen en als prinsessen werden behandeld. De omgeving was altijd luxueus en ruim opgezet. Hier hangen massa's planken aan de wand, die propvol staan met allerlei houdbare en praktische artikelen. Blikken poetsmiddel, poetsdoeken, schoenpoets en andere dingen die ik niet kan thuisbrengen staan opeengepakt naast houdbare proviand in blik en dozen. Aan de ene kant van de winkel liggen verse producten uitgestald. Ik weet niet eens precies hoe dit in zijn werk gaat. Kan ik rondkijken en zelf wat pakken of moet ik de winkeljuffrouw om hulp vragen?

De vraag wordt beantwoord wanneer de mollige vrouw achter de toonbank, met haar schort strak om haar omvangrijke lichaam gespannen, het woord neemt. 'Kan ik je helpen, liefje?'

Hemeltjelief! Niemand heeft ooit eerder zomaar 'liefje' tegen me gezegd. In gedachten zie ik voor me hoe mijn moeder weer een inzinking krijgt.

'Ja, ik heb meerdere dingen nodig...'

'Tjonge, wat ben je mooi en welbespraakt. Net een prinses. Kom maar hier, liefje, dan haal ik wat je nodig hebt.'

Ik schuifel naar de toonbank, nauwelijks wetend of ik me getroost of beledigd moet voelen door haar vertrouwde manier van doen. Bartek stuurde me op pad zonder lijstje. Ik probeer me te herinneren wat hij zei. 'We hebben cake nodig, chocolade en rode wijn...' Dat zijn alleen de luxe waren, realiseer ik me. Ik moet ook dingen kopen die we echt nodig hebben. Ik pijnig mijn hersens. 'Boter!' roep ik triomfantelijk uit. 'En brood en ham!'

'Nou, nou, rustig aan. Geef me een minuutje om het bij elkaar te zoeken. Lekker witbrood uit onze bakkerij.' Ze gooit een brood op de toonbank. 'Chocolade... een grote of kleine tablet?'

'Groot graag.' Dat verloopt soepel. De vraag welke wijn ik voor Bartek moet kopen is niet zo eenvoudig, maar gezien het vreselijke spul dat hij met plezier heeft gedronken, denk ik niet dat het veel verschil zal maken. Ik kies zomaar twee flessen. De ham wordt in plakjes verkocht en als ze vraagt hoeveel ik wil, aarzel ik. We zijn met z'n drieën, onder wie twee mannen die flink kunnen eten en we hebben nog een lange reis voor de boeg... Ik vraag dapper om twintig plakken. Ze kijkt verbijsterd. 'Je hebt zeker iets te vieren. Waar is je mandje, liefje? Laat me dit allemaal voor je inpakken.'

Natuurlijk heb ik geen mand bij me. Ik heb er niet over nagedacht hoe ik alles terug naar de boot zou dragen. 'O, wat dom van me. Ik ben zo snel weggegaan dat ik die vergeten ben. Hoe moet dat nou?' Ik heb nog nooit in mijn leven een mand gehad.

'O jee. Even kijken...' Ze rommelt lang onder de toonbank en komt uiteindelijk puffend en met een rood aangelopen gezicht weer overeind. Ze houdt een of andere oude zak vast en haar mouwen zitten onder het witte stof. 'Een oude meelzak, is dat goed? Ik geef toe dat het niet de meest elegante manier is om je spullen te dragen, maar het is beter dan ze los meenemen.'

'Dat lijkt me prima, ja. Dank u, u bent allervriendelijkst.'

Ze grinnikt. 'Je vindt me allervriendelijkst? Nou, het is mij een genoegen. Dat wordt dan...' Ze telt een aantal getallen op een kladje papier bij elkaar op. Terwijl ze rekent, zuigt ze aan het potlood. Ze noemt op wat het gaat kosten en ik merk dat Bartek me veel meer geld heeft gegeven dan ik nodig heb. Hij heeft het blijkbaar overschat, misschien is het leven hier veel goedkoper. De winkeljuffrouw pakt de meelzak in en ik grijp die bovenaan vast, omdat ik hem nergens dicht kan maken. Ik bedank haar nogmaals en we wensen elkaar goedendag.

Als ik het dorp uit loop, voel ik me stukken beter. Ik heb mijn opdracht met succes uitgevoerd. Hopelijk zullen ze me nu mijn mislukking met Prince vergeven. De zak is zwaar door de flessen wijn en ik draag hem afwisselend met mijn ene hand en dan weer met mijn andere hand. Ik realiseer me dat de wijn wel snel op zal zijn en waarschijnlijk zou Bartek gewild hebben dat ik meer flessen had meegenomen.

Ik kom weer terug bij het pad langs het kanaal en wil enthousiast glimlachen en zwaaien. Maar de glimlach sterft weg op mijn lippen en mijn hart is in één klap vol angst. De boot is weg.

28

PANSY

De donderdag na Rowena's verdwijning kon Pansy opnieuw fluiten naar haar vrije dag. Niet alleen John was ontslagen, maar ook twee werkmeiden, om onbenullige redenen. De Blythes waren tegenwoordig zo overgevoelig als wat. Ze lieten zich overal door uit het veld slaan. Mevrouw Clarendon durfde mevrouw Blythe niet te vragen of ze nieuwe mensen wilde aannemen, dus deed ze haar best om het overgebleven personeel optimaal in te zetten. Pansy vond het niet erg. Ze had zelfs een beetje medelijden met mevrouw Clarendon en ze kon op een moment als dit toch niet helder nadenken over haar toekomst.

Alles voelde onwerkelijk.

De volgende donderdag was er nog niets veranderd. Garrowgate Hall was nog steeds geschokt door het nieuws en de bedienden hadden het strengste bevel om er met niemand over te spreken, op straffe van ontslag op staande voet. Pansy haastte zich allereerst naar Hampstead om te kijken hoe het met John ging. Haar moeder zou zeker begrijpen waarom ze vandaag niet na kon denken over haar eigen toekomst.

Na een laat ontbijt haastte ze zich over de heide. De zilveren vijvers glansden in het vroege licht, aalscholvers hielden de wacht in het riet, eenden en meerkoeten plonsden rond. De bomen hadden een vol, zomers bladerdek, maar Pansy had nu geen oog voor de geneugten van de natuur.

De Blythes maakten bekend dat Rowena naar het buitenland was gegaan. Volgens het officiële verhaal deed zich geheel onverwachts een geweldige kans voor om Italiaans te studeren. Ze zou voorlopig een jaar wegblijven. Alsof iemand dat zou geloven. Wat voor interesse had Rowena Blythe nu in intellectuele of culturele bezigheden? En dat ook nog vlak na haar verjaardag terwijl iedereen wist dat het hoog tijd werd dat ze zou trouwen? Onzin. Niemand wist wat de Blythes na dat ene jaar zouden zeggen, maar ze hadden in elk geval wat tijd gewonnen. Hun grootste zorg was hoe ze hier zonder al te veel schade aan hun reputatie uit konden komen, dacht Pansy vol walging, zodat ze hun waardigheid en positie konden behouden. Dat zou niet gemakkelijk zijn.

Het was dom van hen om John te ontslaan. Ze beseften niet eens dat ze hun meest loyale dienaar hadden verdreven. Hij zou hen trouw hebben gediend tot aan zijn laatste snik. Maar hoe zou een Blythe het personeel ooit op waarde kunnen schatten? Stomme, bekrompen, ijdele mensen. De woorden weergalmden door Pansy's hoofd terwijl ze door de beboste stukken en over de open, met gras begroeide heidevelden liep.

Hetty's mooie witgekalkte huisje in Hampstead stond aan een klein, geplaveid pleintje naast de hoofdstraat. Pansy klopte op de deur en die vloog bijna meteen open.

'Hij zei al dat je zou komen,' zei Hetty, terwijl ze Pansy naar binnen wenkte. De deur kwam rechtstreeks uit in de voorkamer, die gezellig en eenvoudig was ingericht. Aan de achterkant van de kamer was een smalle doorgang en een trap naar de bovenverdieping. 'Ik hoopte dat je dat zou doen. Ik probeer vriendelijk te zijn voor John, want hij heeft wel genoeg op zijn bordje gekregen, maar ik moet mijn gevoelens bij iemand kwijt, als je het niet erg vindt.' Hetty was een aantal jaar ouder dan John, misschien tegen de veertig. Ze was weduwe en dit was haar echtelijke woning geweest. Haar getrouwde naam was Hetty Simon, maar Pansy dacht altijd aan haar als Hetty Hobbs, omdat ze de zus van John was.

'Natuurlijk niet,' zei Pansy, terwijl ze de deur achter zich dichttrok en Hetty eens goed bekeek. Haar bruine haar zat piekerig en ze zag er uitgeput uit. 'Heb je de laatste tijd wel kunnen slapen?'

'Nauwelijks meer sinds John kwam.'

'Dat is al bijna twee weken geleden, Hetty. Dit kan echt niet zo. Laat me thee voor je zetten, dan kun jij naar hartenlust praten.' Haar blik dwaalde naar de trap. 'Waar is hij?'

Hetty haalde haar schouders op. 'Hij is diep onder zeil of zit te piekeren. Dat is het ergste, Pansy, zijn fijne, opgewekte persoonlijkheid is helemaal verwoest door die vervloekte mensen.' Ze wankelde een beetje en legde een hand op haar hoofd.

Pansy fronste haar wenkbrauwen. 'Heb je wel ontbeten?' Toen Hetty haar hoofd schudde, sloeg Pansy een arm om haar heen en leidde haar naar de kleine keuken, waar ze water aan de kook bracht en wat dingen bij elkaar zocht voor eenvoudig ontbijt. Er was maar een klein raam en de keuken was donker, maar het was er schoon en warm.

'Ik zou dit eigenlijk voor jou moeten doen.' Hetty zuchtte terwijl ze met haar hoofd in haar handen aan tafel zat.

'Het geeft niets,' zei Pansy. 'Je ziet er uitgeput uit. Laat me je helpen.'

'Wat een vrije dag voor jou.' Hetty glimlachte. 'Ik ben je dankbaar, Pansy. Het was...' Haar stem stierf weg alsof ze niet wist waar ze moest beginnen.

'Het verbaast me dat het nog steeds zo erg is,' zei Pansy terwijl ze een snufje zout in de pap deed en roerde. 'Ik realiseer me dat het een enorme schok is, maar het is nu al zo lang geleden. Heeft hij het nog steeds niet verwerkt?'

'Hij is nog niet eens begonnen, Pansy. Hij is zijn broodwinning kwijt, zijn toekomst. Een jonge man als hij heeft nog zo veel werkjaren voor de boeg. Ik heb niet zo veel geld, en hij heeft helemaal niets. Maar John lijkt zich daar helemaal geen zorgen over te maken. Hij kan alleen maar aan Rowena denken.' Hetty trok een zuur gezicht terwijl ze de naam uitsprak. 'Gaat het goed met haar? Zijn ze al getrouwd? Zal ze gelukkig zijn als haar familie nooit milder voor haar wordt? Hij maakt zich echt meer zorgen om haar dan om zichzelf of om mij. In eerste instantie had ik wel medelijden met het meisje. Het kan niet gemakkelijk zijn, wat ze heeft gedaan. Maar nu kan ik haar naam niet eens meer horen. Ik zit al een tijdje krap bij kas, Pansy. Ik heb Brians pensioen nog en John hielp hier en daar door me wat extra geld toe te stoppen. Dat maakte echt verschil, maar nu is dat voorbij en moet ik voor twee mensen zorgen. We kunnen niet eeuwig zo doorgaan. En als hij nu nog op zoek was naar werk of in elk geval erover nadacht... Maar het enige wat hij doet is zeuren over juffrouw Rowena. Hemeltjelief, ik hou van mijn broer, maar soms zou ik hem gewoon...'

Pansy zette een kom pap voor haar neer en haar blik viel op Hetty's handen. Ze had ze samengeknepen alsof ze iemand wilde wurgen. Voor dat gevoel kon ze wel enige sympathie opbrengen. Ze ging tegenover Hetty zitten en gaf over de tafel heen een kneepje in haar hand. 'Geloof me, ik weet het. Ik kan Rowena Blythe al heel lang wel iets doen. En... ik hou ook van John. Misschien had ik dat niet moeten zeggen, maar je zult het toch wel geraden hebben, hoewel hij er geen benul van heeft. Maar zelfs mij weet hij te frustreren met zijn blinde toewijding aan Rowena en door steeds met zijn hoofd in de wolken te lopen. Geloof me, ik ken het gevoel.'

Hetty lepelde zo grimmig haar pap op dat het net was alsof die haar iets aangedaan had. Toen nam ze een grote slok thee en keek naar Pansy. 'Het spijt me dat mijn broer zo dom is. Niets zou me meer plezier doen dan dat jij mijn zus zou worden, Pansy. Ik zou willen dat zijn verliefdheid eens en voor altijd zou verdwijnen en dat hij zo over jou zou gaan denken... Maar daar mag je niet op hopen. Dat weet je, toch? Hij heeft het vaak over je, maar hij geeft om jou zoals hij om mij geeft.'

'Ik weet dat hij nooit anders naar me zal kijken.' Het was een leugen. Want wie wist dat eigenlijk met zekerheid? Als het rampzalige lot van Rowena hun iets had geleerd, was het dat zelfs het onmogelijke kon gebeuren. 'En ik ben er echt mee in het reine gekomen.' Weer een leugen. Haar hoop was nog maar een klein flakkerend vlammetje, maar hij was er nog steeds, koppig en gloeiend. 'Het is tragisch dat John het huis om deze redenen moest verlaten, maar het is beter dat we niet meer allemaal onder hetzelfde dak wonen, hij, ik en Rowena. Ik ben bezig nieuw werk te zoeken om een goed leven voor mezelf op te bouwen.'

'Goed van je. Je zult een uitstekend leven krijgen, Pansy. Ik wilde dat ik hetzelfde van mijn broer kon zeggen. Stil! Ik hoor de trap kraken. Hij komt eraan.'

En ja hoor, een paar tellen later stak John zijn hoofd om de keukendeur. Pansy probeerde haar schrik te verbergen. Zijn ongewassen haar stond alle kanten op. Hij zag eruit alsof hij zich niet meer had geschoren sinds ze hem voor het laatst had gezien. Zijn ogen waren donker en spookachtig, zijn overhemd was amper dichtgeknoopt en zijn broek zat los. De onberispelijke, sterke huisbediende was nergens meer te bekennen.

'John.' Ze stond op, zonder precies te weten hoe ze het wrak dat hij geworden was moest begroeten, maar hij liep naar haar toe en sloeg zijn armen om haar heen. Hij hield haar zo lang mogelijk stevig tegen zich aan. Hij was niet zo schoon als hij vroeger was. Pansy rook zijn haar, zijn zweet, zijn wanhoop. Toch sloot ze haar ogen en genoot even van zijn warmte. Het voelde goed om zo door hem vastgehouden te worden. Hij had haar nodig. Dat zou toch ergens toe kunnen leiden?

Uiteindelijk lieten ze elkaar los. Vanuit haar ooghoeken zag Pansy Hetty naar hen kijken, haar lippen op elkaar geperst tot een dunne streep. 'Pansy,' zei John. 'Je bent gekomen. Is er nieuws?'

'Nieuws?' Zo snel als zijn omhelzing een vonkje vreugde in haar had ontstoken, werd dat weer gedoofd door zijn vraag. Ze had geweten dat hij die vraag zou stellen, maar ze had gedacht dat hij eerst zou vragen hoe het met haar ging. Maar als hij meer om Rowena gaf dan om zijn eigen zus, waarom zou hij dan enige interesse in haar hebben?

'John!' zei Hetty scherp. 'Lieve hemel. Je vriendin is je komen opzoeken en dat ook nog op haar kostbare vrije dag en je vraagt niet eens hoe het met haar gaat? Wat is er met jou aan de hand? Heeft Rowena Blythe ook je manieren meegenomen toen ze ervandoor ging?'

Hij haalde zijn hand door zijn haar en zag er ellendig uit. 'Het spijt me, Pansy. Hetty heeft gelijk. Bedankt voor je komst. Hoe is het met je?'

Pansy had er twaalf lange dagen naar uitgekeken om hem te zien. Ze had hem gemist. Ze was er zeker van geweest dat ze haar eigen gevoelens opzij kon zetten om hem te troosten. Maar dit stak haar. 'O, laat maar zitten, John. Ik zal je vertellen wat je echt wilt weten, en dat gaat over Rowena. Nee, er is geen nieuws. Er zijn geruchten genoeg, die gaan als een lopend vuurtje door de stad, maar niemand heeft haar gezien of iets van haar gehoord. We weten nog steeds niet waar ze heen zijn gegaan en de Blythes zijn nog steeds woedend en geven geen centimeter toe. Sorry dat ik geen beter nieuws voor je heb.'

Hij zonk naast Hetty aan tafel neer. Er viel een lange stilte. Hetty keek naar Pansy, Pansy keek naar John en John staarde naar zijn handen. Toen keek hij op en sprak. 'Denk je dat het goed met haar gaat, Pansy?'

Daarop stond Hetty abrupt op. Ze smeet haar lepel met een luid gekletter in de gootsteen.

'John!' riep Pansy. 'Het kan me niets schelen! Hoor je me? Het kan me niet schelen hoe het met haar gaat. Ze heeft haar keuze gemaakt. Ik geef om jou en om Hetty. Niet om haar. Je geeft genoeg om haar voor ons allemaal. Maar het is duidelijk dat je mij helemaal niet wilt zien, dus ik kan beter gaan. Wentel je maar in zelfmedelijden. Ik had nooit gedacht dat je zo egoïstisch was. Je moet jezelf herpakken omwille van je zus. Wat mij betreft, voor mij is de maat nu vol. Vaarwel, Hetty.'

Pansy draaide zich om en stormde naar buiten. Ze sloeg de deur harder achter zich dicht dan nodig was, en liet John achter met zijn vermoeide zus, de pan met koud wordende pap en zijn gedachten aan Rowena.

Lange tijd zwierf Pansy rond op de heide. Ze bleef aan de kant van Hampstead. Een deel van haar verlangde er nog steeds naar om terug te gaan naar John en het goed te maken tussen hen. Maar het was niet aan haar om het goed te maken. Ze vroeg zich af of ze haar excuses moest gaan aanbieden aan Hetty voor haar abrupte vertrek, maar Hetty zou het wel begrijpen. Het was niet zo dat ze niet konden meevoelen met een gebroken hart, maar Johns liefde was belachelijk en dat was altijd al zo geweest. Hetty had hem nodig om haar te helpen en Pansy had hem nodig als haar vriend. John had hier geen recht op. Rowena was nooit van hem geweest, dus kon hij ook niet om het verlies van haar rouwen.

Pansy wist wat mams zou zeggen. Een man die zo geobsedeerd was door iemand anders was nog geen stukje van Pansy's hart waard. Pansy wist dat ze daar gelijk in had, maar dat betekende niet dat al haar liefde zomaar was verdwenen. Toch zou ze haar eigen noodlot ondertekenen als ze zou zijn zoals hij en daardoor haar wereld in diggelen liet vallen. Ze vond een verlaten groep bomen waar ze op een boomstam ging zitten en zich in de verlatenheid een harde, gefrustreerde kreet liet ontsnappen. Toen stond ze op, veegde haar kleding af en dacht na over wat ze met haar dag kon doen. Ze besloot naar de Vale of Health te gaan.

Julia en Jem verwelkomden haar hartelijk. Na een tijdje stelde Julia voor dat Jem wat klusjes zou gaan doen. Blijkbaar moesten sommige deuren op de bovenverdieping nog gerepareerd worden.

'Ik begrijp het,' zei Jem, terwijl hij opsprong. 'Het is weer tijd voor vrouwenpraat, is het niet, mevrouw M?'

'Daar heb je gelijk in, Jem,' beaamde Julia. Jem verdween en Julia glimlachte naar Pansy. 'Je ziet eruit alsof je het gewicht van de hele wereld op je schouders torst, Pansy. Jij en Jem zijn al goede vrienden geworden, maar ik dacht dat je misschien behoefte had aan een gesprek onder volwassenen. Als ik het mis heb, vraag ik of hij terugkomt.'

'Nee, je hebt gelijk. Het was een veelbewogen ochtend en ik ben er een beetje moedeloos door geworden.'

'Ik heb geruchten gehoord over Rowena Blythe. Heeft het daar iets mee te maken? Ik wil er niet naar vragen, maar ik hoop dat het je niet heeft geraakt.'

Pansy lachte. 'Jij bent vast de enige die dat niet doet. Ernaar vragen, bedoel ik. Iedereen is razend nieuwsgierig. We hebben allemaal gezworen dat we onze mond zouden houden, maar ik geef niets om Rowena of wie van de familie dan ook. Denk je daardoor erg slecht over mij?'

Julia glimlachte vriendelijk. 'Ik kan me voorstellen dat ze niet de gemakkelijkste werkgevers zijn.'

'Dat is wel erg zacht uitgedrukt.' Pansy verwerkte zwijgend een stroom kleine herinneringen. Ze dacht aan de onverschillige ogen van Maude Blythe, aan Rowena Blythes ijzige onverschilligheid toen Pansy haar aan- en uitkleedde en uren in haar gezelschap doorbracht zonder haar een enkel woord te gunnen, aan de toegeknepen ogen van Verity Blythe die haar door de kamer volgden als die van een kat die naar een vogel kijkt en aan die vreselijke zondagse mutsen. Ze vertelde Julia alles. Hoe Rowena was gevallen voor de assistent van een kunstenaar en was weggelopen, hoe het leven in Garrowgate Hall uiteen was gevallen, hoe de Blythes verstijfd waren van woede en een web van leugens om zich heen hadden geweven om zich tegen het schandaal te beschermen. Daarna vertelde ze over haar gevoelens voor John en Johns gevoelens voor Rowena, Johns ontslag en Pansy's teleurstellende bezoek aan hem die ochtend. 'Dus om je vraag te beantwoorden, ik heb er eigenlijk geen last van,' besloot ze. 'Ik heb mijn baan nog, het werk gaat door zoals altijd, maar John is weg en dat heeft mijn hart gebroken. Ik wil daar meer dan ooit weg, maar hoe kan ik aan mijn toekomst denken als ik hem zo mis? Maar ik ben ook woedend op hem! Het meest walgelijke is dat de Blythes zijn naam al zwartmaken in Highgate door te zeggen dat hij Rowena op ongepaste wijze bekeek voordat ze vertrok. Dat heeft hij nooit gedaan!'

'Dat is echt verkeerd,' zuchtte Julia. 'Het spijt me, Pansy, het moet moeilijk zijn. Het is nogal een bijzonder verhaal, eigenlijk ongelooflijk. Ik heb Rowena een keer ontmoet, althans, niet echt ontmoet, want ze zou nooit praten met een gescheiden vrouw, maar ik heb haar vorig jaar op een bal gezien. Ze was bijzonder knap. Hoe zullen de Blythes ervan herstellen dat het paard waarop ze alles ingezet hadden nu ten val gekomen is? Ze staan bekend om hun trots.'

'Door Rowena zitten ze in een onmogelijke positie,' beaamde Pansy. 'Als dit uitkomt, en dat zal ongetwijfeld gebeuren, zal het zijn weerslag op hen hebben. De mensen in hun kringen zullen hen veroordelen, net zoals ze altijd anderen hebben veroordeeld wiens leven een ongelukkige wending nam. Het is eigenlijk een soort gerechtigheid, maar het is momenteel niet prettig om in dat huis te zijn. Er hangt een verschrikkelijke sfeer, Julia, alsof er een donderwolk boven het huis hangt.'

'Wat ga je doen, Pansy? Het is niet goed voor je om daar te blijven. Ik denk dat je op zijn minst met Olive moet praten. Zal ik kijken of ze vandaag bij ons langs wil komen? En hoe kan ik je in de tussentijd helpen om je beter te voelen? Ik heb een heerlijk kaneelbrood gebakken.'

'Je bent een geweldige vriendin, Julia, terwijl ik je nog maar zo kort ken. Ja, graag, kaneelbrood helpt altijd. En ik zou graag juffrouw Westallen ontmoeten. Dank je. Misschien kan ik tegen de tijd dat ze hier aankomt, als ze komt, aan iets anders denken dan die stomme John.'

Julia opende de deur. Ze hoorden vanaf boven een bonzend geluid. 'Jem!' riep ze. 'Zou je, voordat je die deuren regelt, even naar Polaris House willen rennen om te zien of Olive hier wil komen om Pansy te ontmoeten?'

Jem kwam stommelend de trap af, met een rood aangelopen gezicht, de hamer nog in zijn hand. 'Wat is er, mevrouw M? Vroeg u of ik juffrouw Westallen wil halen?'

'Ja, en dan lunchen we op het grasveld,' besloot Julia. 'Jem, zeg haar dat ze Clover en Angeline mee kan nemen, als ze dat wil. Die deuren kunnen wel tot morgen wachten.'

Jems ogen lichtten op. 'Komt in orde, mevrouw M!' Hij liet de hamer op de trap vallen en rende het huis uit. De deur liet hij enthousiast achter zich dichtvallen. Julia glimlachte liefdevol. 'Clover is het dochtertje van Olive,' legde ze uit. 'Jem is dol op haar. Ze is pas vijf jaar, maar ze heeft het hart van mijn jongen al gestolen. Angeline is haar vriendinnetje en een zusje van Jem.'

Nog geen veertig minuten later stormde Jem de zitkamer binnen, zijn pet scheef op zijn hoofd en hand in hand met een engelachtig klein meisje met golvende honingkleurige krullen en wangen die zo roze waren als bloemblaadjes. Naast haar stond een tweede kind, al even verrukkelijk, met glanzend zwarte krullen en een rond, lachend gezicht. 'Ik heb ze gehaald, mevrouw M!' riep Jem. 'Ze zijn er klaar voor om te gaan eten!'

De kinderen werden gevolgd door een lange dame in een marineblauw mantelpakje. Haar bijpassende marineblauwe hoed was afgezet met wit. Ze had een bos glanzend notenbruin haar dat in haar nek bijeen was gebonden, heldere, onderzoekende bruine ogen en een sterke kaaklijn. Pansy herinnerde zich nu dat ze Verity en Rowena een aantal keren had horen lachen om die kaaklijn. Maar zij vond Olive gracieus en knap. Ze had uitstraling, dacht Pansy. Ze kon niet wachten om haar moeder over haar te vertellen.

Pansy streek nerveus haar haar naar achteren. De Blythes mochten dan rijk, trots en invloedrijk zijn, de Westallens waren dat allemaal en daarbij werden ze ook nog eens gerespecteerd. Voor de Blythes voelde Pansy niets dan minachting, maar Olive Westallen was iemand op wie ze indruk wilde maken.

'Welkom, allemaal!' riep Julia terwijl ze de meisjes omhelsde. Toen omhelsden Julia en Olive elkaar. 'Olive, maak kennis met mijn nieuwe vriendin, juffrouw Pansy Tilney. Pansy, dit is Olive Westallen, mijn beste vriendin.'

Olive schudde Pansy stevig de hand en keek haar diep in de ogen. 'Aangenaam kennis te maken, juffrouw Tilney. Julia heeft me nog niet veel over je verteld, maar ik begrijp dat jij je toekomst in eigen hand wilt nemen en daarom bewonder ik je.'

'Dank u, juffrouw Westallen. Ik heb veel over u gehoord en het is een eer u te ontmoeten. Julia zei dat u wat mogelijkheden met me wilde bespreken. Als het geen moeite is, zou ik u erg dankbaar zijn.'

'Geen enkel probleem. Ik help graag ondernemende jonge vrouwen. De rol van de vrouw in de huidige samenleving... Maar daar kan ik nu beter niet over beginnen. Niet als we gezellig willen lunchen en van ons eten willen genieten!'

Pansy lachte. 'Daar ben ik het mee eens. Pas toen mijn moeder me aanspoorde om na te denken over wat ik zou willen doen, besefte ik hoe weinig keuzes er zijn. Als ik eerlijk ben, heb ik op dit moment niet zo veel mogelijkheden. Maar ik wil graag mijn leven beteren.'

'En wat kan iemand nog meer van je vragen? Mag ik je Pansy noemen?'

'Ja, natuurlijk.'

'En ik ben Olive, zoals je weet. Ik heb begrepen dat je alleen op donderdag vrij bent. Normaal gesproken ben ik op donderdag niet op kantoor, maar als ik volgende week wat verander in mijn schema, zou je dan 's ochtends langs willen komen? Dan kunnen we je toekomst bespreken.'

'Ik zou niets liever willen.' Pansy wierp een opgetogen blik op Julia, die breed glimlachte. Jem was met Clover en Angeline in de tuin verdwenen. Olive ging zitten. Haar persoonlijkheid was zo krachtig dat de anderen haar voorbeeld volgden.

'Geweldig. Ik verwacht je om tien uur. Laten we het nu gezellig maken. Vertel me alsjeblieft alles wat er te weten valt over Rowena Blythe en die schurk met wie ze ervandoor is gegaan, nu de kinderen toch bezig zijn, anders blijf ik er nog in van nieuwsgierigheid.'

'Olive!' riep Julia. 'Je bent schaamteloos.'

'Ja, maar ik hou er niet van om eromheen te draaien. Gewoonlijk roddel ik niet, Pansy, maar in dit geval kan ik me niet aan mijn morele principes houden. Vind je het erg?'

Pansy schudde haar hoofd. Ze had geen aanmoediging nodig om het allemaal nog eens te vertellen. Olive luisterde aandachtig en keek bezorgd. 'Lieve help.' Ze keek naar Julia. 'Ik had nooit gedacht dat ik ooit veel sympathie of bezorgdheid voor Rowena Blythe zou voelen, maar...'

'Ik weet het.' Julia knikte. 'Dat arme, dwaze meisje. Op het eerste gezicht lijkt het misschien heel romantisch, maar ik kan niet geloven dat dit goed voor haar zal aflopen.'

'En als dat niet het geval is, zal ze sterk, veerkrachtig en slim moeten zijn,' peinsde Olive.

Ze zaten zwijgend bij elkaar, terwijl het gelach van de kinderen vanuit de tuin naar hen toe dreef. Ze realiseerden zich dat dit de laatste bijvoeglijke naamwoorden waren die iemand ooit voor Rowena zou gebruiken en dat gaf hun een ongemakkelijk gevoel.

29

ROWENA

Paniek overvalt me. Ik kijk angstig om me heen. Waar zijn ze naartoe gegaan? Ik moet ergens een verkeerde afslag hebben genomen. Ik ben op de verkeerde plek. Gejaagd haast ik me terug om mijn fout te herstellen. Ik moet opschieten, want Bartek zal zich zorgen om me maken. Dan weigeren mijn benen dienst te doen. Mijn lichaam lijkt het eerder te beseffen dan mijn geest. Er was geen afslag, het is een recht pad.

Mijn gedachten zijn wazig door de angst en verwarring. Ik keer terug naar het kanaal, dit keer met een dof gevoel van wanhoop. Ik zou zo graag iets anders willen zien, maar het beeld is nog precies hetzelfde: een recht stuk troebel water, groenig en vol schaduwen. Ik kijk van rechts naar links en van links naar rechts, alsof ik een toeschouwer ben bij een tenniswedstrijd. Misschien zijn ze alvast een stukje vooruitgegaan naar een volgende waterpomp? Maar het kanaal is een heel lang recht stuk en er is niets te zien.

Mijn knieën knikken. Ik realiseer me dat ik neergeploft ben in het gras langs het pad, terwijl ik nog steeds naar een verklaring probeer te zoeken. Ze hebben de boot vast verstopt om me voor de gek te houden. Dadelijk komen ze ineens tevoorschijn en lachen we er met z'n allen om. Of Guy heeft de boot genomen, maar Bartek wacht hier op me, zodat we hem lopend in kunnen halen en wat kostbare tijd samen hebben. 'Bartek!' huil ik, een weifelende damesachtige kreet die meer in salons past dan bij de buitenlucht. Dan schreeuw ik luider. Ik schreeuw zoals ik nog nooit heb geschreeuwd. 'Bartek! Bartek!' brul ik. Hij moet in slaap gevallen zijn. Ik moet hem wakker maken, zodat hij met warrig haar en een glimlach tussen de bomen vandaan komt en me in zijn armen kan nemen. Ik krabbel overeind en ren in doelloze cirkels rond, alsof ik hem op de een of andere manier ergens zal vinden.

Ik laat die vreselijke zak met die al net zo vreselijke proviand achter en ren langs het kanaal de onbekende verte tegemoet. Het lijkt veilig om aan te nemen dat ze niet terug zijn gegaan. Ik struikel belachelijk vaak. Normaal ben ik niet zo onhandig. Het lijkt alsof mijn benen me opnieuw iets proberen te vertellen. Ik krijg het warm en dan breekt het zweet me uit. Ik veeg met mijn handen over mijn voorhoofd en ogen terwijl de druppels vanuit mijn haar naar beneden vallen.

Ik ren en ren, totdat ik me zwak voel en trillend stop. Eindelijk kijk ik om en ik kan niet eens meer zien waar ik begonnen ben. Ik ben de bocht omgegaan die in de verte lag. Voor me ligt weer een lang, recht stuk kanaal, maar er is geen boot te bekennen. Lange tijd sta ik stil, starend naar de horizon, alsof ze op mijn wens plotseling zouden verschijnen.

Ik weet niet hoelang het duurt voordat ik dezelfde route weer terug begin te lopen. Ergens lijkt het me een goed idee om terug te keren naar de afgesproken plek. Als ze terugkomen... Niet als, maar wanneer, verbeter ik mezelf. Wanneer ze terugkeren, hoe zullen ze me dan vinden als ik er niet ben? Mijn haar hangt in piekerige slierten om mijn gezicht, alsof ik door de regen ben overvallen en de stof van mijn jurk kleeft aan mijn huid. Mijn voeten doen pijn na die gekke jacht in schoenen die zijn gemaakt om door marmeren gangen te schrijden. Door pijn in mijn zij gaat mijn ademhaling moeizaam. Ik strompel de bocht weer door, terug naar de plek waar ik afscheid heb genomen van Bartek.

De zak proviand ligt nog op het gras. Stel je voor, die is niet eens gestolen. Dit is een erg rustige plek. Er komt geen enkele boot langs die ik zou kunnen aanhouden om informatie of advies te vragen. De *Supreme Monarch* lijkt van de aardbodem verdwenen te zijn.

Uiteindelijk plof ik weer op het gras neer. Ik grijp de zak vast, omdat het iets stevigs is waar ik me aan vast kan houden. Ik heb geen idee hoe laat het is, maar de zon staat hoog aan de hemel en brandt behoorlijk sterk. Af en toe geeft een wolk wat schaduw en ik volg de overgang van donker naar licht zonder na te denken. De tijd verstrijkt. Steeds langer zit ik daar. En dan gebeurt het vreemdst denkbare, het is onmogelijk en toch weet ik het zeker. Ik hoor de stem van Olive Westallen, zo helder als glas, net alsof ze naast me staat. Terwijl ik Olive amper ken. Ik richt me op en kijk om me heen, maar ze is natuurlijk nergens te bekennen. Misschien heeft mijn geest haar stem alleen maar opgeroepen, omdat zij zeker zou lachen als ze me in mijn hachelijke situatie zou zien. Maar in mijn verbeelding klonk haar stem niet spottend.

'Je moet sterk, veerkrachtig en slim zijn, Rowena,' zei ze.

Uiteindelijk ben ik er van overtuigd dat ze er niet echt is en dan denk ik met een bitter lachje na over haar woorden. Dat zijn kwaliteiten waarom ik nooit bekend heb gestaan. Het is een vreemde gewaarwording die ik al snel weer vergeten ben. Maar dan denk ik aan het plezier dat ik had in het verbeteren van mijn Frans, het ervaren van een andere manier van leven, het leren van nieuwe vaardigheden. Ik besef dat mijn intelligentie de overhand krijgt.

Ik ben er wel, lijkt die tegen me te zeggen. Gebruik me dan ook.

Ik snuif en voel me behoorlijk heen en weer geslingerd tussen mijn eigen innerlijke stem en die denkbeeldige Olive Westallen. Begrijpen ze dan niet dat de situatie nogal hopeloos is?

Eindelijk begin ik echt na te denken. Ik weet niet hoe ik aan de lucht kan zien hoe laat het is, maar zelfs ik zie dat de middag grotendeels voorbij is. Op een gegeven moment zal de duisternis invallen en dan kan ik beter niet alleen buiten zijn. Ik ben dicht bij een dorp en er zal zeker een plek zijn om de nacht door te brengen. Ik realiseer me dat ik niet eens weet hoe het dorp heet en dat ik geen idee heb in welk deel van Engeland ik ben. Ergens overnachten kost geld, bedenk ik me met een schok, maar dan herinner ik me weer dat ik dat ook bij me heb. Ik tel het geld dat Bartek in mijn tas heeft gestopt toen hij me naar de winkel stuurde. Dan besef ik het pas.

Ik realiseer me nu pas dat Bartek me al dat geld niet voor de boodschappen heeft gegeven. Het is een afkoopsom, omdat hij zich schuldig voelt. Ik beleef de recente gebeurtenissen in razend tempo opnieuw. Het paard, mijn flauwvallen. Dat was de laatste druppel voor Bartek geweest. Hij was me dagen eerder al beu. Hij vertelde me dat hij veel vrouwen had gehad en dat het niets voor hem was om verliefd te zijn op slechts één vrouw. En toen die kwetsbaar bleek te zijn, gemakkelijk ontmoedigd, nukkig... Toen was ik niet langer de afstandelijke, onberispelijke schoonheid die hem inspireerde. Van dichtbij was ik duidelijk een grote teleurstelling. Dus vond Bartek een manier om van me af te komen.

Ik sluit mijn ogen. Mijn eigen domheid maakt me misselijk. Ik wilde mezelf zo graag bewijzen en zijn goedkeuring verdienen. Terwijl hij al die tijd niet meer was dan een knappe, egoïstische schurk die zich had laten meeslepen door een droombeeld. Hij was mij niet waardig. Of misschien was hij precies wat ik verdiende.

Hij haalde me over om van de boot af te gaan en zijn vraag om Guy te laten wachten was alleen maar toneelspel. Ongetwijfeld waren ze meteen vertrokken op het moment dat hij zeker wist dat ik weg was. Met mijn spullen. Tot mijn schok realiseer ik me dat mijn tas nog aan boord is. Ik heb geen schone kleren, en de twee of drie sieraden die ik had ingepakt om te verkopen zodra we ergens woonden, zijn samen met Bartek verdwenen.

Ik voel me verdoofd. Eigenlijk wil ik hier niet weg, maar de gedachte om hier aan het water de nacht door te brengen doet me opstaan. Ik sjok terug naar de winkel met de vriendelijke winkeljuffrouw en probeer niet na te denken. Momenteel kan ik het me niet veroorloven om diep over alles na te denken. Ik heb vandaag al meer nagedacht dan ooit tevoren en ik kan niet zeggen dat ik de ervaring de moeite waard vond.

Ik vertel de winkeljuffrouw dat ik vrienden zou ontmoeten, maar mijn gezelschap heeft oponthoud en ik heb een kamer nodig voor de nacht. Ze beveelt de plaatselijke herberg The Red Lion aan, aan de overkant van de straat. Ik vraag haar waar ik ben en ze vertelt me dat dit Liscombe in Lancashire is. Als ik haar naar de datum vraag, zegt ze dat het 6 mei is. Ik ben twee weken op reis geweest. Wat een korte periode om alles te verliezen!

Voor de deur van The Red Lion aarzel ik even. Ik ben nog nooit in een café geweest. Dat was een van die onzichtbare grenzen in mijn oude wereld. Zodra ik de drempel van een herberg over zou gaan, zou ik buiten het boekje gaan en mezelf in onuitsprekelijk gevaar brengen, althans, dat heb ik altijd geloofd. Inmiddels ben ik al buiten het boekje gegaan en heb ik mezelf al in gevaar gebracht. Ik grijp mijn zak met vreemde proviand vast, haal diep adem en ga naar binnen. Mijn ogen wennen al snel aan de schemerige ruimte. Het is er groot genoeg, maar door de indeling lijkt het toch krap. Er zijn donkere hoeken en lage balken en er staan houten tafels waaraan mannen met baarden in grote glazen staren. Een barman met een schort vraagt me wat ik kom doen. Met kloppend hart informeer ik of er nog een kamer vrij is en hij haast zich weg om de herbergier te halen, die me een kleine slaapkamer onder een rieten dak laat zien. Vergeleken met Garrowgate Hall is het klein en bepaald niet luxe. Vergeleken met de boot is het een paleis.

Hij vraagt of ik mee wil eten of wat bier wil drinken, maar het enige wat ik wil is alleen zijn. Op het laatste moment denk ik eraan om drinkwater te bestellen, maar mijn gedachten zijn te verward om meer te regelen. Ik wil gewoon alleen zijn.

Zodra het water is gebracht, door een meid die eruitziet als een zwerfster en een buiging maakt die me aan thuis herinnert, doe ik de deur op slot. Nu ik alleen ben met mijn schaamte en geconfronteerd wordt met mijn nieuwe hachelijke situatie, laat ik mezelf op bed vallen en huil ik tot ik geen tranen meer over heb.

Ik word geteisterd door stormen van emotie. Het doet me denken aan een storm op zee die ik ooit zag vanaf de kust van Bretagne. Alles om me heen is donker en gevaarlijk. Mijn wereld stort in en ik word alle kanten op geslingerd. Net als die andere storm zal deze niet zomaar gaan liggen. Als ik rechtop ga zitten en om me heen kijk, terwijl ik mijn klamme, vuile haar uit mijn gezicht veeg, is het buiten donker. Ik klauter van het bed en kijk naar buiten. Het is stil op straat en de klokkentoren geeft aan dat het na middernacht is. Ik trek het gordijn dicht en doe mijn kleren uit. Ik ga naar de wasbak en vind een stuk vreemd ruikende zeep waarmee ik mijn lichaam was. Ik probeer mijn haar ook te fatsoeneren, waarbij een grote hoeveelheid water over de vloer loopt. Als ik klaar ben, dweil ik het op met de dunne handdoek. Ik dompel mijn onderkleding in het water en hang die te drogen over de rugleuning van een stoel. Dan kruip ik in bed en tegen alle verwachting in val ik direct in slaap.

De ochtend brengt alleen nog maar meer kwellingen met zich mee. Als ik wakker word, weet ik eerst helemaal niet meer waar ik ben. Mijn hart verzet zich tegen de waarheid. De man op wie ik verliefd werd, aan wie ik mezelf gaf als in een droom, voor wie ik alle banden met vrienden en familie heb verbroken, heeft genoeg van me en heeft me achtergelaten aan de kant van een kanaal, mijlenver van huis. Dat is geen herinnering met een gouden randje.

Wat zal er nu van mij worden? Zelfs in mijn eigen hoofd klinkt de vraag klagend. Het veilige gevoel van de diepe slaap en de warmte van het bed verdwijnen. Ik voel me alleen en verlaten. Ik begin te trillen. Waar kan ik heen? Wat zal ik doen? Mijn leven is volkomen te gronde gericht, zowel mijn oude leven in Highgate als het nieuwe leven waar ik naartoe onderweg was. Ik ben in ongenade gevallen en vrijwel berooid, ik heb geen vrienden en ben mogelijk ook nog zwanger. Ik ben niets meer. Mijn donkere gedachten worden onderbroken door een klop op de deur. Ik schrik, mijn hart gaat als een razende tekeer en ik staar wild de kamer rond. Ik heb in mijn blootje geslapen, mijn ondergoed hangt nog over de stoel.

Een vrouwenstem roept door de deur. 'De meid, mevrouw. Ik vroeg me af of u iets nodig hebt.'

'Een ogenblikje alstublieft,' roep ik terwijl ik uit bed vlieg. Ik trek mijn jurk aan, laat mijn onderkleding achterwege en ruk de deur open. Daar staat hetzelfde slanke meisje dat me gisteravond heeft geholpen, met een absurd grote muts op, die haar hoofd en de helft van haar voorhoofd bedekt, en met een gigantisch schort anderhalf keer om haar heen geslagen.

'Kan ik u water brengen? Of ontbijt?' vraagt ze terwijl ze me nieuwsgierig aankijkt. Ik vraag me af hoe ik eruit moet zien, met mijn lange haar in de war en half over mijn rug, mijn jurk mooi, maar vuil.

Die is duidelijk niet vastgemaakt, realiseer ik me terwijl de jurk aan een kant van mijn schouder glijdt. Snel trek ik mijn kleding recht zonder te weten wat ik moet zeggen. Hoeveel zou een ontbijt kosten? Ik heb nog eten in de meelzak van gisteren. Moet ik dat eten en mijn geld sparen? Hoeveel geld heb ik nodig als ik niet eens weet waar ik heen ga? De enige plek waar ik heen kan is naar huis, maar tegelijkertijd is dat de laatste plek op aarde waar ik naartoe kan gaan.

'Wat water, alsjeblieft, en mag ik wat vragen stellen?'

'Ja, mevrouw.' De meid maakt nog een buiging. Een heer passeert door de gang en werpt me een geïnteresseerde blik toe. Lieve hemel!

'Kom binnen, alsjeblieft,' mompel ik haastig, terwijl ik uit het zicht stap en de deur achter haar dichtgooi. Ze kijkt een beetje geschrokken.

'Vergeef me, ik ben nog maar net wakker,' leg ik uit. 'Ik weet nog niet wat ik nodig heb. Ga alsjeblieft zitten.' Ik schuif de stoel naar achteren, gris mijn ondergoed weg. Een van mijn kousen bungelt nog aan een van de sporten. Met brandende wangen gooi ik die bij de rest op het bed. De meid kijkt er verbaasd naar. Ondanks mezelf kijk ik naar haar grijze wollen kousen en realiseer ik me waarom.

Ze zit kaarsrecht op de stoel, alsof ze een toets op school maakt. Ik zit op het bed. Ik haal diep adem en probeer weer te kalmeren. Wat moet ik weten? 'Allereerst iets wat ik gisteravond vergat te vragen: hoeveel kost een nacht hier bij The Red Lion?'

Ze noemt me een prijs die ruim binnen het bedrag ligt dat ik bij me heb. Tot nu toe gaat het goed. 'En waar zijn we? Ik bedoel, waar ben ik? Wat is dit voor een plek?' Ik ben de naam van het dorp alweer vergeten.

'Liscombe, mevrouw.' Ze heeft de uitstraling van een schoolmeisje dat vragen voor een toets moet beantwoorden en opgelucht lijkt dat ze tot nu toe de antwoorden weet.

'O ja, dat was het. En waar ligt Liscombe? Welk deel van de wereld? Welk graafschap?'

'Liscombe, mevrouw? Dat ligt in Lancashire.'

'Ah, dat is duidelijk.' Ik knik wijs, maar eerlijk gezegd besteedden Verity en ik weinig aandacht aan aardrijkskunde. Alles wat buiten Londen en Hertfordshire ligt, klinkt me vreemd in de oren. 'Is dat in het noorden van Engeland?'

'Ja, mevrouw.'

'Erg noordelijk?'

Ze fronst haar voorhoofd en kijkt een beetje bezorgd. 'Ik weet het niet zeker, mevrouw. Hoe bedoelt u?'

Hoe ver ben ik van huis? Hoe dicht kwam ik bij Cumbria en een plaats in Barteks leven? 'Hoe dicht bij Cumbria zijn we?'

Ze haalt krachtig haar schouders op. 'Het spijt me, mevrouw, dat weet ik niet. Ik ben hier in Liscombe geboren en getogen.'

'Het maakt niet uit. Kun je mij dan vertellen wat de dichtstbijzijnde stad of groter dorp is?'

'O, dat zou Blackburn zijn.'

Weer een naam die me weinig zegt. Eerlijk gezegd betekent het helemaal niets voor me. 'En als ik van hier naar bijvoorbeeld Londen zou willen reizen, hoe zou ik dat dan moeten doen?'

Ze haalt weer haar schouders op. 'Ik ben nog nooit weg geweest, mevrouw.'

'Ik snap het. Dus je weet niet of ik vanaf hier bijvoorbeeld een koets of een trein kan nemen.' Eerlijk gezegd zijn mijn ideeën over reizen waarschijnlijk net zo vaag als die van haar. Ik ben altijd op de meest luxe manier van A naar B gebracht en heb nooit zelf iets geregeld. Bij haar was het waarschijnlijk een gebrek aan geld. Ik werd juist beschermd door een overdaad daaraan.

Ze kijkt bedenkelijk. 'Er is een treinstation in Blackburn. U kunt dat het beste aan de herbergier vragen, mevrouw. Hij kan u zulke dingen beter vertellen dan ik.' Ik weet niet zeker of ik de herbergier wel aankan. Om met hem te praten zou ik naar beneden moeten gaan, want ik kan hem niet in mijn kamer uitnodigen, zoals de behulpzame meid. Ik ben nog steeds een en al besluiteloosheid. 'Als u komt ontbijten, mevrouw, kunt u hem alles vragen wat u wilt weten.'

Maar daar ben ik niet klaar voor. Ik weet niet wat ik moet vragen. 'Is deze kamer vanavond beschikbaar als ik besluit een dag langer te blijven?'

'Ik geloof van wel, mevrouw. Ik kan het controleren als u dat wilt.'

'Graag. En breng me wat water en thee met citroen.'

De meid springt overeind, ongetwijfeld opgelucht dat het vreemde verhoor voorbij is. Ze maakt nog een buiging voor me en verdwijnt dan. Ik trek haastig mijn onderkleding aan en trek mijn jurk deze keer goed aan. Dan realiseer ik me dat ik geen haarborstel of kam heb. Ook die liggen nog op de boot bij Bartek.

De kamer is beschikbaar. Ik zal nog een extra nacht blijven. Ik weet dat ik spaarzaam met mijn geld om zou moeten gaan, maar eerst moet ik weten waarvoor ik het spaar. Mijn emoties zijn nog lang niet gekalmeerd. Ik moet alleen zijn om alles te verwerken wat er is gebeurd en mijn angsten voor de toekomst onder ogen te zien. Alle probleempjes die ik tijdens mijn beschermde leventje heb gekend, heb ik tot nu toe gedeeld met Verity. Hoe goed ik haar ook ken, ik kan me niet voorstellen wat ze nu zou zeggen.

Ik ben gebroken door het verdriet, ik ben razend van woede. Door het verlies word ik heen en weer geslingerd als een schip in de storm en ik kan er niets aan doen. Ik kan me gewoon niet voorstellen welke toekomst me nu te wachten staat. De angst dat onze intimiteit een kind heeft voortgebracht, slaat me koud om het hart. Ik open mijn raam en staar naar de kasseien beneden. Het eenvoudigste zou zijn om te springen. Maar daar heb ik de moed niet voor.

Uiteindelijk wordt de thee gebracht. Die heeft een sterke, onaangename smaak en biedt weinig troost. Ik breng de rest van de dag huilend door, terwijl mijn gedachten steeds weer bij hetzelfde punt uitkomen. Waar kan ik heen? Naar huis. Alleen het woord doet mijn hart al opspringen, maar ik heb het afschuwelijke gevoel dat het huis zoals ik dat altijd heb gekend voorgoed verdwenen is, alsof er achter me een kloof in de aarde is ontstaan die het in zijn geheel heeft opgeslokt. Een klein deel van mij wil naar Cumbria, om Bartek achterna te gaan en hem te confronteren, tegen hem te schreeuwen, hem te schande te maken en te eisen dat hij me compenseert. Het is verachtelijk om een vrouw in mijn positie in onze samenleving zo te gebruiken. Hij heeft me veroordeeld tot een vreselijk leven als paria terwijl hij vrolijk zijn weg zal vervolgen. Hoe durft hij? Nog een kleiner deel van mij, al is het nauwelijks noemenswaardig, wil mezelf aan zijn genade overgeven en hem smeken om van me te houden. Mijn hemel, ik wist niet dat mijn hart zo verdeeld was. Ik had nooit gedacht dat er zo veel tegenstrijdige stemmen in mijn hoofd konden woeden. Cumbria is geen optie. Zelfs ik ben trots genoeg om niet om zijn gunst te smeken. En hoewel een woedende tirade bevredigend zou zijn, denk ik niet dat ik het in me heb. Sterker nog, wat zou ik ermee bereiken? Dan zou ik daar, bij de sprookjesachtige meren en bergen van Cumbria, zijn terwijl mijn woede langzaam wegebde en mijn geld als sneeuw voor de zon zou zijn verdwenen. En wat zou ik dan moeten doen?

Ik zou ergens helemaal opnieuw kunnen beginnen. Londen en Cumbria zijn niet de enige plaatsen in de wereld. Ik zou zelfs hier in Liscombe kunnen blijven. Maar het lijkt me niets om opnieuw te beginnen op de plek waar hij me heeft achtergelaten, alsof ik een zaadje ben dat mee is gevoerd door de wind en op een willekeurige plek terecht is gekomen. Hoe zou ik een nieuwe start kunnen maken? Ik ben maar voor één ding klaargestoomd, ik zou een bruid van de society zijn en verder niets. Ik denk weer aan Olive Westallen, die allesbehalve een societybruid is, maar toch een doel heeft in haar leven. Ik weet alleen niet hoe ze dat doet.

Mijn enige hoop is mijn ouderlijk huis. Als ik mijn ouders voor me win, zou ik opnieuw kunnen beginnen, op welke manier dan ook. Als ik zwanger ben, sturen ze me weg om het kind af te staan en als ik terugkom, leef ik een leven dat gebaseerd is op een leugen. Vanaf nu zullen ze mijn leven nog strikter voor me uitstippelen dan voorheen. Ik zou mijn kortdurende zelfstandigheid op moeten geven en iets in mij verzet zich daartegen. Maar ik ben nooit opgevoed om zelfstandig te leven.

Ik ijsbeer, pieker en doe gedurende de dag wat onrustige hazenslaapjes. Dan ga ik weer voor het raam staan en leun een paar keer naar buiten, wensend dat er een einde aan dit alles komt. Ik laat mezelf naar voren vallen, zodat mijn voeten van de vloer komen, maar ik duw mezelf elke keer weer terug. Ik krijg honger en eet wat van het brood en de chocolade. Verder is het enige wat ik doe denken, denken en nog eens denken. De volgende ochtend word ik wakker met het besef dat ik terug moet. Maude en Malvern Blythe zijn niet het soort ouders dat me met open armen zal verwelkomen, terwijl ze huilen en God op hun knieën danken. Ik weet dat het moeilijk zal zijn. Maar op een dag zal er uiteindelijk misschien weer een bepaalde vorm van vrede zijn. Ze zullen een geschikte echtgenoot voor me vinden. Hij zal niet de vangst zijn waar we op gerekend hadden, aangezien hij bereid zal moeten zijn de geruchten over het hoofd te zien die onvermijdelijk zullen circuleren. Maar ze zullen hun best doen om de schade die ik heb veroorzaakt te herstellen, omdat ze zo veel in mij hebben geïnvesteerd. Misschien zelfs omdat ik hun dochter ben en ze van me houden.

30

OLIVE

Op vrijdag ben ik uitgenodigd door meneer Harper voor een lunch.

Ik herinner mezelf eraan dat ik tegenwoordig Lionel tegen hem mag zeggen. Ik ben welkom bij hem thuis, een mooi huis van rode baksteen onderaan Parliament Hill. De voordeur is groot en blauw, omgeven door ongebruikelijke blauwe tegels, die worden begrensd door vierkanten van dik blauw glas. De kleine, nette voortuin, waar in het midden een pad doorheen loopt, bestaat uit een massa glanzend groene bladeren en azalea's in alle kleuren van de regenboog: rood, oranje, geel en paars. Ik verwacht weer een bijeenkomst van zakenmensen die hun vak bespreken, maar opnieuw heb ik me in hem vergist. Dit keer is het gezelschap puur vriendschappelijk. Lionels zus Ida en haar man zijn er en zijn beste vriend Edward Burrows met zijn vrouw. De stemming is luchtig en de onderwerpen die aan de orde komen blijven allemaal in de familiesfeer. Het gaat over wederzijdse vrienden en persoonlijke projecten, zoals aquarellen en tuinontwerp. De laatste weken werd al mijn tijd in beslag genomen door de stichting en de meisjes, dus ik kan het niet over mijn huidige artistieke verrichtingen hebben. Ook thuis heb ik geen lopende projecten. Ida, die in verwachting is van haar tweede kind, vraagt me echter alles over Clover en Angeline en iedereen is erg geïnteresseerd in de stichting. Over het algemeen weet ik mijn mondje wel te roeren.

De tijd vliegt voorbij in Lionels elegante eetkamer met het hoge plafond en de lange raampartijen die uitkijken op de achtertuin. Alles is perfect en stijlvol, van de glimmende mahoniehouten tafel en stoelen tot de sneeuwwitte schoorsteenmantel waar glinsterende geelzilveren kandelaars op staan te pronken en de golvende goudkleurige gordijnen. Een bruine wereldbol, vergelijkbaar met die in de studeerkamer van mijn vader, staat in een hoek en rond de voet staan verschillende interessante objecten. Ik neem aan dat Lionel die mee heeft gebracht van zijn reizen. Er is een ebbenhouten beeldje van een vrouw gekleed in een geknoopte doek en met een mand op haar hoofd. Het is tot in de kleinste details afgewerkt. Verder ligt er een grote, gekrulde schelp, duidelijk afkomstig van verre kusten. Er ligt een kralenketting die, als ik me niet vergis, gemaakt is van ceremoniële kralen uit Nieuw-Zeeland. Ik ben niet voor niets de dochter van een zeekapitein. Ik probeer te onthouden om Lionel er later naar te vragen.

Na de lunch gaan we allemaal onze eigen gang. Ida neemt plaats achter de piano in de salon en haar man Max is haar geboeide publiek. De Burrows leggen een kaartje en drinken sherry in een hoek van dezelfde kamer. Lionel biedt aan om me de tuin te laten zien. Aangezien het een mooie meidag is en de zonnestralen over de paden en bloemen dansen, kan ik dat voorstel niet weerstaan. Zij aan zij wandelen we voort, dicht bij elkaar, maar zonder elkaar aan te raken, door een buitenwereld die net zo mooi onderhouden is als zijn huis. Onze voetstappen knerpen op de paadjes van fijn wit grind en we passeren een zonnewijzer op een hoge grijze zuil, omgeven door wolken Engelse rozen en pioenrozen.

Een kleine pagode staat aan het ene uiteinde van het gazon, een charmante witte clematis klimt op langs de randen. Lionel neemt me galant bij de arm. Er is een zitje met kussens, bezaaid met gevallen bladeren van het rasterwerk erboven. Hij veegt ze met zijn hand weg en we gaan zitten. Vanaf hier kijk je mooi uit op de tuin en de achterzijde van de woning.

Lionel schraapt zijn keel. Ik vraag me af of hij op het punt staat me te kussen. In de drie weken die verstreken zijn sinds de avond in Micklethwaite's Chop House heb ik hem verschillende keren gezien. Hij komt tegenwoordig vaker langs in mijn kantoor in Euston. Mabs heeft dat beslist opgemerkt, want ze werpt me regelmatig veelbetekenende blikken toe met die lichtbruine ogen van haar, maar ik heb haar niet in vertrouwen genomen over ons avondje uit, de handkus en het feit dat hij me mooi heeft genoemd. Ik weet niet waarom. Misschien dat ze dan zeker vragen zou gaan stellen en ik nog steeds geen antwoorden heb. Op de een of andere manier voelt het nog niet echt. Dit is de eerste keer dat we alleen zijn sinds onze wandeling langs de rivier.

'Olive,' zegt hij op gewichtige toon. Dan lijkt hij van gedachten te veranderen, want hij gaat op een heel andere manier verder. 'Deze tuin is niet zo uitgestrekt als die van Polaris House.' Ik geloof niet dat de grootte van onze tuin echt de reden is voor zijn ernstige, bijna angstige uitdrukking. Geen enkele tuin is zo groot als die van Polaris House.

'Maar deze tuin is prachtig. Zo mooi vormgegeven, het is echt een lust voor het oog. Ik heb erg genoten van de lunch, Lionel.'

'Is dat zo?' Ik verzeker hem er nogmaals van. 'En vond je Ida en Edward aardig?'

'Ik vind iedereen heel aardig. Je hebt zeer sympathieke familie en vrienden, Lionel.'

'Ik ben blij dat je er zo over denkt. Mijn huis is niet zo groot als Polaris, maar wel groot genoeg, toch?'

Ik lach. 'Groot genoeg? Waarvoor? Je woont alleen, Lionel. Dit huis is elegant en mooi ingericht, ik zou eigenlijk zelfs indrukwekkend moeten zeggen. Polaris is veel te groot voor ons Westallens, zelfs nu de meisjes bij ons wonen, maar we houden van het huis en ik kan me niet voorstellen ergens anders te wonen.'

'Is dat zo?'

'Ja, natuurlijk.'

Hij kijkt bezorgd naar de acanthusplanten die vlakbij staan. Ik heb het gevoel dat ik iets verkeerd heb gezegd, maar ik weet niet wat. 'Lionel? Gaat het goed met je?'

Hij draait zich om en kijkt me opnieuw aan. 'Ik wilde je iets vragen, Olive, maar nu weet ik het niet zeker...'

'Dat kun je niet zeggen en vervolgens zwijgen! Dat is echt oneerlijk. Je kunt het beter meteen zeggen.'

'Dan moet ik het maar vragen. Dat is inderdaad beter. Olive, het punt is... Ik wil je eigenlijk vragen... Wil je met me trouwen?'

Ik voel mijn wenkbrauwen omhoogschieten van verbazing. Dat was wel het laatste wat ik verwacht had. Het blijft even stil en Lionels hoop en mijn verbazing lijken tussen ons in te zweven. Eindelijk dringt het tot me door dat ik beter iets kan zeggen.

'Mijn hemel, Lionel! Ik ben natuurlijk gevleid, en... verheugd. Maar dit is wel heel plotseling!'

'Ja,' erkent hij, ernstig knikkend. 'Ja.' Hij zwijgt met een zweem van berusting. 'Maar eigenlijk ook weer niet!' barst hij uit. 'Ik geef toe dat we in bepaald opzicht nog niet zo lang met elkaar omgaan en dat ik erg haastig ben. Maar in een ander opzicht, Olive, lieve Olive...' Hij pakt mijn beide handen vast. 'We kennen elkaar al redelijk lang, al bijna een jaar, en ik heb je vanaf het eerste moment bewonderd. We weten dat we als partners goed samenwerken, want we hebben in de afgelopen periode veel samen gedaan voor de stichting en ik zou graag met je willen samenwerken op een heel ander gebied: het leven. Ik weet dat je niet weg wilt uit Polaris House, maar deze plek heeft veel charme. Ik zou graag willen dat jij hier als mijn vrouw komt wonen. En de meisjes zijn natuurlijk ook welkom.'

Ik doe mijn mond open om hem antwoord te geven, maar er komt niets over mijn lippen. 'En ik hou van je,' haast hij zich verder te zeggen. 'De gedachte dat jij me bijstaat als vriendin en collega, iemand bent bij wie ik terechtkan, maakt me gelukkig. Ik kan me alleen maar voorstellen hoeveel vreugde het me zou geven om jou als mijn vrouw te hebben, als je altijd naast me zou staan,' besluit hij nogal nederig.

Ik ben oprecht geraakt. Hoewel ik me nog steeds verward voel, ben ik ook ontroerd. Ik had niet gedacht dat zijn gedachten zo snel deze kant op zouden gaan. Toch lijkt het erop dat dat wel gebeurd is en ik moet reageren. 'Lionel, ik ben echt ontroerd en gevleid. Ik heb hier al een lange tijd niet meer aan gedacht, en je hebt me hiermee behoorlijk overvallen. Mag ik er even over nadenken? Ik wil je niet in onzekerheid laten zitten, maar ik kan niet meteen ja zeggen.'

'En ik wil liever dat je niet meteen nee zegt.' Hij glimlacht. 'Neem alle tijd die je nodig hebt. Mag ik vragen waarom je aarzelt? Komt het doordat ik minder vooraanstaand ben dan jij? Twijfel je aan je gevoelens? Of is er een andere zorg die ik misschien kan wegnemen?'

Ik haal diep adem. Het is begrijpelijk dat hij het wil weten. 'Ik heb al heel lang niet meer aan trouwen gedacht,' zeg ik tegen hem. 'Toen ik jonger was, had ik natuurlijk romantische dromen, zoals ieder jong meisje. Maar naarmate ik ouder werd, viel dat verlangen weg. Niet uit berusting, maar omdat ik niet zeker weet hoe het huwelijk in mijn leven past. Dat klinkt misschien koud of theoretisch, maar ik wil graag eerlijk tegen je zijn. Er zijn veel redenen waarom mensen trouwen. De een trouwt voor veiligheid, de ander voor status of gezelschap... Aan die dingen ontbreekt het me niet. Ik ben blij met mijn leven zoals het is. Om zo'n grote verandering door te voeren zonder dat het echt nodig is... Dat voelt zowel intrigerend als beangstigend.'

'Ik begrijp het.' Hij luistert aandachtig, dat merk ik. Er waait een briesje door de pagode. Een bloemblaadje dwarrelt op zijn hoofd. Ik zou met mijn hand omhoog kunnen reiken om het te pakken, maar dat gebaar zou te intiem en teder aanvoelen op een moment dat ik juist een lijst met redenen opsom om te trouwen en die stuk voor stuk neerhaal. 'En hoe zit het met de liefde, Olive? Zou dat een echte noodzaak kunnen zijn? Stel je voor dat er een speciaal iemand zou zijn, alleen voor jou, die voor je kan zorgen op alle ongrijpbare manieren die het leven vereist?'

'Ik wist niet dat je zo romantisch was, Lionel.'

'Dat ben ik wel. Ik zie niet in waarom je naast zakelijk inzicht niet over die karaktertrek kunt beschikken. Ben jij dan niet romantisch, lieve Olive?'

Ik frons. Daar ben ik niet helemaal zeker van. Ik ben zeker gepassioneerd, in de brede zin van het woord. Ik beschik over veel levenslust en ben altijd vastberaden om er het beste van te maken. Lionel Harper zou ongetwijfeld een uitstekende persoon zijn om mij daarbij terzijde te staan. Maar romantiek lijkt me al heel lang iets grilligs en als men niet realistisch blijft, kan het zelfs gevaarlijk zijn. Kijk maar naar Rowena Blythe. Dit is echter niet het moment om haar te noemen. 'Ik ben niet tegen het idee van romantiek,' zeg ik langzaam. 'Alleen wil ik niet dat het mijn wereld beheerst. Maar Lionel, ik wil dat je weet dat ik je erg waardeer. Ik bewonder je. En ik neem geen ander aanbod in overweging, dat besef je vast wel. Je zou zonder twijfel een goede echtgenoot zijn en we zijn een uitstekend koppel, dat zie ik wel.'

'Maar misschien zijn je gevoelens voor mij nog niet sterk genoeg om onze relatie te veranderen?' Ik knik enigszins opgelucht. 'Dat geeft niet, Olive. Ik hoop dat je gevoelens na verloop van tijd zullen groeien, maar als ze dat niet doen, zal ik niet proberen je over te halen. Mijn aanzoek blijft geldig, maar zullen we elkaar blijven ontmoeten om elkaar beter te leren kennen en te zien waar de toekomst ons brengt?'

'Heel graag.'

'Goed.' Hij staat op en maakt een buiging. 'Zullen we teruggaan naar binnen? De anderen vragen zich vast af waar we blijven.'

'Natuurlijk,' zeg ik met zachte stem, terwijl ik opsta en hem naar het huis volg.

Ik voel me vreemd. In mijn leven heb ik niet zo veel aanzoeken gehad, dus eigenlijk zou het een gedenkwaardig moment moeten zijn. Het voelt echter alsof ik op de proef ben gesteld. Ik weet niet precies waarom. Misschien heeft het iets te maken met het feit dat ik hem niet het antwoord heb gegeven dat hem ongelooflijk gelukkig zou hebben gemaakt. Of met de wetenschap dat het huwelijk voor de meeste vrouwen hun einddoel is. Of het gevoel dat ik een zeldzame kans krijg om een stap te zetten die ik niet alleen kan zetten, die in theorie mijn leven kan verrijken op allerlei manieren, en dat ik die kans dan laat glippen. Ik slaak een zucht als we het huis binnenkomen. Ida werpt ons een snelle blik toe. Het geeft me de indruk dat ze wist wat haar broer van plan was, maar aangezien er geen aankondiging komt, begint ze handig en energiek over koetjes en kalfjes te praten, zodat Lionel en ik allebei weer in beslag genomen worden door de alledaagse dingen.

Kort daarna vertrek ik, ernaar hunkerend om alleen te zijn. De laatste tijd is het ene na het andere schokkende bericht gekomen. Rowena Blythe, die een controversiële keuze maakt, terwijl Olive Westallen een huwelijksaanzoek krijgt van een rijke, begerenswaardige man. De wereld staat op zijn kop.

31

ROWENA

Ik arriveer in Londen als de avond valt. Ik ben uitgeput. Het maakt me zelfs banger om weer naar huis te gaan dan ik was om weg te gaan. De treinreis duurde uren en was verschrikkelijk. Gedurende die rit is mijn optimisme nog verder afgenomen. Hoe kunnen mijn ouders nog van me houden na alles wat ik heb gedaan?

Het lijkt een eeuwigheid geleden dat ik voor het laatst in Garrowgate Hall was. Ik voel me als de heldin in een sprookje, alsof ik honderd jaar in een magisch rijk ben verdwenen en ontdek dat er geen tijd is verstreken als ik eenmaal weer thuiskom. Zelfs sinds de ochtend lijkt er alweer een half leven voorbij te zijn gegaan. Ik ontbeet in de herberg en stelde de herbergier de nodige vragen. Hij zei me dat ik voor zes pence met een biertransport kon meevaren naar Blackburn. Alsof ik nog niet genoeg vernederd was. De tocht was ongemakkelijk, benauwd en oncomfortabel, maar ik kwam op de plaats van bestemming. Ik nam wat over was van het brood, de chocolade en de cake mee, maar liet de rest achter bij de meid. De ham begon er onfris uit te zien en ik had geen zin om twee flessen rode wijn mee te sjouwen. Ik gaf er toch niets om en het zorgde alleen maar voor een nare herinnering aan Bartek.

Bij het station van Blackburn waren ze volop met werkzaamheden bezig die blijkbaar vorig jaar al begonnen waren. Ik vroeg me af of de treinen wel in en uit konden rijden door al die verwarring. Ik begreep niets van het hele systeem. Ik moest verschillende mensen vragen waar ik heen moest en wat ik daarvoor moest doen. Sommigen waren erg ongeduldig met me. Tot overmaat van ramp bleek ik zes pence tekort te komen voor zelfs het goedkoopste ticket. De tocht met het biertransport brak me op. Ik barstte in tranen uit. De kaartjesverkoper kreeg medelijden met me en verkocht me toch een kaartje. Ik zal altijd met dankbaarheid aan hem terugdenken, ook al was het een kaartje voor de derde klas. Zelfs nadat ik was gaan zitten, opgepropt tussen allerlei soorten mensen die ik normaal niet eens tegen zou zijn gekomen, was ik bang dat ik op de een of andere manier in de verkeerde trein was gestapt en in Schotland of Liverpool zou belanden.

Wat verlangde ik ernaar alleen te zijn in plaats van onderworpen te worden aan de al te vriendelijke vragen van de dikke, besnorde heer aan de overkant. Hier moest ik ieders blik zien te vermijden en het opgewonden gebabbel van een jongen tegen zijn vader verdragen. Ik dacht echt dat er geen eind aan zou komen. Maar dat deed het wel en nu ben ik hier, zogenaamd weer thuis. Terwijl ik met zwakke benen het station uit strompel, realiseer ik me dat het ergste nog niet achter de rug is. Dit voelt helemaal niet als thuis. Het mag dan Londen zijn, maar wanneer was ik ooit zonder chaperonne op straat, ver van de gracieuze huizen van Highgate?

Ik heb geen geld voor een rijtuig, dus moet ik lopen. Het is erg druk en de straten komen me onbekend voor. Keer op keer vraag ik de weg. Ik ben het beu om met vreemden te praten die me aanstaren, terwijl ze duidelijk niet snappen wat ik hier te zoeken heb.

Na een half uur lopen vraag ik nogmaals de weg en op het moment dat de man zich omdraait, heb ik er spijt van. Het is meteen duidelijk dat hij geen heer is. Zijn kleding is ruw, zijn smalle gezicht pokdalig en zijn blik kwaadaardig. Hij neemt me met glinsterende ogen op en er schiet een steek van angst door me heen, maar met een ruk aan zijn pet en een waarderende blik wijst hij me de weg. Ik volg zijn aanwijzingen op en realiseer me al snel dat hij me verkeerd heeft gestuurd. Ik bevind me in een smal steegje dat beslist niet de goede kant op gaat. Ik keer terug naar de hoofdweg en dan zie ik hem weer. Ditmaal komt hij met twee kornuiten op me af.

Mijn ouders hebben me niet verteld wat een hoogstaande jongedame in de armenwijk van Londen kan overkomen, alleen dat de mensen er slecht en gevaarlijk zijn. Zelfs zonder gedetailleerde waarschuwingen beginnen mijn knieën te knikken. Ik besef dat ik in groot gevaar verkeer.

'Hé, jij daar,' zegt het smalle gezicht. 'Leuk om je weer te zien. Dat is vast het lot. Maar je gaat de verkeerde kant op, juffertje. Heb ik je niet verteld dat je die kant op moet? Kom op.' Hij pakt mijn arm en probeert me om te draaien. Ik ruk mezelf los uit zijn greep.

'Bedankt voor uw hulp. Maar ik herinnerde me dat ik eerst een vriendin op die weg zou ontmoeten,' zeg ik, wijzend naar de hoofdweg. 'Dom van me. Goedendag.' Ik dacht dat als ik beleefd en respectvol zou zijn, hij op dezelfde manier zou reageren, maar ik heb me vergist. Mijn angst is duidelijk hoorbaar in mijn stem, die hoog en aarzelend is.

'We kunnen je vrienden zijn,' zegt een tweede man, nog magerder dan de eerste. Hij ziet eruit als een houten wandelstok in menselijke vorm. 'Ik wed dat je een lieve vriendin kunt zijn. Ik wed dat jij heel vriendelijk bent.' De bakstenen muren van het steegje komen op me af. Ze lijken tot leven te komen en me kwaad toe te wensen.

'Nee, echt, ik moet gaan. Ze weet dat ik eraan kom en ik laat haar niet graag wachten.'

'O, met je vriendin zal het wel goed komen, nietwaar, jongens?' zegt de eerste man en de anderen vallen hem bij. Ze verdringen zich met z'n drieën om me heen. Ondertussen lopen ze steeds verder weg van de menigte, waarbij ze mij, in aarzelend geschuifel, met zich meenemen.

'Nee, alstublieft!' roep ik. 'Ik wil niet mee.'

Een van hen geeft me een harde duw in de rug en ik wankel een heel eind naar voren voordat ik mijn evenwicht kan hervinden. 'Kijk niet zo naar me. Je hebt er zin in, zo te zien. We kunnen niet snel genoeg zijn, zou ik zeggen!'

De anderen lachen en mijn fantasie slaat op hol als ik denk aan het lot dat mij te wachten staat. Ik begin te schreeuwen. Een hand klemt zich om mijn mond en twee handen pakken mijn armen vast, drukken ze langs mijn lichaam met grijpgrage vingers. Ik word naar voren gemanoeuvreerd, waarbij mijn voeten nauwelijks de grond raken. Ik worstel, maar het heeft geen zin. Het is onmogelijk dat ik op eigen kracht deze monsters kan verslaan. Ik slaag er echter in om mijn hoofd met een ruk weg te trekken en nog een ferme gil te slaken voordat iemand me hard in mijn gezicht slaat. Het is geen klap, maar een harde, stevige dreun en ik ben te versuft om nog een keer te schreeuwen. Het voelt alsof mijn hoofd eraf gevallen is. We slaan een hoek om en ik zie een doodlopende weg. Ik sluit mijn ogen en voel de muur hard tegen mijn rug drukken. Handen trekken aan mijn rokken en ik begrijp dat wat er met Bartek is gebeurd, wat mijn leven al heeft verpest, opnieuw gaat gebeuren, maar dit keer zonder tederheid, passie en seringen. Ik wil dood.

Dan opeens klinkt er een kreet. De handen verdwijnen. Het lichaam dat me tegen de muur drukte, draait zich om en is verdwenen. Nu ze me losgelaten hebben, glijd ik op de grond. Mijn benen kunnen me niet meer dragen. Ik kan het niet verdragen mijn ogen te openen, maar ik hoor timmerende vuisten en gekraak. Er vindt een hevig gevecht plaats. Ik doe één oog open en zie een vierde man. Hij is goed gekleed en slaat mijn aanvallers weg met een stok met zilveren knop. Hij is buitengewoon sterk en hoewel hij in de minderheid is, staat hij stevig op zijn voeten en weet hij al hun slagen te ontwijken. Hij heeft een autoritaire uitstraling, waardoor de drie mannen al snel halsoverkop de steeg uit vluchten.

'En kom niet terug, anders roep ik de politie erbij!' brult mijn redder hen achterna. 'Vieze, vuile varkens! Het is verachtelijk om zo om te gaan met een vrouw!' Hij draait zich naar me om en tilt met een vinger voorzichtig mijn kin op. 'Gaat het, juffrouw? Heb je een dokter nodig?'

'Ik... Ik...' Ik kan niet praten. Alle verdriet en ontbering van de afgelopen dagen komen er tegelijk met mijn opluchting en dankbaarheid uit. Ik barst in tranen uit, alleen vertrekt mijn gezicht daarbij en dat doet zo veel pijn door de klap die ze me gegeven hebben dat ik meteen stop met huilen. Ik richt mijn smekende ogen op mijn held en kan niet voorkomen dat er een snikkend gejammer uit mijn keel komt. Ik klink als een klein kind.

'Arm ding.' Hij klopt zachtjes op mijn schouder. 'Je bent behoorlijk geschrokken. Het maakt niet uit wat je bent, er is geen excuus voor hun gedrag. Ik heb geen geduld met dat soort tuig.'

In mijn waas van wanhoop vang ik nog net op dat hij zegt dat het niet uitmaakt wat ik ben. Ik ben in de war, maar hij blijft praten. 'Heb je een slaapplaats vannacht? Na zo'n schok hoor je niet op straat te staan. Laat me je wat geld geven zodat je een veilig onderkomen kunt vinden. Ik verwacht niets terug. Hoewel ik heel zachtaardig zou zijn, een betere cliënt dan vele anderen, als je je binnenkort beter voelt. Onder al dat vuil en die blauwe plekken ben je een aantrekkelijk klein ding.'

Ik begrijp er niets meer van. Hij is een held. Hij versloeg drie mannen in zijn eentje, hij kwam me te hulp, een toonbeeld van mededogen en moraal. Maar nu lijkt hij dingen te zeggen... Nee, ik begrijp het vast verkeerd.

'Meneer,' mompel ik, met een stem die niet klinkt als de mijne. Mijn mond doet pijn en mijn lippen voelen vreemd aan. 'Ik dank u met heel mijn hart dat u mij gered hebt. Ik vrees wat me zeker zou zijn overkomen als u niet was gekomen. Ik ben u voor altijd mijn dankbaarheid verschuldigd.'

'Nou, ben jij geen welbespraakt meisje? Je bent een lust voor het oog én het oor. Ik heb een idee. Ik heb twee kamers in Holborn voor wanneer ik voor zaken in de stad ben. Waarom breng je de nacht daar niet bij mij door? Je zou te eten krijgen en water om je wonden te wassen. Een nacht om bij te komen. En als je je dankbaarheid zou willen tonen...' Hij strijkt met zijn vinger langs mijn arm en het verlangen in zijn ogen kan niet anders geïnterpreteerd worden. Ik kan het nauwelijks geloven. 'Meneer, ik ben niet wat u denkt dat ik ben. Ik heb wat pech gehad de laatste tijd, maar dat is een lang verhaal. Nu ben ik op weg naar huis, naar Highgate, waar mijn familie woont. Ik ben niet... Ik zou nooit...'

'Lieve hemel! Excuseert u mij. Ik nam aan, toen ik u met die mannen zag, uw uiterlijk... Ik dacht dat u een meisje van plezier was. Weet u zeker dat u dat niet bent?' Ik knik. Ja, daar ben ik vrij zeker van, hoewel ik nog nooit van mijn leven van een meisje van plezier heb gehoord, ben ik er zeker geen! 'Dan zal ik een rijtuig voor u roepen om u naar huis te brengen. Kunt u staan? Hier, leun maar op mij.'

Ik wil hem eigenlijk niet aanraken, gezien het feit dat hij me net een oneerbaar voorstel deed, maar mijn benen zijn nog steeds erg zwak en de pijn in mijn hoofd maakt me duizelig. Vol concentratie zet ik de ene voet voor de andere om dit vervloekte steegje uit te komen. We bereiken de hoofdweg zonder verdere tegenslagen. Hij houdt zich aan zijn woord en houdt een rijtuig aan. Ratelend komt het voor ons tot stilstand. Ik kijk angstig naar het snuivende, zwetende Londense koetspaard. De vreemdeling overhandigt me een muntstuk.

'Dit zal ruim voldoende zijn om in Highgate te komen. Weet u zeker dat u een huis hebt waar u naartoe kunt? Als u met mij naar Holborn zou komen, zou ik u niet dwingen om...'

'Ik verzeker u dat ik daar een thuis en familie heb, meneer. Ik dank u nogmaals, met heel mijn hart, voor uw hulp. Ik heb vreselijke avonturen beleefd, maar dankzij u zijn die nu voorbij.'

Eerlijk gezegd weet ik helemaal niet zeker of ik nog een familie en een thuis heb. Maar ik ben niet van plan de zaken nog ingewikkelder te maken. Doordat een persoon van mijn eigen klasse zo gemakkelijk zulke veronderstellingen over mij kon maken, alleen vanwege een opeenvolging van vervelende gebeurtenissen, doet me meer dan ooit beseffen hoe kwetsbaar mijn positie in de samenleving altijd is geweest. Drieëntwintig jaar heb ik op de rand van de afgrond gebalanceerd, zonder het te weten.

'Waar in Highgate gaat u heen?' Hij geeft de chauffeur instructies. Nu hij accepteert dat ik ben wie ik zeg te zijn is de sociale dans die ik zo goed ken weer begonnen. Hij zal me nu respecteren. Eigenlijk zou ik zijn naam moeten vragen. Hij zou me zijn kaartje geven en ik zou dat gebruiken om een bedankbriefje te schrijven...

Maar dat wil ik niet. Hij veronderstelde dat ik hem mijn lichaam zou geven voor een nacht onderdak. Omdat hij niet wist wie ik ben, hoefde hij lust niet te verhullen met beleefdheden en conventies. Is iedere man met wie ik ooit heb gedanst zo?

Ik noem een straat die een eindje verwijderd is van Garrowgate Hall. Het laatste wat ik wil is dat heel Londen hoort dat Rowena Blythe in zo'n hachelijke situatie is aangetroffen. Hij doet de deur voor me dicht en het rijtuig gaat rammelend op weg.

Korte tijd later herken ik het mooie, vertrouwde Highgate en strompel ik uit het rijtuig om de laatste straten naar mijn huis te lopen. Ik ben net zo bang voor deze thuiskomst als voor al het andere dat me is overkomen. Hoe zullen ze me onthalen?

32

OLIVE

Jenny laat haar zus de salon binnen en ik hap naar adem. Dat is nu juist de persoon die ik wilde zien. 'O, Mabs, ik ben zo blij om je te zien!' roep ik uit terwijl ik haar omhels. Jenny trekt zich tactvol terug. Mabs omhelst me voordat ze zich losmaakt en met een scheve blik naar me kijkt.

'Gaat het, Olive?' vraagt ze. 'Het is leuk om zo ontvangen te worden, maar ik heb je een paar dagen geleden nog gezien!'

'Eerlijk gezegd is er iets gebeurd vandaag.' Ik maak een wuivende beweging naar de twee fauteuils bij het vuur en we nemen plaats. Ook al is het stabiel en warm weer en is het vuur niet aan, de open haard met de gezellige stoelen erbij heeft altijd iets geruststellends. 'Het is erg toevallig dat je vanavond langskomt, want ik zit al twee of drie uur te piekeren. Wat doe je trouwens hier? Ik wil niet dat je de reden van je bezoek vergeet door mijn gezeur.'

'Ik wilde alleen vertellen dat Peg is uitgenodigd voor een dansfeest morgen en dat ze een prachtige nieuwe jurk heeft. Ik vroeg me af of je haar die bordeauxrode stola van je zou willen lenen met de gouden rand. Die zou er goed bij passen.'

'O, zeker, die leen ik graag uit aan die lieve Peg. Ik zal Jenny vragen om hem op te halen als ze… Ah, daar is ze! Dank je, Jenny, dat zijn welkome verfrissingen. Zou je zo vriendelijk willen zijn om mijn bordeauxrode stola te halen als je tijd hebt? Leg die dan maar bij de jas van je zus. Ze wil de stola lenen voor Peg.' Peg is eveneens een Daley. Ze zijn overal in Hampstead te vinden, als een vrolijke bende verspreid over de stad.

'Natuurlijk, Olive. Dag, Mabs.' Jenny heeft pruimencake gebracht, altijd een uitstekende keuze, en in plaats van de gebruikelijke thee is er sherry. Ze voelde duidelijk aan dat het tijd was voor iets sterkers.

'Wat is er gebeurd, Olive?' vraagt Mabs als Jenny weg is.

'Het is niets ernstigs, alleen kwam het uiterst onverwacht. Het zit zo, Mabs. Meneer Harper heeft me ten huwelijk gevraagd.'

'Ah, ik snap het.' Mabs is teleurstellend optimistisch. 'Dat zag ik al aankomen.'

'Is dat zo? Dan had je me weleens mogen waarschuwen.'

'Besefte je dat dan niet, Olive? Je moet het zeker geweten hebben.'

'Nou, misschien als een ver, ver vooruitzicht.' Ik maak een fladderend gebaar met mijn hand om aan te tonen hoe ver die mogelijkheid weg had geleken. 'Alleen heel vaag, niet eens zichtbaar, verdwaald in de blauwe nevelen van de toekomst.'

'Maar wat heb je gezegd?'

'Ik heb gezegd dat ik tijd nodig had.'

Mabs knikt. 'Verstandig, erg verstandig. Wat vind je ervan?'

Ik zucht, een hele diepe zucht die vanuit de toppen van mijn tenen komt. 'Dat vraag ik me sindsdien af. Ik weet het niet, Mabs. Je weet hoe ik over het huwelijk denk. Vooral nu ik ook rekening moet houden met Clover en Angeline. Straks moet ik mijn zelfstandigheid aan een man overdragen en leg ik ons lot in zijn handen. Waarom? Waarom zou ik dat doen?'

'Omdat je hem vertrouwt of omdat je van hem houdt, als dat het geval is. Of omdat je iets voor jezelf wilt? Anders had je meteen nee gezegd, toch?'

Ik knik langzaam en strek mijn voeten uit, waarbij ik mijn enkels peinzend in de rondte draai. Het doet me denken aan wat Lionel zei. Een speciale persoon, helemaal van jezelf. 'Dit is mijn kans, Mabs,' zeg ik zachtjes. 'Al die dingen waarvan ons is verteld dat we die als vrouw moeten willen. Al die dingen die ik twee jaar geleden zo graag wilde. Wat was ik jaloers op Rowena, toen zij aanzoek na aanzoek kreeg. Ik maakte me altijd zorgen over wat er met me zou gebeuren nadat mijn ouders...'

Mabs steekt haar hand uit en pakt de mijne. 'O, Olive, dat heb ik nooit geweten.'

'Toch was het zo. Ik wist natuurlijk dat er goed voor mij gezorgd zou worden. Maar ik was bang dat ik zou worden opgeslokt door verdriet zonder dat hun fijne aanwezigheid mijn dagen zou verlichten. Ik was bang voor de eenzaamheid. En ik wilde zo graag een kind, Mabs. Een echtgenoot was de sleutel tot alles.' Mabs knikt. 'Als ik meneer Harper toen had ontmoet en hij met me had willen trouwen... Mijn hemel, ik zou dolblij zijn geweest.'

'Maar nu?'

'Maar nu heb ik al een kind. Ik heb Clover. Dat heb ik voor mezelf gedaan. Ik ben nog steeds vreselijk bang om mama en papa te verliezen, maar ik heb de stichting, de meisjes en geweldige vrienden die ik toen niet kende, zoals jij en Abigail. En het verhaal van Abigail... Een betere waarschuwing is er niet, toch?'

Abigail is een andere vriendin van ons. Haar man was wreed en jaloers. Hij manipuleerde haar, sloot haar op en belette haar om haar ouders en broer te zien. Mabs knikt. 'Natuurlijk ben ik het daarmee eens. Maar Olive, niet iedere man is een Lucius Finch. Kijk naar je vader. Kijk naar meneer Miles. Kijk naar Kip.' Meneer Miles is een quaker die we allebei kennen, een erg goede man, en Kip is Mabs' geliefde, een knappe, gezonde, ambitieuze jongen die haar gelukkig maakt.

Ik kijk de vertrouwde, mooie kamer rond. De roodfluwelen gordijnen, de Indiase tapijten, de prachtige schilderijen aan de muren. 'Is Lionel Harper een James Westallen, een Arnold Miles of een Kip Miller?' mijmer ik. Ik verwacht natuurlijk geen antwoord van Mabs, want dat is een vraag die ik zelf moet beantwoorden.

'Totdat je het antwoord daarop weet, kun je er niet eens aan denken om met hem te trouwen,' besluit Mabs. 'Het is zoals je altijd al zei, Olive, je hebt te veel te verliezen. Ik zeg nog steeds dat je liefde verdient, echte liefde, met de juiste man. Het is een... Nou, het is een avontuur op zich. Maar je moet het zeker weten, Olive, zonder een zweem van twijfel.'

Ik buig me voorover en drink mijn glas sherry leeg. 'Je hebt gelijk. Dat is het precies. Op papier is hij de perfecte echtgenoot, Mabs. Rijk, intelligent, beschaafd, ondernemend en gerespecteerd.'

'Maar dat zijn allemaal maar woorden, nietwaar?'

'Inderdaad. Bedankt, Mabs. Dit gesprek heeft me goedgedaan en een en ander duidelijk gemaakt. Het spijt me dat ik je met zoiets moeilijks confronteer.'

Mabs spreekt resoluut. 'Je hoeft je niet te verontschuldigen. Herinner je je vorig jaar niet meer? Alle problemen die ik had? Wie was er toen voor mij, Olive? Precies, jij. En het is niet onoplosbaar. Alleen ligt de oplossing niet in jouw of mijn handen.'

Die lieve meid. Ik glimlach zwakjes. 'In wiens handen dan wel?' vraag ik.

'Het gaat om tijd, Olive. Dat zal het vanzelf oplossen. Geef het tijd en je zult het vanzelf te weten komen. Hij is een goede man, Olive. Maar de belangrijkste vraag, en die moet je zelf beantwoorden, is of hij goed genoeg voor je is.'

33

ROWENA

Ik weet niet wat ik moet doen. Zoals ik er nu uitzie, kan ik niet via de voordeur gaan. De veronderstellingen die mijn redder over mij had waren duidelijk genoeg. Het zou nog vreemder zijn om via de bediendeningang te gaan. Door geen van beide deuren zou ik binnen kunnen komen zonder de hulp van een bediende. Ik zou de terrasdeuren kunnen proberen en misschien ongezien naar binnen glippen als die niet op slot zijn. Als ik de huisbediende zou tegenkomen die ik daar weleens zag, zou dat niet zo erg zijn. Als iemand barmhartig zou zijn tegenover de dwaze, eigenzinnige vrouw die ik geworden ben, dan zou hij het wel zijn.

Ik loop door de zwarte poorten van zwaar ijzer het terrein op en betreed de lange, uitgestrekte oprijlaan, aan weerszijden omzoomd met geurige ceders. De bomen werpen schaduwen over het pad. Al het licht valt op de witte treden naar de voordeur en alleen al bij de aanblik ben ik op van de zenuwen. Ik haast me naar de zijkant van het huis en probeer de terrasdeuren, maar die zitten potdicht.

Ik keer terug naar de hoofdingang, beklim de trap en realiseer me dat ik deze deur nog nooit eerder zelf heb opengedaan. Altijd werd ik verwacht. Er was altijd een huisbediende die wist wanneer ik terug zou komen van een uitstapje en de deur opendeed voordat ik ook maar een hand kon optillen.

Ik wil niet aankloppen. Het is nog steeds mijn eigen huis. Maar wat zullen ze schrikken van mijn verschijning. Het valt bijna niet voor te stellen hoe moeilijk zoiets eenvoudigs als naar huis gaan wordt als alle gewoontes en principes zijn uitgebannen.

De zwart bronzen deurknop in de vorm van een dolfijn voelt groot en zwaar in mijn handen. De donkergroene deur gaat zwaar, alsof het een barrière is waardoor ik een fort moet betreden, maar ik oefen druk uit. De deur gaat langzaam open en onthult een vertrouwd beeld dat steeds groter wordt. Dan zie ik de hal met de zwart-witte marmeren vloer, klassieke beeldhouwwerken en de grote bolvormige vazen van crèmekleurig porselein. Deze zijn altijd gevuld met witte bloemen van het seizoen. Op dit moment staan er rozen, anemonen en... wat late witte seringen in. De ironie ervan dringt diep tot me door. Seringen staan voor de liefde, maar ze hebben me misleid. De geur doet me nu mierzoet en bedrieglijk aan.

Aan de muren hangen de enorme familieportretten. Vader en moeder staan zij aan zij voor Garrowgate Hall. Ze zijn formeel gekleed en hebben een trotse blik op hun gezicht. Daarnaast hangt een portret van de jongens en eentje van Felix alleen, aangezien hij de oudste is. En vervolgens hangt daar dat noodlottige portret van mij, gekleed in de zilveren jurk, onderaan gesigneerd in bordeauxrode verf met de felbegeerde naam Lethbridge. Ik wankel. Op het schilderij schitter ik zo van trots. Mijn gezicht straalt, ik kan het licht van liefde in mijn ogen zien. Kan ik mijn familie echt onder ogen komen na alles wat ik heb gedaan?

De dienstdoende huisbediende springt verontwaardigd op me af. Het is niet degene die op het terras gymnastiekoefeningen doet. 'Jongedame, wie ben jij in vredesnaam? Je kunt hier niet zomaar naar binnen walsen alsof je de eigenaar van het pand bent! Wegwezen!'

Hij pakt mijn arm en draait me om. Ik heb er genoeg van dat ik word mishandeld door mannen die denken dat ze iets over me weten. 'Excuseer me, Henry! Ik ben juffrouw Blythe en ik wil mijn ouders zien. Vertel me meteen waar ze zijn.'

Hij laat mijn arm snel los en staart me aan. De verbazing staat op zijn gezicht te lezen. Ik moet er slechter uitzien dan ik had gedacht als zelfs onze eigen bedienden me niet herkennen. Hij neemt aandachtig mijn gezicht op en ik zie dat hij me langzaam begint te herkennen. Hij doet een stap achteruit en buigt. 'Neem me niet kwalijk, juffrouw Blythe. Ze zijn in de kaartkamer. Volg mij, alstublieft, dan zal ik... u aankondigen.'

Ik heb hem voor een onmogelijk dilemma geplaatst. Hij zou me normaal gesproken nooit begeleiden alsof ik een bezoeker was, maar hij voelt duidelijk de behoefte om mijn ouders van tevoren te waarschuwen. Ik volg hem, terwijl ik precies voel waar de schoen wringt. Bij de deur van de kaartkamer draait hij zich met een gekweld gezicht naar me om. 'Blijft u alstublieft een ogenblik hier, juffrouw Blythe. Ik kan maar beter vertellen dat u bent gekomen. Het spijt me.'

'Het is in orde, Henry. Maar haast je alsjeblieft.' Ik buig mijn hoofd gracieus.

Hij klopt op de deur. Ik hoor de stem van mijn vader. Henry verdwijnt naar binnen en sluit de deur achter zich. Ik sta daar maar en wacht. Het lijkt uren te duren. Ik hoor een staande klok in de gang die luguber de minuten wegtikt. Ik denk niet dat ik dat geluid ooit eerder heb opgemerkt. Mijn hart lijkt omhoog te kruipen in mijn lichaam en klopt als een razende in mijn keel. Het lijkt wel een waarschuwingssignaal. Dan gaat stilletjes en zonder verdere omhaal de deur open. Ik hoor Henry. 'Ja, meneer. Uitstekend.'

Hij komt naar buiten zonder me aan te kijken en haast zich weg. Dan verschijnt mijn vader en neemt me van top tot teen op. 'Mijn hemel, Rowena,' zegt hij. Dan draait hij zich om en stapt weer naar binnen. Bij gebrek aan enige andere instructie volg ik. Ik kijk om me heen om te zien of mijn broers er ook zijn, maar vader en moeder zijn alleen. Vader trekt de deur achter me dicht en voor het eerst in mijn leven zie ik mijn moeder beven. Het lijkt erop dat ik hen heb gestoord in een spelletje hartenjagen.

'Moeder, vader,' begin ik, voordat er verwijten kunnen komen. 'Het spijt me. Het spijt me ontzettend. Ik heb jullie zo gemist, en de jongens, en thuis. Ik had nooit moeten weglopen. Ik weet niet wat ik dacht. Ik was verliefd, maar hij heeft me gebruikt. Ik ben zo stom geweest en niemand kan me meer verwijten maken dan ik mezelf al doe. Vergeef me alsjeblieft!'

De stilte strekt zich uit als een deur met krakende scharnieren die langzaam opengaat. Het is ondraaglijk.

Als mijn vader spreekt, is zijn stem laag. 'Je bent niet meer zonder smet. Na alles wat we je hebben geleerd, alles wat we je hebben ingeprent. Je hebt je bevoorrechte opvoeding vergooid. Je hebt die ons recht in ons gezicht gesmeten.'

'Ik weet het!' barst ik uit. Ik bedek mijn gezicht met mijn handen. 'O, vader, ik weet het. Als je eens wist wat ik heb meegemaakt, wat ik heb geleden.'

'Er is geen enkel lijden dat jouw misstap teniet kan doen. Al je schoonheid, vaardigheden en manieren waren niets anders dan een vernisje. Nu kennen we je ware aard en je hebt ons meer gekrenkt dan we voor mogelijk hadden gehouden. Te bedenken dat onze dochter zo'n zwak, hedonistisch en losbandig schepsel zou zijn. Je bent beslist geen dame.'

Ik was voorbereid op woede en afkeuring, maar toch zijn deze woorden ondraaglijk. Ik kan nauwelijks spreken, maar toch zal ik dat moeten om te overleven. 'Zeg dat alsjeblieft niet, vader. Ik ben altijd geweest zoals je dacht dat ik was. Alleen heb ik een fout gemaakt, één fout! Weliswaar een grote en heel erge fout, maar ik was in de war en werd bedrogen. Ik dacht... Ik luisterde naar mijn hart en dat was verkeerd. Ik had het mis, vader. Zeg alleen dat je me zult vergeven en ik zweer dat ik nooit meer een fout zal maken. Ik zal alles zijn wat ik ooit was en zelfs meer dan dat. Als je me maar een tweede kans geeft. Alsjeblieft, vader, alsjeblieft!'

Terwijl ik praat, trekt mijn vader zich terug. Hij is niet van zijn plaats gekomen, maar is zo in zichzelf gekeerd dat het lijkt alsof hij wegglijdt in de verte. Ik kan zien dat hij onbewogen is en ik val snikkend op mijn knieën. Uiteindelijk kan ik mijn verdriet niet langer de baas. Ik heb wonderen verricht om weer thuis te kunnen komen, hoewel de buitenwereld me volkomen onbekend was. Door mijn tranen heen zie ik het glanzend gepolijste mahoniehout van de vloerplanken, het zijdeachtige rood-met-gouden weefsel van het tapijt en de glanzende crèmekleurige rand. O, om die luxe weer te zien en aan te raken. Rijkdom betekent dat ik veilig ben, en dat ik ben waar ik thuishoor. Mijn ouders verroeren zich niet terwijl ik huil. Ten slotte kijk ik hen ongelovig aan. Wat voor soort persoon kan de tranen van een ander aanzien zonder de neiging te voelen om hem te troosten of zijn pijn te verzachten?

'Ben je uitgesproken?' vraagt moeder. 'Luister naar me, Rowena. Luister goed naar elk woord.' Ik knik. 'Je verdient geen medelijden. Je bent je eigen weg gegaan en toen je vertrok, heb je dit leven achter je gelaten. Je hebt zonder pardon alles vernietigd wat we voor je hadden opgebouwd, louter en alleen om plezier en lust na te jagen. Je bent onze dochter niet meer. Je bent niet welkom in Garrowgate Hall en dat zul je ook nooit meer zijn. Het is nu te laat om je te bedenken.'

'Maar moeder, ik hou van je. Ik ben altijd gehoorzaam geweest en heb altijd alles gedaan wat je vroeg. Het was een domme inschattingsfout. Ik was verliefd, moeder. Dat begrijp je toch wel?'

Ze snuift. 'Verliefd. Doe niet zo dom. Ik kan het niet verdragen om je zo te zien. Je bent een smet op ons blazoen.'

'Maar waar moet ik naartoe gaan? Hoe moet ik mezelf in leven houden? Ik bezit niets. Ik heb geen geld en geen kleren, behalve de kleding die ik draag. Ik weet niet hoe ik de kost moet verdienen en niemand wil nu meer met me trouwen. Wil je dan liever dat ik in het armenhuis beland, en dat allemaal door één verkeerde keuze?'

Ze snuift opnieuw en haar minachting is duidelijk voelbaar. 'Je begrijpt er niets van. Ga maar waar je wilt, het kan ons niet schelen. Vooruit, wegwezen.' Ze keert me de rug toe en beent naar het raam.

'Vader! Het is donker. Ik ben bang. Alsjeblieft, mag ik op zijn minst blijven slapen?' Als hij daar maar aan toegeeft, dan zijn ze morgenvroeg als ik wakker word misschien vriendelijker tegen me.

'Sterker nog, Maude, dat zal wel moeten.' Hoewel hij zich tot mijn moeder richt en mij negeert, voel ik toch een beetje hoop. O, ik verlang naar mijn eigen bed als naar een minnaar.

'Wat?' Moeder draait zich om en kijkt hem scheef aan.

'Denk na, Maude, je laat je gevoel je gezonde verstand overstemmen. Als we haar nu wegsturen, zal ze door de buurt gaan dwalen en het verhaal dat we hebben verteld ontkrachten. Wat een schande zal ze over ons brengen. Denk aan haar uiterlijk en haar manier van doen. We kunnen onze dochter niet door Londen laten lopen om overal een zielig verhaal op te hangen. We moeten haar zodra het licht is wegwerken. Laten we haar opsluiten in haar kamer en dan regel ik vanavond al het nodige.'

Willen ze me opsluiten? Ik krabbel overeind, mijn hart bonkt zo hard dat ik bang ben dat het zal ontploffen. Ik zou dood kunnen gaan vanwege de pure gruwel die zich hier ontvouwt. Wil hij me wegsturen? Moet ik de nacht doorbrengen in mijn dierbare vertrouwde kamer om hem morgenochtend weer te verlaten? Ik beef als een espenblad en kan nauwelijks ademen. Ik ren naar mijn moeder, die altijd achter me stond. Ze gaf me altijd leiding, corrigeerde me waar nodig, gaf opbouwende kritiek en legde uit. Mijn acties moeten haar het meeste pijn hebben gedaan, want ze hadden het meest met haar van doen. Ik sla mijn armen van achteren om haar heen en voel hoe haar onverzettelijke lichaam terugdeinst.

'Het spijt me, moeder. Je bent altijd de beste moeder geweest die een meisje zich kan wensen. Je hebt zo veel voor me gedaan en ik ben je zo dankbaar. Ik hou zo veel van je! Ik wil het allemaal goed met je maken... Laat me alsjeblieft hier blijven, moeder, alsjeblieft! Ik heb al zo veel moeten ondergaan en kan niet nog meer verdragen.'

'In hemelsnaam!' Ze spuugt de woorden uit terwijl ze zich omdraait en me wegduwt.

'We sturen haar naar tante Althea in Frankrijk.' Mijn vader gaat door alsof ik nooit heb gesproken. 'Ik zal vanavond nog een brief vooruitsturen en haar morgenochtend zelf naar de stoomboot brengen. Niemand mag haar zien. Ik stuur geld naar Althea om haar ergens weg te stoppen, het liefst in Italië. Op die manier kan iedereen in de waan gelaten worden dat ze daar is en zal het geen echte leugen zijn. Dan, over een paar maanden, als we de kans hebben gehad om na te denken, en als er geen kind is, wel... Ik weet het niet, maar misschien kunnen we dan iets zeggen over een Italiaanse echtgenoot, al is het moeilijk te bedenken hoe je dat fatsoenlijk kunt laten klinken. Maar dit is hoe we het moeten gaan doen.'

Moeder verbergt haar gezicht even in haar handen, kijkt dan op en knikt. 'Kom met me mee, Rowena. Kom met me mee.' Ze pakt me bij mijn arm en sleurt me de kamer uit. We zijn halverwege de trap voordat ik tot bezinning kom, althans, een beetje. Ik begin te worstelen en ze gromt geërgerd. 'Rowena! Nu meekomen!'

Misschien zou het zelfs verstandig zijn om in hun plan mee te gaan. Dan zal er geld zijn voor mijn onderhoud en voor de korte termijn, een familielid om dingen voor me te regelen, al is het dan oudtante Althea, die een vreselijke hekel aan me heeft. Ik heb mezelf al gerealiseerd dat mijn toekomst nu volledig opnieuw uitgestippeld moet worden. Waarom laten ze me niet zelf beslissingen nemen? Ik stel echter vast dat ze helemaal niet van me houden en dat gevoel is niet te negeren. Ze willen me verbergen en me rondsturen als een pakketje. Ze hebben al een verhaal over me verzonnen en nu organiseren ze een realiteit die daarmee bijna overeenstemt. Ik zal nooit zelfstandig kunnen zijn. Morgen, als deze koude, ongevoelige mensen hun zin krijgen, zal ik aan boord van een stoomboot zitten, terwijl ik nog niet eens bijgekomen ben van de treinrit of de aanranding die daarop volgde. Daarna ben ik in Frankrijk en vervolgens in Italië, terwijl ik alleen verlang naar het comfort van vertrouwdheid. Maar zij zijn niet de enige mensen bij wie ik terechtkan. Er is nog een sprankje hoop, als ik mezelf maar kan bevrijden.

Zonder dat ik weet waar het vandaan komt, word ik gegrepen door een vreemde energie. Ik ruk mijn arm uit haar greep en draai me om. Dan zet ik het op een rennen. Ze komt achter me aan en grijpt me opnieuw vast, maar ik duw haar weg, terwijl ik me aan de trapleuning vasthoud, zodat ik niet kan vallen. Nu ze een paar treden boven me staat, kan ik haar alleen een duw tegen haar dijen geven en niet echt met kracht. Ze wordt er echter zo door verrast dat het genoeg is om haar haar evenwicht te laten verliezen, zodat ze neerploft op de traptrede boven me. Ik ren.

Mijn rokken vastgrijpend stamp ik de trap af. Ik mag niet struikelen. Ik bereik de hal, waar geen huisbediende te zien is. Bij de voordeur draai ik me om en kijk achterom. Moeder is opgestaan en rent achter me aan. 'Malvern!' roept ze. 'Malvern!' Ik heb geen keus. Ik ren weg van mijn huis en laat het voor altijd achter.

34

PANSY

Boven was er een of ander drama gaande. Clem Clearwell, die eerste bediende was sinds John weg was, kwam de keuken binnenstormen en vertelde dat ze allemaal moesten blijven waar ze waren, op bevel van de meester. Niemand mocht ook maar op een hogere verdieping gluren totdat hun anders werd verteld. Hij schoot weer weg om alle bedienden te halen die in de kamers boven aan het werk waren, en dreef ze naar de kelder als een herdershond die de laatste schapen naar de stal leidt. Op dat moment waren de meesten al in de keuken of bijkeuken bezig om schoenen te poetsen, kleding te verstellen of eten klaar te maken, dus het duurde niet lang voordat ze allemaal op één plek verzameld waren.

'Wat is er in vredesnaam aan de hand?' vroeg Pansy.

'Ik mag er niet over praten,' zei Clem. 'De meester zei dat hij zal bellen als hij klaar is en dat ik dan naar boven moet komen voor verdere instructies. Ik weet zeker dat het niet lang zal duren en er is genoeg werk hierbeneden om ons ondertussen allemaal bezig te houden.'

Mopperend ging het personeel weer aan het werk. Pansy was deeg aan het rollen. Dat behoorde niet tot haar officiële taken, maar een van de keukenmeiden was ontslagen. Pansy's moeder had haar genoeg keukengeheimen geleerd om mevrouw Andrews af en toe te kunnen helpen. Deze plek wordt steeds vreemder, peinsde ze terwijl ze de deegroller heen en weer liet gaan over de cirkel van deeg. Ik vraag me af wat daarboven gaande is dat ze niet willen dat we zien. Een gedachte schoot haar te binnen en ze legde de deegroller op tafel. Of wie... Zou het Rowena zijn? Was ze thuisgekomen? Natuurlijk niet. Rowena was weg. Pansy schudde haar hoofd en ging door met werken. Met de Blythes wist je het maar nooit. Het kon haar niet schelen. Een kwartier later hoorden ze mevrouw Blythe de naam van haar man roepen, schreeuwend als een dragonder. Toen hoorden ze de voordeur dichtslaan. Ze keken elkaar met verwonderde ogen aan, maar zeiden niets. Na nog een kwartier werd er gebeld voor Clem. Hij kwam terug met het nieuws dat ze allemaal hun normale taken konden hervatten.

'Voordat iedereen gaat, maak ik van de gelegenheid gebruik om jullie te vertellen dat de Blythes dit weekend bezoek krijgen,' zei mevrouw Clarendon. 'De neef van meneer Blythe, Martin Waverley, en zijn vrouw en kinderen arriveren morgenmiddag uit Taunton. Mevrouw Blythe heeft me dat eerder verteld. Maandag vertrekken ze weer.'

Een golf van verbazing ging door de ruimte en mevrouw Clarendon knikte. 'Ik was net zo verrast als jullie, maar het is zoals het is. Misschien is het een teken dat alles weer normaal wordt.' Pansy wierp een blik op Clem, die keek alsof hij daar heel erg aan twijfelde. Wat of wie had hij zojuist gezien? Toen keek ze naar Lou, die haar een betekenisvolle blik toewierp. Die avond zou er op zolder flink gespeculeerd worden.

'Ik wil dat jullie allemaal helpen. Jullie weten wat er wordt verwacht als er gasten zijn. Het zal een goede opfrisser zijn, zodat we weer weten hoe het is om bezoek te ontvangen. Wat specifieke taken betreft, ik zal jullie morgenochtend persoonlijk instructies geven. Er is veel te doen, maar we hebben het al eerder gedaan en het is maar een klein sociaal evenement. Dat was het, jullie kunnen nu je werk weer hervatten.'

Het personeel verspreidde zich. Hun nieuwsgierigheid zoemde door het gebouw en er was ook iets van opwinding. Het was goed om aan iets anders te denken dan aan de val van de juffrouw en het slechte humeur van de achtergebleven Blythes. Mevrouw Clarendon keek even naar Pansy terwijl die het deeg in een taartvorm duwde.

'Is alles in orde, mevrouw Clarendon?' vroeg Pansy. Het was zenuwslopend om bekeken te worden.

'Je bent erg behulpzaam geweest sinds Henley en Brewer zijn ontslagen,' zei mevrouw Clarendon. 'Het is verschrikkelijk om twee werkmeiden te moeten missen, maar je inspanningen worden opgemerkt. Bedankt, Tilney.'

Pansy keek verbaasd op. 'Graag gedaan. Ik weet hoe het moet, dus het verlicht de last voor mevrouw Andrews een beetje.'

'Ze stelt het op prijs. Het is juist wat we nodig hebben in een tijd als deze. Alle hens aan dek. Iedereen moet samenwerken om alles soepel te laten verlopen totdat we hierdoorheen zijn. Wat een vreemde tijd.' De huishoudster zuchtte en Pansy zag hoe geschokt ze was door de recente gebeurtenissen. Zonder Rowena was dit niet het huishouden dat ze gewend waren.

'Vreemd is het zeker,' zei Pansy, denkend aan hoe merkwaardig het was dat ze eindelijk een meer menselijke kant van mevrouw Clarendon zag net nu ze op het punt stond te vertrekken. Ze was nog verbaasder toen mevrouw Clarendon met een zorgelijke trek op haar gezicht naast haar kwam zitten. 'Kan ik wat water voor u halen, mevrouw?'

'Nee, ik ben in orde. Ik wilde gewoon dat je wist...' Ze zweeg even en Pansy meende een innerlijke strijd te zien achter haar strenge uitdrukking. Pansy wachtte rustig af. 'Je was bevriend met John Hobbs, nietwaar?' vroeg de huishoudster. Dat had Pansy niet verwacht. Zou ze hierdoor in de problemen komen? Maar ze zou John niet verloochenen alleen maar omdat hij uit de gratie was geraakt.

'Ja, dat was ik.'

'Heb je hem nog gezien sinds zijn ontslag? Ik vroeg me af hoe het met hem gaat.'

De herinnering aan Johns ineengedoken gestalte, zijn opgetrokken schouders en ongewassen haar kwam snel en viel haar rauw op haar dak. Hoezeer hij haar gisteren ook had geërgerd, ze vond het nog steeds oneerlijk dat hij zo moest lijden. 'Ik heb hem gisteren nog gezien. Het gaat niet goed met hem, mevrouw Clarendon. Deze baan en deze familie betekenden alles voor hem.'

'Zoiets dacht ik al. Zeg hem alsjeblieft dat ik hem graag een referentie geef als hij die nodig heeft voor toekomstig werk. Maar vertel het alsjeblieft aan niemand anders. Mevrouw Blythe zou woedend zijn. Ik zou waarschijnlijk ook mijn aanstelling verliezen en op mijn leeftijd... Maar het is niet goed wat ze hebben gedaan. Niets van wat er is gebeurd, was de schuld van John en ik weet wat voor soort bediende hij was.'

Pansy keek haar verbaasd aan. Ze had de vrouw nooit gemogen, maar dit was beslist een les dat iedereen meer in zich had dan hij liet zien. 'Dank u, mevrouw Clarendon. Hij zal u zo dankbaar zijn. Hij zag het helemaal niet meer zitten zonder referentie. Maar met een referentie van u als huishoudster in dit huis, ja, dat is een prachtig idee. En mevrouw Blythe hoeft er niet achter te komen, toch?'

'Ik hoop oprecht van niet. Hoe dan ook, geef je het bericht door en vertel je het aan niemand? Mooi zo. Tilney, wil jij morgenochtend eerst boodschappen doen? Geen getreuzel, hoor.' Ze overhandigde haar een stuk papier waar wat op geschreven stond. De inkt was op diverse plaatsen uitgelopen en er zaten vetvlekken op het papier. 'Ik heb met mevrouw Andrews afspraken gemaakt over het menu voor de bezoekers en we hebben deze lijst opgesteld...'

35

ROWENA

Wat dacht ik toen ik mezelf aan de genade van mijn ouders overleverde? Vanmorgen zat ik nog in mijn kamer in The Red Lion in Liscombe, mezelf geruststellend dat ze me, misschien, terug zouden nemen omdat ze van me houden. Ik blijf een dwaas. Er is nu maar één plek waar ik heen kan. Waarom ben ik daar eigenlijk niet meteen heen gegaan?

Kreunend ren ik voort. Ik hoor mezelf wel, maar heb geen kracht om de geluiden tegen te houden. Ik ren een eindje de heuvel op en sla dan rechts af. Nog een stukje omhoog en ik kom bij een rij chique rode herenhuizen met witte balkons. Steile trappen met hoge treden leiden naar de zwarte, groene en blauwe voordeuren. Zwarte relingen markeren de scheiding tussen de huizen en er staan glanzende groenblijvende struiken. In het zevende huis woont mijn broer. Mijn broer en mijn beste vriendin.

Ik struikel als ik de trap op klim en val, waarbij ik hard op mijn knieën terechtkom. Ik krabbel overeind en haast me naar boven. Dan hamer ik op de deur terwijl ik me aan de reling vastgrijp om te voorkomen dat ik naar beneden tuimel, want ik tril net zo op mijn benen als in Garrowgate Hall. Een meid doet de deur open. Ze werpt één blik op me en zegt: ‘Wacht daar, juffrouw.’ Weet ze wie ik ben? Even later is Verity er. Ze staat voor me in een fijne zijden jurk in de kleur van lichte thee, afgezet met sneeuwwit kant. Haar mooie bruine haar is samengebonden in bosjes krullen in een ouderwetse stijl die bij haar past. Het is behoorlijk donker om haar heen.

Het is zo goed haar smaakvolle kleding en onberispelijke vrouwelijkheid te zien. Nu ik de bekende lijnen van haar gezicht zie en de kleding die ze draagt, is het alsof ik een boek lees in een taal die ik vroeger sprak. Ik denk aan het leven dat we hebben gedeeld. Alles wat we altijd zijn geweest, ligt verborgen in haar perfecte, mooie uiterlijk. Niemand realiseert zich dat een dergelijke uitstraling eigenlijk een kunst is. Ik heb het allemaal zo gemist. Alles komt goed nu Verity hier is.

'O, Verity! Wat fijn om je weer te zien. Lieve vriendin, heb medelijden met je dwaze zus die alles verkeerd heeft gedaan en er honderd keer voor heeft betaald. Moeder en vader willen mij niet meer kennen. Ik kan niet naar huis, want ze willen me wegsturen! Verity, ik ben alles kwijt. Wat moet ik doen?'

Achteraf gezien had ik niet meteen moeten zeggen dat mijn ouders me hadden verstoten, want de Blythes zijn altijd de maatstaf geweest waaraan Verity zichzelf mat. Ze kijkt me aan met die samengeknepen ogen die me zo vertrouwd zijn. Vroeger richtte ze zich op slordige bedienden, op vrienden van ons die zich hadden misdragen en op Olive Westallen en haar vele excentriciteiten. Nooit op mij. Echt nooit.

'Verity? Willen jij en Felix me niet helpen?'

'Rowena, wat heb je gedaan? Wat dacht je? Er is gewoon geen excuus voor.' Ze kijkt me aan alsof ze een huishoudster is en ik een onverklaarbare moddervlek op een tapijt. Ik ben ontzettend moe en uitgeput, maar ik klamp me nog steeds vast aan de reling terwijl ik de juiste woorden probeer te vinden.

'Verity, lieverd. Ik dacht dat ik van hem hield. Het gevoel was zo sterk dat ik me er niet tegen kon verzetten. Weet je nog dat de wind afgelopen zomer die dag in Waterlow Park je groene hoed meenam? Zo ging het nu ook. Toen ik neerkwam, merkte ik dat ik ver weg was en ik haastte me terug om mijn excuses aan te bieden aan de mensen van wie ik echt hou, de mensen die ik nooit had mogen verlaten. O, Verity, als je wist hoe ongelukkig ik ben!'

In tegenstelling tot mijn spontane en ademloze waterval aan woorden is Verity koel en beheerst. Ze trekt een perfect gebogen wenkbrauw op. 'Zomaar? Wil je gewoon de draad weer oppakken, nadat je ons allemaal hebt geruïneerd?'

'Dat heb ik niet gedaan! Zeg alsjeblieft niet dat ik dat gedaan heb. Ik weet dat het moeilijk zal zijn. Ik weet dat mensen vragen hebben. Maar we kunnen ze samen onder ogen zien. Alsjeblieft, Verity, praat met moeder voor me. Misschien luistert ze naar jou. En uiteindelijk zal ze misschien toegeven. Alles wat ik wil in de wereld is mijn oude leven terug en ik weet dat het niet gemakkelijk zal zijn, maar ik zal er alles voor doen, Verity, alles. Laat me alsjeblieft binnen. Ik kan bijna niet meer op mijn benen staan. Ik heb de hele dag gereisd.'

'Maar lieverd, dat heeft toch niets met mij te maken. Ik heb geen dwaze streken uitgehaald. Je mag hier niet binnenkomen, Rowena. Je gedrag heeft een schaduw over ons allemaal geworpen, of je dat nu wel of niet wilt weten. Ik, je ouders, je broers… We moeten ons nu allemaal onberispelijk gedragen om enige kans te maken om hier weer bovenop te komen. Je ouders zullen de waarheid natuurlijk niet toegeven. Ze hebben gezegd dat je naar Italië bent gegaan. Ik weet zeker dat ik een overtuigender verhaal had kunnen bedenken, maar toch, dit hebben ze nu gezegd en daar moeten we allemaal achter blijven staan. Ik mag niet samen met jou gezien worden. Ga weg, Rowena. Je bent niet de vriendin die ik dacht dat je was.'

'Wie dacht je dan dat ik was? Iemand die zich nooit kon vergissen? Iemand die geen gevoelens had? Verity, laat me je dit vertellen… Als jij naar mij toe zou komen in nood, in wanhoop, dan zou ik je nooit wegsturen. Daar heb je vriendinnen voor.'

'Dat mag je denken, lieverd. Maar wij zullen nooit in die positie komen, daar ben ik te verstandig voor. Mijn hele leven wilde ik een Blythe zijn en nu ik dat eindelijk ben, heb jij het verpest. Hoe kan ik je dan nog als vriendin zien? Ik ga nu naar binnen. Het is laat. Kom alsjeblieft niet meer terug.'

'Laat me Felix zien! Laat me met hem praten, al is het maar voor een minuut. Alsjeblieft, Verity!'

Ze kijkt me medelijdend aan. 'Hij is er niet, lieverd. Maar zelfs als hij er wel was, zou hij je niet willen zien. Hij is door jouw vertrek erger getroffen dan wij allemaal. Je hebt hem kapotgemaakt. Toen hij vanmorgen voor een paar dagen naar de zuidkust vertrok voor zaken, zei hij tegen me: "Ik bid dat ik mijn zus nooit meer zal zien, liefste, want ze is als een visgraat in mijn keel of een zweer op mijn wang." Dus kom niet meer terug. Hij is mijn man, lieverd. Het is mijn plicht om zijn wensen te eren, van hem te houden en hem te beschermen.' Ze sluit de deur voor mijn neus. Ik zak in elkaar op de bovenste trede. Ik sla mijn handen om mijn hoofd en wieg heen en weer, te moe om te huilen. Ik wacht tot de angst verdwijnt, maar dat gebeurt niet. Dan gaat de deur weer open en spring ik op in wilde hoop, maar het is alleen de meid. 'Mevrouw zegt dat u van de trap moet verdwijnen, anders zal ze de politie laten komen.'

36

PANSY

Op zaterdagochtend ging Pansy al op pad voordat de winkels open waren. Ze ging als eerste naar The Garden of Eden, omdat ze wist dat meneer Ollander haar voor openingstijd al zou helpen. Op die manier kon ze lekker vroeg thuis zijn en nog meer indruk maken op mevrouw Clarendon. Pansy zou immers binnenkort ook een referentie nodig hebben. Het betekende tevens dat ze kon kletsen zonder zich schuldig te voelen omdat ze geen haast maakte.

Meneer Ollander barstte van nieuwsgierigheid naar nieuws over Rowena. 'Bijna iedere klant die hier binnenkomt, heeft het over haar,' verwonderde hij zich. 'Het nieuws verspreidt zich als een lopend vuurtje, ook al is het in tegenspraak met het andere nieuws. De een zegt dat ze in verwachting is en de ander zegt dat ze bevallen is van een tweeling.'

'Dat was snel!' snoof Pansy.

'Weer iemand anders zegt dat ze getrouwd is met een circusartiest. En de volgende zegt dat ze ervandoor is gegaan met een stalknecht die beloofde met haar te trouwen…'

Pansy voelde een onverwachte steek van sympathie voor Rowena. Zelfs als ze terug zou willen komen, hoe zou ze zich hier dan ooit nog kunnen vertonen? 'Alles behalve het officiële verhaal dus, namelijk dat ze naar het buitenland is gegaan om Italiaans te studeren.'

'Is dat zo dan?'

'Nee.' Pansy vertelde hem het weinige wat ze wist. Het was oneerlijk, dacht ze, dat John was ontslagen terwijl hij de familie al die tijd loyaal was geweest en zij nog steeds haar baan had, terwijl ze verre van discreet was. Aan de andere kant had ze het alleen aan Julia, Olive en meneer Ollander verteld, en dat waren geen echte roddelaars. Niet zoals de rijke klanten van meneer Ollander, die beweerden vrienden van de Blythes te zijn maar gretig over hen praatten, in de hoop roddels over ergere en grotere schandalen te weten te komen.

Hipólito hielp meneer Ollander om Pansy's boodschappen bij elkaar te zoeken en bood aan om alles naar het huis te brengen, zodat Pansy het niet hoefde te dragen. Toen ze het allemaal op de toonbank zag staan, leek het inderdaad één hele berg. 'Breng het maar rechtstreeks naar mevrouw Andrews in de keuken,' stelde ze voor. 'Ze is erg vriendelijk.'

Haastig deed ze de rest van de boodschappen en spoedde zich terug naar het huis, met twee volle manden aan haar armen. Ze zou blij zijn als ze alles in de keuken had weten te krijgen. Ze volgde een smal pad tussen de rododendrons door, omdat die weg een minuut of twee sneller was dan de oprijlaan. Het voelde alsof ze tien ton vlees en kaas bij zich had.

Ergens ver vanuit het groen hoorde ze een geluid dat niet thuishoorde in de tuinen van de Blythes. Het was een klaaglijk gejammer. Ze keek argwanend om zich heen. Niets te zien, alleen de groepjes hoge, glanzende bomen. Ze zette nog een paar stappen, maar hoorde toen een kreun en stopte weer. Waarschijnlijk was het beter om haar pas te versnellen en daar weg te gaan. Als het een indringer was, zou ze in de problemen kunnen komen. Aan de andere kant kon ze hem altijd een klap met de beenham geven.

Het was een verademing om de manden neer te zetten. Ze baande zich een weg door de volle bomen en struiken, terwijl kleine bladeren langs haar gezicht streken. Midden in het struikgewas was een kleine open plek en daar, opgerold op de grond, lag een vuile, verfomfaaide vrouw. Hoe zou een onbekende bedelaar hier in vredesnaam terecht zijn gekomen? Pansy had een voorgevoel en het voelde heel slecht. Juist zij wilde hier niet bij betrokken raken, maar ze kon niet zomaar weglopen. Vervuld van angst boog ze zich over de zielige gestalte.

'Juffrouw Blythe?' vroeg ze. 'Rowena?' De vrouw krabbelde overeind, verwilderd en in de war. Haar jurk was vies, haar haar los en vol bladeren, haar gezicht was bijna onherkenbaar gezwollen, rood en paars en zag er pijnlijk uit. Pansy slikte. Wat was er met haar gebeurd? Want ondanks haar schokkende uiterlijk bestond er geen twijfel over dat het inderdaad Rowena Blythe was, de laatste persoon ter wereld die Pansy ooit zou willen helpen.

Haar hoofd duizelde van de vragen terwijl de meest trotse persoon die ze ooit had gekend haar met angst in haar ogen aanstaarde. 'Wat... wat is er gebeurd?' vroeg Pansy ten slotte.

'Help mij! Alsjeblieft, je moet me helpen!' Rowena kwam plotseling tot leven en greep smekend haar pols. 'Ik kan nergens heen en heb geen geld. Als je me niet helpt, ga ik dood.'

Pansy kon er niets aan doen. Woede en wrok borrelden op uit een diepe bron binnen in haar. Ze sloot haar vingers hard om Rowena's hand en rukte zich los. Deze vrouw had haar al te vaak verteld wat ze moest doen. 'Ik hoef niets meer voor je te doen,' zei ze, haar stem hard en boos. 'Misschien kan ik je helpen, als je het beleefd vraagt. Maar je kunt me niet bevelen.' Dat was niet wat ze had willen zeggen.

Rowena's ogen liepen vol tranen. Ze deinsde achteruit en zag er verslagen uit, en Pansy werd overspoeld door schuldgevoelens. Deze harteloze persoon was niet wie ze wilde zijn. Maar het was gewoon het verkeerde moment. De grens van haar tolerantie voor Rowena's heerszuchtige manieren was al lang geleden bereikt. Ze hief haar kin op, een onwillekeurige beweging die verklaarde dat ze niemands mindere was en zeker niet van deze vrouw. Maar hoe ze zich nu gedroeg, nu haar vijand een nederlaag geleden had, zou bepalen wie ze was. Wat zou haar moeder doen? Wat zou Olive Westallen zeggen? Binnen in haar woedde een hevige strijd. Dit was de persoon die haar zeven lange jaren het gevoel had gegeven dat ze minder dan niets was, de reden waarom John nooit de hare kon zijn. Maar op dit moment was ze niet meer dan een jonge vrouw in hevige nood.

'Verdorie,' zei Pansy. 'Waarom ik? Waarom moest ik je vinden?'

'Het spijt me,' zei Rowena. 'Het was geen bevel. Het was een smeekbede. Mijn ouders willen me voor altijd wegsturen en mijn broer en Verity hebben me de deur gewezen. Ik kan nergens heen en heb niemand om naartoe te gaan. Ik heb ver gereisd en dat kostte me alles wat ik had. Ik ben zo bang.'

Pansy zuchtte. 'Dus dat was jij, gisteravond. Ben je naar het huis gekomen?'

Rowena knikte. 'Ik had gehoopt... Dat ondanks alles... Maar nee.'

Pansy beet op haar lip. Nu ze werd geconfronteerd met Rowena's intense verdriet, voelde ze ondanks zichzelf een golf van medelijden. Stel je voor dat haar moeder Pansy ooit zo zou wegsturen! Ze probeerde te bedenken welke verkeerde dingen ertoe zouden leiden dat haar moeder haar zou verloochenen, maar dat lukte niet. Ze herinnerde zich ook haar warme, lachende vader. Plotseling besefte ze dat zij degene was geweest die gelukkig was, niet Rowena. 'En Verity ook,' mompelde ze. Die twee waren altijd onafscheidelijk geweest. Ze was verbaasd over Felix. Als hij zo onverbiddelijk kon zijn tegenover zijn enige zus, dan zat er geen greintje goedheid in hem.

Rowena perste haar lippen op elkaar en schudde haar hoofd terwijl de tranen opwelden.

'En je hebt hier vannacht geslapen? Buiten?'

'Ik wilde me verbergen. Ik weet dat ik geen reden heb om medelijden van je te verwachten en niet het recht om hulp te vragen. Maar wat kan ik nu doen?'

Pansy haalde diep adem. 'Ik zal je helpen,' zei ze. 'Ik weet niet wat ik met je aan moet, maar ik zal ervoor zorgen dat niemand je nog kwaad doet.'

'Dank je.'

Ze vielen stil, Pansy dacht verwoed na. Haar eerste idee was om haar naar Elstree te sturen. Meneer Ollander zou haar erheen brengen, Pansy kon weer aan het werk, en wie zou het lichaam en de ziel van deze vrouw beter kunnen verzorgen dan Laura Tilney? Maar het zou te veel zijn om dat van haar moeder te vragen. Zij wist hoe ongelukkig haar dochter was vanwege Rowena. Bovendien was het onwaarschijnlijk dat het maar van korte duur zou zijn, want waar zou Rowena kunnen wonen? En Pansy kon de gedachte niet verdragen dat Rowena in haar huis zou zijn terwijl zijzelf in dat van Rowena woonde, dat ze daar zou zijn als ze op bezoek ging en een smet zou werpen op het allermooiste in haar leven. Zo onzelfzuchtig was ze niet.

Toen kreeg ze een idee. Ze zou haar naar Julia brengen. Julia had een groot huis en ze verbouwde groenten in haar tuin en bakte heerlijke taarten. Pansy wist zeker dat ze zou helpen. Het ging erom Rowena zo snel mogelijk weg te krijgen uit Garrowgate Hall. Als de Blythes zelfs maar een klein vermoeden hadden dat ze Rowena hielp, dan zouden ze haar onmiddellijk ontslaan.

'Kun je lopen?'

'Ja, dat gaat, ook al doet alles pijn.'

'Wanneer heb je voor het laatst gegeten?'

'Gisterochtend.'

'Wacht hier. Ik moet naar mevrouw Clarendon, anders kom ik in de problemen. Maar ik kom terug en zal iets te eten meenemen als dat lukt. Hier blijven, is dat duidelijk? Je zit hier goed verstopt.'

Rowena knikte. 'Dank je. Bedankt voor je hulp.'

Pansy haastte zich weg zonder een woord te zeggen. Ze greep de volgeladen manden en rende naar het huis. Haar armen voelde ze nauwelijks meer, want ze had nu grotere problemen. Ze vond mevrouw Clarendon in haar kantoor. Fronsend bekeek ze allerlei lijsten.

Pansy klopte aan en glipte naar binnen. 'Mevrouw Clarendon, het spijt me dat ik het u vraag, maar alstublieft, ik moet een uurtje weg.'

‘Mijn hemel, kind, wat denk je? Ben je soms vergeten dat er vandaag bezoek komt?’

‘Nee, dat weet ik nog. Ik heb net al het eten naar mevrouw Andrews gebracht. Ik ben nog nooit zo snel geweest. Maar er is iets gebeurd. Het spijt me, ik kan het niet uitleggen. Ik moet gewoon even weg om het te regelen. Het kost hoogstens een uur, dat beloof ik.’ Ze hield haar adem in. Een maand geleden zou ze niet eens de moeite hebben genomen om het te vragen, maar nu was alles anders.

‘Goed dan. Je bent vanmorgen sneller geweest dan ik had verwacht, moet ik zeggen. Maar kom snel terug. Ik wil dat je Grimes helpt met het klaarmaken van de slaapkamer voor de dochter van de Waverleys als je terug bent.’

‘Dat zal ik doen. Beloofd. Dank u, mevrouw Clarendon.’ Pansy haastte zich weg, voordat ze van gedachten kon veranderen.

37

ROWENA

Waarom moest van alle bedienden juist zij mij vinden? Het norse meisje met haar kastanjebruine haar en mooie figuur en de wrok in haar groene ogen. Ze heeft een hekel aan me. Ik heb het altijd vermoed. Ik weet nog steeds niet waarom, maar het was altijd aanwezig en stond op haar hele gezicht te lezen. Ze zei dat ze terug zou komen, maar zal ze dat ook doen? Of zal ze iemand halen om me naar het armenhuis te brengen? Die chagrijnige blik sprak boekdelen.

Als ik eerlijk ben, heeft ze waarschijnlijk weinig reden om mij aardig te vinden. Dat begrijp ik omdat ik zo anders ben gaan denken over alles.

Na mijn vreselijke ontmoeting met Verity gisteravond ben ik terug gestrompeld naar huis, omdat ik op bekend terrein moest zijn, ongeacht de gevaren, hoe onwelkom ik ook mag zijn. Ik ging echter niet rechtstreeks hiernaartoe. Aan de rand van het kerkhof, in de buurt van het huis van Verity, had ik vingerhoedskruid gezien. Nadat ze me de deur had gewezen, ging ik op weg om het te zoeken. Ik reikte tussen het hekwerk door om er zo veel mogelijk van te plukken en keerde toen terug naar het huis van mijn voormalige vriendin met mijn arm vol schitterende bloemen. Ik klopte opnieuw aan en gaf ze aan de verontrust uitziende meid om ze aan haar werkgeefster te presenteren. Vingerhoedskruid staat voor onoprechtheid. Verity zal het begrijpen.

Toen ging ik hiernaartoe en verstopte me in het struikgewas. Rododendrons waarschuwen voor gevaar als ze cadeau worden gedaan.

Deze struiken staan al langer bij Garrowgate Hall dan ik er gewoond heb. Hun boodschap stond altijd pal voor mijn neus, maar ik was me niet bewust van de vele gevaren van het leven en de liefde. Maar nu is het me zo helder als glas.

Het grootste deel van de nacht was ik doodsbang. Ik moet op een gegeven moment in slaap zijn gevallen, want ik werd gewekt toen die meid die zich over me heen boog. O, als ik weer denk aan de blik op haar gezicht!

Ik voel aan mijn haar. Het is lang en dik. Ik voel me slonzig door mijn loshangende lokken. Mijn gezicht is pijnlijk en mijn huid brandt. Die heeft ongetwijfeld verzorging nodig. Het wordt al wat warmer buiten. Een roodborstje hupt van tak naar tak en tjilpt naar me. 'Hallo, mooie meneer Roodborst,' fluister ik. Hij kijkt me nieuwsgierig aan. Het wachten wordt onhoudbaar. Heeft ze me toch in de steek gelaten?

Eindelijk hoor ik dat iemand zich een weg door het gebladerte baant. Ik slik nerveus. Zie ik mijn vader weer, of een agent? Maar het is de meid en ze is alleen. 'We moeten gaan,' zegt ze zonder omhaal. 'Ik heb niet veel tijd. Ik heb dit voor je meegebracht. Niemand mag je herkennen.'

Ze doelt op een hoed met een sluier eraan. Volkomen ongepast bij dit weer en het tijdstip, maar ze heeft gelijk. Het is voor mijn en haar bestwil. Ik breng mijn haar in model, zodat het onder de hoed past en maak de linten stevig vast, hoewel mijn kin pijn doet. 'Beter?' vraag ik. Ze knikt.

'Ik heb ook iets te eten en te drinken voor je meegebracht, maar we kunnen beter eerst op weg gaan.'

Eten en een vermomming! Ze heeft me al meer medeleven betoond dan ik had gehoopt. 'Dank je,' zeg ik. 'En dat meen ik.'

Ze draait zich echter om zonder een glimlach of een vriendelijk woord en zigzagt voor me uit tussen de struiken door. We blijven zo lang mogelijk in de beschutting voordat we dekking zoeken, dan haasten we ons naar de poort. Ik strompel achter haar aan, mijn voeten brandend van de blaren, mijn benen stijf na mijn nacht op de harde grond, maar de angst om opgemerkt te worden door mijn familie weegt zwaarder dan de pijn. Alleen de gedachte aan hen maakt me al bang. Als ze me zouden zien, zouden ze me dan grijpen en me desnoods met geweld naar het buitenland sturen? Ze waren immers ook bereid me op mijn kamer op te sluiten. We haasten ons een stukje de heuvel af en gaan dan via de heide verder, de plek waar ik Bartek altijd ontmoette. Ik huiver bij de gedachte. Dan beklimmen we Parliament Hill en lopen we over de open heide. Haar rug is stijf en afkerig. Eigenlijk wil ze me niet helpen.

'Alsjeblieft,' roep ik. 'Kunnen we iets langzamer lopen?'

'Nee,' antwoordt ze over haar schouder. Misschien was het noodzaak in plaats van medeleven waardoor ze aan de hoed en het eten had gedacht. Ik struikel bij elke stap terwijl mijn schoenen knellen en mijn voeten opzwellen in protest. Ik denk aan het sprookje van de Kleine Zeemeermin van Hans Christian Andersen, die haar staart inruilde voor benen, waarbij het voelde alsof ze met messen in haar voeten gestoken werd als ze liep. 'Waar gaan we eigenlijk heen?' Ik hoop dat een gesprek haar wat afremt. 'Naar een vriendin van mij, Julia Morrow,' zegt de meid zonder vaart te minderen. 'Ze woont vlak bij de heide en ik weet zeker dat ze je een tijdje in huis zal nemen. Je zult veilig zijn.'

Maar ik hoor haar geruststelling nauwelijks, want de naam doet meteen alle alarmbellen in mijn hoofd rinkelen. 'Wacht, Julia Morrow? Is ze… Is ze een gescheiden vrouw?'

Ze kijkt me vernietigend aan. 'Je maakt je toch geen zorgen over het effect dat ze op je reputatie zal hebben?'

O, als dat alles was. 'Nee, maar ik herken de naam. Ze is een vriendin van Olive Westallen, geloof ik.'

'Dat klopt.'

'Dan kan ik daar niet heen.'

Ze blijft doodstil staan en staart me ongelovig aan. 'Als ik me niet vergis, ben je wanhopig. Dit is niet het moment om kieskeurig te zijn, juffrouw Blythe.'

Ik wankel. De teleurstelling dat ik uiteindelijk toch nergens heen kan overweldigt me. Ik struikel opnieuw en deze keer val ik. Ik kijk naar haar op. 'Dat is het niet. Ik ben je zo dankbaar dat je op het idee gekomen bent. Het is alleen...' En dan vertel ik haar een en ander over hoe het altijd is geweest tussen Olive en mij, over de mysterieuze vete tussen onze vaders.

'Maar ik breng je naar Julia, niet naar Olive.'

'Maar als Julia voor Olive is wat Verity voor mij was...' Ik stel me de ontvangst voor die we Olive zouden hebben gegeven als ze in vergelijkbare omstandigheden naar ons toe was gekomen. De gedachte is verschrikkelijk. Ik herinner me hoe kil Verity mij gisteravond behandelde, terwijl ik vroeger haar beste vriendin was. Als Olive of Julia zich aan onze genade hadden overgeleverd, dan zou Verity beslist het voortouw hebben genomen, maar zou ik tussenbeide zijn gekomen? Of zou ik gewoon haar voorbeeld hebben gevolgd? Ik weet het niet. Ik ben een ander mens dan voorheen. 'Alsjeblieft, kun je nog iets anders bedenken? Ik weet dat ik geen medeleven verdien, maar om nu naar een vriendin van Olive te gaan, na alles wat me is overkomen. Ik ben een en al schaamte en veracht mezelf, want ik heb alles verkeerd gedaan. Maar ze heeft me nooit gemogen. Breng me daar alsjeblieft niet heen.'

Ze staart me verward aan. 'Nou, je bent net zo gemakkelijk tevreden te stellen als vroeger,' zegt ze zuur. 'Kom op. De mensen zullen naar je kijken als je zo in het gras blijft liggen. Laten we naar die bomen gaan, dan gaan we daar zitten. Jij kunt iets eten en dan zal ik nadenken.'

Ik volg haar dankbaar, maar langzaam, want mijn voeten staan echt in lichterlaaie. Ze bereikt het bosje en ziet hoe ik pijnlijk naar haar toe strompel. Ik val neer op een boomstronk en ze knielt en pakt een van mijn voeten op. Ik kijk naar beneden en dan snel weg. Mijn voet bloedt. Ze geeft een rukje aan mijn schoen en ik hap naar adem. 'Die is door en door versleten,' zegt ze terwijl ze ermee naar me zwaait. Zo is het. Ze gooit de schoen weg, reikt naar de andere en doet hetzelfde.

'Ik veronderstel dat je te verfijnd bent om zonder schoenen te lopen, maar deze bezorgen je meer problemen dan bescherming.'

'Ik ben gewend om op blote voeten te lopen,' zeg ik uitdagend. 'Op de boot in elk geval.'

Haar ogen worden groter. 'Heb je op een boot gezeten?'

'Ik heb twee weken met een kanaalboot gereisd.'

Haar mond begint te trillen. 'Rowena Blythe op een schuit.' Dan fronst ze haar wenkbrauwen, alsof ze vastbesloten is geen interesse te tonen. 'Hier.' Uit haar ene zak haalt ze een flesje met een dop erop en uit de andere een tasje. Er zit brood, kaas en een soesje in. 'Het is niet echt veel. Het was alles wat ik kon pakken zonder aandacht te trekken. In het flesje zit appelsap.'

'Ik denk niet dat een maaltijd me ooit zo lekker heeft geleken,' zeg ik tegen haar. Ik begin te schrokken. Ze zit op een omgevallen boomstam, met haar gezicht afgewend. Ze laat haar ellebogen op haar knieën rusten en haar kin in haar handen. Ik durf geen woord te zeggen. Ik concentreer me op eten en drinken en verzamel kracht zolang ik kan. Een briesje waait zacht door het gebladerte. De andere wandelaars op de heide schenken geen aandacht aan ons. Het is een onvoorstelbaar moment van rust in mijn geruïneerde leven. Eindelijk draait ze zich naar me om. 'Ik heb een andere plek bedacht,' zegt ze met het air van iemand die naar de galg wordt geleid. Het is duidelijk dat het de allerlaatste plek is waar ze me mee naartoe zou willen nemen als ze de keuze had, waar het dan ook is. Ze lacht bitter. 'Het is een plek waar je altijd welkom bent en waar er altijd voor je gezorgd wordt, wat je ook doet.'

Ik kijk haar geschrokken aan. 'Een nonnenklooster?'

De meid kijkt me sarcastisch aan. 'Ja, die zijn er genoeg hier in de buurt. Nee. Ik heb het niet over liefdadigheid. Ik heb het over een plek waar jij, Rowena Blythe, altijd met open armen zult worden ontvangen, en waar je altijd beschermd en gekoesterd zult worden.'

Ik kijk haar ongelovig aan. 'Bestaat zo'n plek wel?'

'Dat is moeilijk voor te stellen, ik weet het. Kom laten we gaan. Ik doe er al langer over dan de bedoeling is. Ik wil niet door jou in de problemen komen.'

'Nee, dat is niet de bedoeling.' Ik sta op en in het koele gras doen mijn gehavende voeten al minder pijn dan in die harde, schurende schoenen.

'Ik wist niet dat het zo veel pijn deed,' zegt ze een beetje overweldigd. 'Mijn vriend heeft een kar. Ik had hem kunnen vragen om ons mee te nemen. Wat moeten we doen als we weer op straat komen? Ik heb geen geld meegenomen, dus ik kan geen rijtuig aanhouden.'

'Dan loop ik blootsvoets over de stoep,' verklaar ik dapper. 'Dat kan ik best.'

We gaan weer op weg. Op de met gras begroeide hellingen lopen we tijd in die we op de harde straten ongetwijfeld zullen verliezen. Als we Hampstead bereiken, klem ik mijn tanden op elkaar en probeer ik normaal te lopen. Ik wil niet dat iemand naar beneden kijkt en mijn blote voeten ziet. De meid biedt me haar arm aan, zodat ik op haar kan leunen en niet zo strompel.

'Ik weet je naam niet,' zeg ik.

'In Garrowgate Hall sta ik bekend als Tilney,' antwoordt ze zonder haar blik van de straat voor haar af te wenden.

Tilney. Ja, ik heb die naam gehoord, zonder ooit te weten van wie die was. 'Wat is je voornaam?'

'Pansy. Het betekent gedachte.'

'Dat is een mooie naam. Mag ik je Pansy noemen, of heb je liever juffrouw Tilney?'

Dan werpt ze me een snelle blik toe. 'Pansy is prima.'

Ik herken de hoofdstraat van Hampstead. We komen langs winkels en theehuizen waar ik in mijn vroegere leven ben geweest. Ze neemt me mee naar een pleintje met witgekalkte huisjes en klopt op een deur. Ik kan me nog steeds niet voorstellen wie hier zou kunnen wonen die blij zou zijn mij te zien, zoals ze zei. Ik heb nooit iemand gekend die op een plek als deze zou kunnen wonen.

De deur gaat open. In de hal staat een eenvoudig uitziende vrouw van middelbare leeftijd. Haar haar is bruin en futloos, haar gezicht staat vermoeid. Waarom zou ze me verwelkomen?

'Hetty, het spijt me zo dat ik je lastigval,' barst Pansy uit. 'Ik weet dat het een vreselijke verplichting is, maar ze kan nergens anders heen. Echt nergens. Haar familie heeft haar afgewezen en ze is gewond... Ik vond haar vanmorgen. Ik wist niet waar ik haar anders naartoe moest brengen. Het zal niet lang duren. We zullen wel iets bedenken. Ik zal op elke mogelijke manier helpen...' Haar waterval van woorden maakt me ervan bewust dat ik haar in een lastig parket heb gebracht. Niet zo'n moeilijke situatie als waar ik zelf in beland ben, maar toch. Zo meteen is ze weer weg, terug naar mijn oude huis. Ik zal hier alleen achterblijven bij vreemden en die gedachte zorgt ervoor dat ik me aan haar vastklamp.

De vrouw steekt haar hand op om haar woordenstroom te stoppen. 'Natuurlijk. Je kon haar niet op straat achterlaten. Ze kan maar beter binnenkomen.' Hoewel de woorden geruststellend zijn, is haar toon dat niet. Ze kijkt me aan met dezelfde afkeer die Pansy altijd in haar ogen had, hoewel ik haar nog nooit van mijn leven heb gezien. Waar blijft de warmte en bescherming die Pansy me beloofd had?

'Ik weet dat dit het allerlaatste is wat je nodig hebt,' mompelt Pansy als we naar binnen stappen. 'In meer dan één opzicht.' De onbekende vrouw met het zure gezicht is het daarmee eens. Als ik een keuze zou hebben, zou ik me haasten hun te vertellen dat ze zich geen zorgen hoeven te maken. Maar die heb ik niet. 'Dit is Hetty Simon,' zegt Pansy tegen me.

Ik haal diep adem en begroet Hetty Simon beleefd. Ik steek mijn hand uit. 'Juffrouw Simon, ik ben u zeer dankbaar. Mijn naam is Ro...'

'Ik weet precies wie je bent,' valt ze me in de rede. 'Jij bent de vrouw op wie mijn broer al bijna tien jaar verliefd is.' Ik ben verbijsterd. Wie kan haar broer in vredesnaam zijn?

Ik denk aan alle mannen met wie ik heb gedanst en geflirt. Dan is er beweging in de schemerige gang achter haar en een tweede gedaante verschijnt. Hij bukt zich omdat hij groter is dan de deur. 'Goeie hemel!' mompelt hij. 'Kan dit waar zijn? Droom ik nu, Pansy?'

'Ik was wanhopig, John. Of beter gezegd, zij was dat. Ik moet gaan. Donderdag kom ik terug. Veel succes.'

Zonder ook maar afscheid van mij te nemen haast ze zich weg. Haar groet was waarschijnlijk alleen voor hen bedoeld. Ik ben er sprakeloos van dat ik alleen bij vreemden ben, in een klein huis midden in Hampstead. Maar de man buigt voor me en zegt: 'Goedendag, juffrouw Blythe.' Hij behandelt me net zo respectvol als toen ik nog mooi en perfect was. Hij ziet er onverzorgd uit en heeft zich niet geschoren, maar ik besef dat ik hem toch wel ken.

'Henry!' roep ik uit.

Naast ons slaakt zijn zus een gesmoorde kreet en ik herinner me dat Henry niet zijn echte naam is. Voor het eerst realiseer ik me hoe bizar het is dat we voor ons eigen gemak drie verschillende mannen met dezelfde naam aanspraken.

'Juffrouw Blythe, mijn naam is John. John Hobbs. U bent welkom in ons huis. We zullen voor u zorgen. Mijn zus zal u op uw gemak stellen en u hoeft zich nergens zorgen over te maken. U bent nu veilig.'

38

PANSY

Het grootste deel van de weg terug naar Garrowgate Hall rende Pansy om de langzame wandeling naar Hampstead te compenseren. Ze wilde graag dat mevrouw Clarendon haar goedgezind bleef, voor haar eigen bestwil en die van John. Lieve hemel, ze was vergeten hem over de referentie te vertellen. Maar wie kon haar dat kwalijk nemen na al dat gedoe met Rowena Blythe? De ochtend was zo vreemd verlopen dat ze er vanavond nog eens goed over zou moeten nadenken.

Maar voorlopig had ze geen tijd om ergens aan te denken, het enige wat ze moest doen was zo snel mogelijk teruggaan.

Toen ze de keuken betrad, leek het alsof ze werd opgeslokt door een draaikolk. Dienstmeisjes liepen kriskras door elkaar heen en pannen met borrelend water stonden op het vuur. Het was zo'n koortsachtige werveling dat het Pansy duizelde. Mevrouw Clarendon was in de gang in gesprek met Maude Blythe. Pansy bleef in het bediendengedeelte hangen, op een plekje waar ze uit het zicht was. Ze leunde tegen de muur, buiten adem door haar gehaaste sprint, totdat ze de voetstappen van de huishoudster haar kant op hoorde komen.

'Ik ben er weer, mevrouw Clarendon, ik ben terug,' zei Pansy terwijl ze zich van de muur af duwde. 'Nogmaals bedankt. Wat wilt u dat ik eerst doe?'

'Lieve hemel,' zei de huishoudster. Ze leek ook een beetje buiten adem. 'Mevrouw vertelde me net dat we een jubileumbal gaan organiseren! Alsof dit weekend nog niet genoeg is om door te komen!'

'Wanneer dan?'

Mevrouw Clarendon haalde haar schouders op. 'Ergens in juni, zei ze, of misschien in juli, zodat het opvalt na alle andere feesten. Ze wil rijken en vooraanstaanden van heinde en verre uitnodigen. Het lijkt erop dat ze de wereld willen laten zien dat het leven hier in Garrowgate Hall gewoon doorgaat. Je kunt er zeker van zijn dat ze ons bij elke stap in de nek zal hijgen. Er mag natuurlijk nergens iets op aan te merken zijn. Mijn hemel, ik word te oud voor dit alles.'

'Denk er maandag maar over na, als de gasten weg zijn,' adviseerde Pansy. 'Wat kan ik doen om te helpen?'

'Voor dit weekend? Maak de kamer van Tertia Waverley maar in orde. Ze zal in de groene slaapkamer verblijven. Zorg ervoor dat het perfect is. Zet bloemen neer, leg lavendel op het kussen, plaats een dienblad met bonbons op tafel. Elk leuk detail dat je maar kunt bedenken. Ze is achttien en ze zal genieten van zulke dingen. Bovendien moet het natuurlijk brandschoon zijn. Grimes is er nu bezig. Kom als je klaar bent meteen terug naar de keuken. Mevrouw Andrews heeft je voor een paar dingen nodig.'

'Ja, mevrouw Clarendon.'

'En Tilney, ik neem aan dat er geen mysterieuze boodschappen meer zullen zijn? Is het allemaal geregeld?'

'Ja, mevrouw Clarendon. Hier blijft het bij, dat beloof ik.'

'Mooi zo. En beloof me dan nog iets, alsjeblieft. Als je er ooit over hebt gedacht om Garrowgate Hall te verlaten en ergens anders te gaan werken, doe het dan niet voor het jubileumbal.' Mevrouw Clarendon zat vol verrassingen vandaag. 'Het is geen vraag, want ik wil het niet weten,' vervolgde de huishoudster. 'Maar de komende maanden zullen moeilijker zijn dan ooit en ik heb al het ervaren personeel nodig dat ik kan krijgen. Je kent de kneepjes van het vak, Tilney, je bent standvastig. Als je hier wilt blijven, dan is dat prima. Je hebt een mooie toekomst voor je, binnen een jaar kun je rekenen op een betere positie, zou ik denken. Maar als je droomt van nieuwe avonturen, stel die dan uit tot na het bal. Dat verzoek ik je met heel mijn hart.'

Ze was bloedserieus, dat zag Pansy aan haar strakke gezicht. Ze blokkeerde ook Pansy's weg naar boven. Pansy aarzelde. Ze wilde hier al heel lang weg, meer dan wat dan ook. Maar het was nu mei. Nog twee maanden blijven zou geen kwaad kunnen en misschien zou ze zelfs dan nog niets gevonden hebben. 'U kunt op me rekenen,' beloofde ze ongemakkelijk. 'Ik zal u niet teleurstellen.'

Mevrouw Clarendon ging opzij en Pansy haastte zich de trap op. Dat was nog meer om over na te denken, maar ze had er nog steeds geen tijd voor. Toen ze de prachtige zachtgroene slaapkamer binnenstormde, keek Lou op. Ze grijnsde. 'Pansy Tilney! Waar heb jij gezeten, stiekemerd?'

'Ik kan het je nog niet vertellen, Lou. Maar dat komt nog wel, dat beloof ik.'

'Stiekemerd,' mompelde Lou opnieuw, een stofdoek naar Pansy gooiend. 'Wil jij de schilderijlijsten even doen? Je bent langer dan ik.'

Pansy begon af te stoffen, blij dat Lou haar niet het vuur aan de schenen legde. Ze popelde om het haar te vertellen, maar ze durfde het geheim met niemand in Garrowgate Hall te delen. Als de Blythes erachter zouden komen dat ze Rowena had geholpen, zou ze meteen op straat worden gezet. Ze vertrouwde Lou wel, maar dit was te groot om met iemand te delen. Had niemand haar gezien? Wat als iemand van de familie Blythe hen had zien vertrekken vanuit een raam op de bovenverdieping? Maar dan zouden ze hen wel gevolgd zijn. Toch zou Pansy pas weer vrij kunnen ademhalen als de gasten maandag weg waren. Als ze tegen die tijd niet door een woedende Blythe op het matje was geroepen, zou ze zich waarschijnlijk kunnen ontspannen.

De Waverleys arriveerden om vier uur en het huis was tiptop in orde, precies zoals mevrouw Clarendon had gewild, hoewel de bedienden om vijf voor vier nog steeds van kamer naar kamer renden om karaffen bij te vullen en bloemen opnieuw te schikken. Terwijl de Waverleys aankwamen, haastte het personeel zich naar de onzichtbare delen van het huis. Daar wapperden ze zich koelte toe en zegen ineen op trappen of aan de keukentafel. Pansy gluurde bovenaan de keldertrap, samen met Lou en mevrouw Clarendon, om de gasten te zien arriveren. Het was het enige onderdeel van het werk hier dat mogelijkerwijs als leuk kon worden omschreven: het bekijken van de belangrijke mensen met hun maniertjes en mooie kleding. Clem Clearwell diende hen te ontvangen, aangezien John er niet meer was.

De Waverleys waren inderdaad erg welgestelde mensen, maar Pansy vond dat ze er aardiger uitzagen dan de familie Blythe. Meneer en mevrouw Waverley waren heel beleefd tegen Clem en ze lachten veel meer dan Maude en Malvern. Ze hadden zelf drie kinderen en twee waren met hen meegekomen. Hun zoon Tristan was een jaar of vijfentwintig en zag er opvallend uit. Hij had een wilde krullenbos, die wel wat weg had van een hazelaarhaag waar het zonlicht juist op viel.

'Wat een knapperd!' zuchtte Lou waarderend, wat haar een afkeurende frons van mevrouw Clarendon opleverde.

Zijn zus van achttien, Tertia, was mooi, slank en opgewekt. Je kon de familiegelijkenis met Rowena zien in haar sierlijke neus en het goudblonde haar, maar waar Rowena star en afstandelijk was geweest, was zij geestdriftig en gemakkelijk in de omgang. Toch was het vreemd om hier weer een mooie jonge vrouw te zien, alsof alles hetzelfde was als vroeger, maar toch niet helemaal.

De ongelukkige Rowena leek hen vanaf haar portret aan te staren. Pansy had gemerkt dat de Blythes de aanblik ervan niet eens konden verdragen, terwijl ze er zo veel geld voor hadden neergelegd. Ze wilden het waarschijnlijk het liefste wegdoen, maar als ze de schijn wilden ophouden dat Rowena in het buitenland was en dat alles in orde was, moest het blijven hangen.

De bedienden waren pas om middernacht klaar met hun werk. De Waverleys moesten naar hun kamers gebracht worden en hadden verfrissingen nodig. Daarna kwam al het uitpakken nog, aangezien geen enkele rijke, hoe aardig ook, met slechts een redelijke hoeveelheid bagage kon reizen. Voor het avondeten moesten ze aangekleed worden en daarna volgde de maaltijd zelf. Vervolgens was het nog tijd voor drankjes en amusement. Uiteindelijk, toen de familie aanstalten maakte om naar bed te gaan, kon het personeel beginnen met opruimen.

Pansy viel uitgeput op bed neer, ervan overtuigd dat ze in een oogwenk in een diepe slaap zou vallen, maar haar hersenen waren het daar niet mee eens. De dag moest doorlopen worden. Dus lag ze nog een uur of twee wakker, terwijl Lou en Maisie in hun bedden vlak bij haar lagen te dromen.

Pansy woelde en draaide, probeerde in slaap te vallen en faalde daarin. Ze lag op haar rug, staarde in het donker naar het plafond en stopte haar handen achter haar hoofd, haar armen gekruist. De escapade van Rowena Blythe was tot een stroef einde gekomen, zoals iedereen had kunnen voorspellen. Haar ouders waren net zo onverbiddelijk gebleken als iedereen had kunnen verwachten. Pansy vroeg zich af wat er in vredesnaam was gebeurd. Niet dat het haar iets kon schelen. Vriendinnen zouden ze nooit worden.

Een deel van Pansy wilde haar nooit meer zien. Maar ze zou bij Hetty langs moeten gaan om te kijken of het goed met haar ging. Arme vrouw, dit was het laatste wat ze nodig had. En ze moest John ook zien. Ze wilde wanhopig graag weten hoe het met hem ging nu Rowena Blythe onder zijn dak verbleef. Pansy zuchtte. Stel je voor, ze had die vervloekte vrouw niet alleen geholpen, ze had haar zelfs meegenomen naar de persoon van wie Pansy hield. Ze had haar in zijn wachtende armen afgeleverd. Al was het ook niet zo dat John met haar zou trouwen als ze het niet had gedaan, dus waarom niet? Nu kon tenminste een van hen gelukkig zijn. Want Pansy twijfelde er niet aan dat Rowena nu met John zou trouwen. Het was de eerbiedwaardigste positie die ze ooit nog zou bereiken en ze was niet gemaakt om alleen te leven. Ze had iemand nodig die voor haar zorgde en de weg effende. Iemand die alles gemakkelijk, aangenaam en geweldig maakte. Pansy zou dat allemaal ook wel willen, maar dat leek het leven voor haar niet in petto te hebben.

Ze draaide zich op haar buik en begroef haar gezicht in haar kussen. Wilde ze Rowena en John echt samen zien? Zijn blik van ongelovige verrukking en haar stomme, bedeesde glimlach? Argh!

Ze wierp zich op haar zij. Ze was niet van plan om Rowena en John haar gedachten en gevoelens te laten beheersen. Dat had ze veel te lang gedaan. Dat was de laatste tijd veranderd en alles had zo veel beter gevoeld. Nu werd ze weer van het goede spoor getrokken, in beslag genomen door het leven van andere mensen in plaats van dat van haarzelf. Ze zou zich donderdag niet meteen naar hen toe haasten. Nee, ze had Olive Westallen beloofd dat ze die ochtend om tien uur naar haar kantoor zou komen. En ze zou alles uit die ontmoeting halen, al was dat het laatste wat ze deed. Elk brokje wijsheid zou ze verslinden, dankbaar voor elk moment dat Olive haar zou gunnen. En pas als ze daar helemaal klaar was, zou ze naar Hampstead gaan om erachter te komen wat er in Hetty's huis gebeurde. Want dat zou onvermijdelijk zijn. Haar nieuwsgierigheid zou de overhand krijgen.

39

ROWENA

Ik ontwaak uit een diepe slaap en bevind me in een warm bed. Even kan ik niet bedenken waar ik ben. Met moeite open ik mijn ogen. De uitputting is voelbaar in elke vezel van mijn wezen. Boven me zie ik een schuin plafond. Een gaasachtig wit gordijn wappert voor een klein openslaand raam, dat iets op een kier staat, de houten vloer is eenvoudig en op een tafeltje staat een witte porseleinen kan. Nog maar twee weken geleden sliep ik elke nacht als een roos, afgezien van onze gezinsuitstapjes naar het continent, in mijn prachtige goud- en perzikkleurige slaapkamer in Garrowgate Hall. Inmiddels heb ik al op een boot, in een herberg en tussen de struiken geslapen. Volgens de normen van mijn familie is de ene plaats nog belachelijker dan de andere. Nu bevind ik me in het huisje van onze huisbediende en zijn zus. Dit zou weleens de meest bizarre situatie kunnen zijn van allemaal.

Met moeite kom ik overeind. Voor het eerst in tijden ben ik schoon, echt schoon. Terwijl ik langzaam bij mijn positieven kom, herinner ik me weer fragmenten van gisteren. Hetty vulde in de keuken een teil met heet water. Ik was verbijsterd totdat ze uitlegde dat ik erin moest baden. Ik schrok een beetje van het feit dat er geen slot op de keukendeur zat, maar ze verzekerde me enigszins wrang dat zij en haar broer zich zouden kunnen bedwingen en mijn deugd zouden respecteren. Het water voelde goed aan. Ik schrobde mijn huid en deed zeep in mijn haar. Nu het gewassen is, maar niet gekruld, is het een wilde bos die rond mijn gezicht en over mijn schouders valt. Hetty had een ruwe, maar schone handdoek voor me klaargelegd, en een schone jurk. Die past redelijk goed. Hetty is broodmager, maar ik ben erg slank. Ik heb nog nooit een bruine jurk gedragen.

Daarna bracht mijn onwillige gastvrouw mijn badwater weg en maakte ontbijt voor ons drieën. Het gesprek verliep stroef en we aten snel. Achteraf had ik moeten aanbieden om te helpen opruimen, maar op dat moment dacht ik daar niet aan. Ik was te verbijsterd. Henry bleef me aanstaren vanaf de andere kant van de tafel met een blik van verwondering op zijn gezicht. Nee, niet Henry, maar John Hobbs, dat moet ik onthouden. Maar elke keer als ik hem aankeek, keek hij weg. Hij kan ongetwijfeld nog niet geloven dat ik hier ben, ik geloof het zelf ook nog niet.

Vervolgens behandelde Hetty mijn verwondingen. Er was geen warmte in haar manier van doen, maar haar aanraking was zacht. Ze depte mijn gezicht en voeten met een tinctuur van valkruid, evenals een paar blauwe plekken op mijn armen die ik niet had opgemerkt, maar die toch erg donker en pijnlijk waren. Ik wilde de stilte tussen ons verbreken, maar ik kon niets bedenken om te zeggen.

Het hoofdeinde achter mij is hard. Ik zet een kussen in de lengte rechtop, leun ertegenaan en trek mijn knieën op. Wat zal er van mij worden? Voor nu ben ik veilig en ik voel me dankbaar voor het onverwachte uitstel. Mijn problemen zullen echter niet verdwijnen. Ik kan hier niet eeuwig blijven. Rijk zijn ze duidelijk niet en ik betwijfel of ze de kosten voor mij kunnen opbrengen. Wat moet ik doen? Waar kan ik heen? Als ik hier maar lang genoeg kan blijven om bij te komen en iets te bedenken.

De vorige dag was verder in een waas voorbijgegaan. John en zijn zus, die volgens mij weduwe is, lieten me eigenlijk de hele tijd met rust, alsof ik een hertje was dat in de tuin kwam grazen of een meubelstuk dat er altijd al gestaan had. Er schoot me geen enkel gespreksonderwerp te binnen, want de gebeurtenissen van de laatste dagen tuimelden door mijn hoofd en ik was er stil van. Ik zat daar maar voor me uit te staren in hun kleine voorkamer, die lijkt te dienen als zitkamer, als een voorkamer en salon ineen, terwijl zij in andere delen van het huis bezig waren.

Ik luisterde naar de geluiden van hun bedrijvigheid en de tijd verstreek. Hetty kondigde aan dat we die avond vroeg zouden eten en John verscheen weer. Hij leek meer op de man die ik me herinnerde. Hij had zijn bakkebaarden geschoren, zijn haar gekamd en droeg een schoon en net overhemd. Ik heb begrepen dat hij niet meer in mijn oude huis werkt. Ik vraag me af waarom hij daar weg is gegaan. Meer eten kreeg ik niet naar binnen, omdat ik een knoop in mijn maag had en misselijk was, dus vroeg ik of ik naar bed mocht gaan. Volgens mij was Hetty opgelucht me te zien vertrekken. Ik heb geslapen als een os.

Ik heb geen idee hoe laat het is. Het is al licht, maar het is zomer, dus het kan nog vroeg zijn. Het is stil in huis. Ik sta op en kleed me aan, zodat ik er in elk geval netjes uitzie als ze me roepen. Dan keer ik terug naar mijn plek op het bed. Ik probeer mijn gedachten te ordenen, maar faal hopeloos.

Door mijn hoofd sluipen flarden van gesprekken van gisteren, alsof ze laatkomers op een feestje zijn. Ik herinner me Hetty's woorden. 'Ik weet precies wie je bent. Jij bent de vrouw op wie mijn broer al bijna tien jaar verliefd is.' Dan denk ik aan Pansy's woorden. 'Een plek waar jij, Rowena Blythe, altijd met open armen zult worden ontvangen, en waar je altijd beschermd en gekoesterd zult worden.' Is het mogelijk dat Henry... Is het mogelijk dat John gevoelens voor mij koestert? De gedachte alleen al. Eerlijk gezegd heb ik geen idee wat dat voor mij betekent.

Moeder zou het schandelijk noemen. Verity zou lachen en zeggen dat het echt te tragisch is. Zelfs mijn broers zouden zeggen: 'Dat is een beetje ongepast, Ro, zo'n kerel!' Ik weet niet wat ik er zelf van vind. Ik herinner me de eerste ochtend dat we elkaar spraken, toen ik hem met een rood hoofd en bezweet op het terras zag staan. Hij was een beetje uit zijn doen, maar ik had gewoon aangenomen dat hij zenuwachtig was omdat hij in zo'n toestand was betrapt door een van de familieleden. Vanaf dat moment had ik hem overal in huis opgemerkt, zijn das keurig recht, zijn kraag gesteven en fier omhoog, zijn livrei netjes dichtgeknoopt. Hij was een toonbeeld van uiterste zelfbeheersing. Ik voelde me altijd beter als ik hem in de gang zag staan. Hij was altijd hartelijk en bezorgd en had een vriendelijke glimlach. Als hij gevoelens voor me koesterde, vind ik dat niet zo erg. Nu zal hij die zeker niet meer hebben.

Eindelijk ga ik naar het raam en kijk naar buiten. De kamer kijkt uit op het pleintje, waar het rustig is. Bruine kasseien glinsteren in de zon en een straatveger leunt op zijn bezem, het ziet eruit alsof hij filosofeert. Aan de overkant staan dezelfde kleine witte huisjes. Een glimp van een herinnering komt in me op, plotseling en hevig: het uitzicht vanuit mijn oude slaapkamerraam. Vanuit mijn kamer keek ik uit over de tuinen van Garrowgate Hall. Een lang grasveld, uitgestrekte bloemperken, paden van sneeuwwit grind, een slanke cipres, een wilg naast de vijver. En dat alles heb ik verloren.

Ik denk eraan hoe het was om daar wakker te worden. Daar rekte ik me uit als een kat, lag ik urenlang in bed te genieten en belde ik om een meid als ik thee of ontbijt wilde. Ik hield me bezig met lezen, giechelen, dromen en uiteindelijk stond ik op. Dan werd het tijd om te beslissen welke jurk ik wilde dragen en moest ik mokkend stilstaan terwijl iemand de knoopjes vastmaakte. Opeens kan ik niet langer in deze kamer blijven.

Ik verlang naar de ronde trappen en stijlvolle gangen van thuis. Maar deze deur komt uit op een krappe overloop. Recht tegenover me is nog een deur. De trap is smal en steil. Blootsvoets loop ik naar beneden, in de verwachting dat dat geruisloos zal zijn. Ik had er niet op gerekend dat de treden zo zouden kraken.

De kamer beneden is donker, maar dan beweegt er iets in de schaduwen en ik slaak een gil.

'Juffrouw Blythe,' zegt een stem. 'Wees niet bang, ik ben het maar,

John Hobbs. Wacht even, dan zet ik thee voor u.' Nog een herinnering komt in me op. Ik denk aan de lange blonde meid, Smithson heette ze geloof ik, die 's ochtends mijn kamer binnenkwam met een dampende pot geurige earlgreythee. Ik kon alles krijgen wat ik wilde hebben en het enige wat ik hoefde te doen was mijn hand ernaar uitstrekken.

De donkere gestalte van John Hobbs haast zich richting de luiken en opent ze, waardoor er licht binnenvalt. Ik zie een stapel dekens liggen en realiseer me dat hij op de bank geslapen heeft. Gelukkig ziet hij er netjes uit. Hij haalt zijn handen door zijn haar en wrijft de slaap uit zijn ogen. Dan maakt hij een kleine buiging voor me. Een buiging. 'Volg me alstublieft, juffrouw Blythe,' zegt hij.

Het is niet ver naar de keuken, slechts een paar stappen. Daar schuift hij een stoel voor me naar achteren en brengt water aan de kook. Ik ben te verlegen om te spreken. Hij draagt een hemd, broek en loshangende bretels. Hij zet de thee snel en zet een mooie porseleinen kop en schotel voor me neer.

'Dank u, meneer Hobbs.'

'Graag gedaan.'

'Wilt u zelf niet?'

Hij aarzelt. 'Prima.' Hij komt tegenover me zitten. 'Hoe hebt u geslapen, juffrouw Blythe?'

'Heel goed, dank je. Een lange, diepe slaap. Een zalige ontsnapping, in feite...' Ik praat te veel. Blozend verander ik van onderwerp. 'U hebt op de bank geslapen, meneer Hobbs. Hebt u hier geen kamer?'

Hij lacht. 'Jawel, juffrouw Blythe. Daar hebt u in geslapen.'

'O!' Ik ben verbijsterd. Ik heb de man uit zijn bed verdreven. Hij legt mijn afschuw echter verkeerd uit.

'Het is in orde, juffrouw Blythe. Het linnengoed was schoon en de vloer grondig geveegd, de kamer was helemaal klaargemaakt als logeerkamer.'

'Nogmaals bedankt! Maar dat is niet waarom ik dat zei. Ik ben een vreselijke last. Meneer Hobbs, laat mij alstublieft vanavond op de bank slapen.' Opnieuw een herinnering: het krappe kajuitbed dat ik deelde met Bartek. Zijn lichaam dat het mijne tegen de wand drukte. John Hobbs ziet me waarschijnlijk nog steeds als een prinses uit een kasteel, maar die bank zou een comfortabeler slaapplaats zijn dan sommige andere slaapplaatsen die ik de laatste tijd heb gehad.

'Zeker niet,' zegt hij kortaf. 'Hebt u trek, juffrouw Blythe? Wilt u wat ontbijten? Of is het te vroeg voor u? De dienstmeisjes kenden uw dagelijkse gewoonten. Wij, de huisbedienden, niet.'

Deze verwijzing naar vroeger ontroert me. 'Maar meneer Hobbs, u bent hier geen huisbediende en ik ben niet de baas. Ik ben een zeer dankbare gast. Het is niet anders. Maar eigenlijk heb ik wel trek.' Ik heb natuurlijk het avondeten overgeslagen. 'Zullen we op uw zus wachten? Hoe laat is het eigenlijk?'

'Het is net voor achten. Hetty heeft al gegeten en is naar buiten gegaan, juffrouw Blythe. Ik kan u toast, pap, eieren of kippers aanbieden.'

'Toast, alstublieft. En nog wat thee als dat mag.'

'Natuurlijk.' Hij staat op. 'En wat wilt u op de toast? Boter, honing of kaas?' Ik twijfel als een kind en hij lacht weer. 'Zullen we het dan allemaal doen?' stelt hij voor. 'Maar dan niet alles op hetzelfde stuk toast.'

Ik glimlach ook. 'Kan ik helpen?'

Hij kijkt om zich heen alsof hij de schade inschat die ik zou kunnen aanrichten. 'U kunt uw theekop bijvullen, juffrouw Blythe, en de mijne ook als u wilt.' Een simpele taak die je een kind zou kunnen geven, maar ik doe het voorzichtig. Trots zet ik de pot terug op het fornuis zonder een druppel te hebben gemorst. In gemoedelijke stilte eten we hongerig onze toast op. Een moment lang zie ik Verity en mezelf 's avonds laat toast met kaas eten na een feestje, terwijl we onze vingers aflikken en ons helemaal vol eten. Ze logeerde vaak bij mij na sociale uitstapjes. Dan konden we naar hartenlust giechelen en roddelen. 'Je bent de beste vriendin die een meisje kan hebben, Ro,' zei ze vaak. Ik ben blij dat ik het vingerhoedskruid nog gebracht heb. Ik ben ook blij dat Hetty er niet is. Zonder haar is de sfeer meer ontspannen. Zo ontspannen zelfs dat ik er nauwelijks aan denk hoe ongepast dit is. 'Ik ben bang dat ik een vreselijke lastpost ben, meneer Hobbs,' zeg ik ten slotte. 'Ik denk dat uw zus een beetje verbijsterd is door mijn verschijning hier. Ik hoop dat ze me de kans geeft om het uit te leggen.'

'Ik weet zeker dat ze dat zal doen. Maar u hoeft ons niets uit te leggen, juffrouw Blythe. We zijn gewoon een toevluchtsoord zolang u het nodig hebt.'

'Weet alstublieft dat ik niet van plan ben uw gastvrijheid langer te misbruiken dan nodig is. Hoewel ik niet weet waar ik anders heen kan. Ik zal blijven denken tot ik iets verzonnen heb. Ik was zo verrast u gisteren te zien. Toen Pansy me hier bracht, had ik geen idee...'

'Ik ben heel blij dat ze dat heeft gedaan. Ik wil me niet met uw zaken bemoeien, juffrouw Blythe, maar ik hoop dat u mij door de tijd heen als een vriend gaat zien. Soms kan het helpen om dingen met iemand te bespreken, hoe moeilijk ze ook zijn. Ik beloof u mijn absolute discretie.'

'Dat weet ik wel,' zeg ik terwijl ik hem aankijk. 'U bent erg aardig voor me, meneer Hobbs, en ik heb niets gedaan om dat te verdienen. Ik weet niet eens waar ik moet beginnen. Wat... Wat heeft u gehoord?'

Voordat hij kan antwoorden, gaat de voordeur open en dicht. Even later komt Hetty binnen met een gezonde blos op haar magere wangen, alsof ze een lange wandeling heeft gemaakt. Mijn hart zinkt me in de schoenen als ik haar trieste gezicht zie. 'Goedemorgen, mevrouw Simon.' Ik ben vastbesloten om haar voor me te winnen. 'Kan ik wat thee voor u inschenken?'

Ze kijkt me verbaasd aan en knikt dan. Ik krabbel overeind, maar realiseer me dan dat ik niet weet waar het servies staat. John geeft me een kop en schotel aan en ik schenk haar thee in. Deze keer wil ik zo goed mijn best doen dat er een beetje over de rand gaat. 'O, het spijt me, kan ik het ergens mee opdeppen?'

'Het is wel goed,' zegt ze nors en ze steekt haar hand uit. Ik geef haar de kop aan. Ze neemt een slok en kijkt dan op. 'Ik hoorde jullie praten toen ik binnenkwam. Geef maar antwoord, John, we kunnen net zo goed meteen alles bespreken.'

'Het kan wel wachten,' zei John. 'Het is haar eerste ochtend hier. U hoeft de dingen pas met ons te bespreken als u zich daar prettig bij voelt, juffrouw Blythe.'

Zijn zus is het daar niet mee eens. 'Nee, John, er is geen tijd voor een zachtaardige behandeling. Ze is hier bij ons en dat is een probleem. We moeten alles op een rij zetten en kijken wat er gedaan kan worden.'

'Maar Hetty...'

'Eigenlijk ben ik het met mevrouw Simon eens,' zeg ik met een dun stemmetje. Eigenlijk zou ik me veel meer op mijn gemak voelen als ik alles alleen met de vriendelijke John kan bespreken, maar dat kan ik onmogelijk zeggen. Ik haal diep adem. 'Ik was gisteren te verbijsterd om te praten of ergens over na te denken. Ik ben dankbaarder dan ik kan uitdrukken dat u mij in huis hebt genomen. Ik heb eerder tegen uw broer gezegd dat ik niet langer gebruik zal maken van uw gastvrijheid dan nodig is en dat meen ik, mevrouw Simon. De waarheid is echter dat ik geen idee heb waar ik anders heen kan. Ik moet iets bedenken, en als u denkt dat het goed is om te beginnen alles openlijk te bespreken, dan wil ik dat doen.'

Ik denk dat dit het moedigste is wat ik ooit in mijn leven heb gezegd. Hetty kijkt me aan met een ondoorgrondelijke blik. Ik vraag me af wat ze denkt. Dan begint John te praten.

'We weten natuurlijk dat u bent weggelopen,' zegt hij gegeneerd. 'We weten ook dat u met de assistent van de kunstenaar bent meegegaan.'

'O ja?' Ik krimp ineen. Maar dan realiseer ik me dat details er niet toe doen nu ik uit de gratie ben. Ik kan het me niet veroorloven om op mijn hoede en zwijgzaam te zijn bij deze mensen. Zij zijn de enige mensen die ik nu heb.

Hij knikt. 'Uw ouders waren erg boos en geschrokken. Ze lieten iedereen bij zich komen. Ik hoopte dat ze u wilden zoeken, maar het lijkt erop dat ze een zondebok zochten. Ze waren vastbesloten om iedere bediende die u mogelijk had geholpen te ontslaan.'

'En mijn broer verloor zijn broodwinning,' viel Hetty hem in de rede. 'Mijn broer die zestien jaar voor jullie gezin heeft gewerkt, die loyaal en standvastig was, heeft nu niets meer. Hij verblijft bij mij omdat hij, net als jij, nergens anders heen kan. Mijn middelen zijn gering. Ik heb te weinig geld om voor een volwassen man te zorgen, laat staan voor een mooie societydame. Ze hebben hem zonder referentie ontslagen, allemaal vanwege jouw dwaasheid.'

Het klinkt als het sissen van een slang. Maar ik begrijp haar wrok jegens mij nu beter. John kijkt haar fronsend aan. 'Genoeg, Hetty, het is niet haar schuld.'

Weer komt er een herinnering boven. Ik denk aan het moment waarop ik John zag op het terras. Ik haastte me naar buiten, een sprankeling in mijn hart omdat ik Bartek zou ontmoeten. In gedachten hoor ik hoe ik met vrolijke stem leugens uitspreek tegen John dat ik een vriendin zou ontmoeten en haar niet kon laten wachten. Ik tril. 'O, meneer Hobbs. Werd u ontslagen omdat u me die ochtenden zag vertrekken? U hebt mijn geheim bewaard en bent daardoor uw baan kwijtgeraakt.'

Hij schudt zijn hoofd. 'Ik heb niet verteld dat ik u had zien gaan. Zo dom ben ik niet.'

'Waarom dan?'

Hij lijkt niet van zins om het me te vertellen, dus gaat Hetty verder. 'Omdat hij het voor je opnam, dat is de reden. Ze waren bijna klaar met zijn ondervraging en hij stond op het punt weer aan het werk te gaan toen hij je ouders vroeg om je te vergeven. Hij vroeg je vader om je te zoeken en ervoor te zorgen dat je gelukkig was.'

'O.' Ik ben meer ontroerd dan ik kan zeggen. Kan een man zo zorgzaam zijn?

'Ja, o!' schampert Hetty en we vallen allemaal stil. Ik probeer me voor te stellen dat mijn vader advies krijgt van een bediende en verwonder me erover dat John dat allemaal heeft kunnen zeggen. Mijn hemel, wat is hij moedig.

'Dank u,' zeg ik. 'Het is fijn dat u vriendelijk en mild voor me bent geweest, ook al verdiende ik het niet. Maar u had dat niet moeten doen. Het zou echt geen verschil hebben gemaakt.'

'Dat weet ik nu, juffrouw Blythe. Maar waarom konden ze u niet vergeven? Het enige wat u hebt gedaan is verliefd worden, toch?'

Hetty snuift. Ik sla mijn handen voor mijn gezicht en haal ze dan snel weer weg omdat mijn huid nog steeds gevoelig is. 'Dat is waar.' Ik weet niet waar ik moet beginnen. 'Toch was het allemaal zo ingewikkeld. Ik dacht of hoopte eigenlijk dat ik iets groters had gevonden dan het societyhuwelijk dat mijn ouders voor mij wilden regelen. Maar achteraf schaam ik me voor mijn domheid.'

'Dat is je geraden ook,' snauwt Hetty.

'Hetty!' roept John woedend.

'Nee, ze heeft weer gelijk,' zeg ik. 'Ik vind het verschrikkelijk dat ik hier ben en uw problemen nog groter maak, mevrouw Simon. Als ik echt onbaatzuchtig was, zou ik weggaan. Maar omdat ik niet op straat wil sterven, blijf ik tot ik iets beters kan bedenken, als u het daarmee eens bent.'

'Natuurlijk ben ik het daarmee eens. Ik heb geen reden om goed voor je te zijn, maar ik wil niet dat je nog meer gekwetst wordt. Toch kun je niet eeuwig blijven. Dat kunnen wij er niet bij hebben, begrijp je dat? We hebben problemen genoeg.'

40

OLIVE

Pansy Tilney intrigeert me, niet alleen omdat ze een vriendin van Julia is, maar ook omdat ze zo veelzijdig is.

Ze streeft naar een beter leven en wil een beter mens zijn. Ze is dankbaar, hartelijk en intelligent, maar ze is ook verdrietig, verbitterd en prikkelbaar. Dat zag ik die dag bij Julia toen ze over Rowena sprak. Ze is als een touw dat uit twee verschillende draden is geweven. Haar goede aard en haar minder bewonderenswaardige kanten zijn onlosmakelijk met elkaar verbonden.

Ze meldt zich stipt om tien uur op mijn kantoor, met een strohoed op haar hoofd die haar erg goed staat en gekleed in een mooie zomerjurk van groene popeline. Zoals ze al heeft gezegd, is ze geen wanhopige persoon en daarom heel anders dan de meesten die we helpen. Ze is niet berooid, haar uiterlijk en spraak zijn netter dan gemiddeld. Ze heeft alleen een duwtje in de goede richting nodig en dan kan ze misschien geweldige dingen bereiken. Dat moet ik voor elkaar kunnen krijgen.

Ik stel voor dat we naar een koffiehuis gaan, omdat ik haar verhaal wil horen en hier durft ze misschien niet vrijuit te praten. Meneer Gladstone en Mabs horen elk woord, en de hele dag lopen er mensen in en uit. Degenen die we helpen en natuurlijk meneer Harper, die bijna elke dag dat ik hier ben langskomt. Hij heeft zijn woord gehouden en heeft het niet meer over zijn aanzoek gehad. Ik waardeer dat enorm, want ik heb veel tijd en ademruimte nodig om te begrijpen wat ik voel.

Ik geef Pansy een rondleiding, stel haar voor aan mijn collega's en kijk hoe ze alles gretig in zich opneemt. Haar groene ogen staan waakzaam. Ik meen een afwisseling van hoop en wanhoop te zien. Ze ziet er meer gespannen uit dan toen ik haar bij Julia ontmoette. Ik vraag me af wat er is gebeurd sinds ik haar voor het laatst zag.

Als we een plaatsje zoeken in mijn favoriete koffiehuis hier in de buurt, kijkt ze waarderend naar het kastanjebruine en crèmekleurige interieur, het glimmende glaswerk en de torenhoge etagères met taarten. 'Dit is een fijne plek,' zegt ze. 'Mijn moeder zou het hier leuk vinden. Dank je, Olive.'

Ik straal. 'Een prettige omgeving is altijd bevorderlijk voor een goede verstandhouding, en ik wil je graag beter leren kennen. Wat wil je graag hebben? Ik trakteer. Of eigenlijk trakteert de stichting.'

'Echt? Wat aardig. Dan neem ik koffie met slagroom en wat van die violetkleurige taart daar. Ik heb geen idee wat het is, maar het ziet er heerlijk uit.'

'Dat is lavendeltaart met botercrème. Zoals je misschien wel merkt, ben ik hier een vaste klant.' We bestellen en Pansy begint me alles uit te leggen. Haar verhaal is vol eenvoudig geluk en tragedie. Ze kwam uit een gelukkig gezin, totdat de dood van haar dierbare vader verdriet en financiële problemen met zich mee had gebracht. Ze vertrok al snel uit het ouderlijk huis om haar geluk te beproeven als dienstmeisje in een van de beste huizen van Londen. Dat ze werd aangenomen door de Blythes was een kwestie van geluk hebben. Ze probeert uit te leggen hoe de zeven jaar daar haar geest hebben afgestompt, maar haar verhaal is niet echt samenhangend. Het gaat om details en dit soort dingen zijn moeilijk onder woorden te brengen. Maar ik kan het me voorstellen. Ik ken de Blythes. Ze lijkt vooral een hekel te hebben aan Rowena, en wie kan haar dat kwalijk nemen? Een huisbediende genaamd John was haar voornaamste reden om daar te blijven. Hij is echter inmiddels weg, ontslagen in de nasleep van het Rowena-debacle. Blijkbaar pleitte hij bij haar ouders voor Rowena. Hij klinkt als een goede, dappere en gedoemde man.

‘Ik wist dat het niet goed was om daar te blijven, met wat ik voelde,’ besluit ze. ‘Maar ik realiseerde me ook dat het niet alle moeite waard was om gewoon ergens anders in dienst te gaan. Mijn moeder zei dat ik moest zoeken naar iets wat me gelukkig zou maken. Ze zei dat er een mooie toekomst op me wacht en dat ik beter verdien.’

‘En ben je het met je moeder eens?’ Het is een belangrijke vraag, want als ze alleen maar de instructies van haar moeder uitvoert, dan zal ze waarschijnlijk niet ver komen. Als de woorden van haar moeder echter iets bij haar hebben losgemaakt en ze zelf een ommezwaai wil, dan is alles mogelijk.

Pansy kijkt nadenkend. ‘Het is niet gemakkelijk om te zeggen,’ zegt ze en ik waardeer haar eerlijkheid. ‘Omdat ik alles voor mama zou doen. Ze heeft altijd gelijk. Maar ik heb er sindsdien over nagedacht, en ik ben de dingen anders gaan zien. Zoals de ontmoeting met Julia en jou. Het heeft me doen beseffen dat ik misschien… potentieel heb. Mevrouw Clarendon, de huishoudster van Garrowgate Hall, zei laatst dat ik goed mijn best doe en binnenkort promotie zou kunnen maken. Dat gaf me een goed gevoel over mezelf, ook al ben ik niet van plan om daar te blijven.’

‘Natuurlijk.’

‘Ik heb verschillende dingen uitgeprobeerd, zoals werken bij een kruidenierszaak en een hoedenwinkel. Beide winkeliers zeiden dat ze me graag een baan zouden geven. Dat was ook fijn.’

‘Wat ondernemend,’ mompel ik. De meeste vrouwen durven niet te experimenteren, dat is hun ingeprent. ‘En vond je het werk leuk?’

‘Nee, ik werk niet graag in een winkel. Het verveelt me snel en de klanten waren onuitstaanbaar, net alsof ik weer voor de Blythes werkte. Ik weet dat dit misschien vreemd klinkt, Olive, maar zelfs het uitproberen van dingen die ik niet wil doen was interessant. Daardoor besefte ik dat ik, als ik dingen kon weigeren, mezelf meer waardeerde dan ik dacht. En daardoor ben ik meer gaan nadenken over wat ik zou willen doen.’

Ze vertelt me over haar voorliefde voor hoeden, hoe de hoedenetalage haar kon opfleuren, zelfs op haar somberste, door de Blythes geteisterde dagen. Ze erkent bescheiden haar goede smaak en hoewel ze geen hoeden wil verkopen, wil ze die misschien wel maken. Maar ze weet het niet zeker en de opleiding is duur.

'Ik vroeg me af of je me daarmee zou kunnen helpen,' zegt ze bezorgd. 'Ik weet dat je meer verdienstelijke gevallen tegenkomt dan ik. Ik verwacht niet dat je het geld van de stichting voor mij gebruikt, maar misschien weet je een plaats waar ik het werk zou kunnen proberen voordat ik voor een opleiding betaal. Het is veel geld als je niet zeker weet of het wel iets voor je is.'

Het arme meisje. Ze doet zo haar best! Het is opwindend om te zien hoe iemand zijn eigen leven probeert uit te stippelen. 'Ik help je graag, Pansy. Ik zou zelfs mijn eigen hoedenmaker kunnen vragen of hij je een week of twee bij hem zou willen laten werken om de kneepjes van het vak te leren. Meneer Bailey Endicott is een fatsoenlijke kerel. Maar je kunt niet bij meneer Endicott of bij iemand anders werken terwijl je nog in dienst bent bij Garrowgate Hall, dus hoe doen we dat?'

'Ik kan nog niet weg.' Pansy kijkt ellendig. 'Ik heb het mevrouw Clarendon beloofd. Ze is de laatste tijd aardig tegen me geweest, en ze is helemaal in de war omdat mevrouw Blythe een groot bal wil organiseren. Ze liet me beloven te blijven tot het voorbij is. Het duurt maar een maand of twee.'

'Laat me kijken wat ik voor je kan regelen, Pansy. Je bent duidelijk een heel slimme jonge vrouw. Bijzonder, zou ik zeggen. Je verdient een helpende hand.'

Haar groene ogen glinsteren. 'Dank je, Olive. Ik ben je erg dankbaar. En als je nog andere ideeën hebt, ik ben bereid om alles te proberen.'

'Dat is prima. Misschien tover ik wel iets uit mijn hoed.' Ik grijns om de toepasselijke woordspeling en kijk naar haar. Iets zegt me dat er in Pansy meer zit dan een hoedenmaakster. Er is niets mis met hoedenmaaksters, maar haar liefde voor mooie hoofddeksels is niet het meest interessante aan deze jonge vrouw. Ik ken haar nog niet goed genoeg om te bepalen wat dat zou kunnen zijn, maar ik zal er nog wel achter komen.

Ik bestel meer koffie. Als onze kopjes gevuld zijn, vraag ik haar of er nieuws is over Rowena.

Haar schouders zakken naar beneden en ze verandert voor mijn ogen in een heel andere Pansy. 'Inderdaad, dat is er. Ik lijk erin… verwikkeld te zijn geraakt.'

41

ROWENA

Donderdag komt Pansy, zoals ze had beloofd. Ze is echter niet vroeg en de ochtend sleept zich voort terwijl we luisteren of we de deur al horen. Hetty wil haar graag zien en John verlangt ernaar haar te bedanken omdat ze me hier heeft gebracht. Ik kijk met gemengde gevoelens uit naar haar bezoek. Ik ben haar ook dankbaar, maar ik ben bang dat haar stekelige manier van doen mij weer uit mijn evenwicht zal brengen terwijl ik dat pas net hervonden heb. Dit is mijn zesde dag in het kleine huis in Hampstead. Ik heb lessen getrokken uit mijn verblijf op de boot. Ik moet mezelf nuttig maken. En aangezien ik geen enkele praktische opvoeding heb genoten, heb ik daar hulp en begeleiding bij nodig.

Ik heb er bij Hetty en John op aangedrongen dat ze me laten zien hoe alles in zijn werk gaat. Inmiddels kan ik bedden opmaken, kleding wassen in de kuip in de achtertuin, die ophangen om te drogen en vloeren vegen. Ik kan pap koken en een eenvoudige groentesoep maken. Dat is veel om te leren in een kleine week, maar zo wil ik het. Ik dien niet langer ter decoratie. De lessen met Hetty zijn eigenlijk gemakkelijker dan die met John, omdat John geschokt is door de gedachte dat ik hard moet werken. Dus hij geeft aarzelend instructies en verontschuldigt zich om de vijf minuten. Het is ondraaglijk. Mijn positie in de sociale kringen is ironisch genoeg voor hem net zo belangrijk als die ooit voor mijn ouders was.

Daarentegen verwacht Hetty hulp van mij en doet ze haar best daarvoor. Ze is niet de meest hartelijke lerares ter wereld, maar we gaan nu op harmonieuze wijze met elkaar om. We werken nu immers aan een gemeenschappelijk doel, zodat ik in de toekomst minder van hen afhankelijk zal zijn. We hebben met z'n drieën veel gepraat over mijn avonturen. Hoewel ik weet dat ze denkt dat ik volkomen idioot ben omdat ik mezelf in zo'n lastig parket heb gebracht, zei ze ook dat ik genoeg heb geleden voor een mensenleven. Ik was blij haar dat te horen zeggen. Hetty is de enige van ons die bot genoeg is om de vraag te stellen waar ik 's nachts over pieker. Ben ik zwanger? Hoe zou ik dat moeten weten? Ze houdt me als een havik in de gaten, maar zij en haar man hebben nooit kinderen gehad, dus ik weet niet zeker of ze de tekenen beter zal herkennen dan ik.

Als er op de deur wordt geklopt, gaat mijn hart tekeer. Zenuwachtig kijk ik uit naar het nieuws uit Garrowgate Hall. Pansy komt binnen. Ze ziet er erg mooi uit in een groene jurk en heeft een strohoedje op haar hoofd dat haar lief staat. Ik heb haar nog nooit in haar eigen kleding gezien. Ze heeft smaak. Ik begroet haar met een compliment en bied haar thee aan. Ze kijkt enorm verbaasd.

Terwijl ik theezet, zitten de drie anderen aan de keukentafel. John bedankt Pansy en ik sluit me bij hem aan. Pansy verontschuldigt zich opnieuw bij Hetty.

'Het komt wel goed,' zegt John. 'Ik zoek werk en voor je het weet verdien ik weer geld. Ik heb er lang genoeg over nagedacht. Dat helpt.'

'Zonder referentie?' vraagt Hetty zuur. 'Veel succes.'

'Nu schiet me ineens weer te binnen dat ik je nog iets belangrijks moet vertellen,' zegt Pansy. 'Mevrouw Clarendon zal je een referentie geven, John. Ze voelt zich schuldig over hoe ze je hebben behandeld, dus zei ze dat je haar naam kon noemen, zodat ze rechtstreeks contact met haar kunnen opnemen. Dan zal zij het afhandelen.'

'O!' In Johns stem klinkt niets dan opluchting door. Voor een man in zijn positie is het waarschijnlijk vreselijk om werkloos te zijn. Dat tast zijn gevoel van eigenwaarde aan. 'Dat is heel aardig van haar. Bedank haar alsjeblieft namens mij, Pansy, en vertel haar hoezeer ik het waardeer. Niets houdt me nu nog tegen, Hetty. Ik vind wel wat anders.'

'Nou,' zegt Hetty. 'Goed.' Ik voel me er ook beter door, want het is indirect mijn schuld dat hij ontslagen is. Ik zet het theeservies met zorg op het dienblad en draag het naar de tafel.

'Dat is een verandering,' zegt Pansy, waarmee ze waarschijnlijk bedoelt dat ik nu degene ben die hen bedien.

Ik probeer er niet op in te gaan. 'Alles is nu anders,' zeg ik en ik begin de thee in te schenken. 'Hoe gaat het, Pansy? Heb je een goede ochtend gehad?'

Ze kijkt verbluft. 'Het gaat prima en ja, mijn ochtend was goed.'

'We dachten dat je misschien eerder zou komen,' merkt John op.

Ze aarzelt. 'Ik had een afspraak.' Aan haar toon te horen wil ze er verder niet over praten.

Hetty merkt op dat de regenwolken zich samenpakken en vraagt me de was binnen te halen. Dan hebben zij tijd om over mij te praten, neem ik aan. Nou, het zij zo. Zij waren al die tijd al vrienden. Ik ben de indringer hier. Op het moment dat de deur achter me dichtvalt, hoor ik Pansy zeggen: 'Haar val heeft haar menselijk gemaakt!'

Ik haal de kleding langzaam van de lijn om die drie de tijd te geven en ga dan terug naar binnen. Dan stel ik de vraag die ik eigenlijk niet wil stellen, maar die ik wel moet stellen. 'Hoe is het leven in Garrowgate Hall?'

Ze kijkt bezorgd en ik weet dat het nieuws niet goed is. 'Het is... vreemd. En ik moet je iets vertellen, Rowena. Ze zijn naar je op zoek.'

In mijn binnenste flakkert een lichte hoop. 'Hebben ze me vergeven?' Als ik mezelf de vraag hoor stellen, weet ik al dat dat niet de reden is.

Pansy fronst dieper en haar groene ogen worden donkerder. 'Nee. Ze hebben me natuurlijk niet in vertrouwen genomen, maar het is vrij duidelijk dat ze er niet blij mee zijn dat je nog in de buurt bent. Ik neem aan dat ze bang zijn dat je weer opduikt als er bezoek is, of zelfs alleen het feit dat jij, na alles…'

'Een smet op hen zou werpen,' voeg ik toe.

'Ja.' Pansy heeft de beleefdheid om verontschuldigend te kijken. 'Dus ze willen je vinden en betalen om ver weg te gaan en daar te blijven.'

'Dat zeiden ze die avond ook al. Er is dus niets veranderd.'

'Nee. Hebben ze je verteld dat ze willen dat je naar Frankrijk gaat, naar je oudtante?'

'Ja, dat zeiden ze ook. Maar oudtante Althea heeft altijd een hekel aan me gehad. Dat is het laatste wat ik wil. En dan ook nog in ballingschap? Na al mijn beproevingen weer op reis? O nee, daar komt niets van in.' Dan komt er een trieste gedachte bij me op. Ik ben wel verplicht te gaan. Omwille van Hetty en John zou ik naar Frankrijk moeten gaan om hun last te verlichten. Mijn ouders zullen de reis financieren en ze zullen van mij verlost zijn. Maar ik kan mezelf er niet toe brengen om dit onbaatzuchtige idee meteen ter sprake te brengen. 'Hoe weet je dit allemaal?'

Pansy bloost licht. 'Soms luisteren bedienden aan de deur. Soms is het de enige manier om te weten te komen waar we aan toe zijn, vooral de laatste tijd,' voegt ze er verdedigend aan toe.

Op dit moment interesseert de moraal van de bedienden me helemaal niets. 'Heb je het zelf gehoord?' Haar wangen kleuren nog roder en ze knikt. 'Mijn ouders… Klonk het alsof ze bezorgd om mij waren? Een beetje misschien?' Ze voelt zich zichtbaar ongemakkelijk en schuift heen en weer op haar stoel. 'Ik neem aan dat dat een nee is.'

'Eerlijk gezegd zijn je ouders gemene mensen,' barst ze uit. 'We hebben alles gehoord, Lou en ik, en het klonk niet alsof ze ook maar een beetje om je geven. Het enige wat voor hen belangrijk is, is dat ze niet in een schandaal verwikkeld raken. Ik kan niet liegen, je bent nooit mijn favoriete persoon geweest, maar dit…' Ze stopt abrupt, bijt op haar lip en schudt haar hoofd.

Ik haal beverig adem. 'Ik snap het. Nou, het verbaast me niet. Een andere keuze dan vertrekken is er niet, of wel? Dus ik zal gaan. Ik heb gezegd dat ik me niet langer dan nodig aan jullie zou opdringen en ik hou me aan mijn woord. Mag ik met je mee teruglopen, Pansy? Ik heb geen geld voor een rijtuig en in mijn eentje zal ik ongetwijfeld verdwalen op de heide.'

Pansy zwijgt. Stoort de gedachte aan mijn gezelschap bij een wandeling haar zo erg? Mijn ogen branden van de tranen en ik kijk naar de tafel. Ik wil niet dat ze denken dat ik sympathie probeer op te wekken. Maar de stilte duurt zo lang dat ik wel op moet kijken. John heeft een ijzige blik op zijn gezicht en zijn kaak beweegt alsof hij zijn uiterste best moet doen om zich te beheersen. Hetty en Pansy wisselen blikken uit in een snelle onuitgesproken dialoog die ik niet begrijp.

'Je kunt natuurlijk met me mee teruglopen,' zegt Pansy ten slotte. 'Maar eigenlijk wil je het niet. Naar Frankrijk, bedoel ik.'

Alle drie kijken ze me ernstig aan. Ik schud mijn hoofd. 'Nee. Denk je dat mijn ouders gemeen zijn? Nou, oudtante Althea is een heks. Ze heeft een hekel aan me! Ze noemde me altijd een kieskeurig en vervelend kind en was nooit vriendelijk tegen me. Maar dat is niet het enige. Er zijn nog meer redenen, maar die kan ik amper bevatten. Ik wilde, althans, dit wilde ik allemaal niet, maar gezien alles wat er gebeurd is, wilde ik mijn eigen weg zoeken in plaats van een leven leiden dat aan me werd toegewezen door mensen die me verachten. Maar ik heb geen idee hoe ik dat zou moeten doen. Ik zal waarschijnlijk falen en jij, Hetty, zou de prijs daarvoor betalen. Dus moet ik nemen wat me wordt aangeboden.'

'Je hoeft niet te gaan.' Dat is natuurlijk John. Hij vindt het fijn dat ik hier ben, dat is duidelijk. Zijn zus is een andere zaak.

'Wat als ze zwanger is? Hebben ze daar iets over gezegd?' Hetty kijkt Pansy weer aan. 'Zullen ze daar ook voor zorgen? We weten het nog steeds niet, zie je.'

Pansy trekt haar schouders op. 'Ze hebben het er niet over gehad.'

Hetty zucht. Nu kijken we allemaal naar haar, alsof mijn lot in haar handen ligt. Dat is te veel gevraagd van haar. Ik sta op. 'Een keuze maken is onmogelijk. Ik kan niet met mijn hand op mijn hart beloven dat ik volgende week werk zal vinden. Ik wil wel, maar...' Ik hef mijn handen hulpeloos op om te laten zien hoe nutteloos ik me voel. Ik sta op het punt te zeggen dat ik mijn spullen ga halen, maar dan herinner ik me dat ik die helemaal niet heb, dus ga ik weer zitten. 'Ik vertrek wanneer jij klaar bent, Pansy.'

'Je zou ver van huis zijn,' merkt John op.

'Maar waar is nu mijn thuis?' fluister ik.

Hetty reikt over de tafel, pakt mijn pols vast en staart me in mijn ogen. 'Je wilt wel?' vraagt ze op gebiedende toon. 'Werken zodat je jezelf kunt onderhouden?'

'Zeker. Maar ik kan je niet vragen om daar op te rekenen. Wie wil mij nu hebben?'

Ze schudt haar hoofd en laat me los. 'Ik heb werkelijk geen idee. Maar als je hier wilt blijven, Rowena Blythe, dan mag dat. Blijf uit de buurt van je ouders en vind zelf de weg die je wilt gaan.'

In mijn binnenste verspreidt zich een vleugje warmte. 'Echt waar?' fluister ik.

'Ik vind het vreselijk,' zegt ze. 'Ouders die hun kind wegsturen omdat ze een fout heeft begaan. Een flinke fout, dat moet ik toegeven. Het voelt als een schande voor zulke rijke mensen. Ja, het is moeilijk te verdragen. Maar er zit hier niemand aan tafel die geen fouten heeft gemaakt. Misschien niet zulke grote fouten als jij, maar toch...'

'Wat als het me niet lukt en ik afhankelijk van jullie blijf? Ik heb geen praktische vaardigheden. En waarschijnlijk ben ik berucht. Ik kan me niet voorstellen dat ik ergens terecht zou kunnen.'

'Dat betekent echter niet dat het niet mogelijk is,' zegt Pansy. 'Ik weet een beetje hoe het is om je eigen weg proberen te vinden, zonder dat je weet waar die je naartoe brengt. Ik heb dat nog niet gedaan, maar sommige mensen, slimme mensen, denken dat ik het kan. Ik had nooit gedacht dat jij het zou kunnen, maar misschien… Hoe dan ook, het is aan jou. Het maakt mij niets uit.'

Maar volgens mij maakt het haar wel degelijk iets uit. Ik heb een vreemd gevoel dat ik niet begrijp. Mijn ouders hebben me laten vallen en ik ben hard gevallen. Maar ik ben gered door mensen die me niet echt kennen en me niet echt mogen, afgezien van John. Maar ze willen een medemens niet zien lijden. Op de een of andere manier zijn deze mensen bereid me een kans te geven, zodat ik een leven kan opbouwen. Van niets. Een onbeschreven blad.

Ik haal diep adem. 'Dat is fijn, bedankt. Ik wil blijven.' Johns gezicht straalt, Hetty geeft een goedkeurend knikje en Pansy kijkt berustend.

Ik hoop dat ik ze niet teleurstel.

42

OLIVE

Ik hou niet van onzekerheid. Het voelt als een wolk die boven me zweeft, het zonlicht tegenhoudt en de dagen donkerder doet lijken. Onzekerheid is een verraderlijke vijand die iemand zijn kracht kan ontnemen en daardoor erger is dan verdriet of angst.

Ik ben graag optimistisch, doelgericht en daadkrachtig. Ik hou ervan om vooruit te kijken, alsof ik meegevoerd word op een sprankelende golf. Maar soms raken we verstrikt in een vreemde onderstroom en wordt onze koers ruw verstoord. Het enige wat we dan nog kunnen doen is verward heen en weer tuimelen. Het hoort bij het leven, dat begrijp ik, maar als ik het zou kunnen, zou ik het altijd vermijden.

De laatste dagen ben ik steeds vermoeider. Ik doe elke dag hetzelfde. Ik werk bij de stichting, geniet van het gezelschap van mijn ouders en kinderen en ik ontmoet mijn vrienden. Er is niets veranderd, er is geen zware last bij gekomen. Toch loop ik een beetje verward rond, iets waar ik zelf een verschrikkelijke hekel aan heb. Het is alsof er een net om me heen is geworpen. Het verstikt me niet, maar het is er en het maakt me benauwd. Het is een vleugje onzekerheid. En het komt door het voorstel van meneer Harper.

Tijdens eenzame uren denk ik er lang over na. Hij heeft zich aan zijn woord gehouden en heeft me er niet meer mee lastiggevallen, wat mij een teken van een oprecht karakter lijkt. Hij is uitstekend gezelschap en heerlijk intelligent. We werken samen aan de stichting, dus we hebben al een gedeeld en gemeenschappelijk doel. Ik heb altijd al gezien dat hij knap is. Er is niets waar de society geschokt om zou zijn, hoewel ik daar weinig om geef.

Hij biedt me alles wat iemand zich maar kan wensen: een prachtig huis in de buurt waar ik van hou, gezelschap, een wederzijds ondersteunend partnerschap in het leven, iemand om aan mijn zijde te staan en een einde te maken aan de eenzame figuur die Olive Westallen tot nu toe is geweest. Bovenal biedt hij me de kans om iets nieuws te ontdekken. Ik zou een gedurfde stap in het leven zetten en mijn toestand veranderen, ik zou een heel ander iemand kunnen worden. Ik herinner me dat ik een tijdje geleden besloot dat ik mijn leven nog verder zou moeten verbeteren. Misschien is dit mijn kans om dat te bewerkstelligen. In plaats van de eeuwige vrijster die geheel volgens haar eigen regels leeft en haar eigen keuzes maakt, omdat er niemand anders is om ze te maken, zou ik een getrouwde vrouw worden, misschien zelfs een kind baren en het moederschap op een heel andere manier ervaren. Ik zou een gelijkwaardige partner worden, toch?

Zou dat echt zo zijn? Elke dag probeer ik me voor te stellen hoe het getrouwde leven eruit zou zien. Niet alleen de goede, gelukkige dagen, maar ook de dagen dat een van ons met een slecht humeur thuiskomt. De dagen dat we het oneens zijn over een kleinigheid. Zouden zijn wensen dan boven de mijne worden gesteld, omdat hij de man des huizes is? Als jongere vrouw hunkerde ik naar deze kans om een thuis te vinden en mijn dagen door te brengen met een speciale persoon die helemaal van mij zou zijn. Maar misschien ben ik al te lang alleen geweest om dat nog te kunnen. Zou ik iemand de baas over me laten zijn? De wereld bruist van verhalen over ongelukkige huwelijken en het is zelden de man die lijdt. Niet dat het helemaal niet voorkomt, maar het gebeurt zelden.

Ik voel veel voor Lionel. Ik hou zelfs van hem. Maar is liefde genoeg om mijn wereld op zijn kop te zetten, terwijl het eigenlijk al een prima wereld is? Er is veel te winnen, maar er is ook zo veel te verliezen. Ik zit in een impasse. Met het verstrijken van de dagen wordt de kwestie er niet duidelijker op en ik word moe en futloos hoe langer de vraag aan me knaagt. Ik moet mijn gedachten van me afzetten, daarom heeft Lionel me tenslotte zo veel tijd gegeven, maar het lukt me bijna niet om de zoektocht naar de juiste weg op te geven. De harten en levens van mensen staan op het spel. Het is misschien wel de grootste vraag die ik mezelf ooit heb gesteld: is liefde genoeg?

Ik heb deze vrijdagochtend thuis met mijn meisjes doorgebracht en dat was heerlijk ontspannen. Ik herinner me hoe Lionel aanvankelijk reageerde op het feit dat ik Clover had geadopteerd. Hij was geschokt door haar achtergrond en vond dat ik een vreemde stap had gezet. Dat is nu allemaal verleden tijd. Nu omarmt hij Clover als een welkom deel van mij, zoals het hoort. Dus ik zou het moeten vergeten, nietwaar? Iedereen heeft zwakheden en blinde vlekken. Hij is veranderd en wat kan ik nog meer vragen? Er bestaat niet zoiets als een perfecte mens. Ik ben dat zeker ook niet.

Maar Clover, mijn lieve kind, die lieve, onschuldige ziel... De herinnering dat hij aanstoot aan haar nam, zonder haar ooit te hebben ontmoet, irriteert me soms. En die onconventionele stap die ik nam, is volledig illustratief voor mij. Ik ben geen buitenbeentje omdat ik dat graag ben, maar als ik voel dat er iets moet gebeuren, dan doe ik het en de consequenties doen er dan niet toe. Hoe zal dat gaan binnen een huwelijk?

Ik moet aan iets anders denken dan aan Lionel. Deze gedachten aan acties die gevolgen hebben doen me denken aan de perfecte afleiding: Rowena. Ik heb haar familie nooit aardig gevonden, maar lieve hemel, dit had ik nooit verwacht. Hun kostbare beeldschone dochter bedreigen met ballingschap, haar dwingen om weg te lopen en een verachtelijk lot te ondergaan. Als Pansy er niet was geweest, had haar van alles kunnen overkomen.

Vriendinnen zijn we nooit geweest, dus waarschijnlijk ben ik de laatste persoon die ze wil zien in haar schande. Maar ze is nu mijn buurvrouw en woont heuvelafwaarts in Peregrine Lane. Ze verblijft in een huishouden zonder inkomen en haar leven ligt in puin.

Waarschijnlijk wil ze mijn hulp niet. Maar betekent dat ook dat ik die niet moet aanbieden? Meteen weet ik het antwoord. Ik moet naar haar toe gaan. Het is zo fijn om weer ergens zeker van te zijn.

De langdurige vete tussen onze vaders vormt echter een klein obstakel. Ik ga op zoek naar mijn ouders en vind ze in papa's studeerkamer. Ze bespreken een of andere zaak. De kinderen zijn bij hen en spelen met papa's grote tabakskleurige wereldbol. Nadat ze me enthousiast hebben begroet, wat me altijd een warm gevoel geeft, keren ze terug naar hun fantasiewereld en ik weet dat ze niets zullen horen van ons gesprek.

'Papa, ik wil je iets vragen en je moet heel eerlijk tegen me zijn, want dit is zowel jouw huis als het mijne.'

'Nou, bedankt dat je dat erkent, lieverd,' zegt papa met een vleugje ironie. 'Vertel.'

'Ik weet hoe je denkt over Malvern Blythe, papa.' Ik zie hoe zijn gezicht betrekt, zoals altijd als die naam wordt genoemd. Door de harde blik in zijn ogen herken ik mijn lieve vader bijna niet. Toch zet ik door. 'Zou je er bezwaar tegen hebben als ik Rowena Blythe hier zou uitnodigen? Misschien gewoon om samen met mij in de tuin te zitten? Ik zou het niet vragen als ik het niet belangrijk zou vinden. Rowena heeft de laatste tijd wat problemen gehad en...'

'Rowena?' roept mama uit. 'Weet jij iets over haar, Olive? Lieve hemel, ik heb zulke geruchten gehoord! Vertel me alsjeblieft alles wat je weet, al was het maar om me gerust te stellen. Ik heb me zorgen gemaakt om dat arme meisje. Wat is er, James? Het is zo. Rowena is immers niet haar vader.'

Dat laatste was een reactie op de vlammende blik in mijn vaders ogen bij de gedachte dat een Blythe mijn moeders medeleven opwekte. Op alle andere gebieden is hij de eerlijkste man ter wereld. Hij is rechtvaardig, meelevend en wijs. Een baken voor de mensheid. Maar zodra de naam Blythe genoemd wordt, verandert mijn vader in een grimmige persoon. Mama en ik weten niet wat de oorzaak ervan is en waarschijnlijk zullen we dat ook nooit te weten komen.

'Dat is waar,' zegt mijn vader. 'Maar waarom moet Olive degene zijn die haar helpt?'

'Het antwoord daarop is duidelijk,' antwoord ik luchtig. 'Ik moet altijd degene zijn die iemand helpt, want ik ben een bemoeial en kan mezelf er niet buiten houden. Maar in alle ernst, papa, als je het verhaal hoort, zul je het wel begrijpen.'

Ik vertel wat Pansy me verteld heeft, namelijk dat Rowena een week geleden vies, slordig en berooid naar huis terugkeerde. Ze had een gezwollen, beschadigd gezicht door een gewelddadig incident. Haar ouders toonden geen medelijden met haar, maar waren van plan haar met de volgende oceaanstomer naar het buitenland te sturen. Dat moest ik twee keer herhalen want noch mama, noch papa kon het geloven. Daarna was ze naar die geslepen wolf in schaapskleren gegaan, Verity Blythe-Crawford, haar vermeende beste vriendin en schoonzus, maar daar kreeg ze precies dezelfde behandeling. Ik vertel dat Pansy haar de volgende dag in de rododendrons vond en haar naar het huis van haar vrienden bracht, die eigenlijk geen extra persoon konden onderhouden, maar haar toch in huis namen.

'Het arme, arme meisje!' roept mama uit. 'James! Kun je het geloven?'

Papa schudt zijn hoofd met een bezorgde uitdrukking. 'Zelfs voor Malvern Blythe...' mompelt hij. 'Maar dan nog...'

'Je begrijpt wel dat ik met haar moet gaan praten, papa. Rowena zal de komende weken veel hulp nodig hebben, maar ik wil wel dat jij me steunt. De reden dat ik haar hier wil uitnodigen, is omdat ik de mensen bij wie ze verblijft niet ken en hun huis is naar alle waarschijnlijkheid erg klein. Als Rowena met me wil praten, dan waarderen ze het vast niet dat hun onfortuinlijke gast, die een volslagen vreemde voor hen is, eindeloos ruimte in beslag neemt in hun woning. Misschien wil ze me niet eens zien, maar voor mijn gevoel moet ik het toch proberen.'

'Natuurlijk!' zegt moeder.

Papa knikt. 'Ik begrijp het. Ja, Olive, ze is welkom in onze tuin. Ik wilde dat ik kon zeggen dat ze hier mag blijven, ik hoop dat je dat weet. Maar dat kan ik niet. Dat komt niet door het meisje zelf, maar als Malvern zou horen dat ik zijn weggelopen dochter onderdak biedt, lieverd, dan zou de hel losbarsten. Het is voor ieders bestwil dat ik haar niet ontmoet.'

'Dank je, papa, dat is lief van je.' Ik zwijg even en sta op het punt om voor de zoveelste keer te vragen wat er tussen die twee voormalige vrienden is voorgevallen.

Papa ziet echter al wat ik in gedachten heb en heft snel zijn handen op. 'Wat is het druk in mijn studeerkamer! Mag ik die weer terugvorderen? Ik heb rekeningen te vereffenen en moet de inventaris nog controleren.'

Mama en ik begrijpen de hint en haasten ons naar buiten. 'Ik ben blij dat je haar helpt,' zegt ze. 'Als ik in nood zou zijn, zou ik willen dat ik een vriendin had zoals jij.'

'Zoals je weet hebben we nooit een goede band gehad, mama. Maar ik zal morgen bij haar langsgaan, wees gerust.'

43

ROWENA

John en ik zitten in de kleine achtertuin, waar voor een keer geen wasgoed en geen vloerkleden hangen. Hij heeft twee stoelen uit de keuken gehaald en die op gepaste afstand van elkaar gezet. De dag is prachtig, het is helder en zonnig, maar niet drukkend heet. Hij heeft me gevraagd of ik op de heide wilde wandelen, maar ik ben te bang. Vroeger kon ik geen twee minuten wandelen zonder dat kennissen, buren en zelfs volslagen vreemden me eerbiedig begroetten. 'Goedendag, juffrouw Blythe!' Ik kan de nieuwsgierige blikken en de schok van herkenning niet aan. Bovendien is het een probleempje dat mijn ouders naarstig naar me op zoek zijn. Ik neem aan dat ze me niet kunnen opsluiten en dwingen om naar Frankrijk te gaan nu ik hier vrienden heb, maar ik neem het risico liever niet.

Het enige wat ik heb gezien sinds ik een week geleden aankwam, is de binnenkant van dit huis. John zegt dat dat niet gezond is. Zelfs Hetty stemde in met dit zonnige intermezzo, hoewel ik me ongemakkelijk voel als ik niets doe terwijl zij in de keuken deeg aan het rollen is. Maar Hetty maakt voor haar gezondheid elke dag een stevige wandeling. Waarschijnlijk is ze het niet eens met mijn wens om me te verstoppen. Aan weerszijden van ons tuintje hoor ik mensen buiten, die matten uitkloppen of kleding wassen. Ik demp mijn stem terwijl we praten. Het is hier aangenaam, de bladeren van struiken en klimplanten ruisen en de zon verwarmt mijn gezicht.

Ik herinner me dat ik met Bartek op het dek van de boot zat: zenuwachtig, opgewonden en vol zorgen over de toekomst. Dit is heel anders. John is iemand bij wie je je echt op je gemak kunt voelen, het is ideaal om uit te rusten. Ik ben niet in het gezelschap van de rijkste mensen van de streek, maar ook niet op de vlucht voor de realiteit met een flamboyante schurk. Ik ben bij goede, fatsoenlijke mensen die een gewoon leven leiden. Hetty is scherp, maar ik begrijp haar nu beter. John heeft die trek niet. Hij is de zachtaardigste, meest vriendelijke mens die ik ooit heb gekend.

'Dit is prettig, John,' mompel ik met mijn ogen half dicht. Mijn gezicht ziet er beter uit, de zwelling neemt af en de schrammen genezen. De pijn is nauwelijks meer voelbaar.

'Ja,' zegt hij en we vervallen weer in stilte. Het is niet de stilte van twee mensen die zich terugtrekken in hun eigen wereldje, maar het is de stilte van twee vrienden die zonder woorden dezelfde ervaring delen. Ik heb daar nooit eerder over nagedacht. Een vlinder fladdert voorbij, licht en zacht als fluweel.

'Rowena,' zegt John. Sinds een paar dagen noemen we elkaar alle drie bij de voornaam, hoewel John het in het begin moeilijk vond om me anders aan te spreken. Ik was een tijdje 'Juffrouw Bly... Rowena',' maar hij heeft het nu onder de knie. 'Rowena, ik wil dat je weet dat Hetty en ik blij zijn dat je hebt besloten te blijven.'

'Dat waardeer ik.'

'En ik zal alles doen wat ik kan om je te beschermen. Ik wil dat je je weg vindt. Ik wil niet dat je je zorgen maakt over je ouders, of bang bent om dakloos te worden. Je leven is nu van jou, en je kunt ermee doen wat je wilt.'

Ik draai me naar hem toe. In zijn blauwe ogen glanst een ongelooflijk warm licht. Hoe kan iemand die zo aantrekkelijk is zo bescheiden zijn? Ik weet niet zeker of hij zich realiseert wat een geweldig geschenk zijn woorden zijn. Voor een vrouw die is opgevoed om de ideeën van andere mensen te volgen en om beslissingen en plannen voor haar te laten maken, is het angstaanjagend om te bedenken dat je de touwtjes in handen hebt. Maar het voelt ook hoopvol, als een briesje dat een zacht rukje aan een vlieger geeft. Alsof het tijd wordt om te zweven en steeds hoger te vliegen.

'Volgende week heb ik een sollicitatiegesprek,' vervolgt John.

'Dat is geweldig, John. Waar?'

'Een groot oud huis in Chelsea voor eerste bediende. Ik was verbaasd om te horen dat ze er een zochten, er zijn er tegenwoordig zo weinig.'

'Ja, ik weet dat het werk aan het verdwijnen is. Wil je echt graag doorgaan als huisbediende?'

'Ik weet het niet goed. Het is het enige wat ik ooit heb gedaan. Ik zou best iets nieuws willen proberen, maar eerlijk gezegd neem ik elk werk aan dat ik nu kan vinden. Ik moet geld verdienen. Ik heb lang genoeg op kosten van mijn zus geleefd en nu moet ik aan jou denken.'

'Maar John, ik ben niet jouw verantwoordelijkheid!'

'Toch wens ik over middelen te beschikken. In deze positie kan ik niemand helpen.' Hij staart met een vastberaden blik naar de potten met kruiden.

Door een briesje valt er een haarlok over mijn gezicht en ik duw die weg. 'Dat is niet waar. Je hebt me enorm geholpen de afgelopen week. Alleen je vriendelijkheid heeft me al goedgedaan.'

Hij lacht. 'Ik ben blij dat te horen, maar ik wil je meer kunnen bieden dan dat.'

Zijn woorden blijven in de lucht zweven, een echo van verklaringen die vele mannen hebben afgelegd, in een geheel andere context. Hij bedoelt toch niet dat hij...

Op dat moment zie ik Hetty's fronsende gezicht en gekke knotje om de deur verschijnen. 'Er is iemand voor jou, Rowena,' blaft ze. Ik schrik.

'Voor mij?' Ik had de voordeur niet gehoord. Alleen Pansy weet dat ik hier ben. Ze heeft me toch zeker niet verraden? 'Toch niet iemand uit Garrowgate Hall?'

'Nee. Schiet op. Ik heb geen tijd om gasten bezig te houden.'

'Maar wie is het?' Maar Hetty is weg. Ik kijk John geschrokken aan.

'Ik kom met je mee,' zegt hij terwijl hij opstaat. Ik sta met tegenzin op. Ik wil niet dat iemand me hier bezoekt. Wie kan het in vredesnaam zijn?

John doet een stap achteruit om mij voor te laten gaan. 'Schiet op, haast je.' Hetty gebaart dat ik voort moet maken als ik door de keuken naar de kleine voorkamer loop. En daar, gekleed in een mooi marineblauw mantelpakje en met een zwierige hoed op haar hoofd, staat Olive Westallen.

Lieve hemel. Het is niet de ergste bezoeker die ik me kan indenken, maar het scheelt weinig. 'Hoe wist u dat ik hier was?' flap ik eruit. Al mijn sociale manieren laten me in de steek.

'Juffrouw Blythe, wat goed u te zien,' zegt ze. Haar sociale manieren zijn onberispelijk als altijd. Met uitgestoken hand loopt ze naar me toe en ik schud die verdoofd.

'Het spijt me dat ik onaangekondigd langskom, maar ik wilde u mijn allerbeste wensen overbrengen en u hartelijk welkom heten in de buurt. Ik kan een andere keer langskomen als het nu niet uitkomt.'

Alsof het heel gewoon is dat ik hier ben. Alsof we vrienden zijn. Ze is zo hartelijk en charmant als... Ik heb geen idee wat ik tegen haar moet zeggen. 'Hoe hebt u me gevonden?' vraag ik opnieuw.

'Onze wederzijdse kennis, juffrouw Tilney, vertelde me over uw aankomst in Hampstead. Ik wilde vragen of ik iets zou kunnen doen om u te helpen wennen.'

Pansy! Ze heeft me verraden Waarom is Olive hier? Wil ze laten zien hoe superieur ze is nu ik uit de gratie ben? Is het nieuwsgierigheid? Of zelfs liefdadigheid? Olive is een echte wereldverbeteraar. Ik heb haar naastenliefde niet nodig. Ik hoef haar vragen niet te beantwoorden! 'Ze had het u niet moeten vertellen,' antwoord ik, en ik draai me om, me bewust van John die beschermend achter me staat.

Dan herinner ik me iets. Ik herinner me dat ik op het gras aan de oever van het kanaal in elkaar zakte, toen de boot samen met mijn toekomst was verdwenen. Te midden van die wanhoop was het de stem van Olive die ik hoorde.

Je moet sterk, veerkrachtig en slim zijn, Rowena, hoorde ik haar toen zeggen. Ik dacht dat ik zeker zou falen, maar ik heb bewezen meer van die kwaliteiten te bezitten dan ik me ooit had kunnen voorstellen.

Ik twijfel. Het idee dat Olive en ik op gespannen voet met elkaar staan komt uit een andere wereld. Dat komt uit de wereld van onze families, de tijd dat Verity en ik roddelden over iedere persoon die we kenden. Het idee van Olive als superieur of neerbuigend komt voort uit onze oude rivaliteit, waarbij haar intelligentie tegenover mijn schoonheid stond, haar onconventionele leven tegenover mijn voorbeeldige leven en haar waardigheid tegenover mijn onwetendheid. Hoe kan ik daar nu nog aan denken? Ik ben niet zo dom als ik dacht, ik ben zeker niet langer voorbeeldig en mijn schoonheid heeft me alleen maar in vreselijke problemen gebracht. Ik aarzel en kijk weer naar Olive.

Ze wendt haar blik niet af en ik zie geen wrok of neerbuigendheid in haar ogen. Ik herpak mezelf. 'Mijn excuses. Ik verwachtte geen gast, u overrompelde me, juffrouw Westallen. Ik ben blij u te zien. Hoe gaat het?'

'Heel goed, dank u. En met u?'

Dan schiet ik in de lach. Tot zover het salonniveau. 'Ik heb me weleens beter gevoeld, juffrouw Westallen. Maar ook een stuk slechter. Hebt u mijn vrienden John Hobbs en Hetty Simon al ontmoet?'

Olive lacht en schudt John de hand. 'Ik kwam mevrouw Simon zojuist bij de deur tegen. Meneer Hobbs, aangenaam kennis te maken.'

Al snel zitten John en Hetty in de tuin terwijl Olive en ik theedrinken in de eenvoudige voorkamer. Als Verity me nu zou zien...

Olive nipt beheerst van haar thee en schraapt haar keel. 'Rowena, ik heb natuurlijk van je tegenslagen gehoord. Alle wilde geruchten baarden me zorgen. Toen vertelde Pansy me wat er werkelijk was gebeurd, althans het weinige wat ze ervan weet. Wees alsjeblieft niet boos op haar, want ze vertelde het me alleen omdat ze wist dat ik me zorgen maakte. Jij en ik zijn niet altijd vriendinnen geweest, maar als je een vriendin nodig hebt, dan mag je altijd een beroep op me doen.'

Ik zie dat ze het meent. Het is echter even eenvoudig om me Olive en mezelf als boezemvriendinnen voor te stellen als het is om een veilige, onafhankelijke toekomst voor mezelf voor te stellen, dus eigenlijk zie ik dat helemaal niet voor me. Toch moet ik in onmogelijke dingen gaan geloven, anders blijf ik hier voor altijd. Dit is geen nieuw begin, maar een adempauze.

Ik haal diep adem. 'Olive, ik ben je oprecht dankbaar. Een vriendin heb ik echt nodig. Ik heb John en Hetty wel, maar ze hebben al genoeg problemen. Ik wil niets toevoegen aan hun last. Ik kan hier niet zo lang blijven. Ik heb geen idee waar ik heen moet of wat ik moet doen.' Mijn stem stijgt bij elke zin. Het klinkt paniekerig, zelfs in mijn eigen oren.

'Natuurlijk, lieverd,' zegt Olive kalm als altijd. 'Dat zijn heel belangrijke beslissingen om te nemen, terwijl je weinig hebt. Hoe prijzenswaardig het ook is dat je je vrienden wilt sparen, je moet je nu niet haasten, anders stort je je van de ene vreselijke situatie in de andere. Ik kan me alleen maar voorstellen hoe moeilijk het is om volledig te breken met je oude leven. Zorg ervoor dat dat lijden niet voor niets is. Ga erdoorheen om tot iets beters te komen dan je je ooit had kunnen voorstellen.'

'Dat is het precies, dat is wat ik wil.' Ik spreid mijn handen en kijk haar verbijsterd aan. 'Ik kan nog steeds nauwelijks geloven dat alles veranderd is en dat ik de dingen heb gedaan die ik heb gedaan. Ik kan het niet bevatten. En ik heb geen idee wat me te wachten staat.'

Olives mondhoeken trillen. 'Ik hoor dat je bent weggelopen met een kunstenaar.'

Ik word rood van schaamte, maar steek mijn kin naar voren. 'Dat is waar. En als je het me nu vraagt, dan heb ik geen idee hoe of waarom ik dat deed. Maar het is gebeurd. Ik ben gegaan en hij liet me in de steek. En nu ben ik een in ongenade gevallen vrouw.'

'O, wat dat betreft,' zegt Olive terwijl ze met haar hand wappert. 'Ik geef niets om dat soort denkbeelden. Het zal je leven niet makkelijker maken, want er zullen er genoeg zijn die je daarom zullen veroordelen. Ze zullen je tegenwerken of er gewoon plezier in scheppen je in te wrijven hoe verachtelijk je bent. Mijn advies is om dat soort mensen te negeren en in plaats daarvan om te gaan met mensen die er anders over denken. Je hebt een avontuur beleefd. Mannen hebben zo vaak avontuurtjes. Waarom zouden wij die niet mogen hebben?'

Een klein, droevig glimlachje verschijnt op mijn gezicht. 'Het was een heel avontuur,' geef ik toe. 'Ik wilde alleen dat de gevolgen niet zo catastrofaal waren geweest.'

'Ik zou heel graag het hele verhaal willen horen, maar ik wil mevrouw Simon niet lang lastigvallen. Ik wil je uitnodigen in Polaris House, zodat we wat langer kunnen praten. Voor nu begrijp ik dat jullie allemaal nog aan de situatie moeten wennen, maar heb je enig idee over wat je zou willen? Of wat je echt niet zou willen?'

Het treft me dat ze zich volkomen focust op wat voor me ligt, niet op wat achter me ligt. Geen wonder dat ze zo veel voor elkaar krijgt. Ik heb geen idee wat ik zou willen, maar ik weet wel een beetje wat ik niet wil.

'Mijn ouders zijn naar me op zoek,' begin ik. 'Ze willen me naar Frankrijk sturen en me daar onderbrengen bij een vreselijk familielid, zodat ik hier weg ben en mijn familie niet in verlegenheid kan brengen. Dat wil ik niet. Ik wil geen verplichtingen hebben tegenover mijn ouders, niet nadat ze me hebben afgewezen. Ik wil geen liefdadigheid. Ik wil niet naar een plaats worden gestuurd voor mensen die nergens heen kunnen. Ik wil hier blijven en mijn eigen weg gaan, ergens aan bijdragen. Maar ik bezit weinig praktische vaardigheden. Zoals je weet heb ik alleen geleerd om er mooi uit te zien. Maar ik heb vreselijke beproevingen doorgemaakt en daar ben ik niet aan onderdoor gegaan. Ik moet geloven dat ik iets waard ben en ik wil dat gebruiken. Op de een of andere manier.' Ik bijt op mijn lip. 'Het is vaag, ik weet het.'

Olive kijkt me stralend aan. 'Rowena, je bent een opvallend mooie vrouw. In het verleden heb ik je vaak benijd. Maar ik heb je nog nooit zo bewonderd als nu.'

Ik kan het niet ontkennen, haar bewondering betekent veel voor mij. Ik frons mijn wenkbrauwen. 'Echt? Is dat zo?'

'Natuurlijk. Je bent op een vreselijke manier gebruikt. Niet alleen door die kunstenaar, maar door iedereen die voor je had moeten zorgen. Je bent het leven kwijtgeraakt dat je altijd hebt gekend en hebt geen zichtbare vooruitzichten. Veel mensen zouden nu bij de pakken neerzitten, maar jij niet! Je bent weer opgekrabbeld en zoekt naar een andere mogelijkheid. Daarom heb ik bewondering voor je.'

Ik pers mijn lippen op elkaar en probeer niet te huilen. Toch lijk ik iets goed te hebben gedaan. Niet iedereen buiten deze vier muren minacht mij. Er is iets aan Olive waardoor ik het gevoel heb dat alles mogelijk is.

'Geen respectabele man zal ooit met me willen trouwen,' denk ik met een zucht.

'Waarschijnlijk niet. Mannen zijn conservatieve wezens, zelfs de beste onder hen.' Ze zucht en ik vraag me af of ze dit uit eigen ervaring weet. Verity en ik hebben het nooit echt over Olives liefdesleven gehad. We deden er altijd lacherig over, omdat wij populairder waren bij het mannelijk geslacht. Dat is bepaald niet goed afgelopen 'Maar lieverd, is het wel nodig om te trouwen?' vervolgt Olive. 'Straks kun je wellicht jezelf onderhouden en zul je vrienden hebben om je dagen op te vrolijken. Er zijn veel oude vrijsters op deze wereld en er is nog niemand aan doodgegaan. Jij ziet er niet uit als een oude vrijster, maar er zijn wel vreemdere dingen op deze wereld. Je leven kan interessanter worden dan ooit tevoren.'

Het is een bizar idee, maar is dat niet precies wat ik maanden geleden dacht in Garrowgate Hall, toen moeder er bij mij op aandrong een echtgenoot te kiezen? Ik wenste toen dat ik, net als Olive, voor altijd thuis kon blijven. Olives vreugde slaat op me over. Ze heeft een wijde blik, ziet de wereld met al zijn eigenaardigheden en ze is ervan gecharmeerd. Ik kon dat soort dingen nooit eerder zien. Maar nu ben ik een van die eigenaardigheden. En ondanks alles wat er is gebeurd, sta ik nog steeds overeind, al gaat het moeizaam.

'Ik zou willen, lieverd, dat ik je kon uitnodigen om bij mij in Polaris House te komen logeren,' vervolgt ze, terwijl ze haar lege theekopje neerzet. 'Dan zou je de tijd kunnen nemen die je nodig hebt zonder je zorgen te hoeven maken dat je je vrienden lastigvalt. Maar vanwege onze vaders...'

'Ik weet het en ik begrijp het wel.'

'Ik zou mevrouw Simon graag wat geld aanbieden voor je levensonderhoud...'

'Dat zou ik niet toestaan,' zeg ik resoluut. 'Geen verplichtingen, Olive.'

'En als lening? Laten we zeggen dat we vertrouwen hebben in je toekomst, dat je een weg vooruit zult vinden, en daar geloof ik vast en zeker in, zou dat dan niet kunnen?'

Ik twijfel. Ik wil het liever niet, maar ik ken de zorgen die Hetty heeft. Zelfs al vindt John snel werk, dan nog is het niet aan hem mij te steunen. Maar het is natuurlijk ook niet aan Olive...

'Denk hier eens over na, Rowena. Je ouders hadden je moeten helpen. Als dat niet had gekund, dan hadden Verity of je broers moeten helpen, maar niemand deed het. Als ze dat wel hadden gedaan, zou je het hebben geaccepteerd, nietwaar? Kun je niet op dezelfde manier over mij denken? Het gaat maar om een paar shilling.'

Ik probeer me in te denken hoe het zou zijn om te weten dat Hetty haar wekelijkse boodschappen kan betalen. Ik stel me voor hoe opgelucht ik me zou voelen als ik op deze veilige plaats zou kunnen blijven, zonder schuldgevoel dat ik op hun zak teer. Olive is net zo rijk als ik ooit was. Ik weet hoe weinig verschil een paar shilling voor haar zullen maken. En zij weet hoeveel verschil ze voor mij zullen maken.

'Ik zou Hetty dolgraag willen helpen terwijl ik hier ben,' geef ik toe. 'Maar Olive, als je het een lening noemt, toon je meer vertrouwen in mijn toekomst dan ikzelf heb. Wat als ik je nooit kan terugbetalen?'

'Dan zullen mijn familie en ik verhongeren en op straat staan,' zegt ze met een ernstig gezicht.

Ik kan niet anders dan lachen. 'Goed dan, dank je. Voor Hetty.'

'Uitstekend,' zegt ze emotieloos terwijl ze me een beursje uit haar zak geeft. 'Hier, en een paar shilling voor jezelf. Nee, niet protesteren,' voegt ze eraan toe terwijl ze haar hand opsteekt. 'Een vrouw kan niet zonder geld de straat op, Rowena. Dat is niet veilig, dat weet je. Wil je volgende week langskomen? Dinsdag en vrijdag ben ik thuis. Papa weet ervan. We kunnen theedrinken in de tuin en praten zolang we willen om al je problemen op te lossen. Kom je?'

Zelfs Olive Westallen zou mijn talrijke problemen niet in één middag op kunnen lossen. Maar langsgaan bij een vriendin is een eenvoudig genoegen. Het is een verleidelijk aanbod en ik aarzel.

'Er zal taart zijn,' dringt ze aan. 'We kunnen in de lavendeltuin zitten en als je wilt, laat ik je mijn waarzegkaarten zien. Dat is mijn heimelijke pleziertje. Ik vertel er maar weinig mensen over.'

'Helpen ze je in de toekomst te kijken?' Het verbaast me dat de superieure Olive Westallen, die zich voortbeweegt in de zakenwereld en zo intellectueel is, zich met zoiets ongrijpbaars bezighoudt.

Ze denkt er even over na. 'Soms denk ik van wel. Waarschijnlijk helpen ze me gewoon om tot mezelf te komen. Ik zal het je laten zien en dan kun je zelf beslissen wat je ervan vindt, als het je wat lijkt.'

Het lijkt me zeker wat. En wie kan nu taart weerstaan? 'Dank je, Olive. Ik kom langs.'

'Goed, dan neem ik afscheid. Mevrouw Simon heeft ongetwijfeld veel te doen. Onthou, lieverd, dat we weten wat we zijn, maar niet weten wat we kunnen worden. Dat is een uitspraak van Ophelia in

Hamlet,' legt ze uit, als ze mijn wazige blik ziet. Ik heb me nooit voor Shakespeare geïnteresseerd. 'Laten we ontdekken wat je zou kunnen zijn.'

Dan is ze weg. Een wervelwind van energie is plotseling verdwenen en het stof daalt om me heen neer. Ik ben verbijsterd. Olive Westallen bewondert mijn sterke karakter. Ze is nu mijn vriendin. O, en ze doet aan waarzeggerij. Verity zou geïntrigeerd zijn, maar ik zal het haar in geen geval vertellen. Ik mis mijn oude bloemenencyclopedie wel. Dat boek vasthouden stelde me altijd gerust. Grappig dat ik van al mijn jurken, diamanten en schatten juist dat bezit mis.

Ik heb Olives geld in mijn hand. Ik schud verwonderd mijn hoofd en tel het uit. Ik hou twee shilling voor mezelf, want Olive heeft gelijk dat het niet veilig is om geen geld op zak te hebben. Dan breng ik de rest naar Hetty in de keuken. Haar ogen puilen uit bij het zien van het geld. 'Ik heb een lening afgesloten,' leg ik uit. 'Nu ben ik een betalende kostganger terwijl ik plannen maak. Mag ik wat papier en een potlood?' Hetty vist ze uit een la.

Ik pak een vel en schrijf het bedrag op. Ik zal dit niet vergeten en ik zal Olive zo snel mogelijk terugbetalen. Ik pak nog een vel en schrijf een briefje aan Pansy. John is nog steeds buiten, inmiddels bezig om de houten moestuinbak te wieden. Ik loop naar de keukendeur.

'John, mag ik je om een gunst vragen?'

'Natuurlijk, jij mag alles vragen.' Hij staat op en wil me duidelijk zo graag helpen dat mijn hart een beetje smelt. Het is zeldzaam om een vriend als hij te hebben. Dat is zeldzaam en het moet gekoesterd worden.

'Wil je dit briefje voor mij meenemen naar Garrowgate Hall? Het is voor Pansy. Ik zou graag willen dat ze het zou lezen voor haar volgende vrije dag.'

'Ik ga meteen,' zegt hij terwijl hij zijn troffel neerlegt en de aarde van zijn handen veegt.

'Je hoeft haar niet langer op haar wenken te bedienen!' wijst Hetty hem vanuit het huis terecht. 'Dat wieden is nog niet klaar.'

'Ik ga nu,' herhaalt hij en hij verdwijnt naar binnen.

'Ik zal het wieden afmaken,' zeg ik tegen niemand in het bijzonder en ik kniel voor de plantenbak, in de hoop dat ik niet per ongeluk onze zomergroenten uit de grond trek.

44

PANSY

Die verdraaide Rowena Blythe! Zelfs als ze er niet was, veroorzaakte ze nog problemen. Terwijl Pansy over de overloop naar Rowena's kamer stampte, vroeg ze zich af waarom ze haar niet gewoon kon negeren. Als ik verstandig was, zou ik dat doen, dacht Pansy. Maar op de een of andere manier was Pansy op weg om Rowena een plezier te doen, ondanks al haar verontwaardiging en wetend dat ze dom bezig was.

Het verzoek was op zaterdag binnengekomen, via een briefje, bezorgd door niemand minder dan John, die het trouw over de heide had gebracht. Het was een aangename verrassing geweest om hem weer in Garrowgate Hall te zien. Mevrouw Andrews had hem naar de keuken gebracht voor een kopje thee en al het personeel was blij hem te zien. Hij zou niet gezien worden door een van de Blythes, want die kwamen nooit in de keuken. Toen niemand keek, gaf hij Pansy snel een briefje. Zelfs op dat moment had ze gehoopt dat het van hem zou zijn, met het bericht… Nou, wat voor bericht dan ook. Haar hart maakte gewoon een dwaas sprongetje van hoop. Hoe dan ook, het was van Rowena geweest.

Beste Pansy,

Ik hoop dat het goed met je gaat en dat je werk deze week niet zo zwaar is. Ik hoop dat je ons donderdag weer komt bezoeken, want we kijken er allemaal naar uit je te zien. Net als jij begin ik inmid-

dels plannen te maken. Misschien kan ik je er wat over vertellen als je komt. Ik moet je nog wel om één gunst vragen. Wil je dat doen, als het niet te lastig is? Als je het kunt en wilt doen, zou je dan alsjeblieft één ding uit mijn slaapkamer willen halen en dat naar me toe willen brengen? Ik zou graag mijn oude bloemenencyclopedie weer hebben, misschien heb je die wel zien liggen. Het is een compact boek in een groen leren band. Ik bewaarde het altijd op het bureau in mijn kamer. Misschien hebben ze nu al mijn bezittingen verbrand, maar als het er nog is, zou ik het dolgraag nog eens willen zien. Dat klinkt wellicht dwaas, maar het zou een troost zijn.

Hoe dan ook stuur ik je mijn hartelijke groeten.
R

Toen Pansy het had gelezen, had ze met haar ogen gerold, en dat had ze sindsdien verschillende keren gedaan. Lieve hemel, een bloemenencyclopedie? In eerste instantie wilde ze het beslist niet doen. Het mocht dan slechts een oud boek zijn in plaats van geld of sieraden, maar als een Blythe haar betrapte op het stelen van iets uit dit huis, zou ze niet alleen worden ontslagen. Ze zou worden gearresteerd.

Maar nu was ze toch op weg naar Rowena's oude kamer, waarvan de deur sinds haar vertrek stevig dicht had gezeten, op de paar keer na dat ze er gestoft hadden. Morgen was Pansy's vrije dag en ze zou inderdaad het huisje in Hampstead bezoeken. Als Johns sollicitatie goed was verlopen, zou dit voorlopig haar laatste kans kunnen zijn om hem te zien. Ze hoefde het boek niet mee te nemen, want dat had Rowena gezegd. Natuurlijk hóéfde ze dat niet te doen. Maar hier stond ze dan. Ze duwde de deur open en stapte de stille kamer binnen waar geesten van een vervlogen tijd rondzweefden, van een dwaze jonge vrouw die niet meer kon doen dan mooi zijn.

Pansy deed de deur achter zich dicht en keek om zich heen, overmand door herinneringen. Ze zag weer voor zich hoe Rowena's glinsterende jurk werd dichtgeknoopt en hoe haar haar werd opgestoken en versierd met edelstenen. Ze dacht er weer aan hoe Rowena in haar bed lag te luieren terwijl ze toast at die glansde van de roomboter en giechelde om het tijdschrift *Punch*. En ze herinnerde zich hoe Rowena en Verity daar konden zitten terwijl ze de voordelen van hoeden bespraken met de ernst van twee advocaten die een zaak voorbereiden. Het was eigenlijk ongelooflijk dat ze ineens medelijden kreeg met Rowena. Wat had ze veel verloren. Nou, als ze dit zou doen, zou ze maar beter snel kunnen zijn. Ze mocht hier niet betrapt worden.

In een oogopslag zag ze dat alles onaangeroerd was. Het boek lag waar het altijd had gelegen. Pansy herinnerde zich dat Rowena het elke keer raadpleegde als ze een boeket ontving. Lelies staan voor grootsheid, Verity, en camelia's zeggen dat zijn lot in mijn handen ligt. Dan giechelde ze dom. Wat een lief bericht, hè? Verity zei dan meestal iets pragmatisch. Het is een indrukwekkend arrangement en hij heeft er het geld voor. Wil je met hem trouwen, denk je?

Pansy schudde haar hoofd en pakte het boek. Misschien had het gevoel van onrechtvaardigheid haar ertoe bewogen dit voor Rowena te doen, een gevoel van afschuw dat haar familie haar zo onwaardig kon behandelen. Dat Rowena haar beproevingen moest doorstaan zonder ook maar iets van de gewoonlijke kleine, dwaze gemakken... Het leek wreed en Pansy kon dat niet uitstaan. Ze streek met haar hand over het donkergroene omslag van het boek, stopte het toen in de zak van haar schort en opende de deur op een kier. De gang was leeg. Ze stapte naar buiten, sloot de deur zachtjes achter zich en haastte zich naar de trap.

Haar hart bonsde. Dat ze iets van Rowena in haar bezit had, maakte haar zo nerveus als een kat in het nauw. Ze zou die nacht geen oog dichtdoen. Toen doemde er plotseling een gestalte voor haar op en ze schrok verschrikkelijk. Hij kwam uit een van de kamers en hield haar tegen. Het was Felix Blythe. Wat deed hij hier op dit uur van de dag? Pansy had hem nauwelijks gezien sinds hij met Verity getrouwd was en naar hun herenhuis op de heuvel was verhuisd. Pansy keek op naar zijn vermoeide gezicht en legde een hand op haar hart. 'O, neem me niet kwalijk, meneer, u liet me schrikken.'

'Zag ik je net uit de kamer van mijn zus komen?' vroeg hij. Pansy schudde haar hoofd. Ze wist zeker dat ze geen woord over haar lippen zou krijgen. 'Wel waar. Ik weet zeker dat ik dat zag. Wat deed je daarbinnen? Geef antwoord!'

'Niets, meneer, niets. Ik keek alleen maar rond. Het is vreemd nu ze weg is en ik wilde gewoon... Ik was daar veel met haar als ze thuis was, meneer. Ik wilde het me zo graag herinneren.' Hij kneep zijn ogen tot spleetjes. Zijn ogen waren net zo blauw als die van Rowena. Hij bekeek haar aandachtig. Pansy wilde door de grond zakken. Het dikke boekje brandde in haar schortzak. Als hij zijn blik even naar beneden liet dwalen, zou hij het zien, de duidelijke rechthoekige vorm van een boek. En als hij het zou pakken, zou hij het favoriete boek van zijn zus meteen herkennen. Pansy herinnerde zich nu de eerste keer dat Felix een jongedame het hof had gemaakt. Hij vroeg Rowena om advies welke bloemen hij moest sturen om haar het hof te maken en Pansy had even gewenst dat zij het gelukkige meisje zou zijn dat zijn aandacht had getrokken. Maar Felix keek niet naar beneden. Hij bleef Pansy in de ogen staren, op zoek naar de waarheid. Ze deed haar best om zijn blik standvastig te beantwoorden, maar was bang dat ze bloosde. Haar huid leek koortsachtig te gloeien.

Ze had de zoons van de Blythes altijd aardiger gevonden dan de rest van de familie. Vooral voor Felix had ze een zwak. Ze had hem altijd fatsoenlijk gevonden. Maar nu zelfs de zoons Rowena de rug hadden toegekeerd, was ze daar niet meer zo zeker van. Eén ding was zeker: ze hadden van hun zus gehouden voordat ze uit de gratie raakte. Als hij dacht dat ze aan het snuffelen of stelen was, zou hij woedend zijn.

'Ik bedoelde het goed, meneer, echt waar,' hijgde ze terwijl ze ineenkromp onder zijn kritische blik. Ze had hem nog nooit van zo dichtbij gezien en ze was een beetje overweldigd. Toen draaide hij zich om en wreef met zijn handen over zijn gezicht. Hij zag er vreselijk uit, merkte ze op. Hij had schaduwen onder zijn ogen en een gekwelde uitdrukking terwijl hij vroeger alleen maar lachte. Door zijn prachtige pak en de manier waarop hij zich gedroeg, had ze dat eerst helemaal niet gezien. Hij had het air van de Blythes, alsof niets hen ooit kon deren. Maar dat was wel het geval. 'Ik geloof je.' Hij bekeek haar van top tot teen.

'Jij bent Tilney, toch?'

'Ja, meneer.' Ze bloosde opnieuw doordat hij haar naam kende.

'Ik mis mijn zus, Tilney. Weet jij waar ze is?'

'Nee, meneer,' antwoordde ze meteen. Het ergste was dat ze het hem eigenlijk wilde vertellen. Ze kon de gedachte niet van zich afzetten dat Verity Rowena had weggestuurd en dat Felix daar niets mee te maken had gehad. Verity had gezworen dat ze namens haar man handelde, maar hoe konden ze weten of dat zo was? Pansy zou niet gek opkijken als ze erover gelogen had. Maar als Verity de waarheid had verteld, mocht Pansy Felix nooit vertellen waar Rowena was. Hij zou zijn ouders rechtstreeks naar haar toe leiden. Nee, ze had beloofd het geheim te bewaren en dat zou ze ook doen.

Hij ging niet opzij. Het was alsof er duizend tandwielen in zijn hoofd ronddraaiden, alsof hij haar helemaal vergeten was. Pansy liet haar ogen weer over zijn gezicht gaan en beet op haar lip. Ze wilde hem troosten. Maar dat was absurd en verkeerd. 'Het is heel triest, meneer. Excuseert u mij.'

Eindelijk stapte hij achteruit. Pansy rende de trap op naar de zolder. Het boek sloeg bij elke stap tegen haar benen. Ze rende naar binnen en sloeg de deur achter zich dicht. Ze wikkelde het boek in een schort en propte het pakketje onder haar kussen. Toen liet ze zich op het bed vallen en wachtte tot haar ademhaling weer bedaarde. Ze probeerde er niet aan te denken hoe Felix gekeken had toen hij haar had laten gaan. Hij had gekeken als iemand die precies te weten was gekomen wat hij wilde weten.

45

ROWENA

Op vrijdagmiddag bereid ik me voor om het huis te verlaten om Olive Westallen te bezoeken. Dinsdag kon ik niet gaan vanwege hevige regenval en eigenlijk was ik toen opgelucht. Ik ben bang dat ik zo iemand wordt die na ontbering en opsluiting niet meer naar buiten durft en zich binnenshuis verbergt. Olive zei dat ik haar op dinsdag en vrijdag thuis zou treffen, dus nadat die grijze en sombere dinsdag voorbij was, moest ik wachten tot vandaag. Vanmorgen stond ik nog steeds te dralen. Ik beweerde dat de middag het juiste moment was voor een sociaal gesprek. Het was echter alleen maar uitstel. Olive is zo onconventioneel dat ik ook om middernacht of zes uur in de ochtend welkom zou zijn, zonder dat ze er een probleem van zou maken. Maar ondanks mijn verlangen om me voor iedereen te verbergen wil ik Olive wel bezoeken.

Als John hier was geweest, zou hij met me door de straten zijn gelopen en zou ik kracht geput hebben uit zijn aanwezigheid. Maar John heeft een baan in Chelsea gekregen. Ze hadden geen betere huisbediende kunnen vinden. Hij ging vanmorgen vroeg op pad met een stoffen tas met zijn kleren, een paar boeken en wat persoonlijke spullen. Op zondag heeft hij vrij, maar niet op zijn eerste zondag daar, dus het zal meer dan een week duren voordat we hem zien. Het huis voelt leeg zonder hem. Het is vreemd om iemand zo te missen, terwijl we nog maar een paar weken een huis met elkaar hebben gedeeld.

Vanmorgen waagde ik me even buiten, allen maar tot het einde van de straat. Ik had anderen horen praten over een bloemenverkoper die daar een stalletje heeft en ik wilde een boeket voor Olive meenemen. Ik spreek graag door middel van bloemen, hoewel Verity dat achterhaald vindt. Pansy bracht donderdag mijn bloemenencyclopedie mee, die lieve meid. Ze deed het met een frons op haar gezicht en zei dat ze een groot risico had gelopen voor mij. Ze verzekerde me dat ze dat echt niet meer zou doen, maar ik heb ook geen andere spullen nodig.

Het is een grote troost dat ik de encyclopedie weer heb. Ik heb in de loop der jaren zo veel kennis uit het boekje geabsorbeerd, maar er staan nog allerlei details in over de minder bekende planten die ik niet ken. Ik geniet van het gevoel het in handen te hebben en de illustraties zijn rustgevend, alleen bij het doorbladeren al. Gisteravond viel het boek open op de pagina over seringen en daar vond ik informatie waar ik iets aan had. Seringen staan niet alleen voor de liefde zoals ik me herinnerde, maar vooral voor die eerste golf van verliefdheid. Zou ik zo gemakkelijk zijn bezweken voor de magie ervan als ik me had gerealiseerd dat die bloemen alleen staan voor die bedwelmende, vroege gevoelens waardoor de wereld compleet roze lijkt? Ik heb vandaag mijn encyclopedie meegenomen om die aan Olive te laten zien, mocht ze geïnteresseerd zijn.

Het boeket dat ik voor haar heb samengesteld vind ik bescheiden, maar mooi. Voor een paar centen kocht ik wat stelen roze lisianthus om mijn dankbaarheid uit te drukken, dieppaarse heliotroop als symbool van toegewijde genegenheid en violette geraniums, een teken van echte vriendschap. Door het arrangement heen zitten kleine, delicate lelietjes-van-dalen voor een wit accent. Deze eenvoudige bloemen staan voor een terugkeer naar geluk, en Olive geeft me het gevoel dat zoiets mogelijk is. Zelfs zonder een van de grote satijnen linten die ik thuis gebruikte is het boeket een lust voor het oog, hoewel het maar een klein boeket is. Zo klein dat ik drie stengels pepermunt uit Hetty's kruidentuintje heb toegevoegd om het een beetje groter te doen lijken. Pepermunt staat voor een warm gevoel. Het was leuk om te ervaren wat ik met beperkte middelen kon maken.

Het ruikertje is een stuk positiever dan de boeketten die ik de afgelopen dagen in gedachten voor Verity samenstelde. Elke keer als ik denk aan haar harde woorden en haar minachtende blik die vreselijke avond dacht ik aan distels om wantrouwen uit te drukken, goudsbloemen als symbool voor verdriet en zelfs aan basilicum, terwijl die plant voor haat staat. Ik hield niet eens rekening met het seizoen.

Om drie uur strijk ik Hetty's jurk glad en pak ik mijn hoed met sluier. Ik vergewis me ervan dat ik geld bij me heb en stop meer katoen in de schoenen die ik van Hetty heb geleend, want ze zijn iets te groot. Hetty kijkt met kritische blik naar al mijn voorbereidingen. 'Ze zullen echt geen honden op je afsturen,' roept ze, als ik aarzelend op de drempel sta. 'Tot vanavond bij het eten.'

Ik loop langs het bloemenstalletje en sla links af een drukke straat heuvelopwaarts in. De etalages zijn verleidelijk en de mensen paraderen rond. Het doet me erg aan Highgate denken. Ik zou graag wat langer blijven om te kijken, maar ik loop gestaag door en probeer zo min mogelijk op te vallen. Hoog op de heuvel is er een laan genaamd Holly Hill die nog hoger slingert. Ik begin mijn weg erlangs, sla dan rechts af langs een verhoogde stenen loopbrug met een balustrade van zwart ijzer en baan me een weg omhoog naar de hoogten van Hampstead, volgens de aanwijzingen van John. Hij was zo specifiek dat ik hem vroeg of hij er ooit was geweest. Dat was hij niet, maar hij zei dat iedereen in Hampstead Polaris House kent.

Ik word even afgeleid door een bloeiende rozenstruik die over het tuinhek van een middelgroot huis groeit. De rozen zijn mooi en lichtroze, wat symbool staat voor vergiffenis. Olive heeft volgens mij echt een vergevingsgezind karakter en ik zou graag mijn kleine zilveren tuinschaar ter hand nemen. Ik knijp mijn ogen tot spleetjes en gluur naar de struik. Dan zie ik een knop op een dunne stengel. Ik kijk om me heen om te controleren of ik alleen ben en draai met mijn hand de bloem van de struik. De stengel is veerkrachtig en een beschermende doorn prikt in mijn vinger. Ik trek harder en dan geeft de steel mee. Ik duw de stengel triomfantelijk tussen het keukentouw waarmee ik de bloemen heb vastgebonden. Binnen begint een hond te blaffen en ik haast me weg. Ik zie de krantenkoppen al voor me. Rowena Blythe steelt bloemen uit de tuin: hoe kon ze zo laag vallen?

Al snel kom ik bij het huis van de Westallens, verscholen achter een hoge bakstenen muur, begrensd door een hoge zwarte poort. Op de ene stenen paal van de poort staat POLARIS, op de andere HOUSE. Het geheel is erg indrukwekkend. Het huis is minstens zo groot als Garrowgate Hall, maar toch heel anders. Mijn oude huis was statig, recht en wit. Polaris is artistiek en hoekig met schuine daken, schuine dakranden en zelfs een torentje. De stenen hebben een nogal opvallende oranjeachtige tint en in de verte meen ik een tennisbaan te zien. Lieve hemel.

Een slanke meid met een ronde bril opent de deur. Bij Garrowgate Hall zouden we nooit iemand met een bril in dienst hebben genomen. Als ik haar zeg dat Rowena Blythe er is om juffrouw Westallen zoals beloofd te bezoeken, begeleidt de meid me uiterst hoffelijk naar een bank in een prachtige siertuin vol lavendel en bijen. Dan haalt ze haar meesteres. Ze neemt het boeket dat ik voor Olive heb gemaakt van me over om de bloemen in het water te zetten om ze vers te houden. Ik zie meteen dat dit een heel ander huishouden is dan wat ik gewend was in Highgate. Ik kan het gewoon zien aan de manier waarop ze zich gedraagt.

Al snel haast Olive zich naar buiten. Twee kinderen duikelen achter haar aan, een aangename verrassing. Hun rokken zijn te lang en met hun kleine handjes kunnen ze de volumineuze lagen amper bij elkaar houden. Als ze voor me staan, maken ze allebei een diepe buiging. Ik trek ze naar me toe voor een omhelzing. Het zijn prachtige meisjes. Ik herinner me dat ik ze vorig jaar op het bal heb ontmoet. Olives dochter Clover is zo blond en slank als een bosnimf, haar vriendinnetje Angeline heeft donker krullend haar en kuiltjes in haar wangen. Ze zien er allebei uit om op te eten.

'Ze zijn allebei al de hele dag in gala, omdat ik heb verteld dat je misschien langs zou komen,' lacht Olive. 'Niet echt de ideale kleding voor een zonnige dag in de tuin, maar wat weet ik er nu van? Ik ben maar een volwassene.'

'Heel goed,' zeg ik ernstig, terwijl ik de meisjes loslaat. 'Deze kinderen hebben duidelijk de juiste ideeën. Ik ben helemaal niet op deze gelegenheid gekleed. Het spijt me, juffrouw Westallen, juffrouw Daley. Ik had me niet gerealiseerd dat het zo formeel zou zijn.'

'Dat geeft niet,' zegt Angeline, de brutaalste van de twee, terwijl Clover me met grote bruingroene ogen aankijkt. 'U mag dragen wat u wilt als u naar Polaris House komt. Maar wij moeten netjes gekleed zijn, want we zijn prinsessen.'

'Natuurlijk! Neemt u mij niet kwalijk, hoogheden, dat ik u beiden als juffrouw heb aangesproken.'

Ze barsten in lachen uit en rennen een nabijgelegen appelboomgaard in. Olive schudt glimlachend haar hoofd en komt naast me zitten. 'Ik ben zo blij dat je bent gekomen. Ik zal je straks de tuin laten zien, maar Jenny komt zo met thee en de beloofde taart, dus zullen we eerst een tijdje praten?'

'Dat klinkt goed.' Ik zucht. Ik ben nu al heel blij dat ik ben gekomen.

'En bedankt voor de mooie bloemen. Jenny liet ze me zien voordat ze onze allerbeste vaas ging zoeken. Erg attent van je.'

De middag gaat snel voorbij en de zon werpt een gouden licht over de tuin. Eerst praten we over mijn situatie. Olive kan goed luisteren. Ze houdt haar hoofd schuin, haar haar glanst en haar bruine ogen staan meelevend. Ik heb er ook al met Hetty, John en Pansy over gepraat, maar dit is anders. Bij John moet ik voorzichtig zijn met wat ik zeg, want hij is een man en ik wil geen ongepaste dingen zeggen. Bij Hetty ben ik bang dat ze me eruit gooit als ik iets verkeerds zeg en bij Pansy ben ik altijd bang dat haar harde groene ogen me in steen veranderen. Olives intelligentie beperkt zich niet tot intellectueel gebied, maar ze begrijpt ook de emoties van een ander. Dat heb ik haar zo vaak en zo bitter kwalijk genomen, maar nu geeft het me het gevoel dat ik alles kan zeggen.

Dus begin ik bij het begin, dat vader op een noodlottige dag in februari gebood dat ik mijn portret moest laten schilderen door de wellustige Lethbridge. 'Ik heb de verhalen gehoord, lieverd,' merkt Olive huiverend op. Als we eenmaal voorzien zijn van earlgreythee en hemelse chocoladetaart, beschrijf ik hoe opgelucht ik was dat Bartek in zijn plaats arriveerde. Ik vertel hoe ik verliefd werd en hoe gelukkig hij me die korte periode maakte. Dan vertel ik over de dag in het seringenbos en onze beslissing om per boot te vluchten. En ik vertel haar hoe dat is afgelopen. Olive luistert aandachtig en als ik eindelijk stil ben, zitten we een tijdje te luisteren naar het gezoem van de bijen en het gegil van de kinderen die uit het zicht tussen de bomen spelen. Olive zucht. 'Ik denk niet dat het de liefde was die je gelukkig maakte, weet je,' zegt ze. 'Misschien gedeeltelijk.' Ik luister goed naar wat ze zegt. Wat zou het dan moeten zijn als het geen liefde was?

'Ik denk dat het was wat hij vertegenwoordigde,' vervolgt ze. 'Door hem zag je nieuwe horizonten. Hij kwam met nieuwe ideeën, nieuwe mogelijkheden, nieuw gedachtegoed. Niets is verleidelijker dan dat, lieverd. Er wordt zo veel onzin over vrouwen gesproken. Men doet alsof we alleen maar hunkeren naar een ring met een enorme diamant. Alsof we eendimensionale wezens zijn die niets liever willen dan zich mooi maken en bewonderd worden en dan de grote prijs in de wacht slepen: een man.' Ik slik. Ze beschrijft precies hoe ik vroeger was.

'En we gaan het vanzelf geloven, want iedereen zegt het.' Olive klinkt verontwaardigd. 'Jij, Rowena, hebt een beperkter leven geleefd dan je je kunt voorstellen. Geboden en verboden, regels en beperkingen... Het was allemaal bedoeld om je naar de enig denkbare uitkomst te leiden: een societyhuwelijk. Maar wat zegt je eigen verstand? Wat zijn jouw dromen? Waar verlangt je ziel naar, lieverd?'

Ik haal mijn schouders langzaam op. Dit is veel te moeilijk voor mij. Verity en ik hebben het zeker nooit over mijn ziel gehad. Vader en moeder waren meer bezig met mijn kapsel dan met mijn wensen. 'Dat zijn de zaken die je vatbaar maakten voor Barteks romances, begrijp je dat? Alleen heb je hem daar helemaal niet voor nodig. Je verstand en je ziel zijn van jezelf! De wereld is een enorme en fascinerende plek en die wacht op je.'

Ik probeer een goed antwoord te vinden. Ze is zo welbespraakt en gepassioneerd. Ik zou graag op hetzelfde niveau willen reageren, maar dit zijn nieuwe ideeën voor mij. Ze is opmerkzaam. Ik heb altijd geweten dat Bartek niet de man was die mijn ouders voor me wilden. De opwinding die ik voelde als ik bij hem was, kwam voort uit zijn uiterlijke verschijning, maar inderdaad slechts gedeeltelijk. Die ontstond door zijn verhalen over Polen, het lezen over Bohemen en het feit dat het leven als een leeg doek beschouwd kon worden. Ik probeer dit aarzelend en stamelend aan Olive uit te leggen. Ze knikt bemoedigend. 'Maar hij was echt heel knap,' beken ik schaapachtig.

'En wie houdt er niet van een knappe, sterke man?' Ze grinnikt. 'Dat maakte hem alleen maar onweerstaanbaarder. Ik begrijp dat je je aangetrokken voelde door de romantiek. Misschien zul je het nog eens ervaren, want je bent zo mooi. De meeste mannen zijn wel bereid wat door de vingers te zien voor een knappe vrouw. Maar ik geloof niet dat schoonheid voor jou de prijs van liefde is.'

'Niet meer. Sterker nog, ik weet niet zeker of ik wel bemind wil worden als het iemands leven zo grondig op zijn kop zet. Ik wil gewoon een leven leiden waar ik trots op kan zijn. Al zou ik wel willen weten waar ik moest beginnen.'

Olive lacht zachtjes. 'Ja, het is altijd fijn om een begin gemaakt te hebben.' We praten verder over andere dingen. Ze laat me haar waarzegkaarten zien en legt me meer uit over hoe ze die gebruikt. Ik ben gefascineerd. Ze biedt aan om mijn toekomst te voorspellen, maar ik aarzel en sla haar aanbod dan af. Er is momenteel te veel onzekerheid. Ik weet het liever niet. Dan laat ik haar mijn bloemenencyclopedie zien. Op haar gezicht is geen greintje van de treiterende ondeugendheid te zien die Verity altijd tentoonspreidde wanneer ik er met haar over probeerde te praten.

'Heeft het boeket dat je voor me hebt meegebracht een betekenis, behalve dat het zo mooi is?' vraagt Olive geïntrigeerd.

'Inderdaad, het heeft meerdere betekenissen.'

'Wat bijzonder! Leg het me alsjeblieft uit,' smeekt ze. Ik word een beetje verlegen als ik zie dat ze oprecht geraakt is. 'Rowena Blythe,' mompelt ze geamuseerd. 'Ik heb nooit geweten dat je zulke diepe gronden had.'

Ik, diepe gronden? Dat is een hele opluchting.

46

OLIVE

In het weekend denk ik uitgebreid na over Rowena's benarde situatie. Het verbaasde me dat ik zo van haar gezelschap genoot terwijl we in de tuin zaten te praten. Op een lieve, bedeesde manier liet ze me haar bloemenencyclopedie zien, als een kind dat graag iets wil delen. Ze was zo eerlijk over haar tegenslagen. Het is duidelijk dat ze een diepe wens koestert om het beter te doen, haar leven te beteren. Ik ben onder de indruk en mijn hart gaat naar haar uit. Het is duidelijk dat de breuk met haar familie, de manier waarop ze haar hebben afgedankt als een paar oude schoenen, haar diep heeft gekwetst. Dat is niet echt een verrassing. Gelukkig waren John Hobbs en mevrouw Simon er om haar op te vangen. John aanbidt haar duidelijk. Ze heeft dat niet gezegd, maar het blijkt duidelijk uit alles. Zo'n onvoorwaardelijke waardering is iets moois en vorige week zag ik ook dat John erg knap is. Volgens mij vindt Rowena dat ook, want ze bloost als een bloemblaadje als ze zijn naam uitspreekt.

Haar huidige situatie is geen permanente oplossing. Toen mevrouw Simon vorige week de deur voor me opendeed, zag ik een vrouw die ten einde raad was. Ik kan Rowena geen geld blijven geven. Ik zou het wel kunnen, maar ze zou het waarschijnlijk niet willen aannemen. Ik heb een afspraak voor haar geregeld bij de stichting. Ze moet eens met Mabs praten. Ik denk dat ik nu al te close met haar ben om objectief te zijn en zij voelt zich minder op haar gemak als ze denkt dat ik het uit liefdadigheid doe.

Maar onofficieel kan ik me er wel mee bemoeien. Tijdens de zondagse lunch krijg ik een ingeving. Zodra ik de laatste hap van mijn wildpastei heb doorgeslikt, zet ik mijn hoed op en loop vastberaden naar Belsize Park. Wij Westallens zijn allemaal wandelaars in hart en nieren, dus een rijtuig bezitten we niet meer. Bovendien is het weer zo mooi nu het bijna juni is dat het heerlijk is om een paar kilometer te lopen. In Belsize Park woont mijn vriendin, mevrouw Lake, en als ze instemt met mijn plan, zal dat haar net zo veel helpen als Rowena, daar ben ik van overtuigd.

Mevrouw Lake (haar voornaam is Zenobia, en dat is niet het enige aan haar wat me blij maakt!) is een bejaarde weduwe. Ooit was ze zo rijk als Croesus, maar dat is verleden tijd. Haar man is zestien jaar geleden overleden en ze woont alleen. Ze heeft nog maar één bediende in dienst, Bertha. Ze gaan echter niet op vertrouwelijke voet met elkaar om. Mevrouw Lake is formeel en ouderwets. Vriendschap met een meid zou haar te ver gaan.

Als Rowena in een van die grote, lege kamers zou mogen verblijven, zou ze voor langere tijd een verblijfplaats hebben. Zij en mevrouw Lake zouden elkaar gezelschap kunnen houden. Hetty zou haar huisje weer voor zichzelf hebben. En ook voor Bertha zou het een positieve verandering zijn, een jonge, nieuwe huisgenote. Het zou een zegen zijn voor alle betrokkenen.

Vijfentwintig minuten later loop ik ziedend van woede weer naar huis. Ze heeft geweigerd. Het was een beslist en ondubbelzinnig nee. Als er iets is waar ik dol op ben, is het een elegante oplossing en als er iets is waar ik een hekel aan heb, is het een elegante oplossing die verloren gaat. Ik heb eerlijk gezegd wat verhitter afscheid genomen dan gewoonlijk.

Ik keer terug naar Hampstead, nog steeds een beetje boos. Ik wil niet uit mijn slof schieten in het bijzijn van de meisjes, dus besluit ik bij Lionel langs te gaan.

'Dag, lieve Olive,' begroet hij me. Hij opent zelf de deur, omdat zijn bediende een vrije dag heeft. Dat vind ik leuk aan hem. Sommige mannen in Hampstead zouden beslist de deur niet open willen doen. 'Wat een aangename verrassing. Kom je binnen?'

Hij begroet me in elk geval vriendelijk. Door zijn welkom ben ik alweer wat gekalmeerd. Ik sta toe dat hij me begeleidt naar een comfortabele stoel bij de openslaande deuren. Een warme bries en een lichte rozengeur drijven naar binnen om me op mijn gemak te stellen. Lionel belt voor een meid om thee en 'iets lekkers' te brengen. Ze verschijnt al snel met gecanneleerde glazen schaaltjes met bruinbroodijs. Heerlijk, dat is mijn favoriet. Ideaal om mijn woede te sussen. Ik pak de zilveren lepel en begin meteen te eten. Als er alleen nog een laagje vanille-ijs en wat gekarameliseerde broodkruimels over zijn, zet ik het schaaltje neer en pak mijn theekopje op, dat Lionel al heeft volgeschonken. Hij is bezorgd en dat waardeer ik ook aan hem.

'Dank je,' zeg ik. 'Het is goed je te zien, Lionel. Heb je een leuke dag gehad?'

'Mijn dag is erg goed verlopen en het lijkt alleen maar beter te worden. Maar gezien je geagiteerde houding en de manier waarop je dat bruinbroodijs oplepelde, vermoed ik dat jouw dag wat minder bevredigend was.'

'Ik ben vanmiddag teleurgesteld, Lionel. Ik had een geweldig idee, waardoor twee vriendinnen enorm geholpen zouden zijn als de ene het ermee eens was geweest, maar dat is ze niet. En nu weet ik niet hoe ik de ander kan helpen. Het is buitengewoon vervelend.'

Ik zie dat hij een glimlach probeert te onderdrukken, maar zijn lippen krullen. 'Mijn lieve wereldverbeteraar,' zegt hij met kalmerende stem. 'Ik weet hoe graag je de zaken wilt veranderen naar jouw hoge standaarden. Helpt het als je me erover vertelt?'

'Weet je, Lionel, ik denk van wel, het is wel strikt vertrouwelijk. Maar ik kan jou het geheim van iemand anders wel toevertrouwen, hè?'

'Natuurlijk, dat weet je toch.'

Ik weet het. Lionel is niet volmaakt, maar hij is geen roddelaar. Ik vertel hem over Rowena. Het komt er allemaal in een grote stortvloed uit, zo geïrriteerd ben ik door haar lijden en de onrechtvaardigheid in het handelen van haar familie. En dan vertel ik wat er bij mevrouw Lake is gebeurd.

Als ik uitgesproken ben, haal ik diep adem. Lieve hemel, wat een monoloog! Lionel is erg stil en ik vraag me af of ik te snel heb doorgerateld en hij de draad is kwijtgeraakt. Ik kijk naar zijn knappe, ernstige gezicht en zie dat er veel door zijn hoofd gaat. Ik wacht tot hij begint te praten en neem een slokje van mijn thee, die nu behoorlijk afgekoeld is.

'Ik... Het spijt me dat je plannen in het water zijn gevallen, lieverd, terwijl je zo goed je best deed om te helpen...' zegt hij voorzichtig terwijl hij het gordijn voor het raam een beetje herschikt, hoewel het prima zat.

'Maar?' vraag ik.

'Maar... Nou, je begrijpt toch wel dat mevrouw Lake bedenkingen had? Weet je zeker dat je verstrikt wilt raken in de problemen van juffrouw Blythe?'

Ik weet het niet. Verstrikt? Ik maak me zorgen om het meisje. En hoe kan hij weten wat voor bedenkingen mevrouw Lake had als hij haar nog nooit heeft ontmoet? 'Ik weet niet zeker of ik je begrijp, Lionel. Kun je uitleggen wat je bedoelt?'

Lionel fronst zijn wenkbrauwen en recht zijn schouders. 'Ik bewonder je medeleven, Olive, dat weet je. Maar mevrouw Lake is een oude dame met een gedistingeerde achtergrond, heb ik begrepen, en om nu te verwachten dat ze een...'

'Ja?' vraag ik enigszins ijzig.

'Nou, een gevallen vrouw, om het beleefd te zeggen, in huis neemt, dat is ongetwijfeld een stap te ver.'

'Een gevallen vrouw... Wat een belachelijke uitdrukking. Heb je daar weleens over nagedacht? Waar is ze dan in vredesnaam vanaf gevallen?'

'Nou, van haar voetstuk.'

'Haar voetstuk? Ze is een levend, ademend mens, Lionel, geen standbeeld! Het is niet de bedoeling dat vrouwen roerloos op sokkels zitten, het is de bedoeling dat we vrij zijn om over de aarde te lopen, te leven en zelfs fouten te maken. Daarom hebben we voeten.'

'Maar Olive, het was geen kleine fout. Ze is ervandoor gegaan met een artiest en heeft zich laten verleiden. Rowena Blythe zou beter moeten weten. Het is het schandaal van de eeuw. Ik geloof best dat ze nu spijt heeft en natuurlijk wens ik haar geen kwaad toe, maar deze puinhoop... Het is haar eigen schuld, toch?'

Ik tuur naar hem. Hij is zo serieus als een mens maar kan zijn. Eigenlijk zou het me niet moeten verbazen. Zo denkt de meerderheid van de mensen over deze zaak. Maar ik had meer verwacht van deze intelligente, weloverwogen man die ik als mijn vriend en misschien zelfs meer ben gaan beschouwen. Hij kijkt me echter een beetje streng aan, alsof hij mijn verkeerde opvattingen wil corrigeren, terwijl ik er zelf naar verlang hem te overtuigen. Ik heb het afschuwelijke gevoel dat het me niet gaat lukken, maar toch zal ik het proberen.

Dus ik slik de verontwaardiging die vanbinnen brandt weg, al vraag ik me af of de rookwolken straks door mijn neusgaten zullen ontsnappen, zoals bij een draak. 'Ik ben het ermee eens dat het allemaal erg verrassend is, Lionel, maar als je erover nadenkt, waren er twee mensen die deze situatie veroorzaakten, Rowena en de man in kwestie.' Mijn antwoord maakt me trots. Dit is hoe ik denk dat echtparen communiceren, dus er is nog hoop voor mij. 'In feite kwam het zelfs door meer mensen,' ga ik verder, terwijl ik in het verhaal begin te komen. 'Haar ouders hebben ook schuld. Zij hebben haar opgevoed om een volkomen onbevredigend leven te leiden, zonder haar echte wijsheid bij te brengen om haar voor te bereiden op de zaken van het hart. En de society als geheel heeft schuld, omdat er zulke belachelijk hoge verwachtingen aan vrouwen gesteld worden en...'

'Olive, alsjeblieft. Je kunt het Maude en Malvern Blythe toch niet kwalijk nemen dat hun dochter zichzelf aan een schurk met een penseel heeft gegeven? En de society als geheel? Moeten we de premier de schuld geven van haar onzedelijk gedrag?'

'Onzedelijk? Lionel, ze hield van hem! En ik geloof niet dat ik de markies van Salisbury heb genoemd.'

'Maar een jongedame kan zich niet gedragen als een ordinaire sloerie en verwachten dat anderen de schuld op zich nemen, Olive. Ze heeft een zeer ernstige inschattingsfout gemaakt en moet de gevolgen daarvan dragen.'

'Die draagt ze elke dag! Ze heeft alles verloren en haar ouders hebben haar zeer hardvochtig behandeld. Helpt niemand haar dan? Ter informatie, Lionel, Rowena geeft niemand anders de schuld. Zij draagt de verantwoordelijkheid op een zeer bewonderenswaardige manier. Ik ben degene die anderen erbij betrekt, omdat ik wil dat je sympathie voor haar kunt opbrengen. Ze was onvoorbereid toen ze door de liefde gegrepen werd. Op een onverstandig moment maakte ze een fout en wat zijn de consequenties? Moet ze dan maar op straat gaan leven? Nee, Lionel. Ik zeg dat ze haar schouders moet rechten en doorgaan.'

'Ik zei niet dat ze op straat moet leven. Ik weet zeker dat er andere mogelijkheden zijn voor vrouwen in haar situatie. Maar Olive, welke plaats kan er in de geciviliseerde society zijn voor zo'n vrouw? Verwacht je dat ze zich onder ons begeeft, zodat iedereen haar fouten door de vingers ziet? Wie zal er nu met haar trouwen?'

Ik kook van woede. En als hij nog één keer 'maar Olive' zegt... 'Ah, nu komt de aap uit de mouw. Het draait allemaal om het huwelijk, hè? De grote prijs waar iedere vrouw naar moet verlangen.'

'Dat is niet wat ik bedoelde. Ik bedoel gewoon... Jij bent een product van dezelfde society, je hebt een vergelijkbare opvoeding gehad.

Toch ben je er nooit zomaar vandoor gegaan of heb je ongepaste relaties met wie dan ook gehad. Of wel soms?'

Ik snuif. 'Natuurlijk niet. Maar...' Ik slik mijn woorden in, want ik stond op het punt te zeggen dat ik nog nooit zo'n overweldigende passie had gevoeld als Rowena voor Bartek had gevoeld, maar het lijkt me niet tactvol om dat tegen de man te zeggen die me ten huwelijk heeft gevraagd.

'Maar onze opvoeding is niet helemaal vergelijkbaar. We zijn allebei rijk en bevoordeeld, maar je kent mijn ouders, Lionel. Ze gaven me vrijheid en een fijne opleiding. Ik mocht zelf mijn keuzes maken. Ik heb echte vrienden, ik heb Clover en de stichting is mijn levenswerk. Mijn leven is... Ik voel me onuitsprekelijk gezegend. Rowena's opvoeding was streng en koud. Verity was haar beste vriendin. Zie je niet dat ze iets moest doen om echt te kunnen leven?' Inmiddels heb ik tranen in mijn ogen, of het nu uit frustratie is of hartzeer voor die arme Rowena.

Lionel kijkt verbaasd. 'Wat verwacht je van me, Olive? Ik zei alleen dat het me niet verbaasde dat mevrouw Lake geen vrouw wilde opnemen met een smet op haar deugdzaamheid en reputatie.'

Een schandaal. Een smet. Een gevallen vrouw. Ik schud mijn hoofd om weer helder te kunnen denken, want door al die onrechtvaardigheid weet ik het even niet meer. 'Ooit was je anders genoeg met haar bezig,' zeg ik ziedend. Ik heb Lionel nooit gevraagd naar dat korte intermezzo toen hij verliefd werd op Rowena. Misschien is dit niet het juiste moment, maar eerlijk gezegd maakt de herinnering aan zijn vurige bewondering destijds dit duidelijke oordeel over haar nu veel moeilijker te verdragen.

Hij kijkt beledigd. 'Ik weet niet wat je bedoelt.'

'Jawel. Je hebt haar ontmoet op het stichtingsbal. We waren in gesprek toen Rowena binnenkwam en jij volgde haar de hele avond. De weken daarna heb ik je niet gezien of gehoord. Ik weet dat je verschillende keren bij haar langs bent gegaan, want je weet hoe er gepraat wordt. Toen heeft ze je afgewezen, neem ik aan, want een paar maanden later richtte je je aandacht weer op mij.'

Hij is behoorlijk bleek geworden. 'Ik wist niet dat je het je herinnerde... Dat je wist dat... Het spijt me, Olive, als dat je van streek heeft gemaakt. Het is waar dat ik even door haar werd afgeleid, maar ik besefte al snel dat we niets gemeen hadden. Ze had geen interesse in mij en haar ouders hadden meer voor haar in petto, wat nu ironisch is. Ik heb voor jou al die tijd veel achting gehad. Je bent de meest bewonderenswaardige vrouw die ik ken. Ik wilde onze... vriendschap meteen, maar ik wilde niet wispelturig of respectloos overkomen, dus wachtte ik. Maar mijn gevoelens bleven groeien en uiteindelijk kon ik niet meer bij je wegblijven.'

'Ik weet nog hoe het gegaan is,' antwoord ik knorrig. 'Dat is niet de reden dat ik hierover begon. Het is gewoon dat... Ooit voelde je iets voor haar, net als vele andere mannen, alleen vanwege haar uiterlijk, waar zij eigenlijk geen hand in had, en nu veroordeel je haar gewoon.'

Hij zakt een beetje in elkaar en knikt. 'Ja. Ik voel ook wel dat ik me niet van mijn beste kant heb laten zien.' Er volgt een lange stilte, die wordt verbroken door de lange triller van een merel en een dikke vlieg die de kamer binnenzoemt en landt in de ijsschaal om zichzelf tegoed te doen aan de restjes.

'Wat er met Rowena is gebeurd, is gebeurd,' zeg ik zachtjes. 'Ik wil haar nog steeds helpen. Ik vind nog steeds dat ze het verdient om een goed leven te leiden. Jij niet?'

'Eerlijk gezegd niet,' zegt Lionel. Hij is altijd eerlijk en dat is een van zijn goede eigenschappen. 'Eigenlijk zie ik gewoon niet in hoe zij nog een plaats zou kunnen hebben tussen mensen zoals wij, in onze huidige gemeenschap.'

'Mensen zoals wij.' Ik zucht. Ik weet niet eens meer wat dat betekent. 'Ik kan maar beter gaan, Lionel. Mama zal zich afvragen waar ik ben.'

'Het spijt me.' Hij staat ook op, zijn handen vallen langs zijn lichaam.

'Je bent hier gekomen om je beter te voelen en ik heb het alleen maar erger gemaakt, denk ik. Maar ik kan niet doen alsof ik een andere mening toegedaan ben, alleen om jou een plezier te doen.'

'Dat zou ik niet willen, Lionel. Het belangrijkste is altijd dat jij jezelf bent en ik mezelf kan zijn. Bedankt voor het ijs en de thee.'

Hij knikt, geeft een kneepje in mijn handen en leidt me naar de deur.

Daar geeft hij me een kus op mijn wang. Even denk ik dat hij me iets gaat vragen, het volgende moment besef ik dat ik zelf iets zou kunnen zeggen, maar op de een of andere manier gaan beide momenten voorbij en wandel ik diep in gedachten naar huis.

Dan besef ik het. De bewonderenswaardige kwaliteiten van Lionel zijn niet genoeg voor mij. Dit is de tweede keer dat ik tegen zijn rigide moraal aan loop. Zelfs als Rowena zich afschuwelijk heeft gedragen, en ik kan mezelf er niet toe brengen dat zo te noemen, zelfs dan heeft ze volgens mij medeleven verdiend. Ze heeft niemand pijn gedaan behalve zichzelf. Rowena heeft zich gedragen als een ordinaire sloerie, dus ze kan geen plaats hebben tussen mensen zoals wij. Zijn woorden achtervolgen me terwijl ik me naar huis haast en ik kan niet wachten om de meisjes in mijn armen te nemen.

Ik kan Lionels denkwijze volgen, omdat de meeste mensen zo denken, maar ik voel me er niet prettig bij. Een dame moet onberispelijk zijn, deugdelijk en een en al goedheid om acceptabel te zijn voor een man. Mannen maken de regels en wij moeten ze naleven. Zo niet, dan falen we. Daar wil ik geen deel van uitmaken.

Ik besef dat ik niet met Lionel Harper kan trouwen. Het is geen dwaze gedachte die ontstaat in de hitte van het moment, maar een diep inzicht. Ik kan niet trouwen met een man die vrouwen op die manier ziet. Bijna iedereen volgt die gedachtegang. Eigenlijk kan ik dus helemaal niet trouwen, dat is ineens duidelijk. Ik heb veel te veel te verliezen. Mijn fortuin zou worden verbeurd, mijn vrijheid ingeperkt. Hoe kon ik het zelfs maar overwegen? Hoe kon ik denken dat mijn leven nog mooier kon zijn, terwijl het al zo overvloedig gezegend is? Lionel is een lieve man, zijn mening over Rowena was zacht uitgedrukt in vergelijking met wat veel mannen zouden zeggen, maar ik kan niet zijn vrouw zijn. Bruinbroodijs is heerlijk, maar het is niet genoeg.

47

ROWENA

Op maandag loop ik naar Euston voor mijn afspraak met Mabel Daley, ook wel Mabs genoemd. De assistent-manager van de Westallen Foundation is een vrouw. Alleen dat toont al aan hoe buitengewoon Olive is. Maar het is ook geweldig. Hoe zou de wereld eruitzien als zij niet de enige was? Stel je voor dat vrouwen, net als mannen, hun intelligentie zouden kunnen inzetten om de kost te verdienen in de wereld en dan doel ik op de wereld in het algemeen, niet alleen het excentrieke hoekje van Olive. Dit is een heel andere manier van denken, dat is vast Olives invloed op mij.

Hetty heeft gezegd dat het een kleine vijf kilometer lopen is. Ik ben niet gewend om zulke afstanden te lopen. Ook de herinnering aan die vrijdagavond toen ik terugkwam van mijn vlucht en in een steegje werd getrokken, staat me nog helder voor de geest. Maar ik weiger mijn beperkte middelen aan een rijtuig te besteden. Mijn pijnlijke voeten zijn genezen en het is klaarlichte dag, de zon schijnt. Olive wandelt door heel Londen. Pansy ook. Waarom zou ik dat dan niet durven?

Hetty heeft me gedetailleerde aanwijzingen gegeven, ze heeft het zelfs opgeschreven. Ik ben de hele weg nerveus, schrik bij elk geluid en steek soms een brede weg over om twijfelachtig uitziende mannen te ontwijken. Ik denk steeds dat ik gevolgd word, maar telkens als ik me omdraai, zie ik niets anders dan de drukte. Zonder incidenten bereik ik het adres dat Olive me heeft gegeven.

De stichting is gevestigd op de bovenverdieping van een pakhuis dat eigendom is van ene meneer Harper. Olive zegt dat ik hem ken. Ze zegt dat we elkaar op het stichtingsbal hebben ontmoet en dat hij daarna bij mij langs is geweest. Ik herinner me hem helemaal niet. Na die avond zijn er zo veel mannen langs geweest dat ze allemaal vervaagd zijn tot één beeld. Verity vond het een grote overwinning en ik was het destijds met haar eens. Als ik er nu op terugkijk, lijkt het enorme aantal mannen dat aan mijn voeten viel, alleen vanwege mijn gezicht, figuur en goudblonde haar, me zelfs obsceen. Ik klim de trap op.

Mabs is tenger, heeft een lief gezicht en ziet er jonger uit dan ik. Ze draagt een eenvoudig, maar smaakvol mantelpakje in een diepblauwe kleur. Haar blonde haar zit in een nette wrong in haar nek. Ik kan alleen maar staren. Ik heb gewoon nog nooit eerder een vrouw in zo'n omgeving gezien. Eerlijk gezegd ben ik nog nooit in zo'n omgeving geweest. Het kantoor is een grote ruimte. Het is eigenlijk één grote kamer, met ramen die uitkijken op de drukke straten rondom het pakhuis. Er staan drie bureaus waaraan Mabs, Olive en een oudere heer zitten. De man is een en al snor en das. Hij tikt tegen zijn zwarte hoed en gaat dan verder met het maken van aantekeningen in een grootboek. Olive zwaait naar me. Ze is in gesprek met een jonge man die voor haar bureau zit. Ik kan het niet helpen dat ik zie dat hij smerig is en gekleed in lompen. Hij praat geagiteerd en zwaait met zijn handen. Olive luistert met haar gebruikelijke respectvolle kalmte.

Ik staar onophoudelijk rond, mijn mond open als een goudvis. Mabs haalt me uit mijn gedachten. 'Olive zegt dat u op zoek bent naar werk, maar dat u niet weet wat u moet doen. Dat u anderen wilt helpen en wat geld wilt verdienen terwijl u dat doet.'

'Ja, sorry. Dat is het wel zo ongeveer,' zeg ik tegen haar. Dat is een van Hetty's uitdrukkingen. Ik geloof niet dat ik zoiets ooit eerder heb gezegd.

'Vertel me er eens over,' zegt ze en ik aarzel. Ik weet niet precies wat ze wil weten. 'Ik bedoel niet wat u hier heeft gebracht,' voegt ze er hartelijk aan toe. 'U hoeft me uw verhaal niet te vertellen. Maar ik zou graag willen weten wat u interesseert, waar u goed in bent, uw opleiding, dat soort dingen. Alles wat u me wilt vertellen, eigenlijk. Soms kan een ander beter inschatten wat je te bieden hebt dan jijzelf. Dat zeggen we hier altijd.'

'Ik hoop echt dat dat zo is,' zucht ik. 'U kent natuurlijk mijn achtergrond. Ik heb nog geen dag in mijn leven gewerkt en heb nooit echt praktische vaardigheden opgedaan. Ik ben bang dat ik volkomen nutteloos ben.'

'Dat betwijfel ik ten zeerste,' zegt deze bijzondere jonge vrouw.

'Hoe oud bent u?' vraag ik impulsief. 'Excuseer mij. Ik wil niet onbeleefd zijn. Het is gewoon… U bekleedt een indrukwekkende functie. En het is zo ongebruikelijk om te zien dat een vrouw wordt betaald om iets anders te doen dan schoonmaken of koken.'

'Dat weet ik. Ik ben het gelukkigste meisje ter wereld en dat is natuurlijk allemaal te danken aan Olive. Om uw vraag te beantwoorden: ik ben negentien. Tot een jaar geleden was ik nog nooit echt naar school geweest. Ik kende alleen het alfabet en kon een beetje tellen. Toen leerde ik lezen en schrijven, en nu leidt meneer Gladstone me op in zaken en boekhouden en dergelijke en ga ik naar een avondschool om andere dingen te leren.'

'Wat voor dingen?' Ik weet dat we hier zijn om over mij te praten, en niet over haar, maar ik ben geïntrigeerd.

'Ik leer Frans en Italiaans, en een beetje geschiedenis en aardrijkskunde. Ik volg een literatuurcursus omdat ik dat geweldig vind, en omdat mijn geliefde schrijver wil worden en ik daarover met hem wil kunnen praten.' Ik voel een steek in mijn hart. Ik hoop dat ze beter behandeld zal worden dan ik.

'Dat is… ongelooflijk,' breng ik een beetje ademloos uit.

'Ja, dat is het mooie van het leven, juffrouw Blythe. Alles wat nodig is, alles waar u nog niet over beschikt, kunt u gewoon leren.' Dan corrigeert ze zichzelf met een triest gezicht. 'Als u over de middelen beschikt tenminste. De meeste mensen die hier bij ons komen, hebben geen rooie cent. Zo was dat bij mij ook. Maar voor mij veranderden er een aantal dingen en nu is alles mogelijk. Dus we moeten de dingen ook voor andere mensen veranderen, wanneer we maar kunnen. Ook voor u, juffrouw Blythe.'

Wat een lief meisje. Ze is net zo serieus en gepassioneerd als Olive zelf. Ze vormen een mooi duo. Ik herpak mezelf en slaak een diepe zucht. Dan vertel ik Mabs alles wat nuttig zou kunnen zijn voor haar om mij te helpen mijn leven te veranderen.

'Volstrekt nutteloos?' kraait ze als ik stop met praten. 'Ik zou denken van niet, juffrouw Blythe! U hebt genoeg te bieden en dat is een feit.'

'Echt? Vertelt u me alstublieft meer, juffrouw Daley.'

'Er is een aantal dingen die bij me opkomen, dus het hangt er natuurlijk van af hoe u ertegenover staat, maar de meest voor de hand liggende oplossing is dat we u hier zouden kunnen aannemen. We hebben wat geld voor iemand die bijles kan geven. Het is niet veel, maar het is een begin.'

'Bijles geven? Waarin?' Ik heb inderdaad de basis van Latijn en andere zaken op school geleerd, maar dat is allang uit mijn geheugen verdwenen. Ik kan natuurlijk lezen en schrijven, maar ik ben geen Olive!

'In allerlei zaken. Vergeef me, juffrouw Blythe, u zegt dat u geen vaardigheden hebt, maar dat komt doordat u zo bevoorrecht bent opgevoed. Mensen zouden er een moord voor doen om zo te zijn zoals u. De meeste mensen die bij ons komen, kunnen zich nauwelijks kleden en voeden. Ze kunnen niet naar school, het gaat om overleven. Ze zorgen er op allerlei manieren voor dat er brood op de plank komt. Ze schrobben, wassen en werken hard. Ze hebben niet de luxe om aan iets anders te denken. Te kunnen praten zoals u is voor hen al een hele vaardigheid.' Er verschijnt een weemoedige uitdrukking op haar gezicht en ik vermoed dat ze zich iets uit haar eigen leven herinnert. Ze spreekt erg netjes, maar niemand uit mijn oude wereld zou haar voor een rijke dame aanzien. Ik hoor soms even een licht accent, waardoor duidelijk wordt dat deze manier van spreken niet natuurlijk voor haar is. Ze drukt zich duidelijk en zelfverzekerd uit, en ik vind de uitglijders nogal charmant, maar ik kan me voorstellen dat ze het zichzelf moeizaam aangeleerd heeft. Ik had nooit eerder gedacht dat zoiets basaals als spreken iets is wat aangeleerd moet worden.

'Daarnaast kunt u ook bijles geven in lezen en schrijven natuurlijk,' vervolgt ze. 'Al dacht ik meer aan lessen in fatsoenlijk kleden, etiquetteregels en alle vaardigheden die een dienstmeisje nodig heeft. Een groot deel van onze meisjes zou graag als dienstmeisje werken, ziet u. Dan kunnen ze in een veilig huis wonen en hebben ze een dak boven hun hoofd. Maar ze kunnen een vrouw niet kappen en weten niet hoe ze een korset moeten dichtrijgen. Ze zouden niet eens weten waar ze zouden moeten beginnen. En werkgevers zullen hen niet aannemen, omdat ze er niet netjes genoeg uitzien. Zo zag ik er vroeger ook uit. Dat zou u ze allemaal kunnen leren, toch?'

'Lieve hemel, ik schaam me. Ik heb nooit nagedacht over de vaardigheden van de bedienden in mijn oude huis, ik vond het gewoon vanzelfsprekend. Ja, mevrouw Daley, ik zou ze alle vaardigheden kunnen leren die ze nodig hebben om zelfs de meest veeleisende huishoudens tevreden te stellen. Want ik behoorde tot voor kort tot zo'n huishouden.'

'En, juffrouw Blythe? Lijkt het u leuk om deel uit te maken van onze kleine organisatie? We hebben dringend iemand nodig om zulke dingen te onderwijzen.'

'Bent u daar zeker van? Het lijkt zo... gemakkelijk. Heeft Olive u gevraagd om een baantje voor me te verzinnen? Ik zou niet van liefdadigheid willen leven. Ik wil werken, echt werken. Zelfs als ik zou moeten schrobben,' zeg ik vol zelfvertrouwen, hoewel ik echt hoop dat ik niet hoef te schrobben.

'Ze zei beslist niets van dien aard. Hoewel we graag zouden zien dat al onze meisjes managers of economen of zelfs koninginnen zouden worden, zo zit de wereld niet in elkaar. In dienst bij de rijken is het grootste, meest praktische werkgebied waarop ze kunnen hopen om hun leven te verbeteren. Er zijn er zo veel, en hoewel ik veel geleerd heb, kan ik ze dat soort dingen niet leren. Meneer Gladstone ook niet.' Ze grijnst even en ik lach om de gedachte dat de ernstige heer met de grote snor demonstreert hoe je een krultang hanteert en mooie krullen in het haar maakt. 'Olive zou het wel kunnen, maar zij heeft het veel te druk. U zou lessen kunnen geven en vijf of zes jonge vrouwen tegelijk opleiden. Wat vindt u daarvan?'

Ik slik, een beetje nerveus bij de gedachte om jonge vrouwen uit de arme wijken te ontmoeten. Ik heb zulke mensen op straat gezien. Ze kunnen ruw, grof en agressief zijn. Wat als mijn studenten me verslinden? Aan de andere kant wil ik helpen en dat kan hier. Het vooruitzicht om een collega van Olive en Mabs te worden geeft me een gevoel van trots dat ik in mijn borst voel opbloeien. Het voelt allesomvattend en warm. Wie had gedacht dat ik me na mijn verwende, vergulde jeugd nog nuttig zou maken?

'Het lijkt me een goed plan, juffrouw Daley. Dat zeg ik met wat schroom en veel dankbaarheid.'

'Dat is prachtig, juffrouw Blythe!' Mabs' smalle gezicht straalt. 'Zelfs meer dan prachtig, het is geweldig. Wanneer zou u willen beginnen? Volgende week? Maakt u zich geen zorgen, we zullen u niet in het diepe gooien. U kunt de meisjes eerst een voor een ontmoeten, ze wat individuele lessen geven en een beetje wennen aan het werk. Klinkt dat goed?'

In mijn oren klinkt dat perfect. Ik kan niet ontkennen dat mijn hoofd tolt en ik zal blij zijn dat ik nog een week heb om mijn gedachten op een rijtje te krijgen. Als ik eenmaal aan een betaalde functie begin, is mijn tijd van nadenken en me aanpassen echt voorbij. Het lijkt wel een eeuw geleden dat ik in Garrowgate Hall woonde.

We vertellen Olive over de regeling en ze schudt me hartelijk de hand. Ze bedankt me, alsof ik niet degene ben die van het armenhuis is gered. Op weg naar huis hoor ik deze keer geen voetstappen vlak achter me en heb ik ook niet het gevoel dat ik bekeken word. Ik wilde dat ik het John kon vertellen. Ik heb de neiging om een rijtuig te nemen en hem in Chelsea te verrassen, alleen om hem mijn nieuws te vertellen. Hij zou zo trots op me zijn en ik zou graag de opgetogen uitdrukking op zijn lieve, mooie gezicht zien. Maar dat zou volkomen ongepast zijn. Ik vervolg mijn weg naar Hampstead, verbaasd, verbijsterd en vrolijk. In plaats van aan John zal ik het aan Hetty vertellen.

48

OLIVE

Voor Rowena ziet het er nu een stuk beter uit. Het maakt me blij om haar zo te zien vertrekken. Haar stap is een stuk veerkrachtiger.

Vandaag had ik goed nieuws nodig. Als ik hier vanmiddag wegga, ga ik naar Lionel om hem te vertellen dat ik niet met hem kan trouwen. Wanneer je een belangrijke beslissing moet nemen, moet je er volgens de oude wijsheid eerst een nachtje over slapen. Dat heb ik gedaan, maar ik denk er nog steeds hetzelfde over. Nu ik er voldoende tijd voor heb genomen, kan ik het niet langer uitstellen om het Lionel te vertellen, want dat zou niet juist zijn.

Ik weet nog steeds niet waar Rowena gaat wonen, maar nu ze werk heeft, is dat haar zaak. Hoe bescheiden haar loon ook is, ze zal er prima van kunnen leven. Het zal haar goed gaan. Mabs is een genie in het vinden van slimme oplossingen, bijna net zo goed als ik. De vrouwen en meisjes die hier komen, zullen veel kunnen leren van Rowena. Ze zullen zich op hun gemak voelen door haar vriendelijke manier van doen en haar eerlijkheid. Ik ben er zeker van dat ze een geduldige lerares zal zijn, die situaties goed zal aanvoelen.

Kon ik ook maar iets geschikts voor Pansy vinden. Meneer Endicott is een goede man en de beste hoedenmaker die er is. Dat weet ik als geen ander, want ik ben dol op mooie hoeden. Hij zal Pansy goed behandelen, maar hoeden maken past niet zo goed bij haar als lesgeven bij Rowena. Terwijl ik hierover nadenk, komen Julia en Jem binnen.

'Wat gezellig!' roep ik als ze binnenstormen. Jem besluit zich te bemoeien met wat zijn zus aan het doen is en Julia komt bij me zitten voor een praatje. Ze draagt een sleutelbloemgele jurk, die haar prachtig staat. Ik denk nog steeds aan Pansy. 'Julia, toen ik Pansy voor het eerst bij jou thuis ontmoette, hadden we het de hele tijd over Rowena Blythe, hè? En over Pansy's wens om Garrowgate Hall te verlaten.'

'Klopt,' zegt Julia terwijl ze haar hoedje losmaakt. 'Hoe gaat het met Rowena?'

'Heel goed. Sterker nog, je hebt haar net gemist. Maar dat vertel ik je later wel. Ik heb iets bedacht en mijn angstaanjagende intellect mag niet aan het wankelen gebracht worden.'

Julia gnuift. 'Uitstekend, vertel het maar.'

'Je zei dat toen je Pansy voor het eerst ontmoette ze de jonge Jeremiah van dienst was geweest. Maar heb je me ooit de omstandigheden verteld? Als dat het geval is, dan ben ik het helemaal vergeten en werkt mijn geheugen niet zo best meer.'

'Daar geloof ik niets van, Olive. Ik heb het je vast niet verteld. Heb ik je verteld over de diefstal van de lila hoed?'

'Het zegt me wel iets. Het klinkt als de titel van een stuiverroman.'

Julia gaat wat gemakkelijker zitten in de harde stoel en ik zie haar gedachten teruggaan. Eigenlijk zouden we comfortabeler stoelen voor bezoekers moeten aanschaffen, maar als we elke dag worden geconfronteerd met mensen in de meest erbarmelijke omstandigheden, is het eigenlijk niet te rechtvaardigen dat we ons geld aan meubels besteden. 'Nou, Jem was naar Highgate gegaan om een lila hoed voor me op te halen die ik in de etalage van de hoedenwinkel had gezien. Op de terugweg werd hij aangevallen en werd die hoed van hem gestolen.'

'Dat herinner ik me. Je zei dat hij was beroofd en dat Pansy hem had geholpen.'

'Ja, maar voor Pansy er was, kwam een heer hem te hulp. Heb ik je over meneer Cruz verteld?'

Ik schud mijn hoofd. 'Nee, en dat is een ongebruikelijke naam, dus ik zou het zeker onthouden hebben.'

'Hipólito Cruz is een man uit Dominica. Hij werkt voor meneer Ollander in Highgate.'

'Ollander... de kruidenier?'

'Ja, die. Hij is een goede man. Pansy bleek hen allebei te kennen. Meneer Cruz hielp Jem overeind en klopte het vuil van hem af. Hij bood aan hem veilig thuis te brengen, maar tegen die tijd waren er twee politieagenten op het geschreeuw van Jem afgekomen. Ze arresteerden meneer Cruz ter plekke, hoewel Jem hun keer op keer vertelde dat hij niet de dief was.'

'Laat me raden. Meneer Cruz komt uit Dominica en hij ziet er anders uit. Hij is een buitenstaander, dus hij moest wel de schurk in het verhaal zijn.'

Julia zucht. 'Precies. Hoe dan ook, Pansy zag zijn wagen bij het politiebureau staan en ging naar binnen om te informeren. Ze ontdekte dat haar vriend in de boeien geslagen was en zag Jem krijsen van verontwaardiging. Volgens Jem viel ze de politieagenten nogal fel aan en zorgde ze ervoor dat Hipólito vrijgelaten werd!'

Ik trek mijn wenkbrauwen op. 'Goeie genade. Dat was moedig.' Er broeit iets in mijn hoofd. Ze was dus nogal fel geweest. Ik wil er graag meer over weten en zal Jem vragen me alles te vertellen over wat er is gezegd. Ik kijk op en doe mijn mond open. Meneer Gladstone lacht en knikt voordat ik de vraag heb gesteld.

'Nee, Olive, het is niet te vroeg voor de lunch. Ja, ik zal op het kantoor passen, zodat jij en Mabs met mevrouw Morrow en Jem naar het koffiehuis kunnen gaan.'

Ik sluit mijn mond weer. Ben ik zo voorspelbaar? 'Uitstekend. Dank u wel, meneer Gladstone. Jem, ik wil jou wat vragen, lieve jongen.'

49

ROWENA

Hoe dichter ik bij Hetty's kleine witte huis kom, hoe vrolijker ik word. Ik zie mezelf al 's ochtends naar mijn werk gaan om mijn dagen door te brengen met mensen die zich geen enkele voorstelling kunnen maken van de voorrechten die ik heb genoten. Ik kan me niet voorstellen hoe zij leven, maar ik zal van hen leren en zij zullen van mij leren. Het zijn niet alleen meisjes die ik kan helpen. Ik denk aan John en aan alle Henry's in Garrowgate Hall. Ik herinner me alle middagen die ik met moeder doorbracht terwijl zij hen aannam en weer ontsloeg. Ik kan hun de vaardigheden van een huisbediende, een tuinman of een stalknecht niet aanleren, maar ik kan hun wel vertellen wat ze kunnen verwachten. Misschien kan ik mezelf dan toch een beetje nuttig maken. Terwijl ik loop te dagdromen, voel ik mijn zenuwen verdwijnen. Wandelen is perfect om de geest tot rust te brengen.

Als ik Hetty's rustige straatje in loop, hoor ik een mannenstem, heel dicht achter me. 'Rowena.'

Ik maak een sprongetje van schrik en mijn gemoedsrust is meteen ver te zoeken.

Langzaam draai ik me om en daar staat mijn broer Felix.

Mijn mond valt open. Er komt geen woord over mijn lippen. Ik werp een angstige blik over mijn schouder. Hoe dichtbij is de veiligheid van Hetty's voordeur? Kan ik die nog bereiken voor hij me grijpt? Het is Felix, mijn favoriete broer, maar ik herinner me de woorden van Verity. Als een brandmerk staan ze in mijn gedachten. Ze zei dat ik hem kapot had gemaakt. Dat hij bad dat hij me nooit meer zou zien, omdat ik als een visgraat in zijn keel of een zweer op zijn wang was. Ik kan me niet bewegen.

'Rowena, lieve hemel, je bent het echt! Ik wist het niet zeker. Je liep zo snel en die jurk... O, mijn lieve zus. Omhels je me niet?'

Dus Verity heeft gelogen. Hier staat mijn broer met uitgestrekte armen midden op het geplaveide hofje, zijn gezicht net zo open en lief als anders. Ik weet niet hoe hij me heeft gevonden, maar dit is alles wat ik heb gewild sinds onze ouders me eruit hebben gegooid. 'O, Felix!' Snikkend vlieg ik in zijn armen en ik laat me koesteren en vasthouden, zodat ik even weer het gevoel heb dat ik bij iemand hoor.

Eindelijk laten we elkaar los en kijken we elkaar aan. We houden nog steeds elkaars handen vast. Ik zoek zijn blik alsof het een reddingsboei is. Hij neemt me onderzoekend op. 'Het gaat goed met me, broer,' stel ik hem gerust. 'O, Felix, ik wil je zo veel vragen.'

'Jij? Rowena, ik heb het gevoel dat ik uit elkaar barst door alles wat ik wil weten. Mag ik met je mee naar binnen, zodat we kunnen praten? Je verblijft daar toch?'

'Hoe weet je dat? Het doet er ook niet toe, dat vertel je maar als we binnen zijn. Ik wil ook met jou praten, Felix, maar ik verblijf bij een vriendin die... niet veel middelen heeft, maar wel heel trots is. Olive Westallen heeft me al bezocht en Hetty, mijn vriendin, was behoorlijk van streek door zo'n rijke dame in haar kleine huis. Ze is erg aardig voor mij, Felix, maar ik heb haar nogal wat ongemak bezorgd. Ik wil je daar niet mee naartoe nemen, want dat geeft haar een ongemakkelijk gevoel.'

'Laat me je dan mee uit lunchen nemen. Er is een koffiehuis om de hoek, een theesalon iets verderop.'

Ik aarzel. Natuurlijk verlang ik ernaar om met Felix te praten. Maar mijn blauwe plekken zijn inmiddels verdwenen en ik kan in het etablissement geen hoed met sluier dragen. Iedereen zou me kunnen herkennen. 'Ik ben bang om gezien te worden,' fluister ik. 'Als moeder en vader zouden horen dat ik in Hampstead ben... Ze willen...'

'Je naar Frankrijk sturen. Dat weet ik. Maar Rowena, ik zal zorgen dat dat niet gebeurt, tenzij jij het wilt natuurlijk.'

'Liever niet. Helemaal niet zelfs. Maar Felix, weet je wat ik heb gedaan? Kun je nog echt van me houden? Zou je mijn verhaal niet moeten horen voordat je me je bescherming belooft, voor het geval je van gedachten verandert?'

Hij lacht. 'Ik weet het al wel zo'n beetje, want je hebt het aan moeder en vader verteld. Wat de details betreft, die kunnen niet erger zijn dan de geruchten die ik heb gehoord. Je bent mijn zus, Rowena. Zelfs als je in het smerigste bordeel van de stad zou werken of als je met tien matrozen zou samenleven, zou het me niet kunnen schelen. Ik zou nog steeds van je houden.'

Mijn ogen vullen zich met tranen en ik begin zomaar te huilen, buiten op straat. Ik kan het niet helpen. Ik hou me al zo lang sterk. Pansy redde me, John en Hetty boden me hun vriendschap aan en Olive gaf me inspiratie. Dat zijn zaken die ik nooit zal vergeten. Maar ik had de hoop op een soort vergiffenis van mijn familie opgegeven. Mijn broer houdt nog steeds van me. 'Onze ouders niet. Verity niet,' snik ik met mijn gezicht in mijn handen.

'Ah, Verity,' zegt hij, zijn opgewekte stem opeens vlijmscherp. 'Je zou je niet druk moeten maken over haar, zus, of over wie dan ook.'

'Hoe zit het met Crispin en Ignatius? Verafschuwen ze me?'

'In geen enkel opzicht. Ze houden van je, Rowena, net als ik. Maar omdat ze in Garrowgate Hall wonen, kunnen ze dat minder laten merken dan ik. Kom, droog je tranen en ga met me mee om wat te eten, dan praten we over alles.' Hij trekt me weer naar zich toe, streelt mijn haar met één hand en veegt mijn tranen weg met zijn andere.

'Vanmorgen liep ik nog langs die theesalon,' mompel ik. 'Het zag er zo mooi uit.' Mijn hemel, wat is het lang geleden dat ik zulke luxe heb genoten. Plotseling voel ik me uitgehongerd, misschien is dat een bijwerking van de twee geluksmomenten van vandaag.

'Dan wordt het de theesalon.'

Ik overweeg het even. Binnenkort zal ik meerdere dagen per week aan het werk zijn. Op dat moment zal bekend worden dat ik hier een nieuw leven ben begonnen. Iedereen zal dan beseffen dat ik niet naar Italië of Frankrijk ben vertrokken, zoals mijn ouders eigenlijk wilden, of er met een stel matrozen vandoor ben gegaan, waar mijn ouders juist bang voor waren. Mijn tijd om me te verstoppen is voorbij, of ik er nu klaar voor ben of niet.

'Laat me even naar binnen lopen en Hetty vertellen waar ik heen ga. Ik wil niet dat ze zich zorgen maakt.' Ik ga naar binnen en vertel Hetty snel dat ik een baan en een salaris heb, dat mijn broer buiten staat en dat hij van me houdt.

'Het leven is nooit saai met jou in de buurt, Rowena Blythe,' merkt ze op. Ik ren terug naar buiten, veeg de tranen van ongeloof van mijn wangen en haak mijn arm in die van mijn broer. Al snel zitten we bij Astrid's, een elegante theesalon met chique erkers en een roze met goud interieur. De meeste dingen uit mijn oude leven mis ik helemaal niet. Maar een mooie omgeving en lekkere traktaties zullen hun charme volgens mij voor eeuwig behouden.

We bestellen soep en een groot scala aan taart en thee. Felix dringt zelfs aan op champagne. 'Als er ooit een dag is geweest die gevierd moet worden, dan is het vandaag wel,' zegt hij. 'Ik dacht echt dat ik je kwijt was. Verity zwoer dat ze je niet had gezien, maar ik wist dat ze loog. Ik wist dat je naar je beste vriendin zou gaan en ik wist dat ze niet genoeg liefde in haar hart zou hebben om verder te kijken dan het schandaal.'

'Ze vertelde me dat ik je kapot had gemaakt en dat je me nooit meer wilde zien.'

'En jij geloofde haar? Ik ben teleurgesteld in je, zus.'

Ik lach. 'Dus daarom ben je teleurgesteld in me en niet vanwege de rest.' Hij grijnst. 'Felix, onze ouders keerden me de rug toe. Mijn beste vriendin ook. Als Pansy me niet had geholpen...'

'Pansy? Tilney, de meid, toch? Die mooie met de opvallende ogen?'

'Ja. Ze had geen reden om me aardig te vinden, dat besef ik nu, maar ze wilde me niet aan mijn lot overlaten. Een bediende deed meer voor mij dan mijn eigen familie, Felix, terwijl ik haar naam niet eens belangrijk genoeg vond om te onthouden en ik haar altijd minachtend behandeld heb.'

'Moge God haar rijkelijk zegenen. Ik zal haar hier goed voor belonen. Door haar heb ik je gevonden. Ik zag haar woensdagavond uit je kamer komen. Ze zei dat ze even had rondgekeken en dat ze herinneringen wilde ophalen of zoiets.' De gedachte dat Pansy dat soort gevoelens zou ervaren als het om mij ging, was ironisch. 'Ik wist dat ze iets anders had gedaan. Ze keek zo schuldig als wat en begon zelfs te blozen. Maar instinctief wist ik dat ze niets gestolen had, dat ze met iets anders bezig was. Dus vroeg ik mevrouw Clarendon wanneer haar vrije dag was. Het bleek de volgende dag te zijn, dus ben ik bij het eerste ochtendgloren teruggegaan naar Garrowgate en ben ik haar hierheen gevolgd.'

'Dat heb je bewonderenswaardig goed uitgedacht,' zeg ik tegen hem, terwijl ik me tegoed doe aan een dampende kom heerlijke krabbisque. 'Ze vond me in de struiken bij Garrowgate Hall de ochtend na die afschuwelijke ontmoetingen met vader en moeder en met Verity. Ik had daar de nacht doorgebracht, want ik kon nergens heen. Pansy nam me mee naar Hetty. Zij is de zus van John, een van onze huisbedienden. Althans, dat was hij. Vader en moeder stuurden hem weg, omdat hij voor me opkwam.'

'Is hij nogal lang en heeft hij lichtbruin haar? Ik dacht al dat ik hem al een tijdje miste tijdens mijn bezoeken aan ons ouderlijk huis.' Ik knik en leg uit hoe goed John en Hetty voor me zijn geweest. Dan vertel ik dat Olive me geld heeft gegeven en meer waardevolle zaken voor me heeft geregeld. Ik vertel hem dat ik vanmorgen werk heb gevonden en over de tafel pakt hij mijn hand.

'Je hoeft nu niet meer te werken, Rowena! Ik zal voor je zorgen. Ik zal zorgen dat je een eigen huis krijgt en een toelage. Verity zal het haten dat jij ook maar een penny krijgt van het fortuin waarvoor ze met mij getrouwd is, maar dat maakt het alleen maar beter en het spijt me als ik daardoor klink als een slechte echtgenoot.'

Ik glimlach en leg mijn andere hand op de zijne. 'Lieve Felix, je bent echt goed voor me, maar dat hoeft allemaal niet. Ik wil graag werken.' Ik vertel hem alles over de baan die me is aangeboden en hoe ik wil bijdragen aan het geweldige werk van de Westallen Foundation. Het siert hem dat hij naar me luistert en me niet in de rede valt, hoewel ik in zijn ogen kan zien dat hij zich niet echt voor kan stellen dat zijn zus, die zo beschermd is opgevoed, nu wordt geconfronteerd met de harde kanten van de wereld.

'Echt waar?' vraagt hij verbijsterd. 'Is dit echt wat je wilt? Kies je hier zelf voor? Ben jij echt mijn gevoelige zusje?'

'Geloof me, ik geef je mijn woord. Ik ben erg veranderd. Trouwens, de dagen dat ik de dame uit kon hangen zijn voorbij, Felix,' besluit ik. 'Zelfs al zou je proberen me mijn goede naam terug te geven, iedereen weet wat ik heb gedaan. Ik moet een nieuwe weg inslaan, waarbij ik trouw kan zijn aan mezelf, zonder het deel van mij te verloochenen dat wegliep met een man en schande bracht over mijn familie.'

Felix knikt nadenkend. 'Ik bewonder je heel erg,' zegt hij en dat maakt me bijna weer aan het huilen.

'Felix, ik ben het gesprek van de dag. Hoe is het mogelijk dat je me niet veroordeelt?'

Hij kijkt naar onze verstrengelde handen en trekt de zijne dan terug om verder te eten. Na nog een paar happen schraapt hij zijn keel. 'Het is zo willekeurig, hè?' Hij kijkt nadenkend. 'Wat wel en niet mag, bedoel ik. Voordat ik trouwde, heb ik daar nooit over nagedacht. En liefde… Daar praten we niet zo vaak over, toch, ons soort mensen?' Ik luister rustig, want ik zie dat mijn broer worstelt met zijn gedachten. 'Je stond op het punt een goed huwelijk te sluiten en het leven te leiden dat altijd voor je was uitgestippeld. Je hebt een enorme misstap begaan en nu kun je niet meer terug naar dat leven.' Ik knik. Dat zijn inderdaad de consequenties. 'Ik trouwde juist met het perfecte meisje, iemand die al praktisch familie van ons was en erg geschikt was. Niemand had er iets op tegen, zelfs vader en moeder niet. Onze verbintenis is geheiligd en wettelijk. Mijn leven gaat door zoals ik het altijd heb gekend.' Ik knik weer.

'Maar ik ben ongelukkig.' Hij kijkt me smekend aan. 'Ik ben zo wanhopig ongelukkig, Rowena, dat ik nauwelijks de woorden kan vinden om het je te vertellen. Het had niet zo hoeven te zijn, niet als Verity meer had gehad dan een goede opvoeding en een mooi gezichtje, maar dat heeft ze niet. Nu merk ik dat ik vastzit aan een vrouw die oppervlakkig, egoïstisch en wreed is. Dat ze zo oppervlakkig en minachtend over anderen denkt, schokt me dagelijks. De meest interessante gesprekken die we voeren, gaan over wie wat zei over wie in Highgate of over de prijs van kant. Ik kan op geen enkele manier van haar afkomen zonder dat dat haar zou vernietigen, want als we zouden scheiden, zou Verity geen toekomst meer hebben. Hoewel ze mijn leven tot een hel maakt, kan ik haar dat niet aandoen.'

'O, Felix.' Ik weet niet wat ik moet zeggen, dus ik pak zijn handen weer vast. De soep kan wachten. 'Ik heb het je altijd al willen vragen, maar het leek me eerder niet gepast. Waarom ben je met haar getrouwd? Het was zo plotseling en ik heb het me altijd afgevraagd.'

Hij zucht en knijpt stevig in mijn handen. 'Ik heb mezelf vaak dezelfde vraag gesteld en ik ben bang dat ik er geen bevredigend antwoord op heb. De korte versie is dat Verity het zich had voorgenomen en dat ze me gewoon heeft meegesleept. Weet je nog hoe we waren, jij en ik? We trokken de regels nooit in twijfel. Ik wist dat ik een goed huwelijk moest sluiten en geen enkele vrouw, rijk of arm, had tot dan toe mijn hart veroverd. Toen duidelijk werd dat Verity mij wilde strikken, voelde ik me gevleid. Ik dacht: waarom niet? Het leek logisch.'

'Ik geloof dat veel mensen hun keuzes op die manier maken, Felix.

Dat was niet zo dwaas. Geen van ons had toen kunnen vermoeden dat ze zo...'

'Nee. Dat is zo. Maar een huwelijkspartner die er mooi uitziet, maar geen gevoel van warmte in haar hart heeft, is beklemmend. Dat zou ik niet voor je willen, Rowena. Daarom bied ik niet aan om die schurk van een Bartek op te sporen en hem hierheen te slepen om hem te dwingen met je te trouwen. Een jaar geleden zou dat precies zijn wat ik zou hebben gedaan, maar nu zal ik je niet veroordelen tot een ongelukkig huwelijk omdat dat nu eenmaal respectabel is. Hoewel ik weet dat je de afgelopen weken in een hel geleefd hebt, zou ik willen dat je een beter leven opbouwt dan ik heb gedaan. Als dat lukt, wil ik je graag die kans bieden.'

50

PANSY

Pansy kon niet wachten tot de eerste donderdag aanbrak dat ze meneer Bailey Endicott, de hoedenmaker, mocht helpen. Het diamanten jubileumbal vond al over een kleine maand plaats, waardoor mevrouw Clarendon prikkelbaar was en de hele staf meesleurde in haar slechte humeur. Maude Blythe gaf constant nieuwe opdrachten.

'Zoek uit welke kleuren en motieven er bij het jubileumfeest passen!'

'Bestel honderd kratten van meneer Ollanders beste champagne!'

'Schaf kunstbloemen voor de balzaal aan, ik wil dat het er sprankelend uitziet, mevrouw Clarendon, begrijpt u dat? Sprankelend!'

Er kwam geen einde aan haar instructies en haar ideeën werden steeds grootser. Pansy, die nooit bijzonder geïnteresseerd was geweest in het jubileum, bestudeerde nu avond aan avond de berichten in *The Times*. Toen ze las dat de speciaal ontworpen koormantels van de geestelijkheid gebaseerd waren op de architectuur van St. Paul's Cathedral, schoot ze in de lach. Zou mevrouw Blythe verkleed gaan als een kathedraal? Zou ze een koepel op haar hoofd zetten? Toch gaf ze het weetje door aan mevrouw Clarendon.

Mevrouw Clarendon vertelde mevrouw Blythe plichtsgetrouw dat Tilney, het dienstmeisje, enorm behulpzaam was, omdat ze nog steeds graag wilde dat Pansy voor Kerstmis promotie zou krijgen, maar mevrouw Blythe toonde geen interesse. Voor Pansy hoefde het niet zo nodig en ze was blij dat ze over het hoofd werd gezien.

Zij vond het allemaal onzin. Al die extravagante pracht en praal was bedoeld om een eenvoudige dag in een leven te markeren. Het mocht dan een bijzonder leven zijn geweest, maar de koningin was tenslotte ook maar een vrouw. Ze had veel opmerkelijke dingen gedaan, maar Pansy presteerde het elke dag om de Blythes te trotseren en daar riep niemand een feestdag voor in het leven.

Die donderdag ging Pansy dus zowel opgelucht als verwachtingsvol naar de grote, mooie winkel van meneer Endicott in Hampstead. Meneer Endicott nam haar rechtstreeks mee naar zijn werkplaats aan de achterkant en liet de winkel over aan een jonge vrouw die juffrouw Bentley heette. De werkplaats was zo mogelijk nog groter dan de winkel en keurig verzorgd. De werkbanken waren helemaal leeg, klaar voor de dagelijkse bezigheden. Gereedschap en stoffen stonden netjes op planken. Hoedenblokken stonden op standaards in de ruimte en in een hoek zag ze twee spirituslampen. Op de bovenste planken stonden hoeden in alle soorten en maten. Nergens was een spinnenweb te bekennen, zelfs niet aan het plafond. Mevrouw Clarendon zou onder de indruk zijn.

'Die zijn allemaal achterhaald,' zei meneer Endicott, die haar blik volgde. 'De mode is dit decennium sneller veranderd dan ooit. Zie je? In 1891 en 1892 was die uitstekende rand nog populair. Een paar jaar geleden was de heksenhoed het helemaal. De herenhoed was vorig jaar een rage...'

'Lieve help,' zei Pansy beleefd. Ze hield wel van hoeden, maar meestal koos ze er gewoon een uit die ze mooi vond en deed die op om te zien of het model bij haar paste.

Meneer Endicott bleek alles over hoeden te weten en hij benoemde elk model dat uit de mode was, als een schoolmeester die naar een kaart wijst. 'Dat is de hoge klokhoed en dan heb je nog de drie- of vierpuntige toque. Die verkopen we natuurlijk nog wel, maar deze voorbeelden hebben wat kleine gebreken. Ik had aan het begin van het jaar een leerling die nogal onhandig was. Ik hoop dat jij niet zo klungelig bent.'

'Dat hoop ik ook,' zei Pansy.

'Het was niet haar schuld. Er komt veel bij kijken. Je handen moeten goed staan, je moet er oog voor hebben en de techniek begrijpen...'

'Lieve help,' zei Pansy opnieuw. Zo veel delen van haar lichaam die het juiste moesten doen.

'Je zult merken dat de toque tegenwoordig steeds groter wordt. We gaan naar een zachte, volle bol met een naar achteren gebogen rand, heel breed.' Terwijl hij sprak, schetste hij met zijn handen de vormen in de lucht. 'Ik ben momenteel met dat model bezig. Kijk maar.' Meneer Endicott liep naar een plank dichtbij waarop een aantal figuren van fluweel, tarlatan en vilt stonden. 'De volgende keer dat je komt, zal ik een nieuwe hoed maken, zodat je kunt toekijken en er wat van kunt leren. Vanmorgen zal ik het proces beschrijven en je vertellen wat er van een toegewijde hoedenmaker wordt verlangd. Het is belangrijk om een duidelijk idee te hebben van dit beroep om te bepalen of het bij je past, of beter gezegd...' Hij liet een eerbiedige stilte vallen. 'Of je er geschikt voor bent.'

'Ik begrijp het.' Pansy had het gevoel dat de ochtend nogal saai zou zijn. De manier waarop meneer Endicott alles uitlegde was nogal overweldigend. 'Dank u, meneer Endicott. Ik waardeer het dat u de tijd neemt om me te onderwijzen.'

'Dat doe ik graag. De eerste stap is het selecteren van benodigdheden en gereedschap. Om dat te doen moet je bekend zijn met de materialen die tot je beschikking staan, dus ik zal de eigenschappen van elk materiaal uitleggen.'

Na bijna een uur was meneer Endicott er nog steeds niet aan toe gekomen om te vertellen waar je daadwerkelijk begon met het maken van een hoed. Maar eindelijk zweeg hij, fronste zijn wenkbrauwen en knikte. 'Nu zal ik je vertellen hoe je een hoed van stijflinnen maakt. Hopelijk kan ik je ervan doordringen dat het een ingewikkeld proces is.'

Dat lukte. Al snel zat Pansy's hoofd zo vol informatie over hoedendraad en het vormen van de bol dat de woorden het ene oor in en het andere uit gingen. Het liefst wilde ze even gaan zitten en ze kreeg ook nog dorst.

'Deze grotere hoeden worden ook hoger opgemaakt,' bromde hij. 'Met chiffon, net en zomers kant. Bloemen horen er natuurlijk ook bij. Die blijven populair, hoewel aalbessen hun beste tijd gelukkig hebben gehad. Bij andere stijlen voeg je een enkel opvallend ornament toe, zoals een aigrette van lint of een hanenveer.'

Toen het tijd was voor de lunch at Pansy met juffrouw Bentley in de werkplaats, terwijl meneer Endicott in de winkel stond. 'Eet hij niet?' vroeg ze. Het zou haar niet verbazen als meneer Endicott een speciaal wezen was dat alleen van hoeden kon leven.

'Dat doet hij als wij klaar zijn,' antwoordde juffrouw Bentley, terwijl ze Pansy nog wat vlierbloesemlimonade inschonk. Ze had haar glas net in één teug leeggedronken, zo'n dorst had ze. 'Wat vind je ervan?'

'Erg leuk en informatief,' zei Pansy blozend.

Haar metgezel lachte. 'Hij is een saaie pier, maar een goede werkgever en de beste die er is als je echt wilt leren.'

'Net als jij?'

'Ja, het enige waar ik mijn hele leven van heb gedroomd is hoeden maken.'

Pansy knikte. Dat had ze niet. Zou haar enthousiasme voor een mooi accessoire en een milde interesse in het proces voldoende zijn om haar te laten wennen aan de zware lessen van meneer Endicott?

Ze was erg opgelucht toen hij haar na de lunch vertelde dat hij had geregeld dat ze een kunstbloemenfabriek in Cricklewood zou bezoeken. 'Bloemen, bloemen, bloemen,' zuchtte hij. 'Hoeden zijn geen tuinen, maar dat schijnen mensen niet te beseffen.' Hij zette haar in een rijtuig en betaalde de rit vooraf. Pansy besefte hoeveel moeite hij had gedaan om haar een leerzame dag te bezorgen. Ze voelde zich schuldig omdat ze zich verveeld had, maar het leed geen twijfel dat ze een stuk vrolijker werd toen het rijtuig wegreed. Als een kunstbloemenfabriek haar tot nu toe sluimerende passie voor het maken van hoeden niet kon aanwakkeren, dan zou niets dat kunnen.

Vier uur later arriveerde er een ander rijtuig om haar terug te brengen naar Highgate. Pansy staarde de hele terugweg nietsziend uit het raam. Het bezoek aan de fabriek had inderdaad een hartstocht bij haar aangewakkerd. Maar niet voor hoedenmakerij. Misschien was het niet eens zozeer hartstocht, maar een felle uitbarsting van afschuw over de ellende die ze daar gezien had. Op dat moment had ze het Rowena Blythe vergeven dat ze zo egoïstisch was en anderen niet leek te zien, want ze besefte dat ze precies hetzelfde was geweest. Pansy had inderdaad vernederingen en ontberingen doorstaan waarvan Rowena volkomen onwetend was geweest. Maar hetzelfde kon over haar worden gezegd. Ze had altijd hygiëne, warmte en veiligheid genoten. Ze had een vast inkomen gehad en de mogelijkheid om promotie te krijgen toen ze eindelijk stopte anderen haar lot kwalijk te nemen. Maar Pansy had zich nooit het leven van deze mensen voor kunnen stellen, de arme zielen die samengeperst waren in de werkruimten van de fabrieken.

Ze werd begroet door meneer Gilling, de fabrieksmanager, een trotse, joviale man met een overvloedige witte snor en een glanzende hoge hoed. Vervolgens werd ze rondgeleid door mevrouw Murton, een medewerkster die er al zeventien jaar werkte. Toen Pansy haar de hand schudde, was de greep van de vrouw onhandig, haar vingers gekruld als een klauw. Pansy veronderstelde dat het een aandoening was waarmee ze was geboren en probeerde niet te staren.

Mevrouw Murton nam haar mee naar een slecht verlichte ruimte waar vijf mannen aan de ene tafel zaten en vijf aan de andere. Ze gebaarde naar een groep. 'Dit zijn de stampers,' zei ze met zachte stem, zodat Pansy zich naar haar toe moest buigen om haar te verstaan boven het kabaal van metaal dat werd geslagen.

De mannen stampten bloemvormen uit stof en gebruikten hamers om op de snijgereedschappen te slaan. Ze wierpen een korte blik op Pansy en werkten toen koortsachtig verder. Een van hen wreef met een pijnlijke grimas even over zijn schouder, toen ging ook hij weer verder.

'Hier verven ze de stof,' mompelde mevrouw Murton. Op de andere tafel waren mannen bezig gekleurde bloemvormen op grote vellen papier te leggen. Een jonge kerel van Pansy's leeftijd keek op en glimlachte. 'Goedemiddag, juffrouw. Hoe gaat het met u?'

'Goedemiddag,' zei Pansy. 'Bent u de bloemen aan het drogen?'

'Inderdaad. Dit papier is poreus, het beschermt de tafel, maar als het op is, gebruiken we gewoon krantenpapier. Voor we ze verder doorsturen, moeten ze eerst goed droog zijn.'

'Juist. En hebt u daarnaast nog andere klussen?'

'Nee, dit is het wel zo'n beetje. Soms tekenen we de aderen van de bladeren er ook op, maar we houden ons alleen bezig met stempelen en verven. De vrouwen maken de bloemen, dat mogen mannen niet doen.'

'In sommige fabrieken wordt ook door vrouwen gestempeld,' zei mevrouw Murton bezorgd. 'Het is best zwaar werk, dus meneer Gilling is zo goed om dat door mannen te laten doen.'

'O ja, hij heeft een groot hart,' grijnsde de spraakzame kerel met duidelijke ironie.

'Hou je mond, Albie,' zei mevrouw Murton. 'Zo mag je niet over hem praten.' Ze keek schichtig om zich heen alsof de muren echt oren hadden. 'Kom mee, juffrouw Tilney, er is nog veel meer te zien.'

Maar Pansy had geen haast. Ze was gefascineerd. Wat een vreemde, onbekende wereld was dit. Wat een specifiek, saai werk. Schoonmaken voor de Blythes was dus blijkbaar niet de enige vorm van sleur. 'Sommige zijn zwart,' zei ze met een frons. De zwarte bloemen leken misplaatst tussen de uitbundige kleuren en het groen van het zomerseizoen.

'Rouwbloemen,' zei de behulpzame Albie meteen. 'Die worden maar op twee plaatsen vervaardigd, hier in Londen en in Manchester.'

Pansy bedankte hem en toen de muisachtige mevrouw Murton

haar de ruimte uit leidde, zwaaide hij vrolijk naar haar, zijn handen vol blauwe vlekken.

De volgende ruimte was op dezelfde manier ingericht, met verschillende tafels voor verschillende activiteiten. Er zaten vrouwen en meisjes aan, die ijverig werkten. Pansy verbaasde zich erover hoe jong sommigen van hen waren. Sommige meisjes waren niet ouder dan tien, maar ze werkten met dezelfde grimmige concentratie als de oudere vrouwen. Ze zaten allemaal voorovergebogen, hun hoofden leken wel op de kop van een schildpad die onder zijn schild vandaan kwam. Ze moesten erg turen, want deze ruimte was net zo slecht verlicht als de vorige. Alleen hoog in de wanden zaten kleine, vuile ramen. Een paar schamele gaslampen zorgden nog voor wat extra licht.

'Echt licht is het hier niet,' merkte Pansy op.

'Zeg dat niet!' waarschuwde haar gids. 'Meneer Gilling heeft dit jaar voor twee keer zo veel lampen gezorgd als we voorheen hadden.' Pansy kon het zich nauwelijks voorstellen. Ze onderwierp zich aan de officiële rondleiding en keek toe hoe de bloemenmakers de metalen uiteinden van gereedschappen boven spirituslampen verhitten. Wat verschilde deze werkplaats van die van meneer Endicott. De lampen waren doorsnee en functioneel in plaats van decoratief. De omgeving was donker en smoezelig in plaats van licht en opgeruimd. En in plaats van meneer Endicott, die straalde van enthousiasme voor zijn vak, werkten deze vrouwen als in een roes, zonder een straaltje blijdschap in hun ogen.

'Er zijn ongeveer vierduizend bloemenmakers in heel Londen,' vertelde mevrouw Murton haar. 'Hier werken er ongeveer honderd. Meneer Gilling is een van de meest toonaangevende leveranciers van kunstbloemen in Londen. We maken natuurlijk bloemen voor dameshoeden en -mutsen, maar ook rouwbloemen, zoals je hebt gezien, en grote boeketten voor theaters. Voor op het toneel.'

'Wat indrukwekkend,' zei Pansy. Vragen leken haar gids alleen maar nerveus te maken. Ze bedacht zich dat mevrouw Blythe hier alle bloemen kon vinden die ze nodig had voor haar bal, maar ze kon zich niet voorstellen wat zo'n grote bestelling zou betekenen voor deze arme, hardwerkende mensen.

'Door de stof te verwarmen kunnen de bloembladen gevormd worden, want bloemen hebben natuurlijk geen platte bloembladen. We zijn er trots op dat we de meest realistische bloemen maken van heel Londen.'

'Geweldig,' mompelde Pansy.

'Hier wikkelen de dames hoedendraad om de bloembladen om ze aan de stengels te binden. Zoals u zult zien, is dat nogal nauwgezet werk. Elk bloemblad is vastgezet met een aparte lus zodat ze door de tijd heen stevig blijven zitten. Bij bloemen met veel bloemblaadjes, zoals rozen, moet erop worden gelet dat de stengels niet te dik worden. Minnie, dat is een beetje te dik. Strakker en platter, graag.' Ze plukte een bloem uit de hand van een van de arbeidsters en gooide die op een stapel afgekeurde bloemen. 'Onze kwaliteitscontrole is zeer streng,' voegde ze eraan toe.

'Ik begrijp het.' Pansy keek nadenkend naar de moedeloze Minnie, die haar handen spande en over haar handpalmen wreef. De vingers van het meisje zagen rood, niet door de verf, maar omdat ze beschadigd waren en pijn deden. De anderen werkten stug door. Het leek haar een verschrikkelijk priegelwerk.

'Hier krijgen de beginners begeleiding,' vervolgde mevrouw Murton, terwijl ze Pansy weer meenam. Hier zaten zelfs nog jongere meisjes, kinderen eigenlijk nog, bij de oudere meisjes of vrouwen. 'Millicent instrueert haar jongere zus en Maggie laat haar jongste dochter zien hoe het werkt. Eigenlijk is het dus een soort familiebedrijf, wat best charmant is.'

Pansy dacht niet dat charmant het woord was dat ze zou gebruiken. Achter hen ging de deur open en mevrouw Murton stond ineens kaarsrecht in de houding. Meneer Gilling kwam binnen. 'Wat vindt u ervan, juffrouw Tilney?' vroeg hij joviaal.

Pansy voelde mevrouw Murton naast haar trillen. 'Het is absoluut fascinerend, meneer Gilling,' zei ze beleefd. 'Ik ben erg onder de indruk. Ik had geen idee dat jullie op zo'n grote schaal opereerden.'

'Ah, dat is prachtig!' Hij wreef opgewekt in zijn handen. 'Goed gedaan, mevrouw Murton. Sorry dat ik stoor, maar ik moet u tien minuten lenen. Juffrouw Tilney, wilt u ons even excuseren?'

'Natuurlijk.' Pansy probeerde niet te gretig te klinken. Lieten ze haar hier echt alleen met al het personeel en haar vele vragen? Mevrouw Murton haastte zich achter hem aan en wierp nog snel een bezorgde blik over haar schouder. 'Niet kletsen, dames!' riep ze met haar zachte stem. 'Laat juffrouw Tilney rustig rondkijken. Ik ben zo terug.'

Toen ze eenmaal alleen was, keek Pansy om zich heen. Er stonden rijen tafels waaraan ijverig werd gewerkt, de ene gekromde rug naast de andere en vele paren turende ogen. Op de tafels lag een dikke laag stof en er werd vrijwel voortdurend gehoest. Aan een tafel zaten de jongste kinderen met ingebonden rozen en tangen in hun kleine handjes. 'Wat zijn jullie hier aan het doen?' vroeg Pansy.

'We maken de knoppen open, juffrouw,' zei een klein meisje terwijl ze een roos omhooghield om het haar te laten zien. Met de tang trok ze bloemblaadje voor bloemblaadje open tot de roos een levensechte vorm kreeg.

'Meneer Gilling zegt dat we als God zijn, omdat we de bloemen openen,' zei een ander kind met veel respect.

'Maar het wordt wel heel stoffig,' zei de eerste.

'Jullie doen geweldig werk,' zei Pansy. 'Hoe heten jullie? Mijn naam is Pansy, dat betekent viooltje.'

'O, wij maken ook viooltjes!' riep een van de kinderen uit, wijzend naar een andere tafel waar watervallen aan paarse en gele viooltjes zich opstapelden. 'Ik ben Beryl.'

'En ik ben Annie.' Zo gingen ze de hele tafel rond.

'Hoe oud zijn jullie?' Ze waren acht. Toen Pansy acht was, liep ze naar school over de lommerrijke lanen van Elstree en keerde ze elke middag terug naar de boerderij voor een van haar moeders zelfgemaakte scones en een glas melk. Daarna trok ze eropuit om met Matthew en Eveline te spelen, of om de koeien te borstelen. Haar hart was vervuld van medelijden en ze vergat op slag haar bittere klachten over haar eigen levenslot.

Ze liep terug naar de tafel waar de bloemen met ijzerdraad werden vastgebonden. 'Wilt u plaatsnemen, juffrouw?' vroeg een jonge vrouw van een jaar of achttien terwijl ze opstond.

'O nee, dank je! Dat is aardig van je, maar ik kijk graag even rond. Hoelang werk je hier al?'

'Vijf jaar nu, juffrouw.'

'Noem me alsjeblieft Pansy. Heb je plezier in je werk?'

'Niet echt, eerlijk gezegd. Ik ben Tabby Gates. Het werk is erg vermoeiend voor je ogen, omdat het licht niet erg goed is. Dat zorgt voor vreselijke hoofdpijn.'

'Ik zie het en ik kan het me voorstellen.'

'Je handen kunnen er ook niet tegen,' zei een andere, oudere vrouw met een plat accent. 'Ik ben Pauline Jackson, juffrouw Pansy. Ik werk hier nu twaalf jaar en mijn handen groeien ook al krom, net als van juffrouw Klauw.' Ze knikte naar de deur waardoor mevrouw Murton was verdwenen en hield triest haar handen omhoog. Pansy kon zien dat ze haar vingers niet meer goed kon buigen en dat haar handen een beetje kromgegroeid waren. De kromme handen van mevrouw Murton waren dus geen aangeboren probleem. Was het door het werk veroorzaakt? Pansy kon het nauwelijks geloven.

'Al dat stof is ook helemaal niet goed voor je,' zei een derde. 'Ik ben Lily Branner. Voordat ik hier kwam, hoestte ik nooit. Nu prijs ik me al gelukkig dat ik mijn longen niet uit mijn lijf hoest.' Ze lachte kakelend bij die kleurrijke uitspraak en Pansy glimlachte.

'Hoelang duurt jullie werkdag?' vroeg ze, omdat ze alles wilde vragen voordat mevrouw Murton terugkwam.

'Te lang!' zei Tabby. 'Meestal veertien of vijftien uur per dag. Twaalf als we geluk hebben, maar dat gebeurt niet vaak.' De andere vrouwen schudden instemmend hun hoofd.

'Soms nog meer,' voegde Pauline eraan toe. 'Vooral in het voorjaar, dan is het erg druk. Dan werken we achttien uur per dag.'

'Achttien uur per dag!' Pansy's stem schoot uit van verontwaardiging. Ze wilde de vrouwen niet ophitsen, zodat mevrouw Murton bij haar terugkomst op een opstand zou stuiten, maar het was wel belachelijk. Zelf maakte ze meestal werkdagen van veertien uur in Garrowgate Hall, maar nooit langer, en ze had tenminste bewegingsruimte en voldoende licht om te werken. Ze kon een frisse neus halen als ze boodschappen deed en Lou maakte haar aan het lachen met haar brutale grappen.

'De kleuren maken het pas echt erg,' zei Tabby. 'Dat karmijnrood en dat blauw is zo fel. Probeer maar eens de hele dag naar die twee kleuren te staren. Daar word je gek van!' Het was in elk geval een oogverblindende combinatie.

'Wit is het ergste,' zuchtte Pauline. 'Dat contrast… O, wat verschrikkelijk is dat wit toch.'

Pansy kon het maar niet uit haar hoofd zetten dat niet de kleuren het probleem waren, maar het gebrek aan licht. Ze liep naar een andere tafel waar drie vrouwen bloemen versierden met kleine kraaltjes. Ze moesten nog erger turen dan de anderen. Op de tafel was donker papier uitgespreid zodat de kralen beter zichtbaar waren. Ze glinsterden in het gaslicht.

'Ah, je hebt de dames gevonden die de bloemen echt mooi maken.' De zachte stem ter hoogte van haar schouder deed haar opspringen van schrik. Ze had mevrouw Murton niet horen binnenkomen. 'Nu zal ik je laten zien hoe we de bloemen verpakken voor transport.'

Pansy volgde haar ietwat verdwaasd. Ze voelde zich onrustig en verlangde ernaar om iets te doen, maar ze wist niet wat.

51

ROWENA

Die zondag staan Hetty en ik vroeg op, omdat we er zo naar uitkijken dat John naar huis komt. We hebben geen idee hoe laat hij er zal zijn, maar Hetty zegt dat hij zo snel hij kan zal komen. Daar heeft ze vast gelijk in. Ze haast zich door de keuken om een welkomstontbijt voor hem klaar te maken. Haar doorgaans bleke wangen kleuren roze van blijdschap. Ik nip nogal lusteloos van de slappe thee, opgelucht dat mijn aanbod om te helpen wordt weggewuifd.

Ik kijk net zo gretig uit naar Johns komst als zij, maar het wordt getemperd door mijn angst voor de toekomst. Mijn enthousiasme om bij Olive te werken en echt verschil te maken was van korte duur. Vrijdag kwam er een dokter langs, gestuurd door mijn broer. Felix en ik hebben maandag tot laat in de middag gepraat. Het doet me onnoemelijk veel pijn dat zijn huwelijk zo ongelukkig is. Hij verdient zo veel beter. Hij heeft gelijk, een goede afkomst en een fortuin zijn geen garantie voor een gelukkig huwelijk. We zijn allebei ongelukkig in de liefde geweest, op heel verschillende manieren. Het is me overigens niet ontgaan dat hij Pansy aantrekkelijk vindt.

Ik vertelde hem het hele verhaal van Bartek. Felix stelde de voor de hand liggende vraag, terwijl hij zich er duizendmaal voor verontschuldigde. Ik moest toegeven dat ik niet wist of ik zwanger was of niet. 'Ik zal een dokter sturen, Ro. Iemand die heel discreet is. Je moet het in elk geval weten.'

Hij had volkomen gelijk, maar toch zonk mijn hart me in de schoenen toen dokter Barrow arriveerde. Hij droeg niet alleen zijn dokterstas, maar ook een grote houten kist en een hoedendoos met zich mee, wat ik nogal merkwaardig vond.

Zoals Felix beloofd had, was hij echter een volmaakte heer. Hetty maakte zichzelf weer onzichtbaar. Zij veegde en stofte de bovenverdieping terwijl hij me vragen stelde en me voorzichtig onderzocht. Het was ondraaglijk om antwoord te geven op zijn vragen en over mijn ervaringen te praten met een man die ik niet kende. Maar zijn vriendelijke en nuchtere manier van doen maakte het in elk geval iets draaglijker. Hij vertelde me dat ik inderdaad een kind verwacht.

Ik staar in mijn thee. De laatste tijd kan ik melk in mijn thee niet meer verdragen. Blijkbaar is een veranderde eetlust een van de symptomen. Waarom praten vrouwen nooit over zulke dingen? Vrouwen als de Blythes en de Crawfords praten daar tenminste niet over.

Een baby. Een kind zal een einde maken aan mijn grote ambitie om te werken, anderen te helpen en onafhankelijk te zijn, zoals Olive. Hoewel Olive twee kinderen heeft, heeft ze nooit zelf een baby gekregen. Clover en Angeline zijn op een later moment in haar leven gekomen, en haar ouders en een hele reeks bedienden helpen haar met de opvoeding. Ik kan niet van Hetty verwachten dat we hier allebei kunnen blijven wonen en zij gemakshalve op mijn kind past terwijl ik aan het werk ben. Ik heb het haar natuurlijk wel verteld. Zodra ze de voordeur achter dokter Barrow hoorde dichtvallen, kwam ze de trap af. Ze keek bijna net zo angstig als ik. Bijna.

Ze zei vrijwel niets. Haar stilzwijgen is vast goed bedoeld en ik ben dankbaar dat ik het nieuws kan verwerken voordat ik word overladen met allerlei vragen waarop ik geen antwoord heb. Het enige wat ik weet is dat mijn baby in januari verwacht wordt. Volgens de dokter moet het die allereerste keer met Bartek al zijn gebeurd, in april in het seringenbos.

Een baby. Ik ben stomverbaasd. Ook al was het een volkomen waarschijnlijke uitkomst, het is op de een of andere manier bijzonder dat ik nu zwanger ben. Ik moet waarschijnlijk hulp van Felix accepteren. Dat mijn kans op onafhankelijkheid me ontnomen wordt voor ik die goed en wel gekregen heb, is naar en moeilijk te verdragen. Toch ben ik er niet volledig van ondersteboven. Ik ben dol op kinderen. De kleine meisjes van Olive vind ik betoverend. Ondanks de omstandigheden wil ik dit kind.

Er klinkt gerommel bij de voordeur. Het geluid haalt me uit mijn mijmering. Het is John, die thuiskomt. Hetty vliegt naar de deur en ik hoor haar opgewonden kreten en zijn diepe lach. Ik blijf waar ik ben om hun een moment alleen te geven, maar als ik zijn voetstappen hoor, sta ik op om hem te begroeten.

'Rowena!' Zijn gezicht straalt van pure vreugde als hij me ziet. Mijn hart slaat een slag over, zijn glimlach is onweerstaanbaar. 'Goeie genade! Zo ben je weer helemaal juffrouw Blythe! Moet ik een buiging maken?'

Toen dokter Barrow vrijdag afscheid nam, liet hij de kist en de hoedendoos voor me achter. Dat had Felix voor me geregeld. Blijkbaar heeft hij onze ouders verteld dat hij wat van mijn spullen nodig had voor een jonge vrouw in nood. Dat was in elk geval geen leugen. In de hoedendoos zat een crèmekleurige muts met een lage rand en linten om hem aan de zijkanten naar binnen te trekken. Ik kan die hoed met sluier niet eeuwig blijven dragen.

In de kist zaten een aantal van mijn oude jurken, mijn zilveren haarborstel en spiegel, wat haarversieringen en verschillende oude uitgaven van de *Punch*. Mijn andere broers hadden me ook liefdevolle briefjes geschreven. Crispin en Ignatius zijn nog afhankelijk van onze ouders. Ze hebben beloofd om me een keer te ontmoeten, maar dat zal voor hen moeilijker zijn dan voor Felix. Die briefjes betekenden meer voor mij dan wat dan ook.

Vanmorgen heb ik dus mijn zeegroene doordeweekse jurk aangetrokken en crèmekleurige linten in mijn haar gevlochten. John heeft me sinds ik in Garrowgate Hall woonde niet meer zo gekleed gezien. Ik lach en loop met uitgestrekte handen naar hem toe. 'Dat zal ik nooit meer zijn, John. Ik ben gewoon een vriendin, Rowena, voor nu en altijd.'

'Ik ben blij dat te horen. Ik heb de afgelopen week genoeg opdrachten uitgevoerd.' Hij ploft neer op een stoel, leunt met zijn ellebogen op de tafel en kijkt ons stralend aan. 'Jullie twee zijn een lust voor het oog. Ik heb zo uitgekeken naar vandaag.'

'Net als wij, John, net als wij,' zegt Hetty, die druk aan het moederen is en het speciale ontbijt op tafel zet. Ik schenk meer thee in voor ons drieën, dat is tenminste iets wat ik gewoon mag doen. We laten het ons goed smaken terwijl we luisteren naar de verhalen van John over zijn nieuwe werk in Chelsea. Het klinkt maar al te bekend: een statig huis, een trotse familie en steeds minder personeel. De laatste huisbediende ging met pensioen en er was wat discussie voordat ze besloten hem te vervangen. De reden daarvoor was dat een huisbediende in huis een decoratieve functie vervulde. Blijkbaar moet John dus vooral veel staan.

'Het is saai,' geeft hij toe. 'Voor mijn rug is het ook zwaar, in Garrowgate Hall kon ik veel meer lopen, maar het loon is goed en het gezin valt wel mee. Het personeel is vriendelijk. Het kan allemaal veel erger.'

Dat lijkt me niet goed genoeg voor John. 'Je zult je gymnastiek moeten blijven doen,' zeg ik tegen hem. Even keer ik terug naar een herinnering en zie ik John voor me staan in zijn wijde broek en overhemd, zwetend en zijn spieren gespannen, terwijl hij zijn oefeningen doet op het terras in het vroege ochtendlicht. Dat was de eerste keer dat ik met hem sprak.

Ondanks mijn zorgen is het een heerlijke dag. We praten en praten en maken dan een wandeling door het dorp, met z'n drieën. We gaan laat naar huis voor de lunch, omdat we zo uitgebreid ontbeten hebben. Dan vraagt John of ik een wandeling met hem over de heide wil maken. Hij werpt zijn zus een veelbetekenende blik toe en ze laat ons gaan zonder vinnige opmerkingen te maken.

Ik maak me nog steeds zorgen dat iemand me alleen met een man ziet lopen en dat de roddels zich als een lopend vuurtje zullen verspreiden. Ik knoop de crèmekleurige muts weer om mijn hoofd en maak de linten zo strak vast dat de randen in mijn huid snijden en mijn gezicht grotendeels verborgen is. John kijkt me aan en grinnikt. 'Ik denk dat je je niet zo ver hoeft te verstoppen,' zegt hij terwijl hij zijn hand uitsteekt om de linten los te maken. 'Je zult jezelf nog verstikken.' De muts valt soepel om mijn hoofd en hij strikt die voorzichtig en losjes dicht. Het gevoel van zijn handen op mijn gezicht is kalmerend en tintelend tegelijkertijd. Een volkomen ongepaste reactie van een vrouw die het kind van iemand anders draagt.

We vertrekken in de avondzon en zetten koers naar de heide, die wemelt van de wandelaars. Gezinnen, verliefde stelletjes, vrienden die gewoon wat flaneren. Herinneringen aan Verity overvallen me, maar die duw ik snel weg. In plaats van aan haar kan ik beter aan Olive denken, hoewel die niet echt wandelt, maar eerder marcheert. Ik richt mezelf volledig op John. We kletsen als oude vrienden en mijn bezoek aan de Westallen Foundation fascineert hem duidelijk. Ik vertel hem over de baan die me aangeboden is en hoe trots en hoopvol ik me daardoor voelde.

'Maar je spreekt erover alsof het verleden tijd is,' merkt hij op. 'Heb je het aanbod afgewezen?'

'Nee, ik heb het geaccepteerd. Morgen moet ik beginnen. Ik ben de hele week nerveus en opgetogen geweest, eigenlijk bijna extatisch.'

'Maar dat is geweldig! Je zei dat je je eigen pad wilde gaan en dat is precies wat je doet, Rowena. Wat een prestatie! Je zou trots op jezelf moeten zijn. Of ben je bang dat Hetty wil dat je vertrekt zodra je geld gaat verdienen? Ik denk niet dat ze dat zal doen. Ik weet dat ze scherp kan zijn, maar ze heeft me verteld dat ze steeds meer van je gaat houden, en dat je fijn gezelschap voor haar bent nu ik in Chelsea werk.'

'Dat is het niet.'

'Nu ik het over mijn nieuwe functie heb, wil ik je eigenlijk iets vragen, Rowena.'

Ik wil hem over de baby vertellen, maar hij kijkt geagiteerd en plotseling heb ik het gevoel dat ik weet wat hij gaat zeggen. We hebben een prachtige plek bereikt, een majestueuze eik op de top van een heuvel, volledig omgeven door heide. Wilde bloemen benadrukken de uitgestrektheid van deze plaats en de geur van zomergras stijgt verleidelijk op. Ik moet het hem nu vertellen, maar de woorden blijven steken in mijn keel bij het zien van zijn ernstige, vastberaden gezicht.

'Rowena,' zegt hij terwijl hij zich naar me toe draait en mijn handen vastpakt. 'Ik weet niet of je het je ooit hebt gerealiseerd, maar ik heb altijd van je gehouden. Hoewel je natuurlijk ontzettend mooi bent, was je schoonheid daar niet de reden van. Ik heb altijd gevoeld dat je anders was, speciaal. Ik wist dat het nooit mogelijk zou zijn, maar nu vraag ik me af... Ik zou je willen vragen... Zou je mij de buitengewone eer willen bewijzen mijn vrouw te worden?'

Ik ben volkomen sprakeloos. Is dit mijn tiende aanzoek? Mijn elfde? Alle anderen lieten me onbewogen, maar deze maakt meer gevoelens in mij los dan ik kan benoemen. Ik staar in zijn lieve, knappe gezicht.

'Ik wil niet zeggen dat je mijn aanzoek nu maar aan moet nemen omdat je omstandigheden zijn veranderd,' haast John zich te zeggen. Mijn hart smelt door zijn nederigheid. 'Ik ben je nu net zomin waard als vroeger. Maar alles is nu anders en ik heb je eindelijk iets te bieden. Ik weet dat ik niet de echtgenoot ben die je voor ogen had, maar ik verdien een goed loon en je weet dat je op me kunt rekenen. Ik zal van je houden, voor je zorgen en je met respect behandelen. Ik verwacht niet dat je ook van mij houdt, maar als je zelfs maar vriendschap voor me voelt, wat volgens mij het geval is, dan denk ik dat ik je een beter leven kan bieden. Ik kan je toevluchtsoord zijn. Ik kan je beschermen. Ik kan je mijn hart geven.'

Hij zakt op één knie in het gras en haalt een ring uit zijn zak. En dan staar ik naar een dunne gouden ring met een kleine diamant. Ik, de vrouw die de beroemde Blythe-tiara heeft gedragen, die in smaragden verdronk en een ring met een saffier had ter grootte van een kippenei (die momenteel ergens in het noorden is, bij Bartek). Het sieraad glinstert in de zon, een opgewekte glans voor zo'n serieus moment. Ik heb nog nooit zoiets moois gezien.

52

OLIVE

Op zondagmiddag verrast Pansy me met een bezoekje. Ze heeft even vrij gekregen, omdat ze zo hard heeft gewerkt in de aanloop naar het pretentieuze bal van die vreselijke Maude Blythe. Blijkbaar compenseert de huishoudster de extra uren waar ze kan. Ze lijkt me een verstandige vrouw.

'Ik moest je spreken,' zegt Pansy gehaast. 'Ik wist niet wanneer ik je anders zou treffen. Ik hoop dat je het niet erg vindt dat ik je thuis bezoek.'

Ik vertel haar dat ik heel blij ben haar te zien en dringend afleiding nodig heb, hoewel ik haar niet lastigval met de reden daarvoor. Het is nu een aantal dagen geleden dat ik Lionel heb verteld dat er geen toekomst voor ons zou kunnen zijn. Hij reageerde erg verontwaardigd en gekwetst en het doet pijn als ik me realiseer dat dat mijn schuld is.

'Ik ben toch respectvol geweest?' vroeg hij. 'Ik ben geduldig en begripvol geweest. Ik dacht dat we goede vrienden waren en ik zou je een goed leven hebben gegeven. Maar het lijkt erop dat het allemaal niet genoeg is voor Olive Westallen.'

Dat deed pijn. Alsof ik onze relatie beëindigde omdat ik meer wilde dan hij kon bieden, onredelijke rijkdommen misschien, of simpelweg onmogelijke dingen. Het is niet aan hem om mij een goed leven te schenken of juist te ontnemen. Ik heb al een goed leven. Maar ik wilde hem niet nog bozer maken dan hij al was, dus vertelde ik hem nederig dat ik tot het besef was gekomen dat ik nooit zou kunnen trouwen, hoe dol ik ook op hem was. Met niemand. Hij geloofde me niet. Hij wilde weten of iemand anders mijn interesse had gewekt of me een aanzoek had gedaan. Dat ergerde me nog meer, maar ik moest het onderdrukken. Ik hou er niet van als mijn eerlijkheid in twijfel wordt getrokken. Op mijn woord kun je vertrouwen, dat weet iedereen. Lionel zou dat moeten weten. Ik ben niet Rowena Blythe, althans de Rowena van vroeger, dat ik op die manier met de genegenheid van een man zou spelen. Trouwens, hoe zou ik in hemelsnaam de tijd of energie hebben om een tweede man het hoofd op hol te brengen naast mijn relatie met Lionel, de stichting en de zorg voor twee kinderen?

Het gesprek duurde veel langer dan ik verwacht had, simpelweg omdat hij niet kon geloven dat mijn antwoord definitief was en dat er niet meer achter zat dan ik zei. Hij zei nog veel meer dingen waar ik de hele week over heb gepiekerd. Zijn woorden blijven me achtervolgen, wat ongetwijfeld zijn bedoeling was. Goede vrienden hebben me verteld dat de meeste mannen niet goed kunnen omgaan met een afwijzing. Het enige wat ik weet is dat ik het niet leuk vind. Misschien ben ik onrealistisch, maar laster en boosheid lijken me geen teken van oprechte achting en zorgzaamheid, zelfs niet als het wordt veroorzaakt door teleurstelling. Onze relatie is inderdaad anders geworden, maar ik ben nog steeds mezelf. Ik was degene die de beslissing nam, maar dat betekent niet dat het gemakkelijk was. Ik mis hem, maar hoe had ik mezelf kunnen verbinden aan een man die nukkig en zuur is als de dingen niet gaan zoals hij wil? Ik ben de hele week al uit mijn doen.

'Gaat het, Olive?' Pansy's stem wekt me uit mijn sombere overpeinzing. Gelukkig, want het is heel gemakkelijk om er weer in weg te zinken. Ik vraag me af wanneer ik me weer mezelf ga voelen.

'Het gaat prima, lieverd. Ik heb een moeilijke week achter de rug en ik ben nogal druk geweest, maar ik ben blij dat je gekomen bent. Laat me bellen voor thee, dan heb je mijn volle aandacht.'

Ik begeleid haar naar de salon, waar momenteel niemand is, en vraag om thee en zandkoekjes. Het is een dag voor zandkoekjes. Ik herinner me dat Lionel dol was op de zandkoekjes van mevrouw Brody en in mijn hart voel ik weer een steek van teleurstelling die mijn hele lichaam beheerst en me een gevoel van zwakte geeft. Ik moet deze herinneringen verbannen naar een speciaal plekje in mijn hoofd, anders krijg ik nooit meer iets gedaan.

'Vertel me wat er aan de hand is,' zeg ik terwijl ik naast Pansy ga zitten.

Dan komt er een heel verhaal. Ze kijkt een beetje beschaamd en verontschuldigend als ze haar ochtend met meneer Endicott beschrijft. Het is duidelijk dat ze niet genoten heeft van haar bezoek en dat ze zich er slecht over voelt. 'Maar Pansy, daarom probeer je het toch?' Ik wijs haar er vriendelijk op. 'Als we van tevoren hadden geweten dat je het leuk zou vinden of er een hekel aan zou hebben, dan zou het niet nodig zijn geweest om eerst te gaan kijken.'

'Maar je hebt er zo veel moeite voor gedaan om het voor me te regelen en meneer Endicott was zo enthousiast om het me te leren. Ik ben zo dankbaar...'

'Als het nodig zou zijn, zou ik nog wel tien keer hetzelfde voor je regelen. En wat meneer Endicott betreft, waarom stuur je hem niet een klein bedankje en een briefje om het uit te leggen? Hij zal het wel begrijpen. Hij wil geen onwillige leerling, net zomin als jij werk wilt waar je niet blij van wordt.'

'Dank je, Olive, ik meen het. Al die hoeden...' Ze fronst bij een herinnering aan die dag.

'Pansy, het is een hoedenmaker. Natuurlijk waren er hoeden. Ik mag hopen dat je je daar geen hoedje van bent geschrokken.' Ik grinnik en ben trots op mijn woordspeling, maar Pansy is in gedachten verzonken en waardeert het helemaal niet.

'Nee, ik bedoel al die hoeden die niet meer gebruikt gaan worden. In de werkplaats. Die liggen daar maar, Olive, alleen omdat het de mode van 1895 of 1896 was in plaats van de mode van 1897. Planken vol. Ik dacht aan de arme mensen die niet eens één hoed hebben en zichzelf niet presentabel kunnen maken voor een sollicitatiegesprek. Het zou ze niet kunnen schelen of het nu een deukhoed was of een heksenhoed of… En dat was nog niet eens het ergste, Olive. Het ergste waren de bloemen!'

'Bloemen, lieverd?' Dan vertelt ze me alles over de fabriek. Ze vertelt over het schemerige licht, de dikke laag stof, de pijnlijke vingers en over de kinderen, sommige pas een jaar of acht, die in die ongezonde omgeving moesten werken. Dan zijn ze niet veel ouder dan Clover en Angeline! Pansy beschrijft het proces van het maken van bloemen tot in detail. Daarnaast beschrijft ze de arbeiders, hun matte gezichten, opgetrokken schouders en turende blik.

'Daar heb ik nog nooit over nagedacht,' mompel ik. Maar er is zo veel onrecht in de wereld en er zijn zo veel ontberingen, hoe zouden we ons dat allemaal kunnen voorstellen? Pansy vertelt vol vuur en ik ondervraag haar uitvoerig over alles wat ze heeft gezien. Uiteindelijk vervallen we in een bevredigende filosofische discussie over het menselijk bestaan.

Dan stelt Pansy een opvallende vraag. 'Wat kunnen we eraan doen?' Ze is een meisje naar mijn hart.

Lionel wordt even uit mijn gedachten verdreven als ik nadenk over de ellende die mensen drijft om zulk werk te doen. Terwijl ze zulke mooie bloemen maken. Ik ben het met haar eens dat de Westallen Foundation moet helpen. Maar het zet me ook aan het denken over Pansy, haar toekomst en haar talenten. Ik volg mijn gedachtegang van een paar dagen eerder toen ik hoorde hoe ze meneer Cruz verdedigd had. Wat zou er voor haar weggelegd zijn in de toekomst? Er komt een gedachte bij me op en ik slaak een zucht.

'Olive?' vraagt Pansy.

Ik heb een ingeving. Maar het is gedurfd, zelfs voor mij. Ik ga rechtop zitten en neem haar nauwkeurig in me op. Haar heldergroene ogen fonkelen nog steeds van verontwaardiging. Dit idee zal wat onderzoek vergen voordat ik het haar voorstel, want anders zijn het alleen loze woorden.

'Het gaat goed,' stel ik haar gerust. 'Ik denk dat we wel kunnen stellen dat je toekomst niet in de hoedenmakerij ligt, Pansy, maar laat je niet ontmoedigen. We bedenken wel iets.'

53

ROWENA

Ik zink neer in het gras naast John, want mijn benen lijken me plotseling niet meer te kunnen dragen.

Natuurlijk moet ik weigeren, zo veel is wel duidelijk. Het verbaast me alleen dat het me zo veel moeite kost.

'Lieve John,' zeg ik. Zijn gezicht straalt hoopvol. Ik moet het onmiddellijk duidelijk maken. Maar o, wat zie ik ertegen op. Ik heb al heel wat harten in Londen gebroken, maar ik wil dat van John daar niet aan toevoegen. Wat zal Hetty nu weer een hekel aan me krijgen. 'Ik kan niet met je trouwen, John,' zeg ik meteen. 'Hoewel ik me vereerd voel en je aanbod meer waardeer dan ik kan zeggen.'

'Je houdt niet van me,' zegt hij met een dof vermoeden, terwijl hij naast me in het gras zakt. De hoop in zijn ogen vervaagt, maar dat was ook de bedoeling.

'Ik ben zwanger,' zeg ik tegen hem. Het is geen antwoord op zijn vraag, maar hij moet het weten. Bovendien kan ik de vraag of ik van hem houd niet beantwoorden, want ik heb er nooit eerder over nagedacht. Ik heb te veel moeite moeten doen om te overleven en heb geen moment aan romantiek gedacht. Maar gezien de groeiende band tussen ons en het feit dat ik hem heb leren kennen als een zeer eervolle man lijkt het niet onmogelijk voor de toekomst.

Hij pakt mijn handen vast. 'Laat dat je niet tegenhouden! Ik wist dat het een mogelijkheid was, dat weet je. Dat is toch des te meer reden om te trouwen? Ik zal van je kind houden alsof het mijn eigen kind is, Rowena. Ik zal het beschermen, ik zal het mijn naam geven.'

Ik raak een beetje buiten adem. Zou hij het echt menen? Ik probeer me voor te stellen dat een man uit mijn oude kennissenkring zo edelmoedig zou zijn om het kind van een andere man als het zijne te accepteren, maar dat is ondenkbaar. Als ik John niet al zo goed kende, zou ik het te mooi hebben gevonden om waar te zijn. Maar John is zo goed en hij houdt veel van me. Het maakt zijn aanbod nog verleidelijker, maar tegelijkertijd ook nog onmogelijker. Ik mag geen misbruik van hem maken.

Mijn ogen beginnen te prikken. 'John, dat is niet de reden. Mijn leven is zo ingewikkeld en het is zo'n mooie oplossing. Je bent de beste man die ik ken. Iedere vrouw zou zich gelukkig mogen prijzen je vrouw te zijn. Maar je verdient het allerbeste van alles, je verdient echte liefde. Een huwelijk met jou zou al mijn problemen oplossen, maar ik wil niet dat dat de reden is dat ik met je trouw. Niet terwijl jij al zo lang trouw van me hebt gehouden zonder dat ik daar iets van wist en terwijl ik verstrikt in mijn leeghoofdigheid over de wereld zweefde.'

Hij fronst. 'Dus je houdt niet van me,' zegt hij opnieuw, maar deze keer is het bijna een vraag.

'Daar heb ik nooit over nagedacht. Onze vriendschap is het belangrijkste in mijn leven geworden. Ik bewonder je en waardeer je, zoals ik dat al die jaren niet heb gedaan. Dat is het echte probleem, John. Ik verdien je niet!'

We vallen stil en twee witte vlinders dansen levendig voor onze ogen. Ik realiseer me dat ik zijn handen vasthoud en zijn greep op die van mij is al net zo stevig. Ik zou mijn handen waarschijnlijk moeten terugtrekken.

'Zou je niet van me kunnen gaan houden? Als we snel zouden trouwen, zouden we kunnen doen alsof het kind van mij is, hoewel het misschien een beetje te vroeg geboren zal worden.'

Ik schud mijn hoofd en onderdruk een hysterische lach. 'John! Weet je wel wat je aanbiedt? Je hebt dit niet goed doordacht. Wat als het kind lijkt op… Bartek?' Aarzelend spreek ik zijn naam uit. 'Stel dat er een opvallende gelijkenis is en elke keer dat je naar hem kijkt, of naar haar…,' voeg ik eraan toe, maar mijn instinct zegt me dat het een jongetje is. 'Wat als je er elke keer aan wordt herinnerd dat je vrouw zich aan een andere man heeft gegeven voordat ze met je trouwde? Hoe moet dat met dit kind als we zelf kinderen krijgen? Volgens de wet heeft de oudste zoon het eerste recht, en dat op het weinige wat we hebben. Als we zelf ook een jongen krijgen, wat dan? Je bent een lieve, goede man en ik weet dat je hart groot genoeg is voor heel Londen, maar je hebt hier echt niet goed over nagedacht en ik kan je niet in zo'n lastige positie brengen.'

Hij fronst en haalt diep adem. 'Rowena, we moeten eerlijk tegen elkaar zijn. Als ik je zeg dat ik er goed over heb nagedacht, dan meen ik dat oprecht. Vanaf het moment dat je bij onze deur verscheen, wist ik dat ik iets te bieden moest hebben om met je te kunnen trouwen. Toen mijn zus voor het eerst de mogelijkheid van een kind ter sprake bracht, schokte dat me. Ik voelde zo veel liefde voor je dat het nog niet bij me opgekomen was. Het heeft me inderdaad aan het denken gezet. Ik heb nagedacht over alle dingen die je net noemde en ik was er niet meteen gelukkig mee. Maar Rowena, het duurde nog geen vijf minuten voordat die twijfel verdween. Familie is voor mij het belangrijkste wat er is. Je weet dat Hetty en ik onze ouders hebben verloren. Mijn zus heeft voor me gezorgd. Het zou de wereld voor me betekenen als ik jou mijn vrouw zou mogen noemen. Alles wat je net opsomde, is daaraan ondergeschikt. Het kind is een deel van jou. Daarom zal hij of zij een deel van mij zijn, of je dat nu accepteert of niet. Ik wil het je dus nogmaals vragen. Zou je ooit van me kunnen houden?'

Ik blijf stilzitten. Ik wil hem geen valse hoop geven. Toch zei hij dat we eerlijk moesten zijn, en dat is ook belangrijk in geval van vriendschap of een huwelijk. 'Misschien zal ik van je gaan houden, John,' geef ik uiteindelijk toe. 'Eerlijk gezegd is dat nu misschien al wel het geval. Ik koester erg warme gevoelens voor je. Maar ik kan niet met je trouwen in de veronderstelling dat ik er op een dag zeker van zou kunnen zijn. Je verdient iemand die oprecht van je houdt, geen beschadigde, gebruikte vrouw die meer dan tien jaar lang dacht dat je Henry heette!' Er valt opnieuw een stilte. Dan trekt hij zijn handen terug en recht zijn rug.

'Je bent niet beschadigd,' verklaart hij. 'Je bent sterker dan je ooit bent geweest. Je zegt dat je me niet verdient, maar daar ben ik het niet mee eens. Je zegt dat je egoïstisch was en een leeghoofd. Toen hield ik al van je en ik hou nu nog meer van je. Je noemt jezelf een gebruikte vrouw, maar je bent geen stuk gereedschap. Je hebt een verkeerde keuze gemaakt. Dat is alles, het hoort bij het leven. Je bent een geweldige vrouw en ik zal net zo lang wachten tot je van me houdt,' besluit hij terwijl hij overeind komt. 'Als je echt van me zou houden, dan zou er geen obstakel zijn, toch? Ik zal wachten, Rowena Blythe.' Na deze woorden loopt hij weg en laat me achter tussen het lange gras en de korenbloemen.

Een tijdlang zit ik in mijn eentje op de heide, de muts strak om mijn gezicht getrokken. Ik kan mijn gedachten niet goed op een rijtje krijgen. John heeft altijd van me gehouden. Dat had Pansy al gesuggereerd, of was het Hetty? Op dit moment kan ik het me nauwelijks herinneren. Hij heeft me ten huwelijk gevraagd. Stel je voor, de man die me kent zoals ik echt ben, en niet Rowena Blythe, de koningin van de society, biedt me de kans op een leven samen. Hij kent mijn ergste geheimen en toch wil hij dat ik zijn vrouw word. Ik geniet zo van zijn gezelschap. Ik ben er zeker van dat hij altijd goed voor me zou zijn. Mijn kind zou een kleine Hobbs zijn en het schandaal zou veel minder groot zijn dan wanneer ik alleen verder zou gaan. Dat weet ik allemaal.

Maar ik meende wat ik zei. Ik wil niet met hem trouwen voor mijn eigen gewin. Het lijkt vrij waarschijnlijk dat ik op een dag van hem zal houden. Maar tot die tijd zal ik moeten wachten, hoewel ik toen hij wegliep het gevoel had dat ik een grote schat door mijn vingers liet glippen. Daarnaast is er nog een reden. Die kan ik nog niet helemaal doorgronden, maar het heeft te maken met Olives streven naar onafhankelijkheid en Mabs' stoere voorbeeld. Vrouwen die hun eigen weg gaan. Vrouwen die een positie in de wereld bekleden zonder dat ze dat aan een man te danken hebben. Ik zal nu waarschijnlijk niet lang kunnen werken en Felix zal me financieel ondersteunen. Misschien is onafhankelijkheid iets relatiefs. Maar ik wil er op zijn minst iets van geproefd hebben.

Ik sta op en ga naar huis. De zomerlucht is zacht en zwoel in de vroege avond. De hemel is helder. De maand mei loopt bijna ten einde. Bij de deur aarzel ik. Zou John er nog zijn? Beschuldigt Hetty me er straks van dat ik met de gevoelens van haar broer heb gespeeld? Of begrijpt ze dat ik het juiste voor hem probeer te doen? Ik slaak een zucht en stap naar binnen.

'Rowena? Ben jij dat?' Hetty verschijnt al wanneer ik mijn muts losmaak. 'Wat een opluchting! Als je die muts zo vastmaakt, zie je eruit als een herderin.'

'Ik heb op de heide gezeten om na te denken. Is John er nog?'

'Hij is weg. Ik neem aan dat hij je ten huwelijk heeft gevraagd.'

'Ja, en ik heb geweigerd. Maar dat was niet wreed bedoeld, Hetty. Ik geef zo veel om hem.'

Met haar hoofd geeft ze een knikje richting de keuken. 'Dat weet ik. Ik zal wat warme chocolademelk voor je maken.' Ik ben verbaasd. Cacao wordt in huize Simon bewaard voor hoogtijdagen. 'Kom op, ga zitten! Je ziet eruit alsof je alle ellende van de wereld op je schouders hebt genomen.'

Een merkwaardige uitspraak, maar het zou me niet verbazen als ik er echt zo uitzie. Ik trek een stoel naar achteren en plof neer aan tafel. In mijn achterhoofd hoor ik de vinnige stem van mijn moeder. Let op je houding, Rowena!

'Waarom heb je geweigerd?' vraagt Hetty terwijl ze cacao uit haar speciale blauwe blik in twee kopjes schept.

Ik probeer het uit te leggen en ze kan beter luisteren dan ik had verwacht. Als de chocolademelk klaar is, komt ze bij me zitten. Ze slaat haar handen rond de warme beker en knikt terwijl ik praat.

Als ik eenmaal zwijg en van mijn chocolademelk nip, begint ze eindelijk te praten. 'Of je mijn broer wel of niet verdient, dat is volgens mij aan hem om te beslissen.'

'Misschien.' De chocolademelk smaakt heerlijk zoet.

'En wat betreft het feit dat je wilt werken, als je wilt, zou ik voor je baby kunnen zorgen. Niet elke dag, dat beslist niet, maar misschien zou juffrouw Westallen je maar voor twee of drie dagen per week in dienst kunnen nemen.' Ze haalt haar schouders op alsof het haar niets uitmaakt. 'Als het zou helpen.'

'Dat zou fantastisch zijn, Hetty. Het zou me echt helpen. Maar dat kan ik niet van je vragen. Het is een te grote verplichting. Het is te veel om...'

'Dat is aan mij om te beslissen,' onderbreekt ze me. 'Het enige wat jij moet beslissen, Rowena Blythe, is of je van mijn broer kunt houden of niet. Als dat niet het geval is, dan was het de juiste keuze om niet met hem te trouwen, hoe verleidelijk de oplossing ook is. Ik geef om je, meid, maar mijn broer verdient beter. Maar als je wel... Als je wel van hem zou kunnen houden...'

Ze kijkt me scherp aan en ik slik nerveus. 'Ja?'

'Dan heb je mijn zegen, voor wat het waard is.' Ik ben zo verrast dat ik een grote slok van de warme drank neem en mijn mond verbrand. De zegen van Hetty Simon. Die is zeker wat waard.

54

PANSY

'Olive Westallen zit niet stil,' mompelde Pansy terwijl ze het briefje in haar schortzak stopte. Slechts twee dagen na Pansy's bezoek aan Polaris House had ze een bericht ontvangen terwijl ze de balzaal aan het vegen was. Daarna moest ze nog stoffen, want de kroonluchters moesten tegen het einde van de dag stof- en spinnenwebvrij zijn en schitteren. Al vond Pansy dat nogal vroeg. Het bal was pas over drie weken, en dat was meer dan genoeg tijd om een nieuwe laag stof te laten neerdalen en de spinnen zouden hun webben al snel opnieuw geweven hebben. Maar het woord van Maude Blythe was wet, dus Pansy ging ijverig aan de slag. Ze pakte de enorme ruimte helemaal in haar eentje aan. Zo had ze in elk geval de tijd om Olives briefje te lezen. Het was geschreven op crèmekleurig papier, onderaan stonden in reliëf de olijfgroene initialen OW.

Beste Pansy,

Ik realiseer me dat je aan het werk bent en het erg druk hebt. Als je echter morgen (woensdag) om 12.00 uur voor korte tijd verlof aan kunt vragen, kom dan naar het adres op de achterkant. Ik zal geen druk uitoefenen, ik wil je alleen zeggen dat het de kans van je leven is. Je zult er spijt van krijgen als je het niet doet en ik heb hemel en aarde bewogen om het te kunnen bewerkstelligen.

Hartelijke groeten,
Olive Westallen

Op de achterkant van het briefje was zorgvuldig een adres in Holborn geschreven. Pansy had geen idee wie daar zou kunnen wonen. Ze zou de balzaal zo snel mogelijk afmaken, besloot ze met verve, en dan met mevrouw Clarendon praten.

'Morgen?' riep de huishoudster toen ze dat deed. 'O, Pansy, het is vandaag 1 juni. Het is de maand van het jubileum. De maand van het bal!'

'Ik weet het,' zei Pansy droogjes. Alsof iemand het helse jubileum zou kunnen vergeten! 'Het spijt me, mevrouw Clarendon. Ik vraag het niet om u te kwellen. Maar kijk!' Ze liet mevrouw Clarendon Olives briefje lezen, die het met een berustende uitdrukking op haar gezicht las.

'Een oproep van Olive Westallen. Je gaat ons verlaten, nietwaar?'

'Ja, maar ik weet nog niet wanneer. In elk geval niet voor het bal, want dat heb ik u beloofd en daar zal ik me aan houden. Maar ik wil wel iets anders dan dit, en juffrouw Westallen helpt me, en...'

'Ga maar,' zei mevrouw Clarendon. 'Als je toch weggaat, kan ik je niet tegenhouden en dat zou ik ook niet willen. Je verdient beter. Je verdient zelfs beter dan een promotie hier.' Ze glimlachte een beetje verbeten.

'Dank u, mevrouw Clarendon. Ik kom zo snel mogelijk terug.'

'Dat waardeer ik. Na het bal zal ik kijken of ik een extra vrije dag voor je kan regelen. Dan zou je bij je moeder kunnen overnachten. Dat zou je leuk vinden, toch?'

'Meer dan wat dan ook!' Impulsief gaf Pansy mevrouw Clarendon een kus op de wang. Als iemand haar vier maanden geleden zou hebben verteld dat ze dat ooit zou doen, zou ze diegene meteen hebben uitgelachen.

De volgende ochtend stond Pansy vroeg op om de trap te poetsen. Een brede reeks witte treden leidde naar de voordeur van Garrowgate Hall en die moesten altijd glanzen. Zij en Lou schrobden samen, allebei aan een kant, waarbij ze naar binnen werkten, zodat ze elkaar in het midden tegenkwamen. Daarna gingen ze steeds naar de volgende trede. Het was fysiek een van de zwaarste taken van haar werk. Toen dat klaar was, hielp Pansy mevrouw Andrews met het ordenen van de voorraadkast. Zo konden straks alle extra lekkernijen die voor het bal besteld waren er ook bij. Daarna ging ze met een van de Sarahs de eetkamer schoonmaken. Toen de klok elf uur sloeg, stopte ze. Ze was slordig, groezelig en bezweet door het boenen van de trap. Ze moest zichzelf wassen en toonbaar maken. Ze kleedde zich niet om, want als Maude Blythe haar op dit uur erop betrapte dat ze het huis verliet, zou mevrouw Clarendon net zo diep in de problemen komen als Pansy. Als ze in haar uniform gekleed de deur uit ging, kon ze nog zeggen dat ze voor een boodschap eropuit was gestuurd, al vond ze het wel jammer dat ze de kans van haar leven moest grijpen in het uniform dat ze van de Blythes moest dragen.

Ze kon zich niet voorstellen met wie Olive een ontmoeting voor haar geregeld had. Ze nam tenminste aan dat er iemand zou zijn en dat ze niet alleen een afspraak met Olive had, want dan hadden ze wel op haar kantoor kunnen afspreken. Pansy was altijd heel zuinig omgesprongen met haar spaargeld, maar Holborn was acht kilometer verderop en ze had mevrouw Clarendon beloofd snel te zijn, dus nam ze een rijtuig. Bovendien was het een warme dag en als ze zou lopen, zou ze daar bezweet aankomen.

Toen het rijtuig stopte, was Pansy verbijsterd. Ze stond voor een mooi landgoed, midden in de stad. De witte gebouwen glinsterden vredig in de zomerzon en vanaf de straat kon ze een glimp opvangen van een goed onderhouden gazon. Was het een college? Voortdurend haastten zich mensen in en uit. De plaats leek nogal belangrijk te zijn. Terwijl ze wachtte, merkte ze dat het vooral mannen waren in zwarte gewaden en gekrulde witte pruiken. Had Olive een rechtszaak aangespannen tegen iemand?

'Ah, daar ben je!' zei Olives stem achter haar. Ze droeg een jadegroen kostuum, dat was afgezet met zwart, met een mooie zwarte hoed met daarop een pauwenveer. 'Ik ben zo blij dat je bent gekomen. Er is een interessante en indrukwekkende persoon aan wie ik je wil voorstellen. Ze heeft alleen nu wat vrije tijd en ik wilde het niet uitstellen. Ik heb me misschien een beetje laten meeslepen,' gaf ze toe terwijl ze snel op weg gingen.

'Zij? Wie dan? Wat is dit voor een plek?' Pansy's nieuwsgierigheid kreeg de overhand toen ze zich haastte om Olives tempo bij te houden.

'Dit is een van de Inns of Court, Pansy, een beroepsvereniging voor advocaten. We gaan een dame ontmoeten die Eliza Orme heet.' Dat zei Pansy niets. De enige beroemde mensen van wie ze de naam misschien zou herkennen waren variétéartiesten. Toen ze jonger was, had ze een paar optredens bijgewoond en haar zus, die van muziek hield, had het vaak over artiesten die ze bewonderde. Ze dacht niet dat deze Eliza Orme een variétézangeres zou zijn. 'Ik kan niet wachten om haar te ontmoeten,' zei Olive enthousiast. 'Ze is de eerste vrouw in Engeland die ooit een graad in de rechten heeft behaald!'

Pansy was volkomen verbijsterd. Ze had niet geweten dat vrouwen die mogelijkheid hadden. Het was erg indrukwekkend, maar wat had het met haar te maken?

'Misschien lijkt dit nogal onverwacht,' vervolgde Olive. 'Julia en Jem vertelden me laatst echter hoe je je vriend van de kruidenierswinkel hielp die dag dat je Jem ontmoette. Je verzette je tegen de politie en dwong hen om hem vrij te laten. Afgelopen zondag was je erg verontwaardigd over de bloemenmakers. Hoeden zijn niet je passie, Pansy, gerechtigheid is dat.' Ze zweeg triomfantelijk om Pansy's reactie te peilen.

Pansy stond stokstijf stil. 'Nee, ik... Althans, ik kan erg boos worden vanwege bepaalde zaken. Maar wat...'

'Ik realiseerde me dat als je een man was geweest die hulp had gevraagd aan de stichting, ik een carrière in de advocatuur voorgesteld zou hebben. Ik dacht er maar terloops aan, omdat ik niet dacht dat vrouwen in de advocatuur konden werken. Sterker nog, ik had gelijk.' Olive bleef staan voor een deur van donker hout in een klein stenen gebouw en klopte hard aan. 'Vrouwen mogen niet werken als jurist of advocaat, dus mijn droom om je met een pruik door een rechtszaal te zien lopen is vervlogen,' zei ze met een spijtige blik. 'Maar toen herinnerde ik me dat ik juffrouw Orme een paar jaar geleden op een congres had ontmoet. Onze vaders ontmoetten elkaar tijdens dat congres. En ze hadden allebei hun slimme dochter meegenomen. Ik heb haar opgespoord en we hebben gepraat. Het heeft me ervan overtuigd dat het de moeite waard was om je aan haar voor te stellen.'

'Ik weet niet wat ik moet zeggen,' zei Pansy terwijl ze het haar uit haar gezicht streek. Ze was nogal gevleid dat Olive zoiets voor haar wenste, ook al was het onmogelijk. 'Ik heb nooit van zoiets gedroomd, Olive. Je hebt te veel vertrouwen in mij, denk ik. Ik ben niet zo slim. Ik vrees dat juffrouw Orme erg teleurgesteld in me zal zijn.'

'Pff,' reageerde Olive scherp toen de deur openging en een magere, bleke klerk hen binnenliet.

Juffrouw Orme ontving hen in een klein kantoor. Ze was een stevige vrouw van rond de vijftig, met een ovaalvormig gezicht en donker haar dat strak naar achteren was gekamd. Een bundel zonlicht viel door een openslaand raam naar binnen op de stofjes die door de lucht dansten en een bureau vol papier. 'Leuk u weer te ontmoeten, juffrouw Westallen. En u moet juffrouw Tilney zijn.'

Pansy schudde haar de hand, een beetje overweldigd door de gedachte dat deze vrouw rechten had gestudeerd en dat zij de allereerste vrouw in Groot-Brittannië was die dat had gedaan. Hoe zou iemand ertoe komen om een dergelijk pad te volgen?

'Bedankt dat u me wilt ontvangen, juffrouw Orme. Olive heeft me verteld over uw geweldige prestatie. Ik begrijp dat u het erg druk hebt.'

'Vooral op dit moment. Ik heb veel werk op me genomen en ik geef deze maand verschillende presentaties over parlementair stemrecht, dus ik bereid me in elke vrije minuut voor. Volgende maand zal het rustiger zijn. Tijd wacht op niemand, maar wel op juffrouw Westallen.'

‘Inderdaad,’ zei Olive vol zelfvertrouwen, terwijl ze bij het raam ging zitten waarachter bladeren dansten die schaduwen door de kamer wierpen. ‘Pansy, stel je vragen maar rechtstreeks aan juffrouw Orme. Ik zal me er niet mee bemoeien.’

Juffrouw Orme schoof een stoel voor Pansy bij, ging aan het bureau zitten en keek haar verwachtingsvol aan. Pansy vroeg zich inwendig mopperend af waarom Olive haar niet een beetje had voorbereid. Wat zei je in vredesnaam tegen zo iemand? Dus stelde ze de enige vraag die ze kon bedenken. ‘Hoe bent u ertoe gekomen om zoiets als rechten te gaan studeren terwijl nog geen vrouw dat eerder had gedaan? Hoe durft iemand zulke verwachtingen voor zichzelf te koesteren?’

‘Dat is een goede vraag,’ antwoordde juffrouw Orme, terwijl ze naar Olive keek alsof ze herinnerd werd aan een eerder gesprek tussen hen. ‘Mijn hele familie was altijd al geïnteresseerd in onderwijs voor vrouwen. Net als de ouders van juffrouw Westallen waren die van mij heel bemoedigend. Ik ging studeren aan het University College in 1871, toen vrouwen voor het eerst college mochten volgen.’ Haar lip trok een beetje minachtend bij het woord ‘mochten’. ‘Maar we mochten pas in 1878 onze diploma’s halen. Ik heb mijn studie pas een paar jaar later afgemaakt.’

‘Wat ze niet vertelt, is dat ze enkele jaren daarvoor een stuk voor *The Examiner* schreef waarin ze pleitte voor diploma’s voor vrouwen aan de universiteit!’ zei Olive vanuit haar stoel bij het raam.

‘Wie zegt dat dat verschil heeft gemaakt?’ zei juffrouw Orme bescheiden. ‘Dat is maar een veronderstelling.’

‘Natuurlijk wel!’ riep Olive, die blijkbaar alweer vergeten was dat ze zich er niet mee zou bemoeien. ‘En ze kreeg beurzen, Pansy, beurzen!’

Plotseling begon het bij Pansy te kriebelen om in de voetsporen te treden van deze ernstige, geleerde vrouw, lezingen bij te wonen en over de wet te leren. De wet, die de basis van de samenleving vormde. Dat is wat ik wil leren, dacht ze, plotseling buiten adem. Niet hoe je een rand en een bol vormt, maar hoe je wetten en beleid maakt. Maar het was allemaal te ambitieus! En Pansy had een inkomen nodig. Ze kon niet alleen studeren omdat ze daar nu eenmaal in geïnteresseerd was.

'Olive zei dat vrouwen nog steeds geen jurist mogen zijn.' Ze wendde zich weer tot juffrouw Orme. 'Wat voor werk doet u?'

'Ze heeft gelijk. Er zijn nog steeds ondraaglijke beperkingen voor ons, maar we moeten dit op tweeledige wijze aanpakken.'

'Het roer moet om,' zei Olive opgewonden, terwijl ze niet langer deed alsof ze niet aan het gesprek deelnam en naar voren leunde.

'Inderdaad,' knikte juffrouw Orme, terwijl ze een kleine draaiende beweging maakte met haar hand. 'We moeten ons waar mogelijk een weg banen binnen het bestaande systeem en er de tijd voor nemen om dat systeem te veranderen. We kunnen ons niet profileren als advocaat, maar mijn collega juffrouw Lawrence en ik hebben al jaren een ondersteunende functie en...'

'Ondersteunende functie?' vroeg Pansy.

'We doen voorbereidend werk. Het betekent grotendeels het opstellen van juridische documenten. Het is interessant werk, Pansy, en ik verdien er goed mee.'

Dus ze zou de kost kunnen verdienen met een rechtenstudie, dacht Pansy. Het voelde alsof de schellen van haar ogen gevallen waren. Wie had ooit gedacht dat vrouwen dit werk konden doen? Maar hier zat het levende bewijs. En ze was niet de enige, want haar collega was ook een vrouw.

'En vertel Pansy eens over uw vriendin in India, juffrouw Orme,' zei Olive. 'Ik wil dat ze zich realiseert dat er ook andere manieren zijn om zo'n opleiding toe te passen.'

'Ach, ja. Ik vertelde juffrouw Westallen over een vriendin van mij, Cornelia Sorabji. Zij was de eerste vrouw die rechten studeerde aan de Universiteit van Oxford. Ze is Indiase, dus ze moest nog meer overwinnen dan ik, en dat wil wat zeggen. Cornelia woont nu in India, waar ze ook niet als advocaat mag werken. Maar ze geeft vrouwen advies die helemaal geen stem hebben in de samenleving daar en helpt hen op allerlei manieren.'

'Advies geven,' mompelde Pansy. Haar hoofd duizelde. Ze herinnerde zich het moment waarop haar moeder haar had opgedragen iets beters te zoeken dan schoonmaken voor de Blythes. Het enige waar ze toen aan kon denken was werken in een winkel of hoeden maken. Nu zat ze in een juridisch kantoor met twee vrouwen met een uitgesproken persoonlijkheid. Ze geloofden oprecht dat alles mogelijk was en waren niet bepaald bereid te wachten tot de wereld de achterstand inhaalde. Pansy verlangde naar een verandering in haar leven, om iets groots te doen, als een slang die haar oude huid van zich af wilde schudden. Opeens had ze een miljoen vragen voor juffrouw Orme.

55

ROWENA

Het is oneerlijk dat het leven zo snel verandert. Ik kan het bijna niet bijhouden. Drieëntwintig jaar lang was ik een verwend societymeisje, zonder enig besef dat dat ooit zou kunnen veranderen. Vervolgens werd ik in een tijdsbestek van minder dan twee maanden verliefd en werd ik in de steek gelaten op een pad langs een kanaal. Toen werd mij een oneerbaar voorstel gedaan, werd ik onterfd en uiteindelijk gered. Ik ben vervreemd van mijn beste vriendin, maar bevriend met de vrouw die voorheen mijn rivale was. Alsof dat allemaal nog niet genoeg is, ben ik een werkende vrouw en word ik moeder. En dan hebben we John nog. Ik mis hem elke dag meer. Hoe komt dat toch? Ik heb meer dan genoeg afleiding.

Mijn arme mooie hoofd zit vol met allerlei zaken en niet meer alleen met onbenullige dingen.

Aan het einde van mijn derde werkdag stap ik het kantoor uit. Olive gaf geen krimp toen ik haar vertelde over mijn zwangerschap. 'We wisten dat het kon gebeuren, nietwaar?' zei ze, net als John had gedaan. 'Ga voorlopig door zoals we hebben besproken en als de baby komt, zullen we het opnieuw beoordelen. Je bent een zegen voor de stichting, Rowena. Al kun je maar één of twee dagen per week werken, dan is dat ook in orde.' Ik huilde een beetje van opluchting en dankbaarheid en ze gaf me een opgewekt schouderklopje.

Juni is op zijn mooist en helderst. Het is druk in de straten, maar de haastige menigte is niets vergeleken met mijn tollende gedachten. Ik ben dol op mijn werk. Inmiddels heb ik een bureau in de hoek van het grote kantoor van de stichting. Daar moet ik nauwkeurig bijhouden welke studenten bij mij komen: wie ik op welke dagen zie, wat ik hun leer, welke gesprekken ze bijwonen en hoeveel geld of welke kleding ze krijgen om hen te helpen een goede indruk te maken. Ik ben nooit een fervent student geweest, maar nu geniet ik van het gevoel van leergierigheid terwijl ik in mijn grootboek krabbel. Ik probeer zo netjes mogelijk te schrijven. Verity zou me uitlachen. Ze noemde mijn handgeschreven notities hanenpoten en het is waar dat ik er weinig moeite voor deed om netjes te schrijven. Pennen en ik zijn geen goede combinatie. Maar ik moet mijn aantekeningen aan het einde van elke maand aan Mabs presenteren en daarna zal meneer Gladstone ze zien en daar schep ik genoegen in.

Het verbaast me dat ik het administratieve werk leuk vind, maar het allerleukste vind ik het om de meisjes te helpen. Ik heb er al negen ontmoet die graag dienstmeisje willen worden. Ik heb uitgebreid met hen besproken wat ze kunnen verwachten als ze aangenomen worden, en heb hun elk advies gegeven dat ik maar kon bedenken. Slechts één van hen, Maria, lijkt ongemotiveerd te zijn, maar Olive zegt dat ze een bijzonder triest geval is. Volgens Olive zijn haar ouders mensen die je nooit zou willen ontmoeten.

Maria is een mager en bleek schepsel, met grote, starende ogen en een nietszeggende blik. Ik voelde me eerst een mislukkeling dat ik niet een beetje enthousiasme in haar kon opwekken, maar Olive zegt dat het tijd zal kosten. 'We kunnen iets doen aan armoede en gebrek aan kansen, maar we kunnen niets doen aan iemands omgeving, zijn familie en ervaringen uit het verleden,' zei ze terecht.

De andere meisjes zijn allemaal redelijk veelbelovend. Twee of drie van hen zijn echt enthousiast bij het vooruitzicht dat ze op een dag zelfs als dienstmeisje of kamernierster zullen kunnen werken. Stel je voor, ze ambiëren een positie waarop ik neerkeek. Hopelijk krijgen mijn leerlingen een meer respectvolle bazin dan ik ben geweest. Vrijdag zal ik hun alle negen tegelijk een praktijkles geven in haarkappen. Vroeger was ik altijd degene die het zich allemaal liet welgevallen, maar elke dag werkeloos in de spiegel kijken heeft er toch voor gezorgd dat ik een paar dingen heb opgepikt. Ik zal hun instructrice zijn en het model. Ze kunnen oefenen op mijn eigen overvloedige lokken. Dat kan pijnlijk zijn. Met een golf van schaamte herinner ik me dat ik een onervaren meid wegstuurde die probeerde een chignon te maken, maar daarbij te hard aan mijn haar trok. Maar als het deze meisjes helpt, dan kan ik wel een beetje pijn verdragen.

Ik sta in de deuropening en laat de gebeurtenissen van de dag even passeren. Margie White, een van mijn studenten, komt naar buiten gerend en botst tegen me aan. 'O, sorry, juffrouw.' Ze hapt naar adem en duikt weg als mijn arm uitschiet om haar in evenwicht te houden. Het arme kind dacht dat ik haar wilde slaan.

'Maak je alsjeblieft geen zorgen, Margie. Het is mijn schuld dat ik in de weg sta.'

'Dank u, juffrouw,' zegt ze opgelucht. 'Juffrouw, mag ik iets zeggen?'

'Natuurlijk!'

'Bedankt dat u met me wilt praten. Dat u me het gevoel geeft dat ik het kan. Dat is nieuw voor mij.'

'O, Margie, ik ben zo blij dat je er iets aan hebt. Kom je vrijdag?'

'O ja, juffrouw. Ik vind het zo fijn.' Dan betrekt haar gezicht. 'Tenzij mijn moeder zegt dat ik thuis moet blijven. Soms haalt ze op vrijdag extra was binnen. De rijke mensen willen dat alles schoon is voor het weekend. Soms laat ze me niet vertrekken, omdat ze de hulp nodig heeft.'

'Maak je geen zorgen. Als je de les mist, geef ik je die op een andere dag. Welke dag je maar wilt.'

'Echt waar, juffrouw? Dat is erg aardig van u. En het is echt een opluchting. Tot ziens, juffrouw!'

'Tot ziens, Margie.' Ik kijk haar na. Ze ziet er vreselijk uit, met haar te grote jurk die uit model is en vol vlekken zit. Het is duidelijk een afdankertje van haar oudere zus. Ze heeft geen muts en haar kapsel bestaat uit muisachtige lokken die ontsnappen aan spelden die helemaal niet bij elkaar passen. Haar manier van lopen is zonder enige gratie. Op deze manier zou ze een slechte indruk maken op iedere huishoudster bij wie ze zou solliciteren. Ik begrijp nu waarom Mabs mijn hulp nodig had. Totdat ik Margie, Maria en de rest ontmoette, dacht ik nog steeds dat ze me misschien voor de gek hield. Als het haar tijd is, zal ik zorgen dat ze eruitziet om door een ringetje te halen, zodat elk huishouden zich gelukkig mag prijzen met Margie in dienst.

Ik ben te voet vertrokken, genietend van de zomerzon en vol plannen. Er ligt zo veel voor me in het verschiet. Mijn eigen kleine jongen of meisje. Werk waar ik dol op ben en dat tevens een manier is om mezelf te onderhouden, al is het maar gedeeltelijk. Ik heb mijn broers, een aantal goede vrienden en maak mijn eigen keuzes. Nee, mijn leven zal nooit meer opmerkelijk zijn. Het zal nog vaak moeilijk worden, vooral als de baby komt. Maar ik voel me ontzettend gezegend. De ontmoeting met Margie en de rest heeft me dat geleerd. En mijn leven is van mij. Helemaal van mij. Ik kan kiezen met wie en waarmee ik mijn tijd doorbreng en wie niet meer in mijn buurt hoeft te komen (Verity Blythe-Crawford!). Ik kan kiezen waar ik woon, wat voor werk ik doe en hoe ik mijn kind opvoed. Mijn borst zwelt op van vreugde en trots. Terwijl ik over deze vragen nadenk en mijn gedachten laat dwalen, heb ik steeds één gezicht voor ogen: dat van John.

John is zonder twijfel iemand die ik in mijn leven wil houden. Dat geldt ook voor Olive, Hetty, Mabs, en zelfs voor Pansy, maar met John voelt het anders. Ik wil dat mijn kind een vader heeft en weet wat het is om door sterke handen te worden opgepakt of om op brede schouders te worden gedragen. Het is duidelijk dat mijn eigen jeugd niet de basis is van deze dagdroom, maar als ik me dat beeld voorstel, is dat altijd met John. Ik wil het niet alleen voor mijn kind. Ik wil hem zelf ook voor altijd in de buurt hebben. Telkens schieten me weer herinneringen te binnen. Waarschijnlijk komt dat doordat ik alle veranderingen probeer te doorgronden. Het ene moment denk ik aan John die met zijn grote postuur stil in Garrowgate Hall staat, trots in zijn smetteloze livrei. Dan herinner ik me het moment waarop John me zonder aarzelen in huis nam toen Pansy me die vreselijke dag naar hem toe bracht. Ik zie de kracht en zachtheid in zijn ogen weer voor me toen hij zei dat ze voor me zouden zorgen en dat ik veilig was. En het volgende moment schieten mijn gedachten weer naar een moment dat John naast me zat op de binnenplaats, terwijl de vlinders om ons heen dansten. Uiteindelijk gaan mijn gedachten terug naar het moment op de heide, het moment dat John zich op één knie liet zakken en een kleine diamant en zijn grote hart aan mijn voeten legde.

Bij elke nieuwe ervaring die ik de afgelopen dagen op het werk heb opgedaan, verlangde ik ernaar het aan John te vertellen. Ik heb elk detail onthouden om dat later met hem te delen en dat geeft me vlinders in mijn buik. Ik heb tegen hem gezegd dat ik eerst zeker wilde weten dat mijn gevoelens voor hem echt waren. Ik dacht dat het wel wat tijd zou kosten, maar ik hoef niet langer te wachten. Als dit geen liefde is, wat is het dan wel? Ik voel een immense bewondering voor hem, vreugde als ik met hem praat of gewoon maar bij hem ben. Ik denk voortdurend aan hem en ben erg aan hem toegewijd. Ik kan niet langer wachten.

Ik kan een rijtuig nemen, omdat ik nu toch geld verdien.

Ik ben vervuld van wilde opwinding. Maar dan twijfel ik.

Een stortvloed aan gevoelens heeft me eerder op het verkeerde been gezet. Ik wil niet in een opwelling naar John toe gaan. Als ik mezelf weer vergis, is het deze keer John die eronder zal lijden en niet ik. Ik zou hem nooit pijn willen doen. Ik dwing mezelf om in plaats daarvan naar huis te lopen. Ik moet wachten.

Maar ik ben volkomen zeker van mezelf. Ik ben nog nooit ergens zo zeker van geweest. Vanaf het allereerste begin en zelfs daarvoor al is hij mijn trouwste vriend geweest. Het is niet alleen vriendschap wat ik voel, het is een gevoel dat lijkt op de gloed van de zon. Het is er al een tijdje, hoewel ik het eerst niet opmerkte. Nu voelt het alsof de zon echt is doorgebroken. Wat heeft het voor zin om te leren op mezelf te vertrouwen als ik dat al niet doe op dit belangrijke, kostbare moment? Ik ben al bijna thuis als ik een rij rijtuigen passeer en ik besluit in te stappen.

Ik zeg tegen de koetsier dat ik naar Chelsea moet. Ik weet het exacte adres niet, maar ik weet dat het huis uitkijkt op de rivier en ik ken de naam van zijn werkgevers: Prentiss. Als we aankomen, zie ik het zachte blauw van de ruisende rivier. Door alle plezierboten en vrachtboten die er varen, golft het water.

Ik spring uit het rijtuig en de eerste persoon die ik naar de familie vraag is een bekende van meneer Prentiss. Hij wijst naar een groot herenhuis van rode baksteen met een zwarte deur, niet ver ervandaan. Ik ben stomverbaasd dat er geen deurklopper is. Moet ik met mijn vuisten op de deur timmeren? Dan zie ik een bordje met de tekst ALSTUBLIEFT BELLEN boven een koperen rozet. In het midden van de rozet zit een witte knop. Een elektrische deurbel, wat modern! Vader zou een hartverzakking krijgen bij het idee dat hij zoiets in Garrowgate Hall zou moeten laten installeren.

Nerveus druk ik op de knop en maak een sprongetje van schrik als ik het luide geluid binnen hoor. Zodra ik heb aangebeld, sla ik mijn hand voor mijn mond. Ik had naar de bediendeningang moeten gaan. Wat een verschrikkelijke faux pas. Maar waar is de bediendeningang van een herenhuis? Ik zie geen enkele deur, want alleen de voorkant van het huis is toegankelijk. Het huis zit vast aan de huizen van de buren. Wat als John opnieuw door mij in de problemen komt? Geschrokken bij de gedachte draai ik me om. Ik wil wegrennen, maar dan gaat de deur achter me open. En daar staat John.

'Rowena!' Zijn ogen gaan wijd open. Hij kijkt achterom en stapt dan naar buiten. 'Gaat het wel? Is er iets aan de hand?'

'Nee, nee, het gaat goed. Het spijt me dat ik je stoor op je werk, maar ik wilde het je meteen vertellen... Althans...' Ik aarzel. Ik moet het veel abrupter brengen dan mijn bedoeling was of mysterieus blijven. Ik kies voor het eerste. 'John, ik ben gekomen om je te vertellen dat ik van je hou en als je huwelijksaanbod nog steeds geldig is, wil ik niets liever dan met je trouwen.'

Hij lacht ongelovig. 'Echt waar?'

'Ja.'

'Nu al?'

'Ja.'

'En je kon niet wachten tot zondag om het me te vertellen?' plaagt hij, terwijl er een brede glimlach op zijn gezicht verschijnt. Hij hangt aan de deurkruk alsof zijn leven ervan afhangt.

'Nee, ik kon niet langer wachten. Ik wist het gewoon, John, plotseling, terwijl ik midden op straat stond. Alle twijfel was weg, er was alleen nog duidelijkheid. En doordat het zo duidelijk was, was het ook zo dringend. Het spijt me, ik had moeten wachten. Ik had naar de bediendeningang moeten gaan. Maar waar is die eigenlijk, John? Ik zie helemaal geen andere deur.'

'Die ingang is daar.' Hij wijst naar een keldertrap met zwarte leuningen. Nu zie ik de smalle treden die naar beneden leiden, naar een piepklein poortje. 'En nee, je had niet moeten wachten. Duidelijkheid is goed. Het is ook goed dat het zo dringend was. Maar de dinergasten kunnen elk moment arriveren, Rowena, en ik heb geen tijd om te praten.'

'Ik ga nu weer. Ik wilde gewoon dat je het wist.'

Hij pakt mijn hand. 'Dank je, Rowena. Je hebt me de gelukkigste man ter wereld gemaakt.' Ik kan het zien. Zijn blauwe ogen stralen. 'Tot zondag dan.'

Ik knik blij, tranen van vreugde vertroebelen mijn blik. Ik draai me om en wil vertrekken, maar hij pakt mijn hand en trekt me terug. 'Wacht, je bent iets vergeten.' Hij steekt zijn vrije hand in zijn mooie bordeauxrode jas (in Garrowgate Hall was zijn uniform zwart-wit) en haalt er een klein doosje uit dat ik eerder heb gezien.

‘Heb je hem bij je?’

‘Ik heb hem op mijn hart gedragen. Ik heb de hoop nooit verloren.’ Hij klikt het doosje open en haalt de mooie ring eruit. Hij doet die om mijn vinger en kust me zachtjes op de wang na nog een snelle blik over zijn schouder.

Ik kan het niet helpen. Ik strek mijn hand uit en draai die heen en weer om het licht op te vangen. De sierlijke ring staat goed om mijn slanke vinger. Ik kijk hem stralend aan voordat ik me omdraai en me de trap af haast, nu als een verloofde vrouw.

56

PANSY

'Wat ben je stil vandaag, Pansy,' zei Hipólito, terwijl hij haar van opzij opnam, terwijl Steed over de weg naar Elstree draafde.

Pansy draaide zich met een glimlach naar hem om. Zelfs op dit vroege uur verwarmde de junizon haar gezicht al. De lucht was vervuld van vogelgezang en voor het eerst in lange tijd voelde ze zich volkomen ontspannen. 'Ik geniet van de rit. Het is zo lang geleden dat ik thuis ben geweest en het is zo'n mooie dag.'

Hij knikte. 'De laatste keer dat je naast me zat, was het donker en koud.'

'Ik heb het gemist. De ritten met jou, de bezoekjes aan mama. Ik heb Elstree gemist.' De afgelopen maanden hadden nieuwe ervaringen en nieuwe mensen haar geholpen om het saaie werk in Garrowgate Hall te compenseren en te accepteren dat John nooit de hare zou zijn, realiseerde Pansy zich. Ze was gekalmeerd en geïntrigeerd door nieuwe dingen en het verbreden van haar horizon. Maar een mens had ook vertrouwde dingen nodig. Voor Pansy was dat haar familie en de plaats waar dingen gingen zoals ze altijd waren gegaan. Thuis.

Pansy had slecht geslapen nadat ze juffrouw Orme had ontmoet. Ze had de hele nacht liggen nadenken over alles wat ze te weten was gekomen en er waren talloze mogelijkheden in haar opgekomen. Toen Lou en Maisie opstonden, was ze voor de zesde of zevende keer wakker geworden. Ze was kreunend overeind gekomen en had zich afgevraagd wat ze deze donderdag moest doen. Pas toen drong het tot haar door dat ze naar huis mocht. Ze had meneer Endicott al geschreven om hem te bedanken voor zijn hulp en hem uit te leggen dat de hoedenmakerij niets voor haar was. Ze wilde hem ook nog persoonlijk een bezoek brengen, maar dat hoefde niet per se vandaag. Ze was vroeg wakker en had haar moeder al tijden niet meer gezien, dus kleedde ze zich tegelijkertijd met de anderen aan en glipte ze vroeg naar buiten. Onder een langzaam verkleurende hemel wachtte ze tot ze meneer Ollander in de winkel zag rondlopen. Wat een luxe om een hele dag voor zichzelf te hebben.

'Ik kom je vanavond ophalen,' zei Hipólito toen hij haar achterliet aan het einde van de laan. 'Meneer Ollander heeft een grote bestelling voor het bal van mevrouw Blythe. Ik zal lange tijd bezig zijn in de voorraadkamer en ik ben pas vanavond klaar.'

'Bedankt, Hipólito. Kom dan binnen om een stuk van mama's vruchtentaart te proeven. Je bent altijd welkom.' Hipólito kon de vruchtentaart van haar moeder nooit weerstaan. Pansy zwaaide toen hij wegreed en rende de hele weg naar het huisje. Haar vermoeidheid was ze compleet vergeten.

Ze stormde door de deur en riep: 'Mams! Mams! Ik ben het!' Laura kwam de hal in en veegde haar handen af aan haar schort.

'Pansy? Wat fijn je te zien. Kom maar gauw hier, lieverd!' Pansy vloog haar in de armen en ze omhelsden elkaar stevig en lachend. Pansy sprong van haar ene op haar andere been van opwinding. 'Blijf je hier vandaag? De hele dag?'

'Ja! En mevrouw Clarendon zei dat ik na het bal een extra vrije dag mag hebben vanwege al het werk dat ik heb gedaan, dus dan kom ik weer en blijf ik slapen!'

'Dat zou ik heerlijk vinden. Laat me ontbijt voor je maken, dan wil ik al je nieuws horen.'

Pansy volgde haar naar de dierbare, vertrouwde keuken. De zomerzon viel door het raam naar binnen op de vloer en de tafel, de warmte verspreidde de geur van de gedroogde kruiden die tussen de dakspanten hingen en van twee versgebakken broden die op het fornuis stonden af te koelen. 'O, thuis! Thuis!' riep ze genietend, terwijl ze haar armen boven haar hoofd hief en vrolijk zwaaide. 'Kan ik helpen? Hoe gaat het, mams? Gaat het goed met je? Ik neem aan dat Eveline er niet is, of wel? O, wat is het lang geleden!'

'Zo voelde het ook,' beaamde Laura. 'Ik stond op het punt je te schrijven om je te zeggen dat je je zoektocht moest onderbreken en je moeder onmiddellijk moest opzoeken. Het gaat goed, Pansy, echt goed. Nee, Eveline is er niet. Ze is dol op haar werk en het leven in Camden. We hebben afgesproken dat ze om de week op zondag komt. De andere zondag gaat ze uit met haar vrienden in Camden. Ik weet zeker dat ze je snel een brief schrijft. Er is hier echt niets veranderd. Matthew zal in de wolken zijn als je hem vanmiddag gaat opzoeken. Hij heeft het vaak over je. Hij komt bijna elke avond langs en ik zie de buren veel, dus ik ben niet eenzaam. Maar ik heb je wel gemist. Laat me je eens bekijken.' Ze liet de thee en het spek even voor wat het was en bekeek Pansy nauwkeurig zoals alleen een moeder dat kan.

'Je ziet er beter uit,' kondigde ze aan. 'Die benepen blik is van je gezicht verdwenen en je ogen sprankelen weer. Praat de komende vijf minuten maar over koetjes en kalfjes. Laat me je ontbijt voor je klaarzetten, zodat ik kan gaan zitten en aandachtig naar je kan luisteren. Je hebt nog niet gegeten, toch?'

'Nee.' Pansy grijnsde. 'Ik verga van de honger. Ik was om zes uur bij meneer Ollander en hij bood me ontbijt aan, maar ik wilde natuurlijk liever op dat van jou wachten.'

'Goed!' Laura zorgde voor spek, worstjes, roerei, champignons, brood en boter en thee en ging toen verwachtingsvol tegenover Pansy zitten. Die nam enorme happen van haar moeders heerlijke huisgemaakte ontbijt en ondertussen vertelde ze haar over Jem en Julia, Olive Westallen, Rowena, Hetty en John, de hoedenwinkels en de fabriek en over juffrouw Orme. Ze praatte uren achter elkaar door, terwijl de zon steeds hoger aan de hemel klom. Er liepen talloze schapen op de groene velden die je door het raam kon zien. Zonder het te vragen, vulde Laura haar mok opnieuw en ging weer zitten. 'Mam,' zei Pansy ten slotte. 'Ik weet dat dit nogal gek klinkt. Het is een heel nieuw idee en ik zal er goed over moeten nadenken, maar ik denk dat ik rechten wil studeren. Ik denk dat ik wil proberen een universitaire opleiding te volgen.'

Ze keek bezorgd naar haar moeder. Het voelde helemaal niet goed om dat hardop te zeggen. In de beslotenheid van je eigen hoofd of in het gezelschap van vrouwen als Olive en Eliza leek het nog wel te kunnen, maar ergens anders leek het waanzin. Toch begon haar moeder te stralen.

'Pansy, wat ben je toch een slimme meid. Je hebt gelijk, dit had ik nooit kunnen bedenken. Maar het is geweldig! Ik heb altijd gedacht dat je meer zou kunnen bereiken op school. Je was zo slim, maar je wilde gewoon weg daar.'

'In die tijd interesseerde niets me echt. Ik wilde gewoon van het leven genieten en toen papa stierf, wilde ik geld verdienen en ons allemaal helpen. Maar dit is anders. Dit interesseert me. Het fascineert me. Ik zou er de kost mee kunnen verdienen én mensen helpen. Misschien mensen zoals Hipólito, die geen eerlijke kansen krijgen. Hij komt trouwens vanavond taart eten. Of mensen zoals de meisjes in die fabrieken.'

'Ik ben zo trots op je, mijn dochter. Iedereen die jou aan zijn zijde krijgt, mag zich gelukkig prijzen.'

'Maar mam, hoe zit het met... een huwelijk? Het stichten van een gezin? Toen je me vertelde dat ik de Blythes moest verlaten, zei je dat je wilde dat ik verliefd zou worden en gelukkig zou worden. Ik heb geaccepteerd dat ik nu niet bij John kan zijn, maar er is niemand anders...' Pansy zweeg blozend. Het was waar dat ze vrede had met het feit dat John nooit de hare zou zijn. Je kon niet je hele leven blijven vechten tegen het onvermijdelijke. Het was echter niet helemaal waar dat er niemand anders was. Onwillekeurig doemde het gezicht van

Felix Blythe voor haar ogen op toen ze die woorden uitsprak. Maar dat was belachelijk! Zelfs als hij vrijgezel zou zijn, was hij zo ver buiten haar bereik als de sterren aan de hemel. De ironie hiervan, nadat ze het John zo moeilijk had gemaakt vanwege Rowena, ontging haar niet. Bovendien was hij getrouwd, niet met zomaar iemand, maar met Verity Crawford. Pansy stond snel op om haar onverklaarbaar rode gezicht te verbergen en haalde twee glazen water. 'En als dit lukt, heb ik het te druk met studeren om aan mannen te denken,' vervolgde ze toen ze weer aan tafel zat. 'Ik weet niet of dit is wat je in gedachten had toen je me aanspoorde mijn geluk te zoeken.'

'Het enige wat ik wilde bereiken was dat die harde, verdrietige trek van je gezicht verdween, en dat is gelukt. Ik wilde dat je je eigen geluk zou vinden, Pansy, niet het mijne. Ja, ik zou graag willen dat je krijgt wat ik met je vader had, maar mijn ideeën daarover doen er niet toe, alleen die van jou. Het zal geen gemakkelijke weg zijn die je hebt gekozen, maar ik neem aan dat je daar over hebt nagedacht.'

'Ja. Ik weet nog niet hoe ik het moet bewerkstelligen, maar Olive zegt dat als dit is wat ik wil, we naar beurzen gaan kijken en... Nou, als het goed is, zal er wel een manier zijn.' Laura glimlachte en kneep in haar hand. 'Zeker. Pansy, ik wist dat je je weg zou vinden, en dat het spectaculair zou zijn. Ik ben trots op je, lieve dochter.'

Pansy bloosde opnieuw, dit keer van dankbaarheid, en staarde naar haar moeder, terwijl ze bedacht hoe gelukkig ze was zulke liefde te kennen, een liefde die haar altijd zou steunen en haar kracht zou geven, die nooit zou wankelen of vervagen. Niet iedereen had zo'n moeder. Rowena was daar een triest voorbeeld van.

'Bovendien zullen er ongetwijfeld allerlei goede en verstandige mannen op de universiteit zijn,' zei Laura met een dromerige uitdrukking.

57

ROWENA

Zondag is de fijnste dag van de week. John is al vroeg bij ons en Hetty heeft weer een heerlijk ontbijt klaargemaakt. 'Laat mij dat maar doen, dan laat je me nog even in de waan dat ik als zijn zus de belangrijkste persoon in zijn leven ben,' zegt Hetty. 'Binnenkort heeft hij een vrouw en zul jij het middelpunt van zijn leven zijn.'

Toen ik woensdag thuiskwam, zwaaiend met mijn diamanten ring, was ze erg blij, op haar eigen manier. 'Ik had nooit gedacht dat ik dit zou zeggen,' zei ze ondeugend. 'Maar ik ben er erg blij om.' Ik kuste haar op de wang en ze duwde me weg.

'Ik laat het ontbijt graag aan jou over,' zeg ik nu. 'Maar je zult altijd zijn zus blijven, Hetty.'

'Het is niet anders,' zegt John terwijl hij haar ondeugend aanstoot. Hetty duwt hem weg van het fornuis. Ik realiseer me dat ze binnenkort ook mijn zus zal zijn. Ik deel de gedachte nog niet met haar, voor het geval zij er niet zo blij van wordt, maar het maakt me gelukkig. Toen ik opgroeide had ik wel een stel broers, maar ik heb nooit een zus gehad. Verity noemde zichzelf altijd mijn zus, maar dat is ze nooit geweest.

'Zijn dierbare zus,' voeg ik eraan toe, al ben ik er niet zeker van of dit het moment is voor een grapje.

'Precies,' beaamt John, die naast me komt zitten en mijn hand vastpakt.

'O, bewaar dat soort gedrag alsjeblieft tot ik weg ben,' kreunt Hetty, terwijl ze kippers, gekookte eieren en toast opschept en kleine feestelijke glaasjes bier inschenkt. Zo brengen we het ontbijt van die ochtend plagerig en lachend door, vol plannen voor de toekomst. Johns werkgevers hebben hem al een loonsverhoging beloofd voor komend voorjaar en hij gaat nog praten over een woning voor als we getrouwd zijn. Ik zal werken zolang ik kan en na de bevalling zo snel mogelijk weer beginnen. Ik wil mezelf onmisbaar maken voor de stichting, zodat ik ook ooit kans maak op een loonsverhoging. We zullen sparen tot we een ons wegen, zodat we uiteindelijk misschien een eigen huisje kunnen kopen, zoals dat van Hetty. Ik ben nog nooit zo gelukkig geweest.

'Ik ben blij dat je niet van plan bent hier te komen wonen,' bromt ze. 'Er is toch geen plaats en ik deel mijn huis niet met een stel tortelduifjes en een krijsend kind.' John rolt met zijn ogen. 'Maar ga ook niet te ver weg,' vult Hetty aan.

John zegt dat we zo snel mogelijk moeten trouwen vanwege de baby. Het wordt een kleine plechtigheid in de kerk die ons op korte termijn kan trouwen. Wij drieën zullen er natuurlijk zijn en Wesley, de neef van Hetty en John. Mijn broers, althans, wie van hen kan komen, Olive en Pansy zullen ook aanwezig zijn.

We pakken een picknick in en maken een lange wandeling over de heide. Als we moe worden, luieren we op een kleed in de schaduw en eten uiteindelijk een late lunch die John in zijn sterke armen gedragen heeft. Er is ham en zacht brood, cider, aardbeien en appeltaart. We gaan bijna rollend naar huis en hebben te veel gegeten om 's avonds nog wat te nemen. Ik realiseer me dat ik John de hele week niet meer zal zien. Ja, we moeten een woning regelen voor als we getrouwd zijn. Gelukkig ben ik druk met mijn werk en heb ik genoeg afleiding, zodat ik hem niet hoef te missen.

Als we terugkomen bij het huisje staan daar twee heren bij de deur te wachten. De grootste is onmiskenbaar mijn broer Felix. Als ze ons zien, begint de kleinere figuur te rennen. Het is mijn jongste broer, Ignatius.

'Nash!' roep ik blij uit terwijl hij zich in mijn armen stort. 'O, Nash, het is zo goed je te zien.'

'Het spijt me, Ro,' snikt hij in mijn kraag. 'Ik wilde je echt niet in de steek laten. Ze hebben mij en Crispin niet veel verteld, alleen dat we niet meer met je om mochten gaan, anders zouden we onterfd worden. Dat kon ons niet schelen, want we wisten toch niet waar je was. Toen vond Felix je en zei dat we het niet aan vader en moeder mochten vertellen, maar ik wil niet dat ze denken dat ik niet meer van je hou omdat je weggelopen bent. Het kan me niets schelen...'

'Kalm maar,' zeg ik terwijl ik over zijn haar streel. 'Het is al goed, lieverd. Ik ben zo blij je te zien. We komen er wel uit, maak je geen zorgen.' Hij is tenslotte nog maar vijftien, een slungelig wezen ergens tussen een jongen en een man in.

'Voor Crispin is het veel makkelijker,' moppert hij. 'Met Kerstmis wordt hij eenentwintig en dan kan hij doen wat hij wil. Ik zit voor altijd met ze opgescheept.'

'Het is niet voor altijd. Zes jaar gaan sneller voorbij dan je je nu kunt voorstellen en in de tussentijd zullen we elkaar af en toe zien en schrijven.'

Ik glimlach naar Felix, die ongemakkelijk naar Hetty en John kijkt. Zij kijken op hun beurt ongemakkelijk naar hem. 'Neem me niet kwalijk,' zegt Felix. 'Het was niet onze bedoeling om uw zondag te verstoren, maar Ignatius wilde zijn zus graag zien en ik had nu tijd.'

'En ik ben blij om hem te zien.' Ik straal. 'Hetty, dit zijn mijn broers. Felix, de oudste van ons allemaal, en Ignatius, de jongste. John, je kent ze natuurlijk wel...' Ik realiseer me plotseling hoe vreemd het voor hem moet zijn om hen hier te zien.

Ze schudden elkaar de hand. 'Dan kunt u maar beter binnenkomen,' zegt Hetty dan. 'We kunnen elkaar niet op straat leren kennen.'

'We willen ons niet opdringen,' zegt Felix snel, zich ongetwijfeld mijn woorden herinnerend dat het Hetty een ongemakkelijk gevoel zou kunnen bezorgen. Maar als ze al ontzet is dat ze twee extreem rijke heren in haar bescheiden huis ontvangt, laat ze dat niet merken. We gaan allemaal naar binnen. Er wordt meer cider ingeschonken, tot grote vreugde van Nash, en ik ben trots op haar. Ik ben ook trots op mijn broers, want ze hebben vast nog nooit een huis bezocht dat zo klein en armoedig is, maar toch gedragen ze zich alsof ze in Garrowgate Hall zijn, formeel, respectvol en zonder verbaasd rond te staren zoals ik de eerste keer zeker wel heb gedaan. Maar het is geen huis voor formaliteiten. Door de cider en het feit dat we met z'n vijven rond de keukentafel zitten, voelen we ons al snel op ons gemak. 'Ze noemen me Nash omdat Ignatius nogal een mondvol is,' legt Ignatius uit terwijl hij zijn eerste glas snel leegdrinkt en de kleur stijgt in zijn gladde wangen. 'Maar het kan nog erger, want we noemen Crispin allemaal Crisp als we thuis zijn. Ik zou echt geen Crisp genoemd willen worden.'

'Nash is een chique naam,' zegt Hetty en Nash grijnst.

Ik kan niet anders dan lachen. Hij is zo innemend, zo beminnelijk. Hoe kan het dat ik zo anders was dan mijn broers, zo stijf en koeltjes? Kwam dat doordat ik een meisje was en er voor mij meer op het spel stond? Hoe dan ook, dit is geen gelegenheid om na te denken. Het is tijd om nieuws te delen, want ik heb zo veel nieuws.

'Ik heb nieuws,' kondig ik aan, precies op het moment dat Felix precies hetzelfde zegt. Ik vraag me af wat zijn nieuws zou kunnen zijn, maar als een echte gentleman gebaart hij dat ik eerst mag vertellen. Ik popel om het hun te vertellen. Sommige dingen maken me een beetje nerveus, maar het is goed om het alvast een paar keer hardop te zeggen. Het zijn tenslotte mijn broers. 'Ik heb een baan,' begin ik. 'Ik werk bij de stichting van Olive Westallen en ik ben een soort lerares voor de jonge vrouwen die ze helpt. Ook ben ik verloofd met John en... ik verwacht een kind.'

Zoals ik wel verwacht had, kijken ze alsof ze door de donder getroffen zijn. Nash straalt omdat hij kan zien dat ik gelukkig ben. Felix kijkt naar John en aan zijn rode gezicht te zien is er een woede-uitbarsting op komst. 'De baby is niet van John,' leg ik snel uit. Ik wil niet dat mijn broers denken dat hij me onteerd heeft of dat ik met nog een man heb geslapen zonder getrouwd te zijn. Zo baldadig ben ik nu ook weer niet.

'Maar in alle opzichten zal hij of zij mijn eigen kind zijn,' zegt John. 'Het maakt me niet uit wie de biologische vader is. Ik wens dat Rowena mijn vrouw wordt en dat haar kind mijn kind is. Ik zal het onder mijn hoede nemen en het zal mijn naam dragen. We zullen niemand anders de waarheid vertellen. Voor de rest van de wereld zal ik de vader zijn. Maar u beiden moeten we het vertellen, want u bent...'

Zijn gezicht wordt rood. Alle mannen in mijn gezelschap lijken wel te blozen. Ik weet dat hij die zin niet kan afmaken, niet na jaren van dienst in Garrowgate Hall. Hij was degene die hen gadesloeg als ze met hun modderige laarzen door het huis renden of van de trap vielen nadat ze zich in hun puberjaren tegoed hadden gedaan aan vaders beste port. Maar ik ben niet bang om het te zeggen. 'Want jullie zijn familie,' maak ik de zin voor hem af.

Felix lijkt opgelucht dat hij John niet hoeft uit te dagen voor een duel of wat mannen tegenwoordig ook doen. 'U moet een man met een uitzonderlijk karakter zijn, meneer Hobbs, om Rowena's kind als het uwe te accepteren. Dat waardeer ik zeer.' Hij schudt Johns hand over de tafel. 'Dus jullie gaan trouwen om praktische redenen.' Hij fronst, ongetwijfeld bezorgd over mijn geluk.

'Slechts gedeeltelijk,' zegt John resoluut. 'Het is vooral een huwelijk uit liefde.'

Ik knik en glimlach en dan feliciteren mijn broers ons. We vertellen hun wat onze plannen zijn en ze vragen naar mijn rol bij de stichting. Eindelijk herinner ik me dat Felix ook nieuws had. 'Wat wilde je me vertellen, Felix?' vraag ik terwijl Hetty het laatste deel van de appeltaart in vijf kleine stukjes snijdt. 'Je zei dat je nieuws had.'

'Ja! Het allerbeste nieuws dat je je kunt voorstellen,' glundert hij. Dan werpt hij een zijdelingse blik op John, alsof hij er misschien anders over zal denken. 'Tenminste, ik dacht dat het... Misschien kan ik het voor een andere keer bewaren.'

'Nee, dat kan niet,' betoogt Nash. 'Ze moet de papieren ondertekenen voor meneer Porter, weet je nog?'

'Ah, ja.' Felix ziet er nog geagiteerder uit nu hij in het nauw is gedreven. Ik ben verbijsterd. Meneer Porter is onze familieadvocaat. Waar heeft hij mijn handtekening voor nodig? 'Nou, zoals ik al zei, het is uitstekend nieuws en het zal je omstandigheden enigszins veranderen, dus het is waarschijnlijk het beste dat je het meteen weet. Het is oudtante Althea. Ze is overleden.'

Hetty en John trekken hun gezicht in de plooi, zoals het gepast is te doen bij het horen van het nieuws dat er iemand overleden is die ze nog nooit hebben ontmoet. 'Het spijt me dat te horen,' zeg ik. 'In elk geval kunnen onze ouders me nu niet meer naar haar toe sturen. John en Hetty zitten met mij opgescheept. Mijn hemel, ik heb haar niet meer gezien sinds ik tien of elf was.'

'Elf,' beaamt Felix. 'Nash kan zich haar helemaal niet herinneren. Het punt is, Ro, dat ze je al haar bezit heeft nagelaten.'

Ik lach. 'Dat is absurd. Oudtante Althea had een hekel aan me. Ze zou me nog geen koperen ring hebben nagelaten. Ze was een chagrijnige oude dame,' leg ik uit aan John en Hetty. 'Ze hield van mijn broers omdat ze zei dat zij gedreven waren. Ze bezocht ons toen we jonger waren en prees hen de hemel in. Maar ik was een stil klein ding met krullen en het voorwerp van haar minachting. Ze zei dat ze geen tijd had om met futloze poppen te praten. Ik was doodsbang voor haar.' Ik herinner het me nog goed. Haar woorden deden me altijd pijn. Ik was het zo gewend om geprezen en aanbeden te worden. 'Ik vermeed haar wanneer ik kon en viel stil in haar gezelschap. Wij hebben nooit geleerd om met elkaar om te gaan.'

'Maar onze ouders schreven haar om te vragen of ze jou bij zich in huis wilde nemen. Ze vertelden haar alles over het… schandaal.' Felix lijkt zich niet op zijn gemak te voelen bij dat woord, maar ik heb er vrede mee. 'Toen moesten ze nog een keer schrijven dat je verdwenen was. Ik heb hier een kopie van de brief die ze voor de advocaat heeft achtergelaten, Rowena.' Hij vist hem uit zijn borstzak en vouwt hem open. 'Hier.' Hij wijst naar de betreffende alinea. 'De rest is juridisch gedoe. Alleen dit is belangrijk voor jou.' Ik lees het. Het is een kort stukje, maar mijn hoofd loopt over, dus het kost me meer tijd om te begrijpen wat er staat dan ik normaal voor die paar regels nodig zou hebben gehad.

Ik laat al mijn wereldse goederen, mijn fortuin, mijn huizen in Londen en de Provence, al mijn bezittingen, et cetera, na aan mijn achternicht Rowena Blythe, van wie ik nu ze in ongenade is gevallen meer houd dan ooit tevoren. Nu ze eindelijk lef toont, vertrouw ik erop dat ze daar goed gebruik van zal maken.

Nu gebeurt het weer. Door één simpele alinea verandert mijn leven opnieuw volledig. Ik geef de brief zonder iets te zeggen aan John en Hetty, die het stukje veel sneller lezen dan ik en me vervolgens aankijken met grote trouwe ogen. Hetty's ogen glanzen. John is heel bleek geworden.

'Hoeveel bedraagt dit fortuin?' vraagt hij, terwijl hij Felix aankijkt, en niet mij.

'Zonder de huizen bijna twintigduizend pond.'

Hetty neemt een slok van haar cider en begint hevig te hoesten. John slaat haar routinematig een paar keer op haar rug. Hij lijkt wel in trance. Ik voel me overrompeld. Eindelijk kijkt hij me aan met een gekwelde uitdrukking. 'Dan ontsla ik je van je verplichting,' zegt hij formeel.

'Welke verplichting?' vraag ik onelegant.

'Wel, onze verloving natuurlijk. Je bent weer een bemiddelde vrouw, Rowena. Onafhankelijk en met aanzien. De steun die ik je kan bieden is daarbij vergeleken mager en bescherming zul je eveneens niet nodig hebben. Dankzij je fortuin heb je straks weer vrienden en je hoef je niet langer bang te zijn voor het schandaal.'

Hetty slaakt gesmoorde geluiden. Ze probeert te praten, maar dat lukt niet omdat ze zo moet hoesten. Nash staat op en pakt haar mok. Behulpzaam giet hij de cider weg en vult haar mok vervolgens met water.

'John!' schreeuw ik woedend. 'Denk je dat ik zulke vrienden wil? Ben je vergeten dat ik ermee instemde om met je te trouwen omdat ik van je hou? Ik accepteerde je aanzoek alleen om die reden. Praat dus geen onzin meer over me ontslaan van mijn verplichtingen. Ik ontsla je niet van de jouwe. Je hebt me iets beloofd.'

'Ik smeek je om me niet aan mijn belofte te houden,' zegt hij stijfjes terwijl hij overeind komt. Hij torent boven me uit en ik kijk met afschuw naar de man die hij nu geworden is. 'Jij en ik kunnen nu niet meer samen zijn, Rowena. Ik ben heel blij voor je. Dit is precies wat je nodig had, de meevaller die je verdiende. Maar je bent opnieuw een rijke Blythe. En ik ben slechts een huisbediende.'

Hetty komt eindelijk weer bij haar positieven. 'John!' roept ze. 'Dit is belachelijk! Belachelijk! Ze houdt van je, dat kan elke dwaas zien. Jij bent de waardigste van alle mannen. Je houdt al zo lang van haar dat ik haar naam al niet meer kon horen voordat ik haar zelfs maar ontmoet had. Verpest deze kans op geluk nu niet, voor jullie beiden!'

Maar John heeft een vastberaden blik in zijn ogen. Die blik vervult me met angst. Hij schudt moeizaam zijn hoofd. 'Ik moet gaan,' zegt hij. 'Ik moet weer aan het werk. Het spijt me, Hetty. Je begrijpt vast wel dat ik me als man niet wil laten onderhouden door een vrouw. En waarom zou Rowena in een kamer voor getrouwde stellen in een herenhuis willen wonen als ze twintigduizend pond heeft? Zij is rijk, terwijl ik altijd arm zal blijven. We passen niet langer bij elkaar. Rowena, ik zal altijd van je houden en wens je veel geluk toe. Vaarwel.'

'John, nee!' jammer ik. Ik spring overeind en klamp me aan zijn arm vast alsof mijn leven ervan afhangt. 'John, ik hou van je. Je breekt mijn hart als je dit doet. Ik weet dat je trots bent, maar liefde is toch belangrijker? We zullen een plaats vinden. We zullen desnoods zelf een plaats maken. Niets aan ons was conventioneel, zelfs niet vóór we dit nieuws hoorden. Toon nu alsjeblieft wat lef en blijf aan mijn zijde, in armoede en in rijkdom.'

Hij veegt met zijn hand over zijn gezicht en ik zie dat hij huilt. 'U begrijpt het toch wel, heren?' smeekt hij mijn broers.

'Nee, ik begrijp er niets van.' antwoordt Nash.

'Ik begrijp het...' begint Felix, die er bedroefd uitziet.

'Felix!' roep ik.

'Slechte beurt, kerel!' Nash kijkt geschokt.

'Laat me uitpraten!' beveelt Felix met enig gezag. 'Ik begrijp het, maar ik ben het er niet mee eens. John, ik zou in jouw plaats hetzelfde voelen, echt waar. Maar ik hoop dat je een manier zult vinden om je bedenkingen te overwinnen. Ik weet iets over de liefde van een goede vrouw, al was het maar omdat ik die zelf niet ken. Een gearrangeerd huwelijk is geen garantie voor geluk. Waarom zou een huwelijk tussen ongelijke standen niet gelukkig kunnen zijn? En in hemelsnaam, man, je bent wel bereid om de verantwoordelijkheid van een schurk over te nemen, maar je weigert de rijkdom die je legitiem zou kunnen verkrijgen? Dat is niet logisch.'

Ik kijk hoopvol naar Johns ongelukkige gezicht, maar hij schudt zijn hoofd. 'Mijn excuses. Ik kan het niet.' Hij maakt mijn handen voorzichtig maar ferm los van zijn arm, zoals hij bij een lieveheersbeestje zou doen, en loopt naar de deur. Hij staat even stil en kijkt ons met een verbijsterde uitdrukking aan, alsof hij zich afvraagt hoe die drie Blythes ooit in de keuken van zijn zus zijn terechtgekomen.

'Zeg tenminste dat je erover nadenkt, John!' smeek ik met een zwakke stem. 'Denk er alsjeblieft over na. Je kunt het op een andere manier bekijken. Of ik weiger de erfenis! Ik wil die helemaal niet aannemen als ik jou daardoor kwijtraak.'

'Nee,' zegt hij nog een keer. 'Het spijt me.' En hij vertrekt.

58

OLIVE

Het is dinsdag 22 juni, de ochtend van het diamanten jubileum van koningin Victoria, een historisch moment. Ik heb natuurlijk geweldige plannen voor vandaag. Maar niets kan op deze dag zo bijzonder worden als de recente gebeurtenissen in mijn eigen wereldje. Rowena Blythe is opnieuw een rijke vrouw. En opnieuw is ze enig vooruitzicht op een huwelijk kwijt. Nu ze weet dat ze van John houdt, zal ze zeker met niemand anders willen trouwen. Inmiddels zijn er twee weken verstreken nadat ze het nieuws van haar erfenis ontving, maar hij houdt nog steeds vast aan zijn standpunt en wil niet met haar trouwen. Het arme meisje is er helemaal kapot van. Ze stond op het punt het fortuin te weigeren, in de hoop hem ervan te overtuigen dat ze toch een toekomst samen hadden, maar zowel Hetty als ik hadden daar nogal wat over te zeggen.

‘Een man die je alleen wil als je arm bent en afhankelijk van hem zou je niet eens moeten willen,’ zei ik vorige week fel tegen de huilende Rowena. ‘Sorry, Hetty,’ voegde ik eraan toe. We stonden met z’n drieen in haar keuken. ‘Ik weet dat hij je broer is, maar ik maak me kwaad om iedere man die het vrouwen misgunt iets van zichzelf te hebben.’ Maar Hetty was het met me eens.

‘Mijn broer is een idioot,’ zei ze kortaf. ‘Een goede, vriendelijke, morele, verdwaasde idioot.’ Ze heeft griezelig veel mensenkennis.

Gelukkig kwam Rowena enkele dagen later zelf tot dezelfde conclusie. ‘Als ik het leven van Maria, Margie en alle andere meisjes vergelijk met dat van jou, dan weet ik wat ik wil,' vertelde ze me op een ochtend op het werk. 'Het verschil met hen is dat jij geld hebt. Het geeft mij zo veel mogelijkheden om mensen te helpen, zoals jij ook doet, dat ik de erfenis niet kan weigeren. Ik zou alleen willen dat ik al mijn plannen met John kon delen, maar hij wil niet met me praten. En ik kan hem niet dwingen.'

Ik had het zelf niet beter kunnen verwoorden. Ik was ervan onder de indruk en dat heb ik haar ook verteld. Maar wat zag ze er vreselijk verdrietig uit. Ik vraag me af hoe het is om met heel je hart te weten dat je je hele leven met iemand wilt delen, om er geen enkele twijfel over te hebben dat je met die persoon gelukkiger zou zijn dan zonder hem. Ik kan me niet voorstellen daar ooit zo van overtuigd te zijn, omdat ik zo gewend ben om dingen alleen te doen. Is het alleen maar gewoonte? Zou het ontmoeten van 'de ware', wat dat dan ook inhield, me een ander gevoel geven? Of is het gewoon mijn karakter? We kunnen toch niet allemaal voor eenzelfde levenspad bestemd zijn, want ieder mens is anders.

Nadat Will Brown zijn leertijd had voltooid, kon Lionel hem geen baan geven in zijn eigen bedrijf, heb ik vernomen, maar hij wist dat er een positie vrij was bij meneer Kemp waarop Will kon solliciteren. Hij schreef een aanbevelingsbrief en Will werd aangenomen. Nu geniet de jongen uitstekende vooruitzichten. Het is echt iets voor Lionel om zo te werk gaan. Hij heeft hem niet laten zitten om mij dwars te zitten, maar hem ook niet in dienst genomen om mij een plezier te doen. Zo leeft hij op zijn manier en ik op de mijne. Het hele huishouden, zowel de Westallens als ons personeel, zal aanwezig zijn bij de jubileumparade. De koningin zal een schitterende route rijden van Buckingham Palace naar St. Paul's Cathedral. Onderweg zal ze vele malen stoppen, zodat de mensen de tijd krijgen om haar te bewonderen. Het evenement is sinds maart tot in de kleinste details voorbereid door een commissie onder voorzitterschap van de prins van Wales. Er komt een operagala, een maaltijd voor de behoeftigen en een ongekende hoeveelheid spektakel en extravagantie. Ik weet niet of ik me cynisch of opgewonden moet voelen. Mijn meisjes zijn echter dolenthousiast. Vandaag zien ze de koningin en daarom is dit de allermooiste dag van hun leven. Ze springen in het rond terwijl ik mijn hoed vastmaak, een mooi exemplaar in koninklijk paars en met een zwierige haviksveer op de bol.

'Mama, mama!' hijgt Clover, die bijna flauwvalt van opwinding. 'We gaan naar Londen om de koningin te zien! Is het waar dat ze mereltjestaart eet? Eet ze brood met honing? Is de koning er ook?'

'Tante Olive! Gaan we naar Buckingham Palace? Mogen we de kat zien?' Ik draai me om en kijk Angeline vragend aan. Ik weet niet welk kinderliedje ze heeft gehoord. Ik vertel dat er vast brood en honing is en dat er vast katten in het paleis wonen, maar dat er geen koning is en ook geen mereltjestaart.

De koningin is nu achtenzeventig jaar oud. Toen ze op de troon kwam, was ze een meisje van achttien. Ik vraag me af hoe ik over vijftig jaar zal zijn, mocht ik het geluk hebben zo lang te leven. Ik vraag me af wat ik zal hebben bereikt, wie ik zal hebben verloren, wie ik zal hebben ontmoet. Maar de belangrijkste vraag voor mij is wie ik zal hebben geholpen. Ik denk zeker dat het mijn beste prestatie tot nu toe is dat ik Pansy geholpen heb met haar zoektocht en dat ze nu de wet gaat bestuderen. Een diamanten jubileum is zeker iets gedenkwaardigs.

'Olive! Ben je klaar?' Papa roept me van beneden. Ik kijk over de trapleuning en zie iedereen in de hal staan. Mama trekt juist haar groene jurk recht en zet haar hoed op. De bedienden kijken berustend alsof ze al een tijdje klaarstaan.

'Ik ben er klaar voor,' roep ik terug. 'Kom op, meiden. Nee, Clover, je mag niet van de trapleuning glijden. Ik wil dat je hoofd nog heel is als je het jubileum bijwoont. Gebruik de treden, alsjeblieft.'

De zon schijnt stralend als we buiten komen, het lijkt wel in opdracht van de koninklijke secretaris. Papa heeft rijtuigen geregeld voor de vrienden die ons daar zullen ontmoeten, maar iedereen van Polaris

House zal lopen. Misschien is dat wat excentriek, maar het is maar een kilometer of vijf en er is geen betere manier om de jubelende sfeer op te snuiven. Ons voltallige personeel is al wat verder vooruit, om geen moment te hoeven missen. Over een uur halen we ze waarschijnlijk wel in. De Westallens staan bekend om hun uithoudingsvermogen. We zijn ergens in de buurt van Chalk Farm als ik doodstil blijf staan. Mijn blik wordt gevangen door een bekende figuur, die in de tegenovergestelde richting wandelt.

Mijn moeder volgt mijn blik, neemt Angeline in haar armen en haast zich verder. Clover is al een eind vooruit, op de schouders van haar grootvader.

Ik heb Lionel niet meer gezien sinds die vreselijke avond toen ik hem vertelde dat ik niet met hem zou trouwen. Hij komt naar de stichting op dagen dat ik er niet ben en alle communicatie over de stichting verloopt via Mabs. Ik vraag me af wat zijn plannen zijn voor deze unieke dag. Misschien heeft hij geen plannen, want de zaken gaan gewoon door, ondanks het koninginnefeest.

Als hij me in het oog krijgt, schrikt hij. Hij struikelt een beetje, tikt dan tegen zijn hoed en haast zich verder. Het enige wat hij zegt is 'Goedendag'. Ik kijk zijn lange gestalte na. Ik voel een zeker ongeloof en verdriet dat het inmiddels zo tussen ons gesteld is dat we elkaar alleen nog begroeten als twee vreemden. Dan vraag ik me af wat ik dan van hem verwacht had. Hij is teleurgesteld en hij is beleefd geweest. Elkaar nu zien, een praatje maken en elkaars nieuws horen zou de wonden bij ons allebei langer openhouden dan nodig is. Misschien is zijn afstandelijkheid wel wijs. Ik kijk hoe hij wegloopt en doe een schietgebedje voor zijn geluk terwijl hij verder wandelt over Euston Road.

59

PANSY

Waarschijnlijk dachten de koningin en haar dierbaren dat haar jubileum een heel belangrijke gebeurtenis was, peinsde Pansy terwijl ze de zilveren kandelaars poetste, haar vingers zwart en vuil. Wat ze zich niet realiseerden, was dat het allemaal slechts een voorspel was, dat compleet verbleekte in het licht van de echt belangrijke gelegenheid, het bal van Maude Blythe. Geen enkele bediende had een vrije dag, zelfs geen vrij dagdeel, om aan de feestelijkheden deel te nemen.

'Lieve hemel, ik neem aan dat u een grapje maakt, mevrouw Clarendon,' had mevrouw Blythe geantwoord toen de huishoudster, die was gesmeekt en lastiggevallen door de dienstmeisjes, haar het verzoek had voorgelegd. 'Er is veel te veel te doen. Het huishouden draait niet vanzelf.'

Dus nu waren ze allemaal in Garrowgate Hall en misten ze de festiviteiten, zoals zo veel onderdrukt huispersoneel. Sommige dienstmeisjes hadden gesnikt toen ze het hoorden. Pansy lachte. Als ze een cent had voor elke keer dat ze had gehoord dat het huishouden niet vanzelf draaide, zou ze geen studiebeurs nodig hebben, dat was zeker. Maar het maakte haar niets uit, want het jubileum interesseerde haar geen snars. En met wie zou ze ernaartoe moeten gaan? Rowena en John waren boos op elkaar, Hetty was humeurig. Toen Pansy hoorde dat Rowena en John verloofd waren, merkte ze tot haar verbazing dat ze echt blij voor hen was. Ze waren allebei zachtaardige zielen en hoewel ze nooit had gedacht dat ze dit zou denken, waren ze het perfecte stel. Zij, Pansy, was te fel voor John, of beter gezegd, hij was niet fel genoeg voor haar. Maar nu was hun verloving verbroken. Alleen vanwege de erfenis die Rowena ten deel was gevallen en die stomme mannelijke trots van John. Pansy had hem vaak voor gek verklaard. Ze hield van hem, maar gek vond ze hem soms wel. Inmiddels dacht ze dat hij zijn verstand verloren moest hebben. Maar dat was zijn zaak. Pansy moest haar eigen dingen regelen.

In de tweeënhalve week sinds Olives Grote Idee hadden Olive, juffrouw Orme en Pansy een levendige correspondentie uitgewisseld. Nu volgde Pansy een studieprogramma om om haar leerachterstand weg te werken en te kunnen voldoen aan de duizelingwekkende eisen die gesteld werden om tot de universiteit te worden toegelaten. Toen ze van alles op de hoogte was, had Olive haar verteld dat ze een leeslijst zou krijgen, een aanmeldingsbrief die ze kon kopiëren en aan kon passen voor verschillende beurzen en nog veel meer officiële papieren. Maar voorlopig moest ze zich concentreren op haar werk. Tot Maisies schrik had ze een paar schoolboeken op haar zolderkamer gezet, en er lag er ook een bij haar moeder thuis en een bij Olive. Vanaf nu was ze op donderdag in Elstree of in Polaris House. Zo kon ze overal studeren, zonder steeds zware boeken mee te hoeven sjouwen. Zelfs terwijl ze zwoegde op allerlei vakken waarin ze een goede basis nodig had, keek ze soms stiekem al naar het wetboek. Onrechtmatige daden, precedenten en compromisafspraken waren termen die haar verbijsterden, maar ze probeerde ze te doorgronden. Ze maakte zich boos om het onrecht en dat herinnerde haar er weer aan waarom ze überhaupt wilde gaan studeren.

Vandaag zat Pansy in de bijkeuken waar zij en John in februari ook hadden gezeten, op een zondag na de kerk. Ze hadden toen eveneens zilver gepoetst en hij had maar doorgezeurd over Rowena. Pansy snoof. Hoe had ze het overleefd?

Wat had John toen gezegd? Haar leven zou perfect moeten zijn. Maar dat was het niet. Hoe kon hij haar zo goed kennen, zo van haar houden en haar vervolgens afwijzen omdat ze weer rijk was? Pansy vond het idioot. Maar wie zou mannen ooit begrijpen? Pansy legde de kandelaar even neer en glimlachte, blij en dankbaar dat ze over hem heen was. Ze haalde diep adem en dacht aan alle dingen die haar vroeger naar hem deden verlangen om zichzelf te testen. Zijn vriendelijke ogen, zijn brede schouders, de natuurlijke manier waarop ze met elkaar omgingen, zijn normen en waarden. Nee, ze voelde geen pijn meer. Dat deel van haar leven was eindelijk voorbij.

'Mijn moeder betaalt je niet om te dagdromen, weet je.' De stem klonk streng. Ze hoorde zijn voetstappen en toen wierp zijn lange gestalte een schaduw door de ruimte.

Pansy was geïrriteerd dat haar korte moment van geluk werd verstoord. 'Zo veel betaalt ze me anders niet,' antwoordde ze, voordat ze met een geschokte snik haar handen voor haar mond sloeg. 'O, meneer! Het spijt me,' hijgde ze. 'Vergeef me, ik was ver weg met mijn gedachten.'

Het was Felix Blythe, en hij lachte. 'Het spijt me, ik kon het niet laten. Schrik niet, ik zal je niet aangeven.'

'O, meneer!' Pansy kon geen woord uitbrengen en begon woest de kandelaar te poetsen met de doek.

'Wacht,' zei Felix. 'Stop alsjeblieft even. Het was een grapje, ik heb een belangrijke mededeling.'

'Voor mij, meneer?' Pansy deed wat haar gevraagd werd en keek verbaasd naar hem op. Ze had het akelige gevoel dat er een zwarte veeg op haar gezicht zat. Lieve hemel, hij was echt knap. Je kon zeggen wat je wilde over Maude en Malvern Blythe, maar ze hadden knappe kinderen voortgebracht.

Felix knikte en haalde een envelop uit zijn borstzak. 'Ik wilde je oprecht bedanken, namens mezelf en mijn broers, voor alles wat je voor Rowena hebt gedaan.' Natuurlijk. Ze had zijn zus geholpen. Het was attent van hem om dat te komen zeggen. 'Juffrouw Tilney, ik hou van mijn zus, dat doen wij alle drie. Zonder jouw hulp was ze misschien wel gestorven. De gedachte dat ik niet wist waar ze was en niets kon doen om haar te helpen kan ik bijna niet verdragen. Maar jij hielp haar en ik zal je daarom voor altijd dankbaar zijn.'

Pansy fronste haar wenkbrauwen. Ze herinnerde zich hoe onwillig ze in eerste instantie was geweest om die hulp te bieden. Maar ze had het gedaan, en mama had gezegd dat ze daarom nog trotser op Pansy was dan ooit. 'Nou, meneer. Ik ben opgevoed om altijd te helpen als het nodig is en ik ertoe in staat ben. Ze was er zo ellendig aan toe die dag. Ik had haar daar niet kunnen achterlaten. Niemand zou dat hebben gekund.'

'Mijn ouders en mijn vrouw zijn anders volkomen onverschillig gebleven ten opzichte van haar lijden. Maar jij bleek haar beschermengel te zijn, terwijl je veel meer risico liep door haar te helpen.'

Pansy's gezicht werd helemaal warm. Als hij eens wist dat ze zich altijd Rowena's gezicht had voorgesteld terwijl ze de tapijten uitklopte. 'Zover wil ik niet gaan, meneer. Eerlijk gezegd ben ik af ten toe flink boos op haar geweest. Een engel zou beslist niet chagrijnig zijn geweest.'

Hij glimlachte. 'Het kan me niet schelen hoe chagrijnig je was. Dankzij jou is mijn zus nu veilig en wel. Accepteer alsjeblieft deze kleine blijk van mijn dankbaarheid.' Hij overhandigde de envelop aan Pansy en zij maakte hem open. Er zat een cheque in van vijfhonderd pond.

'Meneer!' piepte ze ongelovig. Ze liet de cheque op de tafel vallen alsof ze haar vingers gebrand had en duwde die toen naar hem terug. 'Dat kan ik niet aannemen! Ik hoef geen betaling voor mijn hulp aan Rowena. Ze was vroeger niet mijn favoriete persoon, maar ze is veranderd. Ze is nu mijn vriendin. Ik zou het zo weer doen.'

'Zo komt er nog zilverpoets op.' Felix pakte de cheque op, veegde er met een zakdoek een vlekje zilverpoets van af en gaf hem toen aan haar terug. 'Je hebt trouwens ook een beetje op je gezicht. Het is geen betaling, juffrouw Tilney. Zie het als dankbaarheid. Je moet me de gelegenheid geven om die te tonen. Alsjeblieft.'

Pansy wreef met de rug van haar hand over haar gezicht en keek nog eens naar de cheque. Vijfhonderd pond. Ze zou hier geen moment langer hoeven werken als ze haar belofte aan mevrouw Clarendon eenmaal was nagekomen. Dit bracht een rechtenstudie in één klap binnen haar bereik, mits ze de capaciteiten daarvoor bezat. Ze kon na het bal weggaan en tegen een bescheiden prijs een kamer huren bij Julia. Dat had Julia haar al toegezegd, toen ze fantaseerden over haar toekomst. Ze zou dag en nacht kunnen studeren. Dat zou ze zeker doen. Ze zou deze kans op geen enkele manier door haar vingers laten glippen. Ze was geen dwaas. Ze was John niet.

'Juffrouw Tilney? Gaat het?'

'O ja, meneer. Bedankt. Ik... Ik ben u zo dankbaar. Eigenlijk zou ik het goed kunnen gebruiken. Maar het voelt nog steeds niet juist om het aan te nemen.'

'Ik sta erop, juffrouw Tilney. Er is veel in het leven dat ik niet goed kan maken. Dit is iets wat ik kan doen. Het betekent veel voor me en ik wil niet arrogant klinken, maar je beseft vast wel dat ik het gemakkelijk kan missen.'

Pansy haalde diep adem. 'Goed. Nogmaals bedankt. Ik neem het aan.'

Hij straalde. 'Dat is geweldig. Je zei dat je het goed zou kunnen gebruiken. Mag ik vragen waarvoor? Een uitzet? Een nieuwe garderobe?'

Ze snoof en keek hem smalend aan. 'Meneer, u hebt te veel tijd doorgebracht met mensen zoals uw vrouw. Is dat alles waar vrouwen volgens u om geven?' Onmiddellijk besefte ze hoe ongepast het was om haar persoonlijke gevoelens over Verity te onthullen en ze bloosde.

'Je hebt gelijk, dat is zo,' zei hij met een somber gezicht. Pansy was verbaasd. Was Felix Blythe niet blij met Verity? Maar ja, wie zou er nu blij met haar zijn? Een verrassend moment keek hij alsof hij haar in vertrouwen zou nemen, maar toen herpakte hij zichzelf. 'Nee, inderdaad. Ik realiseer me dat vrouwen aan veel meer zaken denken. Mijn zus heeft me dat ook geleerd. Ik wilde dat ik dat een jaar geleden had geweten. Nou, juffrouw Tilney, wat ga je dan doen met dit geld?'

Pansy grijnsde. Eindelijk een moment waarop ze het hardop kon zeggen. 'Ik ga naar de universiteit, meneer. Nog niet meteen, want ik moet mijn leerachterstand inhalen, maar binnenkort ga ik ernaartoe. Ik ga rechten studeren.'

De blik op zijn gezicht was onbetaalbaar. Hij trok een stoel naar achteren, ging tegenover haar zitten, pakte een kandelaar en een doek en begon te poetsen. Pansy knipperde met haar ogen. Ze zaten precies hetzelfde als op die dag in februari, alleen nu hielp de oudste zoon des huizes haar in plaats van een huisbediende. Het was als een droom waarin niets klopte. 'Ik ben gefascineerd, juffrouw Tilney,' zei Felix. 'Ik wist niet eens dat vrouwen dat konden. Wil je me alsjeblieft alles vertellen en me een interessanter half uur bezorgen dan ik waarschijnlijk de rest van de dag zal hebben?'

Dat deed Pansy. Hij luisterde bewonderend naar haar en plotseling zat ze hem alles te vertellen over haar recente experimenten op het gebied van werk en over haar plannen voor de toekomst. Ze was trots op haar verhaal. Toen ze klaar was, vertrok hij niet meteen, maar vertelde hij haar zijn eigen verhaal. Hij was onlangs naar Cumbria gereisd, waar hij navraag had gedaan naar plaatselijke landschapsschilders en nieuw aangekomen leerlingen. 'Vertel het me, meneer,' drong Pansy aan, die eigenlijk al kon raden wat er gebeurd was.

Hij grijnsde spijtig en stak zijn gekneusde knokkels uit om die haar te laten zien. 'Het was gemakkelijk genoeg om Bartek te vinden,' zei hij. 'Ik ging bij de man op bezoek en vertelde hem dat ik was gekomen om hem terug naar Londen te slepen om met Rowena te trouwen. Dat was natuurlijk niet mijn bedoeling, want niets zou haar ongelukkiger maken, maar ik wilde hem graag zien spartelen na mijn lange reis. Ik heb me geweldig vermaakt, dat verzeker ik je. Toen vertelde ik hem dat ze voor geen goud met hem wilde trouwen en gaf ik hem een flink pak slaag. De dagen van duelleren met pistolen zijn voorbij, maar ik voelde een woeste voldoening toen ik de eer van mijn zus kon wreken en op school was ik ook altijd al handig met mijn vuisten.'

Pansy glimlachte. Dus er zat felheid achter zijn vriendelijke uiterlijk.

'Ik heb geen blijvende schade aangericht,' voegde hij eraan toe. 'Niet fysiek in elk geval. Maar ik heb een en ander rondgebazuind in de stad waar hij nu woont. Ik heb laten weten wat voor soort man hij is. Als dat zijn toekomst schaadt, het zij zo. Ik hoop dat het alle mooie jonge dames in Cumbria helpt die voor zijn charmes zouden kunnen vallen. Al is hij misschien wat minder knap met een gebroken neus.'

'Hebt u het Rowena verteld?'

'Nog niet. Misschien doe ik dat nog, maar het was iets van mannen onder elkaar. Jij bent de enige aan wie ik het heb verteld. Ik vertrouw erop dat je het geheim bewaart, juffrouw Tilney.'

Pansy beloofde het, maar toen besefte Felix dat er veel meer dan een half uur was verstreken. Hij sprong haastig overeind. 'Het is de dag van het jubileum. Mijn vrouw zit op me te wachten. Veel succes met je studie, juffrouw Tilney. Ik ben zo blij dat het geld zal bijdragen aan iets belangrijks,' voegde hij eraan toe, terwijl hij aarzelde in de deuropening. 'Maar ik zal het jammer vinden dat ik je hier niet meer zal zien als ik op bezoek kom. Ik had graag willen horen hoe het je vergaat. Maar dat is mijn probleem, niet het jouwe. Je zult blij zijn hier te kunnen vertrekken, dat weet ik zeker. Veel succes en nogmaals bedankt.'

Toen hij weg was, bleef Pansy even stil zitten. Hij had gelijk dat ze Garrowgate Hall graag zou verlaten. Maar ook zij vond het jammer dat ze elkaar nooit meer zouden spreken. Ze had nog nooit zo genoten van een gesprek. Ze hadden anderhalf uur gepraat. Het klokje in de hoek gaf vast niet de juiste tijd aan. Het had gevoeld als tien minuten. Hij was zo knap, ongedwongen en grappig.

O nee, Pansy, sprak ze zichzelf streng toe. Zo mag je niet denken, nog geen moment. Ze had John vaak genoeg uitgelachen omdat hij gek was op Rowena toen hij hier werkte. Ze was niet van plan hetzelfde pad op te gaan met Felix. Felix was bovendien getrouwd. Wat was er met deze bijkeuken en de aantrekkingskracht van de onbereikbare Blythes?

Ze stond haastig op en ging op zoek naar mevrouw Clarendon, om haar te waarschuwen dat ze zou vertrekken op de eerste dag dat ze gemist kon worden. Het was tijd om haar nieuwe leven te beginnen.

60

ROWENA

Totdat John zijn aanzoek introk, keek ik, zoals iedereen in Londen, uit naar het diamanten jubileum. Het is een bijzondere gelegenheid en heel Londen heeft het erover, rijk en arm. De populariteit van onze gewaardeerde koningin nam in de jaren zeventig en begin jaren tachtig wat af. Wij vrouwen kunnen het ene moment aanbeden worden en het volgende moment vertrapt, net als glazen ornamenten op hoeden. Maar nu is iedereen dat weer vergeten en wordt ze opnieuw geprezen als de belichaming van alles wat geweldig is aan Groot-Brittannië. Arme vrouw. Ze zou vast liever gewoon in bed blijven liggen en snoepjes eten.

Ik zou dat in elk geval wel doen. Door het verlies van John voel ik me ziek. Ik word gekweld door pijnlijke ledematen, een pijnlijk hoofd en een diepe vermoeidheid, zowel fysiek als psychisch. Vanaf het moment dat ik wakker word, hoor ik het feestgedruis. Het komt met de ochtendzonnestralen door mijn raam. Deze gedenkwaardige dag betekent echter niets voor mij zonder John.

Het is meer dan twee weken geleden dat ik hoorde dat ik een rijke erfgename ben en daardoor mijn verloofde verloor. Sindsdien heb ik hem niet meer gezien. Ik heb hem geschreven, maar ik heb slechts één antwoord gekregen, een lange brief, waarin hij enerzijds zijn eeuwige liefde betuigt en anderzijds standvastig blijft weigeren om met me te trouwen, omdat hij geen blok aan mijn been wil zijn. Ik ben woedend en diepbedroefd tegelijk, zowel op John vanwege zijn koppige trots als op het leven zelf omdat het zo grillig is.

De dagen dat ik berooid was waren zonder twijfel de gelukkigste dagen van mijn leven. Dat is een ietwat ironische bekentenis voor een verwend, rijk meisje. Toen ik nog enorme rijkdom genoot, had ik luxe in overvloed, maar ik leefde nauwelijks en ging ongeïnteresseerd door het leven. Toen werd alles een tijdje heel erg moeilijk. Maar ik vond echte vrienden en ontdekte nieuwe kanten van mezelf. Mijn leven was minder luxueus, maar ik genoot er met diepe teugen van en waardeerde het echt. Het leven werd voller toen ik het op mijn eigen manier kon leiden. Nu ben ik weer rijk en voel ik me weer volkomen ellendig. Het lijkt wel of er kwade krachten in het spel zijn die me met een ironische humor tegenwerken. Het is niet het fortuin zelf dat me ongelukkig maakt, want ik heb al een aantal geweldige manieren bedacht om het te gebruiken. Ik heb gewoon nergens plezier in zonder John.

Hetty trommelt met haar knokkels op mijn slaapkamerdeur. Gisteravond vertelde ik haar dat ik waarschijnlijk de moed niet zou kunnen opbrengen om vandaag naar de parade te gaan. Ze was niet blij. Ze denkt dat ik dagen in bed ga liggen kwijnen als ze me aan mijn lot overlaat en dat zou ik eigenlijk ook graag willen. Maar ik heb haar en Olive een belofte gedaan en die zal ik nakomen, ook al wil ik mezelf alleen maar oprollen in bed en huilen.

'Goedemorgen, Hetty,' roep ik met een schorre stem.

'Zo klinkt je stem anders niet,' antwoordt ze, maar ik hoor haar voetstappen wegsterven.

We waren van plan om samen met John naar de stoet van de koningin te gaan kijken. Toen John onze verloving verbrak, ging ik ervan uit dat Hetty nog steeds met haar broer zou willen gaan, maar ze wil er niets van horen. Ze is net zo boos op John als ik en weigert hem te ontvangen totdat hij 'tot bezinning komt'.

Toen rees de vraag wat we moesten doen, zonder John als begeleider. Wekenlang stonden de kranten vol met lijsten van kamers die voor een dag te huur zijn, of zelfs plaatsjes met een goed uitzicht die te huur zijn. De prijzen varieerden van twee guineas tot twintig pond! Ik zou me het best kunnen veroorloven, maar tegen de tijd dat we het wilden regelen, was er simpelweg niets meer beschikbaar. Met verbazing zag ik dat Hetty er bijna radeloos van werd. Natuurlijk bood Olive de oplossing. Ze heeft een eersteklas plekje in het kantoor van haar vader tegenover St. Paul's Cathedral, dus Hetty en ik zullen met haar meegaan, samen met haar ouders, Clover, Angeline en al het personeel van de Westallens. Het zal een groot gezelschap zijn en Hetty is buiten zichzelf van opwinding. Pansy gaat helemaal niet, omdat mijn ouders hebben geweigerd het personeel vrij te geven om de dag te vieren. *Plus ça change*! Er verandert ook niets.

Ik zou moeten opstaan. Het mag niet mijn schuld zijn dat we te laat zijn voor het rijtuig dat Olive zal sturen. We hebben het advies gekregen om vroeg de stad in te gaan, aangezien de echte drukte waarschijnlijk de laatste uren voor de ceremonie zal ontstaan. De koningin zelf zal, als we de kranten mogen geloven, een rondrit van drie uur door Londen maken, zodat haar trouwe onderdanen een glimp van haar kunnen opvangen. Het is vandaag prachtig zonnig, alsof de koninklijke zon zelf deze ene speciale dag een gouden randje wil geven voor de aardse monarch. Maar ik wil er geen deel van uitmaken. Ik zou moeten opstaan, maar ik blijf in bed liggen, moe, lusteloos en ongelukkig.

Door hevig gebonk op de voordeur word ik eindelijk wakker. Het gebonk is zo hard dat ik geschrokken overeind kom. Is er iets ergs gebeurd? Is er iemand overleden? Ik hoor dat Hetty zich de trap af haast en ik luister ademloos, met bonzend hart. Ik hoor stemmen en dan gaat de voordeur dicht. Dan klinkt Hetty's stem. 'Rowena, je hebt bezoek.'

Ik spring uit bed, niet wetend wat ik moet doen. Ik ben nog niet gekleed. Dan loop ik naar mijn deur en open die op een kier. 'Wie is het, Hetty?' roep ik geschrokken. 'Ik ben niet echt toonbaar.' Ik hoor rennende voetstappen op de trap en dan staat John voor me, badend in het zweet, net zoals de allereerste keer dat ik met hem sprak. 'Vergeef me, Rowena,' barst hij uit en even denk ik dat hij doelt op de ongepastheid om bij mijn kamer te verschijnen terwijl ik slechts in mijn nachthemd gekleed ben. Maar het lijkt erop dat hij zich voor iets veel groters verontschuldigt. Hij pakt mijn beide handen vast en staart me in de ogen. 'Vergeef me, alsjeblieft. Ik ben een domkop. Ik denk voortdurend aan je. Ik heb er inmiddels grondig over nagedacht en toen realiseerde ik me dat je niet langer de vrouw bent die je was, dat geld alleen je niet gelukkig zal maken en dat ik ons beiden een slechte dienst bewijs door koppig en trots te blijven. Alsjeblieft, Rowena, zeg alsjeblieft dat je me vergeeft.' Mijn hart slaat een slag over. Ik ben sprakeloos. Ik heb elke dag voortdurend aan hem gedacht sinds we uit elkaar zijn gegaan en ik geloof eigenlijk nog niet dat dit echt gebeurt. 'Rowena?' vraagt hij aarzelend. Achter hem, halverwege de trap, zie ik Hetty naar ons staren. Ze zal zich niet tactvol terugtrekken, daar is ze veel te nieuwsgierig voor. Ik kijk weer naar John, zijn brede schouders, zijn knappe gezicht en smekende blauwe ogen. Wat betekent dit? Wat vraagt hij nu precies van mij?

'Dat hangt ervan af,' weet ik uit te brengen.

'Waarvan?' vraagt hij smekend.

'Of je van gedachten veranderd bent en toch met me wilt trouwen.'

Dan kust hij me hartstochtelijk, overspoeld door opluchting, en hij lacht. Ik ben dol op zijn gulle lach. 'Het trouwen hoort bij het vergeven,' legt hij uit.

Ik voel mezelf stralen, mijn eerste glimlach in twee weken. 'In dat geval vergeef ik je,' antwoord ik. 'Laten we dankbaar zijn dat ik verstandiger ben dan jij.'

'Godzijdank, eindelijk!' roept Hetty uit. 'Kunnen jullie alsjeblieft allebei naar beneden komen zodat ik jullie kan zien? Rowena, je moet je aankleden! Wat heb je in hemelsnaam de afgelopen twintig minuten gedaan?'

'Gezwolgen in ellende.' Ik grijns. 'Maar daar komt nu een einde aan.'

We lopen allemaal de trap af naar de voorkamer en Hetty pakt eerst

John en dan mij bij de schouders. Ze staart naar onze blije gezichten en kust ons beurtelings.

'John, wat zie je eruit!' roept ze, terwijl hij zijn vochtige haar van zijn voorhoofd veegt. 'Ben je helemaal vanuit Chelsea komen lopen?'

'Ja.' John veegt zelfbewust zijn voorhoofd en bovenlip af. 'Er was geen rijtuig te krijgen op deze jubileumdag. Het spijt me, Rowena, ik wilde je niet op deze manier een aanzoek doen, maar ik kon geen moment langer wachten.'

'Ik weet hoe dat voelt,' herinner ik hem. 'Je gaat vandaag toch wel mee, John?'

'Helaas kan ik niet. Ik heb beloofd vandaag te werken, toen ik nog koppig was. Het is te laat om de Prentisses nu in de steek te laten. Ik moet meteen weer gaan, maar ik moest je zien, ik moest het je vertellen, ik moest het weten.'

'Natuurlijk, schat.' Ik sla mijn armen om hem heen en hij wiegt me. O, het lijkt eeuwen geleden dat ik dat gevoeld heb. 'Is alles echt weer zoals het zou moeten zijn? Zul je niet weer van gedachten veranderen?'

'Nooit,' belooft hij.

'En je komt zoals gewoonlijk op zondag?'

'Eerder zelfs, als ik dat voor elkaar krijg.'

'Dan is alles goed.'

'Ga maar, als je toch niet kunt blijven. Schiet op.' Hetty geeft hem een klein duwtje in de richting van de deur. 'Want Rowena zal naar je blijven staren zolang je hier bent en ze kan niet als Doornroosje mee naar de Westallens.'

John geeft me een lange kus, en als hij zich terugtrekt, zie ik dat Hetty zich eindelijk uit de voeten heeft gemaakt. Hij verlaat het huis en ik draai me om en loop met zwevende tred de trap op.

Ik ben nog maar net klaar als Olives rijtuig voorrijdt. Alles wat ik zie krijgt een vergulde gloed door mijn geluk. Overal zijn lachende gezichten. Zelfs degenen die vuil en haveloos zijn, zijn blij dat er iets vreugdevols gebeurt. En overal, overal zijn bloemen. De bruggen zijn met bloemen versierd. Er zijn slingers van bloemen gemaakt die de jaartallen 1837 en 1897 vormen. Rode, gele en witte bloemen zijn in de vorm van koningskronen langs de hele route opgehangen. In mijn waas van opluchting en vreugde geniet ik met volle teugen.

In de buurt van St. Paul's Cathedral moet het rijtuig ons afzetten, want we kunnen niet verder rijden. De obelisken in Ludgate Circus zijn versierd met paars- en goudkleurige stof. Er hangen slingers van blauw, rood en wit, de kleuren van de vlag. Er zijn spandoeken met afbeeldingen van olifanten in paars en goud. De rest van de weg lopen we en zie ik niets meer. Het voelt alsof we tegen de stroom in moeten zwemmen als we ons een weg banen door de menigte. We worden blootgesteld aan jaloerse blikken als we het adres vinden dat Olive ons heeft gegeven en naar binnen gaan. Mensen hebben zich in zulke aantallen verzameld dat de meesten niets anders zien dan de achterkant van de hoofden van de mensen voor hen. Toch wachten ze.

De laatste tijd besteed ik nog maar weinig aandacht aan mijn uiterlijk, dus ik draag mijn oude zeegroene jurk en ik heb mijn verlovingsring uit de la gepakt, waar ik die in had gelegd. De gouden ring en de glanzende diamant zijn de enige versieringen die ik nodig heb om me speciaal te voelen. Gelukkig realiseerde ik me, ondanks de sombere waas waarin ik leefde, dat Hetty geen kleding had waarin ze zich op haar gemak zou voelen bij een ontmoeting met kapitein en mevrouw Westallen, dus ben ik met haar gaan winkelen. We kozen een prachtige lilakleurige zijden jurk voor haar. De zachte kleur past goed bij haar bleke huid en donkere haar. Ik heb ook nieuwe schoenen, een muts, een damestasje en bijpassende handschoenen voor haar gekocht. Mevrouw Simon ziet eruit als een echte dame als ze de trap op loopt naar haar belangrijke zitplaats met uitzicht om het evenement van de eeuw te beleven.

Olive is verheugd ons te zien en stelt iedereen voor. Ik schud haar vader de hand en hij is net zo gracieus als Olive. Olives moeder drukt me even tegen haar boezem. Het duurt ongeveer twee minuten voordat Olive merkt dat mijn verlovingsring weer op zijn plaats zit. Misschien heeft mijn blije gezicht haar alert gemaakt en ik krijg opnieuw de complimenten. 'Ik zou niet gelukkiger kunnen zijn, lieverd,' zegt ze.

De tafel is gedekt met een wit kleed en er zijn weelderige lekkernijen, zoals champagne en hartige hapjes. Daarnaast staan de meer essentiële zaken voor een goede lunch. Hetty's ogen, die meestal zo klein en twijfelend zijn, zijn groter dan ooit. In het begin is ze verlegen, maar Olive wil dat iedereen zich thuis voelt in haar aanwezigheid en al snel drinkt Hetty champagne alsof ze het gewend is. Ik wilde dat John het kon zien. Ik wilde dat hij hier naast me stond, maar ik kan hem wel een dag missen, zelfs een speciale dag als vandaag, nu ik weet dat we alle dagen samen zullen zijn.

Ruim voor de komst van de vorstin rijden artilleriebatterijen en eskadrons cavalerie door de straten. Dan is de koningin er eindelijk. Als we het niet konden zien, zouden we het wel gehoord hebben. Het opzwepende gejuich resoneert in onze borstkas, zelfs hierboven, en het gaat maar door. De koetsdeur gaat open en een klein figuurtje in zwarte zijde stapt eruit. Haar koets wordt getrokken door acht crèmekleurige paarden in goudkleurige leren tuigjes. Ze zien er indrukwekkend kalm uit te midden van het tumult. Ik ben blij dat ik niet bij hen in de buurt ben en plotseling herinner ik me de harige Prince, het paard van de kanaalboot. De herinnering verdwijnt echter al snel naar de achtergrond terwijl ik deze bijzondere historische gebeurtenis aanschouw.

Vijfhonderd koorzangers zingen op de trappen van St Paul's het 'Te Deum'. Er zijn veel bisschoppen en aartsbisschoppen aanwezig. De dienst wordt in de open lucht gehouden. We kunnen het vanaf onze plek niet horen, dus verliezen we na een tijdje onze interesse en al snel beginnen we te kletsen.

'Het is best goed,' mijmert Olive. 'Ik geloof echt dat feesten goed zijn voor de ziel. Af en toe een beetje overdadig geld uitgeven mag best, zolang je beseft dat dit niet het enige is wat ertoe doet. Geld kan iemand heel arrogant maken. Maar weet je dat er een jubileummaaltijd is voor de armen van Londen? De prinses van Wales deed een oproep om geld in te zamelen, voor een shilling per persoon. Maar het is maar voor één keer. Wat moeten ze na die maaltijd doen, als ze weer honger hebben? Zou wat minder pracht en praal en dan nog een maaltijd voor de armen op een gewone dag niet beter zijn?'

'Als we de berichten mogen geloven, is de japon van onze koningin bestikt met gouden borduursels en is haar kroon bezet met diamanten,' verzucht haar moeder, terwijl ze weer uit het raam tuurt.

'En er zullen banketten worden gehouden voor de hoogwaardigheidsbekleders die aanwezig zijn,' vult kapitein Westallen aan. 'Koningen en koninginnen en vertegenwoordigers van over de hele wereld. Ze hoeven het niet met een shilling per persoon te doen. Het is niet zo dat Hare Majesteit niet geëerd zou moeten worden, of niet van een koninklijke maaltijd zou mogen genieten.' Hij pauzeert om te grinniken. Van hem heeft Olive haar liefde voor woordspelingen dus geërfd. 'Maar alleen al in Clerkenwell zijn er veertigduizend armen. De verdeling van de middelen is onevenwichtig, nietwaar?'

'Ja, maar wij mensen vinden het moeilijk om te matigen,' concludeert mevrouw Westallen. 'We genieten graag volop en kunnen niet altijd goed met onze rijkdommen omgaan.'

Dat is zeker waar, mijmer ik terwijl ik bedenk hoe ik alles heb weggegooid om er vandoor te gaan met een man die ik nauwelijks kende. Dan denk ik aan John die al die jaren naar me gesmacht heeft, het geluk binnen handbereik had en dat vervolgens bijna weggooide, alleen vanwege mijn fortuin. Misschien is het geen wonder dat geluk soms zo schaars lijkt te zijn, aangezien we nauwelijks lijken te weten wat we ermee moeten doen als het komt.

Ik leg mijn hand op mijn buik. Mijn zwangerschap is nog niet te zien en ik ben nog erg slank. Toch wil ik een betere wereld voor hem of haar, een mooie wereld. Nu zullen we ons een gelukkig en comfortabel leven kunnen veroorloven voor ons alle drie, met allerlei zegeningen, goed gezelschap en genoeg te eten. Natuurlijk wil ik al die dingen. Maar ik wil dat anderen ze ook hebben.

Een hele tijd later keren we huiswaarts, na een onvergetelijke dag. We moeten een behoorlijk eind lopen voordat we rijtuigen kunnen vinden die ons naar het noorden willen brengen. We willen eigenlijk nog niet weg. Het was een schitterende dag, vol champagne en spektakel. Olives kokkin, mevrouw Brody, stelt een wandeling over de heide voor en Hetty vrolijkt op bij het idee. Ze is er nog niet aan toe om de stilte van haar huisje weer op te zoeken. De kleine meisjes zijn moe, dus dragen hun liefhebbende grootouders hen naar huis, zodat Olive en het personeel nog wat langer van de feestelijkheden kunnen genieten. Ik lach zachtjes bij het idee dat mijn ouders zoiets zouden doen. We vertrekken richting Parliament Hill.

'Dit is mijn favoriete plek,' vertelt Olive me. 'Zou het niet mooi zijn om juist op deze dag Londen vanaf daarboven te overzien?' Blijkbaar zijn we niet de enigen met dat idee en net als in de rest van de stad is het ook hier druk. Elk stukje gras wordt benut voor picknicks. 'Je kunt geen voet verzetten zonder op een gekookt ei te trappen,' moppert mevrouw Brody. We turen zo naar de grond om nergens op te stappen en picknickkleedjes, uitgestrekte benen en waggelende kinderen te ontwijken dat we het groepje mensen dat ons nadert pas opmerken als we bijna tegen hen op botsen. Sterker nog, ik hoor ze voordat ik ze zie, of beter gezegd, ik hoor een van hen. Het is Verity. Ik zou haar gegiechel overal herkennen. Ik heb het bijna elke dag van mijn leven gehoord.

Ik kijk op en zie dat Olive ze een fractie van een seconde eerder heeft gezien. Ik zie het aan het korte moment van schrik dat over haar gezicht trekt en de manier waarop ze zich meteen beschermend naar me omdraait. De bedienden lopen door, zich er niet van bewust dat er iets aan de hand is, maar Olive herkent het groepje onmiddellijk. Hetty heeft haar arm door de mijne gehaakt en ze is meteen alert als ik wankel. Daar, voor ons, staan mijn ouders, mijn broer Crispin en Verity. Ik weet dat Felix van plan was om te ontsnappen aan alle jubileum-activiteiten zodra hij kon. Kennelijk is hij daarin geslaagd. Van de vier mensen die voor me staan had ik er drie het liefst nooit meer gezien. Toch staan ze hier nu voor mijn neus.

We blijven staan. Zij ook. Het is alsof de Montagues de Capulets ontmoeten.

'Rowena!' Mijn moeder spreekt als eerste, haar stem niet meer dan een piepende ademhaling, alsof de adem haar benomen wordt door een harde klap.

'Laten we verder gaan,' zegt mijn vader, maar mijn moeder kan zich niet bewegen, tenminste, dat doet ze niet. Ze blijft me verbijsterd aankijken. Het liefste zou ik wegrennen. Ik wil me omdraaien, in de menigte verdwijnen en doen alsof ik ze nooit heb gezien. Ik voel hoe ik ineenkrimp. De herinnering aan de laatste keer dat ik hen zag, klinkt als een hamerslag in mijn hoofd.

Nu kennen we je ware aard en je hebt ons meer gekrenkt dan we voor mogelijk hadden gehouden. Je bent beslist geen dame.

Ik kan het niet verdragen om je zo te zien. Je bent een smet op ons blazoen.

Je bent niet welkom in Garrowgate Hall en dat zul je ook nooit meer zijn.

'Hallo daar, Ro.' Crispin doet een dappere poging normaal te klinken. Ik weet dat hij van me houdt, want hij stuurde me een lieve brief en ik zag vreugde in zijn ogen toen hij me in het oog kreeg, maar als hij naar onze ouders kijkt, ligt er een angstige trek op zijn gezicht.

'Hallo, lieve Crispin,' antwoord ik.

'Nou, nou,' zegt Verity met haar lichte lijzigheid. 'Ik had nooit gedacht dat je het lef zou hebben om jezelf in het openbaar te vertonen op een dag dat iedereen buiten rondloopt. Je hebt duidelijk geen gevoel en geen greintje medelijden met je ouders.' Ze schudt haar mooie hoofd, bruine lokken vallen onder een verrukkelijke perzikkleurige hoed vandaan, die is versierd met glaskralen alsof het dauwdruppels zijn. Het licht valt erop met een sprookjesachtige twinkeling die helemaal niet past bij haar harde uitdrukking.

Even geloof ik dat ik de vrouw ben die zij voor zich zien, een losbandige, verdorven en vooral walgelijke verschijning. Een brok teleurstelling. Ik wil wegzinken in de grond en verdwijnen. Maar dan word ik bij mijn andere arm gepakt. Het is Olive. Ik kijk in haar gezicht en dan naar Hetty. Ze wachten. Ze willen mijn strijd niet voor mij voeren, maar ze zijn er als ik hen nodig heb. Ik kijk terug naar Verity en hef mijn kin op. 'Hallo, Verity,' zeg ik. 'Vader, moeder.'

'Hoe durf je?' lispelt mijn moeder met diezelfde moeizame stem. 'Hoe durf je tegen ons te praten alsof er niets aan de hand is. Alsof je niets verkeerd hebt gedaan, terwijl je je zou moeten schamen! Hoe durf je in het openbaar rond te lopen. Te flaneren, beter gezegd, alsof het leven niet serieus genomen hoeft te worden.'

'Ik leef nog, moeder,' antwoord ik. 'Ik kan niet vluchten en me de rest van mijn leven in een donkere hoek verstoppen, hoe graag je dat ook zou willen.'

'Je moet begrijpen dat je hier niet kunt blijven, Rowena.' Mijn vaders stem is laag en koud. 'Jouw aanblik is weerzinwekkend voor iedere weldenkende persoon. De Londense samenleving is voor jou gesloten. Ga naar het buitenland. Ik begrijp dat je nu de middelen hebt om je daar te vestigen. Misschien kun je daar een goed leven leiden, want die mensen zijn niet zo gevoelig als de Engelsen. En het past wellicht beter bij jouw... exotische smaak.'

Naast me voel ik Olive en Hetty onrustig schuifelen. Ik geef een kneepje in hun armen, zodat ze zich beheersen, anders zullen ze in de aanval gaan.

'Dank je, vader, maar ik heb hier genoeg vrienden die mij niet weerzinwekkend vinden. Het doet me verdriet dat je me niet kon helpen toen ik je het meest nodig had en dat je me nu niet wilt kennen. Maar dat zijn jouw keuzes. Ik maak de mijne.'

'Welnee!' begint Verity, terwijl ze haar bruine ogen tot spleetjes knijpt. 'Je maakt deel uit van een familie, Rowena. Je maakte deel uit van de society. Je kunt hier niet zomaar rondlopen alsof je niemand van ons geraakt hebt met jouw gedrag. Je moet aan je ouders denken en hoe zij hieronder lijden. Je moet aan je broers denken en discreet zijn. Anders bewijs je alleen dat je erg egoïstisch bent.'

'Ah, mijn broers.' Ik kijk Verity aan met de koelste blik die ik kan opbrengen. 'Bedoel je Felix, die mij beschouwt als een visgraat in zijn keel of een zweer op zijn wang? Je zei toch dat ik hem kapot heb gemaakt?'

'Ja!' roept Verity. 'Ja, dat heb je! Het hart van mijn arme, lieve echtgenoot is gebroken doordat zijn zus zichzelf te schande heeft gemaakt.'

'Wat een gezwets!' barst Crispin uit.

'Zijn dat zijn woorden of die van jou, Verity? Jij was het die me die nacht wegstuurde toen ik was aangevallen door zwervers, toen ik geen geld had en nergens heen kon. Jij was het, niet Felix! En jij zei nog wel dat wij altijd de beste vriendinnen zouden zijn. Jíj zou je moeten schamen.'

'Helemaal niet. Ik kan niet met jou geassocieerd worden. Mijn reputatie moet immers ook smetteloos zijn. Ik moet aan de hele Blythe-familie denken, en aan de Crawfords. Ze zijn nu afhankelijk van mij.'

'O, lieve hemel,' mompelt Olive. 'Zo belangrijk ben je niet. Het maakt niemand iets uit wat jij doet.'

'Olive Westallen,' schampert Verity. 'Jij kiest alleen haar kant om dwars te kunnen liggen, met je onconventionele leven, je geadopteerde zwervertjes en je eenvoudige gezicht.'

Olive trekt alleen haar wenkbrauwen op en er valt een ongemakkelijke stilte. Verity's woorden blijven in de lucht hangen en onthullen wat voor verwend, nukkig kind ze eigenlijk is, hoe volwassen ze er ook uitziet. Maar ik kan haar niet zo tegen mijn vriendin laten praten.

'Ik schaam me, Verity,' zeg ik. 'Ik schaam me ervoor dat ik ooit met je heb gegiecheld en geroddeld over mensen die veel waardiger zijn dan wij. Ik schaam me dat ik jouw voorbeeld heb gevolgd om mensen die we nauwelijks kenden te veroordelen. Ik schaam me voor wie ik was, maar niet voor wie ik nu ben. Ik zal hier blijven en als de zogenaamd respectabele mensen daardoor een flauwte krijgen en erover roddelen, dan moeten ze dat maar doen.'

'Dat is je oude jurk!' zegt moeder, die uit haar trance ontwaakt. 'Hoe kom je daaraan? Ik wist dat een van de dienstmeisjes je had geholpen! Wie was het? Ik zal ervoor zorgen dat ze voor morgen weg is.'

'Het was niemand van het personeel, moeder.' Maar dan aarzel ik. Ik weet niet of Felix er al klaar voor is om onze vriendschap openbaar te maken. Ik kijk naar het vertrokken gezicht van Verity en ik wil het hem niet moeilijker maken dan hij het al heeft.

Mijn middelste broer neemt me het dilemma echter uit handen. 'Het was Felix,' zegt Crispin kalm. 'Hij heeft Rowena gevonden en we hebben haar allemaal geschreven, wij alle drie. Hij ging naar haar toe en nam wat van haar spullen mee. Jullie hadden haar haar spullen moeten geven. Jullie hadden haar moeten helpen.' Hij knikt resoluut en stapt naar voren om me een kus op de wang te geven. 'Ik kom snel langs,' zegt hij tegen me, en hij glimlacht dan naar Olive en Hetty. 'Het is een genoegen om u allebei te zien, dames.' Hij tikt tegen zijn hoed. 'Goedendag.' Dan draait hij zich om en beent weg over de heide.

Wanneer is Crispin zo volwassen geworden? Ik hoop vurig dat hij zichzelf hiermee zijn erfenis niet ontzegt. Maar het verlies van het fortuin van de Blythes is niet het ergste wat iemand kan overkomen. Dat weet ik heel goed en hij heeft genoeg aanbevelenswaardige eigenschappen naast zijn rijkdom. Hij zal zijn weg in het leven wel vinden, net zoals hij zich nu behendig een weg baant tussen de manden en picknickkleden door.

Verity kijkt woest en ik leef nu al mee met Felix. Mijn ouders kijken verbijsterd. Misschien begint het tot hen door te dringen dat als ze zo doorgaan ze binnenkort onenigheid hebben met alle vier hun kinderen. Dan zal er niemand meer zijn om iets te erven. Hoe meeslepend deze ontmoeting ook is, op een afschuwelijke, morbide manier, het zal niemand iets brengen om dit nog langer te laten voortduren.

'Wellicht is het tijd om verder te lopen,' mompel ik en Olive knikt.

'Hoog tijd, zou ik zeggen,' besluit Hetty op haar gebruikelijke scherpe toon.

'Tot ziens, familie Blythe,' zegt Olive opgewekt terwijl we vertrekken. 'Altijd een genoegen.' Alleen Olive kan me op zo'n moment aan het lachen maken. Doordat er zo veel mensen zijn en overal kleden liggen, is het niet mogelijk om met z'n drieën naast elkaar te lopen. We moeten elkaar loslaten en een tijdje apart lopen, terwijl we onze eigen weg tussen de obstakels door zoeken. Maar zodra we meer ruimte hebben, haken we weer bij elkaar in en ik realiseer me met groeiende dankbaarheid dat het vanaf nu altijd zo zal gaan.

61

OLIVE

Vier maanden later

De datum van 22 juni staat iedereen in het geheugen gegrift vanwege het jubileum van de koningin, maar wij herinneren het ons als de dag dat John Hobbs bij zinnen kwam. Midden oktober is er dus weer een gebeurtenis waar we van kunnen genieten, terwijl de nevels over de stad vallen en de bladeren om ons heen wervelen. Als iemand me zes maanden geleden had verteld dat ik de bruiloft van Rowena Blythe met plezier zou bijwonen, of sterker nog, dat ik er naar uit zou kijken en zelfs haar bruidsmeisje zou zijn, dan zou ik gedacht hebben dat ze te veel van de sherry hadden gedronken die mijn moeder altijd schenkt. Zo loopt het leven, er zijn allerlei onverwachte, lastige, verwarrende momenten. Tegelijkertijd is het echter ook magnifiek en genereus en zijn er oneindig veel zegeningen voor mensen die hun vastomlijnde ideeën en hooggespannen verwachtingen overboord gooien.

Drieëntwintig jaar lang zijn we rivalen geweest. De heide die tussen ons in lag, leek wel een heel universum. We vonden elkaar helemaal niet aardig. Maar nu is ze een vriendin voor wie ik door het vuur zou gaan. Als haar baby komt, zullen onze kinderen samen opgroeien. En nu ik getuige ben van haar zwangerschap ben ik best blij dat ik mijn kinderen via adoptie heb gekregen.

Gelukkig is het vreselijke weer van de afgelopen dagen voorbij.

De afgelopen week regende het onophoudelijk en ik leefde mee met de bruid. Het enige wat je zag waren glimmende trottoirs, ramen vol druppels en sombere kamers. Gisteren kwam er echter een einde aan de stortregen, alsof het weer schoorvoetend een wapenstilstand sloot. Het regende niet echt meer, maar de lucht was zwaar.

Vanmorgen brak de zon door. Weliswaar met horten en stoten, maar dat draagt alleen maar bij aan de pracht van het vooruitzicht. De bomen rond het kerkje hebben mooie herfstkleuren: oranje, karmozijnrood en een diepe bronskleur. Het gras op het kerkplein heeft afwisselend de levendige felle kleur van lindegroen om dan weer over te gaan in het ingetogen groen dat niet zou misstaan op een biljartlaken. Elke keer als de zon doorbreekt, juich ik vanbinnen. Dan veranderen de ingetogen kleuren in het gras meteen in dat decadente, oogverblindende lindegroen.

De kerk is klein en karakteristiek, gebouwd van grijze steen, met een bescheiden torenspits en een lage, uitnodigende ingang. 'Kom binnen, kom binnen. Pas op je hoofd,' lijkt die te zeggen. Het is niet groots, maar het is er knus.

Zo had niemand zich de bruiloft van Rowena Blythe ooit voorgesteld. Bij de oude Rowena hoorde een groots huwelijk in St. Michael's Church in Highgate, met zijn hoge, smalle torenspits en torenhoge dwarsbeuken. Ze zou ongeveer veertig meter wit satijn hebben gedragen en een waterval aan witte lelies in haar handen hebben gehad. Verity Blythe-Crawford zou naast haar hebben geparadeerd in een jurk van onschatbare waarde die ook door een hertogin kon worden gedragen. De ceremonie zou eindeloos zijn en er zouden zo'n drieduizend aanwezigen zijn geweest. Ik zou er niet bij zijn geweest.

In plaats daarvan wordt Rowena mevrouw Hobbs. Er is slechts een handjevol gasten aanwezig. Ik krijg een plaatsje naast de bruid en ben gekleed in een goudkleurige japon. Daar stond Rowena op en ik moet bekennen dat ik me er echt mooi in voel. Hetty zal naast haar broer gaan staan, in haar lilakleurige zijden jurk.

Johns plan om zo snel mogelijk te trouwen vanwege de baby werd gedwarsboomd toen geen enkele kerk hen op korte termijn kon trouwen. Rowena en Hetty hadden geen oren naar een simpel huwelijk voor de wet. De ceremonie vindt dus plaats in het najaar, met een bruid die zes maanden zwanger is, in een ouderwetse kerk anderhalve kilometer buiten Hampstead. Het is een bruiloft die past bij de vrouw die ze is geworden, niet bij het meisje dat ze was.

Rowena draagt een japon van crèmekleurige faille, een soort zijde. De bovenlaag is van chiffon. De vorm is eenvoudig en valt mooi over haar uitdijende gestalte. Haar gezicht is nog gekleurd door de zomerzon. Ze is natuurlijk een echte schoonheid en door haar haren zijn rode en witte lathyrus gevlochten. Dat staat voor delicate genoegens, vertelde ze me blozend.

Haar boeket is met zorg samengesteld, dat heeft ze zelf gedaan. Het is een herfstarrangement, waarbij elke bloem een deel van het verhaal vertelt dat haar naar dit moment heeft gebracht. De feloranje Oost-Indische kers staat voor een onstuimige liefde, want zonder die plotselinge, noodlottige passie die ze voor Bartek had gevoeld, zou ze nu mevrouw Herrangrove of iets dergelijks zijn geweest en John zou nog steeds Henry zijn en in Garrowgate Hall werken. In plaats daarvan zal hij met Kerstmis zijn baan opzeggen. Hij gaat een lerarenopleiding volgen en het is zijn droom om op een dorpsschool te werken. Verder zijn er witte anemonen, die symbool staan voor verlatenheid, om Rowena eraan te herinneren dat zelfs uit de ergste ramp geluk kan ontstaan. Paarse fresia's staan symbool voor een langdurende vriendschap, een compliment dat ik met trots aanvaard. Roze fresia's staan voor pure liefde. De geurige witte stefanotis staat voor hun huwelijksgeluk en gele gerbera's staan voor vrolijkheid, want dit moet bovenal een vrolijke dag zijn.

Ik heb haar overgehaald om het me allemaal uit te leggen, niet alleen omdat ik erg nieuwsgierig ben, maar ook in een poging haar zenuwen te kalmeren. Deze dag betekent zo veel voor haar. We wachten in het kleine kerkportaal, dat koel en een beetje muf ruikt. De hemel buiten is dan weer violetkleurig, dan weer amberkleurig en dan weer antraciet of juist citroengeel. De bloemen ruiken sprookjesachtig. Rowena duwt haar neus in haar boeket en snuift de geur op.

Ik tuur de kerk in. De lucht is stil en vol en iedereen is er. John wacht zelfs al bij het altaar. Aan Rowena's kant van de kerk staan natuurlijk haar broers. Mevrouw Clarendon, de huishoudster, is gekomen en er zijn twee meisjes die Rowena bijles heeft gegeven bij de stichting. Hetty staat naast haar broer. Hun neef Wesley zit in de kerkbanken en Pansy is er ook. Tegenwoordig werkt Pansy nog harder dan bij de Blythes, maar ze heeft een duidelijk doel. Ze werkt ergens naartoe en is vol hoop voor de toekomst. Ook de werkgevers van John, de heer en mevrouw Prentiss, zijn aanwezig.

Felix Blythe, die zijn zus zal weggeven, verschijnt naast ons. Het is tijd. De organist begint te spelen en Rowena maakt een sprongetje. Ik knik en ze loopt voor me uit door het gangpad naar een toekomst die ze zelf uitgestippeld heeft. Ongetwijfeld is die net zo kleurrijk, opwindend, levendig en glorieus als deze oktoberdag.

Noot van de auteur

De meeste personages in *De lelievallei* zijn volledig fictief. Wanneer Olive echter haar gedurfde plan ten uitvoer brengt om Pansy in de advocatuur te laten werken, stelt ze haar voor aan Eliza Orme. Zij was echt de eerste vrouw die een graad in de rechten behaalde in Engeland. Eliza schreef echt voor *The Examiner* over diploma's voor vrouwen aan de University of London en vier jaar later paste de universiteit haar beleid op dit punt aan.

Ze behaalde haar einddiploma pas in 1888 (negen jaar voordat Pansy haar zou hebben ontmoet), maar werkte al sinds het begin van de jaren zeventig van de negentiende eeuw in de advocatuur. Ze deed daarbij voorbereidend werk, zoals ze in het verhaal uitlegt. Pas vanaf 1919 mochten vrouwen zichzelf profileren als advocate.

Cornelia Sorabji heeft ook echt bestaan. Zij was de eerste vrouw die rechten studeerde aan Oxford. Ze was ook de eerste vrouw die een diploma behaalde aan Bombay University. Ze werd de eerste vrouwelijke advocaat in India, maar kon pas als advocaat werken toen de wet in India in 1923 werd gewijzigd.

Ik weet niet of Eliza en Cornelia echt vriendinnen waren, zoals in mijn verhaal, maar ze waren allebei lid van de Equity Club en het was bekend dat Eliza correspondeerde met andere vrouwelijke leden van die club, dus het is zeker mogelijk. Beiden kwamen uit grote, goed opgeleide families met goede connecties en beiden waren zeer intelligent. Meestal betrek ik geen echte mensen in mijn romans, maar ik kon het niet laten om deze twee inspirerende, grensverleggende vrouwen te noemen.

Dankwoord

Op het moment dat ik klaar was met het schrijven van *De rozentuin* begon ik meteen aan het verhaal dat uiteindelijk is uitgebracht als *De lelievallei.*

De korte glimp die we van Rowena opvingen in *De rozentuin* overtuigde me, net als John Hobbs, er al van dat er meer in haar zat dan op het eerste gezicht duidelijk was en ze kwam met ongekend gemak uit mijn pen (of eigenlijk uit mijn toetsenbord). Ze was zelfs erg vasthoudend. Desondanks werd het proces diverse malen onderbroken en duurde het naar mijn maatstaven lang voor de roman voltooid was. Mijn grote dank gaat uit naar mijn agent Hayley Steed (en iedereen bij MMLA) voor haar geduld en verdraagzaamheid terwijl ik me een weg baande door de overvloed aan verplichtingen om dit punt te bereiken. Ze is altijd een geweldige steun geweest.

De bovengenoemde verplichtingen waren voor mij erg vermoeiend en ik heb er veel levenslessen uit geput. Ik wil hierbij iedereen bedanken die me heeft gesteund, begrip heeft getoond, me heeft getroost, regelmatig belangstelling heeft getoond en me heeft laten beloven dit nooit meer zo te doen. Teresa Sherlock, Lucy Davies, Kathryn Davies, Marjorie Hawthorne en Patsy Rogers wil ik daarbij met name noemen. Bedankt, ik hou van jullie allemaal.

Mijn vader en moeder wil ik natuurlijk ook bedanken. Ik voel me zo gezegend met ouders die zo liefdevol, vriendelijk en ondersteunend zijn en ik ben ze daarvoor altijd innig dankbaar.

Ook mijn geweldige uitgever, Pan Macmillan, wil ik bedanken. Zij hebben deze publicatie waargemaakt. Dank aan mijn briljante redacteur, Gillian Green, voor haar gevoel voor opzet en fantastische concepten voor presentatie, en aan het hele team, onder wie Ellah Mwale, Rebecca Needes, Rosie Friis, Becky Lushey, Anna Shora, Mairead Loftus, Elena Battista en Kate Bullows. Wederom dank aan Lorraine Green, omdat zij zo'n fantastische copy-editor is, en aan Neil Lang voor alweer een prachtig omslag. Dat ziet er weer geweldig uit.

Dank aan mijn geweldige schrijfgroep in Wales. Rebecca John, Kate Glanville, Sian Collins en Betsan Bowen, jullie maken onze bijeenkomsten altijd speciaal. Ook veel dank aan mijn schrijversvrienden overal ter wereld. Jullie weten precies wie jullie zijn en hoe ik onze gesprekken op prijs stel, zowel gesproken als getypt. Dank aan mijn eerste lezers voor de aanmoediging vanaf de eerste opzet tot aan het geven van belangrijke feedback: mama, Gill Paul, Beverley Rodgers en Marjorie Hawthorne.

Bedankt, Gill, voor het doorlopen van de plot in Hampstead en de fantastische lunch. Een mooi excuus, toch? En dank aan Peggy Vance, die ik nog nooit heb ontmoet, maar die zo vriendelijk was me *Hampstead & Highgate Through Time* van Robert Bard te lenen, een onschatbare bron van informatie en inspiratie.

Ik heb de werelden van *De rozentuin* en *De lelievallei* in eerste instantie opgezet rond een fictieve gemeenschap, met buren, roddels en vrienden en alles wat in een echte buurt voorkomt. Ik ben ongelooflijk gezegend met mijn eigen buren. Gelukkig zijn ze niet zoals de meeste mensen in *De lelievallei*! Speciale dank gaat uit naar Peter en Kay, Mary en Mike, Tom, Darren, Daniela en Andrew, Kate en Alan, Luke en natuurlijk Trisha, John, Alfie en Derrick!

Ik wil Moeder Aarde bedanken dat ik gezond ben gebleven, anders zou me dit niet zijn gelukt.

Boekwinkels zijn een ander soort toevluchtsoord, maar ze zijn eveneens van onschatbare waarde en ik wil boekverkopers van over de hele wereld bedanken voor hun onvermoeibare werk en enthousiasme voor de verhalen waar we allemaal van houden. Een speciaal woord van dank gaat ook uit naar de drie boekwinkels die me altijd hartelijk verwelkomen en me geweldig steunen: Victoria Bookshop in Haverfordwest, Cover to Cover in Mumbles en Waterstones in Swansea. Ik kom graag langs en waardeer alles wat jullie doen.

En zoals altijd wil ik ook mijn lezers bedanken dat zij *De lelievallei* hebben uitgekozen. Of je nu een boekenliefhebber, recensent, blogger of collega-auteur bent, je maakt al het harde werk de moeite waard.

Lees ook van Tracy Rees